Fly...or Die!

第四翼

The
Empyrean
Series [1]

戰龍系列
——❶

REBECCA YARROS

瑞貝卡・亞羅斯——著　趙以柔、林芸懋——譯

《第四翼》是一部情節緊湊、刺激連連的冒險奇幻小說，背景設定在一所殘酷且競爭激烈的軍事學校，專門培訓龍騎士。故事涉及戰爭、打鬥、肉搏、險境、鮮血、暴力、傷亡、中毒、髒話以及性行為等元素的描寫。對這些內容可能感到敏感的讀者，請自己留意，並準備好進入巴斯蓋亞戰爭學校……

獻給亞倫
我的美國隊長
經歷每次單位調動、每次搬家
度過人生陽光普照的高峰，或是黯淡無光的幽谷
孩子，我的身邊始終有你

致藝術家們
你們擁有改變世界的力量

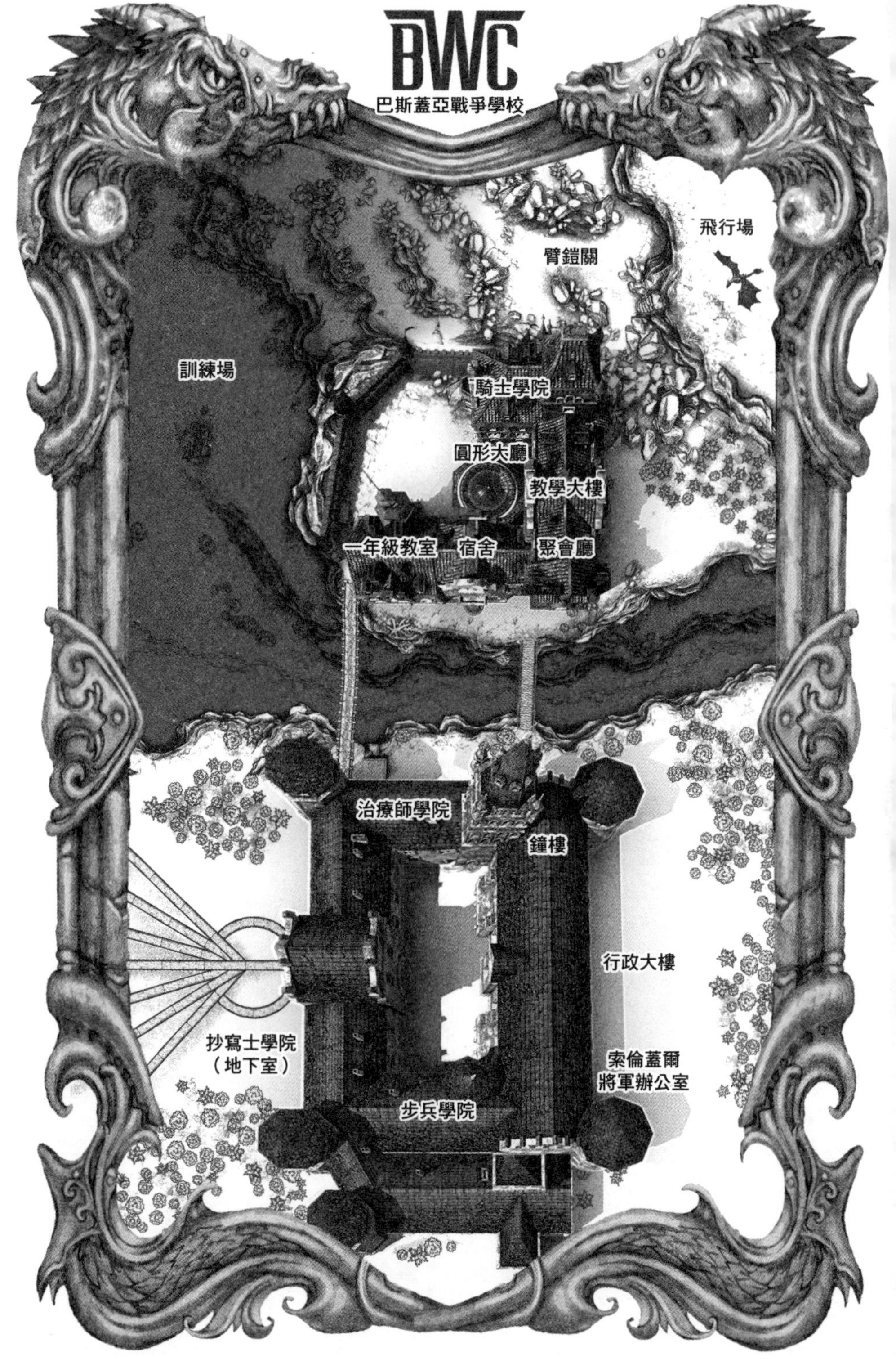
BWC
巴斯蓋亞戰爭學校
飛行場
臂鎧關
訓練場
騎士學院
圓形大廳
教學大樓
一年級教室
宿舍
聚會廳
治療師學院
鐘樓
行政大樓
抄寫士學院
（地下室）
索倫蓋爾
將軍辦公室
步兵學院

以下文字已由巴斯蓋亞戰爭學校抄寫士學院的院長潔西妮亞・內歐沃特忠實翻譯自納瓦爾文。所有事件皆屬真實，名字保持不變，以紀念烈士們的英勇奮戰。願他們的靈魂歸於馬厲克。

「龍無騎士，是為悲劇；
騎士無龍，必死無疑。」

——《龍騎士法典》第一條第一節

第一章

徵召日往往是最致命的一天，也許就是因為這樣，今天的晨曦才格外迷人——因為我知道這可能是我最後一次迎接黎明。

我拉緊了沉重帆布背包的背帶，努力爬上這座我稱為「家」的石砌堡壘。高大的階梯讓我每走一步胸口都劇烈起伏，等我終於抵達通往索倫蓋爾將軍辦公室的長廊時，肺部已經有如火燒。這就是六個月體能集訓的成果——勉強可以背著將近十四公斤重的背包爬六層樓梯。

真是累死我了。

數千名二十歲青年在大門外等待，準備進入他們選擇服役的學院，他們都是納瓦爾最聰明、最強壯的人。因為只要能進入騎士學院就有機會成為菁英，有數百人從出生起就為此做準備，我卻只有六個月的時間。

我走過樓梯間的平台，進入寬敞的長廊。駐守於長廊兩側的衛兵面無表情，在我經過時還特意迴避我的目光，但我早就習以為常。而且，如果能忽視我，對我來說其實再好不過了。

巴斯蓋亞戰爭學校可不是以友善聞名……嗯，對任何人都不友善，就算是我們這些有母親擔任指揮官的學生也不例外。

每位納瓦爾出身的軍官，無論他們選擇受訓成為治療師、抄寫士、步兵還是騎士，都必須在這無情的壁壘內經過三年以上的殘酷鍛鍊，最終成為保家衛國的武器，以抵擋波羅密爾王國及其獅鷲騎士團的侵襲，守護我們山區的邊界。在這裡，弱者無法生存，尤其是在騎士學院。龍群可以證明這點。

「妳這樣會害死她的！」一個熟悉的聲音從將軍辦公室那厚重的木門內轟然傳出，我倒吸了一口氣。整個大陸上只有一個女人傻到敢對將軍如此大聲疾呼，但她應該還在東翼邊境才對。她是**米拉**。

辦公室裡傳來模糊的回應聲，我把手伸向門把。

我使勁推開沉重的門扉時，米拉大聲喊道：「她一點機會也沒有！」背包的重量向前壓來，害我差點跌倒。可惡。

將軍在辦公桌後咒罵了一句，我隨即抓住緋紅色軟墊沙發的椅背來穩住重心。

「天啊！媽，她連自己的背包都搞不定了。」米拉厲聲說道，快步來到我身旁。

「我沒事！」我難堪得漲紅了臉，逼自己站直身子。她才剛回來五分鐘，就已經在想辦法拯救我了。**因為妳就是需要拯救啊，傻子。**

我不想成為騎士，也一點都不想進這個鬼騎士學院，我又不是不想活了。當初如果沒通過巴斯蓋亞的入學考試，跟多數徵召入伍的人一樣直接去參軍還比較好。我**能**背好背包，我也**會**顧好自己。

「噢，薇奧蕾。」一雙棕色眼眸看向我，流露出擔憂的神情。她健壯的雙手同時箍住我的肩膀。

「嗨，米拉。」我的嘴角勾起一抹微笑。雖然她可能是來道別的，但我還是很開心可以看到多年未見的姊姊。

她的眼神變得柔和，手指在我的肩膀上微微彎曲，好像要擁抱我一樣，不過她反而退後一步，轉身站到我身旁，面對母親說：「妳不能這樣。」

「我已經決定了。」媽聳了聳肩，合身的黑色制服線條隨著動作起伏。

我不屑地輕笑一聲。緩刑的希望破滅了。我本來就不該期待、甚至奢望能從這女人身上得到一絲憐憫，畢竟她可是以冷酷無情著稱。

「那就**撤銷**這個決定！」米拉怒氣衝衝，「她這輩子受的訓練都是為了要成為抄寫士，不是生來要培養成騎士的。」

「這個嘛，她的確不像妳，對吧，索倫蓋爾中尉？」母親雙手撐在整潔的辦公桌上，站起來時微微傾身，微瞇著眼睛掃視我們，眼神如同雕刻在桌腳上的龍。我用不著禁忌的讀心術，就能清楚知道她在想什麼。

正值二十六歲的米拉，簡直是年輕版的母親。她身材高䠷，肌肉強健有力，這都是經年累月在龍背上鍛鍊出來的成果。她的肌膚散發著健康的光澤，金褐色的頭髮為了戰鬥方便剪得很短，和母親的髮型一樣。但除了外表，她還帶有同樣的自傲，堅信自己屬於天空。她徹頭徹尾就是個騎士。

米拉擁有我所沒有的一切，母親對我失望地搖著頭，代表她也同意這個想法。相比之下，我太矮小、太虛弱了。我身上的曲線本該要是結實的肌肉線條，但我不爭氣的身體讓我顯得格外脆弱與難堪。

母親朝我們走來，腳上那雙黑皮靴擦得發亮，在牆上魔法燈的照耀下閃爍著光芒。她挑起我的長辮子，不屑地看了一眼從肩膀處到髮尾的部分，那裡的顏色漸漸從暖棕褪成金屬銀。最後她鬆開了手。「皮膚、眼睛、頭髮，全都那麼蒼白。」她的眼神把我的每一分自信都吸取殆盡，深至骨髓。「彷彿那場高燒把妳應有的色彩和力量一起帶走了。」母親眼中閃過一絲哀傷，眉頭緊皺。「我早就告訴過他，不要讓妳整天待在圖書館裡。」

這已經不是我第一次聽到她叨念，無論是抱怨懷我的時候差點令她喪命的那場疾病，還是我的抄寫士老爸在她派駐巴斯蓋亞擔任教官時，讓我把圖書館當作第二個家。

「我喜歡那棟圖書館。」我回嘴。自從爸爸死於心臟衰竭後，已經過了一年多，但檔案庫仍是這座巨大堡壘中唯一讓我覺得像家的地方，也是唯一我還能感受到爸爸的地方。

「真像抄寫士的女兒會說的話。」媽平靜地說，讓我看見了曾經的她——爸還在世時的她。更溫柔，也更體貼……至少對家人來說是這樣。

「我就是抄寫士的女兒。」我的背發出抗議，所以我任由背包從肩膀滑落，掉在地板上，然後深深吸了一口氣，這是我離開房間後第一次好好呼吸。

媽眨了眨眼，那個更加溫柔的女人消失了，我的面前只剩下一位將軍。「妳是騎士的女兒。妳已經二十歲了，而且今天是徵召日。我讓妳完成了妳的學業，但就像我去年春天告訴妳的，我不會看著**我的**孩子進入抄寫士學院，薇奧蕾。」

「就因為騎士的地位比抄寫士高很多嗎。」我嘟囔著，但我也非常清楚，不管是在社會上還是軍隊裡，騎士都處於金字塔頂端。那些和騎士締約的龍以火烤人類為樂，也絕對助長了這一點。

「沒錯！」她一貫的冷靜形象破裂了。「如果妳今天膽敢走進通往抄寫士學院的地道，我會親自揪著妳那條愚蠢的辮子，直接把妳拉到石橋上。」

我的胃一陣翻騰。

「爸不會希望這種事發生的！」米拉抗議，脖子都漲紅了。

「我愛妳父親，但他已經死了。」媽的語氣聽起來就像在播報天氣。「我不覺得他最近還能希望什麼。」

我深吸一口氣，但仍然緊閉著嘴。對我來說，爭論一點用都沒有。從以前到現在，不管我說了什麼，她都充耳不聞，今天當然也不會例外。

「送薇奧蕾進騎士學院，就等於叫她去死。」看來米拉還沒說完。米拉**從來不會**乖乖聽媽的話，讓人鬱悶的是，媽總是為此尊重她。優秀的孩子就能享受差別待遇。「媽，她不夠強壯！今年她的手臂已經骨折過了，她每隔一個禮拜就會扭傷某個關節，而且她也不夠高，沒辦法騎上體型夠大的龍，讓自己在戰鬥中活下來。」

「米拉，妳是認真的嗎？」什。麼。鬼。我雙手握拳，指甲深深嵌入掌心。知道自己存活的機會很渺茫是一回事，聽到姊姊當面說我有多爛，又是另一回事。「妳是在說我很**弱**嗎？」

「不是。」米拉捏了捏我的手。「妳只是……脆弱。」

「那也沒好到哪裡去。」龍不會和**脆弱**的女人締約，只會把這些女人燒成灰燼。

「她的確不高。」媽上下打量著我，盯著我身上的衣服。為了迎接可能到來的死亡，我今天早上特意選了奶白色的寬鬆束腰上衣和奶白色的寬褲。

我哼了一聲。「現在是要把我所有的缺點都列出來嗎？」

「我從來沒說這是個缺點。」媽看向姊姊。「米拉，薇奧蕾一個早上承受的疼痛，比妳整個星期受的傷還要多。如果我有孩子能在騎士學院內活下來，那就是她了。」

我揚起眉毛。這聽起來非常像稱讚，但這是我媽，所以我永遠無法確定。

「媽，有多少志願成為騎士的人在徵召日這天死掉？四十個？五十個？妳就這麼想快點埋葬自己的另一個小孩嗎？」米拉氣得七竅生煙。

房間內驟降的溫度讓我畏縮了。這是媽造成的。她和名為艾希爾的龍締約後，就獲得了風暴操控的印記力量。

想起哥哥就讓我胸口一緊。自從布瑞南和他的龍在五年前的提倫多爾叛亂中戰死後，就沒有人敢再提起他們了。媽容忍我，尊重米拉，但她愛布瑞南。

爸也愛布瑞南。布瑞南一死，他的胸口就開始痛了。

媽咬牙切齒地瞪著米拉，雙眼迸發出威脅的怒火。

我的姊姊吞了口口水，但仍然沒有退縮，繼續和媽互瞪。

「媽。」我開口。「她不是那個意思——」

「中尉，出去。」在冰冷的辦公室裡，媽說的話就像縷縷朦朧的蒸氣。「別讓我回報妳擅離自己的部隊。」

米拉挺直背脊，點了點頭，以軍人特有的精準度俐落轉身，不發一語地大步走向門口，抓起一個小背包出去了。

這是好幾個月以來，我和媽第一次單獨相處。

她直直看著我的眼睛，深吸了一口氣，房間內的溫度也隨之回升。「入學考試的時候，妳的速度和敏捷性贏過四分之三的人。妳肯定沒問題。索倫蓋爾家的人都不會有問題。」她用指背輕輕滑過我的臉頰，幾乎沒有真的碰到我。「和妳父親真像。」她輕聲說，之後清清喉嚨，往後退了幾步。

看來表達感情的能力沒辦法讓人賺到功績獎章。

「之後這三年，我不會特別照顧妳。」她說，身體往後靠，坐在辦公桌的邊緣。「因為我是巴斯蓋亞的指揮官，軍階遠在妳之上。」

「我知道。」我一點都不在乎這件事，因為她現在就已經很少關照我了。

「妳也不會因為是我的女兒就得到特殊待遇。真要說有什麼特殊待遇，就是他們會對妳更嚴厲，要妳證明自己。」她挑起一邊眉毛。

「我很清楚。」幸好在媽下令以後，過去幾個月來，我都在吉爾斯德少校的指導下進行訓練。

她嘆了口氣，勉強擠出微笑。「那我想我會在龍盟日試煉的山谷間看到妳了，校園新鮮人。雖然我猜日落時妳可能已經是騎士學院的學生了。」

或是已經死了。

是生是死也不是我們說了算。

「祝妳好運，索倫蓋爾學員。」她回到自己的辦公桌後方，很有效地下了逐客令。

「將軍，謝謝您。」我把背包扛在肩上，走出了她的辦公室。有個守衛在我身後關上了辦公室的門。

「她真的是瘋了！」米拉從長廊中央喊道，正好介於兩名守衛駐點的位置之間。

「他們會告訴媽妳這麼說她的。」

「講得好像他們不知道一樣。」她咬牙切齒地說道。「走吧，離報到時間只剩一小時了。更早之前我騎著龍飛過的時候，已經看到有幾千人在大門外等待。」米拉開始帶著我走下樓梯，穿過走廊到我的房間。

嗯……那**曾經**是我的房間。

在我離開的三十分鐘裡，我所有的個人物品都被裝進箱子，現在整齊地疊放在房間的角落，我的心也隨之沉到房間的木地板上。母親簡直是把我整個人生都打包好了。

「不得不說，她真的很有效率。」米拉嘟囔著，而後轉身看向我，目光在我身上游移，明顯打量著我。「我本來希望可以說服她放棄這個決定，因為妳註定不適合騎士學院。」

「妳已經說過了，」我不耐煩地挑起眉毛。「還一講再講。」

「抱歉。」她皺了皺眉，蹲下來，開始倒出背包裡的東西。

「妳在做什麼？」

「我在做布瑞南曾經為我做的事，」她輕聲回應，一時間悲傷的情緒如鯁在喉。「妳會用劍嗎？」

我搖搖頭。「劍太重了，但我用匕首攻擊的速度很快。」真的超爆快，快得像閃電一樣。我力氣不夠，就用速度來補。

「跟我想的一樣。很好。現在，放下背包，脫掉那雙可怕的靴子。」她開始翻找她帶來的物品，並遞給我一雙全新的靴子和黑色制服。「把這些穿上。」

「我的背包有什麼問題？」我雖然這麼問，還是把背包放下來。她馬上打開我的背包，把我認真打包的東西全都拉出來。「米拉！那可是我花了一整晚打包的！」

「妳帶太多東西了，而且妳的靴子會讓妳更危險。這麼滑的鞋底會讓妳直接從石橋上滑下去。我特別為妳準備了一雙橡膠底的騎士靴，就怕妳沒有一雙好靴子。而妳現在穿的這雙，就是最糟糕的那種，我親愛的薇奧蕾。」書本開始從背包飛出，落在箱子附近。

「拜託！我只能帶我背得動的東西，而且我是真的想要帶這些！」我猛然撲向另一本書，試圖在她丟掉前盡可能救回我最愛的黑暗神話集。

「妳願意為了這些而死嗎？」她的眼神變得堅定而嚴肅。

「我背得動這些書！」現在的一切都不是我該走的路，我本該把一生獻給書籍，而不是把它們丟在角落，就為了減輕背包的重量。

「妳以為妳可以，但其實是不行。妳的體重只有背包的三倍，而石橋大概離地六十公尺高，寬度只有四十五公分寬。我上次看到的時候，烏雲已經慢慢逼近石橋。小妹，騎士學院的選拔不會因為下雨讓橋可能變得有點滑而延期。妳會摔下來，妳會死的！妳要聽我說話嗎？還是妳希望妳的名字明天早上跟其他死去的新生一起公布出來？」眼前的騎士已經沒有我姊姊的影子。這個女人狡猾、精明，甚至有些冷酷。她是成功在三年訓練中活下來，只留下一條傷疤的那個女人，唯一那條傷疤，甚至還是在龍盟日被自己的龍劃傷的。「我這麼說，是因為妳這麼做，只會成為另一座墓碑、另一個刻在石頭上的名字。快把這些書都扔了。」

「這是爸爸給我的。」我低聲回應，把書緊緊貼在胸口。這本書也許很幼稚，只是一部警告我們不要被魔法誘惑的故事集，甚至還把龍妖魔化，但這是我唯一留下跟爸爸有關的東西。

米拉嘆了口氣。「是那本關於會操控黑魔法的畏螟，還有雙足飛龍的古老傳說故事書嗎？妳不是已經看過那本書千百遍了嗎？」

「可能不只千百遍喔，」我承認我真的看過好多次。「而且他們不是畏螟，是**危靈**。」

「老爸和他的寓言故事，」她說，「只要別試圖在沒有跟龍締約的狀況下汲取能力，那些紅眼睛的怪物就不會躲在妳床下，準備騎著雙足飛龍把妳抓走，加入他們的黑暗軍團。」她拿出我裝在背包裡的最後一本書，遞給我。「把這些書扔了。爸拯救不了妳。他試過，我也試過了。薇奧蕾，快點決定吧。妳到底要當死掉的抄寫士，還是當活著的騎士？」

我低頭看了看抱在懷中的書，並做出我的選擇。「妳真是個煩人精。」我把神話集放在房間的角落，但手上還是拿了另一本厚重的書，面對我的姊姊。

「這個煩人精一直想辦法要讓妳活下來。妳手上那本是關於什麼的書？」她質問道。

「殺人。」我把這本書遞回給米拉。

她臉上慢慢展露出微笑。「很好，妳可以把這本留著。現在，趕快去換衣服，我來整理這些亂七八糟的東西。」高處的鐘聲響起，還有四十五分鐘。

我迅速換好了衣服，雖然這套衣服顯然就是為我量身訂做的，但我從頭到腳都覺得這並不屬於我。原本的寬鬆長袍換成了黑色緊身衣，包覆住我的手臂。通風的輕便長褲換成了緊身的皮褲，緊緊貼著身體的每個曲線。接著她在衣服外面又幫我綁了一件看起來像背心的馬甲。

「這可以防止衣服摩擦。」她解釋道。

「就像騎士穿去戰鬥的裝備。」我不得不承認，這些衣服真的很酷，即使我覺得自己就像個冒牌貨。**天啊，這是要玩真的了**。

「那當然，因為那就是妳該做的事。去戰鬥。」

我不習慣的皮革和布料把我從鎖骨到腰部都蓋住，包覆住我的胸部，再繞回到我的肩膀上。我摸了摸沿肋骨斜著縫的隱藏刀鞘。

「為了給妳放匕首設計的。」

「我只有四支匕首。」我從地板上的雜物堆中拿出我的那四支來。

「妳會贏得更多支的。」

我把武器滑進刀鞘，彷彿我的肋骨本身都變成了武器。這設計非常巧妙。肋骨和大腿之間的刀鞘，讓匕首隨手可得。

我幾乎認不出鏡子中的自己。我看起來像是位騎士，卻還感覺自己是個抄寫士。

幾分鐘後，我打包的東西有一半都堆在箱子上面了。米拉重新整理了我的背包，丟掉一切看似無用的東西，幾乎把所有我有感情的東西都丟了，同時喋喋不休地說著在騎士學院生存的訣竅。而後她做了一件我覺得最感性的事情，完全出乎我意料——她叫我坐在她的雙腿中間，好讓她可以幫我把辮子盤成皇冠狀。

這感覺好像我再次成為了小孩子，而不是一個已經長大的女人，但我還是乖乖照做了。

「這是什麼？」我用指甲輕輕刮著胸口的材質。

「我設計的東西，」她向我解釋，同時拉緊我的髮辮，讓我頭皮很痛。「是我特別用泰恩的鱗片做成的背心，所以請小心不要被刮傷。」

「龍的鱗片？」我頭向後仰，驚訝地看著她。「怎麼可能？泰恩這麼大隻。」

「我知道有位騎士，能力是讓大的東西都變得非常小。」她嘴角勾起一抹狡猾的微笑。「而小的東西……就會變得非常非常大。」

我翻了個白眼。米拉總是比我更熱衷談論她的男人，而我能談的呢……也就那兩個男人。

「到底……會變多大？」

她笑了出來，然後拉了拉我的辮子。「頭往前，妳應該剪掉頭髮的。」她拉緊我的髮絲，繼續編著辮子。「頭髮在對戰練習和實際戰鬥的時候會是累贅，更不用說是個很明顯的攻擊目標。除了妳，沒有其他人有這樣漸變到銀色的頭髮，他們一定會鎖定妳為目標。」

「妳明知道不管我的頭髮有多長，髮色到髮尾都會慢慢變淺。」我的眼睛也像頭髮一樣，沒有單一的色彩。淺棕色中夾雜著各種藍色和琥珀色，似乎從未偏向某種顏色。「而且，雖然大家很在意我的髮色，我的頭髮是我身上唯一完全健康的部分。剪掉頭髮對我來說，就像在懲罰我身體終於有做得好的地方，我並不覺得我需要隱藏自己。」

「妳不需要啊。」米拉拽了一下我的辮子，讓我頭向後仰，我們四目相交。「妳是我見過最聰明的女人，可別忘了這點。妳的聰明才智就是妳最好的武器。用妳的智慧戰勝他們，薇奧蕾，聽到沒有？」

我點了點頭，後來她鬆開手繼續編完我的辮子，再扶我起來，把多年的知識濃縮在十五分鐘內講完，幾乎沒有停頓喘息的時間。

「妳要保持警覺心，話少沒關係，只是要確保妳注意到周圍的每件事情、每個人了，以便為自己爭取優勢。妳讀過《法典》了嗎？」

「讀過幾遍。」騎士學院的守則長度只是其他學院的一小部分，大概是因為騎士很難遵守規則。

「很好。那妳就知道其他騎士隨時可以殺了妳，那些不擇手段的學員肯定會試試看，因為越少人競爭，就代表在龍盟日有更高的機會可以成為騎士。願意跟人締約的龍永遠不夠，而且會魯莽到送掉自己小命的人，也不值得龍跟他締約。」

「至少睡覺的時候不行。在睡覺時攻擊任何學員都是會受到處罰的犯罪行為。法典第三條……」

「是沒錯，但這不代表妳一到晚上就安全了。如果可以的話，睡覺時都把這穿上。」她敲了敲我腹部的馬甲。

「騎士的黑色戰服應該是要靠自己獲得的。妳確定我今天不應該穿我的長袍嗎？」我的雙手滑過身上的皮料。

「在細長的石橋上，風吹到任何多餘的布料，都會像船帆一樣鼓起來。」她把現在變輕很多的背包遞給我。「妳的衣服越緊，妳在橋上或是進到練武場開始對戰就會越有利。妳要隨時穿著護甲、**隨時**都帶著匕首。」她指著大腿上的刀鞘。

「一定會有人說這些不是我靠自己努力得到的。」

「妳是索倫蓋爾家的女兒，」她回應我，彷彿這就是答案。「誰管他們說什麼。」

「所以妳不覺得有龍鱗的衣服是作弊嗎？」

「在妳爬上塔樓之後，就沒有作不作弊的問題了。不是生存就是死亡。」鐘聲又響，只剩三十分鐘了。她吞了吞口水。「時間差不多了，妳準備好了嗎？」

「還沒。」

「我也還沒。」米拉的嘴角上揚，露出一絲苦笑。「而且我還花了一輩子的時間訓練。」

「今天我絕對不會死。」我把背包甩到肩上，呼吸比早上輕鬆多了，現在感覺也更能自己調整呼吸了。

我們沿著各種樓梯向下走時，中央行政區的長廊異常安靜，但堡壘外頭的喧鬧聲，卻隨著我們的高度下降而越發響亮。透過窗戶，我看到數千名新生在大門旁的草地上，和親友相擁告別。根據我每年的觀察，大多數家庭都會緊緊抱著自家的新生，直到最後一聲鐘聲響起。通往堡壘的四條道路擠滿了馬和馬車，尤其在學校前的道路交會處，但草地邊緣空蕩蕩的道路才是令人作嘔。

這幾條路是用來運送屍體的。

在我們轉過最後一個通往中庭的牆角時，米拉停了下來。

「怎麼……噢。」她把我拉進懷裡，在走廊相對隱密的角落緊緊抱著我。

「我愛妳，薇奧蕾。記得我告訴妳的每件事，不要變成死亡名單的其中一個名字。」她的聲音顫抖，我手臂環抱著她、緊緊擠壓著她的身體。

「我會沒事的。」我向米拉保證。

她點點頭，下巴輕碰到我的頭頂。「我知道，我們走吧。」

她講完這句話後就放開我，走進堡壘大門內擁擠的中庭。教官、指揮官，甚至連我們的母親都隨意聚在一起，等待牆外的混亂轉變為牆內的秩序。在戰爭學校的所有門中，今天唯一沒有學員進去的就是大門，因為每個學院都有自己的入口和設施。見鬼了，騎士甚至有自己的碉堡，真是一群自命不凡、自我中心的傢伙。

我跟著米拉，快走幾步就追上了她。

「去找戴恩．艾托斯。」米拉在我們穿過中庭往大門走去時說。

「戴恩？」我想到可以見到戴恩就不自覺地微笑，心跳也隨之加速。已經一年沒見到他了，我想念他那雙溫柔的棕色眼睛、他的笑聲，還有他笑起來時全身投入的模樣。我好懷念我們之間的友情，也懷念那些我以為在對的時機下，超越友情的曖昧片刻。我好懷念他看我的眼神，那種讓我覺得自己很特別、值得在意的眼神。我想念的就只是……他。

「我才從騎士學院畢業三年而已，但聽說他現在幹得不錯，一定會盡力保護妳的。別笑成那樣。」米拉責備道。「他再來要升二年級了。」她對我搖了搖手指。「千萬不要跟二年級的混，如果妳想找個人上床，妳應該……」她挑起了眉毛，「經常找人滾滾床單，畢竟妳永遠不知道每天會發生什麼事情。不過最好找同屆的。沒什麼比學員八卦妳是靠睡上級來保命更糟了。」

「所以我可以跟任何我感興趣的同學上床，」我笑著說，「只要不是二、三年級就好對吧。」

「沒錯。」她對我眨了眨眼。

我們穿過大門，離開堡壘，融入前方看似有秩序的混亂中。

今年，納瓦爾的六個省分都派出了各自的新生來服役。其中有些人是自願來的，也有些是被判刑才來這裡接受處罰，大多數人則是受徵召而來。在巴斯蓋亞學校，大家唯一的共同點就是通過了入學考試，包括筆試和敏捷度測驗，我至今仍無法相信自己通過了這些關卡，這也代表至少我們不會成為前線步兵的炮灰。

米拉帶著我沿著陳舊的石頭小徑前往南邊的塔樓，空氣中瀰漫著期待的緊張感。學校本部建在巴斯蓋亞山的一側，彷彿是從山脊頂端劈下來一樣。這座龐大而威嚴的建築高高矗立，俯視著焦急等待的騎士學院新生和他們淚眼汪汪的家人。石砌的城牆高聳入雲，用來保護牆內的高塔，而每個角落都有防禦塔，其中一座則是鐘樓。

大部分人群都朝著北方的塔樓排隊，那裡是步兵學院的入口。有些人則是面朝我們身後的大門，也就是位於學校南端的治療師學院。我看到幾個人從建築中央的連通道走去，進入堡壘下方的檔案庫，成為抄寫士學院的一員，羨慕之情讓我胸口一緊。

騎士學院的入口不過是在塔樓底部一扇加固的門，就和步兵學院北邊的入口一樣。但步兵學院的新生可以徑直走入平面的學院，我們這些騎士學院的新生則需要爬過石橋。

我和米拉加入騎士們的排隊隊伍，等待報到，而我不小心抬頭看了一眼。

高處有座石橋橫跨河谷，連接了學校本部和南邊山脊更高聳壯觀的騎士學院碉堡。這座石橋在接下來幾小時，將會把騎士學院的新生和其他學員分開。

我真不敢相信我要穿過這東西。

「想了想，這些年我都在準備抄寫士學院的筆試呢，」我語帶諷刺地說，「我應該多練練怎麼走平衡木。」

米拉沒有理會我說的話，跟著隊伍向前走，新生們一個個消失在門後。「別讓風吹得妳重心不穩。」

在我們前面還有兩個新生。此時一個女人啜泣著，在她伴侶將她從一個年輕男子身邊拉開後，他們離開了隊伍，淚流滿面地退回山坡下，走向聚在路邊的親人們。我們前面已經沒有其他父母了，只剩下幾十個新生正朝著報到處走去。

「專注看著前面的石頭就好，不要往下看，」米拉臉上的線條緊繃，嚴肅地跟我說，「要保持平衡的時候手張開。如果背包滑掉，就讓它掉下去，總比妳掉下去好。」

我回頭看，發現幾分鐘內似乎有幾百人跟著在排隊。「也許我應該讓他們先過去。」我小聲說，一陣恐慌刺激著我的內心。我到底在幹嘛啊？

「不行，」米拉回應我。「妳在那些台階上待越久，」她指向前方的塔樓。「妳越可能會感到害怕。在妳怕得無法動彈之前，妳得越過那座石橋。」

隊伍繼續向前移動，鐘聲又響了起來。現在是八點鐘。

果然，我們身後的數千人已進入各自選擇的學院，大家都在排隊準備簽名報到，開始到所屬的學院服役。

「專心，」米拉厲聲說道，我立刻把頭轉回來，面向前方。「這麼說聽起來可能會很殘忍，但不要在這裡找尋友誼。薇奧蕾，妳要做的是找到盟友。」

現在前面只剩兩個人了：一個背包裝得滿滿的女生，她的高顴骨和鵝蛋臉讓我想起眾神女王阿瑪莉的形象。她的深棕色頭髮編成幾條短辮子，長度剛好碰到膚色跟髮色一樣深的脖子。另一位是剛才女子揮淚道別的那位金髮肌肉男，他背著一個更大的背包。

我看向前面報到處的兩人，眼睛瞬間瞪大。「他是……？」我悄悄示意米拉。

米拉瞥了一眼後低聲咒罵。「妳說是不是分裂主義者的孩子？沒錯。看到他手腕上那道有光澤感的印痕了嗎？那就是叛亂發生後留下來的印痕。」

我驚訝地挑起眉毛。我唯一聽說過會留在身上的印痕，就是龍用魔法在締約的騎士身上留下的，但那些印痕象徵榮譽和權力，通常是龍的形狀。這個人身上的標記則像是漩渦和劃痕，比起宣示自己的身分，更像是一種警告。

「那是**龍**加上去的嗎？」我低聲問道。

她點頭。「媽說梅爾戈倫將軍的龍，在他處決這些孩子的父母時，對所有叛變者的孩子都留下了烙印，但她其實沒有很想多談論這個話題。用處罰孩子來威嚇父母不要叛國最糟糕了。」

這聽來……太殘忍了，但在巴斯蓋亞生活的第一守則就是永遠不要質疑龍。龍族傾向火化任何他們認為對其無禮的人。

「當然，大部分身上有叛軍印痕的孩子都來自提倫多爾省，但也有一些孩子的父母是來自其他省分的叛變者。」她的臉色瞬間變得蒼白，手緊抓著我背包的背帶，把我拉到面對她的方向。「我剛才想起來。」她說話的聲量忽然降低，我湊近著聽，心跳因她急迫的語調也劇烈加速。「離薩登・萊爾森遠一點。」

空氣從我的肺部竄出，讓我差點喘不過氣。那個名字……

「就是**那個**薩登．萊爾森，」她向我確認，眼神帶著一絲畏懼。「他是三年級的學生，只要他發現妳，**一定**會把妳殺了。」

「他的父親就是那個赫赫有名的大叛徒，**主導**那次的叛變，」我小聲說道，「那薩登在這裡幹嘛？」

「所有叛變領導人的小孩都要被徵召入伍，為他們父母犯的罪受罰。」當我們側身隨著隊伍移動時，米拉低聲說道。「媽跟我說過，他們從來沒料到萊爾森有辦法通過那座石橋。然後他們覺得會有學員殺了他，但一旦龍選擇了他……」她搖搖頭。「那就沒辦法再做什麼了。他已經升到翼隊長了。」

「這太扯了。」我氣憤地說。

「他雖然已經宣示效忠於納瓦爾王國，但我不認為這會阻止他去做那些妳擔心的事情。只要妳過了石橋——妳一定可以成功過橋的——過了橋之後就去找戴恩。他會讓妳加入他的小隊，我們都希望這樣可以讓妳跟萊爾森保持距離。」我的背帶被米拉抓得更緊了。「遠。離。他。」

「知道了。」我點頭。

「下一位。」有個聲音從那張擺著騎士學院報名名冊的木桌後面傳來。身上有印痕的那個騎士我不認識，他坐在我認識的抄寫士旁邊。費茲吉本斯上尉銀色的眉毛在他那張風霜滿面的臉上微微揚起。「妳是薇奧蕾．索倫蓋爾？」

我點點頭，拿起羽毛筆，在名冊的下一個空白處簽下我的名字。

「但我以為妳會去抄寫士學院。」費茲吉本斯上尉輕聲對我說。

我好羨慕他能穿那件奶油色的長袍，一時找不到適合的話回答。

「索倫蓋爾將軍另有安排。」米拉補了一句。

老先生的眼裡流露出悲傷的神情。「可惜了，妳這麼有潛力。」

「天啊，」坐在費茲吉本斯上尉旁的騎士出聲，「妳是米拉・索倫蓋爾？」他的下巴驚訝地張開，我從這裡就能感受到他對米拉的英雄崇拜。

「我是。」她點頭。「這是我妹妹薇奧蕾，是今年的新生。」

「也要她成功越過那座石橋吧。」我背後有人竊笑著。「風一吹她可能就摔下去了。」

「妳曾在史崔摩爾打過仗，」桌子後方的騎士帶著敬畏的心說，「他們因為妳擊敗了敵軍的炮陣，而頒發給妳龍爪勳章。」

嗤笑聲瞬間停止。

「就像我剛剛說的，」米拉把手搭在我的後腰部。「這是我妹妹薇奧蕾。」

「妳知道怎麼走。」上尉點點頭，指向塔樓開放的門口。裡頭看起來暗得有點不妙，我強忍住想拚命逃跑的衝動。

「我知道路。」她向上尉保證，帶著我離開報到處，讓身後那個在竊笑的混蛋可以簽到。

我們在門口前停下，而後轉向對方。

「不要死，薇奧蕾。我可不想當家裡唯一的孩子。」她對我笑了笑就離開了，輕鬆走過一排目瞪口呆的新生，她是誰、做過什麼事的消息很快就傳開了。

「要做到跟她一樣可不容易。」我前面的一個女生剛好進到塔樓裡說。

「是啊。」我認同她說的話，緊握背帶，走進了黑暗的塔樓。我的眼睛快速適應了這裡的亮度，唯一的光線是從旋轉樓梯旁大小一致的窗戶透進來的微光。

「索倫蓋爾是那個……？」我們開始爬這個可能通往死亡的千階樓梯時，那個女生回頭看向我問。

「沒錯。」階梯沒有任何扶手，所以當我們爬得越高的時候，我的手都貼在石牆上。

「將軍？」我們前面的金髮男孩問了我。

「就是同一位。」我回答，並馬上給他一個微笑。有個一直抓著家族姓氏不放的母親，似乎也沒**那麼**差，對吧？

「哇，妳的皮革裝備看起來也不錯。」他也回了個微笑。

「謝謝。這些是我姊姊給我的。」

「我很好奇到底有多少人在到達那座石橋前，就從樓梯邊摔死了。」那個女生一邊往上爬，一邊向樓梯的中央看去。

「去年有兩個。」當她回頭時，我偏過頭來看她。「嗯……如果算上其中一個男生摔下來撞到的那個女生，那就三個。」

她的棕色眼睛瞬間瞪大，隨即又轉過身繼續向上爬。「我們還有幾階要爬？」她問。

「兩百五十階。」我回答，後來我們又沉默不語地爬了五分鐘。

「還不算太糟。」她露出燦爛的笑容說。我們快到塔頂的時候，隊伍停了下來。「對了，我是瑞安娜．瑪提亞斯。」

「我是狄倫。」金髮男孩熱情地揮手跟我們打招呼。

「我叫薇奧蕾。」我也緊張地擠出了一個微笑，刻意無視米拉先前建議我最好不要交朋友、只要找到盟友的話。

「我感覺這輩子都在等這麼一天。」狄倫調整了一下背包。「我們真的來到這一步了，妳敢相信嗎？就像是美夢成真一樣。」

好喔。除了我之外的每個新生都很興奮能來到這裡。這裡是巴斯蓋亞學校裡唯一不徵召新兵、只接受志願者的學院。

「我等不及了！」瑞安娜的笑容越發燦爛。「我是說，誰會不想騎**龍**呢？」

我啊。不是因為騎龍這件事聽起來不有趣，理論上應該要很有趣的。只是能活到畢業的機率低到讓我感到反胃。

「妳父母支持妳來騎士學院嗎？」狄倫問，「因為我媽求我改變主意已經**好幾個月**了，我就一直跟她說如果我當上騎士，能有更好的晉升機會，但她希望我可以進入治療師學院。」

「我父母知道我想要進騎士學院，所以他們一直很支持我的決定。再說他們還有我的雙胞胎姊妹瑞根可以寵愛。瑞根已經過上她理想的生活，結了婚還懷了孩子。」瑞安娜回過頭來看我。「那妳呢？我猜，因為妳姓索倫蓋爾，我賭妳應該是今年第一個報名的志願者。」

「我更像是被趕上架的鴨子吧。」我的回答比她的回答消極太多了。

「了解。」

「騎士的待遇確實比其他軍官好很多，」隊伍再次前進的時候，我對狄倫這麼說。之前笑我的那個新生追了上來，滿身是汗，臉紅氣又喘。**看看現在誰笑不出來了**。「薪水更高，制服政策也更寬鬆。」我繼續說，對於騎士來說，只要穿黑色，根本沒人在乎他們穿了什麼。騎士唯一適用的規則就是《法典》裡我記得的那些法條。

「還有能說你自己超級厲害的權利。」瑞安娜補了一句。

「這也是，」我同意。「我敢肯定他們會發給你一個很強的自尊心還有一些飛行皮革裝備。」

「我還聽說騎士能比其他學院的軍官更早結婚。」狄倫再補充道。

「沒錯，畢業之後馬上就可以結婚了。」如果我們能活下來的話。「我想這應該跟想要延續血脈有關。」大部分成功的騎士都是家族世襲。

「或者是因為我們通常比其他學院的人早死。」瑞安娜沉思道。

「我不會死的。」狄倫說得信心滿滿，但我可沒那麼有把握。他拉出長袍裡的項鍊，露出一枚掛在鍊子上的戒指。「她說如果我出發前就向她求婚會帶來厄運，所以我們打算等到畢業再結婚。」他親吻了那枚戒指，而後把項鍊收回衣領裡。「將來三年會很漫長，但一定會很值得。」

我默默嘆了口氣，雖然這可能是我聽過最浪漫的一句話。

「你也要先走過那座石橋。」身後那名男子嘲笑著說，「這個地方，微風一吹就可能讓你掉到峽谷深處。」

我翻了個白眼。

「閉嘴，專心顧好自己就好。」瑞安娜生氣地說，繼續向上爬的步伐在石階上發出清脆的聲音。

塔頂漸漸出現在眼前，門口盡是模糊的光線。米拉說得對。那些雲會給我們帶來麻煩，我們必須在烏雲來臨前去到橋的另一端。

瑞安娜又前進一步，腳下發出一個聲響。

「讓我看一下妳的靴子。」我小小聲地說，以免後面那個混蛋聽見。

她皺起眉毛，眉眼間流露出困惑，但她還是給我看了一下鞋底。她的鞋底很光滑，就跟我之前穿的一樣，我內心有種不祥的預感。

隊伍又開始往前移動，在我們離出口只剩幾公尺的時候停了下來。我問她：「妳穿幾號鞋？」

「什麼？」瑞安娜錯愕地看向我。

「妳的鞋碼，妳鞋子是幾號？」

「八號。」她回答我，眉頭皺起兩條細線。

「我穿七號鞋。」我迅速回應。「我的鞋子如果給妳穿應該會痛得要命，但我希望妳可以把我的左靴子拿去穿。跟我交換一隻吧。」我的匕首放在右腳的靴子裡。

「妳說什麼？」她看著我的眼神就好像我瘋了一樣，也或許我真的瘋了。

「我穿的是騎士靴，在石頭上有更好的抓地力。雖然妳的腳趾頭會被擠得非常難受，但至少妳在下雨的時候不會那麼容易摔下去。」

瑞安娜瞥了一眼塔樓的出口，再看向烏雲密布的天空，而後再看向我。「妳真的願意跟我交換一隻靴子？」

「就換到我們走到另外一邊為止。」我望向出口外面，三名新生已經在過橋，展開雙臂。

「但我們得趕快換鞋，快輪到我們了。」

瑞安娜噘起嘴巴，猶豫了一下，還是同意了，我們互換了左邊的靴子。我才剛繫好鞋帶，隊伍又開始動了。身後有個男生推了我一下，讓我踉踉蹌蹌地走上塔樓外的平台。

「快點走，我們有些人在另一邊有事要完成。」他的聲音讓我非常煩躁。

「你根本不值得我加快腳步。」我叨念的同時，努力保持著平衡。強風拍打著我的肌膚，盛夏早晨的濕氣好重。**綁辮子真是個好主意呢，米拉**。

塔樓的頂部什麼東西都沒有，石頭堆砌成的矮牆沿著環形塔頂的邊緣上下起伏，正好在我胸口的高度，完全不會遮擋到視野。下面的峽谷和河流突然顯得非常遙遠。他們到底派了幾輛馬車在底下等著？五輛？六輛？我知道的數據是，這座石橋每年大約會淘汰百分之十五的騎士學院志願者。在這個學院的每個試煉，包括現在這個，都是為了測試學生騎龍的能力而設計。如果有人連在風大時走過這條狹窄的石橋都做不到，他們也絕對無法在龍背上保持平衡，更不用說在上面打鬥了。

至於死亡率呢？我想其他騎士都會認為這份榮耀值得他們去承擔風險，或者也有騎士傲慢到認為自己不會摔下去。

但我並不屬於這兩種人。

我跟在瑞安娜和狄倫後面，沿著塔頂環形邊緣走過的時候，一陣噁心感讓我按住肚子，而後我用鼻子吸氣、再用嘴巴吐氣，手指輕輕劃過石牆，慢慢往石橋的方向走去。

三名騎士在入口處等待著，入口處看起來只是塔樓牆上的一個巨大開口。其中一個身穿無袖衣服的騎士，在每位新生踏上那條危險通道時，記錄著他們的名字。另一個剃了光頭、只留頭頂中間一條頭髮的騎士，在狄倫就定位時指導著他，拍拍他的胸脯，好似藏在衣服下的戒指能帶給他好運一樣，我也希望真的能帶來好運。

第三個騎士轉向我，而我的心跳……頓時漏了一拍。

他的身材高大，有著一頭隨風飄動的黑髮，還有俐落的深色眉毛。他下顎的線條明顯，溫暖的小麥色皮膚上覆蓋著深色的鬍碴，雙臂交叉在胸前時，胸膛和手臂的肌肉微微起伏，讓我忍不住吞了口水。而他的雙眸……就像是有金色光芒點綴的黑色瑪瑙。眼睛顏色的對比令人震驚，甚至是讓人窒息，他的一切都如此吸引我的目光。他的臉部特徵猶如雕塑般銳利，卻又完美無瑕，彷彿是藝術家花了一輩子的時間雕琢的作品，至少其中一年是專注在打造他的嘴唇。

他是我這輩子見過最精緻完美的男人。

生活在戰爭學校裡，我可是看過了**無數**男人。

就連他那道從左眉斜切至顴骨頂端的傷疤，都只讓他看起來更加性感。性感到爆，色氣炙人。是那種會讓人惹上麻煩卻甘之如飴的致命誘惑。我頓時忘了米拉叫我不要跟其他屆學生亂搞的原因。

「兩位！我們另一端見！」狄倫興奮地回頭對著我們燦笑，隨後踏上石橋，展開雙臂。

「萊爾森，下一個準備好了嗎？」那個穿無袖的騎士問。

薩登．萊爾森？

「妳準備好了嗎，索倫蓋爾？」瑞安娜邊走向前邊問我。

那位黑髮騎士的目光轉移到我身上，身體完完全全轉向我，我的心跳卻因各種不該有的情感狂跳。叛軍印痕從他裸露的左腕蜿蜒起伏，消失在他的黑色制服下，又從領口露出來，延伸環繞到他的頸部，最後停在下顎。

「喔，慘了。」我低聲說道。他突然瞇起眼睛來，似乎能在那吹動我辮子的呼嘯風聲中，聽到我的喃喃自語。

「妳姓索倫蓋爾嗎？」他慢慢向我走近，我抬起頭……越抬越高。

老天，我的身高根本不到他的鎖骨。他非常高大，身高至少超過一米九。

我真真切切感受到米拉對我的形容——**脆弱**，但我還是點了點頭，他眼裡閃耀的黑瑪瑙瞬間轉變為冰冷、純粹的恨意。我幾乎能嚐到他身上散發出的厭惡，就像一瓶苦澀的古龍水。

「薇奧蕾？」瑞安娜向我走近問道。

「妳是索倫蓋爾將軍的小女兒。」他的聲音低沉中帶著指責。

「你是梵·萊爾森的兒子。」我回嘴，骨子裡對這個事實確信無疑。我抬起頭來，盡量繃緊全身的肌肉，以免開始顫抖。

只要他發現妳，一定會把妳殺了。米拉的話在我腦袋裡迴盪，恐懼讓我的喉嚨緊繃。他會把我推下去。他會把我舉起來從塔樓上丟下去。我根本沒有機會上到那座橋。我會死於母親一直以來對我的形容，也就是「虛弱」。

薩登深吸了一口氣，下巴的肌肉向後拉動了一次、兩次。「妳母親抓了我父親，還負責監督執行他的死刑。」

等等。講得好像這裡只有**他**有憎恨的權利似的？憤怒在我的血管裡奔流。「你父親殺了我哥，看來我們扯平了。」

「才怪。」他炯炯有神的目光在我身上掃過，好像在試圖記住每個細節，或是在找尋任何弱點。「妳姊姊是個騎士，難怪妳能穿皮衣。」

「我想是吧。」我也直勾勾地盯著他看，好似贏了這場瞪眼比賽，就能不用過他身後的橋進到騎士學院。無論如何，我一定會過這個橋。米拉不會再失去一個手足了。

他的雙手緊握成拳，全身繃緊。

我已經準備好應對他的攻擊。他可能會把我從塔樓上丟下去，但我不會讓他好過的。

「你們倆還好嗎？」瑞安娜問，目光在我和薩登之間來回。

薩登瞥了她一眼。「妳們是朋友嗎？」

「我們剛才在樓梯上認識的。」她說著，聳起肩膀。

薩登往下一看，注意到我們不一致的鞋子，挑起了單邊眉毛。他終於放鬆了拳頭。「有意思。」

「你要殺了我嗎？」我再次抬起下巴。

他和我四目相接，此時天空的烏雲突然散開，大雨如注，在幾秒鐘內浸濕了我的頭髮、我身上的皮衣，還淋濕了周圍的石頭。

一聲尖叫劃破空氣，瑞安娜和我同時把注意力轉向石橋，正好看到狄倫滑倒的畫面。

我倒抽了一口氣，心臟狂跳，彷彿要跳出喉嚨。

他勾住了自己，雙臂掛在石橋上，雙腳在身體下踢來踢去，想爬回橋上卻沒有抓穩。

「快點上來啊！狄倫！」瑞安娜喊道。

「天啊！」我飛快地用手摀住嘴，他抓不住滑溜溜的石頭，掉了下去，消失在我們的視線中。風雨大到聽不見他身體墜落到下方山谷會發出的任何聲音，也蓋住了我低沉的啜泣聲。

薩登的視線沒從我身上移開過，當我將滿是驚恐的視線移回他身上時，發現他用一種我無法解讀的微妙眼神，靜靜地看著我。

「既然石橋可以幫我殺了妳，我何必浪費力氣呢？」他嘴角勾起邪惡的微笑。「換妳了。」

「騎士學院中有個迷思是，不是殺人，就是被殺。
騎士之間應該互助合作，不是要來殺害其他學生的……
除非那年願意締約的龍不夠多，或是某個學員會拖垮自己的隊伍。
事情也會因此變得……很有意思。」

——《阿凡德拉少校的騎士學院手冊》（未經授權版）

第二章

今天我絕對不會死。

這句話成為我的信念，在腦海裡反覆回響。瑞安娜在石橋入口報到處把名字告訴負責登記的騎士時，薩登眼中的憎恨如同烈火灼燒著我的臉龐，即使狂風吹來，夾帶雨水拍打著我的肌膚，他炙熱的怒火絲毫不減，而我也因恐懼而顫慄，直至脊髓。

狄倫已經死了。現在他只是個名字，另一個將會刻在石碑上的名字，與通往巴斯蓋亞路上的無盡墓碑排在一塊。他的名字也再次警告懷有雄心壯志的新生，寧願與其他騎士拚搏，卻不願為了安全選擇其他學院的下場會是如何。我現在終於明白，為什麼米拉告誡我不要交朋友了。

瑞安娜緊緊抓住塔樓出口的兩側，然後回頭看向我。「我會在另一邊等妳的！」她在暴風雨中大聲喊道。她眼裡的畏懼也映照出我的感受。

「我會在另外一邊見到妳的。」我點頭，甚至勉強擠出一絲笑容。她踏上石橋，開始前行。儘管我知道幸運之神茲納爾今天肯定忙得不可開交，我還是默默向祂祈禱。

「名字是？」在塔樓邊緣的騎士問道，他的同伴正嘗試用斗篷罩住桌面的卷軸，好讓紙張保持乾燥，可惜沒什麼用。

「薇奧蕾・索倫蓋爾。」我回答的當下，一聲雷鳴在我頭上劈啪作響，那聲音讓人感到異常安心。我一直都很喜歡暴風雨拍打在堡壘窗上的夜晚，雷電一閃一閃，照亮了我在閱讀的書頁，又讓影子疊在書本之上。雖然這場傾盆大雨可能會讓我丟了小命。我匆匆一瞥，看見狄倫和瑞安娜的名字已經在水與墨交融處漸漸模糊。這是狄倫的名字最後一次出現在墓碑以外的地方了。石橋的另一頭也同樣有名單記錄，好讓抄寫士記錄他們珍視的傷亡數據統計。在另一個人生藍圖中，也許我會是那個負責閱讀且記錄當下數據、做史料分析的人吧。

「索倫蓋爾？」詢問我的那名騎士抬起頭來，驚訝得眉毛也隨之上揚。「是索倫蓋爾將軍的那個索倫蓋爾嗎？」

「對，就是一樣的索倫蓋爾。」真討厭，這樣的對白已經不是新鮮事了，而且我也知道情況只會越來越糟。我無可避免會被拿來跟我的母親比較，畢竟她是這裡的指揮官。更糟的是，大家可能會認為我跟米拉一樣，天生就是個厲害的騎士，或者像布瑞南一樣是個出色的戰略家。又或者大家會看我一眼，發現我跟他們三個截然不同，然後開始對我有差別待遇。

我把雙手放在塔樓的兩側，拽著我的手指頭，劃過石牆。早上出太陽的時候，塔樓的矮牆還溫溫的，但下雨過後已迅速變冷，表面滑溜溜的，卻又不像長了青苔還是什麼東西那般濕滑。

在我前面的瑞安娜正伸展著雙手保持平衡，她大概已經過到橋的四分之一，身影隨著她步入雨中慢慢變得模糊。

「我以為將軍只有一個女兒耶？」另一名騎士在另一陣風吹到我們身上時，邊調整著斗篷的角度邊提出疑問。如果現在塔樓遮住了我下半身，風還這麼大，那我待會在石橋上可要受盡一番折磨了。

「我常聽到別人這麼說。」我從鼻子吸氣、嘴巴吐氣，強迫自己調整呼吸，放慢有如萬馬奔馳的心跳速度。如果我慌了，就會死。如果我滑倒了，就會死。如果我……**喔，去他的**。我真的沒辦法再做其他心理準備。

我孤伶伶地站上石橋，緊緊抓著一旁的石牆，另一陣狂風襲來，使我橫著撞向塔樓的門口。

「那妳還覺得妳有能力騎龍？」我後面那個混帳新生嘲笑我。「說是索倫蓋爾家的人，平衡感卻這麼糟。妳未來要進的翼隊真可憐。」

我重新找回平衡，並把背包背帶拉得更緊。

「名字是？」報到處的騎士再次問了一樣的問題，但我知道他不是在對我說話。

「傑克·巴洛。」我後面那個人回答。「記住這個名字，總有一天我會成為翼隊長。」就連他的聲音裡都能感受到滿滿的傲慢。

「妳最好趕快前進，索倫蓋爾。」薩登低沉的聲音命令著我。

我一回頭，便發現他正瞪著我看。

「除非妳是想要一些動力？」傑克舉起雙手，向前衝來。天啊，他真的想把我推下去。

恐懼從我的血管竄出，於是我開始前進，離開安全的塔樓，跑上那座石橋。現在已經沒有退路了。

我的心臟劇烈跳動，耳朵能聽見像鼓一般怦怦的心跳聲。

專注看著前面的石頭就好，不要往下看。米拉的建議在我腦海裡迴盪，但我很難完全聽進去，因為每一步都可能是我的最後一步。我展開雙臂平衡姿態，謹慎地踏出在中庭裡跟吉爾斯德少校一起練習的緩慢步伐。但在狂風暴雨以及六十公尺高的深淵面前，這跟練習的完全不一樣。腳下的石頭是用砂漿接起來的石塊，有些高低不平，讓人容易絆倒。我專心看著前面的道路，避免看向自己的靴子，同時把肌肉繃緊，穩住重心，整路保持直立的姿勢。

我的脈搏急速跳動，腦袋也頓感天旋地轉。

冷靜。我得保持冷靜。

我五音不全，甚至連哼歌都不行，所以用唱歌來分散注意力是行不通的。但我還算是個學者，沒有什麼地方比檔案庫更能讓人平靜下來，於是我想到的都是裡頭的東西。事實。邏輯。歷史。

妳的心中已有答案，就只需要靜下心、讓妳自己想起來。爸爸總是這麼跟我說，我需要一些能讓我大腦保持理性的東西，不能想著掉頭走回塔樓。

「這片大陸上有兩個王國，而我們已經打了四百年的仗。」我背誦著那些為了準備抄寫士考試而背了一遍又一遍、以便隨時想起的基本資訊。一步又一步，我慢慢走過石橋。「納瓦爾，我的家鄉，是幅員比較大的王國，有六個獨特的省分。最大的省是王國最南端的提倫多爾省，與波羅密爾王國的克洛弗拉省接壤。」每個字都讓我可以調整呼吸回到平靜，穩定我的心率，減輕頭暈的感覺。

「我們的東邊是波羅密爾剩下的兩個省分，布雷維克省還有西格尼森省，由埃斯本山脈作為天然的地理屏障。」我經過那條標記著石橋中間點的線，現在高度已達最高點，但我不能想著這個。**不要往下看**。「在克洛弗拉省之外，在我們的敵人波羅密爾王國境外，是遙遠的荒原，一片沙漠——」

雷聲乍響，狂風重重壓在我身上，我拚命揮動我的手臂想要保持平衡。「可惡！」

我的身體因這陣強風左右搖擺，一不小心就跌坐在石橋上。我抓住橋的邊緣，蹲下身子以免再度站不穩，盡量把自己的身體縮小，任憑狂風呼嘯而過。我的胃不斷翻攪，恐慌就像把刀抵在身上，肺就快要過度換氣了。

「在納瓦爾王國境內，提倫多爾是最後一個加入同盟，並宣誓效忠瑞吉諾國王的省分。」我對著呼嘯的強風大喊，強迫自己在這種令人窒息的焦慮底下，抵抗真真實實的威脅，繼續回想那些知識。「而且它也是唯一一個在加入六百二十七年後嘗試脫離的省分，如果他們當時成功了，最終將使我們的王國變得毫無防備能力。」

瑞安娜仍在我前方，我想大概已經到了四分之三的位置。很好，她應該要成功的。

「波羅密爾王國主要由可耕種的平原和沼澤地組成，以卓越的紡織品、無盡的穀田，還有能夠增強小型魔法的獨特水晶寶石聞名。」我匆匆瞥了一眼頭頂的烏雲，而後小心翼翼地向前挪動，一步一步走。「相比之下，納瓦爾的山區礦產資源豐富，有來自東部省分的優質木材，以及取之不盡的鹿與駝鹿。」

我的下一步鬆動了腳下幾塊灰泥，我停下腳步，手臂又開始晃動，直到我重新找回平衡。我嚥下口水，測試石橋可以承受自己的重量，才再次向前走。

「兩百多年前簽訂的《雷森貿易協定》，確保每年會有四次在克洛弗拉和提倫多爾邊境的阿夫賓前哨站，用納瓦爾的肉品和木材，交換波羅密爾的布料和農產品。」

我已經可以從這裡看到騎士學院了。碉堡龐大的石頭地基聳立山上，一直延伸到建築物的底部，我知道這條路的盡頭就是那裡，只要我能過到橋的另一端就好。我用肩膀上的皮製護具刮去臉上的雨水，並回頭看傑克在哪裡。

他停在石橋前四分之一的標記點，結實的身軀屹立不搖……像是在等待著什麼一樣。他的手放在身體兩側，平衡感似乎沒受風吹影響，走運的混蛋。我賭他一定在遠處笑著，但也有可能雨水打進我眼睛才會看起來像這樣。

我不能一直待在這裡。想要活著看到明天的太陽代表我得繼續前進。不能讓害怕支配我的身體。我綳緊雙腿的肌肉，保持平衡，讓身體慢慢遠離腳下的石頭，站了起來。

手臂展開。繼續走。

我必須在下一陣風來之前，盡可能走得越遠越好。

我回頭看了看傑克走到哪裡，看到的畫面讓我霎時感到背脊發涼。

他背對著我，面向後面的新生。那人正揹著沉重的背包，搖搖晃晃地前進，十分危險。傑克抓住這笨手笨腳的男孩肩上的背帶，而我就這樣眼睜睜看著傑克把這瘦弱的新生從橋上扔下去，像是在丟一袋穀物一樣，嚇得我全身肌肉緊綳。

一聲慘叫瞬間傳入耳裡，聲音隨著他消失在我視線中逐漸消逝。

天啊。

「妳就是下一個！索倫蓋爾！」傑克向我吼道，我的視線猛然從峽谷移開，看到他手指著我，嘴角勾起邪惡的微笑。之後他向我走來，步伐飛快地縮短了我們之間的距離，速度快得可怕。

快點，馬上！

「提倫多爾位於大陸的西南方，」我繼續背誦著，腳步在這條光滑而狹窄的道路上，平穩前行，卻又帶點慌亂。左腳每踏出一步，都會有些打滑。「提倫多爾的地形崎嶇多山，西臨翡翠海，南接阿克泰爾海，易守難攻。儘管地理上是被追落斷崖隔開，這是一道天然的保護屏障——」

另一陣狂風向我襲來，我的腳從橋上滑了下去。我的心猛然一跳。我踉蹌跌倒的時候，橋面突然迎面襲來，我的膝蓋重重撞上石頭，讓我痛得大叫一聲。我的手緊緊抓著石橋，同時左腿懸在這座地獄之橋的邊緣，傑克就在不遠處了。而我犯了一個讓人胃抽筋的錯誤，就是往下看。

雨水從我的鼻子流到下巴，再往石頭上噴濺，最後落到六十公尺深的峽谷中，與潺潺流過的河水匯合。我嚥下在喉嚨越積越多的緊張，眨了眨眼睛，努力穩定心跳。

今天我絕對不會死。

我緊抓著石頭的兩側，盡可能把身體的重量放在光滑的石頭上，然後使力把左腿擺上來，我的腳趾頭終於踩到橋上。從此刻起，世上已經沒有太多東西可以用來穩定我的思緒。我必須用抓地力較好的右腳把身體撐起來，但只要做錯一個動作，我就會知道山谷底部的河水有多麼冰冷。

妳摔下去必死無疑。

「我來了，索倫蓋爾！」我聽到身後傳來的聲音。

我蹬了一下石頭路，猛然站了起來，祈禱我的靴子能找到它應該在的道路。我要是摔下去，好吧，那是我自己的問題。但我絕不會讓這混帳殺了我。**最好趕快到橋的另一端，也就是其他人等著幹掉我的地方**。不是說這學院的每個人都想殺了我啦，只有那些覺得我會拖累隊伍的學員而已。騎士們崇尚力量是有原因的。一個小隊、分隊、翼隊能否成功，取決於其最弱的一環，如果這個環節出現問題，就會將所有人置於危險之中。

傑克要麼是覺得我是隊上最弱的一環，要麼他就是個喜歡殺人的神經病。可能兩者都是。無論如何，我得走快一點。

我把手臂伸展開來平衡，專心看著路的盡頭，也就是碉堡前的廣場、瑞安娜已經抵達的安全地方，儘管下著大雨仍快速前行。我把身體的肌肉繃緊，穩住重心，這是我第一次慶幸自己比多數人都矮。

「妳如果掉下去的話，會一路尖叫到谷底嗎？」傑克仍在我背後嘲笑喊叫著，但他的聲音聽起來離我更近了。他快追上我了。

我已經沒有時間害怕了，所以我壓抑住恐懼，想像能把這種情緒鎖到我內心的鐵柵欄後面。

我終於能看到石橋的盡頭了，也可以看到有騎士在碉堡的入口等著我們。

「一個連塞滿東西的背包都背不動的人，是不可能通過入學考的。妳真是你們家族中的失誤啊，索倫蓋爾。」傑克大聲喊道，聲音變得越來越清晰，但我不敢為了看他離我有多近而慢下速度。「我現在把妳解決掉，其實對大家都好，妳不覺得嗎？這比讓龍殺了妳還仁慈多了。牠們會在妳還活著的時候，一點一點地啃食妳瘦弱的腿。來吧，」他哄騙道。「能幫助妳是我的榮幸。」

「鬼才信你。」我嘟囔著。距離碉堡巨大的外牆只剩幾步路了。我的左腳又滑了一下，走得搖搖晃晃，但我的心跳只漏了一拍，就又繼續向前走。那座堡壘慢慢從厚重的牆壁後方浮現，沿著山的走向建成L型的石砌高塔，顯然是為了防火需求。圍繞在碉堡中庭外的牆壁厚達三公尺，高達兩公尺，只有一個入口——而我，就快到了。

身旁兩側的石牆漸漸升高，我忍住如釋重負的淚水。

「妳以為妳在裡面就安全了嗎？」傑克的聲音聽來刺耳……而且聽起來很近。

在兩邊牆壁保護下，我跑完了最後三公尺，腎上腺素把我的身體推到極限，心臟跳得超級快，我可以感受到他的腳步在我身後快速追了上來。他撲向我的背包，卻沒有成功抓住我，在我們要抵達入口邊緣的時候，他的手碰到了我的臀部。我急速向前衝刺，從較高的石橋上往下跳了三十公分，來到中庭，那裡有兩個騎士在等著。

傑克沮喪得向我咆哮，他的吼叫聲像老虎鉗般，一把掐住我劇烈起伏的胸口。

我轉過身，從肋骨處的刀鞘拔出一把匕首，就在此時，傑克在橋上急停下來，呼吸急促、滿臉通紅。當他憤怒地俯視著我時，微微瞇起的冰藍色眼睛中寫滿了殺意……而我的匕首尖端正抵在他褲襠的布料上，對準他的命根子。

「我想，我現在應該安全了吧。」我在混亂急促的呼吸間勉強說道，明明肌肉還在顫抖，手卻非常穩定。

「是嗎？」傑克憤怒得全身顫動，濃密的金色眉毛在冰藍色的眼睛上方皺起，整個龐大的身軀朝著我的方向傾斜。但他並沒有再向前邁出一步。

「騎士不得對他人造成傷害，此條適用於在學院隊伍中或受上級學員監督的狀況下。」我背誦著《法典》裡的內容，心臟仍有緊張得快跳出喉嚨的感覺。「因為這會降低翼隊的作戰能力。考量到我們身後的那些人，我想我可以理直氣壯地說我們現在是在隊伍中。《法典》第三條第……」

「我才不在乎！」他動了，但我還是保持原本的姿勢，匕首劃破了他褲襠的第一層布料。

「我建議你再好好想想。」我調整了一下站姿，以防他不想聽我的話。「我可能會手滑喔。」

「名字是？」我旁邊的騎士漫不經心地問，好像我們的爭吵是她今天看到最無趣的事情。我朝她的方向瞥了一眼，她用一隻手把及肩的火紅色短髮撩到耳後，另一隻手握著卷軸，靜靜看著這一幕會怎麼演。她的斗篷上繡著三顆銀色的四角星，表示她是三年級學生。「妳在騎士中身型算是有點小，但妳顯然還是做到了。」

「薇奧蕾・索倫蓋爾。」我回答，但我全部的注意力又回到傑克身上。雨水順著他低垂的眉頭滴落。「對了，在妳問同樣的問題前，我想先說，沒錯，就是**那個**索倫蓋爾。」

「我不意外，看妳花招那麼多。」那個女人回答，像媽一樣是用筆在捲軸上寫字。

這可能是我聽過最棒的稱讚了。

「那你呢？」她再次問道。我很確定她是在問傑克，但我忙著研究我的對手，沒時間看她是在對誰說。

「傑克・巴洛。」他的嘴唇已經沒有陰險的微笑，也不再有戲謔的嘲弄，說他有多享受能殺了我。他的面容上只有純粹的惡意，透露出誓言報復的決心。

一股因擔憂產生的寒意讓我頸上的汗毛豎起。

「好了，傑克。」我右邊的男騎士緩慢地說，同時撫著他深色山羊鬍的邊緣。他沒有穿斗篷，雨水浸透了破舊皮衣外套上的補丁。「索倫蓋爾同學是抓住了你的把柄，而且不只是字面上的意思。她說得沒錯，規章明文規定騎士們在隊伍裡要互相尊重。你想殺了她的話，就給我憑本事在練武場上或私底下解決。而且也要她決定讓你離開石橋，因為嚴格上來說，你還沒進來，所以你不算是騎士學院的學員，她才是。」

「如果我一走下來就決定扭斷她的脖子呢？」傑克怒吼，眼裡的堅定說明他一定說到做到。

「那你就可以早點見到龍了，」紅髮女回答，語氣平淡。「我們這裡不會等審判，可以直接處刑。」

「索倫蓋爾，妳打算怎麼做？」那位男騎士問我。「妳要讓傑克從現在開始當太監嗎？」

可惡。這該怎麼辦？我從這個角度沒法殺他，切掉他的蛋蛋只會讓他更恨我，如果我真的這麼做的話。

「你要遵守規定嗎？」我問傑克的同時，頭正在嗡嗡作響，手臂突然感覺好重好重，但我還是把刀子對準目標。

「我想我別無選擇。」他嘴角勾起一抹冷笑，舉起雙手，手掌向外，呈現一種放鬆投降的姿勢。

我放下匕首，但還是握在手心裡，接著往一旁移動到在點名的紅髮騎士那邊。

傑克走下石橋，進到中庭，經過的時候撞了一下我的肩膀，刻意停下湊近跟我說：「妳死定了，索倫蓋爾，妳一定會死在我手上。」

「藍龍源自於非凡的戈爾姆菲利亞斯血統，以其龐大的體型聞名。他們是最為凶殘的龍種，尤其是稀有的藍色匕尾龍，其尾部有如刀刃般的尖刺。只需一揮，就能把敵人開膛破肚。」

——《凱奧里上校的龍類指南》

第三章

如果傑克想殺了我，他還得排隊呢。再說，我有預感薩登．萊爾森會比他更早對我下手。

「今天可不行。」我對傑克說，手中的匕首握得很緊，而當他湊過來在我旁邊深吸一口氣的時候，我不知道為什麼可以忍住不顫抖。他就像條該死的狗一樣嗅著我。然後他輕蔑一笑，朝著那群在慶祝考試通過的學員和騎士們走去，他們正聚集在碉堡寬大的中庭裡。

現在還很早，大概九點鐘，但我已經注意到現在這裡的學員，已經比之前排在我前面的新生少很多了。看到這裡這麼多人穿著皮衣，二、三年級的學員應該都來了，打量著新進的學員。

雨勢趨緩，變成濛濛細雨，彷彿它只是為了來讓我生命中最艱難的考驗更加困難……但我做到了。

我還活著。

我成功了。

我的身體開始顫抖，左膝傳來一陣陣刺痛，那也是我在石橋上撞到的位置。我只要向前走一步，我的膝蓋就威脅要罷工。我必須在別人注意到之前包紮一下。

「我想妳在剛剛那邊得罪人了，」那個紅髮女孩說，隨意調整肩上繫著的致命十字弓。她把視線移開卷軸，瞥了我一眼，淡褐色的眼眸中透著精明的神色，上下打量著我。「如果我是妳，我會注意他是否出現在我背後。」

我點點頭。我得注意我的背，還有身體的其他部位。

下一位新生才剛要從石橋上下來，就有人從我背後抓住我的肩膀，然後把我轉過來。

我的匕首舉到一半，就發現原來是瑞安娜。

「我們成功了！」她露出燦爛的笑容，捏了捏我的肩膀。

「我們成功了。」我強顏歡笑地重複她說的話，大腿正發抖著，但我設法把匕首插回肋下。現在我們都在這裡，都是騎士學院的學員了，那我能相信她嗎？

「真的太謝謝妳了。途中至少有三次我差點掉下去，要不是有妳的幫忙，我可能就真的摔下去了。妳說的對，我原本的鞋子鞋底真的滑得要命。妳看到周圍那些人了嗎？不騙妳，我剛看到一個二年級的學姊頭髮上有粉色的挑染，還有一個男生整個二頭肌上都刺了龍鱗的圖案。」

「只有步兵會墨守成規。」在我回應的時候，她挽著我的手臂，拉著我往人群走去。我的膝蓋發出聲響，疼痛從臀部一直擴散到腳上，然後我只能一瘸一拐地前行，重心不小心落在瑞安娜身上。

該死。

為什麼會這麼想吐？為什麼沒辦法停止發抖？我現在感覺隨時都會摔倒。雙腿的震動和腦袋的嗡嗡聲也讓我的身體無法站直。

「話說，」她說，向下瞥了一眼。「我們需要交換靴子。那裡有個長椅——」

一個身穿正黑色制服的高大身影從人群中走出，朝我們衝過來。儘管瑞安娜成功躲開了，我還是不小心絆倒，跌進他懷裡。

「薇奧蕾？」一雙強而有力的手抓住我的手肘，讓我可以站穩。我抬起頭來，看到一雙讓人感到熟悉又炯炯有神的棕色眼睛，明顯因為受到驚嚇瞪得大大的。

我內心突然如釋重負，試著給他一個微笑，但我笑的樣子可能會變成扭曲的苦笑。他似乎長得比去年夏天的時候更高了，下巴的鬍子是新留的，而且他的身材也變壯許多，讓我眼睛不禁為之一亮……也可能我的眼角餘光沒看得很清楚。那個曾經出現在我許多幻想中美麗且隨和的笑容，與現在噘起嘴的那張臭臉相差甚遠。他的一切，現在似乎都變得有些……強硬，但這樣的轉變也挺適合他的。他下巴的線條、眉毛的輪廓，甚至是二頭肌的肌肉，在我試圖找到平衡時，都在我手指下緊繃了起來。去年的某個時候，戴恩．艾托斯已經從迷人可愛變成了**英俊瀟灑**。

可是我快要吐在他的靴子上了。

「妳到底在這裡做什麼？」他吼道，眼裡的驚訝轉變為一種陌生、令人窒息的感覺。他已經不是那個和我一起長大的男孩了。他現在是二年級的騎士了。

「戴恩，真高興見到你啊。」這句話是有些輕描淡寫我對他的感覺了。同時我身體的顫抖變成了劇烈搖晃，膽汁攀上了我的喉嚨，暈眩只會讓噁心感更加嚴重。我的雙膝不由得發軟。

「見鬼了，薇奧蕾。」戴恩嘟囔著，把我拉起來。他一隻手放在我背上，另一隻手放在我手肘下，迅速帶我離開人群，走到牆邊的一個凹處，靠近碉堡的第一座防禦炮塔。這是一個陰暗、隱蔽的地方，他讓我坐在一張硬木長凳上，再幫我脫下背包。

口水湧到我嘴巴裡。「我要吐了。」

「把頭放在膝蓋上，」戴恩用我不習慣的嚴厲語氣命令道，但我還是照做了。他在我的下背打圈按摩，而我用鼻子吸氣、嘴巴吐氣，慢慢調整呼吸。「這是腎上腺素在作用，等一分鐘後就會好了。」我聽到碎石路上有正接近我們的腳步聲。「妳到底是誰啊？」

「我是瑞安娜。薇奧蕾的……朋友。」

我盯著腳下那雙不成對的靴子踩著的地面，希望我肚子裡僅有的東西不要亂動。

「瑞安娜，聽我說，薇奧蕾沒事。」他命令道。「如果有人問，妳就照我說的告訴他們，她只是腎上腺素分泌過多。明白嗎？」

「薇奧蕾的事情跟別人無關。」瑞安娜回嘴道，語氣就跟戴恩一樣尖銳。「所以我啥都不會說。尤其我是因為她的幫忙才能走過石橋。」

「妳最好說到做到。」他警告時冷冽的語氣，和他在我背上不停打圈按摩的溫暖，簡直天差地別。

「我可以問一下你他媽的到底是誰嗎？」瑞安娜反駁道。

「他是我的老朋友。」我身上的顫抖逐漸平息，想吐的感覺也慢慢消失了，但我不確定這是因為時間的關係還是姿勢問題，所以我把頭放在膝蓋上，試圖解開左邊靴子的鞋帶。

「喔。」瑞安娜回答。

「我還是二年級的騎士，**新來的**。」戴恩低吼道。

碎石路砰砰作響，瑞安娜像是後退了一步。

「這裡沒有人會看到妳，小薇，慢慢來。」戴恩小聲地說。

「因為在成功過橋、從那個想把我扔下去的混蛋手中死裡逃生後，還吐得亂七八糟，會被認為很軟弱。」我慢慢起身、慢慢坐直。

「是沒錯，」他回答。「妳受傷了嗎？」他的目光急切地在我身上巡視，好似需要親自檢查每一寸肌膚的狀況。

「我膝蓋很痛。」我還是小小聲地跟他坦承了，因為是戴恩我才敢說。我從五、六歲的時候就認識戴恩了，他父親是我母親最信任的軍事顧問，自從布瑞南離世、米拉離家進入騎士學院後，他一直支持著我。

他用拇指和食指捏住我的下巴，左右轉動我的臉讓他仔細檢查。「就只有膝蓋痛嗎？妳要確定喔。」他的手從我的身體兩側向下摸，在我的肋骨處停了一下。「妳帶著**匕首**嗎？」

瑞安娜幫我把靴子脫下來，鬆了口氣，並擺動她的腳趾。

我點點頭。「三把在我肋骨的刀鞘裡，一把在靴子裡。」幸好帶了，真是謝天謝地，不然我不確定自己現在還能不能坐在這裡。

「嗯。」他鬆開了手，彷彿第一次看到我，彷彿我是個完全不認識的陌生人，後來他對我眨眼睛，這種生疏感就消失了。「去把妳的鞋子換回來吧。妳們兩個看起來很可笑。小薇，妳相信她嗎？」他朝瑞安娜的方向點了點頭。

她本來可以在城牆內安全的地方等我，把我推下去，像傑克試圖做的那樣，但她沒有。

我點了頭。在這地方，我對她的信任，就跟信任其他一年級生一樣吧。

「好吧。」他站起來，轉過身走向瑞安娜。他的皮衣兩側也跟我一樣有刀鞘，但他每個刀鞘裡都裝有匕首，而我的刀鞘裡還是空空如也。「我是戴恩．艾托斯，第二翼隊、烈焰分隊下第二小隊的隊長。」

小隊長？我的眉毛驚訝得跳起。在騎士學院的學員中，最高的階級是翼隊長和分隊長。這兩個職位都是由三年級的菁英擔任。二年級的學生只有非常出類拔萃才能升上小隊長。其他人在龍盟日（龍選擇和誰締約的日子）之前，都只是學員，是度過龍盟日之後才會變成正式的騎士。這裡的人員死得太頻繁了，所以不能太早分配職位和軍階。

「過橋的試煉應該會在幾個小時內結束，這取決於新生們通過或墜落的速度。去找那個紅頭髮、拿著卷軸的人，通常她會帶著一把十字弓，告訴她戴恩．艾托斯把妳和薇奧蕾．索倫蓋爾都編入了他的小隊。如果她質疑妳，就說去年龍盟日的時候我救過她的小命，還欠我一次人情。我很快就會帶薇奧蕾回到中庭。」

瑞安娜看了一下我，我點頭表示同意。

「趁還沒人看到我們的時候快走。」戴恩叫道。

「我要走了啦。」她回答道，把腳塞入靴子，迅速繫上鞋帶，而我也跟著快速換上我的鞋子。

「妳竟然穿這雙馬靴過橋？這對妳來說太大了！」戴恩一副不敢相信的樣子瞪著我問。

「如果我不跟她換鞋的話，她可能會死。」我一站起身，膝蓋就不聽使喚，讓我站也站不直，痛得我面部猙獰。

「如果我們不想辦法離開這裡，妳也會死。」他伸出手臂。「抓住我的手。我們得把妳送到我的房間。妳需要包紮一下膝蓋。」他的眉毛上揚。「除非妳去年發現了什麼我不知道的神奇療法？」

我搖搖頭，同時挽住他的手臂。

「見鬼了，薇奧蕾，**真該死**。」他小心翼翼地把我的手臂塞在他身體一側，用另外一隻空著的手抓住我的背包，然後帶我走進外牆凹處底端的一條隧道，我先前都沒看過有這樣的地方。牆上的魔法燈隨著我們經過的步伐依序亮起，走過後又自己熄滅。「妳不應該出現在這裡的。」

「我知道。」現在沒有人能看得到我們了，我就稍微讓自己跛著腳走。

「妳應該要在抄寫士學院的，」他帶我穿過牆邊的通道，忿忿不平地說道。「到底發生什麼事了？拜託告訴我妳不是**自願**來騎士學院的。」

「你覺得發生了什麼事？」我反問他，這時我們走到一扇鍛造大門前，看起來像是用來擋住山洞裡的怪物……或是龍。

「是妳媽。」他咒罵了一聲。

「對，是她。」我點點頭。「每個姓索倫蓋爾的都是騎士啊，你難道不知道嗎？」

我們來到一段環狀階梯，戴恩帶我走過一樓和二樓，在三樓停了下來，推開另一扇門，金屬摩擦的聲音吱吱作響。

「這層是二年級的樓層。」他悄悄地向我解釋。「也就代表……」

「顯然我不應該出現在這裡。」我靠得更近一點。「別擔心啦，如果有人看到我們，我就說我對你一見鍾情、慾火焚身，一刻都等不及想把你的褲子扒光。」

「妳還是這麼愛耍嘴皮子。」他露出一個苦笑，就繼續往大廳走。

「等進了你房間後，我還可以叫幾聲『啊，戴恩』來增加可信度喔。」我建議道，而且是認真的。

他哼了一聲，在一扇木門前放下我的背包，然後在門把前面做出轉動的手勢。咯一聲，門鎖上了。

「你有魔力了。」我說。

當然，這不是什麼新鮮事。他已經是騎士學院的二年級生，所有騎士都能施展一些小魔法，只要他們的龍選擇傳輸力量給他們……但，這可是戴恩！

「別這麼驚訝。」他翻了個白眼，打開門，背起我的背包，同時扶我進去。

他的房間很簡單，只有床、斗櫃、書桌和衣櫃。除了書桌上的幾本書之外，沒有什麼個人物品。我注意到其中一本是去年夏天他離開前我送他的克洛弗拉語巨著，讓我內心稍稍有些滿足。他一直對語言有天賦。他的房間普通到甚至床上的毯子都是簡單的騎士黑，好似在睡覺時會忘記自己為什麼在這裡。房間的窗戶是拱形的，我走向窗戶，透過透亮清澈的玻璃，可以看到峽谷對面巴斯蓋亞的其他景色。

明明是同一間戰爭學校，兩邊卻像天涯海角。石橋上還有兩名新生，但我在認真看著他們摔落峽谷之前，就把目光移開了。一個人一天就只能承受這麼多人死亡，而我已經到他媽的極限。

「這裡面有繃帶嗎？」他把背包遞給我。

「這些都是從吉爾斯德少校那裡弄來的。」我點點頭回答道，然後坐到他精心整理的床邊，開始翻找我的背包。幸運的是，米拉比我更會打包行李，這些繃帶很容易就能找到。

「就當自己家。」他笑了笑，背靠著關上的房門，將一邊腳踝勾在另一邊上頭。「雖然我很不喜歡妳來這裡，但我不得不說，看到妳的臉真的讓我心情好多了，小薇。」

我抬頭看著他，我們互相對視。過去一週，甚至是過去六個月來，一直憋在我胸口的緊張感消散了。這一瞬間，世界好像只剩下我們倆。「我好想你。」這句話也許暴露了我的弱點，但我不在乎。反正戴恩幾乎對我瞭若指掌。

「嗯，我也很想妳。」他小聲地說，眼神變得柔和。

我的胸口一緊，我和他之間似乎有一種微妙的關係，當他看著我的時候，有一種幾乎可以觸碰到的……期待感。或許這麼多年以後，我們終於在對彼此的渴望上達成共識了。或者他可能只是很欣慰能見到老朋友。

「妳最好把那條腿包紮一下。」他轉身面向門。「我不會看的。」

「有什麼你沒看過的。」我拱起臀部稍微扭動，把皮褲褪到大腿和膝蓋之間。可惡。左邊膝蓋腫起來了。如果是其他人跌了那麼一跤，他們只會留下瘀青而已，甚至只是擦傷。但我呢？我得固定好我的膝蓋，它才不會位移。我弱的不是只有肌肉，固定關節的韌帶也一點鳥用都沒有。

「是沒錯啦，但我們不是正偷偷溜去河裡游泳對吧？」他打趣著說。我們一起長大，經歷了父母駐守的每一個崗位，不管在哪裡，我們總能找到游泳和爬樹的地方。

我拉緊了膝蓋上方的繃帶，然後照著從小治療師教我的方法纏繞繃帶和固定關節，我在到了有辦法自己包紮的年紀之後就一直是這麼做。這個動作我熟練到甚至可以在睡夢中進行，要不是這代表我在這個學院裡會頻頻受傷的話，熟悉的手感還挺療癒的。

當我把繃帶都用金屬小扣子固定好後，我就站起來，把皮衣拉回到屁股，然後扣上扣子。「都包好了。」

他轉過身來，瞥了我一眼。「妳看起來……很不一樣。」

「因為穿了皮衣吧。」我聳聳肩。「怎麼了？不一樣不好嗎？」我花了一些時間才闔上我的背包，掛到肩上。謝天謝地，我的膝蓋綁成這樣，總算讓疼痛還可以忍受。

「就是……」他緩慢地搖搖頭，輕咬了下唇。「不一樣。」

「怎麼了，戴恩．艾托斯。」我笑著走向他，並握住他身旁的門把。「你看過我穿泳衣，長袍，甚至是禮服。你是在告訴我，我穿皮衣會讓你心動嗎？」

他嗤笑一聲，但當他的手蓋在我的手上開門時，臉頰卻泛起一絲紅暈。「很高興看到我們分開了一年妳還是這麼舌粲蓮花，小薇。」

「哦，」我們走進長廊時，我回頭看了一下他。「我能用我的舌頭做很多事情，一定會讓你印象深刻的。」我笑到嘴角都要抽筋了，剎那間，我忘記我們現在身處騎士學院，而且我才剛活著過橋。

他的眼神變得火熱，我猜他也忘記了。話說回來，米拉總是跟我說騎士們在這些牆壁後面並不是一群能克制自己的人。當你可能活不到明天時，就沒有太多理由拒絕自己的慾望。

「我們得離開這裡。」他說著，搖了搖頭，像是要理清思緒一樣。然後，他又做了跟先前相同的手勢，我就聽到門鎖滑回原位的聲音。因為走廊上沒有人，我們很快就到了樓梯間。

「謝謝，」當我們開始下樓時我說，「我的膝蓋現在感覺好多了。」

「我還是不敢相信，妳媽竟然覺得讓妳進到騎士學院是個好主意。」下樓梯時，我能完全感受到他身上散發出的怒氣。他走的那側沒有扶手，但他似乎一點也不在意，儘管只要一踩空，他的人生就會因此結束。

「我也不敢相信。去年春天我通過第一個入學考後，她就下令我只能選騎士學院，然後我馬上就開始跟著吉爾斯德少校訓練了。」明天他看死亡名冊上沒有我的名字，一定會為我感到驕傲的吧。

「在一樓下面，樓梯井的底部，還有一扇門可以通往峽谷對面的治療師學院。」我們快到一樓時他說道。「我們可以從那裡把妳送到抄寫士學院。」

「你說什麼？」我腳踏上一樓的拋光石地板時，停了下來，但他卻繼續往下走。等他發現我沒跟上的時候，已經比我多下了三階樓梯。「抄寫士學院啊。」他慢慢說道，也把身體轉向我。這個角度讓我看起來比他高，於是我瞪大眼俯視著他。「我不能去抄寫士學院，戴恩。」

「抱歉，妳說什麼？」他的眉毛飛快地挑了起來。

「她不會接受的。」我搖搖頭。

他先是張開嘴，又閉上嘴巴，雙手在身側捏成拳頭。「這個地方會害死妳的，薇奧蕾。妳不能留在這裡。大家都可以理解的。嚴格說來，妳不是自願來的。」

頓時，我感受到一陣憤怒從脊椎竄上來，我看他的眼神也變得銳利。而且不管是誰推我來這裡，他這句話都讓我不爽地說：「首先，我很清楚在這裡的生存機率有多少，**戴恩**。再來，通常有百分之十五的新生連石橋這關都過不了，而我現在還好端端地站在這裡，代表我已經能克服萬難了。」

他退後一步。「小薇，我不是說妳來到這裡不厲害，但妳還是得離開。妳一上練武場就會被打垮，而且那還是在龍發現妳……之前……」他搖搖頭別過臉去，下巴繃得緊緊的。

「我**怎樣**？」我怒火中燒。「說啊，**繼續說**。當龍發現我比其他人**差勁**的時候，你是這個意思嗎？」

「該死。」他用手抓了抓那頭剪得很短的淺褐色捲髮。「不要曲解我的意思。妳知道我想說什麼。就算妳撐到龍盟日，也沒辦法保證會有龍願意跟妳締約。就拿去年來說，有三十四個學員沒有跟龍締約，現在都只能乾坐在那邊，等著跟下一屆一起重新開始，以便再有締約的機會。而且他們的身體可都非常健康——」

「別這麼混蛋。」我的心一沉。就算他說的可能沒錯，也不代表我願意聽到這些話……或是被說成**體弱多病**。

「我是在想辦法救妳！」他大喊一聲，聲音在樓梯井的石頭間迴盪。「如果現在就帶妳去抄寫士學院，妳還是可以考個好成績，以後喝酒聊天的時候還能有個精彩的故事可講。如果我帶妳回去那裡……」他指著通往中庭的門口，「就不是我能控制的了。在這裡我沒辦法完全保護妳。」

「我也沒要你保護我！」等等……我不是想要他保護我嗎？米拉不就是這麼建議的？「既然你想偷偷把我送出去，為什麼又要叫瑞安娜幫我說要分到你的小隊？」

揪緊我胸口的壓力越發沉重。除了米拉之外，戴恩就是整片大陸上最了解我的人了，可就連他也覺得我在這裡撐不下去。

「我是為了支開她好帶妳出去！」他爬了兩層階梯，以拉近我們之間的距離，但他的肩膀絲毫沒有放鬆。如果決心看得見也摸得著的話，現在的戴恩．艾托斯就是最好的代表。「妳以為我想看著我最好的朋友去送死嗎？妳以為看著他們怎麼對待妳這個索倫蓋爾將軍的女兒很有趣嗎？穿皮衣不會讓妳變成騎士，小薇。其他人會把妳撕成碎片的，就算他們不會，龍也會。在騎士學院，不是畢業就是死亡，妳很清楚這點的。讓我帶妳離開吧。」他整個身體都垮了下來，眼裡的懇求消解了我些許的憤怒。「求妳了，讓我救妳一命吧。」

「你救不了我的，」我低聲輕語。「她說過會把我抓回來。我不是以騎士的身分離開這裡，就是變成另一個墓碑上的名字離開這個世界。」

「她不是認真的。」他搖搖頭。「她不可能是認真的。」

「她就是認真的，連米拉都勸不動她。」

他注視著我的眼睛，身體緊繃起來，好像從我的眼神中看到了這個事實。「太扯了。」

「對啊，很扯吧。」我聳聳肩，好像我們談的不是我的人生一樣。

「好吧。」我看得出來他正思索著轉換策略，以適應這個新狀況。「我們會找到其他辦法的。現在先走吧。」他牽起我的手，帶我回到我們先前藏身的隱密凹處。「出去跟其他一年級的人見面吧。我會從塔樓的正門回去。他們遲早會發現我們認識，但先別讓人抓到任何把柄。」他捏了捏我的手後放開，一句話也沒說就轉身消失在隧道裡。

我緊握著背包的背帶，走進陽光灑落的中庭裡。烏雲正在散去，毛毛雨在我朝著騎士和學員走去時，漸漸消失。腳下的碎石路發出喀喀聲響。

這個隨隨便便就能容納上千名騎士的巨大中庭，跟檔案庫的地圖裡記載的一模一樣，形狀像是個稜角分明的淚滴，圓弧的那端由一道至少三公尺厚的巨大外牆圍成。兩側都是石造大廳。我知道那棟嵌進山裡、有四層樓高、帶點圓弧的建築是教學大樓，右邊那棟聳立在懸崖上的是宿舍，就是戴恩帶我去的地方。連接這兩棟建築的壯觀圓形大廳是聚會廳的入口，後面還有交誼廳和圖書館。我不再東張西望，轉身走進中庭、面對外牆的方向。石橋右側有個石製司令台，上面站著兩個穿著制服的男人，我認為他們是指揮官和副指揮官，都穿著全套軍服，勳章在陽光下閃閃發亮。

我花了一些時間在漸漸聚集的人群中找到瑞安娜，她正在跟另一個女生講話，那女生的烏黑的頭髮剪得跟戴恩一樣短。

「妳來啦！」瑞安娜露出真誠的笑容，看起來像鬆了一口氣。「我很擔心妳。一切都……」她挑了挑眉。

「我沒事了。」我點點頭，在瑞安娜向另一個女生介紹我和她時，轉向面前的新同學。她叫塔拉，來自北方的摩瑞因省，住在靠近翡翠海的海岸。她身上有種跟米拉一樣的自信氣息，當她和瑞安娜談論著從小就對龍著迷的經歷時，眼神興奮得閃閃發光。我的注意力只夠記住締約所需的一些細節。

一小時過去後，又過了一小時，這時間是照著巴斯蓋亞的鐘聲來判斷的，而我們在這裡也可以聽到鐘聲。最後一批新生走進中庭廣場，後面跟著三位來自另一座塔樓的騎士。

薩登就在這批人之中。不只是他的身高讓他在人群中格外顯眼，也因為其他騎士似乎都繞著他移動，彷彿他是一條鯊魚，旁邊那群小魚都會主動避開。有那麼一瞬間，我不禁想知道他的印記是什麼，就是那個與他的龍締約所獲得的獨特力量，也許這就是為什麼連三年級的學員都在他面前閃避。當他優雅地走上司令台時，那種致命的氣質讓人敬畏。現在上面一共有十個人，指揮官潘切克走到前面，面對著我們——

「我覺得好像要開始了。」我對瑞安娜和塔拉說，她們都轉頭看向司令台。其他人也都轉過去。

「今天，有三百零一名新生成功活過石橋試煉，正式成為騎士學院的學員。」潘切克指揮官帶著政治人物的笑容開場，朝我們揮手。他講話總是會搭配一些手勢。「大家做得好，可惜有六十七人沒有成功通過。」

我的心一沉，腦袋飛快地計算著。將近百分之二十的人沒有通過。是因為下雨嗎？還是風的關係？這比歷年的平均都還要高。居然有六十七個人為了到這裡而喪命。

「我聽說這個職位只不過是他的跳板。」塔拉悄悄說道。「他想要的，其實是索倫蓋爾將軍的位子，然後是梅爾戈倫將軍的地位。」

梅爾戈倫將軍是納瓦爾所有軍隊的總指揮官。每次我在母親工作的時候遇見他，他那雙小眼睛都讓我不由得退縮。

「梅爾戈倫將軍的位子？」瑞安娜在我另一邊低聲問。

「他永遠也不可能得到。」我低聲回應，當指揮官歡迎我們來到騎士學院時我小聲回應她。「梅爾戈倫的龍賦予他在戰鬥發生前預見結果的印記能力。這是無人能敵的，如果你能預知危險的到來，就不可能被暗殺。」

「根據《法典》所說，你們現在要開始真正的試煉！」潘切克高喊的聲音在我們五百多人間迴盪。「你們將受到上級軍官的考驗、同學的追捕，藉著本能的指引活下去。如果你們能活到龍盟日，被龍選中，你們就能成為騎士。然後我們就看看有多少人能活到畢業。」

統計數字顯示，能進到這裡的人大約只有四分之一可以活到畢業，每年數字都有些浮動，但騎士學院永遠不缺志願者。這個廣場裡的每個學員都認為自己有能力成為菁英，成為納瓦爾最出色的龍騎士。我忍不住在心底偷偷地想了幾秒，或許我也能做到。也許我不只能做到活下來而已。

「你們的教官會教你們，」潘切克說著，手指向站在教學大樓門口的一排教授。「學得好不好就全看你們自己。」他指著我們，語氣嚴肅。「各小隊自己維持紀律，你們的翼隊長有最終決定權。如果我必須插手……」他慢慢露出一抹陰險的微笑。「你們不會希望我插手的。」

「說到這裡，現在就把時間交給你們的翼隊長了。想知道我的建議嗎？不要死就對了。」他與副指揮官一起下了司令台，留下騎士們在台上。

一位深褐色頭髮女子走了過來，她的肩膀寬闊，嘴角帶著傷疤，制服肩上有銀色的尖刺在陽光下閃閃發光。「我是奈拉，騎士學院的高階翼隊長，也是第一翼隊的負責人。分隊長、小隊長，現在各就各位。」

某人從我跟瑞安娜之間走過，推了我的肩膀一下。其他人也陸續跟著，直到我們面前大約出現了五十個人整成的隊伍。

「這些是分隊和小隊。」我小聲對瑞安娜說，免得她不知道這些規則，畢竟她不是軍人家庭長大的。「這裡的編制是每個翼隊有三個分隊，每個分隊有三個小隊。」

「謝謝妳。」瑞安娜回應道。

戴恩站在第二翼隊的分隊中，面對我卻不敢直視我的眼睛。

「第一翼隊！猛爪分隊！第一小隊！」奈拉喊道。

靠近司台台的男人舉起了手。

「各位學員，叫到你們的名字時，在你們的小隊長後面排好隊。」奈拉指示道。

那個帶著十字弓的紅髮女孩站到隊伍前，開始點名。學員們一個接一個從人群中走出，再排進隊伍裡。我心裡默默數著，根據他們的衣著和氣場來粗略判斷。每個小隊看起來大約會有十五到十六人。

傑克進的是第一翼隊的烈焰分隊。

塔拉則是同翼隊的龍尾分隊，接著不久就輪到第二翼隊了。

看到站到前面的翼隊長不是薩登時，我鬆了一口氣。

瑞安娜和我都進了第二翼隊、烈焰分隊的第二小隊。我們迅速排好隊，站成一個方陣。快速掃視一圈，發現我們有一位小隊長——不看向我的戴恩——還有一名女性副小隊長，四名看起來可能是二年級或三年級的騎士，以及九名一年級的新生。其中一名騎士制服上有兩顆星星，粉色頭髮剃得只剩半邊，手臂上環繞著叛軍印痕，從手腕延伸到手肘上方，最後消失在她的制服下，但我立刻移開視線，免得她發現我在盯著她看。

我們在其他隊伍點名時保持沉默，此時太陽已經高高掛在空中，炎熱的陽光透進我的皮衣，灼燒著我的皮膚。**我早就告訴過他，不要讓妳整天待在那圖書館裡**。今早媽對我說的話在我腦海中迴響，但這種情況我根本無法事先做好準備。我在陽光下只有兩種狀態：蒼白如紙或是曬得通紅。

隊長發號施令的當下，我們都轉過身面對司令台。我努力把視線聚焦在點名的人身上，但我的眼睛卻像叛徒一樣不由自主地轉向右邊，心跳也隨之加速。

薩登從遠處用冰冷而精明的眼神盯著我看，彷彿在策劃我的死法。他是第四翼的翼隊長。

我抬起下巴。

他微微挑起有疤的眉毛，然後對第二翼隊的翼隊長說了些什麼，隨後所有翼隊長都參與了這場熱烈的討論。

「妳覺得他們在聊什麼？」瑞安娜低聲問。

「安靜。」戴恩小聲說道。

我的脊背一緊。在這種情況下，我不能指望他還是我**熟悉的**戴恩，他的語氣依然讓我覺得很刺耳。

最終，翼隊長們轉身面對我們，薩登嘴角微微上揚，讓我感到一陣反胃。

「戴恩．艾托斯，你和你的隊伍要和歐拉．拜恩黑文斯的隊伍調換。」奈拉命令道。

等等，什麼意思？歐拉．拜恩黑文斯是誰？

戴恩點了點頭，然後轉向我們。「跟我來。」他只說了一次，然後大步穿過隊伍，我們只能連忙跟在他後面。我們在途中遇到的另一支隊伍是從……從……

我感覺呼吸凍結在肺裡。

我們要調到第四翼。是薩登的翼隊。

我們花了一兩分鐘在新的隊伍中就位。我強迫自己要記得呼吸。薩登那張英俊又傲慢的臉上，掛著一個討人厭的壞笑。

現在我只能完全任他宰割了，畢竟是要聽他指揮的下屬。他可以用任何方式懲罰我最微小的過錯，甚至是憑空捏造的失誤。

奈拉在隊員分配完畢後看向薩登，而他點點頭，向前一步，終於結束了我們之間的瞪眼比賽。因為我的心跳快得像頭脫韁野馬，我很肯定這場比賽是他贏了。

「你們現在都是騎士學院的學員了。」薩登的聲音傳遍整個中庭，比任何人都要響亮。「現在請你們看看自己小隊的隊員，這些人是受《法典》保障不能殺你的人。但就算這些人不能要了你的命，不代表其他人不會。想要一頭龍？那就自己爭取。」

大部分的人都在歡呼，但我緊閉著嘴巴，完全開心不起來。

今天有六十七個人墜落山谷，或是以其他方式死去。像狄倫一樣離開這個世界的六十七個人，他們的父母不是要來收屍，就是要看著他們被埋在山腳下一塊普通的石碑底下。我無法為了他們的死而歡呼。

薩登再次跟我對到眼，在他移開視線前我的胃抽了一下。「我敢說你們現在一定覺得自己很了不起，對吧，一年級的？」

語畢，更多歡呼聲接連而起。

「通過石橋後覺得自己無敵了，對吧？」薩登大喊。「你們以為自己無人能及！馬上就要成為菁英！成為頂尖的少數！成為天選之人！」

每一句話都引來一次比一次響亮的歡呼。

不，我們聽到的不只是歡呼聲，還有翅膀拍打著空氣的聲音。

「天啊，牠們好美。」當那群龍進入我的視線時，瑞安娜在我身邊悄聲說道。

我這輩子都在有龍的地方生活，但總是遠遠地看著。龍不會容忍他們沒看上的人類。但這八頭龍是怎樣？牠們正朝我們直直飛來，而且速度很快。

就在我以為牠們要從頭頂飛過時，牠們突然垂直轉向，用半透明的巨大翅膀拍打空氣，然後停下，降落在外圍的半圓形牆上，翅膀搧出的強風差點把我吹倒。牠們胸前的鱗片隨著動作波動，鋒利的爪子抓進牆的兩側邊緣。現在我終於明白為什麼這些牆要有三公尺厚了。這不是用來當屏障的，這座堡壘的邊緣根本就是個該死的**棲架**。

我驚訝地張大嘴巴。在這裡住了五年，我從來沒見過這種景象，不過話說回來，我也從來沒獲准看徵召日當天會發生什麼事。

有幾個學員尖叫出聲。

看來每個人都急著想當龍騎士，直到真的跟龍距離六公尺為止。

我正前方那頭深藍色的龍從寬大的鼻孔呼氣時，蒸氣有如狂風吹到我的臉上。牠的藍色龍角閃閃發光，優雅而致命地向上揚起。翅膀短暫地展開後收起，關節的尖端長著凶猛的利爪。牠們的尾巴也同樣危險致命，但從這個角度我看不見，也無法憑這點判斷這些是什麼品種的龍。

全都致命無比。

「我們又得請石匠過來了。」龍爪緊抓的岩塊碎裂，大小跟我體型差不多的巨石轟然墜落庭院時，戴恩低聲嘆道。

有三頭龍是不同色調的紅色，兩頭是綠色的龍，就像米拉的龍泰恩那樣，另一頭很像母親所屬的龍是棕色的，還有一頭是橘色的，最後一頭就是我面前巨大的深藍色龍。牠們的體型都很龐大，籠罩在碉堡的建築上方，金色的眼睛毫不留情地俯視著我們，似乎在進行著最後的審判。

如果不是牠們需要我們這些弱小的人類透過締約來開發印記能力，並編造防護結界保護牠們所控制的納瓦爾，我很確定牠們會把我們全吃掉了事。但牠們喜歡保護「谷地」，就是龍族稱之為家園的山谷，位於巴斯蓋亞學校的後方，避免受到無情的獅鷲獸侵擾，而我們也想活命，所以就這樣形成了最不可思議的夥伴關係。

我的心臟快要跳出胸腔，而我非常能理解我心臟會有的這種感覺，因為我也想逃跑。光是想到我應該要騎上其中一頭龍，就覺得他媽的荒謬至極。

第三翼隊的一個學員突然衝出去，一邊尖叫，一邊朝我們身後的石堡奔去。我們都轉身看著他朝中央那扇巨大的拱門狂奔。從這裡我差點就能看清刻在拱門上的文字，而我早已背得滾瓜爛熟：**龍無騎士，是為悲劇；騎士無龍，必死無疑**。

龍和騎士一旦締約，騎士就無法在沒有龍的情況下活下去，但大多數的龍在我們死後都能活得好好的。這就是為什麼龍總是如此謹慎地選擇夥伴，這樣就不會因為選中了懦夫而蒙羞，當然龍族永遠不會承認自己選錯了。

左邊那頭紅龍張開巨口，露出跟我一樣高的牙齒。那個下顎大到可以像捏爆葡萄一樣把我壓碎，如果牠想的話。駭人的烈焰在那隻龍的舌頭上燃起，隨即朝逃跑的學員射去。

在他成功躲進堡壘的遮蔭之前，就已經在碎石上化為一團灰燼。

第六十八個人死亡。

火焰噴發產生的熱氣直撲側臉，我猛然把視線轉回前方。如果還有人試圖逃跑也會以同樣的方式處決，我真的不想再看到了。四周傳來更多的尖叫聲。我咬緊牙關，拚命保持安靜。

左邊又是一陣熱氣撲來，接著右邊也是。

這樣就死七十個人了。

那隻深藍色的龍似乎歪著頭打量著我，那雙瞇起的金色眼睛彷彿能直接看進我的靈魂，看穿在我胃裡翻攪的恐懼，還有那盤踞在我心頭陰魂不散的疑慮。我賭牠一定也發現了我膝蓋上的綁帶。牠知道我正處於劣勢，也知道我太瘦小了，根本爬不上牠的前腿，更別說騎上去了。牠一定知道我太脆弱了。龍總是會知道這些事。

但我絕不會逃跑。如果每次遇到看似無法克服的困難就放棄的話，我現在根本不可能站在這裡。**今天我絕對不會死**。這句話在我腦海中不斷重複，就像上橋前和過橋時給自己的信心喊話。

我強迫自己挺直肩膀，抬起下巴。

那隻龍對我眨了眨眼，可能是認同我的暗示，也可能只是太無聊了，隨後牠看向其他地方。

「還有誰改變主意想退出的嗎？」薩登大聲問道，他用和身後那隻深藍色巨龍一樣銳利的眼神，掃視著剩下的幾排學員。「沒有嗎？很好。到明年夏天的這個時候，你們大概有一半都會死。」除了左邊傳來幾聲不合時宜的啜泣聲外，隊上一片寂靜。「再過一年，又有三分之一會死，最後一年也是一樣三分之一。在這裡，沒人在乎你爸媽是誰。就連陶利國王的二兒子都沒能在龍盟日活下來。所以再回答我一次：現在進入了騎士學院，你們是不是覺得自己天下無敵？無人能及？菁英中的菁英？」

沒有人歡呼。

又是一陣熱氣襲來，這次直撲我的臉，讓我全身的肌肉都緊繃起來，差點以為自己要被燒成灰燼。但那不是火焰……只是蒸氣，當所有的龍同時呼氣時，蒸氣把瑞安娜的辮子全都吹了起來。我前面那位一年級新生的褲子顏色變深了，順著他的腿往下暈開。

他們就是想嚇唬我們。很好，任務成功。

「因為在牠們眼裡，你們既不是特別的，也不是無人能及的。」薩登指著那隻深藍色的龍，微微向前傾身，當我們四目相接時，他的語氣就像在分享什麼祕密似的。「對牠們來說，你們只是獵物罷了。」

第四章

「練武場是造就或摧毀騎士的地方。畢竟，沒有哪隻像樣的龍會選擇一個連自衛能力都沒有的騎士，也沒有哪個像樣的學員會容許這種會拖累整個翼隊的弱者繼續訓練下去。」

——《阿凡德拉少校的騎士學院手冊》（未經授權版）

「艾蕾娜．索莎、布雷登．布萊克本。」費茲吉本斯上尉站在司令台上唸著死亡名冊，兩側各站著一名抄寫士。我們全體肅立在中庭裡，瞇著眼抵擋著早晨的陽光。

今天早上我們都穿著騎士的黑色制服，我的鎖骨位置別著一顆銀色的四角星，這是代表一年級生的標誌，肩上還有第四翼隊的臂章。昨天通過石橋試煉後，我們領到了統一的制服，是夏季短袖的緊身上衣、長褲和配件，但沒有發飛行用的皮甲。反正到了十月份的龍盟日，就會有一半的人離開，發那種更厚實、更有保護作用的戰鬥制服根本就沒有什麼意義。米拉為我做的那件護甲背心雖然不合規定，但在這幾百件經過改良的制服中一點也不突兀。

經歷了過去這二十四小時，加上在一樓營房待了一晚後，我開始明白這個學院是兩種心態的奇特混合體：因為都覺得「搞不好明天就掛了」，所以一邊是活在當下的享樂主義，另一邊則以極高的效率行事。

「傑斯．薩瑟蘭。」費茲吉本斯上尉繼續唸著，旁邊的抄寫士換了換站姿。「杜加爾．盧佩科。」

我想數字應該數到第五十幾個了吧，但幾分鐘前聽到狄倫名字時我就數亂了。這是唯一能追思他們的儀式，是他們在這座碉堡裡最後一次被提起的機會。我試著集中精神，想把每個名字都記在心裡，但實在是太多了。

我照著米拉的建議整晚穿著護甲，現在皮膚開始不舒服了，膝蓋也在隱隱作痛。今早我趁其他人還沒醒來時，偷偷在房間的床鋪上幫自己換了繃帶，現在真想彎下腰調整一下，但我忍住了。

一年級宿舍的一樓住了一百五十六個人，床鋪整整齊齊排成四列。雖然傑克・巴洛被分到三樓去了，但在我還不知道能信任誰之前，絕不能讓任何人發現我的弱點。單人房就跟飛行皮甲一樣，得熬過龍盟日才能得到。

「西蒙・卡斯特內達。」費茲吉本斯上尉捲起卷軸。「我們把這些學員的靈魂歸於馬厲克。」馬厲克是我們信仰的死神。

我眨了眨眼。看來我們接近活動的尾聲了，比我想的還快。

這次集合沒有一個正式的結訓式，也沒有最後的默哀時間。捲軸上的名字隨著抄寫士離開了司令台，當各小隊隊長轉身開始對他們的隊員說話時，才打破了寧靜。

「希望你們都吃過早餐了，因為在午餐之前就沒機會再吃東西了。」戴恩說道，他的目光和我的目光交會了一瞬間，又若無其事地移開，裝出一副漠不關心的樣子。

「他真擅長假裝不認識妳呢。」瑞安娜在我身旁小聲說。

「是啊。」我同樣輕聲地回應。嘴角忍不住要上揚，但我盡量維持著面無表情的樣子，偷偷欣賞著他。陽光灑在他淺褐色的頭髮上，當他轉頭的時候，我發現他的下巴鬍子那裡有道疤，不知道為什麼昨天居然沒注意到。

「二年級和三年級生，我想你們都知道該去哪裡。」戴恩繼續說著。這時那些抄寫士繞過中庭的邊緣到我的右側，準備回他們的學院。我壓下心裡那個不甘的小聲音：那裡本該是**我的**學院。可是現在想著本來可能發展的人生方向，也不能幫我活著看到明天的日出。

前排的高年級學員們低聲應和著。作為一年級新生，我們排在第二小隊方陣的後兩排。

「各位一年級生，你們昨天拿到課表的時候，至少該有一個人記下來了吧。」戴恩的聲音在我們頭頂上迴盪。我真的很難把眼前這個一臉嚴肅的隊長，和我認識的那個愛開玩笑、總是笑嘻嘻的傢伙聯想在一起。「你們要團結一致、互相扶持。下午在練武場集合的時候，我希望看到你們都還活著。」

媽的，我差點忘了今天要對練。我們一週只有兩次訓練課，所以只要今天能平安撐過去不受傷，接下來幾天就不用擔心了。至少在兩個月後樹葉變色之際，我還有時間做好挑戰「臂鎧關」的準備。他們說那是一個令人膽戰心驚的垂直障礙訓練場，我們必須克服。

如果能通過最後的臂鎧關，我們就能穿過上面那條天然的峽谷，抵達飛行場參加龍鑑式。今年願意締約的龍會在那裡第一次看到剩下的學員。在那之後兩天，龍盟日就會在碉堡下的山谷中展開。

我環顧四周，看看新的小隊員是誰，不禁好奇我們之中有誰能成功進到飛行場，更不用說是通過那前面的峽谷了。

別因明天的事杞人憂天。

「那如果我們不團結呢？」我後面那個自作聰明的一年級生問。

我根本懶得回頭看他，但瑞安娜回頭看了，在轉回來的時候順道翻了一個白眼。

「那我也不需要擔心不知道你的名字了，因為明天早上就會被唸出來。」戴恩聳肩回應。

我前面的一個二年級生噗嗤一笑，她左耳垂上的兩個小耳環因而噹噹作響，但粉紅色頭髮的那位卻保持沉默。

「索伊爾？」戴恩看著我左手邊的一個新生。

「我去叫他們來。」那個高高瘦瘦、體態精實的學員，連忙點頭回答，明亮膚色的臉上有著點點雀斑。他布滿雀斑的下巴微微顫動，我心裡泛起一陣憐憫。他是上屆的留級生之一，在龍盟日沒有成功和龍締約，現在不得不重新開始第一個學年。

「快去吧。」戴恩命令道，隨後我們小隊和其他隊伍一樣開始散開。中庭裡秩序井然的隊伍，立刻變成熙熙攘攘、喋喋不休的人群。二年級和三年級的學員們朝著另一個方向走去，戴恩也在其中。

「上課之前，我們還有大約二十分鐘的時間去教室。」索伊爾對著我們這八個一年級新生大喊。「我們的教室在四樓，教學大樓左邊第二間教室。快點帶上你們的東西進教室，不要遲到了。」他說完就不再確認我們有沒有聽到了，等都不等，直接朝宿舍走去。

「這對他來說一定很不好受，」瑞安娜邊走邊說，跟著人群朝宿舍前去。「被留級還得全部重來一遍。」

「總比死了好吧。」那個自作聰明的人從我們的右邊經過，這個矮小的學員每走一步，深褐色頭髮都在棕色額頭上隨之晃動。如果我沒記錯的話，他的名字好像是雷迪克，記得昨天晚餐自我介紹時聽過他。

「是沒錯。」我回答道，隨著人潮進入擁擠的門口。

「我聽到一個三年級的學員說，如果一年級學員在龍盟日的時候，沒有成功和龍締約，要是他們想繼續，學院會讓他們留級再試一次。」瑞安娜補了一句。我不禁想著，究竟要多大的決心，才能在熬過第一年後，還願意重來一次，就為了那個可能成為龍騎士的機會。畢竟第二次一樣可能會死。

此時，左邊傳來一聲鳥鳴，我朝人群望去，心裡一陣激動，因為我馬上認出了那個聲音。是戴恩。

鳥鳴聲再度響起，這次我找到了聲音傳來的方向，就在圓形大廳門口附近。戴恩站在寬闊的階梯頂端，我們四目相接的瞬間，他微微點頭示意著門的方向。

「我要——」我正要跟瑞安娜說，但她已經順著我的視線看過去了。

「我去幫妳拿東西，然後在教室那邊跟妳會合。東西都在妳床下面對吧？」她問。

「妳不介意嗎？」

「薇奧蕾，妳的床就在我隔壁，這沒什麼麻煩的啦。快去！」她對我擠出個會意的笑容，還用肩膀推了我一下。

「謝啦！」我匆匆一笑，然後擠進人群，總算是穿過了茫茫人海。還好現在沒什麼學員往交誼廳走，這表示當我溜進圓形大廳四扇巨門的其中一扇時，沒人會注意到我。

我猛然倒抽一口氣。雖然在檔案庫裡看過設計圖，但任何圖畫、任何藝術形式，都無法完美呈現這空間有多令人震撼、每個細節有多麼精緻。這座圓形大廳可能不只是碉堡裡最美的建築，甚至是整個巴斯蓋亞學校最壯觀的建築了。從拋光大理石地板到透進柔和晨光的玻璃穹頂算起，大廳總共有三層樓高。左邊是通往教學大樓的兩扇巨型拱門，右邊也有兩扇一模一樣的相互對應，通往宿舍區。再往上爬六階樓梯，就能看到前方開向聚會廳的四個入口。

六根令人敬畏的大理石龍柱整齊地環繞在圓形大廳周圍，閃耀著紅、綠、棕、橘、藍和黑的不同顏色，彷彿是從天花板上直墜而下的巨龍。每根龍柱底部都是張開咆哮的龍嘴，這些龍嘴之間的空間大得能同時容納四個小隊，不過此時卻空無一人。

我正要從第一根暗紅色的大理石龍柱旁走過，突然有人抓住我的手肘，把我拉到柱子後面、龍爪和牆壁之間的縫隙裡。

「是我啦。」是戴恩低沉而輕柔的聲音。他轉過身面對我，全身的線條都緊繃著。

「我就知道，畢竟只有你會用鳥叫聲呼喚我。」我笑著搖搖頭。這是我們小時候在克洛弗拉邊境生活時就開始用的暗號。那時候我們的父母都被派駐在南翼部隊。

他眉頭深皺，視線掃過了我的身體，顯然是在找我有沒有新的傷口。「我們只有幾分鐘時間，等下這裡就會擠滿人。妳的膝蓋現在還好嗎？」

「是有點痛，不過死不了啦。」我們都知道我曾受過更嚴重的傷，但他現在這麼緊張，叫他放輕鬆也沒用。

「昨晚沒人找妳麻煩吧？」他的額頭因為擔心我，皺起更多紋路。我只有雙手抱胸，才能忍住不去撫平他額頭上的皺紋。他的擔憂像塊石頭一樣壓在我心頭。

「就算有人找麻煩也沒什麼大不了吧？」我開玩笑地說，刻意擠出一個大大的微笑。

他垂下手臂，重重地嘆了一口氣。嘆氣聲在圓形大廳裡迴盪。「薇奧蕾，妳知道我不是這個意思。」

「昨晚沒人想殺我，也沒人想傷害我啦，戴恩。」我靠在牆上，稍稍減輕膝蓋的負擔。「我想大家都累壞了，能活著就很高興了，哪有心思自相殘殺。」昨天熄燈後營房很快就安靜下來了，畢竟昨天大家精神上都累得不行。

「那妳有吃飯吧？我知道六點鐘聲一響，他們就會把你們趕離宿舍。」

「我跟其他一年級生一起吃的。在你開始說教之前，我要先說我在被窩裡重新包紮了膝蓋，鐘響之前也把頭髮編好了。我已經習慣抄寫士的生活作息**好多年了**，戴恩。抄寫士還要比別人早一個小時起床，說真的，我都想自願幫忙準備早餐了。」

他瞄了眼我頭頂上的辮子髮髻，銀色的髮尾在深色髮絲中特別顯眼。「妳真該把頭髮剪短。」

「你又來了。」我搖搖頭。

「這裡的女生留短髮是有原因的，小薇。要是在練武場上被人抓住頭髮的話——」

「在練武場上我有比頭髮更需要擔心的事。」我反駁道。

他瞪大眼睛。「我只是想保護妳的安全。妳應該慶幸今早我沒把妳直接推到費茲吉本斯上尉面前，求他把妳調離騎士學院。」

我懶得理會這種威脅的話。現在就是在浪費時間，而我還得從戴恩那裡知道一件事。「為什麼我們小隊昨天從第二翼突然調到第四翼？」

他突然渾身僵硬，也把視線移開了。

「告訴我。」我得知道是不是自己想太多了。

「媽的。」他低聲咒罵，煩躁地抓了抓頭髮。「昨天那件事之後，領導幹部都知道薩登・萊爾森想要妳的命。」

看來我沒有反應過度。

「他調動小隊就是為了能直接控制我。這樣他想做什麼都不會有人說話。我就是他報復我母親的工具。」聽到這個早已猜到的事實，我的心跳甚至沒有加速。「我就是這麼想的，只是想跟你確認這不是我想像力太豐富。」

「我不會讓任何壞事發生在妳身上。」戴恩上前捧住我的臉，拇指輕輕撫著我的顴骨，動作令人感到安心。

「你能做的也不多。」我離開牆邊，避開他伸手可及的範圍。「我該去上課了。」已經有一些學員陸續經過，他們的說話聲在圓形大廳裡迴盪。

他動了動下巴，眉間又浮現出那些皺紋。「上課的時候盡量低調一點，尤其是在戰爭簡論課上，雖然妳那顯眼的髮色已經很難低調了，但那是整個騎士學院裡唯一一堂全年級合班的課。我看能不能找個二年級的來保護——」

「沒人會在歷史課上暗殺我啦。」我翻了個白眼。「課堂上是我最不用擔心的地方。你覺得薩登會做出什麼事？把我拖出教室，在走廊上用劍刺死我？還是你真的認為他會在戰爭簡論課上當眾捅死我？」

「再怎麼樣，我不會讓他得逞的。薇奧蕾，薩登他媽的就是個殘忍的人。不然妳以為他的龍為什麼會選他？」

「就是昨天降落在司令台後面那隻藏青色的龍？」我的胃一陣絞痛。想起那雙金色眼睛審視我的眼神……

戴恩點點頭。「斯蓋兒是一隻藍色匕尾龍，而且她非常……殘暴。」他吞了吞口水。「別誤會，卡斯凶起來也不是好惹的，所有紅色劍尾龍凶起來都這樣，但就連大多數的龍都會避開斯蓋兒。」

我盯著戴恩，看著他下巴上那道疤痕，還有他那雙既熟悉又陌生的堅毅眼神。

「怎麼了？」他問道。周圍的說話聲和腳步聲越來越多。

「你和龍締約了。你有連我都不知道的力量。你能用魔法開門。你是小隊長。」我慢慢說出這些話，希望這些話能讓我真正理解他改變了多少。「很難想像你還是……那個戴恩。」

「我當然還是我。」他的姿態放鬆下來，掀起衣服的袖子，露出肩上那個紅龍印痕。「只是現在多了這個而已。至於力量，卡斯和其他的龍相比，能傳輸相當強大的魔力給我，但我還沒掌握自如。我還沒有變那麼多，透過印記連結施展的小魔法，我只會一些普通的，像是開門啊，加快速度啊，還有用魔力驅動墨水筆，這樣就不必用那些麻煩的羽毛筆了。」

「你的印記力量是什麼？」每個騎士在龍開始傳輸魔力後都能施展一些簡易魔法，但印記能力是最突出且獨特的，來自龍和騎士獨一無二的締約關係，是最強大的技能。

有些騎士的印記是相同的。火焰操控、冰霜操控、水流操控只是一些常見的印記力量，在戰鬥中都很有用。

有些印記則能讓騎士變得非凡出眾。

我母親有掌控風暴的力量。

梅爾戈倫能預見戰鬥的結果。

我又忍不住去想薩登的印記力量是什麼，還有他會不會在我最意想不到的時候用這能力來殺我。

「我能讀取一個人近期的記憶。」戴恩輕聲承認。「不像讀心師那樣可以憑空讀心或是其他東西，我必須要接觸到那個人，所以不會造成安全風險。但我的印記只有少數人知道。我想他們會讓我從事情報工作。」他指了指肩上第四翼徽章下面的羅盤圖案，在身上別著那個圖案表示其印記是機密。我昨天竟然沒有注意到。

「不會吧。」我想起薩登的制服上沒有別任何徽章，露出了微笑，並深吸一口氣讓自己平靜下來。

他點點頭，臉上浮現興奮的笑容。「我還在學習怎麼使用這個能力，當然離卡斯越近效果越好，不過呢，我只要把手放在別人太陽穴上，就能看到他們所看到的。這真的……太不可思議了。」

這種印記絕對會讓戴恩與眾不同。他會成為我們最有價值的審訊工具。「你還說你沒變。」我半開玩笑地說。

「這個地方幾乎能改變一個人的一切，小薇。它去除了所有騙人的鬼話和客套話，只顯露出你內心最真實的樣子。他們要的就是這樣。他們要切斷你以前跟其他人的連結，讓你只效忠於你的翼隊，這也是為什麼一年級生不允許與家人朋友通信，不然我一定會寫信給妳的。但一年時間改變不了我的想法，我仍然當妳是我最要好的朋友。我還是戴恩，而且明年的這個時候，妳也還會是薇奧蕾。我們永遠都會是我們。」

「前提是我也要活著，」我在鐘聲響起時開了個玩笑。「我得去教室了。」

「是啊，我去飛行場也快遲到了。」他朝柱子邊緣走去。「聽著，萊爾森還是妳的翼隊長。他會找妳麻煩，但至少在眾人面前，他會在《法典》的規定內行事。我去年……」他臉紅了。「和安柏．梅維斯，現在的第三翼翼隊長，是很要好的朋友。我可以告訴妳，《法典》對他們來說，是神聖不可侵犯的。好了，妳先趕快走吧。練武場見。」他放心地笑了笑。

「練武場見。」我也微笑回應，然後轉身，繞過巨大龍柱的底部走進有點擁擠的圓形大廳。有幾十個學員在這裡穿梭前往各棟建築，我花了些時間才確定該去的方向。

我在橘色和黑色的龍柱之間找到通往教學大樓的門後，混入人群朝那邊走去。

當我走過圓形大廳中央時，後頸的汗毛直豎，一陣寒意順著脊椎向下蔓延，我的腳步停了下來。其他學員從我身邊經過，但我的目光卻被通往聚會廳的台階頂端所吸引。

噢，完蛋了。

薩登．萊爾森正瞇著眼睛看著我，制服的袖子捲起，粗壯的手臂交叉在胸前，那條布滿叛軍印痕的手臂，警告意味十足。站在他旁邊的三年級生說了什麼，他理都沒理。

我的心劇烈跳動，卡在喉嚨。我們之間大概有六米的距離。我的手指微微抽動，隨時準備抽出藏在肋下的刀刃。他會在這裡對我動手嗎？就在圓形大廳中央？大理石地板是灰色的，要清理我的血跡應該不會太難。

他歪著頭，用那雙深不見底的眼睛研究著我，好像在判斷我哪裡最脆弱。

我該逃跑嗎？但待在這個位置至少能看到他的動作。

他的注意力轉移了，瞥向我的右側，隨後又對我挑起一邊眉毛。

當戴恩從柱子後面走出來時，我的胃裡一陣上下翻攪。

「妳在做什——」戴恩走到我身邊，困惑地皺著眉。

「台階上面，第四扇門。」我打斷他，並小聲地說。

周圍的人群漸漸散去時，戴恩的視線猛地抬起，低聲咒罵，毫不掩飾地向我靠近。人少就代表目擊者少，但我可不會天真地認為，薩登不會當著整個學院的人面前殺了我。

「我早就知道你們的父母關係密切。」薩登喊道，嘴角掛著殘酷的笑容。「但你們兩個非得這麼明目張膽嗎？」

還留在圓形大廳裡的幾個學員都轉過來看我們。

「讓我猜猜，」薩登繼續說，目光在戴恩和我之間游移。「青梅竹馬？說不定還是初戀？」

「他不能無緣無故傷害你，對吧？」我輕聲說，「沒有理由的話就得召集翼隊長會議，因為你是小隊長。《法典》第四條第三節規定的。」

「沒錯，」戴恩回答，甚至沒有壓低聲音。「但妳不是。」

「我還以為你會更懂得掩飾你的感情，艾托斯。」薩登動了，開始走下台階。

可惡。完了。**完蛋了**。

「快跑，薇奧蕾！」戴恩命令道。「現在快跑！」

我立刻逃跑。

「我正式反對今日簡報提出的計畫，雖然這與梅爾戈倫將軍的命令直接相左。本將軍認為，不應強迫叛亂首領的子女觀看其父母的處決。沒有孩子應該目睹自己的父母被處死。」

——莉莉絲·索倫蓋爾將軍為陶利國王撰寫的提倫多爾叛亂正式簡報

第五章

「歡迎來到你們的第一堂戰爭簡論課。」德薇拉教授站在巨大階梯教室的下層說道，肩上亮紫色的烈焰分隊徽章跟她的短髮完美相配。這門課是唯一開設在教學大樓盡頭這間圓形階梯教室裡的課程，也是碉堡內唯二可以容納所有學員的教室之一。每張吱吱作響的木椅都坐滿了人，三年級生則靠牆站在我們身後，但我們還是全都擠了進來。

這跟上一節只有一年級三個小隊的歷史課完全不同，不過至少我們小隊的一年級生都坐在一起。要是我能記住他們所有人的名字就好了。

雷迪克算是很好記的一個，他整節歷史課都在講一些自作聰明的俏皮話，希望他知道最好別在這門課上這樣，畢竟德薇拉教授可不是那樣愛開玩笑的人。

「過去騎士很少在畢業前就受徵召服役。」戴維拉教授繼續說道，緊抿著嘴唇，在教室後方牆上那幅六米高的大陸地圖前慢慢踱步。地圖上詳細標註著我們王國邊境的防禦哨站。數十個魔法燈照亮了整個空間，彌補了沒有窗戶的問題，光線反射在她背上繫著的長劍上。

「就算有，也都是跟隨前線翼隊實習過的三年級生，但我們希望你們畢業時能充分了解我們面對的是什麼。這不只是要知道每個翼隊駐紮在哪裡而已。」她慢慢地和教室裡每個一年級生對視。雖然她的肩章表明她的軍階是上尉，但看她胸前別著的勳章，就知道她在這裡教書輪調結束前就會升上少校。「你們需要了解敵人的想法，掌握讓防禦哨站免受持續攻擊的戰術，還要對近期和當前的戰事有透徹的認識。如果你們無法理解這些基本知識，根本就沒資格騎龍。」她黑色的眉毛揚起，顏色比她深褐色的皮膚還深個幾階。

「沒事，不用有壓力。」瑞安娜在我身旁低聲說著反話，手上卻瘋狂地做著筆記。

「我們會沒事的啦。」我小聲向她保證。「三年級生只會派去內陸哨站增援，從來沒去過前線。」我從母親身邊聽到的消息足以知道這些。

「這是唯一一門你們每天都會上的課，因為如果你們提前受到徵召，這是唯一至關重要的課程。」德薇拉教授的視線從左邊掃到右邊，最後在我身上停頓。她的眼睛瞬間瞪大，但隨即露出讚許的微笑，對我點頭後繼續掃視教室的學員。「因為每天都要上這門課，這門課也需要最新資訊，你們之後還要上馬克漢教授的課，得全心全意地尊重他。」

她向某位抄寫士揮手示意，請那人站到她旁邊，他奶油色的制服和德薇拉教授單調的黑色制服形成鮮明對比。當德薇拉教授在他耳邊低語時，他略微傾身靠近教授，那濃密的眉毛驟然揚起，而後他迅速轉頭看向我。

馬克漢上校疲憊的眼神和我對上時，沒有露出任何讚許的笑容，只有一聲嘆息，讓我心中充滿沉重的悲傷。我本該是他在抄寫士學院最優秀的學生，是他退休前最引以為傲的成就。現在我卻成了這門課最不可能成功的學生，多麼諷刺。

「抄寫士的責任不僅是研究和掌握過去，還要傳達和記錄現在發生的事。」他還是把失望的眼神從我身上移開了，一邊說著這句話，一邊搓著他那蒜頭鼻上的圓胖鼻梁。「如果沒有前線軍隊的準確描述，也沒有用來制定戰略決策的可靠資訊，更重要的是若沒有詳實的歷史記載給後人借鑑，我們就註定會滅亡，不僅是王國會滅亡，整個社會也將毀滅。」

這正是我一直想成為抄寫士的原因，不過現在說這些都不重要了。

「今天的時事，」德薇拉教授走向教室後方那張地圖，徒手一揮，招來一顆魔法燈，直接照向與波羅密爾行省布雷維克接壤的東部邊境。「昨晚東翼部隊在夏基爾村附近遭到一群布雷維克獅鷲和騎士的襲擊。」

要命。一陣窸窸窣窣的騷動聲彷彿要穿出整個大廳，我把羽毛筆蘸進前方桌上的墨水瓶，準備做筆記。真希望能趕快得到龍的能力，這樣我就能用需要有魔法才能寫的高級筆，像母親辦公桌上的那種。想到這裡我不禁微笑。當個騎士確實有好處。一定**會**有的。

「當然，出於安全考量，有些資訊受到保護，但我們可以告訴你們的是，埃斯本山脈頂部的守衛結界開始失效了。」德薇拉教授雙手向外一推，魔法燈照亮的範圍隨之擴大，照亮了與布雷維克接壤的山脈。「這不僅讓那群獅鷲進到了納瓦爾的領土，還讓牠們的騎士能在午夜時分汲取並施展魔力。」

學員們的低聲議論讓我心情沉重，尤其是一年級學生正嘟囔著。龍其實不是唯一能傳輸魔力的動物，來自波羅密爾的獅鷲也有同樣的能力，但龍是唯一能為守護我們邊境結界提供動力的生物，使得龍自身以外的其他魔法在我們領土內都無法生效。是龍的力量才造就了納瓦爾領土略呈圓形的形狀，因為牠們的力量從谷地散發出去，只能延伸到一定範圍，即便每個哨所都有小隊駐守也是如此。若是沒有這些守護結界，我們就完蛋了。一旦波羅密爾的掠奪隊伍終於來襲，納瓦爾的村落就將淪為獵物。這些貪婪的混蛋們永遠都不知足，甚至總是想奪取我們的資源。除非牠們懂得滿足於現在的貿易協定，否則我們沒有機會結束納瓦爾的徵召制度，更無望享有和平。

但如果我們沒處於高度警戒狀態，那麼這些結界肯定是重新修好了，或者至少已經穩定下來了。

「在東翼小隊趕到前的一個小時內，有三十七名平民在襲擊中喪生，但龍與騎士們最終還是將那批獅鷲騎士團擊退了。」德薇拉教授雙臂交叉在胸前。「根據這些資訊，你們有沒有什麼問題想問？」她舉起一根手指。「我只想先聽聽一年級生的回答。」

我第一個想問的問題是結界為什麼會失效，但這種問題他們肯定不會在一群沒有經過身家調查的學員面前回答。

我盯著地圖看。埃斯本山脈是我們東部與布雷維克交界處最高的山脈，也是最不太可能發生襲擊的地方，尤其獅鷲適應高海拔的能力比不上龍的耐受力。畢竟牠們是半獅半鷹組成的生物，無法承受高海拔的稀薄空氣。

過去六百年，我們之所以能夠成功抵禦所有對我們領土的大規模攻擊，在這場永無止境的四百年戰爭中，成功守衛住自己的土地，是因為我們的小型魔法和印記能力都比獅鷲還要強大。既然我們的龍能夠傳輸比獅鷲更強大的力量，那為什麼牠們要在這片山脈發起進攻？是什麼原因導致那裡的守衛結界失效？

「來吧，在座的一年級同學，快點讓我瞧瞧，你們能進到騎士學院不是只有良好的平衡感，還有在此需要的批判性思考能力。」德薇拉教授嚴厲地要求我們。「你們對邊境外的情況要有所準備，這點比以往任何時候都更重要。」

「這是守衛結界第一次出現問題嗎？」前幾排的一個一年級生問。

德薇拉教授和馬克漢教授互看了一下，然後她轉向那個學員。「不，不是第一次了。」

我的心臟在喉嚨猛烈跳動，整個教室陷入一片沉寂，安靜得像是連針掉到地上都能聽見。

這已經不是第一次了。

發問的女孩清了清喉嚨。「那……結界失效的頻率有多高呢？」

馬克漢教授銳利的目光緊盯著那位女孩。「這個問題不是妳該知道的，同學。」他把注意力轉回到我們這個分隊。「接下來有誰想問與我們討論主題相關的問題？」

「翼隊一共有多少傷亡？」我右邊那排的一年級生問。

「一條龍受傷，一名騎士陣亡。」

大廳再次響起窸窸窣窣的議論聲。能活到畢業不代表服役時也能安然無恙。統計數據顯示，大部分騎士都在退休年齡之前就會陣亡，尤其在過去兩年裡，騎士飛行時摔下的比率增高了。

「你為什麼要特別問這個問題？」德薇拉教授質問那名一年級同學。

「為了知道他們需要多少增援。」他回答。

德薇拉教授點了點頭，轉向我們小隊裡個性最溫和的一年級學生普萊爾。他剛剛舉手，又迅速放下，深色的眉頭緊蹙。「你有什麼想問的嗎？」

「我有。」他點點頭，幾縷黑髮垂落在眼前，隨即又搖搖頭說：「不，算了。」

「真是果斷啊。」露卡嘲諷道，她是我們小隊裡那個尖酸刻薄的一年級學員，我總是盡量避開她。她歪著頭，周圍的學員都笑了起來。她嘴角勾起一抹得意的笑容，將長長的棕髮撥過肩膀，這個動作一點也不自然。她和我一樣，是這個學院少數幾個沒有剪短髮的女生。我羨慕她有信心長髮不會成為她的弱點，但我可不欣賞她的態度，雖然認識她還不到一天。

「他是我們小隊的一員，」歐若莉（至少我覺得她叫這個名字）指責道，她嚴肅的黑眼睛瞪著露卡，「要有點團隊意識。」

「拜託，一個連問問題都猶豫不決的人，龍怎麼可能願意跟這種人締約？妳看到他今天早上吃早餐的樣子了嗎？整條排隊的人都因為他沒辦法決定要吃培根還是香腸前進不了。」露卡翻了個白眼，眼睛周圍畫著濃重的黑色眼線。

「第四翼隊的同學，你們吵完了嗎？」德薇拉教授挑眉問道。

「問她那個村莊的海拔高度多高。」我小聲對瑞安娜說。

「什麼？」她皺起眉頭。

「妳就直接問就好。」我回答，努力記住戴恩的建議。我能感覺到他從我後面七排盯著我的後頸，但我不會轉過頭去看，尤其我知道薩登也在後面某處。

「那個村莊的海拔高度是多少？」瑞安娜問道。

德薇拉教授轉向瑞安娜的時候，揚起了眉毛：「馬克漢教授？」

「略低於三千公尺。」他回答。「為什麼這麼問？」

瑞安娜斜眼瞥了我一下，清了清喉嚨。「只是覺得有獅鷲參與的計劃性攻擊，這個海拔高度似乎對牠們來說有點高。」

「做得好。」我對她耳語。

「以計劃性攻擊來說，這個海拔**確實**有點高，」德薇拉說，「索倫蓋爾同學，不如妳來告訴我，為什麼這點讓人感到困惑呢？也許從現在開始妳更願意自己提問了？」她盯著我的眼神讓我在座位上坐立不安。

教室裡所有人都回過頭來看我。如果還有人不確定我的身分，現在也知道了。**太棒了**。

「獅鷲在這個海拔高度上力量會減弱，傳輸能量的能力也會下降。」我說道。「除非牠們**早就知道**結界會失效，否則選擇在這裡發動攻擊實在不合邏輯。尤其這個村莊看起來離最近的前哨站大概有……一個小時的飛行距離？」我瞥了眼地圖，確保自己沒說錯。「那裡是夏基爾前哨站，對吧？」**感謝抄寫士的訓練**。

「沒錯。」德薇拉教授嘴角勾起一抹得意的微笑。「照著這個思路繼續想下去。」

等一下。「妳不是說騎士**小隊**花了一小時就趕到嗎？」我質疑地瞇起眼睛。

「是啊。」她期待地看著我。

「那就是說他們早就出發了。」我脫口而出，立刻意識到這話聽起來有多荒謬。周圍響起一陣竊笑聲，讓我感到丟臉，雙頰發燙。

「對啊，說得好有道理喔。」傑克從第一排轉過身來，公然嘲笑我。「梅爾戈倫將軍雖然能預知戰鬥結果，但就算是他也無法預知戰鬥**何時**發生，白痴。」

我能感覺到同學們的笑聲震動著我的骨髓。真想鑽到這張可笑的桌子底下消失不見。

「巴洛，你滾啦。」瑞安娜不爽地說。

「認為預知能力存在的人可不是我。」他語帶嘲諷地回嗆。「如果那傢伙真能騎上龍，天哪，真是太可怕了。」又一陣笑聲讓我脖子也跟著變紅。

「妳為什麼會這麼想？薇奧蕾。」馬克漢教授眉頭一皺。「索倫蓋爾同學？」

「因為他們能在襲擊發生後一小時內就到達那裡，這根本不合理，除非他們早就在路上了。」我反駁道，瞪了傑克一眼。去他的，他的笑聲讓我很煩躁。雖然我的體力可能比他弱，但智力一定贏他千萬倍。「在山上點亮信標燈並請求支援起碼需要半個小時，不會整個小隊無所事事地在那邊等。那個時間點可能有一半以上的騎士在睡覺，這也代表他們應該早就在路上了。」

「那他們為什麼會已經在路上了呢？」德薇拉教授繼續追問，眼中的光芒告訴我我說對了，讓我更有信心照著這個思路繼續想下去。

「因為他們不知為何就是知道結界正在失效。」我抬起頭來，一方面希望自己是對的，另一方面卻向戰爭女神鍍殞祈禱自己錯了。

「這真的是——」傑克開口說。

「她說的是對的。」德薇拉教授打斷了他，整個房間頓時鴉雀無聲。「翼隊中的一隻龍感應到結界的力量慢慢衰弱，所以那支翼隊就先出發了。如果他們沒有這麼做，死傷人數會更多，村子也會遭到更嚴重的破壞。」

我心中突然有股膨脹的自信，卻隨即被傑克怒視的目光戳破，看得出來他還沒忘記要殺了我的承諾。

「二、三年級的同學，換你們了。」德薇拉教授下令。「看看你們能不能對同學們多一點尊重。」她對傑克挑了挑眉，身後的其他騎士立刻提出一連串問題。

派了多少騎士到現場？

唯一的死者是怎麼死的？

清掉村裡的獅鷲獸花了多久時間？

有沒有活口供我們詢問？

我把每一個問題和答案都仔細記了下來，在腦海中整理成一份我如果在抄寫士學院可能會撰寫的報告，同時思考著哪些資訊重要到該寫進報告，哪些則跟這次事件無關。

「村子當下的狀況怎麼樣？」一個低沉的聲音從演講廳後方傳來。

我脖子上的汗毛直豎，身體感受到身後即將出現的威脅。

「你說什麼，萊爾森同學？」馬克漢問，用手遮擋著魔法燈的光線，朝演講廳的高處望去。

「村子，」薩登重複道，「德薇拉教授剛說，要是騎士沒有提早出發，損傷會更嚴重。但實際上村子是怎樣的狀況？是被燒毀了嗎？徹底摧毀了嗎？如果他們想把那裡當成軍事基地，應該不會把村子徹底摧毀，所以村子後來的狀況，對於判斷攻擊的動機來說很重要。」

德薇拉教授露出讚同的微笑。「翼隊到現場的時候，敵方經過的建築物都被燒毀了，剩下的則正遭到洗劫。」

「他們是在找某個東西。」薩登斬釘截鐵地說，「這麼做不是為了金銀財寶，因為那裡不是寶石開採區。這也引出一個問題，我們有什麼是他們如此急切想要得到的？」

「沒錯，重要的就是這個問題。」德薇拉教授望向整間教室。「這就是為什麼萊爾森能做翼隊長的原因。要當一名優秀的騎士，光有力量和勇氣是不夠的。」

「所以答案是什麼？」左邊某位一年級生問。

「我們目前還不知道，」德薇拉教授聳聳肩說，「這只是另一塊拼圖，用來解開波羅密爾王國為什麼一直拒絕與我們和平共處的疑問。他們在找尋什麼？為什麼是**那個**村子？是他們讓守衛結界逐漸崩潰，還是本來就已經搖搖欲墜？明天、下個星期、下個月，還會有另一波攻擊，也許我們能因此得到更多線索。如果你想找到答案，先去翻翻史書吧。那些戰爭已經被徹底剖析和研究過了。戰爭簡論是針對變幻莫測的情況而開的課程。在這堂課上，我們希望你們學會該問什麼問題，這樣你們**每個人**才都有機會平安歸來。」

她的語氣似乎在告訴我，今年恐怕不止是三年級學生會受徵召去服役，一股寒意滲進我的骨頭。

「妳都知道歷史課上每個問題的答案，顯然也知道戰爭簡論課上該問哪些問題。」瑞安娜搖搖頭說。我們吃完午餐後站在練武場地墊的邊線，看著雷迪克和歐若莉身穿格鬥用的皮衣，盯著對方不斷繞圈，蓄勢待發。他們兩個的身材差不多：雷迪克稍微矮一些，歐若莉身材就像米拉一樣壯碩，這點我並不意外，因為她父親那邊也是軍人世家。「妳是不是連考試都不用複習？」

一年級的新生都站在我們這側，二、三年級的學長姐則站在對面。說實在的，他們絕對占盡優勢，畢竟已經受過至少一年的搏鬥訓練了。

「我本來是要受訓成抄寫士的。」我聳了聳肩，米拉為我製作的背心隨著我的動作閃爍著微光。除了龍鱗偶爾會在偽裝布下反射光芒外，這件背心跟昨天統一發下來的上衣沒什麼兩樣。現在所有女生穿的都差不多，只是皮革的剪裁根據個人喜好有所不同。

男生們大多赤裸上身，因為他們認為穿上衣會讓對手有可以抓的地方。老實說，我完全不反對他們這麼想，我只是在欣賞風景而已……純欣賞。當然，我得專注在自己隊伍的訓練墊上，不能一直盯著教學大樓一樓這間偌大練武館裡的其他二十個訓練墊。練武館有面牆全部都是敞開的窗戶和門，因為要讓微風吹進來，但還是悶熱得要命。我能感覺到汗水正順著背心裡面的脊椎向下流。

今天下午每個翼隊派了三個小隊來練習，而我真是太「幸運」了，第一翼隊派出了他們第三小隊的成員，其中包括傑克．巴洛，他從我一走進來時，就在兩個訓練墊以外狠狠地瞪著我。

「這代表妳一點都不擔心課業囉？」瑞安娜挑起眉看著我說。她也選了件皮背心，不過她的背心是從鎖骨上方開洞的剪裁，在脖子處固定，露出雙肩方便活動。

「別再像跟舞伴跳舞那樣互相繞圈了，快點進攻！」埃梅特里歐教授從訓練墊另一頭命令道，戴恩也在那邊和我們小隊的副隊長席安娜一起觀看歐若莉和雷迪克的對戰。真是謝天謝地戴恩還穿著上衣，不然等會輪到我時我肯定會分心。

「我現在最擔心的就是這個。」我告訴瑞安娜，並用下巴指了前方的訓練墊。

「真的假的？」她用懷疑的眼神看著我。她的辮子在後頸盤成一個小髮髻。「我以為身為索倫蓋爾家的女兒，肉搏訓練對妳來說應該是小菜一碟。」

「不是妳想的那樣。」在我這個年紀的時候，米拉已經練肉搏戰十二年了，而我只練了六個月的時間。如果我不像精緻的陶瓷茶杯那樣易碎，這或許還不是什麼大問題，但現實就是如此。

雷迪克朝歐若莉撲過去，但她迅速低下身，同時伸出一條腿絆倒雷迪克。他踉蹌了一下但沒有倒地，立刻轉身時手中已經多了一把匕首。

「今天不准用武器！」埃梅特里歐教授在訓練墊旁怒吼。雖然我到現在也才見過四位教授，但他絕對是最令我害怕的。也可能只是因為他教的科目，讓我不自覺地把他壯實的身形想像成了巨人。「我們今天只是要評估大家的實力！」

雷迪克嘟囔了幾句，把匕首收回刀鞘中，同時迅速擋下歐若莉揮出的右勾拳。

「那個棕髮女孩出拳挺狠的嘛。」瑞安娜欣賞地笑著說，然後瞄了我一眼。

「那妳呢？」我問道，正好看見雷迪克一記直拳打中了歐若莉的肋骨。

「可惡！」雷迪克搖搖頭，往後退了一步。「我不是故意要傷到妳的。」

歐若莉摀著肋骨但仍抬起下巴。「誰說你傷到我了？」

「放水對她來說反而是一種侮辱。」戴恩抱著雙臂說道。「如果她從龍背上墜落到東北邊境敵方的營區，那些西格尼森人才不會因為她是女人就手下留情。他們會毫不猶豫地殺了她，雷迪克。」

「來啊！」歐若莉大喊，勾起手指作勢挑釁雷迪克。很明顯大部分的學員從小就在為進入騎士學院做準備，尤其是歐若莉，她靈巧地躲過雷迪克的直拳，轉身就朝他腎臟快速一擊。

天，那一定很痛。

「我的老天啊……」瑞安娜低聲驚嘆，又看了歐若莉一眼才轉向我。「我在訓練墊上肉搏還算不錯。我家的村子就在西格尼森邊境，所以我們從小就要學會自衛。物理和數學也難不倒我。但是歷史？」她搖搖頭。「那門課可能會要了我的命。」

「歷史考不及格又不會死。」我說著，看見雷迪克衝向歐若莉，用力把她摔在訓練墊上，那畫面讓我不禁皺緊眉頭。「我大概會死在這些訓練墊上。」

歐若莉用雙腿纏住雷迪克的腿，不知怎的一個翻身壓在他身上，對著他的臉側連續揮拳。幾滴鼻血濺在訓練墊上。

「如果妳需要，我可以教妳一些活過格鬥訓練的防身技巧。」索伊爾在瑞安娜另一側說道，一邊用手摸著下巴上長了一天的棕色鬍碴，那些鬍碴還不足以遮住他臉上的雀斑。「不過歷史可不是我的強項。」

一顆牙齒飛了出去，我感覺膽汁都要湧上喉嚨了。

「夠了！」埃梅特里歐教授大喊。

歐若莉從雷迪克身上翻下來，站起身，用手指輕碰自己破裂的嘴唇檢查流血的情況，然後伸手要扶雷迪克起來。

他接受了她的幫助。

「席安娜，帶歐若莉去找治療師。今天只是實力考核，可不該把牙齒都打掉。」埃梅特里歐下令道。

「我跟妳做個交易吧，」瑞安娜用她那雙褐色的眼睛直盯著我看。「我們互相幫忙如何？我們教妳肉搏技巧，妳教我們歷史。怎麼樣，索伊爾？」

「當然好。」

「成交。」我看著一個三年級生用毛巾擦拭訓練墊時吞了吞口水。「不過感覺我好像占更多便宜。」

「妳還沒看過我背歷史年代的慘樣呢。」瑞安娜開玩笑說。

幾個訓練墊之外突然傳來一聲尖叫，我們都轉頭看過去。傑克．巴洛正用摔角的頭部固定術箝制著另一個一年級生。那個人比傑克瘦小許多，但還是比我重上至少二十公斤。

傑克用力拉扯自己的手臂，緊緊勒著那個人的脖子。

「那傢伙真是個混蛋——」瑞安娜準備開罵。此時一陣令人作嘔的骨頭碎裂聲迴盪在整個練武館，那個一年級生在傑克的箝制下失去了意識，整個人軟綿綿地垂了下來。

「馬厲克保佑。」我看著傑克把那個同學摔在地上時低聲驚呼。看來死神馬厲克大概真的住在這裡吧，畢竟祂的名字被叫得這麼頻繁。我的午餐差點又要重見天日了，只能用鼻子吸氣、嘴巴吐氣來平復心情。在這種場合我也不可能把頭放在膝蓋讓自己冷靜。

「我說什麼來著？」他們的教練衝上訓練墊大吼。「你他媽的把他脖子折斷了！」

「我怎麼知道他脖子這麼脆弱？」傑克還在狡辯。

妳死定了，索倫蓋爾，妳一定會死在我手上。昨天他的威脅又像蛇一樣爬進我的腦海。

「眼睛看前面。」埃梅特里歐命令道，他的語氣比平時溫和許多，我們隨即把視線從那個死去的一年級生身上移開。「你們不需要想辦法習慣這種事，」他對我們說，「但你們必須學會在這種情況下還能繼續做事。現在換妳，還有你。」他指向瑞安娜和我們小隊裡的另一個一年級生，那是個身材結實，留著藍黑色頭髮的男生，五官稜角分明。該死，我想不起他的名字。特雷弗？還是湯瑪士？現在要記住這麼多新面孔實在太難了。

我瞄了戴恩一眼，但他正專注地看著那兩個走上訓練墊的人。

瑞安娜很快就展現出她的實力，每次她成功閃躲拳頭並反擊時，都讓我目瞪口呆。她動作敏捷，出拳有力，這種致命的組合肯定會讓她脫穎而出，就像米拉一樣。

「你要認輸嗎？」當她把那個一年級生壓制在地上時問道，她的手停在他喉嚨上方，蓄勢待發。

譚能？我很確定是個T開頭的名字。

「不要！」他大喊，用雙腿纏住瑞安娜的腿，把她重重摔在地上。但她立刻一個翻身站起來，又讓那位一年級生回到原本被壓制的姿勢，這次是用靴子抵著他的喉嚨。

「泰南，我覺得你該認輸了，」戴恩笑著說，「她可是把你打得毫無還手之力啊。」

啊對，是泰南。

「滾開，艾托斯！」泰南憤怒地喊道，但瑞安娜把靴子更用力往他的喉嚨壓，讓最後那個字變得含糊不清。他的臉漲得通紅。

嗯，泰南是個自尊心比理智還多的傢伙。

「他認輸了。」埃梅特里歐宣布勝負，瑞安娜退後一步向泰南伸出援手。泰南接受了她的幫助。

「妳，」埃梅特里歐指向那個粉頭髮、身上有叛軍印痕的二年級生。「還有妳。」他的手指移向我。

她至少比我高一顆頭，如果她全身的肌肉都跟手臂一樣結實的話，那我大概死定了。

絕對不能讓她抓到我。

我的心臟快要跳出胸口了，但我還是點點頭，走上訓練墊。「妳可以的。」瑞安娜經過我旁邊時拍了拍我的肩膀。

「索倫蓋爾。」那個粉頭髮女孩瞇著淡綠色的眼睛，用不屑的目光打量著我，好像我是她鞋子刮下來的髒東西一樣。「如果不想讓所有人都知道妳媽是誰，妳真該把頭髮染了。妳可是騎士學院裡唯一一個有銀色頭髮的怪胎。」

「我從沒說過我在意別人知道我媽是誰。」我在訓練墊上盯著這個二年級生繞圈。「我為她保衛王國的貢獻感到驕傲，無論是對抗外患**還是**內憂。」

看到她因為這句話繃緊下巴，我心口燃起一絲希望。那些手臂上帶著叛軍印痕的人——我今天早上聽說他們被稱為「遺印者」——都把他們父母被處決的責任歸咎到我母親頭上。好啊，儘管恨我吧。母親常說，戰鬥時一旦摻入情緒，你就已經輸了。我從沒這麼迫切希望我那個冷血母親說的話是對的。

「妳這個賤人，」她咬牙切齒地說，「妳媽**殺了**我全家。」

她猛然向前衝來，揮舞著拳頭，我迅速側步躲開，轉身同時將雙手舉起。我們就這樣僵持了幾輪，我打了幾拳，開始覺得我的計畫或許真的能成功。

她發出低沉的咆哮聲，這次又沒打中我，然後她的腳朝我頭上踢來。雖然我輕鬆閃過了這一腳，但接著她突然跪下，用另一隻腳猛踢過來，正中我的胸口，讓我向後摔去。

我重重摔在墊子上，碰的一聲才響起，她就已經在我上方，真是該死的快。

「伊莫珍，妳不能在這裡使用妳的力量！」戴恩大喊。

伊莫珍正拚命想要殺了我。

她的視線在我上方，俯視著我微笑，而我突然感覺到一個硬物快速滑過我的肋骨。但當我們一起低頭看向我胸口的時候，她的笑容瞬間消失，我不禁注意到一把匕首正收回鞘中。

這件護甲救了我的命。**謝謝妳，米拉**。

伊莫珍的臉上閃過一絲困惑，足夠讓我有機會一拳打在她的臉頰上，然後從她身下翻了出去。

雖然我確定我握拳的方式沒錯，但手上卻感受到一陣劇痛。隨後我們都站起身，我也努力不去想我的手，準備繼續戰鬥。

「那是什麼護甲？」她邊問邊盯著我的肋骨，我們互相繞著對方移動。

「是我專屬的護甲。」我躲避了她再次襲來的攻擊，但她的動作看起來已經變得模糊不清。

「伊莫珍！」埃梅特里歐大喊。「妳再這樣做，我就——」

這次我轉錯了方向，也讓她抓住了我，把我摔在地上。我的臉重重地撞上墊子，她則把膝蓋壓在我的背上，把我的右臂扭到身後。

「投降吧！」她大聲喊。

我不能投降。如果第一天就投降，第二天會發生什麼事？「不要！」現在我就像泰南一樣沒常識了，而我還比泰南更不堪一擊。

她把我的手臂拉得更遠，疼痛吞噬了我的每個思緒，視野的邊緣逐漸變得模糊。我痛苦地尖叫，而我的韌帶被拉伸、撕裂，然後啪一聲斷了。

「快投降，薇奥蕾！」戴恩大喊。

「投降吧！」伊莫珍要求道。

當她的重量壓在我背上時，我大口喘著氣，把臉轉向一側，而她還在扭動著我的肩膀，這種劇痛淹沒了我。

「她投降了，」埃梅特里歐說，「好了，夠了。」

我又聽到了那駭人的骨頭斷裂聲，只是這次是我的骨頭斷了。

「我覺得在所有印記力量中，修復能力是最珍貴的，但我們不能在擁有這樣的印記時沾沾自喜。因為有修復能力的人是稀有的，而受傷的人卻到處都是。」

——《費德里克少校的新版治療師手冊》

第六章

戴恩抱著我穿過騎士學院低矮的有頂通道，越過峽谷，朝著治療師學院前進時，我的上臂和胸口有如被火焰吞噬般疼痛。這個通道基本上就是座石橋，上方和兩側都用石頭封起來，與其說是橋，不如說是個懸空的隧道，還開了幾扇窗。不過現在的我實在沒辦法好好觀察周遭，只覺得他大步流星地帶著我穿越整個空間。

「就快到了，」他安慰我說，小心翼翼但穩穩地托住我肋骨和膝蓋後方，而我那條殘廢的手臂就這麼無力地擱在胸前。

「所有人都看到你情緒失控了。」我低聲說，試圖用意志力阻隔疼痛，像之前已經做了無數次那樣。平常只要在腦中築起一個想像的高牆，封住身體裡翻騰的痛楚，告訴自己疼痛只存在於那裡，我就感覺不到了。但這次似乎不太管用。

「我沒有失控。」到了門口，戴恩用腳踹了門三下。

「你大吼大叫，還這樣抱著我衝出來，好像我對你來說很重要似的。」我把注意力集中在他下巴的疤痕、他古銅色皮膚上的鬍碴，以及任何能讓我忽視肩膀劇痛的東西上。

「妳對我來說確實很重要。」他又踢了門一下。

現在所有人都知道了。

門打開了，溫妮佛退後一步讓戴恩抱我進醫務室。她是個治療師，已經照顧過我太多次了。

「又有人受傷了？你們這些騎士真是想把我們的床位都占滿——噢不！這次是薇奧蕾嗎？」她的眼睛瞪得老大。

「嗨，溫妮佛。」我忍著痛打招呼。

「來這邊。」她帶領我們進入醫務室，那是條長長的走廊，兩側都是病床，現在有一半都躺著穿著黑色騎士服的人。治療師沒有魔法，純靠傳統草藥和醫學訓練盡量治好病患。但修復師就不一樣了。希望諾隆今晚會在這裡，畢竟這五年來都是他在替我修復傷口。

修復的印記在騎士中格外罕見。修復師擁有修復、恢復、讓萬物回歸原狀的力量，從破爛的布料到粉碎的橋梁都可以修，當然也包括斷裂的人骨。我哥哥布瑞南就是個修復師，如果他還活著的話，肯定會成為世界上數一數二的修復師。

戴恩小心翼翼地把我放在溫妮佛帶我們過去的床上，然後她靠坐在床墊邊緣，接近我髖部的地方。當她用那雙飽經風霜的手撫過我額頭時，她臉上每一道皺紋都讓我感到安心。「海倫，去把諾隆叫來。」溫妮佛命令一個路過的四十多歲治療師。

「不行！」戴恩突然厲聲喊道，語氣中帶著驚慌。

什麼意思？

那位中年治療師面帶猶豫地看著戴恩和溫妮佛，不曉得要聽誰的話。

「海倫，這位是薇奧蕾．索倫蓋爾。如果諾隆發現她在這裡而妳**沒有**叫他，那就是妳的責任。」溫妮佛用平靜的語氣說道。

「索倫蓋爾？」那位治療師聲音提高，重複著我的姓氏。

我試著集中注意力看著戴恩，卻因肩膀的刺痛而頭暈目眩。我想問問他為什麼不想讓我的肩膀接受修復治療，但又一波痛楚幾乎把我拽入無意識的昏迷，讓我只能發出呻吟。

「海倫，快去叫諾隆，否則他會讓他的龍生吞了妳，吃掉妳整個人和那張臭臉。」溫妮佛生氣地揚起銀色的眉毛，無視戴恩再次阻止她去叫修復師。

那位治療師臉色一片蒼白，急忙離開了。

戴恩拉了一把木椅坐到我床邊，椅腳在地上刮出刺耳的聲響。「薇奧蕾，我知道妳很痛，但也許……」

「也許什麼？戴恩．艾托斯？你想看她受苦嗎？」溫妮佛訓斥道。「我跟她說過他們會把妳毀掉的。」她低聲自語，擔憂地俯身檢查我的傷勢。溫妮佛是巴斯蓋亞最出色的治療師，每一帖藥都是她親自調製出來的，這些年來為我醫治的傷，數也數不清。「她會聽我的話嗎？當然不會。妳母親真是固執得可怕。」

她伸手去碰我受傷的手臂，把我的手抬高了幾公分，我感受到一陣刺痛深入我的肩頭，讓我不禁眉頭深皺。

「看來這隻手臂是斷了沒錯。」溫妮佛嘖了一聲，看著我的手臂皺眉。「而且這個肩膀需要請外科醫生。到底是發生什麼事了？」她問戴恩。

「格鬥練習。」我簡單用幾個字回答。

「妳給我安靜點，省點體力。」溫妮佛轉頭看向戴恩。「你來幫忙做點事，把簾子拉上，讓越少人看到她受傷越好。」

戴恩立即起身迅速按照她說的去做，拉上藍色的簾子，隔出一個小而方便的空間，把我們與其他送進來的騎士隔開。

「先喝下這個。」溫妮佛從腰帶上取出一個琥珀色藥瓶。「這能在我們把妳醫治好之前緩解妳的疼痛。」

「妳不能要求諾隆用修復能力幫她治療。」戴恩在她幫我開藥瓶時抗議著。

溫妮佛一邊訓斥戴恩，一邊把藥瓶拿到我身邊。「我們過去五年來一直在用修復療法處理她的傷勢。你不要來跟我說我能不能做什麼。」

戴恩把一隻手滑進病床和我背部之間的縫隙，另一隻手托著我的頭，輕輕扶我坐起身，好讓我能喝下那苦澀的藥水。這藥水跟我一直以來喝的一樣苦，但我知道這肯定會有不錯的止痛效果。戴恩小心地讓我躺回床上，轉身面向溫妮佛。「我不想讓她痛苦，這就是我們來這裡的原因。但如果她的傷勢這麼嚴重，也許我們可以看看抄寫士學院願不願意再錄取她，畢竟開學也才過了一天。」

聽到他不願意讓修復師治療我的原因，我的憤怒足以蓋過我身體的痛楚，讓我咬牙切齒地說：「我不會去抄寫士學院的。」

我嘆了一口氣，然後閉上雙眼，感受到藥效在我的血管裡流動，讓我全身放鬆下來。很快地我已經不那麼痛了，在我再次強迫自己睜開眼睛的時候，已經可以清楚地思考。

至少我覺得這藥效算滿快的。但顯然他們一直在說話而我沒有注意到，看來已經過了不只一會。

簾子猛然打開，諾隆努力拄著拐杖慢慢走進來。他對他的妻子微笑，雪白的牙齒和棕色肌膚呈現強烈的對比，格外醒目。「妳叫我來呀，我的——」他看到我時笑容瞬間僵住了。「薇奧蕾？」

「嗨，諾隆。」我勉強擠出一個微笑。「我本來想揮手跟你打招呼的，但窩有隻手完全妹辦法抬起來，另隻手感覺真真滴很重。」天啊，我現在講話怎麼這麼口齒不清？

「我剛剛給她喝了治療用的血清。」溫妮佛對丈夫露齒一笑。

「她都跟你在一起嗎，戴恩？」諾隆向戴恩投去責備的目光，我又感覺自己回到十五歲，因為爬了不該爬的地方摔斷腳踝，而被拖來這裡。

「我是她的小隊長。」戴恩回答，騰出空間好讓修復師可以靠近我。「讓她歸我管是我唯一想到能保護她的方法。」

「看來你做得可不怎麼好嘛。」諾隆瞇起眼睛。

「那是肉搏訓練的實力考核日。」戴恩解釋。「二年級的伊莫珍把薇奧蕾的肩膀拉到脫臼，還折斷了她的手臂。」

「在考核日？」諾隆咆哮著，用匕首割開我短袖上衣的布料。這個男人快八十四歲了，卻仍穿著黑色騎士制服，腰間掛滿武器。

「她母親四四四梵．萊爾森滴同伙，都四叛變者，」我緩慢地向他解釋，想辦法把話說清楚，卻失敗了。「藍後我我我姓索倫蓋爾，所以我能能理解。」

「我不能理解。」諾隆抱怨道，「他們把那些孩子徵召到騎士學院，好用來懲罰他們父母的罪行，這方式我可不贊同。我們從未強迫非志願役去騎士學院。從來不會。而且我們也有很好的理由。可能是因為大部分學員都沒辦法活著畢業，所以才要這麼做啦，我猜。無論如何，妳絕對不該因為妳母親的功勳受到這樣的對待。索倫蓋爾將軍可是因為抓到大叛徒拯救了納瓦爾。」

「所以你不會用修復魔法醫治她，對吧？」戴恩輕聲問諾隆，生怕被簾外的人聽到。「我只是希望治療師可以做好他們的工作，讓薇奧蕾隨著時間自然恢復健康。不要用魔法。她如果回去騎士學院還打著石膏，或者說她要在肩膀重建手術的恢復期想辦法好好保護自己，根本沒有機會活下來。上次受傷就已經花了她四個月的時間才恢復，不如趁她還有呼吸的時候，把這次當作救她出騎士學院的大好機會。」

「窩才不邀去抄士學院。」氣死人，我講話好卡。「抄士學院。」我再試著講了一次。「抄！士！學！院！」天啊，到底是怎樣。「修福我。」

「我永遠都會用修復魔法治療妳的。」諾隆承諾道。

「就。這。一次。」我把每個字都講得特別清楚。「如果。其他人。發現我。一直。需要。修復治療。他們。會。覺得。我很弱。」

「所以我們才要把握這個機會帶妳離開啊！」戴恩的聲音充滿慌張焦慮，而我聽得心都涼了。他沒辦法事事都保護我，而看著我一次次受傷、看著我最後可能死去，一定會讓他崩潰。「從這裡直接轉去抄寫士學院，是妳活下來最好的機會了。」

我狠狠瞪著戴恩，小心翼翼地擠出字句：「我。不要。離開騎士學院。才不要。讓母親。又把我。丟回來。我要。留下。」我轉頭找諾隆，而整個房間都在天旋地轉。「幫我用修復治療……但揪這次喔。」

「妳知道這會痛死人，而且接下來幾週還是會痛吧？」諾隆坐在我病床旁的椅子上，盯著我的肩膀說。

我點點頭。這又不是我第一次接受修復治療了。天生骨頭脆弱的我早就習慣了，修復治療的痛也就僅次於原本受傷時的痛而已。頂多當作是多上了一堂星期二的肉搏訓練課。

「拜託啦，小薇。」戴恩小聲懇求著。「拜託妳轉去別的學院好不好？如果妳不想，就當作是為了我，都是因為我沒有及時介入，我應該要阻止她的。我根本保護不了妳。」

我好希望在喝下溫妮佛的藥水前就能看穿他的計畫，這樣我就能好好解釋清楚了。這根本不是他的錯，可是他總是習慣把所有責任攬在身上。所以我還是深吸一口氣說：「這是窩自己的選擇。」

「戴恩，回去學院吧。」諾隆頭也不抬地命令。「如果換作是其他一年級新生，你應該早就離開了。」

戴恩痛苦的眼神對上我的目光，但我仍然堅持跟他說：「走吧。明天集集集合的時候見。」

反正我也不想讓他看到接下來的治療過程。

他只得認命地點了下頭，不發一語地轉身走出簾子。我真心希望今天的選擇不會在未來毀了我最好的朋友。

「準備好了嗎？」諾隆的手懸在我肩膀上方問道。

「咬住。」溫妮佛遞來一條皮帶，讓我緊緊咬在齒間。

「開始囉。」諾隆低聲說著，雙手舉到我肩膀上方。他眉頭深鎖，專注地做出一個扭轉的動作。

一陣灼熱的劇痛瞬間在肩膀上炸開，痛得我咬緊皮帶尖叫，牙齒都嵌進了皮帶，這樣持續了一下，接著我眼前一黑，失去了意識。

那天晚上我回到營房的時候，裡面差不多已經住滿了。我的右手還在隱隱作痛，像是放在搖籃裡那樣掛在淺藍色的吊腕帶上，好像我還不夠顯眼似的，這下我看起來更像是個活靶子了。吊腕帶等於脆弱，等於一觸即潰，等於是翼隊的累贅。如果我在訓練墊上就這麼容易受傷，要是真的騎上龍背又會發生什麼慘事？

太陽早就下山了，但魔法燈柔和的光芒點亮了整個大廳，其他一年級的女生都在準備就寢。我對一個正用布按著腫脹嘴唇的女孩微笑，她痛得臉都皺在一起，還是回了個微笑，布上還沾著斑斑血跡。

我數了數我們這排空著的床鋪有三張，但這不代表那些學員都死了，對吧？說不定她們只是跟我一樣在治療師學院，或是在浴室也說不定。

「妳回來啦！」瑞安娜從床上跳下來，已經換上了睡衣短褲。一看到我的時候，她的眼神和微笑裡都看得到放心的神情。

「我回來啦。」我回道，想讓她放心。「雖然一件上衣已經報銷了，但人還在。」

「明天去後勤補給中心可以再領一件。」她看起來想給我一個擁抱，但瞄到我肩上的吊帶後，退了一步坐到她床的邊緣，我也在自己的床邊坐下，面對著她。「傷勢很重嗎？」

「接下來幾天會很痛，不過只要我別亂動應該就沒事啦。等到下次肉搏訓練之前就會痊癒的。」

我還有兩週的時間可以想辦法避免這種事再發生。

「我會幫妳做好準備的。」她向我保證。「妳是我在這裡唯一的朋友，所以我寧願妳別在實戰的時候死掉。」她嘴角揚起一抹苦笑。

「我也會盡量活下去。」儘管肩膀和手臂傳來一陣陣的刺痛，我還是勉強擠出了一個笑容。止痛藥的藥效早就過了，現在真的痛得要命。「我也會幫妳補習歷史。」我用左手支撐著身體，手掌順勢滑進枕頭底下。

咦，底下有東西。

「我們兩個的組合無人能擋！」瑞安娜自信地說，而塔拉經過我們的床鋪時，瑞安娜的視線跟隨著這位有著姣好身材的黑髮摩瑞因女孩移動。

我從枕頭下抽出一本小冊子——不，這是本札記——上面還放著一張折起來的紙條，上頭是米拉的字跡，寫著「給薇奧蕾」。我用單手打開了紙條。

薇奧蕾：

今天早上我特地等到看完死亡名單才走，真是謝天謝地妳的名字沒在上面。可惜我不能久留，必須回到我的翼隊上，況且就算我能留下來，他們也不會讓我見妳，但我賄賂了一個抄寫士才把這些偷偷放進妳的床鋪。我希望妳知道，姊姊我以妳為榮。這是布瑞南在我進入騎士學院前那個夏天寫給我的。它救了我一命，也一定能幫助妳。我在裡面加了一些自己用血淚換來的心得，但大部分都是他寫的。我知道他也會希望妳收下這本筆記，他一定會希望妳能好好活下去。

愛妳的
米拉

我強忍著喉頭的哽咽，把紙條放到一旁。

「是什麼啊？」瑞安娜問道。

「是我哥哥的筆記本。」我幾乎說不出話來，手顫抖著翻開筆記本的封面。按照傳統，母親在他過世後就應該燒掉他所有的東西。我已經好久沒看到他那奔放的筆跡了，可是現在，它們就在我眼前。我胸口一緊，一陣前所未有的悲傷湧上心頭。「布瑞南之書。」我唸出第一頁的標題，然後翻到第二頁。

親愛的米拉：

妳是索倫蓋爾家的人，所以妳一定會活下去。也許沒辦法像我一樣耀眼啦，不過不是每個人都像我這麼優秀，對吧？玩笑歸玩笑，這裡記錄的是我所學到的一切。好好保管這本書，別讓人發現了。妳必須活下去，因為薇奧蕾在仰望著妳。妳不能讓她看到妳失敗。

布瑞南

淚水在我眼眶打轉，但我趕緊眨眨眼不讓眼淚掉下來。「就是他的日記而已。」我撒謊道，一邊翻閱著內頁。目光掃過那些文字時，我彷彿能聽見他那帶點諷刺的俏皮語氣，彷彿他就站在這裡，歪著嘴笑嘻嘻地把每個危險都說得雲淡風輕，還會戲謔地眨眨眼。天啊，我好想他。「他在五年前過世了。」

「喔，這個……」瑞安娜湊近了我，眼神充滿同情。「其實我們也不是什麼都要燒掉啦。有時候留著一些東西紀念也挺好的，對吧？」

「嗯。」我輕聲回應。能擁有這本日記對我來說意義重大，但我知道，要是母親發現了，肯定會把這本書丟進火裡。

瑞安娜坐回自己的床上，打開歷史課本，而我卻沉浸在布瑞南的人生歷史裡。我翻到了第三頁。

恭喜妳成功挺過石橋試煉！很好。接下來幾天要睜大眼睛觀察，千萬不要做出引人注目的事。我畫了張地圖，不只標出教室位置，連教官們的集會地點都畫上去了。我知道之後的肉搏挑戰賽讓妳很緊張，但有妳那記漂亮的右勾拳在，根本不用怕。那些比賽看起來像是隨機配對，其實不是。米拉啊，教官們不會告訴妳的是，他們早在一週前就決定好了對戰名單。當然，任何學員都能發起挑戰，但教官們安排對手時，其實是在慢慢淘汰最弱的人。這代表等到真正的肉搏戰開始時，教官們早就知道妳當天要跟誰打。這裡有個偷吃步的方法可以分享給妳：如果妳知道可以去哪裡看名單，又能悄悄溜出去，妳就能得知對手是誰，提前好做準備。

我倒抽一口氣，迫不及待地讀完剩下的內容，希望開始在我心中綻放。如果我能知道對手是誰，那麼在踏上訓練墊之前，戰鬥就已經開始了。我的腦子飛速運轉，一個計畫逐漸成形。

兩週。在挑戰賽開始前，我有兩週的時間準備所需的一切，而不會有人比我更熟悉巴斯蓋亞的地形，因為所有資訊都寫在這裡了。

一抹微笑慢慢在我臉上展開。我知道該怎麼活下去了。

為了維護納瓦爾境內的和平，所有學院下屬的小隊都不可編制超過三名遺印者。

——《巴斯蓋亞戰爭學校行為準則》附錄第五條之二

除了去年的法規變更，現在，只要遺印者聚眾超過三人，就會視為觸犯共謀暴亂罪，將處以死刑。

——《巴斯蓋亞戰爭學校行為準則》附錄第五條之三

第七章

「該死。」我現在人在碉堡下方，走在沿著河岸生長的及腰草叢中，腳趾不小心踢到了一塊石頭，害得我踉蹌了一下，忍不住低聲罵了一句。今晚的月亮又大又圓，照亮了我的路途，但這也代表我必須穿著斗篷隱藏身分，以免碰到其他也在宵禁後在外遊蕩的人，害我滿身大汗。

亞可波斯河帶著夏季的徑流從上方的山峰奔騰而下，每年的這個時候，湍急的水流都相當危險，尤其是從陡峭的山澗直衝而下的那一段。難怪昨天在休息時間摔下去的那個一年級生死掉了。自從通過石橋以來，我們這支小隊就是學院內唯一還沒失去任何成員的小隊，但我知道，在這個殘酷的學院裡，這個紀錄不太可能再保持多久。

我把吊腕帶上方的沉重背包繫得更緊了一點，朝河岸走去，沿著那排古老的橡樹往前走，我知道那邊有一叢法諾里漿果的藤蔓，而且果實很快就要成熟了。成熟的漿果會呈現紫色，酸到幾乎無法食用，但如果在還沒成熟時就摘下來曬乾，就能變成一種優秀的武器，加入我這九個晚上偷溜出來擴充的武器庫。這就是我帶著那本毒物之書進入學院的理由。

下個星期，挑戰賽就要開始了，我必須盡可能掌握所有優勢。

我發現過去五年來當作地標的那顆巨石後，就開始數岸邊的樹。「一、二、三。」我用氣音數著，找到了我需要的那棵橡樹。樹枝廣闊伸展，高聳入雲，有些枝條甚至大膽地伸到河流上方。幸運的是，最低的樹枝很好爬，再加上樹下的草地似乎被踏過了，讓這一切變得更加容易。

我把右手臂滑出吊腕帶，開始憑藉月光和記憶的輔助攀爬時，一陣劇痛穿過我的肩膀。尖銳的疼痛很快就轉為隱隱作痛，就像每個晚上瑞安娜在墊子上把我打得落花流水的感覺。希望明天諾隆會讓我脫下這個討厭的吊腕帶。

法諾里藤蔓會纏繞著樹幹生長，看起來和常春藤非常像，不過我已經爬過這棵樹很多次了，很肯定這些就是法諾里藤蔓。我只是從來沒有穿著斗篷爬過這棵該死的樹。真的超煩。我緩慢而穩定地往上爬，斗篷幾乎勾上了我經過的每一根樹枝，然後我爬過一根粗壯的樹枝——以前我常常在這裡讀好幾個小時的書。

「可惡！」我的腳滑了一下，讓我的心跳暫停了一拍，不過之後我找到了更好的落腳處。白天做這件事會更輕鬆，但我不能冒著被發現的風險。

我爬到更高處時，樹皮刮傷了我的掌心。到了這個高度，藤蔓的葉子尖端已經變成了白色，在穿透樹冠層的斑駁月光下幾乎看不到，但我找到尋覓已久的東西，因此露出笑容。

「你在這裡啊。」尚未成熟的漿果是美麗的淡紫色。完美。我用指甲刺進上方的樹枝，讓身體保持穩定，從背包中拿出一個小空瓶，用牙齒咬開瓶塞。我摘了滿滿一瓶漿果以後，才把塞子塞回去。有了這些果實、今晚採的蘑菇和其他材料，我應該就能撐過下個月的挑戰賽了。

只要再爬下幾根樹枝，我就能抵達地面了，但這時下面卻傳來一陣動靜，因此我停了下來。希望那只是一隻鹿。

但不是。

兩個人走到我藏身的樹下，他們都穿著黑色斗篷，顯然這是大家今晚隱藏身分的首選。身形較小的那個人往後靠著最低的樹枝，拉下兜帽，露出一頭剃掉一半的粉紅色頭髮，那是我再熟悉不過的髮型。

伊莫珍，十天前差點扯下我手臂的隊友。

我的胃一緊，但在另一個騎士也摘下兜帽後，我的胃打結了。

薩登．萊爾森。

喔，要命。

我們之間的距離大概只有四公尺半，而且這裡沒有任何人或任何東西能阻止他殺了我。恐懼緊緊扼住我的喉嚨，我也死死抓著周圍的樹枝，指節都發白了。我惦量著哪件事的結果比較好——是暫時停止呼吸，以免被他聽見，還是因此缺氧，從樹上摔下來。

他們開始交談，但水流聲蓋過了他們的聲音，讓我聽不見他們到底在講什麼。這讓我鬆了一口氣。如果我聽不見他們的聲音，那只要我保持不動，他們也聽不到我的動靜。不過，他只要抬頭看一眼，我就完了，如果他決定把我拿去餵他的藍色匕尾龍，我就真的死定了。幾分鐘前我還很感激的月光，現在卻在扯我後腿。

在斑駁的月光下，我緩慢、小心、安靜地移動到旁邊的樹枝上，用黑暗包裹住自己。他和伊莫珍在這裡做什麼？他們是一對嗎？還是朋友？這件事顯然和我一點關係都沒有，但我還是忍不住思考伊莫珍到底是不是他喜歡的那種女人——那種美貌出眾，殘忍卻更勝一籌的女人。他們真他媽的般配。

薩登本來面對河流，但現在卻轉過身來，好像在找人。果然如此，現在更多騎士抵達了，全都聚在這棵樹下，全都穿著黑色斗篷，和彼此握手。他們每個人都有叛軍印痕。

我數著他們的人數，瞪大了眼睛。大概有二十四個人，有幾個三年級生，一些二年級生，但其他人都是一年級。我知道學校的規定：遺印者不能進行三人以上的聚會。光是聚在一起，他們就犯了死罪。但這顯然是某種聚會，我覺得自己就像一隻貓，攀在長滿樹葉的樹枝末端，下面圍著一群狼。

不過，他們的聚會也有可能完全沒什麼妨礙，對吧？也許他們只是想家了，就像那些從摩瑞因省來的學員，都會在附近的湖邊度過星期六，只是因為這讓他們想起了心心念念的大海。

或者，這些遺印者正在密謀要把巴斯蓋亞夷為平地，完成他們父母未竟的偉業。

我可以坐在這裡，無視他們，但如果他們真的在下面密謀，我寧可不知情的這種自滿——這種恐懼——可能就會害人被殺。把這件事情告訴戴恩才是正確的選擇，但我甚至聽不到他們在講什麼。

可惡。可惡。可惡。我一陣反胃。我必須靠近一點。

我一直待在樹幹的另一邊，留在包裹住我的陰影中，用樹懶的速度往下方的樹枝爬。每一次，我都屏住呼吸，先用一小部分的體重測試樹枝，才整個人移動到下面的樹枝上。水流聲還是讓我無法聽清楚他們的聲音，但我能聽見音量最大的那個人。他是個皮膚蒼白、身材高大的黑髮男人，肩膀比所有一年級生都要寬上兩倍，他站在薩登對面，戴著三年級生的布章。

「我們已經失去薩瑟蘭和盧佩科了。」他說，但我聽不清楚回答。

我又往下爬了兩層，才能清楚聽見他們的聲音。我的心臟怦怦直跳，彷彿就要破開胸腔跳出來了。我和他們的距離非常近，只要有人仔細看，就能看到我——好吧，除了薩登以外的所有人，因為他背對著我。

「不管你們喜不喜歡，如果你們想活到畢業，我們就必須團結。」伊莫珍說。我只要稍微往右邊跳，就能用一記快速的踢擊回報她對我肩膀的冷酷攻擊。

只是，比起復仇，現在我更珍惜自己的命，所以我好好收著腳。

「萬一他們發現我們在聚會呢？」一個橄欖色皮膚的一年級女孩問，雙眼掃視著人群。

「我們已經這樣做兩年了，他們還沒發現。」薩登回答，他雙手抱胸，往後靠著我右下方的樹枝。「除非你們有人告密，否則他們不會發現。而如果你們真的告密，我也會知道。」他的語氣明顯帶著威脅。「就像蓋瑞克說的，我們已經失去了兩個一年級生，但這是因為他們自己犯了錯。騎士學院裡只有四十一個我們的人，我們不想再失去在場的任何一個新生，但要是你們不自救，就無法避免這件事。運氣從來不會站在我們這一邊，而且相信我，學院裡的所有納瓦爾人都會找理由說你們是叛徒，或是逼迫你們失敗。」

其他人也低聲同意，他的聲音帶著強烈的感情，讓我呼吸一窒。該死的，我根本不想從薩登・萊爾森身上找到任何值得欽佩的地方，但他現在讓人敬佩得討厭。大混蛋。

不得不承認，要是和我出身同一個省的高階騎士，會關心其他同鄉的死活，會是一件很棒的事。

「你們有幾個人在肉搏的時候被打得落花流水？」薩登問。

有四隻手舉了起來，但沒有一隻手是黎恩・馬利的。他比大多數的人高一顆頭，金髮根根豎起，雙臂抱在胸前。他隸屬我們翼隊龍尾分隊下的第二小隊，是我們這屆最優秀的學員。他真的是用跑的跨越石橋，還在考核日當天把所有對手打趴。

「該死。」薩登咒罵了一句，抬手遮住臉，我願意付出一切看到他臉上的表情。

那個大塊頭——蓋瑞克——嘆了一口氣。「我會教他們。」我現在認出他了。他是第四翼隊烈焰分隊的隊長。戴恩的上級，我的直屬上司。

薩登搖頭。「你是我們之中最優秀的戰士——」

「**你**才是我們之中最優秀的戰士。」站在薩登旁邊的一個二年級生反駁，飛快地笑了一下。他很帥，有黃褐色的皮膚和一頭蓬鬆的黑色捲髮，斗篷下的制服縫著一排布章。他和薩登長得很像，可能是親戚。或許是他的表親？要是我記得沒錯，梵·萊爾森有個姊妹。該死，那傢伙叫什麼名字？我上次讀記錄是好幾年前的事了，但我覺得他的名字應該是B開頭。

「可能是最卑鄙的戰士吧。」伊莫珍挖苦地說。

幾乎所有人都大笑起來，甚至一年級生也都露出微笑。

「他媽的殘忍才更適合形容他。」蓋瑞克補了一句。

大多數的人都贊同地點頭，黎恩·馬利也是。

「蓋瑞克是我們之中最優秀的戰士，但伊莫珍和他差不多，而且她遠比蓋瑞克更有耐心。」薩登說。考慮到她弄斷我的手臂時，看起來似乎沒什麼耐心，這聽起來很荒唐。「所以，你們四個分成兩組，分別讓他們訓練。三人小組不會引來任何不必要的關注。你們還有遇到其他困難嗎？」

「我做不到。」一個又高又瘦、笨手笨腳的一年級生說，他縮起肩膀，用細長的手指遮住自己的臉。

「什麼意思？」薩登問，他的聲音變得冷硬。

「我做不到！」那個比他瘦小的人搖頭。「死亡、戰鬥，所有事情！」他的聲音隨著每一個單詞變得越來越尖。「考核日當天，有一個人在我面前被扭斷脖子！我想回家！你能幫我嗎？」

每個人都轉頭看著薩登。

「沒辦法。」薩登聳聳肩。「你回不了家了。你最好現在就接受這一點，別再浪費我的時間了。」

我竭盡全力，才忍住倒抽一口氣的衝動，但下面的某些人根本沒想努力遮掩。他真是個王八蛋。

比他瘦小的那個一年級生看起來**大受打擊**，我不禁為他難過。

「那有點過分了，表哥。」那個長得和薩登有點像的二年級生說，揚起眉毛。

「那你希望我說什麼？博蒂？」薩登歪頭看向他，語氣冷靜，毫無起伏。「我沒辦法拯救每個人，尤其是那些不願意努力自救的人。」

「該死，薩登。」蓋瑞克搓搓自己的鼻梁。「你的精神喊話真是太棒了。」

「要是他們真的需要一場他媽的精神喊話，那他們根本不會在畢業那天騎著龍飛出學院，我們都很清楚。大家都清醒一點吧。如果這能讓他們睡得好一點，我可以握著他們的手，對他們胡扯一大堆空洞的承諾，說每個人都能挺過去，但根據我的經驗，真相比這些屁話有價值多了。」他轉過頭去，我只能推測他正在看著那個驚恐的一年級生。「人會在戰爭中死去。戰爭不像吟遊詩人唱的那麼光榮，戰爭是被折斷的脖子，是從六十公尺高的地方摔下來。焦土和硫磺的味道一點都不浪漫。這——」他往後指著碉堡。「不是什麼所有人都能活到結局的故事。這是艱苦、冷酷、無情的現實。不是每個在場的人都能回到家……回到我們只剩廢墟的家。而且別搞錯了，只要我們一踏進學院，每一分每一秒都是戰爭。」他微微彎身。「所以，如果你們沒辦法增進自己的技巧，為了自己的命奮鬥，你們就不可能撐過去。」

只有蟋蟀的叫聲打破了這片死寂。

「現在，誰來提個我真的能解決的問題。」薩登命令。

「戰爭簡論。」一個我認得的一年級生輕聲說。她的床位就在我和瑞安娜床位的下一列。可惡，她叫什麼名字來著？宿舍裡的女人太多了，根本不可能認識所有人，但我很肯定她是第三翼隊的。「我不是跟不上，只是那些資訊……」她聳了聳肩膀。

「這是個難題。」伊莫珍回答，轉頭看向薩登。她在月光下的側臉，幾乎和那個毀了我肩膀的人判若兩人。那個伊莫珍很殘忍，幾乎可說是狠毒。但她看著薩登的方式，讓她的眼睛、嘴巴和整個人都柔軟了下來，此時她正把一綹粉紅色的短髮繞到耳後。

「就學他們教妳的東西。」薩登對那個一年級生說，他的語調強硬。「記住妳知道的東西，但把他們告訴妳的東西都背下來。」

我皺起眉頭。他到底在說什麼鬼話？戰爭簡論是由抄寫士講授的其中一堂課，目的是讓學院裡的所有人都能知道所有非機密的部隊行動和戰線的最新情況。我們唯一被要求背誦的東西，就是最近發生的事件，和前線附近的大致情況。

「還有人有問題嗎？」薩登問，「最好現在就問。我們沒有一整晚的時間可以耗。」

這時我突然意識到了一件事——除了他們的聚會人數超過三人以外，他們在這裡做的事情完全**沒問題**。沒有陰謀、沒有政變、沒有危險。只不過是一群高年級的騎士在輔導出身同一省的一年級生而已。但如果戴恩知道了這件事，他就會因為道義而不得不——

「我們什麼時候才能殺了薇奧蕾．索倫蓋爾？」一個站在後方的傢伙問。

我的血液凍結了。

同意的低喃聲在聚集的人群中迴盪，讓我的脊椎竄過一陣恐懼。

「對啊，薩登。」伊莫珍用甜甜的語氣說，抬起淡綠色的眼睛看著他。「我們**什麼時候**才能報仇？」

他轉過頭，角度剛好能讓我看見他的側臉和橫過他臉上的那道疤，他對伊莫珍瞇起眼睛。

「我已經告訴過妳了，那個最小的索倫蓋爾是**我的**，等時機到了，我就會處理她。」

他會……處理我？怒火讓我的肌肉恢復靈活。我不是什麼需要**處理**的麻煩。我對薩登短暫的欽佩就此消失了。

「妳還沒學到教訓嗎？伊莫珍？」那個長得和薩登很像的人，站在圓圈對面數落她。「據我所知，因為妳在墊子上用了魔法力量，所以艾托斯罰妳洗下個月的碗。」

伊莫珍猛地轉頭看向他。「我媽和我的姊妹被處決，她母親要為此負責，我當時不應該只弄斷她的肩膀。」

「我們的父母，**幾乎**都是因為她媽媽才會被抓。」蓋瑞克反駁她，雙手抱在他壯碩的胸膛前。「這和她的女兒無關。因為父母犯了罪而懲罰小孩，是納瓦爾人會做的事，不是提倫多爾人的作風。」

「所以我們就因為父母多年前做的事，被強行徵召，被丟進這個學院，這根本就等於死刑——」伊莫珍開始說。

「提醒妳一下，她也進了這個等於死刑的學院。」蓋瑞克反駁。「看來她已經和我們落入了一樣的命運。」

我真的在看他們爭論我該不該因為身為莉莉絲·索倫蓋爾的女兒而受到懲罰嗎？

「別忘了布瑞南·索倫蓋爾是她的哥哥。」薩登補了一句。「她恨我們的理由和我們恨她的理由一樣多。」他特別看著伊莫珍和那個提出問題的一年級生。「而且我不會再重複一遍。**我會**處理她。有人有異議嗎？」

一片死寂。

「很好。那就回去睡覺吧，記得三個人一組。」他歪頭示意，其他人都照著他的命令，三人一組慢慢離開。薩登是最後一個離開的。

我緩緩吸了一口氣。天啊，也許我能度過這一劫。

但我必須先確定他們都走了。即使我的大腿已經抽筋，手指已經僵硬，但我仍然一動也不動地在心裡默數到五百，同時盡可能保持呼吸平穩，讓狂亂的心跳慢下來。

直到松鼠在地上急奔而過，我確定這裡只剩下自己以後，我才開始往下爬，從一公尺高的地方跳下來，落在草地上。茲納爾一定特別偏愛我，因為我是這片大陸上最幸運的女人——就在這時，一道人影從後方迅速逼近，我還來不及尖叫，他就用手肘勒住我的脖子，切斷我的氧氣，還把我往後一拽，讓我撞上他結實的胸膛。

「妳一叫就死定了。」他在我耳邊低語，抵住我脖子的東西，也從手肘變成了匕首，鋒利的刀尖抵著我的喉嚨，讓我的胃一陣翻騰。

我僵住了。不管在哪，我都能認出薩登那粗啞的聲音。

「該死的索倫蓋爾。」他猛地拉開我的斗篷兜帽。

「你怎麼發現的？」我的語氣滿是不加掩飾的憤怒，但誰管他。就算他打算殺了我，我也不會表現得像卑微討好的小乞丐。「讓我猜猜，你聞到我的香水味了。書裡的女主角不都是這樣被發現的嗎？」

他冷哼一聲。「我能控制暗影，但妳說的沒錯，是妳的**香水**洩露了妳的行蹤。」他放下匕首，往後退去。

我倒抽了一口氣。「你的印記是暗影使？」難怪他的軍階那麼高。暗影使極為稀有，在戰鬥中極具價值，足以讓一整群獅鷲迷失方向，如果印記力量足夠強大，甚至可能擊落牠們。

「嗯？艾托斯還沒警告妳不要單獨和我待在黑暗中嗎？」

他的聲音就像粗糙的天鵝絨一樣擦過我的皮膚，激起一陣顫抖，但之後我從大腿的刀鞘抽出匕首，舉在身前，轉過去面對他，準備奮力抵抗。「這就是你打算**處理**我的方式嗎？」

「妳在偷聽啊？」他揚起一邊的黑色眉毛，把匕首收回刀鞘，彷彿我根本不可能對他構成威脅，但這只讓我更加生氣。「現在我可能真的**得**殺掉妳了。」他的眼神嘲諷，卻隱隱透出幾分認真。

這真的……太扯了。

「那就來啊，動手啊。」我將手伸進斗篷下，從肋骨處的刀鞘抽出另一把匕首，後退好幾尺，拉開可以丟擲匕首的距離——前提是他不會朝我衝過來。

他刻意看了看其中一把匕首，接著又瞥了另一把匕首一眼，最後嘆了一口氣，雙手抱胸。「這就是妳最好的防禦姿勢嗎？難怪伊莫珍差點就把妳的手臂扯下來了。」

「我比你想像的還危險。」我全力虛張聲勢。

「我看出來了，我的腳都在靴子裡發抖了。」他揚起嘴角，露出一個嘲諷的假笑。操他媽的混蛋。

我反轉匕首，捏住刃尖，甩動手腕射出匕首，分別擦過他頭的兩側，最後穩穩插進他身後的樹幹。

「妳失手了。」他甚至沒有顫抖。

「是嗎？」我抽出身上最後兩把小刀。「為什麼你不後退幾步，看看你的假設是不是真的？」

他的眼中閃過一抹好奇，但立刻被冰冷而嘲諷的冷漠掩蓋。

我所有的感官都處於高度警戒狀態，但他後退時，四周的陰影並沒有逼近我。他一直和我四目相對，最後他的背撞上樹幹，那兩把匕首的握柄擦過他的雙耳。

「再說一次我失手了。」我威脅他，右手捏住匕首的刃尖。

「很驚人。妳看起來脆弱又易碎，但其實妳是個很暴力的小東西，是吧？」他完美的嘴唇露出了一抹欣賞的微笑，陰影爬上橡樹的樹幹，凝聚成手指的形狀。影子之手拔出了插進樹幹的匕首，放進薩登等待的雙手中。

倉促地吐出一口氣後，我就無法呼吸了。他操控暗影的能力，讓他根本不需要親自動手，就能結束我的性命，就連嘗試自衛都是徒勞而可笑的事。

他大步朝我走來，陰影跟隨著他的腳步，我憎恨著他的俊美，也憎恨他的能力讓他變得這麼致命。他就像是我曾讀過的一種毒花，生長在東部的西格尼斯森林中。他散發出的魅力是一種警告，提醒人們切勿靠近，但我顯然已經靠得太近了。

我轉動匕首，握住握柄，準備攻擊。

「妳應該對傑克·巴洛展示這個小花招。」薩登說著，掌心朝上，把匕首遞還給我。

「你說什麼？」這是一個花招。這鐵定是個花招。

他又湊近了一點，我舉起匕首。我的心臟怦怦亂跳，恐懼沖刷過我的四肢百骸。

「那個扭斷其他人脖子的一年級生，他曾經當眾發誓要殺了妳。」薩登解釋，此時我的匕首抵著他的斗篷，大概在他腹部的位置。他探進我的斗篷下方，把一把匕首插進我大腿處的刀鞘，又拉開我的斗篷側邊，之後卻暫停了動作。他的目光流連在我垂到肩膀的辮子上，我發誓他暫停了一下呼吸，才把另一把匕首插進我肋骨處的刀鞘。「要是妳朝他的頭丟幾把匕首，他可能就會思考一下要不要殺掉妳了。」

這……這真是……太詭異了。這一定是某種用來迷惑我的技倆，對吧？如果真是這樣，那他還真是個他媽的好演員。

「因為謀殺我的榮耀屬於你嗎？」我質問他。「早在你的小團體選擇在我的樹下聚會之前，你就希望我死掉了，所以，我猜你現在應該已經在心裡把我當成死人了吧？」

他瞥了一眼瞄準他腹部的匕首。「妳打算和其他人說起我的**小團體**嗎？」他盯著我的眼睛，眼中只有冰冷、算計的死亡。

「沒有。」我老實說，壓抑住顫抖。

「為什麼？」他把頭歪向一邊，檢視著我的臉，彷彿我是個怪胎。「對分裂主義軍官的後代來說，聚會人數不能——」

「超過三個。我很清楚。我住在巴斯蓋亞的日子可比你久多了。」我抬起下巴。

「那妳不會跑去找媽咪，或是找妳可愛的小戴恩，把我們一直都在**聚會**的事告訴他們嗎？」

他瞇眼盯著我的眼睛。

我的胃一陣絞痛，這和我踏上石橋之前的感覺一模一樣，彷彿身體明白我的生命長度取決於我接下來的行動。「你在幫他們。我不覺得這該受到懲罰。」說出這件事，對他和其他人都不公平。他們的聚會有沒有犯法？肯定有。他們應該因此被處死嗎？肯定**不應該**。但這正是我說出去的後果。那些一年級生會因為只是要求輔導而被處死，高年級的學員也會因為幫了他們而一起喪命。「我不會說出去。」

他盯著我的樣子，好像試圖要**看透**我，讓我頭皮發麻。

我的手很穩，但我的心卻因為接下來這三十秒可能發生的事而顫抖。他可以在這裡殺了我，把我的屍體扔進河裡，直到某個人在下游發現我的屍體以前，沒有人會知道我不見了。

但我不會沒讓他見血就死去，我非常肯定這一點。

「真有趣。」他輕聲說，「那我們就來看看妳會不會遵守諾言。如果妳真的說到做到，那很不幸的，我就欠妳一個人情了。」然後他往後退，轉身邁開步伐，朝懸崖上那道通往碉堡的樓梯走去。

等一下。什麼？

「你不打算**處理**我嗎？」我在他後面大喊，震驚地揚起眉毛。

「不是今晚！」他轉頭喊著。

我嗤之以鼻。「你在等什麼？」

「要是妳預料到了，就不有趣了。」他回答，大步走進黑暗之中。「現在，趁妳的翼隊長還沒發現妳在宵禁後亂跑，快點上床睡覺。」

「啊？」我呆呆的看著他的背影。「**你就是我的翼隊長啊！**」

但他已經消失在陰影中了，讓我看起來就像個自言自語的傻瓜。

他甚至沒有問我的背包裡裝了什麼。

我把手臂塞回吊腕帶裡，壓在心上的重擔消失了，我安心地嘆了一口氣，慢慢露出微笑。**一個拿著法諾里漿果的傻瓜**。

有一種不常提起的下毒技術：時機。唯有專家才能精準掌控劑量與施用時間，確保毒藥發揮效力。此外，也必須考量個人體重和投藥方式。

——勞倫斯・麥地那上尉的《如何有效使用野生與培育藥草》

第八章

我早上起來換衣服時，女生宿舍的大廳很安靜，從遠方的窗戶往外看，太陽幾乎還沒從地平線上露出來。我拿過掛在床尾的衣架，把晾乾的龍鱗背心套在黑色短袖襯衫外面。幸好我已經能輕鬆繫緊背心後面的綁帶了，因為瑞安娜不在她的床上。

至少我們兩個之中有人得到了幾次非常必要的高潮。我很肯定，在這些占滿的床位裡，一定也有一兩個人離開床鋪，去找自己的伴侶。小隊長們總是說得好聽，都說要力行宵禁，但其實沒人真的在乎。好吧，戴恩除外。他在乎每一條規則。

戴恩。想到他就讓我的胸口一緊，但在把辮子盤成王冠狀以後，我就露出微笑。看到他是我一天中最美好的時光，即使他在公開場合表現得一點都不友善。就連他一心想把我從這個地方救出去的那些時刻也一樣。

我抓起包包往外走，經過一排又一排的空床——這些床位的主人都沒能撐過八月——然後推開門。

他就在那裡。

戴恩本來靠在走廊的牆壁上，但一看見我就站直身體，眼神也閃閃發亮。他顯然一直在這裡等我。「早安。」

我忍不住對他微笑。「你不需要每個早上都護送我去值勤的。」

「在我不當妳的小隊長的時候，這是我見到妳的唯一機會。」他反駁道。此時我們穿越了空蕩蕩的走廊，經過許多廊道——如果我們能在龍盟日存活下來，就能從那裡前往我們分配到的單人房。「相信我，提早一個小時起床是值得的，雖然我還是不明白妳為什麼要選擇早餐勤務。」

我聳聳肩。「我有自己的理由。」非常、非常、**非常**好的理由。雖然我的確很想念上星期選擇勤務之前那一小時的額外睡眠時間。

右邊的一扇門猛然打開了，戴恩衝到我前面，同時把我拉到他身後，害我的臉直接撞上他的背。他聞起來就像皮革、香皂以及——

「瑞安娜？」他厲聲說。

「抱歉！」瑞安娜瞪大了眼睛。

我掙脫戴恩的箝制，走到他旁邊，以便看著她。「我還在想妳今天早上去哪裡了。」塔拉從她身邊冒出來的時候，我露出一個笑容。「哈囉，塔拉。」

「哈囉，薇奧蕾。」她對我揮揮手，接著一邊把上衣紮進褲子，一邊往走廊盡頭走去。

「我們實施宵禁是有理由的，一年級的。」戴恩教訓她，我努力抑制翻白眼的衝動。「而且妳也知道，在龍盟日之前，沒有人該進入單人房宿舍。」

「也許我們只是很早起。」瑞安娜回嘴。「你知道的，就像你們兩個現在這樣。」她來回看著我們，掛著惡作劇般的竊笑。

戴恩搓了搓自己的鼻梁。「總之就……回去宿舍，假裝妳睡在那裡，可以嗎？」

「當然！」瑞安娜經過我旁邊時，捏了捏我的手。

「幹得好。」我快速用氣音說。自從我們進入學院，她就一直對塔拉有意思。

「對吧！」她微笑著後退，然後轉身推開走廊的門。

「在我申請擔任小隊長的時候，根本沒想到自己得監督一年級生的性生活。」戴恩低聲說，我們繼續往廚房走。

「喔，拜託。好像你自己去年不是一年級一樣。」

他若有所思地揚起眉毛，最後聳聳肩。「有道理。既然妳現在是個一年級生了……」我們走到通往圓形大廳的拱門時，他瞄了我一眼，張開嘴，好像要繼續講下去，但之後又移開視線，轉身幫我開門。

「怎樣，戴恩．艾托斯！你是要問我的性生活嗎？」我們經過那根刻著綠龍的柱子時，我伸出手指描摹綠龍的牙齒，同時忍住微笑。

「不是！」他搖頭，沉思了一下，才繼續說道：「我是說……妳有性生活可以問嗎？」

我們爬上通往交誼廳的樓梯，走到門口時，我停下腳步，轉身面對他。他站在我下面兩階的地方，所以我們的視線齊平。「你是說我到這裡以後嗎？」我用手指點著下巴，露出微笑。「不關你的事。在我到這裡以前呢？那也不關你的事。」

「這話說得也有道理。」他彎起嘴角，露出笑容，但這卻讓我開始希望這件事和他有關了。

我轉過身去，以免我做出某種蠢事——比如**讓他**成為我性生活的相關人士之類的。我們繼續往前走，進入交誼廳，經過空蕩蕩的書桌和通往圖書館的入口。這座圖書館雖然完全不像抄寫士的檔案庫那麼驚人，卻擁有我在這裡學習需要的每一本大部頭。

「妳準備好面對今天了嗎？」我們接近聚會廳時，戴恩問，「妳準備好面對今天下午開始的挑戰賽了嗎？」

我的胃因為緊張而打結。

「我會沒事的。」我對他保證，希望他放心，但他卻走到我面前，擋住我的腳步。

「我知道妳一直在和瑞安娜練習，但……」他的額頭因為憂慮而皺了起來。

「我可以的。」我承諾道，直直看著他的眼睛，讓他知道我是認真的。「你不用擔心我。」昨天晚上，在布瑞南說的那個地方，歐倫．希福特的名字就貼在我的名字旁邊。他是第一翼隊的學員，身材高大，一頭金髮，刀法還可以，但拳頭很致命。

「我總是會擔心妳。」戴恩雙手握拳。

「不要這樣。」我搖搖頭。「我可以照顧好自己。」

「我只是不想再看到妳受傷。」

我的肋骨像老虎鉗一樣緊緊夾住心臟。

「那就別看。」我握住他充滿老繭的手。「在這件事情上你救不了我，戴恩。我和其他學員一樣，每個星期都要進行一次挑戰賽。還不只這樣。你不能在龍盟日那天保護我，不能在我爬『臂鎧關』時保護我，也不能保護我不被傑克．巴洛——」

「妳必須避免引起那傢伙的注意。」戴恩表情痛苦。「妳得盡量避開那個自以為是的混蛋，小薇。不要給他對妳動手的理由，他已經讓太多學員變成死亡名單上的一個名字了。」

「那龍一定會很愛他。」龍總是喜歡殘暴的人。

戴恩輕柔地捏了捏我的手。「離他越遠越好。」

我眨眨眼。這個建議和薩登的「朝他的頭扔幾把匕首」相比，真是天差地別。

薩登。從上星期開始就一直堵在我胃裡的罪惡感，現在又膨脹了一點。根據學院規範，我應該要告訴戴恩，我看到反叛軍後代在那棵橡樹下聚會，但我不打算這樣做，這不是因為我答應了薩登，而是因為保守這個祕密似乎才是正確的選擇。

我從來沒有對戴恩隱瞞過任何事。

「薇奧蕾？妳有聽到我說的話嗎？」戴恩問，抬起一隻手托住我的臉。

我猛然抬起目光，看著他的眼睛，點頭重複他的話：「離巴洛越遠越好。」

他放下手，插進褲子的一個口袋。「希望他以後會完全忘記他和妳之間的那個小宿怨。」

「大多數男人都能忘記女人用匕首瞄準他們的睪丸嗎？」我對他揚起一邊眉毛。

「不能。」他嘆了一口氣。「妳知道，現在把妳偷渡到抄寫士學院還不算太晚。費茲吉本斯會帶妳——」

鐘聲響了，代表現在是五點十五分，也讓我不用再聽一次戴恩求我逃進抄寫士學院的話。

「我會沒事的，列隊的時候見。」我捏捏他的手，才走進廚房，把他丟在原地。我總是第一個到的，今天也不例外。

我從單肩包拿出裝著乾燥法諾里漿果粉末的小玻璃瓶，放進口袋，之後才開始幹活。這時其他值勤的學員陸續走了進來，他們都睡眼惺忪，滿臉不高興地發著牢騷。一個小時後，當我在打菜台前就定位時，粉末已經接近白色，幾乎看不到了。而在歐倫．希福特朝我走來，我把粉末灑在他的炒蛋上時，根本就察覺不到。

❦

「在龍盟日當天，你們決定要接近哪些龍，又要逃離哪些龍時，要熟記每種龍的性格。」凱奧里教授說。他瞇起嚴肅的黑眼睛，打量了一下我們這群新生，才把自己召喚出的綠色匕尾龍投影轉換成紅色蠍尾龍。他是一個幻術師，也是學院裡唯一印記能力是投射心中影像的教授，讓這堂課成為我鍾愛的課程之一。他也是我知道歐倫．希福特長相的原因。

明目張膽地欺騙教授，我必須找到另一個學員的理由，會讓我感到罪惡嗎？不。我覺得這是作弊嗎？答案也是「不」。我只是照著米拉的建議做事，只是在用自己的大腦。

我們的桌子圍成一個圓形，一條紅色鰍尾龍的等比例縮小幻影就在正中央。雖然這個精巧的複製品最多只有將近兩公尺高，但完全就是龍盟日當天會在谷地等待我們的龍的模樣。

「像格里安這樣的紅色鰍尾龍脾氣最差。」凱奧里教授繼續說，他對著幻影微笑，讓修剪整齊的小鬍子彎了起來，彷彿他自己就是那隻龍。我們都做了筆記。「所以，如果你觸怒了他，你就會——」

「變成午餐。」坐在我左邊的雷迪克說，全班都笑了。就連傑克．巴洛也冷哼了一聲。自從半小時前，他的小隊占領這間教室的一部分後，他就一直瞪著我。

「沒錯。」凱奧里教授回答。「那麼，接近紅色鰍尾龍的最佳方法是什麼？」他環視整個房間。

我知道答案，但我聽從戴恩要我低調的建議，沒有舉手。

「就不要靠過去。」坐在我旁邊的瑞安娜小聲說，讓我低聲笑了一下。

「如果狀況允許，他們更喜歡人類從左邊或前面接近。」某個來自其他小隊的女生回答。

「非常好。」凱奧里教授點點頭。「有三條紅色鰍尾龍願意在這次的龍盟日締約。」我們面前的幻影變成了另一條龍。

「總共有幾隻龍？」瑞安娜問。

「今年有一百隻。」凱奧里教授回答，再度改變了投影。「不過，在大約兩個月後舉行的龍鑑式上，某些龍可能會改變心意，這取決於他們看到的東西。」

我如墜冰窟。「比去年少了三十七條。」龍盟日前兩天會舉行龍鑑式，我們必須在龍面前列隊遊行，讓牠們觀察。如果牠們不滿意我們，願意締約的龍可能還會變少。但話說回來，遊行結束以後，學員通常也會變少。

凱奧里教授揚起黑色的眉毛。「沒錯，索倫蓋爾學員，確實如此。而且去年參加龍盟日的龍，又比前年少了二十六條。」

選擇締約的龍越來越少，但進入學院的騎士人數一直都很穩定。我的腦袋嗡嗡作響。根據每堂戰爭簡論的內容，東部邊境受到的攻擊不斷增加，但願意為了防禦納瓦爾而締約的龍卻變少了。

「他們會把不想締約的原因告訴你嗎？」另一個一年級生問。

「才不會，你這蠢蛋。」傑克冷哼一聲，瞇起冰藍色的眼睛，注視著剛剛發問的學生。「龍只會和自己締約的騎士說話，就像他們只會把自己的全名告訴騎士一樣。你現在應該要搞懂這些事了。」

凱奧里教授瞥了傑克一眼，這個一年級生雖然閉上嘴巴，但仍然嘲弄地盯著另一個學生。「他們不會分享理由。」我們的老師說，「而且，任何珍惜性命的人，都不會問龍他們不想回答的問題。」

「龍的數量會影響結界嗎？」歐若莉問，她坐在我後面，正在用羽毛筆輕敲桌子邊緣。她從來沒辦法乖乖坐著。

凱奧里教授的下巴抽動了兩下。「我們不確定。締約的龍數量多寡，從未影響納瓦爾結界的完整性，但我不會騙你們缺口沒有增加，因為你們能從戰爭簡論課中知道這一點。」

每次德薇拉教授開始我們每天的戰爭簡論課程時，結界衰退的頻率都讓我的胃部絞緊。要不是我們在變弱，就是我們的敵人在變強。不管是哪種情況，都代表這間教室裡的學員比以往更加重要。

就連我也是。

幻影變成了斯蓋兒——和薩登締約的那條藏青色龍。

想到第一天她直接看穿我的眼神，就讓我的胃一陣翻攪。

「你們不需要擔心該怎麼接近藍龍，因為這次龍盟日沒有藍龍願意締約。不過，當你們見到斯蓋兒時，一定要能認出她。」凱奧里教授說。

「這樣你就能快點逃命了。」雷迪克慢吞吞地說。

其他人都大笑起來，我則點著頭。

「她是藍色匕尾龍，是藍龍裡面最稀有的。說得沒錯，如果你看到她的時候，她沒有和自己的騎士在一起，那你絕對該換個地方待著。就連**殘忍無情**都不足以形容她，而且她也不會遵守我們認為的龍之律法。她甚至和過去騎士的後代締約，你們都知道，這通常是被禁止的行為，但斯蓋兒只要想做什麼，就會立刻去做。老實說，如果你們看見任何藍龍，千萬不要靠過去，只要……」

「逃跑。」雷迪克說，抬手梳過他那頭因為略長而垂落的柔軟棕髮。

「逃跑。」凱奧里教授微笑著同意，他的小鬍子微微顫抖著。「目前有幾隻藍龍正在服役，他們都駐紮在東部的埃斯本山脈，也就是戰況最激烈的地方。藍龍都擁有可怕的力量，但斯蓋兒是最強大的。」

我的呼吸一窒。難怪薩登可以操控影子——他的暗影能夠把匕首從樹幹上拔起來，很可能也能夠扔出匕首。但是……他卻沒有殺掉我。我把這個想法帶來的一絲溫暖推到遠方。

他很可能只是想玩弄妳，就像怪物在襲擊之前會先逗弄獵物一樣。

「那黑龍呢？」坐在傑克旁邊的一年級生問，「學院裡不是有一條黑龍嗎？」

傑克突然一臉興奮。「我想要那條龍。」

「你怎麼想都不重要。」凱奧里教授轉轉手腕，斯蓋兒的幻影隨之消失，一隻黑色巨龍取代了她的位置。就連幻影本身也變大了，我必須稍微伸長脖子，才能看到他的頭。「這只是為了滿足你們的好奇心，因為這是你們看到他的唯一機會，除了梅爾戈倫將軍的龍以外，他是唯一的黑龍。」

「他好大。」瑞安娜說，「那是棒尾嗎？」

「不是，那是晨星尾。他尾巴的重擊就和棒尾一樣強大，但上面的尖刺能像匕尾那樣把人開腸剖肚。」

「結合兩種尾巴的優點。」傑克喊道，「他看起來就像一個殺人機器。」

「的確。」凱奧里教授說，「而且老實說，我已經五年沒有看到他，所以他的幻影有一點過時了。但既然現在我們已經投射出他的形象，你們能說說黑龍嗎？」

「他們是最聰明、最敏銳的。」歐若莉大聲說。

「他們是最稀有的。」我補充。「從上個世紀以來，還沒有一條新的黑龍出生。」

「沒錯。」凱奧里教授旋轉幻影，讓我直接對著一雙憤怒的黃色眼睛。「黑龍也是最狡猾的。你絕對無法智勝一條黑龍。這隻黑龍現在一百多歲，大概算是中年。龍族將他視為『戰龍』，相當尊敬他。要不是有他在，我們很可能就會在提倫多爾叛亂中落敗。此外，他擁有晨星尾，而且是納瓦爾非常致命的龍之一。」

「我敢說他賦予的印記一定超級強。要怎麼接近他？」傑克問，往前傾身。他眼中滿是純粹的貪婪，坐在他旁邊的朋友也有相同的眼神。

像傑克這麼殘忍的人和一條黑龍締約，是這國家最不需要的東西。不了，真是謝了。

「你不會接近他。」凱奧里教授說，「他只和一個騎士締約過，自從那個騎士死於叛亂，他就再也沒有同意締約。進入谷地是你接近他的唯一方法，但你根本不可能抵達那裡，因為你會在穿越峽谷之前就被燒成灰燼。」

坐在我對面的學生，是個膚色蒼白、一頭紅髮的女孩，她在位子上扭了扭，拉下袖子，遮住她的叛軍印痕。

「應該要有人再問他一次。」傑克主張。

「事情不是這樣的，巴洛。好了，目前還有另一條黑龍，而且正在服役——」

「梅爾戈倫將軍的龍。」索伊爾說。他沒有打開桌上的書，但我不怪他。要是我重上一次相同的課，我也幾乎不會做筆記。「是叫寇達對吧？」

「沒錯。」凱奧里教授點頭。「是黑龍巢穴中最年長的龍，是劍尾龍。」

「只是好奇問問。」傑克那雙如同冰川的淡藍色眼睛，仍然直直看著那隻沒有締約的黑龍投影。「這傢伙會賦予他的騎士什麼印記能力？」

凱奧里教授握起拳頭，幻影也消失了。「很難說。印記是騎士與龍獨特連結的結果，通常和騎士本人的特質息息相關。契約越牢固、龍越強大，印記也會更強。」

「好吧，那他上一個騎士的能力是什麼？」傑克問。

「涅歐林的印記是源力抽取。」凱奧里教授的肩膀垂了下來。「他可以從很多地方吸取力量，可以吸取其他龍和騎士的魔法力量，然後使用或分配這些力量。」

「真屌。」雷迪克的語氣充滿了崇拜。

「的確。」凱奧里教授同意。

「是什麼東西殺了擁有這種印記的人？」傑克問，雙手抱在他厚實的胸膛前。

凱奧里教授看了我一眼，接著移開視線。「他試圖用自己的力量復活一個騎士，但失敗了，因為沒有印記能讓死人復活。他在嘗試的過程中耗盡了生命。用個你們在龍盟日之後都會習慣的說法：他將自己的生命燃燒殆盡，死在那個騎士旁邊。」

我的心中湧起一股奇異的感覺，我既無法解釋，也揮之不去。

鐘聲響起，代表課程結束了，我們都開始收拾東西。每支小隊都依次進入走廊，教室逐漸清空。我也從座位上站起來，背上側背包，瑞安娜在門邊等我，一臉困惑。「那個人是布瑞南吧？」我問凱奧里教授。

他對上我的視線，眼中充滿了悲傷。「沒錯，他因為試圖救妳哥哥而死，但那時已經沒辦法把布瑞南救回來了。」

「他為什麼要那樣做？」我調整了一下背包的重量。「復活是不可能的事。為什麼布瑞南已經死了，他還要做這種等同於自殺的事？」一陣悲痛踐踏過我的心，讓我無法呼吸。布瑞南永遠不會希望有人為他而死。那不是他的個性。

凱奧里教授往後靠著自己的桌子，一邊拉著他那又短又黑的小鬍子，一邊看著我。「身為索倫蓋爾家的人，妳有在這裡得到任何好處嗎？」

我搖頭。「有好幾個學員想要挫挫我的銳氣，讓我的姓氏跌落神壇。」

他點點頭。「等妳離開這裡以後，情況就會有所改變。等妳畢業以後，妳會發現，因為妳是索倫蓋爾將軍的女兒，所以其他人幾乎會做任何事情來確保妳活著，甚至會做任何事情來取悅妳。這不是因為他們敬愛妳的母親，而是因為他們害怕她，或是想要得到她的青睞。」

「那涅歐林的動機是哪一個？」

「兩個都有一點。而且，擁有這麼強大印記的騎士，有時候很難接受自己的極限。畢竟，締約讓你成為騎士，但復活某人會讓你成為神。不知為何，我覺得馬厲克不會容忍侵犯他管轄領域的凡人。」

「謝謝您回答我。」我轉身，開始走向門口。

「薇奧蕾。」凱奧里教授叫住我，我停下腳步，轉身看著他。「我教過妳的哥哥和姊姊。我的印記在學院中太有價值，所以我無法長期派駐在外，和翼隊一起行動。布瑞南是很出色的騎士，也是個好人。米拉很精明，也很有騎術天分。」

我點頭。

「但妳比他們兩個都聰明。」

我眨眨眼。被拿來和我的兄姊比較，而且不知為何還贏過他們，可不是什麼常見的事。

「我看到妳每個晚上都在交誼廳幫助朋友學習，從這件事來看，妳可能也更有同情心。別忘記這一點。」

「謝謝您，但聰明和同情心沒辦法在龍盟日那天幫上我任何忙。」我忍不住發出一聲自嘲的笑聲。「您是這個學院裡最了解龍的人，甚至可能是這片大陸上最了解龍的人。龍會選擇強大又精明的人。」

「他們覺得沒有必要告訴我們選擇的理由。」他用手往後推了一下桌子，站了起來。「而且不是所有力量都來自肉體，薇奧蕾。」

因為我找不到任何合適的語句回答他善意的恭維，所以我點點頭，往門口走去，和瑞安娜會合。現在我唯一肯定的事情，就是同情心沒辦法在午餐後的挑戰賽幫上我任何忙。

我站在一塊寬廣的黑色訓練墊旁邊，看著瑞安娜把她的對手打個半死，我緊張到可以直接吐出來。瑞安娜的對手是某個第二翼隊的傢伙，她幾乎立刻就把他的頭緊緊夾在腋下，切斷他的氧氣供給。這是她過去這幾個禮拜一直在訓練我的招式。

「她讓對打看起來好容易。」我對戴恩說，他站在我旁邊，我們的手肘輕輕碰在一起。

「他會試著殺掉妳。」

「什麼？」我抬眼，順著他的視線，看向兩塊墊子以外的地方。

戴恩的眼刀射向站在墊子另一端的薩登，薩登一臉無聊。此時瑞安娜更用力絞緊那個第二翼隊新生的脖子。

「我是說妳的對手。」戴恩輕聲說，「我偷聽到他和幾個**朋友**聊天。多虧了那個姓巴洛的小子，他們覺得妳是翼隊的累贅。」他轉而看向歐倫，那傢伙正在打量我，彷彿我是個他媽的玩具，而他準備玩壞我。

但是他的臉色隱隱發綠，讓我露出笑容。

「我會沒事的。」我又說了一次，因為這是我該死的咒語。我脫到只剩龍鱗背心和戰鬥皮褲，現在這件背心開始感覺像是我的第二層皮膚了。我的四把匕首都收在刀鞘裡，如果我的計畫順利，很快就會有一把新的匕首加入它們。

第二翼隊的那個一年級生昏倒了，在我們的掌聲中，瑞安娜以勝利者之姿站了起來。之後她彎下身，拿起對手身側的匕首。「看來這匕首是我的了，你就好好睡個午覺吧。」她拍拍他的頭，我笑了起來。

「搞不懂妳為什麼在笑，索倫蓋爾。」一個嘲諷的聲音從我後面傳來。

我轉身，看到雙腳分開，靠著木板牆的傑克。他大概和我相距三公尺，臉上的笑容只能用邪惡來形容。

「滾開啦，巴洛。」我送他一個中指。

「我真的很希望妳能贏得今天的挑戰賽。」他的眼中閃爍著嗜虐的興奮，讓我想要嘔吐。

「要是在我有機會殺掉妳之前，其他人就把妳殺了，那就太可惜了。不過我也不會太驚訝就是了。畢竟妳也知道，紫羅蘭是一種非常嬌嫩……脆弱的東西。[1]」

1 女主角薇奧蕾的名字Violet是紫羅蘭的意思。

嬌嫩個屁。

要是妳朝他的頭丟幾把匕首，他可能就會思考一下要不要殺掉妳了。

我抽出兩把收在肋骨處的匕首，一氣呵成地往他的方向扔過去。匕首都插在我預期的地方——一把幾乎劃破他的耳朵，另一把則落在他睪丸下方大概一寸之處。

他的雙眼因為恐懼而睜大。

我無恥的咧嘴笑了，對他晃動手指。

「薇奧蕾。」戴恩嘶聲說，此時傑克正小心避開我的匕首，離開牆壁旁邊。

「妳會付出代價的。」傑克指著我，然後大步走開，但他的肩膀看起來有點僵硬。

我看著他的背影，之後拿回匕首，插入肋骨處的刀鞘，最後才回到戴恩身邊。

「那到底是什麼意思？」他強壓著怒火問我。「我告訴過妳，遇到他的時候要保持低調，但妳卻……」他搖了搖頭。「妳卻繼續惹毛他？」

「低調不會讓我得到任何好處。」我聳了聳肩。此時瑞安娜的對手被抬下墊子。「他必須知道我不是累贅。」**而且我會比他想像的更難殺死。**

我無法忽略頭皮傳來的酥麻感，所以我將目光轉向薩登，和他對視。

我的心臟又開始該死的怦怦亂跳了，感覺就像他操控影子，穿透我的肋骨，直接擠壓著這個器官。他揚起帶著疤痕的那道眉毛，我可以發誓，他走到下一塊墊子旁邊，觀看第四翼隊學員的戰鬥時，嘴角帶著一絲微笑。

「小混蛋。」瑞安娜走到我的另一邊。「我還以為傑克會嚇到直接尿出來。」

我忍住微笑。

「別再鼓勵她了。」戴恩責備。

「索倫蓋爾。」埃梅特里歐教授看了一眼他的筆記本，揚起　道濃密的眉毛，接著又繼續喊。「希福特。」

我把快要從喉嚨溢出來的恐慌吞回肚子裡，走上墊子，站在歐倫對面，他現在看起來真的滿臉菜色。

時機正好。

我已經盡力做好所有準備，也包紮了腳踝和膝蓋，以免他攻擊我的腿。

「不要覺得我在針對妳。」我們舉起雙手，開始繞圈對峙的時候，他這樣說。「但妳只會危害妳的翼隊。」

他衝向我，但他的腳步很遲緩，我轉身避開，一拳打在他的腎臟上，接著往後一跳，抽出一把匕首。

「你的危害更大。」我反過來指控他。

他的胸膛用力起伏了一下，額頭滿是汗珠，但他甩掉汗水，快速眨了眨眼，拿出自己的匕首。「我姊是個治療師。我聽說妳的骨頭就像細枝一樣容易折斷。」

「那你就來試試看，看傳言是不是真的啊。」我硬擠出一個微笑，等他再度發動攻擊，因為他就是這種人。我已經在三堂課上，站在好幾塊墊子外的地方觀察過他戰鬥了。他就像一頭公牛，渾身都是力量，但毫無優雅可言。

他蜷起身體，看起來好像要吐了，但他用空著的手摀住嘴，做了一個深呼吸，之後再度站直。我應該要發動攻擊，但我卻等著他先攻。之後他往我衝來，舉高匕首，準備攻擊。

等著他衝到我面前的這幾秒宛如折磨，讓我的心臟怦怦直跳，但我的大腦不知怎的成功說服身體定在原地，直到最後一刻。他把匕首往下揮，我往左邊跳開，用匕首劃破他的側腹，之後轉身踹了他的背，讓他往前撲倒。

就是現在。

他四仰八叉地倒在墊子上，我立刻把握機會，像伊莫珍之前對我做的那樣，用一邊的膝蓋壓住他的脊椎，然後用匕首抵住他的喉嚨。「投降。」有了速度和武器，誰還需要力量？

「不！」他大吼，但他卻開始劇烈扭動，然後開始乾嘔，把早餐到現在吃的所有東西都吐了出來，噴在我們旁邊的墊子上。

真是太他媽的噁心了。

「噢我的天啊。」瑞安娜說，聲音滿是厭惡。

「投降。」我再度命令，但他現在忙著嘔吐，所以我必須移開匕首，以免不小心割斷他的喉嚨。

「他投降了。」埃梅特里歐教授說，因為厭惡而表情扭曲。

我把匕首插進刀鞘，從他身上爬下來，躲過那一灘灘的嘔吐物。然後，在歐倫繼續嘔吐時，我撿起他掉在幾尺之外的匕首。他的匕首比我的更長更重，但現在是我的了，而且是我贏來的。

我把新匕首收進左大腿處的空刀鞘。

「妳贏了！」瑞安娜說。我一走下墊子，她就緊緊抱住我。

「他生病了。」我聳肩。

「不管什麼時候，比起有實力，我更希望自己運氣好。」瑞安娜反駁。

「我必須找個人把這塊墊子弄乾淨。」戴恩說，他的臉色也逐漸變得蒼白。

我贏了。

在我的計畫中，時間是最難掌握的。

我也贏得了下個星期的挑戰賽，這次我對上的是第一翼隊的一個矮壯女孩，多虧了幾朵莫名混進她午餐的雷戈爾蘑菇和它們引發的致幻效果，她的注意力渙散到無法揮出像樣的一拳。雖然她狠狠踢了我的膝蓋一腳，但只要包紮幾天就會痊癒。

再下一個星期，我又贏了。這次的對手是第三翼隊的一個高大傢伙，長在山澗露頭的茲諾根讓他的一雙大腳丫暫時失去了知覺，因此腳步踉踉蹌蹌。不過，這次我預估的時間有所偏差，他用力揍了我的臉好幾拳，打破了我的嘴，臉頰上的瘀青過了十一天才消退，但至少他沒打斷我的下巴。

再下一個星期，我也贏了，我的對手是個高大豐腴的女生，因為她的茶混進了塔希拉葉，所以戰鬥到一半就視線模糊。但她的速度很快，把我撂倒在墊子上，踢了我肚子好幾下，讓我的肋骨留下許多青紫的瘀傷和一個明顯的靴印，讓我痛到想死。我幾乎無法忍受，想要直接去找諾隆，但我咬緊牙關，包紮好肋骨。我不會給任何人淘汰我的理由，不會讓傑克或遺印者如願。

在八月的最後一場挑戰賽中，我贏得第五把匕首，這把匕首的握柄還嵌著一顆漂亮的紅寶石。我的對手是個特別容易流汗的傢伙，門牙之間有縫，我把他摔在墊子上。加進他水袋的洋紅樹樹皮，讓他身體不適，行動遲緩。樹皮的效果和法諾里漿果太像了，第三翼隊猛爪分隊的第三小隊全員都承受著同樣的腸胃不適，實在讓人遺憾。這一定是某種病毒。至少，在他讓我的拇指脫臼、幾乎打斷我的鼻子，最後終於屈服在我的鎖喉之後，我就是這麼說的。

到了九月初，我踏上墊子的腳步變得輕鬆自信。我已經打敗了五個對手，而且沒有殺掉任何人，這是我們這一屆四分之一的人都做不到的事——上個月，進入死亡名單的一年級生就有二十幾個。

我轉動痠痛的肩膀，等待我的對手。

但是第三翼隊的瑞瑪・科里並沒有遵從規矩走上前。

「抱歉，薇奧蕾。」埃梅特里歐教授說，搔著他短短的黑鬍子。「妳本來該和瑞瑪進行挑戰賽，但她連路都走不直，所以已經被送到治療師那裡去了。」

生吃瓦倫果的果皮，就會導致這種情況……比如說，果皮混進妳早餐吃的甜點糖霜裡的時候。

「那真是——」**該死**。「——太糟了。」我皺了一下眉頭。**妳太早給她下毒了**。「那我是不是應該……？」我開口詢問，已經開始往後退，準備走下墊子。

「我很樂意代勞。」那個聲音。那個語氣。那種讓我頭皮發麻的感覺……

哦不。不要。不。不。**不**。

「你確定嗎？」埃梅特里歐教授問，回頭看了一眼。

「當然。」

我的胃一沉。

薩登走上了墊子。

今天我絕對不會死。

——「布瑞南札記」，薇奧蕾・索倫蓋爾個人筆記

第九章

我真的死定了。

薩登走了出來，他起碼有一百九十公分，看起來相當懾人。今天他穿著午夜黑的皮褲和一件緊身短袖襯衫，這副打扮似乎讓他身上那有光澤感的深色叛軍印痕看起來更像危險的警告。雖然這個想法很荒唐，但某種程度來說也是事實。

我的心臟以最快的速度狂跳不已，彷彿身體已經明白了大腦還沒有完全接受的事實：我很快就會輸得一敗塗地……或是面臨更糟糕的結局。

「你們有眼福了。」埃梅特里歐教授說，拍著手。「薩登是我們頂尖的戰士，仔細看，好好學習。」

「你當然是了。」我小聲嘟噥，胃一陣翻攪，彷彿我才是吃下摻著瓦倫果皮點心的人。

薩登揚起一邊嘴角，露出一個壞笑，他眼睛裡的金色斑點似乎在躍動。這個虐待狂混蛋很享受這件事。

我已經包紮、固定了膝蓋、腳踝和手腕，還在癒合的拇指也有白色的布料保護，和我身上的黑色皮衣形成鮮明的對比。

「你不覺得這有點超出她的能力範圍了嗎？」站在墊子旁的戴恩提出異議，他吐出的每個字都充滿了焦慮。

「放輕鬆，艾托斯。」薩登看向我的肩膀後方，視線變得冰冷，我知道戴恩就站在那裡。每當我走上練習墊，他都站在那裡。薩登看著他的眼神，讓我意識到他在瞪我的時候一直都有手下留情。「我**教完**她的時候，她連一根頭髮都不會掉。」

「我不覺得這是公平的——」戴恩的音量越來越大。

「沒有人叫你覺得，**小隊長**。」薩登一面回嗆，一面走到旁邊，卸下身上帶的所有武器——很多武器——然後全都交給伊莫珍。

我嚐到了苦澀且毫無來由的忌妒，但是他幾秒後就會走回我面前，所以我根本沒有時間思考這種奇怪的感覺。

「你不認為自己會用到那些武器嗎？」我問，雙手都握住匕首。他的胸膛厚實，肩膀寬闊，兩隻手臂肌肉發達，十分粗壯。這麼大的目標應該能夠輕易命中。

「不。妳帶的武器夠我們兩個人用了。」他露出一個惡劣的微笑，伸出手臂，對我彎起手指，做出放馬過來的手勢。「開始吧。」

我擺出戰鬥姿勢，等他發動攻擊，我的心跳比蜂鳥拍動翅膀的速度還要快。這塊正方形墊子的邊長只有六公尺，即使如此，我的世界也縮小到只剩下這塊墊子和墊子上的危險。

他不是我的隊友，他可以殺了我，而且不會受到任何懲罰。

我朝他那如雕塑般完美到可笑的胸膛扔了一把匕首。

他竟然天殺的**接住**了匕首，還咂了咂嘴。「已經看過這一招了。」

他真是見鬼的快。

我必須比他更快。速度是我唯一的優勢——我往前衝，使出揮砍加踢擊的組合技時，這就是我內心唯一的想法。瑞安娜在過去六個星期以來，終於教會我這套連擊。他巧妙地躲過了匕首，抓住我的腿。一陣天旋地轉之後，我被摔在地上，背部狠狠撞上地面，瞬間奪走了我肺裡的空氣。

但他並沒有趁機殺了我，而是將接住的匕首丟在地上，用腳踢出墊子外。一秒鐘後，空氣重新流入我的肺，我舉起第二把匕首猛然朝他撲過去，瞄準他的大腿。

他用前臂擋住了我的攻擊，又用另一隻手扣住我的手腕，把匕首從我的手心拔出來，之後彎下腰，讓我們的臉只剩下幾寸的距離。「今天很嗜血是嗎？暴力女[2]？」他用氣音說。第二把匕首也掉在墊子上，他踢了匕首一腳，武器飛過我的頭頂，掉在我拿不到的地方。

他拿走我的匕首，不是為了用來對付我；他正在解除我的武裝，但只是為了證明他能夠做到這件事。我的血液沸騰了。

「我叫**薇奧蕾**。」我咬牙切齒。

「我覺得我幫妳取的暱稱更適合妳。」他放開我的手腕，站了起來，又朝我伸出手。「我們還沒結束呢。」

我的胸膛劇烈起伏，因為我還沒調整好呼吸，所以我接受了他的好意。他把我拉起來，卻立刻把我的手臂扭到背後，猛然一拽，讓我的背撞上他堅實的胸膛，壓著我們交握的手。這一切發生得如此迅速，我甚至都還沒找回平衡。

「該死！」我咒罵了一聲。

他拉了一下我的大腿，現在我的另一把匕首抵在我的喉嚨上，而我的後腦勺仍然緊貼著他的

2 原文為「Violence」（暴力），發音近似薇奧蕾的原名「Violet」（意為紫羅蘭）。

胸膛。他用前臂牢牢固定我的胸腹，他的身體緊實，紋絲不動，幾乎就像一尊雕像。用頭往後撞是沒用的——他太高了，這樣做只會惹惱他。

「不要相信妳在這塊墊子上面對的任何人。」他嘶聲警告我，他溫暖的呼吸噴在我的耳廓上，即使我們周圍都是人，我仍然意識到他壓低聲音的理由。這堂課是專門為我上的。

「也不能相信欠我人情的人嗎？」我也低聲回嘴。我的肩膀被扭曲成不自然的角度，隱隱作痛，但我沒有動。我不會讓他滿足的。

他把從我身上拿走的第三把匕首丟在地上，往前一踢，匕首落在戴恩站的地方，另外兩把匕首則已經被戴恩握在手中。他瞪著薩登的眼神充滿了殺意。

「決定什麼時候還人情的是我，不是妳。」薩登放開我的手，往後退。

我轉身，瞄準他的喉嚨揮出一拳，但他把我的手打到一旁。

「很不錯。」他微笑著說，然後又輕而易舉地偏轉了我的下一擊。「只要喉嚨暴露在外，瞄準喉嚨就是妳最好的選擇。」

狂怒讓肌肉記憶主宰了我的行動，我再度使出剛剛的組合技，但他也再度抓住我的腿，只是這次他還迅速抽出收在大腿刀鞘內的匕首，把匕首扔在墊子上，之後才放開我，失望地對我挑起眉毛。「我還期待妳能從錯誤中學習呢。」他把匕首踢開了。

現在我只剩下收在背心內的五把匕首了。

我抽出其中一把，抬起雙手擺出防禦動作，開始繞著他轉圈，但他甚至懶得跟著我轉身，以便面對我，這讓我氣到七竅生煙。我繞著他轉圈的時候，他就只是站在墊子中央，靴子穩穩地踩在地面上，雙手自然垂放在兩側。

「妳是打算繼續走來走去，還是打算攻擊我？」

去他的。

我往前揮拳，但他彎身躲過，我的匕首劃過他的肩膀上方，只和他的身體相距大約十五公分。他抓住我的手臂，猛然把我往前扯，之後把我抓起來，從身側甩出去，讓我的胃一陣翻騰。我的腳在某個瞬間完全離地，之後立刻重重摔在墊子上，用肋骨承受了這次衝擊。

他扭住我的手臂，讓我完全無法反抗，劇烈的痛楚沿著手臂蔓延，我忍不住尖叫，匕首也掉落在地，但他還沒放過我。不，他的膝蓋壓著我的肋骨，一隻手摁住我的手臂，另一隻手抽出一把匕首，扔到戴恩腳邊，之後又抽出第二把匕首，抵著我下巴與脖子交界處的柔軟皮膚。

然後他彎身貼近我。「在戰鬥前幹掉敵人是很聰明，我承認這一點。」他輕聲說，溫熱的鼻息打在我的耳廓上。

哦，眾神啊。他知道我一直在做的事。想到他可能會利用這個把柄做什麼，湧起的反胃感讓手臂傳來的痛楚變得微不足道。

「問題是，如果妳不在這裡測試自己的能耐——」他用匕首輕刮過我的脖子，但我沒有感受到溫熱的血液，所以我知道他沒有割傷我。「——妳就不會有任何長進。」

「但你顯然很希望我死在這裡。」我回嗆，我的一側臉頰緊緊貼著墊子。不只很痛，還很丟臉。

「然後失去有妳陪伴的樂趣？」他嘲笑我。

「我真他媽的討厭你。」我來不及閉上嘴，這句話就從我的雙唇之間溜了出來。

「這不會讓妳變得比較特別。」

他站起來，把兩把匕首朝戴恩的方向踢過去，我胸口和手臂的壓力也消失了。

還有兩把。我只剩下兩把匕首，但現在我的憤慨和怒火都淹沒了恐懼。

我無視薩登伸過來的手，自己站了起來，他彎起嘴唇，勾勒出一個讚許的微笑。「她還是很受教的。」

「她只是學得很快。」我回嘴。

「這還說不準。」他往後退了兩步，拉開一點距離，之後再度對我勾勾手指。

「你已經他媽的證明這一點了。」我厲聲罵他，音量足夠大，讓我聽見伊莫珍倒抽一口氣。

「相信我，我幾乎還沒認真呢。」他抱著手臂，把重心放在腳跟，身體微微後傾，顯然是在等我先出招。

我沒有多想，只是憑本能行動，彎身去踢他的膝窩。

他像一棵大樹那樣倒下來，撞擊的聲音讓我出乎意料的滿足，我猛撲過去，試圖鎖喉。不管一個人有多壯碩，都會需要氧氣。我用肘彎扼住他的喉嚨，拚命擠壓著。

他並沒有攻擊我的手臂，而是扭動身體，抓住我的大腿後側，讓我失去平衡，我們的身體交纏，一起在地上滾了一圈，最後變成他壓在我身上。

他當然會壓在我身上了。

他用前臂壓住我的喉嚨，雖然還沒有切斷我的呼吸，但顯然隨時能做到。他用體重壓住我的大腿，腿根緊緊抵著我的骨盆，雙膝擠進我的腿縫，迫使我的雙腳無力地張開。我根本無法掙脫。

我們周遭的一切都逐漸模糊，我的世界只剩下他眼中那傲慢的神采。他是我唯一所見，是我唯一所感。

而我不能讓他贏。

我抽出最後的其中一把匕首，往他的肩膀刺過去。

他扣住我的手腕，把我的手釘在頭頂上。

該死。該死。該死！

他低下臉龐，我們的嘴只有幾寸的距離，讓我的脖子染上一層燥熱，臉頰彷彿被火焰舔拭般滾燙。我能夠清楚看見他那雙如黑瑪瑙般的眼瞳中的每一片金光，以及他疤痕上的每一個蜿蜒和隆起。

美麗的。操他媽的。混蛋。

我無法呼吸，我的身體發熱，真是該死的叛徒。**妳不能被這種有毒的男人吸引**。我提醒自己，但現在我卻完全淪陷了。如果我願意對自己坦承的話，打從我第一眼見到他，我就已經淪陷了。

他的手指插進我的拳頭，迫使我張開手掌，之後他把匕首扔到一邊，才放開我的手腕。

「拿起妳的匕首。」他命令我。

「什麼？」我睜大雙眼。他已經解除了我的武裝，可以直接用這個姿勢殺死我。

「拿起。妳的。匕首。」他重複了一遍，用手包裹著我的手掌，帶著我的手拿出我身上的最後一把匕首。我們的手指交纏在一起，一起握住匕首的握柄。

他的手指輕覆在我手指上的感覺，點燃了我的皮膚。

有毒。**危險**。**想殺掉妳**。不，這都不要緊。我仍然像個少女一樣小鹿亂撞。

「妳很嬌小。」他把這句話講得像個侮辱。

「早就知道了。」我瞇起眼。

「所以動作別再那麼大了，會讓妳露出破綻的。」他捏住匕首的刀尖，往下滑過他的側腹。「刺中肋骨就夠了。」他又抓著我的手繞到他的背後，暴露出自己的弱點。「以這個角度來說，鎖定腎臟也不錯。」

我吞了吞口水，不去想這個角度還適合鎖定什麼目標。

他又領著我的手來到他的腰部，期間他一直死死盯著我。「如果妳的對手穿著盔甲，這裡可能就是防禦力薄弱的地方。在對手來得及阻止妳以前，妳可以攻擊這三個簡單的地方。」

攻擊這些地方都會造成致命傷，所以我一直極力避開這些部位。

「妳聽到我說的話了嗎？」

我點頭。

「很好。因為妳不可能對每個擋在妳面前的敵人下毒。」他悄聲說，讓我臉色發白。「在布雷維克的獅鷲騎士攻擊妳之前，妳不會有時間先請他們喝杯茶。」

「你怎麼知道的？」最後我還是問了。我的肌肉僵硬，連大腿也不例外，因為他仍然用腿根頂開我的大腿，讓我無法動彈。

他的眼神暗了下來。「哦，暴力女，妳做的很不錯，但我認識更厲害的毒藥專家。訣竅就是不要做得這麼明顯。」

我張開嘴，但還是把「我已經很小心**不要**做得太明顯了」吞回肚子裡。

「我想她今天已經學到夠多東西了。」戴恩怒吼，讓我想起我們根本不是在獨處。不，這可是該死的公開場合。

「他的保護欲一直都那麼強嗎？」薩登抱怨，撐起身子，讓自己離開墊子幾寸。

「他在乎我。」我瞪著他。

「他在阻礙妳成長。別擔心。妳的下毒小祕密在我這裡很安全。」薩登揚起眉毛，彷彿在提醒我，我也在為**他**保守一個祕密。然後，他抓著我的手來到我的肋骨前，把鑲嵌著紅寶石的那把匕首滑進刀鞘。

他的動作性感到讓人心神不寧。

「你不打算拿走我的武器嗎？」我挑釁他。這時他已經放開了我，撐起身體，把體重從我身上移開。我深吸第一口氣時，肋骨隨著呼吸擴張。

「不。我一直都不喜歡沒有自保能力的女人。我們今天就到這裡。」他站起來，沒有再多說什麼就走開了，從伊莫珍手上拿回自己的武器，此時我則跪坐起來，挺起上身。我全身上下每個地方都在痛，但我還是成功站了起來。

我走回戴恩身邊，撿起薩登從我身上奪走的匕首時，戴恩的眼神如釋重負。「妳沒事吧？」

我點點頭，重新收好武器的時候，手指還微微發抖。他有充分的理由殺了我，也有過數不清的機會，但他現在已經放過我**兩次**了。他到底在玩什麼把戲？

「艾托斯。」薩登從墊子另一邊喊戴恩。

戴恩猛然抬頭，下巴緊縮。

「她需要少一點保護，多一點教導。」薩登一直死死盯著戴恩，直到他點頭才罷休。

埃梅特里歐教授叫了下一場挑戰賽學員的名字。

「我很驚訝他竟然讓妳活下來了。」那天晚上稍晚，戴恩這樣說。我們在他的房間裡，他正用兩隻拇指深深按壓我脖子和肩膀之間的肌肉。

這是一種很美妙的痛楚，值得我偷偷摸摸跑上來這裡。

「我不覺得在墊子上折斷我的脖子，能讓他獲得任何尊敬。」我躺在戴恩的床上，戴恩的柔軟毛毯蓋著我的胸口和肚子，我沒有穿上衣，所以除了被固定束帶裹住的胸部與肋骨以外，其餘肌膚都裸露在外。「再說，那也不是他的風格。」

戴恩的手停住了。「妳知道他的什麼風格？」

為薩登保密的罪惡感讓我的心沉了下去。「他以前和我說過，既然石橋會幫他殺了我，他就不用親自動手了。」我實話實說。「而且我們也得面對現實。要是他真的想要殺了我，他已經浪費掉很多機會了。」

「嗯。」戴恩低聲沉吟，那是他思考時特有的語氣。他坐在床沿，俯身繼續幫我舒緩僵硬痠痛的肌肉。晚餐後，瑞安娜又訓練我兩個小時，等到訓練結束時，我幾乎已經動彈不得了。

看來我不是今天下午唯一被薩登嚇到的人。

「你覺得他會不會一邊密謀背叛納瓦爾，一邊保持和斯蓋兒締結的盟約？」我問，臉頰貼著他的毯子。

「我一開始也有這麼猜過。」他的手沿著我的脊椎往下，按壓著我糾結成一團的肌肉——這讓我幾乎無法在訓練結束前的最後半小時抬起手臂。「但之後我和卡斯締約了，發現龍會不惜一切保護谷地和他們神聖的孵化場。如果萊爾森或任何分裂主義者不是真心想保護納瓦爾，龍就不可能和他們締約。」

「但龍真的會知道你有沒有說謊嗎？」我轉過頭，看著他的臉。

「會。」他笑了起來。「凱斯會知道，因為我們的精神一直連結在一起。你不可能對自己的龍隱瞞這種事。」

「他一直都能讀到你的心思嗎？」我知道問這種問題違反了規定——因為龍總是相當神祕，所以談論任何和締約相關的事情幾乎都是禁止的，但這是戴恩。

「嗯。」他回答，微笑變得柔和。「如果有需要，我可以切斷聯繫，在龍盟日以後，他們就會教妳怎麼做這件事——」他的臉垮了下來。

「怎麼了？」我坐了起來，抱著他的一顆枕頭，往後靠著床頭板。

「我今天晚上和馬克漢上校談過了。」他站起來，走到書桌旁拉出椅子，坐下後用雙手撐著頭。

「發生什麼事了嗎？」恐懼竄過我的脊椎。「是米拉的翼隊發生什麼事了嗎？」

「不是！」戴恩猛然抬頭，他的雙眼充滿太多痛苦，讓我的腳從床上放到地上。「不是那種事。我跟他說……說我覺得萊爾森想要殺了妳。」

我眨眨眼，又往後坐回去，整個人窩在床上。「哦，嗯，好吧，這也不是什麼新鮮事了，對吧？每個讀過反叛史的人，都能把這兩件事情聯繫起來，戴恩。」

「是沒錯，呃，我也把巴洛的事情告訴他了，還有希福特的事也是。」他摸著自己的頭髮。

「不要以為我沒發現今天早上列隊前，希福特把妳推到牆上。」他對我揚起眉毛。

「這只是因為我在第一場挑戰賽中拿走了他的匕首。」我把枕頭抱得更緊了。

「瑞安娜還告訴我，妳上星期在床上發現了被碾碎的花？」他直直盯著我。

我聳肩。「只是枯掉的花而已。」

「是支離破碎的**紫羅蘭**。」他緊緊抿著嘴，我走到他身邊，雙手放在他的頭上。

「那些花又沒有和死亡預告之類的東西一起來。」我開著玩笑，用手指梳理他柔軟的褐髮。

他抬頭看我，他的鬍子十分整齊，魔法燈散發的光芒，讓他的眼睛更加明亮。「那些花是一種威脅。」

我聳肩。「每個學員都會收到威脅。」

「不是每個學員都需要每天包紮膝蓋。」他反駁。

「受傷的學員就會這樣做。」我皺起眉頭，惱怒開始在我胸中生根發芽。「說到底，你幹嘛要和馬克漢說這些？他是個抄寫士，就算他想插手，他也沒辦法做任何事。」

「他說他還是能收妳。」戴恩脫口而出，我試著往後退時，他飛快地伸出雙手，攬住我的臀部，把我固定在原位。「我問他能不能為了妳的安全，允許妳進入抄寫士學院，他說可以。他們會讓妳讀一年級。這樣妳就不用等到下一個徵召日之類的了。」

「你問他什麼？」我掙扎著，掙脫他的箝制，從我最好的朋友身邊退開。

「我找到了一個讓妳脫離危險的辦法，所以我就把握了。」他也站了起來。

「你在我背後搞小動作，因為你覺得我能力不夠。」我說出的真相彷彿一把老虎鉗，緊緊夾住我的胸口，讓我缺氧、虛弱又呼吸困難，而不是讓我感到平靜。戴恩比**任何人**都了解我，要是我已經撐到現在，他**還是**覺得我沒辦法挺過去……

眼淚在我的眼眶中打轉，但我拒絕讓淚水滑下臉頰。我收緊下巴，抓過我的龍鱗背心，從頭套進去，之後綁好尾椎處的綁帶。

戴恩嘆了一口氣。「我從來沒有說我覺得妳能力不夠，薇奧蕾。」

「你每天都這樣說！」我厲聲打斷他。「早上列隊解散後，你陪我走到教室的時候，你就是這個意思，我知道這會讓你遲到。你的翼隊長把我拖到訓練墊上，你對他大喊大叫的時候，你就是這個意思——」

「他沒有權力——」

「他是我的**翼隊長**！」我把頭套進上衣。「他有權力對我做他想做的**任何事**，包括處決我。」

「而這就是為什麼天殺的妳得離開這裡！」戴恩用手指按著後頸，開始來回踱步。「我一直在觀察，小薇。他只是在玩弄妳，就像貓會先玩弄老鼠，再把牠殺掉一樣。」

「到目前為止，我的表現都和其他人一樣好。」我的側背包塞滿了書，所以我背起包包時，感覺它沉甸甸的。「我贏了每一場挑戰賽——」

「除了今天，他一次又一次地把妳打得落花流水。」他捏住我的肩膀。「還是妳忘了他拿走了妳所有的武器，讓妳清楚明白他能多輕易打敗妳？」

我揚起下巴，瞪著他。「我就是那個和他戰鬥的人，而且我已經在這裡存活幾乎兩個月了，已經贏過這一屆四分之一的人了！」

「妳知道龍盟日那天會發生什麼事嗎？」他問，語氣逐漸低沉。

「你是在說我很無知嗎？」怒氣在我的血管中沸騰。

「那天不只是締約。」他繼續說，「他們會把所有的一年級都丟進飛行場，妳還**沒有**去過那些地方。然後，二年級和三年級生必須在旁邊看著你們決定靠近或逃離哪些龍。」

「我知道龍盟日會發生什麼。」我咬牙。

「嗯，沒錯，而當騎士們在旁邊觀看時，一年級生會挾怨報復，或是除掉翼隊中的所有……累贅。」

「我不是他媽的累贅。」我的胸口又縮緊了，因為在內心深處，我知道以我的身體狀況來說，我就是個累贅。

「對我來說也不是。」他輕聲說，抬起一隻手，托住我的臉頰。「但他們不像我一樣這麼了解妳，小薇。而且在巴洛和希福特這樣的一年級生追捕妳的時候，我們必須站在旁邊**看**。我必須**看**著這一切，薇奧蕾。」

他聲音裡的顫抖熄滅了我的怒火。「我們**不能**幫助妳，拯救妳。」

「戴恩——」

「而且在他們收集屍體，編寫死亡名單的時候，沒有人會記錄那個學員的**死因**。妳被巴洛的匕首殺死的機會，就和死在龍爪下的機會一樣大。」

我在劇烈的恐懼之中努力呼吸。

「馬克漢說他會讓妳進入抄寫士學院的一年級，而且會瞞著妳母親。等她發現的時候，妳已經被正式任命為抄寫士了，到了那時，她也沒辦法再做什麼了。」他舉起另一隻手，用兩隻手捧著我的臉頰，輕輕抬起我的臉，讓我看著他的臉。「拜託。要是妳不想為了自己這樣做，就為了我這樣做吧。」

我的心跳漏了一拍，整個人搖晃了一下，他的論述讓我想要接受他的提議。**但是妳已經走到**

這一步了，我內心的另一道聲音低語著。

「我不能失去妳，薇奧蕾。」他輕聲說，用額頭抵住我的額頭。「我真的……沒辦法。」

我用力閉上眼睛。這是讓我脫離目前處境的方法，但我卻不想把握。

「答應我，妳會考慮這件事，這樣就好。」他懇求。「龍盟日在四個星期以後，就……考慮一下吧。」他語氣中的希望和他溫柔的擁抱都穿透了我的心防。

「我會考慮的。」

不要低估臂鎧關的難度，米拉。這條障礙賽道的設計主旨，就是測試妳的平衡、力量和敏捷。妳花了多少時間一點都不重要，爬到頂端才是唯一重要的事。必要的時候就抓住繩子。最後一名總比死了好。

——「布瑞南札記」，第四十六頁

第十章

我抬頭往上看，然後仰頭，**繼續仰頭**，恐懼盤據在我的胃裡，就像一條準備好發動攻擊的蛇。

「啊，這實在是……」瑞安娜吞了一口口水，她也和我一樣用力把頭往後仰，盯著那條可怕的障礙訓練賽道。這條賽道直接盤在極為陡峭的山脊上，說是懸崖峭壁也不為過。懸在我們頭頂上的賽道呈現之字型，一共有五個一百八十度的轉彎，每段賽道的障礙難度都逐漸提升，可謂死亡陷阱。終點就在隔開碉堡與飛行場及谷地的懸崖頂部。

「太美妙了。」歐若莉嘆氣。

瑞安娜和我一起轉身盯著她，她一定是撞到頭了。

「妳覺得那條地獄賽道看起來很**美妙**？」瑞安娜問。

「我已經等這個等了**好幾年了！**」歐若莉露出笑容，平常嚴肅的黑色眼睛在晨光下閃閃發亮，她搓著雙手，高興地輪流用健美結實的腿支撐著體重。「我爸也是個騎士，但他去年退休了。他以前都會幫我們打造類似的障礙訓練賽道，讓我們練習。我哥哥切斯說，這是龍盟日前，騎士學院最棒的部分，絕對能讓人腎上腺素飆升。」

「現在他在南方翼隊裡吧？」我問，但全副注意力都集中在那條障礙訓練賽道上，這條路沿著一座**他媽的懸崖**蜿蜒而上，比起激發腎上腺素，看起來更像一個死亡陷阱，但我們還是能贊同這個說法。畢竟正向思考是通往成功的道路，對吧？

「對啊，他們要處理很多文書工作，記錄他們在克洛弗拉邊境看到的所有戰鬥。」她聳聳肩，指著賽道大約三分之二的地方。「他說要小心那些從懸崖邊凸出來的巨大木棒，它們會旋轉，如果你不夠快，就有可能被兩根木棒壓碎。」

「哦，太棒了，我還在想這什麼時候會變難呢。」瑞安娜小聲嘟囔。

「謝啦，歐若莉。」我看到她說的那組圓木了。那些木頭都有九十公分寬，排列緊密，從岩壁上突出來，就像一道通往上方的之字形路段的圓形台階。我點點頭。快速通過。記住了。**你明明可以把這個小細節寫下來的，布瑞南**。

如果我最害怕的夢魘化成現實，就會是這條障礙訓練賽道。自從上星期戴恩懇求我離開這裡，我第一次考慮了馬克漢的提議。抄寫士學院裡肯定沒有死亡賽道。

但妳已經走到這一步了。啊，又來了，那個最近一直在我耳朵旁邊縈繞的微弱聲音，竟敢讓我懷抱希望，以為自己真能活過龍鑑式。

「我還是不懂他們幹嘛把這段路叫做『臂鎧關』。」站在我右邊的雷迪克說，他正在對拱起的雙手呵氣，抵禦早晨的寒意。雖然太陽還沒有照進我們所在的這條狹窄岩縫，但已經照亮了賽道上方四分之一的道路。

「為了先除掉虛弱的人，確保龍會繼續參加龍盟日。」泰南嘲弄地說。他站在雷迪克的另一邊，雙臂抱在胸前，意有所指地看了我一眼。

我狠狠瞪他一眼，然後就不管他了。自從考核日那天，瑞安娜在訓練墊上把他打得落花流水以後，他就一直很不爽。

「他媽的閉上你的狗嘴。」雷迪克惡狠狠地說，頓時引來了整個小隊的注意。

我揚起眉毛。我從沒見過雷迪克生氣的樣子，也沒見過他用幽默感以外的方法緩和情況。

「你有什麼毛病？」泰南把落到眼前的一綹濃密黑髮撥開，轉過身，彷彿打算用怒瞪來威嚇雷迪克，但這其實沒什麼用，因為雷迪克的體格比他寬兩倍，也比他高了十五公分。

「我有毛病？你是覺得自己已經和巴洛和希福特當了朋友，就有權利用操蛋的態度對待自己的隊友了嗎？」雷迪克質問。

「就是這樣，**隊友**。」泰南指著那條障礙訓練賽道。「我們花費的秒數不只會用來個人排名，雷迪克。他們還會加總整個小隊花費的秒數，以小隊為單位排名，決定我們龍鑑式當天進場的順序。你真的覺得會有龍想和最後一支進場小隊的學員締約嗎？」

好吧，他說的還算有點道理。雖然很爛，但還是實話。

「他們今天不會為了龍鑑式幫我們計時，王八蛋。」雷迪克往前走了一步。

「住手。」索伊爾擠進兩人中間，用力推了泰南的胸膛一把，讓他踉蹌後退，倒在他後面的女孩身上。「好好聽著，這是從去年龍鑑式活下來的人說的話：你說的時間沒有任何意義。去年最後一個進入山谷的學員成功締了約，而且龍忽視了第一支進入山谷的小隊的某些學員。」

「你還是有點難過，對吧？」泰南露出欠揍的笑。

索伊爾無視了他的嘲諷。「而且，這條賽道之所以叫做『臂鎧關』，不是因為它會剷除學員。」

「這條賽道之所以命名為『臂鎧關』，是因為這是守護谷地的懸崖。」埃梅特里歐教授一邊說，一邊往前走，站在我們的小隊後方，他的光頭在越來越強烈的陽光下閃閃發亮。「此外，真正的臂鎧——也就是金屬製作的盔甲護手非常滑，這個名字大概是在二十年前定下的。」他對泰南和索伊爾揚起眉毛。「你們兩個吵完了嗎？你們九個人只有一個小時的時間能爬到山頂，之後就輪到另一個小隊練習了。從你們在訓練墊上展現的敏捷度來看，你們會需要每一秒。」

我們都低聲贊同他的話。

「你們都知道，兩個半星期以後就是龍鑑式了，挑戰賽會在這段期間暫停，讓你們集中精力準備龍鑑式。」埃梅特里歐教授快速把小筆記本翻到某一頁。「索伊爾，你先示範給他們看，因為你已經很熟悉情況了。接下來依序是普萊爾、崔娜、泰南、瑞安娜、雷迪克、薇奧蕾、歐若莉和露卡。」他念完所有人的名字後，冷硬的嘴角浮現一抹微笑，我們已經依序排成一列。「你們是通過石橋以來，唯一沒有少人的小隊，這很了不起。你們的小隊長一定很驕傲。在這裡等一下。」他經過我們，對著站在懸崖高處的某個人揮手。

毫無疑問，那個人帶著錶。

「艾托斯特別為索倫蓋爾感到驕傲。」老師一離開聽力範圍，泰南就給了我一個嘲諷的冷笑。

我氣得冒煙。「聽著，如果你想要說我的壞話，這是一回事，但不要把戴恩也扯進來。」

「泰南。」索伊爾出聲警告，搖著頭。

「你們好像都不在乎我們的小隊長在操我們之中的某個人欸。」泰南兩手一攤。

「我沒有——」我開了個頭，但我還來不及深呼吸，怒氣就主宰了我。「說實話，我和誰睡根本就他媽的不關你的事，泰南。」不過，如果我得承受這種指控，難道我不該真的得到一點好處嗎？根據我對戴恩的認識，他一定會像這個混蛋一樣，被「不鼓勵指揮鏈上下級發展親密關係」這件事搞得憂心忡忡。不過，如果戴恩真的想要我，他肯定會有所行動吧，不是嗎？

「要是這代表妳會得到優待，那就關我們的事了！」露卡插嘴。

「看在他媽的份上。」瑞安娜低聲嘟噥，揉了揉鼻梁。「露卡，泰南，你們都閉嘴。他們根本沒上床。他們從小就是朋友了，還是你們不夠了解我們的隊長，不知道他爸就是她媽媽的副官？」

泰南瞪大眼睛，彷彿他真的很驚訝。「真的嗎？」

「真的。」我搖搖頭，研究著賽道。

「該死。我……抱歉。巴洛說——」

「這就是你犯的第一個錯誤。」雷迪克插話。「聽那個虐待狂混蛋的話，會害死你自己。算你運氣好，艾托斯現在不在這裡。」

說的沒錯。戴恩一定會因為泰南的假設怒火中燒，很可能會命令他負責一整個月的清潔勤務。幸好他現在人在飛行場。

薩登就只會把這人打個半死。

我眨眨眼，把這個比較和所有關於薩登．萊爾森的想法趕出腦海。

「我們開始吧！」埃梅特里歐教授走到隊伍前頭。「如果你們成功抵達賽道頂端，就會知道自己花費的時間。但記住，在兩個半星期後的龍鑑式之前，你們還能練習九次。小隊花費的總秒數會決定你們在龍鑑式入場的順序，而龍鑑式會讓龍決定你們是否具備在龍盟日締約的價值。」

「讓一年級生在通過石橋後就立刻開始練習，不是更合理嗎？」瑞安娜問，「這樣我們就有更多時間，更不容易死掉了，對吧？」

「不。」埃梅特里歐教授回答。「這種時間安排也是挑戰的一環。索伊爾，你有什麼好建議嗎？」

索伊爾慢慢吐出一口氣，目光沿著那條危險的賽道一路往上。「每隔一點八公尺，就會有一條從懸崖頂端一路垂到底部的繩子。」他說，「所以，要是你們開始墜落，就抓住繩子。雖然抓住繩子會讓你們被加罰三十秒，但死掉的代價更大。」

太棒了。

「我是說，那邊有一道很棒的樓梯。」雷迪克指著他說的陡峭樓梯，它就位在臂鎧關寬廣的之字形路線旁邊，也是直接在懸崖上開鑿出的。

「龍鑑式後，你們就會從那段樓梯前往山脊頂端的飛行場。」埃梅特里歐教授說，接著他朝賽道舉起雙手，指著好幾個障礙，轉了轉手腕。

第一個上坡處，那根足有四點五公尺長的圓木開始旋轉。第三個轉彎處的幾根柱子開始晃動。第一個轉彎處的巨大輪子開始逆時針轉動。歐若莉提過的小圓木也都開始旋轉起來，方向還都和相鄰的圓木相反。

「這條賽道有五個轉彎處，每個上坡路段，都是在模擬你們會在戰鬥中面臨的困難。」埃梅特里歐教授轉過來看著我們，表情就和我們平常進行戰鬥訓練時一樣嚴峻。「從你們必須在龍背上保持的平衡，到你們在作戰中穩穩保持在龍背上所需的力氣，再到——」他指著最後一個障礙，從這個角度看過去，那就像是個九十度角的坡道。「——你們在地面戰鬥後，還能瞬間騎上龍所需的體力。」

那些圓木樓梯讓一塊花崗岩鬆動，石塊沿著賽道一路翻滾而下，撞上沿途經過的所有障礙物，最後在我們前方六公尺處重重落地，四分五裂。要是有什麼隱喻可以形容我的人生的話，嗯……那就是這個了。

「哇。」崔娜輕聲呼喊，她睜著棕色的雙眼，盯著那塊粉碎的石頭。我是我們小隊裡最瘦小的，但崔娜是最安靜、最內向的。我用兩隻手就能數出她從穿越石橋以來和我說話的次數。如果她在翼隊裡沒有朋友，我會很擔心，但她不需要對我們打開心扉，也能在學院裡生存下來。

「妳沒事吧？」我輕聲問她。

她吞了吞口水，點點頭，一綹紅褐色的長捲髮隨著她的動作在額前輕輕晃動。

「要是我們沒辦法爬到終點怎麼辦？」在我右邊的露卡問，她把長髮紮成一根鬆散的辮子，平日那股傲慢的氣焰今天收斂了不少。「替代道路在哪？」

「沒有替代道路。要是你們沒辦法爬到終點，你們就不能參加龍鑑式了，對吧？索伊爾，就定位。」埃梅特里歐教授命令道，索伊爾走到賽道起點。「你們都能從這個完成賽道的學員身上學到東西，然後，等他通過最後一個障礙，剩下的人會以一分鐘的間隔依序出發。預備……開始！」

索伊爾像箭一樣衝了出去。他輕鬆地跑過那根長達四點五公尺、與崖壁平行、不停旋轉的大圓木，接著越過幾根由低到高排列的柱子，不過，他待在輪子裡轉了三圈，才從唯一的開口跳了出來。除此之外，我沒看到他在第一個轉彎處犯下任何失誤。一個都沒有。

他轉身衝向第二個轉彎處的幾顆巨大吊球，縱身一躍，抱住第一顆球，之後以同樣的模式往前挺進，抵達對面。他才剛落地，就立刻轉身前往第三個轉彎處，這段賽道分成兩個部分。第一部分是幾根懸掛的巨大金屬橫桿，每根桿子都和崖壁平行，而且懸掛高度都比前一根高十五公分；第二部分則是幾根會搖晃的柱子。索伊爾握住第一根橫桿，輕鬆地輪流擺動雙臂往前攀爬，利用自己的體重和衝力讓橫桿往前擺盪，順勢抓住下一根桿子，一路爬過崖壁。他從最後一根橫桿直接跳到柱子上，在最後一根柱子上縱身一跳，回到碎石路。

第四個轉彎處的障礙，就是歐若莉的哥哥警告過的旋轉圓木樓梯。他一路上的表現讓這些障礙看起來就像小孩子的遊戲，也讓我的內心升起一絲希望：或許賽道其實不像看上去那麼困難。

但是，一條高聳而巨大的單人攀爬通道擋住了他的去路。他停下腳步，面對這段大約傾斜七十度的通道。

「你可以的！」瑞安娜在我旁邊大喊。

索伊爾彷彿聽到了她的話，他急速跑向陡峭的通道，縱身一跳，同時大張四肢，用手腳撐住通道兩側，接著開始以跳躍方式攀升，爬到頂端後，才彎著身子面對最後一個障礙：通往懸崖頂端、幾乎垂直的巨大坡道。

索伊爾朝坡道衝刺時，我幾乎屏住呼吸。他用速度和衝力讓自己爬到了三分之二的高度。在他開始往下滑的瞬間，他伸手抓住斜坡的邊緣，把自己拖上懸崖頂端。

瑞安娜和我都發出尖叫，為他歡呼。他成功了，而且表現幾乎完美。

「完美的技巧！」埃梅特里歐教授大喊。「那就是你們都應該有的表現。」

「完美，但龍還是在龍盟日無視了他。」露卡挖苦。「我猜龍還是有些品味的。」

「夠了沒，露卡。」小瑞說。

像索伊爾這樣聰明又體能出眾的人，怎麼會沒有締約呢？而且，要是連**他**都沒辦法締約，那我們這群人還有什麼希望？

「我太矮了，沒辦法衝上最後的坡道。」我低聲對小瑞說。

她用眼角瞥了我一眼，之後又看向坡道。「妳快到沒天理。如果妳加快速度，我敢說妳的衝力會直接把妳帶到終點。」

普萊爾來自克洛弗拉的邊境地區，他個性害羞，也常常猶豫不決。正是他的遲疑，害他無法順利通過第三個轉彎處那些金屬橫桿，好在最後他終於成功了；此時的崔娜則差點從搖晃的柱子上摔下來，伸手去抓繩子。當崔娜開始衝過旋轉圓木樓梯時，我只能勉強看到她頭髮反射出的紅色閃光，但她的尖叫聲卻震撼了我全身，此時那條繩子的末端仍在搖晃。

「妳可以的！」索伊爾從山頂對她大喊。

「它們旋轉的方向相反！」歐若莉往上喊。

「泰南，開始吧。」埃梅特里歐教授命令，並沒有抬頭望向賽道，而是繼續看著他的懷錶。

崔娜通過圓木樓梯時，我能聽見自己撲通撲通的心跳聲，然後輪到瑞安娜出發了，所以我如同鼓點般的心跳並沒有停止。她以我預料之中的優雅通過了第一個轉彎處，但之後她停下了腳步。

第二個轉彎處有五顆吊球，泰南就掛在第二顆球上，下方完全沒有碎石小路。如果他掉下去，他摔在第一個轉彎處那根旋轉圓木上的機率非常渺茫，直接往下墜落九公尺摔在谷底的機率，則將近百分之百。

「你得繼續前進，泰南！」雖然他不太可能聽見我的聲音，我仍朝他大吼。或許他是個好騙的混蛋沒錯，但他也還是我的隊友。

他尖叫一聲，用雙臂摟住擺盪的球。他不可能完全用手臂抱住那顆球——而這就是重點，他在往下滑。

「他會讓瑞安娜的秒數變得很難看。」歐若莉說，無聊地嘆了一口氣。

「幸好這只是練習。」雷迪克說，接著用低沉的聲音對泰南大吼。「你是怎麼了，泰南？你怕高啊？現在誰才是累贅啊？」

「別再說了。」我用手肘頂了雷迪克的側腹。他已經不像一開始那麼纖瘦了。他在過去這七個禮拜長出了一點肌肉。「就算他是個王八蛋，不代表你也得當個王八蛋。」

「但他給了我這麼多靈感。」雷迪克回答，揚起一邊的嘴角，露出嘲諷的冷笑，轉身往後，走向起點。

「晃到下一顆球去！」在賽道終點的崔娜給他建議。

「我做不到！」泰南的尖叫在山間迴盪，聲音大到足以震碎玻璃，他的喊叫讓我的胸口一緊。

「雷迪克，出發！」埃梅特里歐教授命令。

雷迪克衝過了那根大圓木。

「小瑞！」我對她大吼。「繩子在第一顆球和第二顆球中間！」

她低頭向我點了點頭，隨即跳向第一顆吊球，雙手抓住球的頂部，也就是靠近吊環的地方——這些球都藉由鎖鏈和上方的鐵製軌道相接。接著她利用體重，把自己晃到吊球的側面。

她的做法給了我充分的靈感，或許我也能做到。

我走向起點的時候，碎石路面在我的靴子下嘎吱作響。喔，看看，原來我的心臟**還能**跳得更快。我用皮褲擦著黏濕的掌心時，這該死的東西幾乎要跳出來了。

瑞安娜把繩子塞到泰南手裡，但他並沒有利用繩子盪到下一顆球，而是……**往下爬**。他一路往下爬，我的下巴都快掉下來了。那完全出乎我的意料。

「薇奧蕾，開始！」埃梅特里歐命令我。

茲納爾，請與我同在。我在幸運之神的神殿待得不夠久，所以神可能不會在乎我現在的遭遇，但不試白不試。

我快速衝過第一個轉彎處的前半段，在幾秒內抵達那根旋轉的圓木。我的胃一陣翻攪，感覺就像這根天殺的平衡木在我的肚子裡攪動。「這只是平衡而已，妳可以平衡的。」我小聲自言自語著，踏上那根長木。「快點，快點，快點。」我一邊往前，一邊不停反覆唸叨，最後從圓木末端跳了下來，落在第一根花崗岩柱上。總共有四根柱子，每一根都比前一根更高。

柱子之間的距離大概有九十公分，但我成功一路往前跳，沒有跳得太遠，從柱子末端滑落。

這都還是簡單的部分。一陣恐懼湧上我的喉嚨。

我跳進旋轉的輪子，開始在裡面奔跑，並且在唯一的開口滾到我腳下時跳起來，等著開口再度旋轉過來。時機。這個障礙的重點是看準時機。

機會到來時，我把握機會從開口衝出去，回到第二個轉彎處的碎石道路上。吊球就在眼前，但要是我不冷靜下來，讓我的手不再出汗，我就會摔死。

羽尾龍是我們最不了解的品種，我在心裡背誦著。此時我從石子路末端跳向第一顆吊球，像瑞安娜那樣抓住球的頂端，這讓我需要每一盎司的肺活量。我的雙肩立刻傳來一陣壓力，我繃緊每一條肌肉，以免脫臼。

冷靜。要冷靜。

我晃動身體，用體重迫使球旋轉，把自己盪向第二顆球。**這是因為，據說羽尾龍非常厭惡暴力，不適合締約。**

我重複之前的動作，抓住一顆球，把自己甩到下一顆，視線死死盯著鎖鏈，完全不看其他東西。

不過，筆者也無法肯定這一點，因為在筆者這一生中，從未聽聞任何羽尾龍離開谷地。

我繼續背誦記憶中的內容，就這樣來到第五顆——最後一顆吊球。我最後一次把自己晃到球的側邊，放手一跳，落在和肩膀同寬的碎石路上，而且沒有扭到腳踝。

下一個轉彎處的障礙都是要靠衝力。

「綠龍。」我小聲嘀咕著。「以敏銳的智力聞名。牠們是高貴的威洛伊席格家系的後裔，也是最理性的龍，這讓牠們成為完美的攻城武器，尤其是棒尾的綠龍。」我唸完這一句的時候，身體已經和第一根金屬橫桿對齊，準備往前衝刺。

「妳是在……**念書**嗎？」歐若莉的聲音從下方傳來，她剛剛跳上第一顆球。

「這能讓我冷靜下來。」我簡短地解釋。現在沒時間尷尬了——尷尬可以等以後再說。

三根鐵製橫桿排成一列，每一根都正對著下一根，就像攻城錘一樣。「現在抄寫士學院看起來還挺不錯的。」我小聲發著牢騷，然後朝第一根橫桿衝過去。至少這些鐵桿都有紋路，所以在我用雙手輪流握住桿子，往前攀爬的時候，還有一點可以握住的東西。我爬到第一根桿子尾端時，肩膀的疼痛加劇，開始抽痛起來。我晃動雙腳，蓄積可以晃到下一根桿子的衝力。

兩根鐵桿相撞的力道讓我鬆開了手指，恐懼竄過我的全身，令我倒抽了一口涼氣。**橘龍的顏色眾多，從杏桃色到紅蘿蔔色都有**——我把自己甩到下一根橫桿上——**而且牠們最陰晴不定，因此總是很危險**。我無視雙肩發出的強烈抗議，用同樣的方式攀過第二根桿子。**牠們是費可芮這一脈的後裔**——

我的右手抓不住了，體重把我甩向陡峭的山崖，我的臉重重撞進岩石，雙耳充斥著高亢的嗡嗡聲，視線外圍逐漸變黑。

「薇奧蕾！」瑞安娜從山頂大喊。

「妳旁邊！繩子在妳旁邊！」歐若莉的呼喊從下方傳來。

我的左手往下滑，鐵刮擦著我的指尖，但我瞥見了繩子，也抓住了。我緊緊握住繩子，雙腳踩在繩結上，直到腦袋裡的嗡嗡聲漸漸消失。現在我必須盪過去或往下爬。

我已經在這操蛋的學院裡活了七個星期，今天這條障礙賽道不會打敗我。

我蹬了一下崖壁，往橫桿盪過去，成功抓住金屬桿後，我立刻開始輪流抓握橫桿，往前移動，來到第二根桿子，接著是第三根，最後我終於放手，降落在第一根會晃動的鐵柱上。柱子劇烈搖晃的時候，我的大腦也跟著嗡嗡作響，我往第二根柱子跳去，在我跳到第四個轉彎處的碎石路之前，幾乎都無法站穩。

歐若莉就在我後面，她著地的時候，臉上掛著笑容。「這是最棒的！」

「顯然妳得讓治療師看看。要是妳覺得這很有趣，妳一定是撞到頭了。」我呼吸急促，斷斷續續，但她明顯的喜悅還是讓我忍不住微笑。

「這個只需要一鼓作氣衝過去就好了。」我們一起走到從崖壁伸出、不停旋轉的圓木樓梯時，她告訴我。

每根木頭都有九十公分寬，以固定點為軸心轉動，這也是整條賽道最陡峭的部分。我快速計算了一下，如果從其中一根圓木掉下去，很可能會直接墜落九到十二公尺，摔在下面的石地上。我把湧上喉頭的恐慌吞下去，專注想著我的靈敏和輕盈或許能賦予我通過這個障礙的優勢。

她繼續說：「相信我，要是妳在中間停下來，妳會馬上被捲下去。」

我點頭，原地輕跳，聚集我僅剩的全部勇氣，然後開始奔跑。我的腳程很快，踩在每一根圓木上的時間，只夠我蹬到下一根圓木。幾秒後，我就抵達另一邊了。

「耶！」我高舉拳頭歡呼了一聲，同時為歐若莉讓路。

「繼續往前，薇奧蕾！」她喊道。「我來了！」她跳過那些旋轉圓木時，腳步比我更敏捷。

頭上傳來一聲怒吼，我猛然抬頭，恰好看見一隻綠色匕尾龍的腹部。牠正從我們上方飛過，要回到谷地。

我永遠也沒辦法習慣這種場景。

歐若莉叫了一聲，我猛然轉頭，剛好看見踩在第五根圓木上的她晃了一下，往前撲倒。一切彷彿都成了慢動作，我屏住呼吸，看著她的肚子撞上倒數第二根圓木。

「歐若莉！」我尖叫，猛然朝她撲過去，指尖掠過第七根圓木。

我們四目交接，她瞪大的黑色眼睛充滿了震驚和恐懼，然後，滾動的圓木將她從我身邊捲走，她掉了下去。從山崖一半的地方掉了下去。

早晨列隊的時候，太陽照得我的眼睛很痛。

「卡文・艾瓦特。」費茲吉本斯上尉唸著，他的聲音一如既往地嚴肅。

他是第四翼隊猛爪分隊下第一小隊的學員。在戰爭簡論課上，他坐在我後面兩排的地方。他**以前**坐在我後面兩排的地方。

這個早上並沒有特別之處。我們對劈鎧關的初次嘗試讓死亡名單更長了。這只不過是另一天的另一個名單……但這不是事實。今天我才第一次感受到這個儀式的殘酷之處。現在聆聽唱名的感覺，和第一天完全不同了。我知道超過一半的學員。我的視線模糊了。「紐蘭．喬凡。」上尉繼續唸。

他是第四翼隊烈焰分隊下第二小隊的成員，和我一起負責早餐勤務。

現在應該已經唸了二十幾個名字了。這就完了嗎？我們把他們的名字唸過一次，然後就繼續過日子，彷彿他們從沒存在過？

在我旁邊的瑞安娜轉換了重心，然後吸了吸鼻子，讓她的肩膀抽搐了一下。

「歐若莉．多南斯。」

一顆眼淚滑了下來，我抹去淚水，不小心撕開了我臉頰上的一道結痂。在下一個名字被唸出來的時候，幾滴血也流了下來，但我任由血弄髒自己的臉。

⚜

「妳確定嗎？」第二天晚上，戴恩這樣問。他捏著我的肩膀，擰著眉毛，眉間出現兩條直紋。

「如果她的父母不來埋葬她，那我就是負責處理她東西的人。我是她最後看到的人。」我解釋，轉動肩膀，適應歐若莉背包的重量。

子女在巴斯蓋亞死去以後，每對父母都有同樣的選擇。他們可以領回遺體和個人物品，自行埋葬或焚燒，或是讓學校把遺體埋在石頭下，燒毀他們的遺物。歐若莉的父母選擇了第二種。

「妳不想要我陪妳去嗎？」他問，用掌心撫摸我的脖子。

我搖搖頭。「我知道焚燒爐在哪。」

他暗罵了一聲。「我應該要在那裡的。」

「你也沒辦法做什麼，戴恩。」我輕聲說，覆著他的手，讓我們的手指稍微交疊。「沒有人能做任何事。她甚至沒有時間去拉繩子。」我輕聲說。我一直在腦海中反覆播放那一刻，每一次得到的結論都一樣。

「我一直沒機會問妳，妳有成功抵達終點嗎？」他問。

我搖頭。「我在單人攀爬通道那邊就卡住了，只能沿著繩子爬下來。我太矮了，張開四肢也抵不到牆壁，但我今晚不想去想那個。我會在龍鑑式當天正式攀爬之前，想出某種方法。」

我一定得想出來。他們不允許學員在最後一天往下爬。你要麼抵達臂鎧關的終點，要麼就直接摔死。

「好吧，妳需要我的時候就說一聲。」他放開了我。

我點頭，編出各式各樣的藉口離開宿舍的走廊。歐若莉背包的重量讓我走得跌跌撞撞。她這麼強壯，能背著這麼多東西走過石橋，但她還是掉下去了。

而我不知為何還站在這裡。

我爬上教學塔的角樓，經過戰爭簡論的教室，前往石製屋頂，和幾個要下樓的學員擦身而過。在這段路程中，我一直無法擺脫自己背著歐若莉的感覺。焚燒爐只不過是個特別寬的鐵桶，唯一的用途就是燒毀物品，我跌跌撞撞地走到屋頂上時，火焰在夜空中燃燒得更加明亮，我的肺部因為渴求氧氣而感到刺痛。

幾個月以前，我根本不可能背得動這麼重的包包。

我把包包從肩膀上滑下來，屋頂上只有我。

品。

「我真的很抱歉。」我輕聲說，手指緊握住背包的寬背帶，然後把背包甩進金屬桶中。火焰越燒越旺，火舌猛然竄高，背包成了火焰的新燃料，也是獻給死神馬厲克的另一個供品。

我並沒有走下樓梯，而是走到塔樓的邊緣。這是個多雲的夜晚，但我還是能辨認出三條龍正從西方飛來，我甚至能看見臂鎧關所在的山壁，它正等著捕獲下一個犧牲者。

我不會變成那個人。

但這是為什麼呢？因為我會征服這條障礙賽道嗎？還是因為我會接受戴恩的要求，躲進抄寫士學院？我打從心裡抗拒第二個選擇，但這個選擇也讓我站在這裡，質疑著一切，任憑時間一分一秒地過去。直到宵禁的鐘聲響起，我才走下樓梯，但我並沒有找到確切的答案。

我穿過庭院，庭院中只有一對情侶，他們待在司令台邊，還沒決定要親吻還是要散步。我避開視線，往我通過石橋後，戴恩帶著我坐下的那個凹處走去。

幾乎已經兩個月了，而我還在這裡。還能在每個早晨起床，迎接朝陽。這難道沒有任何意義嗎？難道這不代表即使機會微乎其微，我也有可能撐過龍盟日嗎？難道這不代表我可能屬於這裡嗎？

教學大樓左側靠近城牆的地方有一扇門，我們今天早上就是從門後的隧道橫越山脊，抵達臂鎧關。現在那扇門卻開著。我不禁皺起眉頭。誰會這麼晚才回來？

我靠著牆坐下來，讓自己沒入黑暗之中，這時薩登、蓋瑞克和薩登的表弟博蒂走過一盞魔法燈下，朝我的方向走來。

三條龍。他們剛剛出去了……是去做什麼？就我所知，今晚沒有訓練演習，但話說回來，我也沒有掌握三年級生的所有行動。

「一定還有我們能做的事。」博蒂低聲抗議著，看著薩登。他們經過我身邊時，靴子在碎石路上嘎吱作響。

「我們已經做了力所能及的事。」蓋瑞克嘶聲說。

我的頭皮發麻，薩登在三公尺以外的地方停下腳步，雙肩僵硬。

完了。

他知道我在這裡。

平常看見他的身影就會引發的恐懼並沒有出現，我的胸中只有熊熊怒火。要是他想殺掉我，那也沒關係。我已經不想再繼續等了。我已經受夠在恐懼中穿過走廊了。

「怎麼了？」蓋瑞克問，立刻轉頭看著相反的方向，看向那對情侶——他們顯然認為親熱比在宵禁後回到宿舍更重要。

「你們先走，我會在裡面和你們碰頭。」薩登說。

「你確定嗎？」博蒂皺起眉頭，目光掃過庭院。

「走吧。」薩登命令他們，自己一動也不動地站在原地，另外兩人走進宿舍，往左轉，走向通往二年級生和三年級生樓層的樓梯間。直到他們離開，薩登才轉身，準確面對我坐著的地方。

「我知道你發現我在這裡了。」我強迫自己站起來走過去，這樣他就不會覺得我在躲他，甚至更糟——以為我在怕他。「還有，請你不要再閒扯什麼能控制影子的事情了，今晚我沒有心情。」

「妳就不想知道我剛剛去哪了嗎？」他交叉雙臂，抱在胸前，在月光下打量我。在月光的照耀下，他的傷疤看起來更可怕了，但我好像找不到害怕的力氣。

「我真的不在乎。」我聳肩，這個動作加劇了我肩膀的抽痛。**真是太棒了，剛好明天又要練習臂鎧關了呢。**

他偏著頭。「妳真的不在乎，不是嗎？」

「對。搞得一副好像我沒在宵禁後溜出去一樣。」一聲沉重的嘆息從我的雙唇流洩出來。

「一年級的，妳在宵禁後出去做什麼？」

「考慮要不要逃走。」我沒好氣地回答。「那你呢？想分享一下嗎？」我嘲諷地問，很清楚他不會回答我。

「和妳一樣。」

這個愛嘲諷的混蛋。

「好了，你到底要不要殺了我？等死的感覺快要把我逼瘋了。」我一邊轉動肩膀，一邊用手按壓痠痛的肌肉，但疼痛並沒有減緩。

「還沒決定好。」他回答，彷彿我剛剛是在問他晚餐喜歡吃什麼。但他卻緊緊盯著我的臉頰。

「嗯，你能快點決定嗎？」我小聲嘟噥。「這能有效幫助我制定這星期的計畫。」馬克漢或埃梅特里歐。抄寫士或騎士。

「我影響到妳的行程安排了嗎？暴力女？」他露出一抹壞笑。

「我只是得知道我的機會有多大。」我雙手握拳。

這王八蛋還有膽子露出微笑。「這是我聽過最詭異的調情台詞——」

「不是**和你**的機會，你這自大的王八蛋！」去你的。這一切都爛透了。我走過他身邊，但他抓住了我的手腕，雖然力道不大，卻難以掙脫。

他用指尖摩娑著我的脈搏，讓我的心跳更加急促。

「什麼樣的機會？」他問，把我拉近了一點，我的肩膀擦過他的二頭肌。

「沒什麼。」他不會懂的。他是個該死的**翼隊長**，這代表他完美達成學院的所有要求，甚至還設法克服了他的姓氏。

「**什麼樣**的機會？」他又問了一次。「不要讓我問第三次。」他危險的語氣和他溫柔的握力相互矛盾，還有，他一定得**他媽的**這麼好聞嗎？他聞起來像薄荷和皮革，還有某種我沒辦法清楚辨認出的東西，某種介於柑橘和花香之間的東西。

「活著撐過這一切的機會！我沒辦法爬到該死的臂鎧關終點。」

我稍微試著把手抽回來，但他卻不放手。

「我明白了。」他的冷靜讓我氣得要死，而且我甚至沒辦法控制自己的情緒。

「不，你不明白，你很可能正在心裡慶祝，因為我會直接摔死，這樣你就不用動手殺掉我，省得麻煩。」

「殺了妳一點都不麻煩，暴力女。讓妳繼續活下去，似乎才是讓我的生活充滿麻煩的原因。」

我抬眼，撞進他的眼神，但他的臉籠罩在陰影中，表情難以捉摸，真是搞不懂。

「真抱歉給你添了這麼多麻煩。」我的聲音滿是嘲諷。「你知道這個地方有什麼問題嗎？」我再度試著收回手臂，但他牢牢地抓著我。「除了你正在觸碰不屬於自己的東西。」我瞇眼看著他。

「我相信妳就要告訴我了。」他用拇指輕撫我的脈搏，讓我的胃一陣痙攣，之後他放開了我的手腕。

我還沒細想就回答了。「希望。」

「希望？」他往我的方向偏頭，彷彿以為自己聽錯了。

「希望。」我點頭。「像你這種人永遠都不會懂，但我以前就知道，進入這裡等於死刑。這和我從小就接受抄寫士的訓練無關。索倫蓋爾將軍下令後，你根本不能無視她的命令。」眾神啊，為什麼我在和這男人講一些有的沒的？**他能做的最糟糕的事是什麼？殺了妳？**

「妳當然能無視她。」他聳聳肩。「只是妳可能不會喜歡後果。」

我翻了個白眼。讓我尷尬的是，現在我明明已經自由了，但我卻沒有離開，而是往他靠近了一點點，彷彿能夠吸取他身上的一點力量。他顯然有足夠的力量可以分給我。

「我一開始就知道存活的機率是多少，但我還是來了，專心想著我能夠活下來的渺茫機率，然後，我幾乎在這裡活過了兩個月，所以我就開始覺得……」我搖搖頭，咬緊牙關。「我有希望。」這幾個字嚐起來很酸澀。

「啊。然後妳失去了一個隊友，又沒辦法爬上單人攀爬通道，所以就放棄了。我開始明白了。這不是一個很美好的前景，但如果妳想要逃進抄寫士學院——」

我倒抽一口氣，恐懼讓我的胃都打結了。「你怎麼會知道這件事？」要是他知道了……要是他說出去了，戴恩就有危險了。

薩登完美的嘴唇彎成一抹邪惡的微笑。「我知道這裡發生的每一件事。」黑暗圍著我們打轉。「影子，記得吧？它們聽到一切，看到一切，**隱藏**一切。」餘下的世界都消失了。他可以在這裡對我為所欲為，而且沒人會發現。

「要是你把戴恩的計畫告訴我媽，她肯定會獎勵你的。」我輕聲說。

「要是妳把我那個小小的……妳是怎麼說的來著？把我的**小社團**告訴妳媽，她肯定會獎勵妳的。」

「我沒打算告訴她。」這句話聽起來充滿了戒心。

「我知道，這就是妳還活著的原因。」他迎上我的目光，和我四目相交。「重點是，希望是一種變幻莫測又危險的東西，索倫蓋爾。希望會讓妳分心，讓妳滿腦子都是可能性，無法專注於妳應該關注的事物——也就是機率。」

「所以我應該怎樣？不要希望自己能活下去嗎？準備等死就好嗎？」

「妳應該專注在那些能殺死妳的事物上，這樣妳才能找到**不用**死的方法。」他搖頭。「這學院裡希望妳死去的人，我幾乎數不清有多少，若不是為了報復妳媽，就是因為妳真的很擅長惹惱別人，但即使機率這麼渺茫，妳也還在這裡。」影子把我圍在中間，我發誓，我感覺到它輕撫了一下我受傷的臉頰。「老實說，在旁邊看著，還滿讓人驚訝的。」

「很高興能娛樂到你，我要上床睡覺了。」我突然轉身，朝宿舍入口走去，但他就緊跟在我身後──要是他沒有用快到不自然的速度擋住門，門就會打在他臉上。

「也許，如果妳停止自憐和生悶氣，就會發現自己已經具備攀上臂鎧關所需的**一切**了。」他在我後面喊著，聲音在走廊上迴盪。

「我的──**什麼**？」我轉過身，下巴都掉下來了。

「人都會死。」他慢慢地說，下巴微微抽動，之後才深吸一口氣。「這種事會不斷發生。這就是這裡的法則。但妳在其他人死去以後做的事，才是妳成為騎士的原因。妳想知道自己為什麼還活著嗎？因為妳是我現在每晚用來評判自己的天平。我讓妳活下來的每個日子，讓我能夠說服自己，一部分的我還是個正派體面的人。所以，如果妳想放棄，那就拜託妳，別再誘惑我了，就直接他媽的**放棄**吧。但如果妳想做點什麼，那就去做。」

「我太矮了，手和腳都不夠長，碰不到通道的兩側！」我嘶聲說，不在乎其他人會不會聽到我們的聲音。

「正確的方法不是唯一的方法。自己想想吧。」然後他就轉身離開了。

操。他。的。

保留過世親友的遺物，等同於嚴重冒犯馬厲克。這些財物屬於身在彼岸的死神和逝者。如果沒有正式的神殿，可以使用任何火焰。不為馬厲克焚燒的人，將為馬厲克焚燒。

——《洛里少校的敬神指南》，第二版

第十一章

在接下來的幾次練習中，我的成績並沒有超越第一次嘗試的結果，但至少我們沒有再失去另一個隊友。由於泰南也無法抵達終點，所以他已經閉嘴了。

那些吊球是他的死穴。

我的死穴則是單人攀爬通道。

到了第九次練習——也就是倒數第二次——我已經準備要把整條障礙訓練賽道燒掉了。我無法征服的單人攀爬通道，目的是模擬騎上龍所需的力量和敏捷，越來越明顯的事實是：我的體型會讓我沒辦法成功。

「或許妳可以爬到我的肩膀上，然後……」我們一起研究這個成為我剋星的岩縫時，瑞安娜搖著頭。

「就算這樣做，我還是會卡在一半的地方。」我回答，擦掉額頭上的汗。

「妳會怎樣都沒關係，因為妳不能在障礙賽道上碰到另一個學員。」索伊爾抱著胳膊站在我旁邊，他的鼻尖被高掛的太陽曬得紅紅的。

「你是來這裡粉碎希望和夢想的，還是來這裡給一些建議的？」瑞安娜回嘴。「明天就是龍鑑式了，所以如果你有什麼好主意，現在就是時候告訴我們了。」

如果我要逃進抄寫士學院，今晚就是時候了。這個想法讓我的心臟一痛。這是合乎邏輯的選擇。安全的選擇。

阻止我的只有兩個想法。

第一，不能保證我母親不會發現這件事。就算馬克漢會保持沉默，不代表其他抄寫士學院的老師也會這樣做。

但最重要的是，要是我離開了，要是我躲了起來……我就永遠不會知道我到底夠不夠格在這裡立足了。儘管我留下來可能會死，但要是我離開了，我不知道以後我該如何安然自處。

「朵莉亞．梅洛。」費茲吉本斯上尉站在司令台上唸道。我能清楚看見他的所有臉部特徵，這不僅是因為太陽沒入雲層的陰影之中，也是因為我現在站的地方離他更近了。隨著越來越多學員喪命，我們的隊形也更加緊密。

根據布瑞南的說法和統計數據，對一年級生來說，今天將是最致命的日子。

今天要舉行龍鑑式，為了抵達飛行場，我們都必須先通過臂鎧關。騎士學院的一切都是為了剷除弱者，今天也不例外。

「卡默恩．戴爾。」費茲吉本斯上尉繼續唸著名單上的名字。

我縮了一下。在龍族學的課程上，他就坐在我對面。

「阿維爾．裴利巴。」

伊莫珍和奎茵站在我前面，兩個二年級生都倒抽了一口氣。不是只有一年級生才有生命危險，我們只是最有可能死掉的一批人。

「麥克爾・埃維拉。」費茲吉本斯上尉圈上名單。「我們將他們的靈魂託付給馬厲克。」他一說完最後一個字，隊形就解散了。

「二年級和三年級的，除非你們負責臂鎧關的勤務，否則都去上課；一年級的，是時候讓我們看看你們學到什麼了。」戴恩勉強擠出微笑，他看著我們小隊的時候，視線故意略過我。

「祝你們今天都很幸運。」伊莫珍把一綹散落的粉紅色頭髮繞到耳後，對我露出一個甜美到噁心的微笑。「希望妳今天不會掉下……要求的門檻。」

「待會見。」我回答，揚起下巴。

她以充滿憎惡的眼神看了我一秒，才和奎茵及小隊副隊長席安娜一起離開。席安娜的金色及肩捲髮隨著她的步伐輕輕晃動。

「祝你們好運。」希頓[3]說。他是我們小隊中最遲鈍的三年級生，紅色的頭髮剪成火焰的形狀。他輕輕拍了拍自己的心口，手正好落在兩個布章上，抿著嘴給了我們一個真誠的微笑，才走向教室。

我盯著他離開的背影，不禁想知道他右上臂那個描繪著水與漂浮球體的圓形布章代表什麼。那布章的左邊是個三角形布章，中間畫著一把長劍，我知道那是什麼意思——那代表他在訓練墊上是個不可小覷的對手。戴恩之前告訴我，他身上有個布章，代表他的印記是最高機密，從那以後，我就一直在仔細觀察其他學員制服上的布章。大多數的人都只把它們當成榮譽勳章佩戴，但我卻意識到這些布章真正的含義——這是我有朝一日可能會需要，可以用來打敗他們的情報。

3 為非二元性別者。

「我沒發現原來希頓真的會說話。」雷迪克皺起眉毛，他的眉頭前端出現兩條直線。

「也許他覺得我們今天可能會被烤焦，所以他至少得在我們死掉之前先打個招呼。」瑞安娜說。

「重新列隊。」戴恩命令。

「你會和我們一起去嗎？」我問他。

他點點頭，仍然沒有看我。

我們八個人排成兩排，四個人一排，和我們周圍的其他小隊一樣的隊形。

「好尷尬哦。」瑞安娜在我旁邊小聲說，「他好像有點氣妳。」

我越過崔娜纖細的肩膀往前看，此時颳起一陣微風，吹拂著我編成王冠狀的辮子，也吹亂了崔娜的幾綹長捲髮。「他想要我給不了他的東西。」

瑞安娜揚起了眉毛。

我翻白眼。「不是妳想的那種。」

「就算**是**我想的那樣，我也不在乎。」她低聲回答。「他很性感。他有一種鄰家大男孩的感覺，但妳知道他還是能狠狠收拾妳。」

我忍住一個微笑，因為她說得對，那就是他給人的感覺。

「我們是人數最多的小隊。」第一翼隊的小隊排在最遠端，他們開始一個接一個穿越庭院西邊的大門時，站在我們後面的雷迪克說。

「總共剩下幾個人？」泰南問，「一百八十個？」

「一百七十一個。」戴恩回答。第二翼隊的小隊開始移動了，他們的翼隊長在前面領頭，這代表薩登就在我們前面的某個地方。

雖然我的全副精神都在那條障礙訓練賽道上，但我還是忍不住想著薩登今天的天平會偏向哪一邊。

「但只有一百隻龍？那之後我們要怎麼……？」崔娜問，緊張得說不出話來。

「別再讓人聽出妳很害怕了。」站在瑞安娜後面的露卡厲聲說，「要是龍覺得妳是個懦夫，妳明天就會變成一個名字。」

「她這樣說。」雷迪克在一旁轉播。「讓人更害怕了。」

「閉嘴啦。」露卡反嗆。「你知道我說的是事實。」

「只要表現出自信就好了，我相信妳會沒事的。」我說話的時候往前傾，這樣後面的隊友才不會聽到我說的話。此時第三翼隊開始往大門前進了。

「謝謝。」崔娜用氣音回答。

戴恩眯著眼睛，此時他的目光終於落在我的身上。雖然他沒有說我是個騙子，但他的眼神中充滿了指責，讓我覺得自己已經受審和獲罪了。

「妳會緊張嗎？小瑞？」我問，因為我知道馬上就輪到我們了。

「為妳緊張嗎？」她問，「完全沒有。我們會成功的。」

「哦，我說的是明天的歷史考試。」我開玩笑。「今天沒有什麼好害怕的。」

「既然妳提起來了，我想《阿利夫條約》可能會讓我死掉。」她露出笑容。

「啊啊，那個納瓦爾和克洛弗拉簽訂的合約，雙方同意共享薩莫頓到追特斯中間，位於埃斯本山脈的狹長空域，以便讓龍和獅鷲都能使用。」我回想著，點著頭。

「妳的記憶力好可怕。」她給了我一個微笑。

但我的記憶力沒辦法讓我通過臂鎧關。

「第四翼隊！」薩登從遠處喊。我甚至不需要看到他，就知道發出命令的是他，而不是他的副官。「出發！」

我們排成單行縱隊前進，烈焰分隊走在最前面，接著是猛爪分隊，最後才是龍尾分隊。

走到大門時有點堵塞，但之後我們都穿過門，進入由魔法燈點亮的昏暗隧道，我們每天早上都從這裡走去臂鎧關。影子如同一條毯子，覆蓋著小路兩旁的石地。

話說回來，薩登能力的上限在哪呢？他可以操控影子，讓這裡的所有小隊都窒息嗎？之後他會需要休息或補充能量嗎？這麼強大的力量有任何制約或限制嗎？

戴恩放慢腳步，卡進我和瑞安娜中間。「改變主意吧。」這句話幾乎是氣音。

「不要。」我的聲音聽起來比我真實的感覺更有信心。

「改變。妳的。主意。」我們開始往下走，他在緊密隊形的掩護下握住我的手。「求妳了。」

「我做不到。」我搖頭。「就像你不會離開卡斯，自己跑去抄寫士學院一樣。」

「這不一樣。」他捏捏我的手，我可以感受到他的手指和手臂很緊繃。「我是個騎士。」

「嗯，或許我也會成為一個騎士。」前面出現光的時候，我輕聲說。我以前不相信這件事，至少在母親不許我離開這裡時，我並不相信。但現在我有選擇了，而且我選擇留下來。

「不要當個——」他自己截斷了話頭，放開了我的手。「我不想埋葬妳，小薇。」

「以後我們兩個一定得埋葬彼此，這是不可避免的。」這不是危言聳聽，只是事實。

「妳知道我的意思。」

前頭的光變成了三公尺高的拱門，領著我們來到臂鎧關的起點。

「拜託不要這樣。」我們走出通道，來到斑駁的陽光下時，戴恩懇求我，這次他根本沒刻意壓低聲音。

眼前的景象還是一如往常的壯麗。我們還是在山的高處，和山谷距離幾百公尺。綠意似乎不停蔓延到南方的盡頭，山丘上都開滿了繽紛的野花，矮樹叢零散在山丘上。我將目光轉向鑿刻在峭壁上的臂鎧關，忍不住沿著賽道依序看著一個比一個高的障礙，最後，我的目光落在山脊頂端——我曾讀過的地圖告訴我，那裡會通往箱形峽谷，也就是飛行場。我咬著嘴唇，盯著樹林間的那個縫隙。

除了龍鑑式這一天，通常只有騎士才能獲准進入飛行場。

「我不知道我能不能眼睜睜看著。」戴恩說，讓我的注意力回到他稜角分明的臉上。他抿著嘴，修剪整齊的鬍子圍繞著他飽滿的嘴唇。

「那就閉上眼。」我有個計劃——很爛，但還是值得試試看。

「從妳走過石橋後到現在，是什麼改變了？」戴恩又問，他的眼神充滿太多情緒，讓我根本無法解讀。好吧，除了恐懼以外。恐懼不需要解讀就能看出來。

「我。」

一個小時後，我飛快跑過那段由滾動的圓木組成的樓梯，跳到安全的碎石路上。我已經通過第三個轉彎處了，只剩下兩個轉彎，而且到目前為止，我都還沒有拉任何一條繩子。

戴恩站在賽道起點，我發誓，我可以感覺到他的視線一直黏在我身上，泰南和露卡也在他旁邊，還沒開始攀爬，但我沒有往下看。我沒有時間給他一個眼神（在他看來，那會是我的最後一眼），前頭還有兩個障礙，我沒辦法浪費時間安撫他。

意思就是，前面有一個我根本沒機會練習的障礙——最後一個障礙，幾乎垂直的那個木製坡道。

「妳可以的！」在我抵達單人攀爬通道的時候，瑞安娜從山頂大喊。

「或者妳可以幫我們一個忙，就是直接摔死！」另一個聲音大喊。肯定是傑克。練習的時候，只有隊友會在場，但現在所有一年級生都在看，他們要不是在賽道的起點，就是在上方懸崖的邊緣。

我抬頭看著我應該攀爬的空心長柱，然後沿著道路快速往後退了幾公尺。

「妳在做什麼？」瑞安娜對我大喊。我抓過一條繩子，把繩子朝通道拖，繩子橫向刮擦懸崖表面，讓一些小石頭滾落下來。

這繩子他媽的超級重，又難拉得要命，但我最後還是成功把繩子末端拉到通道內壁了。我盡力拉緊繩子，單腳踩上井狀通道的側壁，拽了一下繩子，然後對茲納爾祈禱，希望這能成功。

「她可以那樣做嗎？」有人尖刻地說。

我現在就在做了。

我抬起另一隻腳，開始往上爬。我只使用右側的井壁，腳踩著石壁往上走，雙手則輪流交握，借繩子的力把自己帶上去。爬到一半的時候，繩子擦過一顆巨石，因此滑了一下，但我很快就重新拉緊繩子，繼續往上爬。我滿耳都是自己雷鳴般的心跳聲，但讓我無法忍受的是手掌。我的雙手感覺就像被火焰灼燒著，我咬緊牙關，以免叫出來。

頂端就在那裡了。

繩子的頂部幾乎只擦到通道的邊角，所以我用盡上半身僅剩的力量把自己往上推，用手掌和膝蓋爬到碎石路上。

「太好了！」雷迪克大喊，在山頂歡呼著。「這才像話嘛！」

「起來！」瑞安娜大喊。「還有一個！」

我的胸口起伏，肺部疼痛，但我還是站了起來。我抵達了最後一個轉彎處，也就是通往飛行場的最後一段路。木造斜坡矗立在我面前，它的底部只從懸崖突出三公尺，坡道隨著高度逐漸彎曲，呈現如碗內側的弧度，最高點與三公尺高的懸崖頂端齊平。

這個障礙是用來測試學員攀上龍的前腿並抵達座位的能力。而我太矮了。

但是我的腦海整晚都一直反覆播放著薩登說過的話：正確的方法不是唯一的方法。在太陽升起，驅散黑暗的時候，我想出了一個計劃。

我只希望自己能真的完成這個困難的計畫。

我抽出從家裡帶來的最大把的匕首，用沾滿塵土的手掌擦去額頭的汗水。然後，我忘記手掌傳來的痛楚、肩膀隱隱的刺痛，以及從柱子上跳下來時，因著陸失誤導致的膝蓋劇痛。我阻隔了所有的疼痛，把這些痛楚都鎖在一道牆壁之後──這是我這輩子做習慣的事。然後，我把全副心思都放在這段坡道上，彷彿我的生命就取決於我是否能夠成功爬上去。

這裡沒有繩子。我要穿過這個障礙，就只有一個方法。

純粹的意志力。

我開始衝刺，將自己的速度化為優勢。

我的雙腳踏過坡道時，腳步聲就如同鼓聲一般，之後坡度變得越來越陡。雖然我從未親自征服過這個障礙，但並不代表我沒有看著隊友一次又一次的爬上去。我前傾身體，讓衝力帶著我往上，跑到斜坡側邊。

我和頂端幾乎只差六十公分時，重力重新掌控了我的身體，我立刻把握這個關鍵的瞬間，猛力甩動手臂，將匕首狠狠插進斜坡光滑柔軟的木質表面，藉著匕首的支撐把自己往上拋，攀過最後的三十公分。

我的手指擦過懸崖頂端的邊緣時，肩膀傳來一陣抗議的劇痛，讓我發出一聲如動物般的哀嚎。我舉起手肘，用肘部抵著懸崖頂端，以便獲得更多施力的支點，把自己往上拉，最後，我踩在匕首的刀柄上，終於踉蹌地爬上頂端，往前趴倒。

還沒結束。

我就這樣趴著轉身面向崖壁，伸手往下探，把匕首拔出來，收進肋骨處的刀鞘，之後才搖搖晃晃地站起來。我做到了。安心感抽走了我體內所有的腎上腺素。

瑞安娜抱住我，在我大口喘氣的時候支撐著我的體重。雷迪克也從我背後抱住我，一邊大聲歡呼，一邊擠壓著我，彷彿我是三明治的內餡。如果是平常，我就會抗議，但現在我需要他們的支撐，才能用雙腳站立。

「她不能那樣做！」某個人大吼。

「哦，是喔，她剛剛就是做了！」雷迪克扭頭，手上的力道也隨之放鬆。

我的膝蓋在顫抖，但在我吸進氧氣後，膝蓋逐漸穩定下來。

「妳成功了！」瑞安娜用雙手捧住我的臉頰，棕色的眼睛閃爍著淚水。「妳成功了！」

「運氣好。」我又吸了一口氣，祈求暴衝的心跳能慢下來。「還有，腎上腺素。」

「作弊！」

我轉頭看向聲音的來源。發話的人是第三翼隊的翼隊長安柏·梅維斯，她是個有金紅色頭髮的女孩，也是戴恩去年的**密友**。她滿臉怒色，大步朝薩登走去，薩登就站在離她幾步之遙的地方，手上拿著名單，用碼表記錄著時間，看起來很無聊。

「他媽的退後，梅維斯。」蓋瑞克威脅，這個捲髮的分隊長擋在安柏和薩登中間，陽光打在他背上的兩把劍上。

「她作弊，明顯用了額外的道具，而且不是一次，是**兩次**。」安柏喊道。「這是不能容許的！我們要麼遵守規則活著，要麼就因為遵守規則而死！」

難怪她和戴恩關係那麼好——他們都深愛學院規章。

「我不喜歡有人說我的分隊隊員作弊。」蓋瑞克警告，他轉過身，壯碩的肩膀擋住了她的身影。「而且，我的**翼隊長**會自己處理他翼隊裡的違規行為。」他走到旁邊，我直接看著安柏怒瞪著我的藍色雙眼。

「索倫蓋爾？」薩登叫了我，筆懸在名冊上方，他挑起一邊眉毛，這是明晃晃的挑釁。我不只一次注意到他的衣服只縫著代表第四翼隊和翼隊長的布章，完全沒有其他人相當喜歡炫耀的布章。

「我預料到自己會因為使用繩子而被多罰三十秒。」我回答，呼吸已經穩定下來。

「那匕首呢？」安柏瞇起眼睛。「應該取消她的資格。」薩登沒有接話，因此她轉而瞪著他。「她顯然失去資格了！你不能容許自己的翼隊發生違規行為，萊爾森！」

但是薩登的目光從未離開我身上，他默默地等著我的回答。

「騎士只能帶自己背得動的東西進入學院——」我開始說。

「妳是在對**我**引用學院規章嗎？」安柏大吼。

「——而且不管他們帶了什麼，都應該隨身攜帶這些物品。」我繼續說，「因為，一旦他們帶著物品跨越石橋，這些物品就會被視為騎士身體的延伸。第三條，第六節，附錄第二條。」

我瞥向她的時候，她的藍色眼睛瞪大了。「那條附錄是為了將盜竊定為死罪而寫的。」

「沒錯。」我點頭，輪流看著她和能夠看穿我的那雙黑瑪瑙眼瞳。「但是，這條附錄也讓所有被帶過石橋的東西成為騎士身體的延伸。」我抽出那把刀刃有缺口的破舊匕首，掌心傳來一陣尖銳的疼痛。「這不是挑戰賽用的匕首。這是我帶著走過石橋的東西，所以可以視為我身體的延伸。」

他的眼神一亮，我注意到他那性感到讓人惱火的嘴勾起一絲笑意。長得**那麼**英俊卻又那麼冷酷，學院規章應該要明令禁止這種事才對。

「正確的方法不是唯一的方法。」我用他自己的話來堵他。

薩登和我四目相對。「她說到點上了，安柏。」

「那是技術性的漏洞！」

「她還是贏妳了。」薩登稍微轉過身，看了她一眼，那是我希望自己一輩子都不會收到的眼神。

「妳的思考方式就像個抄寫士。」她對我怒吼。

她的本意是侮辱，但我只是點點頭。「我知道。」

她大步離去，我重新把匕首收進刀鞘，雙手垂落在身體兩側，閉上眼睛。輕鬆感消除了壓在我肩頭的重擔。我做到了。我又通過了一場測驗。

「索倫蓋爾。」薩登叫道，我猛然睜開眼睛。「妳在滴血。」他垂下視線，目光特意留連在我的手上。

血正從我的指尖滴下來。

一看到我自己弄得傷痕累累的手掌，疼痛便突然爆發，如同暴漲的溪流那般衝破了我在心裡設置的堤壩。我的掌心已經血肉模糊了。

「處理一下。」他命令。

我點頭，往後退，加入我的小隊。瑞安娜幫我裁下我的襯衫袖子，包紮我的雙手。我也為最後兩個爬上懸崖的隊友加油。

我們都挺過來了。

龍鑑式和其他日子不一樣。這一天的空氣充滿了可能性，也很可能會瀰漫著被觸怒的龍呼出的硫磺惡臭。永遠不要直直盯著紅龍的眼睛，永遠不要在綠龍面前退縮。如果你在棕龍面前露怯……好吧，不要這樣做。

——《凱奧里上校的龍類指南》

第十二章

早晨結束時，我們只剩一百六十九人。即使加上我使用繩子的懲罰秒數，在三十六支即將參加龍鑑式的小隊中，我們依然排在第十一名。所謂的龍鑑式，就是一場幾乎會讓人嚇到尿失禁的遊行，所有學員都必須依序通過今年願意締約的龍面前，接受檢閱。

龍鐵了心要在龍盟日前剷除所有弱者，想到要和他們靠得那麼近，焦慮就讓我的雙腳開始打顫，也讓我突然希望我們是最後一名。

最快抵達臂鎧關終點的人當然是黎恩．馬利，他也因此贏得了「臂鎧關」布章。我很肯定那傢伙根本不知道該怎麼屈居第二，不過，我也不是最慢爬上終點的人，這對我來說已經夠好了。

在午後陽光的映照下，構成飛行場的箱形峽谷顯得格外雄偉壯麗。秋意盎然的草地綿延好幾里，三面環繞著聳立的山峰。我們站在山谷的入口靜靜等待著，這裡也是峽谷最狹窄的地方。我隱約能在山谷盡頭辨認出瀑布的輪廓，雖然現在的瀑布只是涓涓細流，但到了汛期，滔滔水流就會直衝而下。

樹葉正在紛紛轉為金黃，彷彿有人拿著一支只沾滿黃色顏料的畫筆，塗抹過這整片景色。

然後，那裡還有龍。

這些龍的平均身高約為七點六公尺，他們依照自己的規矩，沿著小徑排成一列。他們和小道之間的距離只有幾尺——近到足以在我們經過時評判我們。

「走吧，第二小隊，輪到你們了。」蓋瑞克說，對我們揮了揮手，這個動作讓他裸露上臂的叛軍印痕在陽光下閃閃發亮。

戴恩和其他小隊長都會留在這裡。我不知道他會因為我成功通過臂鎧關而興奮，還是會因為我鑽了規則的漏洞而失望。但我從來沒有像現在這麼興奮。

「列隊。」蓋瑞克以公事公辦的語氣命令我們。他的領導風格就是任務優先，和善其次，所以我一點都不驚訝。難怪他看起來和薩登很親近。不過，他和薩登有一點不一樣：他的制服右邊縫著一排整齊的布章，不僅有代表他是烈焰分隊長的布章，還有五個宣揚他精通多種武器的布章。

我們照著他的指令行動，這次瑞安娜和我排在隊伍後方。

遠方突然傳來一陣像呼嘯風聲的聲音，接著又驟然停止，我知道這代表龍又認為某個人不夠格了。

蓋瑞克用榛果色的眼睛掃視我們。「我希望艾托斯已經盡了他的職責，讓你們知道這是一條穿越草地的筆直小路。我建議每個人至少都和前後的人保持大約兩公尺的距離——」

「以免某個人變成火把。」雷迪克在前面小聲嘀咕。

「說得對，雷迪克。你們想擠在一起也可以，只是你們要明白，要是某條龍討厭某個人，他可能會為了除掉那個人，把所有人燒成灰燼。」蓋瑞克警告，輪流和每個人短暫四目相接。「還有，記住，你們來這裡不是為了接近龍，要是你們真的接近了龍，今晚也回不了宿舍了。」

「我可以問一個問題嗎？」站在前排的露卡問。

蓋瑞克點頭，但他的下巴微微抽動著，暗示著他的煩躁。這不能怪他，露卡也把我搞得很煩。就是因為她一直想貶低所有人，所以大部分的人才會和她保持距離。

「第四翼隊龍尾分隊的第三小隊已經回來了，我和那個小隊的一些學員聊了一下……」

「這不是一個問題。」他揚起眉毛。

嗯，他真的很惱火。

「好吧，只是，他們說裡面有一條羽尾龍？」她的聲音逐漸拔高。

「一、一隻羽尾龍？」站在我正前方的泰南結結巴巴地說，「哪個天殺的笨蛋會想和一條羽尾龍締約啊？」

我翻白眼，瑞安娜也搖了搖頭。

「凱奧里教授從來沒跟我們說會有一條羽尾龍。」索伊爾說，「我很確定，因為我記住了教授投影給我們看的每一條龍。全部一百隻龍。」

「好吧，那看來現在有一百零一隻龍了。」蓋瑞克回答，他看著我們的眼神，就像我們是一群他想快點擺脫的孩子，之後他轉頭看了一眼山谷的入口。「放輕鬆。羽尾龍不會和人類締約。我甚至不記得上次有人在山谷外看到一條羽尾龍是什麼時候了。牠可能只是好奇而已。輪到你們了。留在道路上。往前走，等整個小隊都走到終點，再往回走。從現在開始，事情只會越來越難，小鬼們。所以，如果你們連這些簡單的指令都做不到，那接下來你們在裡面發生任何事，都是你們活該。」他轉身走向峽谷山壁前的一條小徑，龍群就在那裡。

我們跟著他，離開其他一年級生聚集的地方。微風齧咬著我裸露的雙肩——因為我和瑞安娜把兩隻袖子都撕下來包紮手掌了，不過，手掌的血終於止住了。

「他們就交給妳了。」蓋瑞克對學院中的高階翼隊長說。在戰爭簡論課上，我曾看過這個女人和薩登小聲交談過幾次。她今天的制服肩膀上，還是有她標誌性的尖刺，不過這次是金色的，看起來尖得要命——彷彿她想在今天再加一點氣場。

她點點頭，讓他離開了。「排成單行縱隊。」

我們隨機交錯，排成一列。瑞安娜在我後面，泰南在我前面，這代表我整路都得一直洗耳恭聽他的評論。**真是太棒了**。

「說話。」這位高階翼隊長說，雙手交叉抱在胸前。

「今天真是個適合龍鑑式的好日子。」雷迪克開玩笑地說。

「不是對我說話。」這位高階翼隊長瞇眼盯著雷迪克，然後指向我們這排學員。「你們走在路上時，要和前後的隊友說話，這能幫助龍了解你們的特質，以及你們和其他人相處的狀況。聊天的頻率和締約的成功率有關。」

現在我想要換位置了。

「你們可以隨意看著龍，尤其是他們炫耀尾巴的時候，但如果你們珍惜自己的性命，我建議你們不要對上龍的眼睛。如果你們面前有一塊燒焦的痕跡，先確定沒有還在燃燒的東西，再繼續前進。」她沉默了一會兒，確保我們真的聽進了這個建議，才又補了一句：「散步後見。」

她揮揮手，側身讓開，露出通往山谷中央的泥土小徑。決定在今年締約的那一百零一隻龍，就在前方一動也不動地坐著，看起來就像石像鬼。

隊伍開始前進了，我們都等前面的人走出兩公尺後，才開始往前走。

我對自己踏出的每一步都特別敏感。腳下的路面很硬，而且空氣中還瀰漫著一股揮之不去的硫磺氣味。

我們一開始先經過了三條紅龍，他們的爪子幾乎有我的一半大。

「我甚至看不到他們的尾巴！」泰南在我前面大吼。「那我們要怎麼知道他們是什麼品種？」

走過這些紅龍旁邊時，我的視線一直和他們巨大而強壯的肩膀齊平。「我們不應該知道他們的品種。」我回答。

「操他媽的。」他轉頭說，「我得知道我要在龍盟日那天接近哪條龍。」

「我很確定這場短短的散步就是為了讓**他們**決定這件事。」我回他。

「希望某條龍會決定你沒辦法活到龍盟日。」瑞安娜說，她的聲音很輕，就連我都只是剛好聽見而已。

經過兩條棕龍時，我笑了起來。他們的體型都比我母親的艾希爾要小一點，但其實差不多。

「他們比我想像得還要大一點。」瑞安娜說，聲音逐漸拔高。「通過石橋後，我當然看到那些停在城牆上的龍了，但是……」

我扭頭看她，發現她睜大雙眼，目光一直在道路和龍群之間來回飄移。她在緊張。

「所以妳已經知道妳會有個外甥還是外甥女了嗎？」我一邊問她，一邊繼續往前走，經過幾隻橘龍。

「什麼？」她反問我。

「我聽說有些治療師可以在懷孕後期準確猜出胎兒的性別。」

「喔，沒有。」她說，「完全不知道。雖然我有點希望她會生個女兒。我想等我們結束這學年的課，可以寫信給家人的時候，我就會知道了。」

「那就是一條狗屁規則。」我轉頭告訴她，並且在不小心和一條橘龍對上眼後立刻低下視線。**正常呼吸。把恐懼吞下去**。恐懼和脆弱會讓我被殺，而且我已經在流血了，所以目前的機率對我來說不太有利。

「妳不覺得這條規定能增強我們對翼隊的忠誠度嗎？」瑞安娜問。

「我覺得，不管我有沒有收到我姊的信，我都會對她忠誠。」我反駁。「有些羈絆是不滅的。」

「我也會對妳姊忠誠。」泰南說，整個人轉了過來，一邊倒退著走，一邊咧嘴笑著。「她是個超讚的騎士，還有她的**屁股**。我在跨越石橋之前看到她了。要命喔，薇奧蕾，她有夠**辣**。」

我們又經過了一群紅龍，接著是一隻棕龍和一對綠龍。

「轉過去。」我用手指做出旋轉的動作。「米拉輕輕鬆鬆就能把你打掛，泰南。」

「我只是在想，為什麼妳們明明是姊妹，其中一個卻拿走了所有優點，讓另一個只撿到剩下的垃圾。」他的目光往下，打量我的身體。

一陣噁心讓我全身顫抖。

「你是個王八蛋。」我對他比中指。

「只是說說。也許在我們得到寫信的權利後，我會親自寫一封信給她。」他轉身繼續往前走。

「外甥也不錯。」瑞安娜說，好像對話從沒被打斷過。「男孩也不算太糟。」

「我哥很棒，但說到和小男孩一起長大的經驗，我也只有他和戴恩可參考。」隨著我們經過更多龍，我的呼吸也開始穩定下來。硫磺的味道消失了，也或許只是我習慣了。他們和我們靠得夠近，足以把我們點燃，那六個燒焦的痕跡證明了這一點，但我卻聽不見他們的呼吸聲，也感受不到他們的氣息。「雖然我覺得，戴恩可能比大多數的小孩更守規矩。他喜歡秩序，也痛恨所有無法完美符合他計畫的事物。他之後可能會和安柏·梅維斯一樣批評我爬上臂鎧關的方法。」

我們已經走了一半，並且繼續前進。

龍群盯著我們的樣子是不是天殺的可怕？絕對如此，但他們跟我們一樣想在這裡，所以我至少希望他們會明智使用自己噴火的能力。

「妳為什麼不把妳要用繩子的事告訴我？還有妳那把匕首的事？」瑞安娜問，她的語氣充滿委屈。「妳知道妳可以信任我。」

「我昨天才想出這些方法。」我回答，特意轉頭看著她。「而且，如果這些計畫失敗了，我不想讓妳變成共犯。妳在這裡很有前途，要是我失敗了，我不想把妳拉下水。」

「我不需要妳的保護。」

「我知道，但朋友就是會為彼此這樣做，小瑞。」經過三隻棕龍的時候，我聳聳肩說。之後有好幾分鐘，我們都沒再說話，只能聽見靴子踩在黑色碎石路面發出的輕微腳步聲。

「妳還有其他祕密嗎？」瑞安娜最後問。

我想到薩登和他那個遺印者聚會，心中充滿了罪惡感。「我想，妳不可能知道一個人的所有事。」我感覺很糟，但至少這不算說謊。

她嗤笑了一聲。「這根本就是轉移話題。不然這樣呢？答應我，妳在需要幫助的時候，妳會讓我幫妳。」

雖然我們正經過一群可怕的綠龍，但我的臉上仍綻開一個微笑。「這樣好了。」我轉頭說。「我保證，如果我需要妳能提供的幫助，我就會向妳求助，但前提是——」我豎起食指。「——妳也要答應會這樣做。」

「好。」她露出燦爛的微笑。

「妳們兩個發好誓了嗎？」泰南譏笑道，「因為我擔心妳們沒發現我們就要走到盡頭了。」

他在路中間停下腳步，目光往右掃。「而且我還沒想好我要選哪隻龍。」

「像你這麼自大，我很確定任何和你建立精神連結、直到你死掉那天的龍，都會覺得自己很幸運。」不管是哪條龍選了他，我都深感同情——如果真的有這種龍的話。

其他隊友都站在道路末端，雖然面對著我們，但他們的注意力都集中在我們的右方。

我們經過最後一條棕龍時，我倒抽了一口氣。

「什麼鬼？」泰南死死盯著看。

「繼續走。」我命令他，但我也沒辦法移開視線。

一條**金色的**小龍站在龍隊伍的末端。牠昂首挺立，輕甩著放在身側的羽尾，鱗片和角反射著陽光。**牠就是那條羽尾龍**。

牠打量著我們時，鋒利的牙齒和快速轉動的頭讓我看得目瞪口呆。牠挺直身體的時候，大概也只比我高幾十公分，就像他旁邊那條棕龍的完美縮小版。

我直接撞上了泰南的背，讓我嚇了一跳。我們已經抵達道路的盡頭，和等待的隊友們會合了。

「滾開，索倫蓋爾。」泰南嘶聲說，把我往後推。「哪個白痴會和那玩意締約啊？」

我的胸口一緊。「牠們聽得到你說話。」我提醒他。

「牠是他媽的**黃色**。」露卡直接指著那條金龍，厭惡讓她的嘴角微微抽動。「牠不只明顯小到無法載著騎士戰鬥，甚至弱小到沒辦法擁有真正的顏色。」

「也許出了什麼差錯。」索伊爾輕聲說，「牠可能是一條年幼的橘龍。」

「牠已經成年了。」瑞安娜反駁。「其他龍不可能允許幼龍締約。從來沒有人類能親眼**看見**幼龍。」

「這的確是個錯誤。」泰南看著那條金龍，譏笑道，「妳真的應該和牠締約，索倫蓋爾。你們都弱得離譜，簡直是天作之合。」

「牠看起來強大到足以燒死你。」我反駁，臉頰漲紅。他不只在我們小隊面前說我很**弱**，還當著**龍群**的面。

索伊爾一個箭步卡進我們中間，抓住泰南的衣領。「永遠都別這樣說你的隊友，尤其是在還沒締約的龍面前。」

「放手啦，他只是把我們心裡想的事情說出來而已啊。」露卡小聲說。

我緩緩轉身盯著她，嘴巴微微張著。難道我們一離開高年級生的聽力範圍，就是會發生這種事嗎？我們對峙著。

「怎樣啦？」她指著我的頭髮。「妳的頭髮有一半是銀色的，而且妳又很……嬌小。」她說完這句話的時候，臉上堆滿假笑。「牠是金色的，而且也……很小。你們很配啊。」

崔娜把手搭在索伊爾的手臂上。「不要在牠們前面犯錯，我們不知道牠們會做什麼。」她悄聲說。而且現在我們都站在一起。

索伊爾放開泰南的衣領時，我稍微往後退了一點。

「應該要有人在牠締約之前殺了牠。」泰南啐了一口。這是我人生第一次真的想對某個人落井下石……而且會砸到他們再也站不起來為止。「牠只會害死自己的騎士，而且，要是牠想和我們締約，我們也沒有選擇的餘地。」

「你現在才發現這件事嗎？」雷迪克搖頭。

「我們應該回去了。」普萊爾說，目光掠過大家。「我是說……如果你們覺得我們該回去的話。當然，我們也可以再待一下。」

「拜託，這輩子好歹他媽的做一次決定吧，普萊爾。」泰南說，推開普萊爾，開始沿著小徑往回走。

我們一個一個跟上，和彼此保持建議的距離。這次瑞安娜在我前面，雷迪克在我後面，露卡則是最後一個。

「牠們真的很驚人，對吧？」雷迪克說，他聲音中的驚嘆讓我不禁微笑。

「真的。」我同意。

「但在跨越石橋那天看到那隻藍龍以後，這些龍相較之下都有點普通。」露卡的聲音一路傳到瑞安娜耳中，讓她轉頭驚訝地看著露卡。

「這情況已經夠讓人崩潰了，妳還要侮辱牠們嗎？」小瑞問。

我必須快點止住這個話題。「我覺得，至少事情還沒更糟糕。我們也有可能經過一排雙足飛龍，對吧？」

「哦，拜託，薇奧蕾，就給我們說個聽了會緊張兮兮的故事吧。」露卡嘲諷地說，「讓我猜猜。『雙足飛龍』是獅鷲騎士組成的某種菁英小隊。因為我們在某場戰役中做出的精采表現，這支小隊應運而生，而詳細的資訊只有妳那個抄寫士的大腦記得住。」

「妳不知道什麼是雙足飛龍嗎？」小瑞問，繼續往前走。「露卡，妳爸媽沒有為妳講過睡前故事嗎？」

「哦，就為我指點迷津吧。」露卡拖長聲音說。

我翻了個白眼，繼續沿著小路往前走。「雙足飛龍是民間傳說。」我轉頭說，「雙足飛龍長得像龍，但更大隻，也只有兩隻腳。牠們的脖子上有一排鋒利的羽毛，喜歡吃人類，這點和龍不一樣。龍覺得我們有點腥。」

「我媽以前很喜歡對我和我妹瑞根說，如果我們頂嘴，雙足飛龍就會直接從前廊把我們抓走；如果我們偷拿不該拿的點心，牠們那些眼神詭異的騎士『危靈』就會把我們抓去關起來。」小瑞說，朝我露出一個笑容，我不禁注意到她的腳步變得輕快了。

我的腳步也同樣變得輕盈。雖然我可以意識到我們經過的每一條龍，但我的心跳卻很穩定。「以前，我爸每天晚上都會讀這些傳說故事給我聽。」我告訴她。「我有一次還很認真的問他，媽媽會不會變成危靈，因為她可以汲取魔力。」

瑞安娜咯咯笑了起來，此時我們經過了一群怒瞪著我們的紅龍。「據說只有直接從魔法本源汲取魔力的人，才會變成危靈。他有告訴妳這件事嗎？」

「有，但那時我們駐紮在東部邊境附近，我媽經歷了一個漫漫長夜，眼睛都充血泛紅了，所以我嚇得要死，開始尖叫。」我忍不住因為這個回憶微笑。「前哨基地的所有守衛都跑了過來，結果她沒收了我的神話故事集，過了**一個月**才還我，那時候我躲在我哥後面，他一直笑個不停，嗯……反正就是一片混亂。」一條巨大的橘龍在我經過時嗅聞著空氣，我讓目光保持在正前方。

瑞安娜笑到肩膀都在顫抖。「我真希望我們小時候也有那種書。我敢肯定，每次我們違反規矩，我媽都會改編故事來嚇唬我們。」

「這聽起來只是邊境村莊流傳的胡說八道。」露卡嘲諷地說，「危靈？雙足飛龍？受過一丁點教育的人都知道，我們的結界會阻礙所有龍以外的魔法。」

「這些只是**故事**而已，露卡。」小瑞轉頭告訴她，我突然意識到我們已經走了好遠了。「普萊爾，如果你想走快一點，就快一點吧。」

「也許我們應該放慢腳步，好好享受？」普萊爾走在瑞安娜前頭，他的掌心在制服兩側摩擦。「或者，我覺得，如果我們想離開這裡，我們可以走快一點。」

一隻紅龍走出隊伍，朝我們伸出利爪，恐懼席捲我全身，讓我如墜冰窟。「不要，不要，拜託。」我輕聲說，僵在原地，但已經太遲了。

那隻紅龍張開嘴巴，露出銳利閃亮的牙齒，舌頭兩側湧出火焰，劃過空氣，直衝向瑞安娜前方的道路。

她驚慌地喊了一聲。

熱浪灼燒著我的臉。

然後就結束了。

硫磺的氣味，燒焦草皮的氣味，還有……燒焦的……**某種東西**的味道，都一起竄入我的肺部，然後，我看到瑞安娜前面出現了一小塊燒焦的地面。

「妳沒事吧？小瑞？」我往前方喊。

她點頭，但她的動作倉促又僵硬。「普萊爾他……他……」

普萊爾死了。我的嘴巴充滿了口水，這是嘔吐的前兆，但我用鼻子吸氣，用嘴巴吐氣，直到反胃的感覺消失。

「繼續往前走！」在更前方的索伊爾大喊。

「沒事的，小瑞。妳就只要……」她就只要**幹嘛**？跨過普萊爾的屍體嗎？那裡還有屍體嗎？

「火滅了。」瑞安娜轉頭告訴我。

我點頭，因為我也想不出能安撫她的話。

天殺的，我們就像螻蟻一樣卑微。

她繼續往前走，我跟上她的腳步，避開那堆曾是普萊爾的灰燼。

「哦眾神啊，這個**味道**。」露卡抱怨。

「妳就不能稍微有點禮貌嗎？」我厲聲說，轉身要瞪她，但雷迪克的臉色讓我暫停了動作。

他的眼睛瞪得像茶托一樣大，嘴巴也張得大大的。「薇奧蕾。」

他的聲音很輕，有一瞬間，我分不出來自己到底是聽見了他的聲音，還是從他的嘴型辨認出他在叫我。

「薇——」

一陣溫暖的蒸氣吹著我的後頸。我的心臟瘋狂跳動，我吸了一口氣——可能是這輩子的最後一口氣，之後才轉身面對那排龍。

我直接看進了金色的眼瞳——不只一隻，兩隻綠龍占據了我全部的視野。

哦。幹。

接近綠龍時，要低垂視線，表示恭敬和懇求，等待他們的認可。這不就是我讀到的嗎？

我垂下目光，其中一條綠龍又對我噴了一口氣。他的呼吸很燙，也潮濕到讓人驚訝，但我還沒死，所以這還算不錯。

右邊那條綠龍的喉嚨滾動著，發出一陣低沉的咯咯笑聲。等一下，這是我一直在等的、代表認可的聲音嗎？可惡，要是我之前問過米拉就好了。

米拉。她讀到死亡名單的時候一定會崩潰。

我抬起頭，倒吸一口涼氣。這兩條綠龍離我更近了。左邊那條龍用巨大的鼻子輕推我的手，但我不知為何還成功站在原地。我的身子往後傾，用腳跟保持平衡，以免往後摔倒。

綠龍是最講道理的。

「我在爬障礙訓練賽道的時候割傷了手掌。」我高舉手掌，彷彿牠們能看透裹住我傷口的黑色布料。

右邊那條龍直接用鼻子頂著我的胸部，又叫了一聲。

什。麼。鬼。

牠吸了一口氣，喉嚨又發出了那種聲音，此時，左邊那條龍也用鼻子推擠著我的肋骨，我只好抬起雙臂，以免牠們突然想要咬我一口。

「薇奧蕾！」瑞安娜用氣音喊我。

「我沒事！」我也喊回去，然後皺起眉頭，希望我不會因為在他們耳朵旁邊大喊大叫，決定了自己的命運。

又是一陣噴氣聲。然後又是一陣咯咯笑聲，牠們好像在一邊聞我，一邊交談。

鼻子頂在我手臂下方的那條龍，現在把鼻子移到我的背後，又聞了一下。

我突然明白了，不合時宜地爆出一聲緊繃的笑聲。「你們是不是聞到泰恩的味道了？」我小聲問。

牠們都往後退，距離剛好能讓我直接看著牠們的金色眼睛，但牠們都沒有張開嘴，給了我繼續說話的勇氣。

「我是米拉的妹妹，我叫薇奧蕾。」我緩緩放下手臂，撫摸這件已經沾滿鼻涕的背心，下面精心縫著一層護甲。「她收集了泰恩去年蛻皮後的鱗片，把它們縮小，這樣她就能把鱗片縫進背心，保護我的安全。」

右邊那條綠龍眨了眨眼。

左邊那條綠龍又把鼻子伸了過來，大聲地嗅著。

「這些鱗片已經救過我好幾次了。」我輕聲說，「但是沒有人知道這件背心裡頭有鱗片，只有米拉和泰恩知道。」

兩條龍都對我眨眼，我垂下視線，也低下頭，因為這感覺是正確的舉動。凱奧里教授教了我們接近龍的各種方法，卻完全沒有教我們該如何脫身。

牠們一步一步往後退，我用眼角餘光看見牠們回到隊伍裡後，才終於抬起頭。

我深深吸了好幾口氣，試著繃緊肌肉，不讓身體發抖。

「薇奧蕾。」瑞安娜就在我前面幾公尺的地方，她的雙眼滿是恐懼。剛剛她一定就站在牠們的頭後面。

「我沒事。」我強迫自己擠出微笑，對她點點頭。「我的背心下面有一層龍鱗護甲。」我低聲告訴她。「牠們聞到我姊姊的龍的味道了。」如果她想要信任，這就是了。「拜託別告訴任何人。」

「我不會說出去的。」她也輕聲回答。「妳沒事吧？」

「除了被嚇到折壽好幾年以外，一點事都沒有。」我笑起來，聲音顫抖，聽起來幾乎有點歇斯底里。

「我們離開這裡吧。」她吞了吞口水，視線投向那排龍。

「好主意。」

她轉身走回自己的位置，我一和她拉開足夠的安全距離，就立刻邁開腳步。

「我覺得我已經嚇到大在褲子上了。」我們穿越平原時，雷迪克這樣說，讓我的笑聲變得更尖銳了。

「老實說，我以為牠們是要把妳吃了。」露卡發表感想。

「我也是。」我承認。

「我不會怪牠們。」露卡繼續說。

「妳真的很煩欸。」雷迪克回頭喊道。

我把注意力放在道路上，繼續往前走。

「怎樣？她很明顯就是我們小隊裡面的破口啊，只有普萊爾比她弱而已。我可以理解龍為什麼會把他燒成灰。」她爭辯。「他永遠都沒辦法做決定，沒有龍想要這種人當自己的騎士——」

一股熱氣灼燒著我的背，我停下腳步。

不要是雷迪克。拜託不要——

「我猜龍也受不了她了。」雷迪克小聲說。

我們的小隊只剩下六個一年級生了。

親身體驗龍盟日，是世界上最讓人謙卑和敬畏的經驗……至少，對那些活過龍盟日的人來說是如此。

——《凱奧里上校的龍類指南》

第十三章

龍盟日總是落在十月一號。

不管那年的十月一號是星期一、星期三或星期日都無所謂。在十月一號這一天，騎士學院的所有一年級生都會走進碉堡西南方那植被茂密的碗狀峽谷，並暗自祈禱自己能活著出來。

今天我絕對不會死。

我今天早上完全沒有吃東西，現在我則相當同情雷迪克——他站在我右手邊的一棵樹下，正在把胃裡的東西全都吐出來。

瑞安娜背上綁著一把劍，她一邊輕跳，一邊將手橫過胸前，用另一隻手的上臂扣住手肘，輪流伸展兩隻手。劍柄隨著她的動作輕輕拍打著她的脊椎。

「你們要記得聽從自己的心。」凱奧里教授站在我們這一百四十七個新生面前，邊說邊拍打著自己的胸口。「如果你們被龍選中了，牠們就會呼喚你。」他又用力拍了拍心口。「所以，你們不只要注意周遭的環境，也要注意你們的感覺，更要順從這些感覺。」他皺了皺臉。「如果你們的感覺要你們往別的方向走……記得也要聽從這個直覺。」

「妳要去找哪條龍？」瑞安娜小聲問我。

「我不知道。」我搖搖頭，無法甩掉壓在心頭的明顯挫敗感。米拉在龍盟日這天，已經知道她想要去找泰恩了。

「妳已經記住所有龍了吧？」她挑眉問我。「所以妳應該知道峽谷裡面會有哪些龍？」

「嗯，我只是沒有和任何龍產生**共鳴**，連一條都沒有。」這好過和其他騎士看上的龍產生共鳴。我今天沒有和人戰鬥到死的慾望。「戴恩試圖說服我選一條棕龍。」

「在戴恩試圖說服妳**離開**這裡的時候，他的話就已經沒什麼參考價值了。」她反駁。

她說的也很有道理。龍鑑式結束後，這兩天我只和他說過一次話，而且他在五分鐘之內就開始說服我逃跑。今天早上，我們只見到了教授們，但我知道二年級生和三年級生都已四散在峽谷裡，以便觀察。「那妳呢？」

她笑了。「我想要那條綠龍。就是上次擠到妳面前，但比較靠近我的那一條。」

「嗯，牠沒把妳吃掉，所以是個有希望的開始。」儘管恐懼在我的血管中流竄，我還是擠出微笑。

「我也這樣覺得。」她勾住我的手臂，我也重新將注意力放回凱奧里教授的話上。

「如果你們成群結隊，那麼，比起成功締約，你們更可能全都被燒成灰燼。」凱奧里教授和某個站在山谷中央附近的人爭執了一下。「抄寫士已經統計過數據了，你們最好各自行動。」

「如果我們在晚餐前還沒被任何一條龍選上呢？」一個站在我左邊、留著短鬍子的男人問。

我的視線越過他，看見傑克．巴洛一邊用手指劃過自己的脖子，一邊看著我。真是充滿創意呢。然後，歐倫和泰南也分別站到他的左右兩邊。

對小隊的忠誠心就到此為止了。今天所有人都得自力更生。

「如果你們到晚上還沒有被選上，那就有問題了。」凱奧里教授回答，他濃密的小鬍子兩邊都垂了下來。「教授或高年級的領導者會把你們帶出峽谷，所以不要放棄，也不要以為我們已經忘記你們了。」他看了看懷錶，確認時間。「記得要分散行動，把峽谷的每一寸土地都化為自己的優勢。現在是九點，這代表龍群隨時都可能飛進來。我想給你們的最後一句話，就是『祝你們好運』。」他點點頭，掃視我們全體，他的眼神如此凌厲，讓我知道他以後能夠用投影重現今天的場景。

然後他就離開了，大步往我們右方的山丘走去，消失在樹林之中。

我的腦袋塞滿思緒，一團混亂。時候到了。我要不是以騎士的身分離開這座森林，就是……可能永遠無法活著走出去。

「小心點。」瑞安娜把我拉進懷抱，她收緊雙臂，辮子掃過我的肩膀。

「妳也是。」我也緊緊抱住她，卻立刻被另一雙手臂環住了。

「別死了。」雷迪克命令我。

我們小隊僅剩的成員分散開來時，這就是我們心中唯一的目標。每個人都朝不同方向前進，就像被旋轉的輪子甩出去一樣，全憑運氣擺佈。

從太陽懸掛的位置來看，自從龍群飛過我們頭頂，發出轟鳴依序降落在山谷內，讓大地為之震動以後，至少已經過了幾個小時。

我已經遇見了兩隻綠龍、一隻棕龍、四隻橘龍，還有——

一隻紅龍踏進了我的視野，他的頭只比那片巨樹組成的森林樹冠低一點。看到牠的那一刻，我的心臟就停了一拍，雙腳也定在原地，無法動彈。

這不是我的龍。我不知道自己是怎麼知道的，但我就是知道。

他的頭先往右轉，又往左轉，我屏住呼吸，試著不發出任何聲音，低下頭，一直盯著地面。

在過去的一小時左右，我已經看見好幾條龍把新生載在背上飛入空中，他們現在是騎士了，但我看見了更多縷煙霧，我一點都不想變成那樣。

紅龍噴出一口氣，接著繼續走自己的路，牠的棒尾輕輕往上甩了一下，勾住了一根低垂的樹枝。樹枝掉到地上時，發出巨大的撞擊聲。直到龍的腳步聲逐漸遠去，我才終於抬起頭。

現在我已經遇見所有顏色的龍了，但沒有一條龍和我說話，我也沒有感受到任何據說我們應該會感受到的共鳴。

我的心沉了下去。萬一我就是注定沒辦法成為騎士的新生呢？一個不停被打回一年級重新來過，直到被什麼人或什麼東西殺死，進入死亡名單的新生？難道這一切都只是徒勞嗎？

這個想法太沉重了，讓我難以承受。

也許，如果我能看看峽谷，就能感受到凱奧里教授剛剛講的那種感覺了。

我找到了離我最近又爬得上去的樹，開始往上爬，越過一根又一根的樹枝。我的掌心傳來陣陣疼痛，但我沒有因此分心。然而，樹皮勾住了我手掌包紮的布……讓我不得不暫停攀爬，真是煩死了。每爬幾公尺，我就得停下來，把布條和樹皮分開。

我很確定上方的樹枝沒辦法承受我的體重，所以我停在離樹頂四分之三的地方，觀察附近的環境。

我一下子就發現左邊有幾條綠龍，秋天的葉子顏色讓牠們變得格外醒目。奇怪的是，這是一年中橘龍、棕龍和紅龍最可能融入自然景色的時候。我觀察著樹木的動靜，發現正南方還有幾隻龍，但我並沒有被牠們吸引，也沒有必須往那裡去的衝動，這大概代表牠們也不是我的龍。

我數了數，發現至少有六個一年級生正在漫無目的地遊蕩，這讓我羞愧地鬆了一口氣。他們還沒找到自己的龍，我不應該因此高興，但至少我不是唯一一個了，這給了我希望。

北方的樹林中有一塊空地，我瞇起眼睛，看見一道像鏡子反射陽光的閃光。

或者說，像一條金龍反射的陽光。

看來那條小小的羽尾龍還待在這裡，滿足自己的好奇心。顯然我不會在樹上找到自己的龍，所以我小心地爬下樹，盡可能不發出一點聲音。但我的腳才剛碰到地面，就聽見幾道聲音越靠越近，我緊貼在樹幹後面，以免被來人看見。

我們不應該集體行動。

「我就說我看到牠往這裡跑了。」我立刻就認出這個得意洋洋的聲音是泰南的。

「你最好是對的，因為如果我們操他媽的走了這麼遠，卻什麼都沒發現，我就會宰了你。」我的胃揪成一團。這是傑克的聲音。只有他的聲音會引發這種生理反應，就連薩登的聲音也做不到這一點。

「你真的覺得我們不應該把時間花在找自己的龍，而是用來抓住那個怪胎嗎？」我覺得這個聲音有點熟悉，但為了確定，我還是探身查看。對，這是歐倫。

他們三個經過時，我迅速躲回樹幹後面。他們都帶著一把致命的長劍。我身上總共有九把匕首，都藏在不同地方，所以我也不是手無寸鐵，但我無法有效使用劍這件事，讓我覺得自己處於極大的劣勢。劍都該死的太重了。

等等，他們說自己在幹什麼？打獵？

「我們的龍又不會和其他騎士締約。」傑克厲聲說。

「牠們會等我們。我們一定得搞定這件事。那隻瘦弱的東西會害死牠的騎士，我們必須弄死牠。」

我的胃翻攪起來，讓我一陣噁心，指甲深深陷入掌心之中。他們要去殺掉那條小金龍。

「如果被發現，我們就死定了。」歐倫說。

這還只是輕描淡寫的說法。我不覺得龍會欣然接受同胞遇害一事，但他們似乎又很熱衷於淘汰虛弱的人類，所以，如果他們用相同的態度對待同胞，也不是太超乎想像。

「那你最好閉上嘴，別讓任何人聽到我們在講話。」泰南嗆他，他拔高聲音，那嘲諷的語氣讓我想一拳揍在他臉上。

「這是最好的做法。」傑克的語氣變得低沉。「那條龍不能騎，是個貨真價實的怪胎，你們也知道，羽尾龍在戰鬥中就是廢物。牠們不願意戰鬥。」隨著他們往北方遠去，他的聲音也逐漸變小。

他們朝著那片林間空地前進。

「該死。」即使現在那三個混蛋已經離開聽力範圍了，我的音量還是很小。沒有人知道關於羽尾龍的任何事，所以我不知道傑克是從哪裡聽來那些資訊的，但現在我沒時間思考他的臆測了。

我沒有聯絡凱奧里教授的方法，也沒有發現高年級騎士正在監看我們的任何跡象，所以我也沒辦法指望他們阻止這件瘋狂的事。那條金龍應該會噴火吧？但萬一牠不會怎麼辦？

他們也有可能找不到那條龍，但是……該死，就連我自己都不相信這句話。他們朝著正確的方向前進，而且那條金龍就像是一座發光的燈塔。他們會找到牠的。

我垂下肩膀，對著天空沮喪地嘆了一口氣。

我不能就站在這裡，什麼都不做。

妳可以先去那裡警告那條龍。

這是個不錯的計畫，而且也比第二個選擇好得多——第二個選項是，我不得不和三個男人戰鬥，他們不僅都有武器，體重加起來還至少比我多九十公斤。

我選擇和傑克那群人稍微不同的路線，安靜地跑過森林。幸好我從小就和戴恩在森林裡玩捉迷藏，這是我可以自信宣稱自己是專家的領域之一。

他們比我先出發，所以一開始就領先我一步，而且那片空地也比我預估的還要近，我加快速度，來回看著這條落葉覆蓋的小路和左邊，我認為他們——不，他們確實就在我的左前方，我可以辨認出遠方那三個笨重的人影。

我聽到「啪」的一聲，接著腳下的大地突然消失了一瞬，旋即猛然撞向我的臉。上一秒我才伸出雙手支撐自己，下一秒就直接撞在林地上。腳踝傳來尖銳的劇痛，我咬住下嘴唇，忍著不叫出來。劈啪聲很糟糕。從來都沒好事。

我回頭看了一眼，咒罵那根埋在秋天落葉堆裡的樹枝，它害我的腳踝受重傷了，可惡。

阻隔疼痛，阻隔它。但是，當我拖起身子跪著，再小心地站起來，用左腳支撐重量的時候，沒有任何心理技巧足以隔絕這陣讓我反胃的劇痛。

我沒有其他選擇，只能咬緊牙關，一瘸一拐地走完最後的幾公尺，抵達空地。我比傑克先到達這裡，這讓我獲得一絲滿足，差點露出微笑。

這片草地大到可以容納十隻龍，草地邊緣佇立著幾棵巨樹，那隻金龍就獨自站在草地正中央，彷彿試著在這裡做日光浴。牠就像我記憶中的一樣美麗，但除非牠會噴火，否則牠就只是個活靶。

「你必須離開這裡！」我躲在樹林裡嘶聲說，我很確定牠能聽到我的聲音。「要是你不離開這裡，他們就會殺了你！」

牠轉頭看我，然後歪著頭，角度傾斜到讓我看著都覺得脖子痛。

「對！」我大聲用氣音說。「就是說你！小金！」

牠眨眨金色的雙眼，之後又咻咻地揮了揮尾巴。

你一定是在他媽的開玩笑吧。

「離開這裡！跑走！飛走！」我做勢驅趕牠，但之後我想起牠是條該死的龍，光用爪子就能把我撕成碎片，所以我放下了手。進展不太順利。完全和預期**相反**。

南邊的樹林發出沙沙聲，傑克走進了空地，他用右手持劍，揮舞著武器。他往前走了一步，緊接著歐倫和泰南也出現在他左右兩邊，也都已經拔劍出鞘了。

「該死。」我低咒一聲，胸口一緊。現在情況真的變得很**糟糕**了。

金龍猛然轉頭望著他們，從胸膛發出隆隆的低吼。

「我們不會讓你感受到痛苦。」傑克保證，彷彿這樣就能合理化他的謀殺。

「把他們烤焦。」我對龍低喊，隨著他們步步進逼，我的心臟也跳得越來越快。但金龍並沒有照著我的話做，而我也不知為何打從骨子裡知道牠無法噴火。在三個訓練有素的戰士面前，除了牠的牙齒以外，牠毫無自衛手段。

這條龍就要死了，就只因為牠比其他龍更小隻、更脆弱……就像我一樣。我的喉嚨一緊。

金龍往後退，咆哮聲越來越大，還露出了牙齒。

我的胃一陣翻騰，心中湧起了和跨越石橋時一樣的感覺——不管我接下來做什麼，都很有可能會結束自己的生命。

但是，我還是要這樣做，因為他們的行為是**錯**的。

「你們不能這樣做！」我一踏入高至小腿的草地，傑克就立刻把注意力轉到我身上。為了不讓他們發現我跛了，我用受傷的腳踝支撐體重往前走，腳踝一陣一陣的抽痛著，劇痛直接沿著我的脊椎往上竄，讓我的牙齒打顫。不能讓他們知道我受傷了，否則他們會更快發動攻擊。

要是一個一個單挑，我還有機會絆住他們，為金龍爭取到足夠的逃跑時間，但要是他們一起上……

別想了。

「哦，看哪！」傑克咧嘴一笑，用劍尖指著我。「我們可以同時除掉兩個最脆弱的破口了！」他看著自己的兩個朋友，然後大笑起來，阻止他們繼續前進。

每一步都比上一步更痛，但我還是走到空地中央，擋在傑克那夥人和金龍之間。

「我已經等這一天等很久了，索倫蓋爾。」他慢慢走過來。

「要是你會飛的話，現在就是時候了。」我面向前方，轉頭對那條小龍大吼，同時從肋骨處的刀鞘抽出兩把匕首。

龍噴出一口氣。真是太有用了。

「你們不能殺龍。」我試著和他們講道理，對他們搖搖頭，恐懼讓腎上腺素迅速充斥我的血管。

「我們當然可以。」傑克聳肩，但歐倫看起來有點遲疑。所以，當他們在大約三公尺外的地方稍微分開，擺出完美的攻擊陣型時，我直直盯著他。

「你們不能這樣做。」我直接對歐倫說，「這樣做就違背了我們信仰的一切！」

歐倫縮了一下，但傑克沒有。

「讓這麼**脆弱**、毫無戰鬥能力的東西活下去，才是違背我們的信仰！」傑克大吼，我知道他不只在說這條龍。

「那你們得先通過我這關。」我舉起兩把匕首，翻轉其中一把，捏住刀鋒，測量著我和這三個攻擊者之間的距離，準備投擲，我的心臟重重跳著，彷彿就要衝出肋骨。

「我不覺得這會是什麼問題。」傑克齜牙低吼。

他們都舉起劍，我深吸一口氣，準備投入戰鬥。這不是在訓練墊上。這裡沒有老師，沒有投降，沒有任何東西能阻止他們殺了我……殺了我們。

「我非常建議你們要三思而後行。」一道聲音——**他的**聲音——從我右邊對面傳來。

我的頭皮一陣酥麻，所有人都轉頭看向他。

薩登雙手抱胸，靠著一棵樹，他那條可怕的藍色匕尾龍斯蓋兒就在他的後面，瞇著金色的雙眼，露出獠牙。

在這六個世紀關於龍和騎士的歷史記載中，已有數百個已知案例顯示，龍失去締約騎士後，無法走出情感創傷。

契約特別強烈時，就會發生這種情況。而且在三個文獻紀錄的案例中，龍甚至因此提早死去。

——《納瓦爾歷史：未經刪減版》，路易斯・馬克漢上校著

第十四章

薩登。這是我第一次看到他的時候滿懷希望。他不會讓這種事發生的。或許他恨我，但他是個翼隊長。他不能就這樣看著他們殺掉一頭龍。

但是，我可能是這座學院裡最清楚規則的人。

他只能袖手旁觀。膽汁湧上我的喉嚨，我抬起下巴抑制灼燒感。薩登想要的東西一向值得商榷，不過現在他想要什麼都無關緊要。他只能旁觀，不能介入。

我會得到一個看著我死掉的觀眾。真是太棒了。

希望破滅了。

「要是我們不想**三思而後行**呢？」傑克大喊。

薩登看向我，雖然我們距離很遠，但我發誓我看見他縮緊了下巴。

希望是一種變幻莫測又危險的東西。希望會讓妳分心，讓妳滿腦子都是可能性，無法專注於妳應該關注的事物——也就是機率。薩登的話重新在我的腦海浮現，清晰得驚人，我猛然將視線從他身上移開，專注於眼前的三個「機率」。

「你什麼都做不了吧？翼隊長？」傑克大吼。

看來他也知道規則。

「你們今天該擔心的不是我。」薩登回答，斯蓋兒歪著頭，我瞥了她一眼，發現她的眼中只有純粹的威脅。

「你真的要這樣做嗎？」我問泰南。「攻擊你的隊友？」

「今天小隊就是個屁。」他氣呼呼地說，威嚇般地露出凶惡的微笑。

「所以我猜你也不會飛囉？」我又轉頭看了金龍一眼，牠低低地叫了一聲。「真棒。好吧，要是你能用爪子掩護我，我會很感激你的。」

他又叫了兩聲，我偷空瞥了牠的爪子一眼。

或者我該說……瞥了牠的腳掌一眼。

「哦，他媽的**見鬼了**。你連爪子都沒有嗎？」

我轉頭面對那三個男人，傑克發出一聲戰吼，朝我衝了過來。我也毫不猶豫地扔出匕首，匕首劃過我們之間急遽縮短的距離，插進他的右肩。他的劍掉在地上，雙膝跪地，又吼了一聲，不過這次是因為痛楚。

很好。

但這時歐倫和泰南已經同時朝我衝過來，也幾乎抵達我的面前。我把第二支匕首擲向泰南，命中他的大腿，雖然減緩了他的速度，但他沒有因此停下。

歐倫瞄準我的脖子揮了一劍，我彎身閃過，抽出另一把匕首劃過他的肋骨，就像我當初在挑戰賽時對他做的那樣。我的腳踝狀況不允許我踢人，我甚至無法揮出像樣的一拳，所以我只能靠匕首。

歐倫很快就重整旗鼓，轉身用劍精準劃過我的腹部，劍刃擦過龍鱗，直接滑到一旁。要不是我穿著米拉給我的護甲，現在我已經被開膛破肚了。

「什麼鬼？」歐倫睜大雙眼。

「她毀了我的肩膀！」傑克喊道，搖搖晃晃地站起來，讓其他兩人暫時分了心。「我的手動不了了！」他緊握住肩膀，我露出笑容。

「關節很脆弱就是有這種好處。」我一邊說，一邊握住另一把匕首。「你就會知道**到底**該攻擊哪裡。」

「殺了她！」傑克命令兩人，自己則緊按著肩關節，往後退了幾步，轉身往相反的方向逃跑了，他一下子就消失在那排樹木之後。

他媽的懦夫。

泰南用劍刺向我，我迅速轉身躲避，但尖厲的疼痛讓我瞬間眼前一黑，之後我往後揮動匕首，將匕首插進他的側腹，然後再度轉身，在歐倫攻擊時舉起手肘猛擊他的下巴，讓他腦袋嗡嗡作響。

「妳這該死的**賤貨！**」泰南尖叫著，用手掌捂住他滲血的側腹。

「真是好有創意——」我趁歐倫還在暈眩時，劃了他的大腿一刀。「——的侮辱！」

這次攻擊讓我付出了代價——泰南的劍刺進我的右上臂，沿著骨頭的方向往下劃，讓我的喉嚨迸出一聲尖叫。

我的龍鱗背心阻止劍刃刺進我的肋骨，但我知道明天會出現一個可怕的瘀青。我猛然掙脫劍身，鮮血噴湧而出。

「在妳後面！」薩登大喊。

我原地轉身，看見歐倫高舉著劍，準備要把我的頭從肩膀上切下來，但此時金龍突然張開嘴巴，歐倫的雙眼頓時充滿驚懼，搖搖晃晃地退到一邊，彷彿現在才發現這隻龍有獠牙。

我往旁邊跨了一步，用匕首的柄敲他的後腦勺。

歐倫失去意識，癱軟倒下，但我沒有等到親眼看他昏倒在地，就轉身面對泰南。他已經擺好架式，舉著沾滿鮮血的劍。

「你不能干涉！」泰南對薩登大吼，但我不敢讓視線離開敵人太久，所以沒辦法看那個翼隊長有什麼反應。

「我不能干涉，但我可以轉播現場的狀況。」薩登回擊。

此刻他顯然站在我這邊，這讓我困惑得要命，因為我很肯定他最期待的事情就是我死了。不過，或許他不是在保護我的命，而是這條金龍的命。

我趁隙瞥了一眼。嗯，斯蓋兒看起來非常生氣。她的脖子像蛇一樣起起伏伏，明顯很焦躁不安。她眯起金色的眼瞳，緊緊盯著泰南——這傢伙現在試圖繞著我打轉，彷彿我們站在訓練墊上，但我不會讓他插進我和這條小金龍之間。

「妳的手臂已經廢了，索倫蓋爾。」泰南嘶聲說，他臉色蒼白，滿頭大汗。

「我早就習慣和疼痛共存了，混蛋。你做得到嗎？」我舉起右手的匕首，只是為了證明，就算鮮血一直從手臂流下來，滴到我匕首的尖端，還讓我掌心的布條浸滿了血，我還是能動這條手臂。我的目光刻意停留在他的側腹。「我很清楚我刺中你哪裡。如果你不快點去找個治療師，就會因為內出血死掉。」

他的面容因狂怒而扭曲，並且發動了攻擊。

我試著朝他投擲匕首，但匕首從我沾滿血液的掌心滑落，重重地掉在幾公尺外的草地上。

我知道，現在我的虛張聲勢已經不足以拯救自己的命了。

我的手臂廢了，我的腿也廢了。但至少我在死前讓傑克·巴洛逃跑了。

以最後的念想來說，這也還算不錯。

就在泰南用雙手舉高劍，準備揮下致命一擊的時候，我瞥到右側有動靜。是薩登。他不管規則，開始往前走，好像打算阻止泰南殺了我。

我來不及驚訝薩登竟然會救我（不管出於**什麼**原因），一陣狂風便猛然襲向我的背，讓我身體前傾，我連忙伸出雙臂以保持平衡，體重都壓在受傷的腳踝上，劇痛讓我表情扭曲。

泰南的嘴巴張得大大的，踉蹌地往後退，他的頭往後仰到幾乎和身體垂直。他繼續往後撤退時，陰影籠罩住我們兩人。

我的胸口起伏，肺部迫切地渴望空氣，我偷空轉頭瞥了後面一眼，想知道泰南為什麼要撤退。

我的心幾乎猛地跳到了嗓子眼。

那條金龍現在藏在一隻巨大的、傷痕累累的黑色翅膀下，站在牠旁邊的龍，是我這輩子見過最大的龍——就是凱奧里教授在課堂上展示的那條沒有締約的黑龍。我的身高甚至都不到他的腳踝。

黑龍的胸口發出轟隆的咆哮，讓我周圍的地面為之震動，此時他低下了巨大的頭顱，露出尖銳的牙齒。

他灼熱的呼吸吹過我的時候，恐懼滲入我身體裡的所有細胞。

「**站到一邊去，銀色的。**」一道低沉粗啞、顯然是男性的聲音命令我。

我眨眨眼。等一下。**什麼**？他剛剛是跟我說話了嗎？

「**對，就是妳。走開。**」他以不容質疑的語氣回答，我跛著腳走到一邊，差點被失去知覺的歐倫絆倒，此時泰南開始尖叫逃竄，往森林狂奔而去。

黑龍瞇起眼睛，怒瞪著泰南，然後張大嘴巴，一秒後，射出的火焰跨越草地，熱浪灼燒著我的臉頰。火焰把經過的一切都燒成了灰燼……包括泰南。

餘火在燒焦的小路邊緣劈啪作響，我緩慢轉身，面對黑龍，不知道自己會不會成為下一個。

他用巨大的金色眼睛打量著我，但我沒有退卻，也抬起下巴。

「**妳應該把妳腳邊那個敵人殺掉。**」

我的眉毛高高揚起。他的嘴巴沒有動。他對我說話了，但是……他的嘴巴沒有動。哦，該死。因為他在我的腦海裡。「我不能殺死一個昏倒的人。」我搖了搖頭，但這究竟是為了反駁他的建議，還是因為內心的困惑，還有待商榷。

「**要是你們角色對調，他就會殺了妳。**」

我低頭看著歐倫，他仍然不省人事，倒在我腳邊的草地上。我沒辦法反駁這個充滿洞察力的評論。「嗯，他就是那種人，但我不是。」

黑龍只是眨了眨眼作為回應，我無法判斷這是不是好事。

我的眼角閃過一道藍光，然後吹過一陣風，斯蓋兒和薩登起飛了，把我扔在這裡，和這條巨大的黑龍與小小的金龍在一起。我猜薩登對我性命的暫時關心，應該就到此為止了。

黑龍張大巨大的鼻孔。「**妳在流血。把血止住。**」

我的手臂。

「這沒有那麼簡單，要是你被一把劍——」我又搖了搖頭。我真的在和一條龍吵架嗎？這實在太超現實了。「你知道嗎？這是個好主意。」我設法裁下右邊袖子剩餘的布料，用布料包紮傷口。我用嘴咬住其中一邊的布，手綁緊布料，以便施加壓力，減緩出血。「好了，這樣有好一點嗎？」

「**可以了。**」他偏頭看著我。「**妳的手掌也有包紮。妳常常流血嗎？**」

「我盡力避免這種事發生。」

他嘲弄地冷哼一聲。「**我們走吧，薇奧蕾・索倫蓋爾。**」他抬起頭，金龍從他的翅膀下探出頭來。

「你怎麼知道我的名字？」我呆呆地抬頭看著他。

「**看哪，我幾乎已經忘了人類有多聒噪。**」他嘆了一口氣，呼出的氣讓樹林沙沙作響。「**到我背上來。**」

哦。該死。他選了……**我**。

「到你背上來？」我就像一隻他媽的鸚鵡一樣重複他的話。「你看看你自己，你知道自己到底有多大嗎？」我需要一把該死的梯子才能爬上他的背。

他給我的眼神只能用惱怒來形容。「**沒有人會在活了一個世紀以後，還沒意識到自己占了多少空間。現在上來。**」

金龍從巨龍的翅膀下鑽了出來。和我面前這隻龐然大物相比，金龍非常小，而且顯然除了牙齒以外毫無自保手段，牠就像是一隻愛玩的幼犬。「我不能就這樣丟下牠。」我說，「萬一歐倫醒了，或是傑克回來了呢？」

黑龍叫了一聲。

金龍伸了伸懶腰，動了動腳，然後飛上天空，金色的翅膀在掠過樹梢時反映著陽光。

所以牠**能**飛。如果我能在二十分鐘前知道這件事就好了。

「**上。來。**」黑龍對我咆哮，讓草地和草地邊緣的樹木都搖晃起來。

「你不會想要我的。」我反駁。「我——」

「**我不會再說第三次。**」

了解。

恐懼就像拳頭般扼住我的喉嚨，我一瘸一拐地走到他的腿旁邊。這和爬樹不一樣，沒有可以抓的地方，沒有輕鬆的捷徑，只有一排像石頭一樣堅硬的鱗片，根本找不到立足點，而且我的腳踝和手臂也在和我作對。我到底該怎麼他媽的爬上去？我舉起左臂，深吸了一口氣，接著把手放在他的前腳上。

這些鱗片都比我的手掌更大更厚，而且溫暖得令人驚訝。上下排的鱗片層層疊疊，交錯生長，根本沒有地方可以抓。

「**妳是個騎士吧？不是嗎？**」

「現在似乎還有待商榷。」我的心跳轟如雷鳴。他會因為我動作太慢就直接把我煮熟嗎？

他從胸膛發出一陣挫敗的低沉隆隆聲，之後往前伸展身體，讓前腿變成一道斜坡，這讓我驚呆了。龍不會對**任何人**卑躬屈膝，但他現在卻低下身體，好讓我更容易爬上去。雖然他的腿還是很陡峭，但我能應付了。

我不再猶豫，立刻用手掌和膝蓋爬上他的前腿，以便平衡我的體重，同時避免用到腳踝。但在我爬過他的肩膀，抵達背部，避開如同馬的鬃毛般從脖子一路延伸的棘刺時，手臂的傷勢已經讓我氣喘吁吁。

天殺的。我在一條龍的背上。

「**坐下。**」

我看到座位了——他雙翼的前方有一個佈滿鱗片的凹陷，相當光滑。我坐了下來，用凱奧里教授教的方式彎曲膝蓋。然後，我抓住他脖子和肩膀交接處生長的厚鱗脊，我們把這個地方叫做「鞍橋」。他的體型和各部位都比我們練習過的模型更大。我的體型不適合騎龍，更別說是他這麼巨大的龍了。我根本不可能一直坐在他背上。這將會是我人生中第一次，也是最後一次飛行。

「我叫做太壬納赫，是米爾科迪恩和菲亞克蘭弗之子，狡詐的杜馬丁家族的後裔。」他完全站了起來，我的視線和圍繞著這片草地的樹木頂端齊平，我的大腿夾得更緊了。**「不過，我不會假設我們抵達飛行場後，妳還能記得這些，所以在我不得不再次提醒妳我的全名之前，叫我太壬就好。」**

我迅速吸了一口氣，但還沒時間理解他的名字和背景，他就稍微彎身，帶著我飛入空中。這種感覺就像我想像被投石機拋出去的石頭會有的感受，唯一的不同，就是我必須擠出身上的每一絲力氣，讓自己留在這顆石頭上。

「天殺的！」我們快速上升，地面越來越遠，太壬巨大的雙翼拍打著空氣，不斷往上爬升。我的身體離開了他的背，我用雙手死死抓著鱗片，試圖固定自己，但風勢和他傾斜的角度對我太不利了，而且我的握力也逐漸減弱。

我的手滑了。

「幹！」我手忙腳亂地尋找可以抓住的地方，在我滑經太壬翅膀的時候，雙手也一路摳過他的背，現在我正在迅速接近他晨星尾上的鋒利鱗片。「不，不要，**不要！**」

他向左轉，我翻了一圈，抓住某個東西的希望也隨之破滅了。

我迅速往下墜落。

「能活過龍盟日，不代表你能活著抵達飛行場。龍選中你不是唯一的考驗，如果你沒坐穩，就會直接墜向地面。」

——「布瑞南札記」，第五十頁

第十五章

恐懼哽住了我的喉嚨，我的心跳也隨之變得不規律。當我朝著下方山脈墜落的時候，氣流從我身旁呼嘯而過，陽光映照在底下那隻金龍的鱗片上，閃閃發光。

我要死了，這是唯一可能會發生在我身上的結局。

此時一股力量緊緊鉗住我的肋骨和肩膀，讓我不再下墜，同時把我整個人向上一拽。我又飛到了高空一次。

「**妳這樣讓我們很沒面子，別再掉下來了。**」

是太壬的爪子抓住了我。他居然……接住了我，而不是認定我不配當他的騎士，放我自己摔死。「要我在你秀特技的時候穩穩待在你的背上也太難了吧！」我朝上方大喊。

他低頭看向我，我敢保證我看到他的眉稜上提了一下。「**普通的飛行還算不上特技。**」

「這一點都不普通好嗎！」我緊抱著他爪子的指節，注意到他銳利的爪子正小心翼翼地環繞在我身體兩側。他雖然體型龐大，帶著我沿著山脈飛行時，動作卻相當謹慎。

他是納瓦爾最致命的龍之一。這是凱奧里教授在課堂上說的。他還說了什麼？噢，太壬是今年唯一沒有答應締約的那隻黑龍，過去五年都沒人見過他出現。而他前一個締約的騎士是在提倫多爾叛亂中喪生。

太壬突然把我往上拋，放開爪子，讓我飛到他的上方，我緊張得在空中亂揮亂抓。飛到最高點時，我的心沉了下去，接著我瞬間向下墜，太壬才衝上來，用他雙翅間的背膀接住我。

「**這次要抓緊坐穩了，不然沒人會相信我選擇了妳！**」他對我大吼。

「我自己都不敢相信你選了我！」我很想告訴他，要爬回背上根本沒他說的這麼容易，但後來他平穩地飛行，翅膀隨著氣流滑翔，也減少了風的阻力。我一點一點地爬上他的背，直到再次坐回位子上。手緊緊抓著他的背脊，都抓到抽筋了。

「**妳得把腿練得更有力才行，難道妳之前都沒練習過嗎？**」

憤怒沿著我的脊椎竄升。「我當然練習過！」

「**不用喊這麼大聲，我聽得很清楚。妳這樣喊，整座山大概都聽得到妳的聲音。**」

難道每個人的龍都像老頭一樣愛碎碎念嗎？還是只有我的這樣？

我瞪大了雙眼。我有……一頭龍。而且不是普通的龍，是太壬尼納赫。

「**膝蓋夾緊一點，不然我幾乎感覺不到妳在我背上。**」

「我在試了！」當他向左傾斜飛行時，我用力夾緊膝蓋，大腿肌肉不斷顫抖。這次他轉得比上次平緩許多，傾斜的角度也沒那麼陡了。他在空中劃出一道寬大的弧線，帶著我們飛回巴斯蓋亞。「我只是……沒有其他騎士那麼強壯。」

「**薇奧蕾．索倫蓋爾，我很清楚妳是誰，也知道妳是怎麼樣的人。**」

我的雙腿抖個不停，直到我開始覺得動彈不得，彷彿有什麼東西緊緊纏住我的肌肉一樣，但我並沒有感受到痛。我回頭看了一眼，看見他那條有如晨星錘的尾巴，出現在我們身後好幾公里遠的地方。

是他做的。是他用力量把我固定在他的背上。

頓時，一陣罪惡感湧上心頭。當初真該多花點時間練腿力，做更多準備讓自己可以在龍背上坐穩的，這樣他才不需要浪費精力在我身上，只為了讓他的騎士可以好好坐著。「對不起，我當初沒想過自己也能走到這裡。」

他的嘆息聲響亮到在我腦海裡迴盪。「**我也沒想過我會走到這裡，看來我們還算有共通點。**」

我挺直身子坐正，望向遠方的風景。寒風劃過了我的眼角，逼出淚水。難怪大多數騎士都選擇戴護目鏡。天空中至少有十幾頭龍在飛，每一頭龍都帶著騎士做俯衝和轉彎的試煉。紅的、橘的、綠的、棕的，整片天空色彩斑斕。

當我看見一名騎士從紅色劍尾龍的背上摔落時，心臟又揪緊了一下。這頭龍和太壬不同，不會俯衝下去接住那個一年級新生。我很快地移開視線，生怕看到那人身體墜到地上的樣子。

那不會是妳認識的人。我這麼告訴自己。瑞安娜、雷迪克、崔娜、索伊爾……他們應該都已經順利和龍締約，安全抵達飛行場等著了吧。

「**我們也該來表演一下了。**」

「太棒了。」這想法一點也不棒。

「**妳不會掉下去的。我也不會允許這種事發生。**」緊緊束縛著我雙腿的力量延伸到我手上，我能感受到那股無形力量的脈動。「**妳得信任我。**」

無庸置疑，這是個命令。

「那就早點表演趕快結束吧。」那股力量讓我的腿、手，甚至是手指動彈不得，所以除了往後坐一點、希望待會自己能享受他帶我體驗的一切之外，我什麼都做不了。

他的翅膀猛力一振，接著我們近乎垂直向上飛衝，我的胃好像還留在底下一樣。他掠過白雪覆蓋的山峰，在頂端停留了一瞬，立刻轉身以同樣恐怖的角度俯衝而下。

這是我這輩子經歷過最恐怖卻也最令人興奮的時刻。

直到他再次轉身，讓我們像是進入了空中的漩渦那般翻滾。

他在空中一圈又一圈地旋轉，我的身體隨著他的每個動作擺盪拉扯。每次我們要俯衝向地的時候，又猛然急轉拉升、斜著飛行，讓我感覺到天地都顛倒了。就這樣一直反覆飛行，直到我開始露出笑容。

這種感覺實在**無與倫比**。

「我想我們已經證明了我們可以。」他先是讓我們平穩地飛行，接著向右傾斜，朝著通往飛行場峽谷的山谷飛去。隱身在綿延山峰後的太陽就快要下山了，但還是有足夠的光線能讓我看到那隻金龍在上空盤繞，好像是在等著我一樣。也許牠沒有選擇騎士，但牠肯定會活到明年可以重新決定的時候，這才是最重要的。

或許牠也會看到人類其實沒有想像中的偉大。

「為什麼你會選擇我？」我必須先知道這點，因為只要我們一著陸，就會有更多問題要問。

「**因為妳救了她。**」太壬的頭偏向那隻小金龍回答道。我們降落到地面時，那隻金龍跟在我們後面，我們也隨之放慢速度。

「但是……」我搖搖頭。「龍應該會注重騎士的力氣、夠不夠機靈和凶猛的。」而這三點沒有一點符合我的特質。

「**拜託多說一點，說說我應該看重騎士的什麼特質吧。**」在我們經過臂鎧關，爬上前往飛行場狹窄的入口時，他語帶諷刺地說了這句話。

我看到前面這麼多龍，驚豔地不由得深吸一口氣。有數百人聚集在山坡的岩石邊，就在昨夜架好的看台後方。這些人都是觀眾。而在山谷底部，也就是幾天前我才走過的那塊土地上，龍群面對面排成了兩列。

「現在場上分成兩群，一群是之前就已經締約的在學生，另一群是今天才締約的學生。」太壬這麼告訴我。**「我們是第七十一組締約進入場地的團體。」**

媽將在看台前的司令台上致詞，也許這次她會多瞥我幾眼，但她的注意力大概都會放在前七十組或新締約的團體上吧。

當我們飛進去的時候，龍群中響起一陣熱烈的歡呼聲，每隻龍都把頭轉向我們這邊，而我也知道這是出於對太壬的敬重。龍群還特地在場中央空出一條路，好讓太壬有空間可以降落。降落前，他解開了把我固定在座位上的束縛，在草地上空滯留一會並拍了幾下翅膀，而我也看到那隻小金龍正拚命趕過來。

真是諷刺。太壬是谷地最受歡迎的龍，我卻是學院裡最不像樣的騎士。

「妳是妳們這年級最聰明且最機靈的。」

我不好意思接受這個稱讚，試著不把這當一回事。畢竟我之前受的就不是騎士的訓練，而是抄寫士的訓練。

「無論敵人有多麼凶猛，妳總是勇敢地保護弱小。我覺得勇氣比體力還重要。既然妳一定要在降落前知道的話，我就這麼告訴妳了。」

聽到他的話語，我的喉嚨緊繃，複雜的情緒在喉頭打了一個結，而我也把這份心情嚥下去。

喔，對耶，我連一句話都沒有說出口，都是用想的。

他可以讀出我的想法。

「妳看吧，這還不是同年級最聰明的人嗎？」

這樣好沒隱私。

「妳再也不會是自己一個人了。」

「這聽起來不太像是安慰，反而是威脅耶。」我在腦中思考。當然我也知道龍和騎士之間會有心靈上的牽絆，但這牽絆的程度也多得有點可怕。

太壬哼了一聲，對我說的話感到不以為然。

那隻小金龍終於追上我們了，她翅膀拍動的速度是太壬的兩倍。最後我們降落在飛行場的正中央，著地的震動讓我稍微晃動，不過我還是挺直腰桿坐好，甚至放開手，不再抓著鞍座上的手把。

「你看！你不動的時候我就不會掉下去。」

太壬收起翅膀，轉頭用一個我看過最像龍在翻白眼的表情看著我。**「在我改變主意之前妳最好趕快下來，然後跟記錄員說——」**

「我知道要做什麼啦。」我深吸一口氣，聽起來有些顫抖。「只是沒想到我竟然還活著，甚至可以做這個動作。」我看了看可以下去的兩個方向，我選擇往右邊移動，盡可能保護我的腳踝不要扭到。飛行場裡只許騎士進入，治療師不能進來，但我還是希望有人會想到要帶醫療包，因為我可能就要用到縫針和夾板了。

我邊挪開太壬肩上的鱗片，邊滑動到比較好下去的位置。還沒來得及擔心要用我這快殘廢的腳踝支撐跳下去的重量，太壬就稍微動了一下，調整了前腿的角度。

山坡那頭傳來一陣聲響，聽起來像是在竊竊私語……如果龍也會竊竊私語的話啦。

「牠們就是在竊竊私語，別理牠們。」太壬的話又是那種不容反駁的語氣。

「謝了。」我小聲回應他，後來就像在玩危險的遊樂器材般用屁股一路滑下去，著地的時候左腳還承受了一些衝擊力。

「這也是一種下來的方式。」

看到其他一年級新生站在他們的龍前面，我忍不住露出笑容，高興到都快哭出來了。我還活著，而且我不僅僅只是學員了，**我是個名副其實的龍騎士了！**

雖然下來後踏出的第一步讓我腳痛得要命，但我還是往那隻金龍的方向前進。她緊緊依偎在太壬身旁，一邊擺動著她的羽尾，一邊用閃閃發光的眼睛打量著我。

「我很高興妳跟上來了。」高興二字根本不足以形容我的心情。我超級開心，最後感到安心還有感激。「不過下次有人叫妳逃走的時候，妳應該要自己飛走，對吧？」

她向我眨眨眼。「**或許我這麼做是在救妳喔。**」她的聲音在我腦海中變得更高亢、更甜美了。

我驚訝得合不攏嘴。「沒有人跟妳說過，不能和沒跟自己締約的騎士說話嗎？不要幫自己找麻煩啦，小金。」我小聲說道，「聽說龍族對這條規定非常嚴格。」

聽到這句話，她只是靜靜坐在那裡，收起翅膀，用一種不可能的角度歪著頭看我，讓我差點笑出來。

「見鬼了！」我右邊那個跟紅龍締約的騎士突然大喊，隨後我轉頭看向他。雖然他是第四翼猛爪分隊的新生，我卻想不起來他叫什麼名字。「那是……」他直愣愣地看著太壬，眼神裡充滿敬畏之情。

「對，就是他。」我笑得更燦爛了。

我的腳踝抽動著，疼痛難耐，感覺隨時都會在我走路的時候崩裂，但我還是踉踉蹌蹌地穿過寬廣的飛行場，朝前方的隊伍走去。在我身後，由於更多的龍也跟著降落了，地面吹起一陣陣的強風，騎士們也紛紛從龍背上跳下來登記名字，但這些風也漸漸變得越來越輕柔，因為隊伍已經延伸到另一端了。

夜暮降臨，一些魔法燈點亮了看台和司令台上的人群。我母親坐在正中央，身穿軍服、佩戴所有的勳章，唯恐有人忘記她的身分。而那位在石橋試煉記錄名單的紅髮女孩坐在母親下排的位子。雖然司令台上將軍雲集，各自代表不同的翼隊，只有一個人打扮得比莉莉絲・索倫蓋爾還華麗。

納瓦爾全軍隊的總指揮官梅爾戈倫用他細小的眼睛檢視著太壬，隨即將視線投射到我身上，跟他對到眼時，我勉強忍住一番戰慄，因為那雙眼眸中只有純然冷漠的算計。

當我走近司令台下面負責登記締約結果的人時，媽站了起來。登記完前一對締約組合後，下一位騎士才會向前移動，以確保龍的全名不會讓其他人知道。

凱奧里教授從高達一米八的平台上一躍而下，在我的左方落地，瞠目結舌地看著太壬，視線掃過黑龍的龐大身軀，好像要把太壬身上的每個細節記下來一樣。

「這該不會真的是——」潘切克指揮官站在司令台的邊緣，和十幾位身穿制服的高階長官一起目瞪口呆地看著太壬。

「先別把名字說出來，」媽低聲喝斥，眼睛緊盯著太壬，完全沒看我一眼。「等她自己說。」

因為只有騎士和負責登記的人知道龍的全名，而她還不確定我是否真的是太壬締約的騎士，她這麼說就是在暗示這點。**一副好像我有辦法綁架太壬的樣子**。一股怒氣在我的血管裡沸騰，完全壓過了全身的任何痛覺。我隨著隊伍向前移動，現在前面只剩一個騎士了。

媽強迫我加入騎士學院，卻不在乎我是否能活著通過石橋試煉。我的死活對她來說根本不重要，現在她在乎的只有我的缺陷可能會如何妨礙到她良好的聲譽，還有我締約的結果會對她的如意算盤有什麼幫助。

現在她正盯著我的龍看，甚至懶得往下看看我是否安然無恙。

媽。的。

雖然我早就料到會這樣，但還是對她非常失望。前面一位騎士已經完成登記、離開隊伍，隨後負責登記的人向上一看，瞪大眼睛凝視著太壬，才把目光轉移到我身上，向我招手示意。

「薇奧蕾．索倫蓋爾。」她一邊唸著我的名字，一邊把名字謄寫到騎士名冊上。「很高興能看到妳順利成為騎士。」她露出了一個短暫且不確定的微笑。「為了登記所需，請告訴我選擇妳的龍叫什麼名字。」

我充滿自信地抬起下巴說：「太壬尼納赫。」

「**發音可以再下點功夫**。」太壬的聲音在我腦袋裡轟隆作響。

「**欸，至少我記得喔**。」我朝著他大概在的方向，在心中默想，不知道他在場地的另一端聽不聽得到我的心聲。

「**至少我沒讓妳摔死**。」他的聲音聽起來很不耐煩，顯然是聽到了。

那個女生笑著搖搖頭，同時寫下太壬的名字。「真不敢相信他選擇再次締約了。薇奧蕾，他是個傳奇。」

我本想張開嘴巴應聲附和——

「**安妲娜悠壬**。」那隻小金龍甜美高亢的聲音出現在我腦中。「**簡稱安妲娜**。」

我感覺臉上的血液忽然流向其他地方，眼角餘光處開始晃動，看向我沒受傷的腳踝，再回頭看向場地遠處安妲娜的位置，那隻小金龍正站在太壬的前腳之間。「妳說什麼？」

「薇奧蕾，妳還好嗎？」負責登記的紅髮女孩問我，此時四面八方的人都往我這看來。

「**快告訴她**。」小金龍堅持要我再多說一個名字。

「**太壬，我該怎麼——**」我往太壬的方向在內心默想。

「**就告訴登記的人她的名字吧**。」太壬複述了小金龍的話。

「薇奧蕾？妳需要修復師治療嗎？」登記的人再次問我。

我轉過頭面向眼前的女孩，清清喉嚨，小聲地說：「還有安妲娜悠壬。」

她的眼睛瞬間瞪大。「**兩隻**龍都跟妳締約？」她驚訝地大聲問道。

我點了點頭。

現場瞬間亂成一團。

「雖然這位長官自認是了解龍類一切的專家，但我們對於龍族治理自己的方式仍了解得不夠透徹。最強大的龍類之間有很明確的階級制度，他們也會給予長者十足的尊重，不過我目前還無法分辨他們是如何制定龍類的法律，或是在什麼時候龍會決定跟一個騎士締約，而不是為了更高的勝算和兩個騎士締約。」

——《凱奧里上校的龍類指南》

第十六章

「絕對不行！」有個將軍從遠處大喊，聲音大到我從看台底端的醫療站這邊都聽得到。這裡什麼都沒有，只有十幾張桌子排成一排，還有一些空運來的醫療用品，供我們在到治療師學院之前可以應急用，不過幸好止痛藥已經在發揮藥效了。

兩隻龍。我跟……**兩隻**龍締約了。

將軍們彼此之間已經吵了半個小時，久到夜晚的涼意都襲來了，甚至久到連一個我沒見過的教官都幫我把手臂兩邊縫好了。

還算幸運的是，泰南只劃破了我的肌肉，沒有完全割斷。

不幸運的是，傑克就在離我大概三公尺遠的地方檢查他的肩膀。他才剛從一隻橘色蠍尾龍的背上下來，就一副很囂張的樣子去找登記的人記錄他締約的結果。登記的人也完全不管司令台上的將軍還在吵架，就繼續做著她的工作。

傑克一直盯著飛行場對面的太壬看。

「妳現在感覺怎麼樣？」凱奧里教授輕聲問道，一邊拉緊我腳踝上的固定帶。從他那雙銳利的深色眼睛裡，我看得出他還有幾萬個問題想問，但他還是忍住沒問。

「痛得要死。」腳踝腫到我如果沒有把鞋帶都拉到最開，幾乎沒辦法把靴子穿回去，但至少我還不用像第二翼隊那個下來時把自己腿摔斷的女生那樣，得一路爬過整個飛行場。她在距離我七個桌子外的地方，一邊讓軍醫處理她的腿傷，一邊小小聲地啜泣。

「接下來幾個月妳要專注在加強跟龍的連結和騎乘訓練上，所以只要妳上下龍的時候沒問題——」他歪著頭，同時綁好我固定夾板的帶子「——看妳剛才那樣，我想之後應該沒問題了。這次扭傷應該在下一輪挑戰之前就會好。」他的兩道眉毛之間深鎖。「或者我可以叫諾隆來——」

「不要。」我搖搖頭。「我會自己好起來的。」

「妳確定？」他顯然不相信我。

「這山谷裡的每雙眼睛，現在都盯著我和我這隻龍——這**兩隻**龍了。」我糾正自己的說辭。「我不能展現出軟弱。」

他又皺起眉頭，但還是點頭接受我的說法。

「你知道我們小隊誰成功活下來了嗎？」我緊張地問，恐懼在我的咽喉打轉。**拜託，瑞安娜一定要活著**。還有崔娜、雷迪克、索伊爾。所有人都要活著。

「我還沒看到崔娜和泰南。」凱奧里教授悄悄回覆，像是要緩和氣氛一般。但換個語氣也沒幫到忙。

「泰南不會來了。」我小聲地說，一股罪惡感占據了我的內心。

「**殺了泰南才不是妳的功勞**。」太壬在心底對我咆哮。

「我知道了。」凱奧里教授低聲回應。

「你他媽到底什麼意思，為什麼說這需要動手術？」傑克在我左手邊吼道。

「我的意思是，以你的傷勢看來，應該是有武器切斷了幾條韌帶，但我們還是要先送你去給治療師診斷才能確定。」另外一位教官說道，聲音裡透露出極大的耐心，同時一邊固定傑克的手臂吊帶。

我直視著傑克那不懷好意的眼神和微笑，已經不想再因為他感到害怕了。後來他也跑回那片草皮上。

在魔法燈的照耀下，傑克的臉頰透著怒氣所致的泛紅，隨後跨過桌子朝我衝過來。「妳！」

「我怎樣？」我把手移開桌子，輕輕滑向大腿上的刀鞘。

凱奧里教授看向我們的時候，眉毛挑了起來。「妳幹的？」他低聲說著。

「是我。」我回答，繼續把視線聚焦在傑克身上。

但後來凱奧里教授走到我和傑克中間，對傑克伸出手。「如果是我，我不會再接近她。」

「現在躲到教官後面了是吧，索倫蓋爾？」傑克握緊他那沒受傷的拳頭。

「我沒有躲在誰後面，而且我現在也沒在躲。」我抬起下巴驕傲地說，「我不是會逃跑的人。」

「她已經和今年最強的龍締約了，根本就不需要躲在我後面。」凱奧里教授警告瞧不起我的傑克。「巴洛，你的橘龍是個不錯的選擇啊。她叫貝德，對吧？在你之前已經跟四位騎士締約過了。」

傑克點了點頭。

凱奧里教授回頭看了排成一排的龍群。「雖然貝德已經是很有攻擊性的龍了，但從太壬看你的眼神，如果你膽敢朝他的騎士向前一步，他要把你燒歸塵土肯定不是問題。」

傑克不敢置信地看著我。「就憑妳?」

「就憑我。」我腳踝的抽痛現在減弱到可以忍受、不太影響我的程度了,我甚至可以站得穩穩的。

他搖搖頭,眼神瞬間從震驚轉為羨慕,而後轉為懼怕,往教授的方向走去。「我不知道她跟你說了什麼之前發生的——」

「她什麼都沒說。」教官把手交叉在胸前。「有什麼是我應該知道的嗎?」

傑克的面色瞬間變得慘白,在魔法燈的照明下蒼白如紙。此時另一位受傷的新生蹣跚而來,鮮血從大腿和身體流淌出來。

「該知道的人早就會知道了。」我目不轉睛地看著傑克。

「今晚就到此為止吧。」凱奧里說道,龍群也隨隊飛來這端,在黑夜中只看得到他們的影子。「高年級的騎士回來了,你們倆也該去找你們的龍了。」

傑克氣沖沖地走出飛行場。

我瞥了瞥還聚集在司令台上熱烈討論著的將軍們。「凱奧里教授,之前有人跟兩隻龍締約過嗎?」眾所皆知,凱奧里教授是龍類的專家。

他和我一起轉身面對前方還在爭論不休的領導高層。「妳應該是第一個案例。不知道為什麼他們要吵這個,不管怎樣這個決定也不是他們說了算。」

「這個決定不會受影響嗎?」當數十隻龍降落在一年級學生的對面,颳起一陣大風,幾排魔法燈吊掛在牠們中間。

「龍的任何決定都不是人類能干預的。」凱奧里肯定地說,「人類只是喜歡維持我們能控制一切的幻想。我感覺他們只是還在等其他的回來。」

「其他領導高層嗎?」我的眉頭緊皺。

凱奧里搖搖頭。「其他龍。」

龍族要開會嗎？「謝謝你細心照顧我的腳踝，現在我也該回去了。」我給了他一個勉為其難的微笑後，穿越昏暗的飛行場，往太壬和安妲娜的方向走去。當我停下來站在兩隻龍之間的時候，感受到山谷間的每道視線投射在我身上的重量。

「你們兩個現在讓大家議論紛紛了。」我先是看向安妲娜，再抬頭看太壬，最後才轉身面對其他一年級新生。「他們不會讓我們這麼做的。」可惡，如果他們要我選一個怎麼辦。

我突然覺得好焦慮。

「**至高天說的才算。**」太壬說道，語氣中帶有一絲緊張的感覺。「**先別離開這裡，完成締約還要花上一點時間。**」

「**那如果——**」此時一隻比太壬還要大的龍，從山的開口向著我們往山谷飛來，這是我人生中看過最大的龍，驚豔到我想問的問題就這樣在我的舌尖打住。他經過的每隻龍都走進場地中央，一個接著一個地跟在後面，就這樣聚集了十幾隻龍。「那是……」

「**寇達。**」太壬回答。

是梅爾戈倫將軍的龍。

當寇達靠近時，我看到了他翅膀上東一塊西一塊的破洞，那些都是他在戰鬥中留下的傷痕。他閃爍金色光芒的目光死死盯著太壬，看得我心裡覺得很不舒服。後來他從喉嚨發出低沉的吼叫聲，那雙充滿惡意的眼眸也轉向了我。

太壬也發出一聲低吼回應，往前邁進了一步，把我罩在他巨大的爪子之間。

根本無須懷疑，他們倆的怒吼都是衝著我而來。

「**沒錯沒錯！我們就是在談論妳！**」安妲娜路過隊伍時參了一腳。

「**在我們回來之前，先待在翼隊長旁邊。**」太壬命令道。

他肯定是要說**小隊長**吧。

「妳聽到我說的了。」

好吧，不是小隊長。

我環顧四周，看到薩登在飛行場的對面，雙臂交叉、兩腿站開，目不轉睛地看著太壬。

當龍群開始撤離草地時，騎士之間顯得異常安靜。龍一個接著一個穩定地起飛，最後全都降落在最南邊山峰的半山腰處，在月光下只能依稀看見他們聚集成一團朦朧的影子。

最後一隻龍飛走的瞬間，現場立刻陷入混亂。一年級生全都湧向飛行場的中央，剛好是我現在站的位置，興奮地大喊大叫，同時找著自己的朋友是否成功歸來。我的視線在人海中翻找，希望能看到——

「小瑞！」我一看到瑞安娜在人群中，就一拐一拐地朝她走去。

「薇奧蕾！」她給我一個大大的擁抱，但看到我因為手臂的新傷痛得面目猙獰，就趕緊放開了我。「發生什麼事了？」

「泰南的劍——」我話還沒說完，雷迪克就把我抱起來轉圈圈，雙腳在空中不斷亂晃。

「看看是誰騎著最帥最屌的龍回來啦！」

「快放她下來！」瑞安娜喊道，「她流血了！」

「噢，該死，抱歉。」雷迪克趕緊把我放了下來。

「沒事啦。」雖然繃帶上有新的血跡，但我覺得應該沒有扯開縫線。而且止痛藥的效果超讚的。

「你們都還好嗎？跟哪隻龍締約了？」

「綠色的匕尾龍！」瑞安娜笑得燦爛。「菲爾格。而且整個過程都順順利利的。」她安心地嘆了口氣。「第一眼看到她，就知道她會是我的龍。」

「艾歐拓姆。」雷迪克驕傲地說，「是隻棕色的劍尾龍喔。」

「史利格！」索伊爾一把摟住瑞安娜和雷迪克的肩膀。「是紅色劍尾龍！」我們一起高聲歡呼，然後他也把我拉進懷裡。所有人之中，我最替他高興，畢竟他為了走到這一步付出了這麼多。

「崔娜呢？」等他放開我後，我問道。

每個人都搖搖頭表示不知道，面面相覷，希望有人能夠回答這個問題。一股無法言說的沉重感突然壓在我心頭，腦中瘋狂想著她不在還可能是因為什麼理由。「是說……也有可能她只是沒成功締約，對吧？」

索伊爾搖搖頭，肩膀因悲傷而垮了下來。「我親眼看到她從一隻橘色的棒尾龍背上摔下去了。」

我的心瞬間沉到谷底。

「那泰南呢？」雷迪克的目光在我們之間來回跳動。

「太壬殺了他。」我淡淡地解釋。「但也沒辦法，泰南已經用劍刺傷我一次了。」我指了指手臂上的傷口。「而且他還試著要——」

「他試著做什麼？」

突然有人抓住我的肩膀把我轉過去，將我緊緊摟進懷裡。**戴恩**。

我緊緊環抱住他的後背，深深地吸了一口氣。

「該死，薇奧蕾。這……真該死。」他用力抱緊我，然後稍微把我推開一點。「妳受傷了。」

「我沒事。」我試著讓他安心，但他眼裡的擔憂絲毫未減。我不覺得有什麼能讓他真正放心。

「但我們小隊的一年級也只剩我們幾個了。」

戴恩抬起頭來看了其他人，點了點頭。「九個人剩下四個。這——」他的下巴抽動了一下。

「——還在意料之中。現在龍群在跟他們的領導階層開會，也就是所謂的至高天。你們都先待在這裡等他們回來。」他對其他人說完之後，低頭看向我。「妳跟我來。」

大概又是母親命令戴恩來叫我去找她吧。她肯定會想在發生這麼多事的時候見見我。我掃視了一眼場地，但我發現盯著我看的人不是母親，而是薩登。他的表情令人難以捉摸。

當戴恩拉著我的手走的時候，我轉身不再看向薩登，跟著戴恩走到飛行場的另一側，躲在陰影底下。**看來跟我媽沒關係**。

「到底發生什麼事了？卡斯跟我說不只太壬選擇了妳，還有一隻小龍跟妳締約，好像叫安妲恩？」他和我十指緊扣，棕色的眼珠裡流露出慌亂的神情。

「是安妲娜。」我糾正了他，一想到那隻小金龍就忍不住露出微笑。

「他們想讓妳做選擇。」他的表情變得嚴肅，那種莫名的堅定讓我非常反感。

「我不會做任何選擇。」我搖搖頭，鬆開本來牽著的手。「沒有人能**選擇**跟哪隻龍締約，我也不會變成第一個這麼做的人。」戴恩憑什麼這樣跟我說話啊？

「妳就是那個得選的人。」他煩躁地撥弄頭髮，看似泰然自若的表情瞬間崩塌。「妳必須相信我。妳相信我對吧？」

「我當然相信——」

「那妳就必須選擇安妲娜。」他點頭如搗蒜，好似他的話是最終決定的命令。「那隻金龍是兩者之中最安全、保險的選擇。」

為什麼？就因為太壬是……太壬？戴恩是不是覺得我太弱，配不上像太壬這麼強大的龍？我的嘴巴像離水的魚般張開又閉上，滿腦子都在翻找除了「滾開」以外的詞來回應他。無論如何，我都不可能拒絕太壬，但我的心也不會讓我就這麼拒絕安妲娜。

「**他們真的要逼我選擇嗎？**」我朝著那兩隻龍的方向默想。

沒有任何回應。自從太壬在飛行場上第一次跟我說話以來，我一直都能感受到一種心靈的擴展，也對我自己有了更多的認識，就像內心的疆界不斷在拓寬。但此刻什麼都沒有。

我現在失去了跟他們的聯繫。**可是現在不能慌。**

「我不會做選擇。」我重複了這句話，但這次語氣溫和許多，因為我突然有些擔憂：如果我兩個都失去怎麼辦？會不會他們這樣是違反了什麼神聖的戒律導致我們都要受罰？

「妳就是那個可以選擇跟什麼龍締約的人，而且妳一定要選安妲娜。」戴恩抓著我的肩膀，湊近我的身體，語氣帶著一種緊迫感。「我知道她很小隻，無法承受一個騎士的重量——」

「還沒有人測試過。」我下意識地為安妲娜辯護，儘管我知道這是事實，畢竟從物理學的角度看，這根本不可能。

「有沒有測試過都不重要。這代表妳不能跟翼隊一起飛行，但他們可能會讓妳成為這邊的常駐教官，就跟凱奧里教授一樣。」

「那是因為他的印記力量讓他成為不可或缺的老師，不是因為他的龍不能飛。」我反駁他。

「而且他在任教前還是在戰鬥翼隊服役了四年。」

戴恩移開目光，我幾乎能看到他腦裡的齒輪正在運轉，計算著……什麼？我這麼做的風險？我的選擇？還是我的自由？「如果妳想帶安妲娜去戰鬥，只是**可能**會死而已。但如果妳帶太壬去戰鬥，薩登一定會讓妳去**送死**。妳覺得梅爾戈倫很可怕嗎？我在這邊可是比妳多待了一年，小薇。至少妳知道梅爾戈倫會對妳做什麼，但薩登不僅比梅爾戈倫冷血兩倍，行為更是難以預測、非常危險。」

我眨了眨眼。「等等，你到底要說什麼？」

「太壬和斯蓋兒彼此是伴侶，是好幾個世紀以來羈絆最強大的一對。」

我的腦袋開始高速運轉。伴侶不能長時間分開，不然健康狀況會下降，所以他們總是派駐在一起。一直以來都是。這代表——我的天啊。

「妳就……跟我說說到底是怎麼一回事吧。」他的聲音變得柔和了下來，肯定是因為看到我有些不知所措。

於是我就告訴他傑克和他那群殺人狂朋友怎麼追殺安妲娜的，也告訴他我摔下龍背的事情，還有在飛行場發生的事情，薩登在一旁觀看，最後卻出乎意料地在歐倫要偷襲我的時候，出聲警告以保護我。他明明就有機會輕而易舉地解決掉我，最後竟然選擇幫我。我到底該拿這事怎麼辦？

「薩登那時候在現場。」戴恩小小聲地說，但先前溫柔的語氣瞬間消失。

「是的。」我點點頭，但太壬出現後他就離開了。

「薩登在妳保護安妲娜的時候在場，而太壬就這樣……剛好出現？」他慢慢地問。

「是啊，我剛說的就是這樣。」是搞不懂時間線嗎？「你到底想說什麼？」

「難道妳還看不出發生什麼事了嗎？薩登做了什麼妳也不知道？」他抓著我的手又抓得更緊了，謝天謝地我有這個龍鱗背心，不然我明天肩膀肯定滿是瘀青。

「請告訴我你覺得我做了什麼事。」一個身影從陰影處浮現，當薩登步入月光之中，黑暗從他身上褪去，就像是一席要丟棄掉的面紗，讓我的心跳驟然加速。

一股熱流沖刷我每一根血管，喚醒每一個神經末梢。我很討厭自己每次看到他時身體都會有這種反應，但我的確無法否認，他的吸引力真他媽的太難抵抗了。

「你操縱了龍盟日的過程。」戴恩的手從我肩上鬆開，轉身面對我們的翼隊長，他緊繃的肩膀擺出一副要把我跟薩登隔開的姿態。

真要命，戴恩這一說可真是個嚴重的指控。

「戴恩，這……」太**疑神疑鬼**了。我從戴恩背後側身而出。如果薩登真的想要殺我，根本不會等這麼久都還沒動手。他有這麼多機會可以把我滅了，但我現在依然可以站在這裡，還跟**他的**龍的伴侶締約了。

薩登不會把我殺了。這個想法讓我心口一緊，迫使我重新審視在飛行場發生的一切，讓我有種天旋地轉的感覺

「這是正式的指控嗎？」薩登看戴恩的眼神，像是把他當成討厭的障礙物一樣。

「告訴我你有沒有介入！」戴恩質問薩登。

「我有沒有怎樣？」薩登挑起了他深色的眉毛，用那種足以讓平凡人瑟瑟發抖的眼神盯著戴恩看。「我有沒有看到她已經受傷了還被別人圍攻？我有沒有覺得她挺身而出的勇氣，既令人欽佩又他媽的**魯莽**？」他用那種眼神看向我，而我能感受到這個眼神的衝擊直下我的腳趾頭。

「我還是會這麼做的。」我抬起下巴說。

「我他媽的當然知道！」薩登第一次失去理智地大吼，從我在石橋上認識他後都沒看過他這麼生氣。

我倒抽一口氣，薩登同時也倒吸一口氣，彷彿他爆發的事情都同樣嚇到我們兩個。

「我有沒有看到她自己擊退了**三個**比她更強的學員？」他怒視的目光轉向戴恩。「這些答案肯定跟你想的一樣是有。但你問錯問題了，艾托斯。你應該問的是，**斯蓋兒**有沒有目睹這些事情發生。」

戴恩吞了吞口水，移開目光，顯然在重新思考自己的立場。

「是他的伴侶告訴他的。」我低聲自語。是斯蓋兒叫太壬來的。

「她從來都不喜歡當惡霸，」薩登對我說，「但別把這個當成是對妳的善意。她只是因為喜歡那隻小龍才對妳好，偏偏太壬自己也選擇了妳。」

「幹。」戴恩小聲地咒罵。

「這也是我想罵的。」薩登對戴恩搖搖頭。「索倫蓋爾是我在整片大陸上最不想綁在一起的人。所以這樣的結果也不是我造成的。」

好痛。我用盡全身的意志力克制自己不去摸胸口、確保薩登沒有從我肋骨後面直接扯出我的心臟，雖然這一點都沒道理，因為我跟他的想法完全一樣。他可是大叛徒的兒子，他父親直接導致布瑞南死掉。

「假設我真的這麼做了，」薩登朝戴恩逼近，居高臨下地俯視他。「在知道這可能救了你口中最好的朋友後，你真的還要跳出來指控我嗎？」

我的目光掃向戴恩，這一刻的寂靜悄然流逝。這是個簡單的問題，但我發現自己竟然緊張得屏住呼吸，只為等待他的回答。我對戴恩而言到底算什麼？

「有……規定。」戴恩抬起下巴，直視薩登的眼睛。

「我也很好奇，如果是在飛行場上為了救你寶貝的薇奧蕾，你會不會，比方說，**扭曲**那些規定？」他的聲音逐漸變得冰冷，同時專注研究著戴恩的表情。

薩登那時向前走了一步。就在太壬降落之前，他已經在朝……**我**移動。

戴恩的下巴抽動了一下，我從他眼裡看到了猶豫與掙扎。

「這樣問他不公平。」我站到戴恩旁邊，此時翅膀搧動的聲音劃破天際，龍群正在一一歸返飛行場。他們已經做出了最後的決定。

「我命令你回答，**小隊長**。」薩登甚至連看都不看我一眼。

戴恩吞了吞口水，雙眼緊閉。「不，我不會。」

我的心彷彿跌落谷底。雖然我內心深處一直都明白戴恩很重視規定，勝過任何關係，也勝過我，但如此殘酷地公開這一點，比泰南的劍傷我更重。

薩登嗤之以鼻。

戴恩立刻轉向我。「看著妳出事肯定會要了我的命，小薇，但是規定還是——」

「沒關係的。」我勉強擠出這句話，輕撫他的肩膀，但我其實一點都不好。

「龍群要準備回來了。」薩登說著，第一批龍已在點亮的飛行場降落。「小隊長，快點回到隊伍。」

戴恩把視線從我身上移開，快步融入匆忙的騎士和人群中。

「你為什麼要這樣對他？」我朝薩登丟出這句話，然後搖搖頭。我其實不是很在乎到底為什麼。「算了，當我沒說。」我咕噥著，接著大步離開，朝太壬叫我等待的地方走去。

「因為妳對他太有信心了。」薩登不管三七二十一地回答，甚至不用加快腳步就追上了我。「知道要相信誰，是唯一能讓妳活下去的方法，也是讓**我們**都能活下去的方法，不管是在騎士學院或畢業後都是。」

「根本沒有什麼**我們**。」我說著說著，邊躲開一位迅速跑過去的騎士。龍群紛紛在左右降落，地面因為他們降落的衝力而震動，我從來沒看過這麼多龍同時在天上飛行。

「噢，我還以為妳會發現事情已經跟以前不一樣了。」薩登在我耳邊低語，抓住我的手肘，把我從另一位騎士跑經過的路線上拉開。

昨天的他，應該會讓我直接跟那個騎士相撞。

見鬼了，搞不好還會趁機推我一把。

「太壬的締約和羈絆關係都是如此強大，無論是對伴侶還是騎士，因為**他**本身就非常強大。失去上一個騎士幾乎要了他的命，反過來這也差點殺死斯蓋兒。伴侶的生命是——」

「相互依存的，我知道。」我們繼續前進，直到站進騎士隊伍的正中央。要不是薩登對戴恩的態度冷酷到讓我不爽，我應該會趁這個時間好好欣賞數百隻龍降落在我們周圍的壯觀景象，或者我可能會思考旁邊這個男人的氣場，是怎麼占據廣大飛行場所有空氣的。

「龍只要每選一次騎士，締約關係就會比上次還強，這也代表如果妳死了，暴力女，這將引發一連串的事件，最終可能導致**我**也跟著死亡。」他的表情像是堅定不移的大理石，但眼中的憤怒卻讓我感到窒息。那是純然的……怒火。「所以，真是抱歉，只要至高天允許太壬選擇妳，現在就真的是『我們』了。」

喔，天啊。

我現在真的要跟薩登．萊爾森綁在一塊了。

「現在太壬已經加入了，其他學員也知道他願意和妳締約……」他嘆了口氣，臉上肌肉因為煩躁而顫動，線條強硬的下巴繃緊，目光轉向其他地方。

「這就是為什麼太壬要我待在你身邊的原因。」我輕聲說道，今天發生的事都有了解答，讓我的心可以安定下來。「就是因為那些沒有締約成功的人。」至少三十多個學生站在飛行場的另一側，用貪得無厭的眼神盯著我們看。其中也包括歐倫．希福特。

「那些還沒和龍締約的人會想要殺了妳，因為他們覺得這樣太壬就會跟他們締約。」薩登看著迎面而來的蓋瑞克搖了搖頭，擔任分隊長的蓋瑞克目光在我倆之間游移，最後抿著嘴轉身離開了。「太壬可是整片大陸上數一數二強的龍，他能傳輸的強大力量之後就會是妳的了。接下來幾個月，還沒締約的人會趁剛締約的騎士和龍的關係還很薄弱的時候殺了對方，他們覺得這時候還有機會讓龍改變心意選擇他們，就不用再等一整年了。為了得到太壬，他們什麼事都幹得出來。」他又嘆了口氣，好像嘆氣是他的新工作似的。「現在有四十一個還沒締約，而妳就是他們的頭號目標。」薩登豎起一根手指。

「所以太壬覺得你會當我的保鑣囉。」我嗤之以鼻。「他大概不知道你有多討厭我吧。」

「他很清楚我有多愛惜我自己的生命。」薩登反嗆道，視線掃過我全身。「對於剛得知自己就要變成獵物的人來說，妳還真是冷靜得要命。」

「這對我來說就是再普通不過的週三而已啦。」我聳聳肩，假裝沒注意到他的目光讓我的皮膚發燙。

「而且說真的，被四十一個人追殺，還沒有時時刻刻提防你從黑暗的角落跑出來可怕。」

安妲娜在我身後降落，吹起了一陣微風輕拍在我的背上，而太壬降落時一陣狂風竄起，地面也隨之震動。

薩登沒有再多說一句話就把目光從我身上移開，沿著對角線穿過飛行場，走向斯蓋兒震懾其他龍群的地方。

「**快告訴我一切都會沒事的。**」我向安妲娜和太壬輕聲說道。

「**該怎麼樣就會怎麼樣。**」太壬回答的聲音粗獷又興趣缺缺。

「**你剛才也沒有回答我到底會不會沒事啊。**」好吧，我的語氣是有點凶。

「**人類不能知道在至高天會議裡都說了些什麼。**」安妲娜說，「**這是規定。**」

原來每個騎士都不會知道，不是只有我而已。這個想法反而讓我覺得安心。還有，今天是我第一次聽說「至高天」這個新的概念，凱奧里教授今晚一定會興奮到爆，因為終於可以知道龍族之間的政治關係。很好奇他們到底決定了什麼？

我看向母親，但她到處看的目光就是不看我一眼。

梅爾戈倫將軍走到司令台前，軍服上掛滿勳章。戴恩有一點說對了：我們王國的最高將軍確實**很可怕**。他從不覺得用步兵當作砲灰有什麼問題，執行審訊和處決囚犯的殘酷程度也是眾所皆知的，至少在我家的餐桌上都談論過他有多冷酷無情。他那隻龐大得可怕的龍占據了整個司令台旁的空間，而當梅爾戈倫把雙手舉到臉前方時，現場瞬間安靜了下來。

「寇達已向我轉述，龍族針對索倫蓋爾小妹妹做出的決議。」此時簡易魔法放大了他講話的聲音，讓全場都聽得到。

什麼小妹妹，我是女人了啦。我在內心糾正他，同時腸胃緊張得扭曲絞痛。

「雖然我們一直以來的傳統是一個騎士只能跟一隻龍締約，也從來都沒有兩隻龍選擇同一個騎士的案例，所以沒有針對此事的相關法律規定。」他向眾人宣布。「儘管我們身為騎士可能會覺得不太……公平，」他的語氣暗示了他也是其中一個覺得不公平的騎士。「但龍族有他們自己的法律。太壬和……」他回頭看了一眼，他的侍從官便立刻上前在他耳邊低語。「還有安妲娜，都選擇了索倫蓋爾，所以他們的決定就是最終決定。」

台下的人群開始議論紛紛，我也因為鬆了一口氣，肩膀不再那麼緊繃了。我不必主動做出那個艱難的決定。

「**該怎麼樣就怎樣**。」太壬嘟噥說道，「**人類沒有資格干涉龍族的法律**。」

此時媽往台前走去，做出跟梅爾戈倫一樣的手勢放大她的聲音，但我已經無法專注聽她在講什麼，她正在為龍盟日的儀式發表結語，並承諾那些尚未締約的騎士明年還有機會。**只要他們在接下來幾個月，不要趁我們跟龍的關係還很薄弱的時候殺了我們，自己嘗試跟龍締約的話**。

現在我屬於太壬和安妲娜，還有……在一種很弔詭的層面上……屬於薩登。

我的頭皮開始發麻，然後往飛行場對面他的方向看去。

他彷彿感應到我的目光在凝視著他，也看了看我，舉起一根手指。**頭號目標**。

「歡迎來到一個沒有邊界、沒有極限、沒有盡頭的騎士大家庭。」母親的話音剛落，一陣歡呼聲響徹雲霄。「騎士們，向前走！」

我左顧右盼，一臉困惑，但其他騎士似乎也一樣茫然。

「**向前大概走個五步**。」太壬說道。

我照做了。

「龍族，一直以來能跟你們合作都是我們的榮幸。」母親大聲喊道，「現在，讓我們一起慶祝吧！」

霎時間，一陣熱流侵襲著我的背，我因為太痛而發出嘶嘶聲，周圍的騎士也痛到跟著慘叫。我的背就像著了火一樣，可是飛行場對面的人卻在高聲歡呼著，有些人甚至衝了過來。

別的騎士則是開始擁抱彼此。

「**妳肯定會喜歡的**。」太壬信誓旦旦地說，「**這可是獨一無二的**。」

一時的疼痛逐漸轉變為鈍痛，而我回頭一看，瞥見了一塊烏黑的**東西**正從背心露出來。「**你說我會喜歡什麼？**」

「薇奧蕾！」戴恩趕到我身邊，臉上掛著燦爛的笑容，並用雙手捧住我的臉。「妳成功留住兩隻龍了！」

「看來是這樣的吧。」我嘴角微微上揚。這一切都太……不真實了，一天之內真的發生太多事了。

「妳的……在……？」他放開手，卻開始繞著我轉。「我可以把這個解開嗎？就上面就好？」他問道，手扯著我背心後的綁帶。

我點點頭。幾次拉扯之後，十月涼爽的空氣拂過我的後頸。

「我的天，妳一定要看看這個。」

「**叫那個男孩讓開**。」太壬命令道。

「太壬說你應該讓開。」

戴恩隨即退到一旁。

突然間，我眼前看到的不是我用自己肉眼看到的。我正透過……安妲娜的眼睛，在看著自己的背。一隻正在飛行的黑龍從左肩延伸到右肩，這是我成為騎士的印痕，印痕正中央是一個閃閃發亮的金龍剪影。

「好美。」我輕聲說。我現在已經有他們用魔法標記為騎士的印痕，而且還是**他們的**騎士。

「**我們知道**。」安妲娜回應我。

我眨眨眼，又回到我真正的視野了。我看到戴恩快速幫我繫好護甲，然後用雙手托住我的臉，將我的臉拉近他。

「薇奧蕾，妳要知道我為了救妳，為了保護妳的安全，我什麼都願意做。」他突然這麼說，眼神裡充滿恐慌。「萊爾森說的那些……」他直搖頭。

「我知道。」我安撫他說，點點頭，儘管內心某處已悄悄裂開。「你一直都希望我平安無事。」他也會為我做任何事，除了**違反規定**。

「妳要知道我對妳的感覺。」戴恩的拇指在我的臉頰上輕撫，目光裡似乎在尋找著什麼，下一秒他的嘴唇就貼在我的嘴唇上了。

他的嘴唇非常柔軟，這個吻相反的卻很堅定。一陣愉悅的酥麻感從脊椎竄升。過了好幾年後，戴恩**終於**親了我。

可惜這種興奮的感覺，不到一秒就消失了。沒有火花，沒有熱情，也沒有強烈的慾望。失望在這瞬間蔓延，但戴恩似乎絲毫沒有察覺，他放開我時臉上還掛著笑容。

這個吻就這樣曇花一現。

這明明是我一直以來想要的一切……除了……

可惡，我現在不想要了。

「所以說，龍越強大，騎士的印記自然就越強大。應該對與小龍締約的騎士多加小心，但對那些還沒跟龍締約的學員更要提高警覺，因為他們為了得到締約的機會，什麼事都做得出來。」

——《阿凡德拉少校的騎士學院手冊》（未經授權版）

第十七章

在擁擠的營房裡住了兩個月後，突然有了自己房間的感覺很奇怪，甚至覺得這樣太奢靡了。我再也不會把有個人隱私這種奢侈的事情視為理所當然了。

我一拐一拐地往走廊前進，順手帶上了房間的門。

狹窄的走廊對面是瑞安娜的房間，當她的房門打開時，我看到了索伊爾那高䠷精實的身影從中走了出來。他正用手指梳理著頭髮，看到我時，驚訝地揚起眉毛，突然愣在那邊。臉頰通紅得幾乎可以蓋住他的雀斑了。

「早安呀。」我對他露出調侃的壞笑。

「薇奧蕾，早。」他硬擠出尷尬的微笑，然後走向一年級宿舍的大廳。

當我靠在我房間的門上等待時，一對來自第二翼隊的情侶手牽著手，從瑞安娜隔壁的房間出來，我只能對著他們微笑，順便動一動腳踝測試腳好了沒。還是跟每次剛扭到的時候一樣痛，但至少腳踝的護具和我的靴子把它固定得還不錯，讓我能站穩腳步。要是在別的地方，我肯定會要求要拄柺杖，但那只會讓我的背成為另一個攻擊的目標。按照薩登的說法，我早已經是夠大的攻擊目標了。

瑞安娜走出房門，一看到我就笑了。「我們現在不用再負責做早餐了嗎？」

「昨晚他們說所有**沒人想做**的工作都會交給還沒締約的人，這樣我們就能把精力用在飛行課上。」這也代表我得想辦法在挑戰賽之前削弱對手的實力了。薩登說的對，我不能總是靠毒藥打倒敵人，但我也不會因此不用我目前唯一的優勢。

「又多了一個讓還沒締約的人討厭我們的理由呢。」瑞安娜喃喃自語著。

「小瑞，妳跟索伊爾是怎樣？」我們開始沿著走廊往前走，經過幾個房間後，到達通往圓形大廳的主走廊。不得不說，一年級的房間真沒二年級的寬敞，但至少我們兩個都剛好分到有窗戶的房間。

她的嘴角露出一抹微笑。「我只是想慶祝一下嘛。」她迅速瞄了我一眼。「話說，我怎麼都沒聽說**妳**去慶祝啊？」

我們融入了前往聚會廳的人群中。「就還沒找到想一起慶祝的人。」

「真假？因為我聽說妳昨晚跟某個小隊長有點曖昧欸。」

我急得轉頭看向她，還差點絆倒自己。

「拜託，小薇。整個學院的人都在那裡，妳以為不會有人看到嗎？」她對我翻了個白眼。

「我不是來說教的啦，誰管妳跟長官談戀愛會不會讓別人看不順眼？又沒明文規定說不行，而且沒人能保證我們能活到明天。」

「這樣說是滿有道理的啦。」我承認。「但這……」我搖搖頭，努力找出合適的說辭。「這不是我們之間該有的關係。我一直都很希望我們是這種關係，可是他親我的當下，我什麼心動的感覺都沒有。真的，**一點感覺都沒有**。」我的聲音中明顯能聽出我有多失望。

「好吧，聽起來有點慘。」她挽住我的手臂。「抱歉。」

「我也這麼覺得。」我嘆了口氣。

走廊底部的一扇門打開了，此時黎恩．馬利跟一個和棕色棒尾龍締約的一年級生一起從門內走出來，手還摟著她的腰。看來昨晚除了我以外，所有人都在「慶祝」囉。

「早安，兩位美女。」雷迪克擠過人群，在我們進到圓形大廳時，用手臂搭上我們倆的肩膀。

「還是我應該叫妳們『騎士』？」

「我喜歡『騎士』這個稱呼。」瑞安娜朝他笑了笑。

「聽起來不賴吧。」雷迪克贊同道。

「總比『死人』好。那你的印痕在哪？」我們穿過刻有龍的石柱，走下交誼廳的時候，我順便問了雷迪克。

「在這。」他把手從我肩上放下，捲起長袍的袖子，露出上臂一個棕色的龍形印記。「妳呢？」

「你現在看不到，因為我的在背上。」

「如果妳跟那隻超巨大的龍分開的話，有那個會讓妳更安全。」他雙眼都亮起來了。「我沒騙妳，在飛行場上看到他的時候我都快嚇尿了。那小瑞妳的呢？」

「在你永遠都看不到的地方。」她回答。

「妳傷透我的心了。」他浮誇地大力拍著自己的胸口。

「我才不相信咧。」瑞安娜反駁道，但臉上帶著笑容。後來我們穿過交誼廳進到聚會廳，跟著排隊等早餐。

站在這一側好不習慣，而我看到櫃檯後面那個人時嚇了一跳。

那是歐倫。

他惡狠狠地瞪著我看，眼神裡的憎恨讓我背脊直發涼。因此我跳過了他的餐檯，選了些新鮮水果，這樣至少不會有人動過手腳，以防他決定學我的招數下毒。

「真是混帳東西。」雷迪克在我身後低聲罵道，「我還是不敢相信他們想殺了妳。」

「我倒是相信。」我聳聳肩，冒險拿了一杯蘋果汁。「我就是最弱的那個人，對吧？不幸的是，這樣代表為了翼隊好，其他人一定會想辦法把我處理掉。」我們朝第四翼隊走去，並找了一張還有三個空位的桌子。

「不好意思，可以併——」雷迪克剛開口。

「當然當然！這裡給你們坐！」龍尾分隊的幾個人匆匆從椅子上跑開。

「抱歉啊，索倫蓋爾！」另一個人回頭喊道，他們找到了另一張桌子，把這裡留給我們。

搞什麼鬼啊？

「好喔，這真他媽超詭異的。」瑞安娜繞到桌子的另一邊，而我跟著她，背靠著牆、跨過椅子坐下，把餐盤放在面前。

我差點想聞聞看自己腋下是不是有異味。

「更詭異的事情發生了。」雷迪克指著大廳對面的第一翼隊說。

順著雷迪克的視線看去，我看到了令我驚訝得抬起眉毛的一幕：別人搶了傑克．巴洛的位子，把他趕離座位，逼得他只能站著吃飯。

「現在到底是怎樣？」瑞安娜咬了一口梨子，邊講邊嚼。

傑克走向另一張桌子，那裡的人也不願意空出位子給他。最後他在兩張桌子之外找到了位子。

「這下真的是跌落神壇啊。」雷迪克說，同樣跟我一起看著這場鬧劇，但看著傑克這樣掙扎一點也不讓人開心。被逼到角落的野狗咬人會更凶。

「嘿，索倫蓋爾。」第一翼隊那個我在第二次挑戰賽中打敗的壯實女生走過我們桌子時，擠出了一個僵硬的微笑。

「嗨。」我尷尬地揮手，等她走遠後再轉頭對雷迪克和瑞安娜小聲說：「自從上次我在挑戰賽中拿走她一把匕首後，她就沒再跟我說過話了。」

「她會跟妳說話是因為妳跟太壬締約了。」伊莫珍吹開擋在面前的粉色頭髮，跨過椅子坐在我們對面，並捲起袖子露出她的叛軍印痕。「龍盟日結束的隔天早上總是一團亂。現在，權力平衡的狀態正在改變。而妳，索倫蓋爾小妹妹，將成為這個學院中最強大的騎士。只要有點常識的人都會怕妳。」

我眨了眨眼，心跳急速攀升。原來是這麼回事？我環視整個大廳，仔細觀察整個情況。原本的社交圈都打散了，一些我原本認為會有威脅的學員，也不再坐在他們平常的位置上。

「所以這就是妳**現在**跑來跟我們坐的原因？」瑞安娜揚起眉毛質疑地看著這位二年級生。

「妳對我們說過的好話，用一隻手就數得完。」她作勢舉起拳頭，不願伸出任何一根手指。

奎茵在伊莫珍旁邊的位子坐下，她是我們小隊裡那個從石橋試煉後就沒正眼看過我們的高個子二年級生。後來索伊爾也來了，坐在瑞安娜的另一側。奎茵把她的金色捲髮塞到耳後，撥開擋住眼睛的瀏海。聽到伊莫珍說的話時，她圓圓的臉頰因為微笑而鼓起。不得不說，沿著她兩邊耳朵形狀戴的圓圈耳環看起來超帥的。她的衣服縫著六個徽章，其中最引人注目的是深綠色的那個，和她的眼珠子有相同的顏色，上面還有兩道剪影。我應該好好研究一下這些徽章各自都代表什麼意思，但據說每年都會換。

我個人最喜歡的還是我們最早拿到的那幾個徽章。我得很小心地把第四翼隊的隊徽縫在火焰形狀的徽章上面，再把紅色的數字二縫在正中央，確保針線只會穿過胸甲的布料部分，畢竟再鋒利的針都不可能穿透那些鱗片。

不過我最愛的還是那個縫在烈焰分隊徽章旁邊的布章。因為我們是從石橋試煉開始存活人數最多的小隊，是今年的「鋼鐵小隊」。

「那是因為妳以前沒那麼有趣到可以跟我們坐在一起啊。」伊莫珍一邊說，一邊咬了一口瑪芬。

「我平常都跟我女友坐在猛爪分隊那邊啦。再說你們大多都活不久，何必認識呢？」奎茵補了一句，又把她的捲髮塞到耳後，只是那些髮絲又彈了回來。「別介意啊。」

「我不介意啦。」我開始啃我的蘋果。

結果當我們小隊裡唯一的兩個三年級生，希頓和艾默立，突然一左一右地坐在伊莫珍和奎茵旁邊時，我差點把嘴裡的蘋果噴出來。

現在就只差戴恩和席安娜，整個小隊就要湊齊了，不過他們還是老樣子，又要跟長官們一起吃飯。

「我以為希福特會成功締約耶。」希頓在桌子對面對著艾默立說，我們似乎正好聽到他們討論到一半的話題。他火紅色的頭髮現在看起來又變成綠色的。「除了輸給索倫蓋爾以外，他在每個挑戰賽都表現得很棒啊。」

「他之前想把安妲娜殺了。」**完蛋了，我好像不該把這個說出來的。**

飯桌上的每個人都轉頭看我。

「我猜是因為太壬跟其他龍說了啦。」我聳聳肩。

「但巴洛成功締約了耶？」雷迪克追問。「雖然我聽說他的橘色蠍尾龍算是比較小隻的。」

「是啊，」奎茵也證實了這個說法。「所以他今早才會這麼慘。」

「別擔心，我相信他一定會用其他方式彌補他現在的社會地位。」瑞安娜說，目光看向我的餐盤。「小薇，你必須多吃點蛋白質，不能光靠水果過活。」

「這是唯一我確定沒有人動過手腳的食物，尤其歐倫在櫃檯後面，我沒辦法放心。」我專心地剝著橘子。

「哎，不行啦。」伊莫珍直接把三根香腸放到我的盤子上。「瑞安娜說的沒錯，妳需要多儲備一點能量才能騎在龍背上飛行，尤其是像太壬這麼大的龍。」

我盯著那幾根香腸，心想：伊莫珍討厭我的程度跟歐倫差不多，見鬼了，她甚至還在考核日的時候弄斷了我的手臂、扯傷了我的肩膀。

「**妳可以相信她。**」太壬突然開口，嚇得我不小心弄掉手中的橘子。

「**她討厭我欸。**」

「**別跟我爭論這個，快吃點東西。**」他的語氣堅定得我也無法辯駁。

我抬起頭來，視線與伊莫珍相交，後來她側著頭以挑釁的眼神回看我。

我用叉子切開香腸，放進嘴裡咀嚼，重新把注意力轉回餐桌上的對話。

「你的印記是什麼？」瑞安娜問了艾默立。

此時一陣風呼嘯而過，吹得玻璃杯叮噹作響。氣流操控。好，知道了。

「太酷了。」雷迪克的眼睛瞪大。「你能帶動多少氣流？」

「不關你的事。」艾默立連看都不看他一眼。

「索倫蓋爾，妳今天放學後的時間都是我的喔。」伊莫珍說。

我嚥下了嘴裡的食物，倉促回答：「妳說什麼？」

她的淺綠色眼睛緊盯著我。「晚點練武館見。」

「我已經在幫她練習對戰了——」瑞安娜開口。

「很好。我們不能讓她再輸掉任何一場挑戰賽。」伊莫珍回嘴。「但我還是要幫妳練重訓。在下次挑戰賽開始之前，我們必須鍛鍊妳關節周圍的肌肉，因為這是妳唯一能活下來的方法。」

聽到這話，我脖子後面的汗毛豎了起來。「妳什麼時候開始在乎我的死活了？」這絕對不是什麼小隊精神。絕對不可能。畢竟她之前根本鳥都不鳥我。

「從現在開始。」伊莫珍握緊手上的叉子，但她快速朝大廳遠處司令台掃過的視線出賣了她。我的第六感告訴我她的擔心絕對不是出於一片好心，而是有人命令她這麼做。「小隊很快就要在早點名的時候重組了，到時候每個分隊只會剩下兩個小隊。」她繼續說，「艾托斯因為保住了最多一年級生的性命，所以你們才會拿到鋼鐵小隊的布章。雖然他帶領的小隊會留在分隊的編制中，但我們可能會在其他沒那麼成功的小隊解散後，再吸收一些新的隊員。」

我小心翼翼地看向右邊，越過第四翼隊其他隊伍的餐桌，望向遠處的司令台。薩登和他的副官還有其他分隊長都坐在那裡，其中包括蓋瑞克，他的肩膀寬到感覺至少需要兩個位子才放得下。蓋瑞克最先朝我看來，眉頭微微皺起……那是什麼表情？擔心嗎？後來他又看向其他地方。

他唯一可能感到擔心的原因是**他都知道了**。他知道我的命運是跟薩登綁在一起的。

我的目光立刻轉向薩登，一看到他我的心就瞬間揪緊。真的。太。帥。了。我的身體顯然不在乎他在學院裡有多危險，因為我可以感覺到有股熱流快速流經我的血管，讓我的臉頰發紅。

他正用一把匕首削蘋果，整片果皮像絲帶般捲起。而就在刀鋒繼續移動的同時，他抬起了頭，與我四目相接。

我整個頭皮都在發麻。

天啊，難道我身體的每個部位在看到他的時候都會有反應嗎？

他先是瞥了伊莫珍一眼，又轉回來看我。就這麼一個眼神，我馬上就能確定是他命令伊莫珍要幫我訓練的。薩登．萊爾森現在開始照顧他死對頭的性命了。

幾小時後，小隊完成重組，這次的死亡名單也宣讀完畢。第四翼隊所有一年級的騎士都換上了新發的飛行皮衣，跟自己的龍一起站在飛行場上等待。這套制服比平常的還要厚，是一整件的皮衣外套，我已經扣好、穿在龍鱗護甲外了。

而且這套制服跟我們平常可以自由搭配的制服不同，飛行皮衣上除了代表軍階的肩章和擔任領導職的標誌以外，不會縫上其他徽章。沒有名牌，沒有布章。所以如果我們深入敵營時不小心跟龍分開了，這些都不會暴露我們的身分。皮衣上只會有一堆刀鞘可以讓我們放武器。

我盡量不去想未來可能會參與戰爭，專注在今早飛行場上那種看似一團亂，實際上卻井然有序的狀態。我無法忽視其他學員看著太壬的眼神，還有其他龍對他保持的安全距離。說實在的，要是有龍齜牙咧嘴地對著我，我也會退避三舍。

「**妳才不會。妳之前就沒這麼做，妳當時可是勇敢站在那裡保護安妲娜的。**」他的聲音在我腦海中迴響，從語氣中可以聽得出來他根本不想待在這裡。

「**那只是因為當時情況太複雜，**」我回應。「**安妲娜今天早上沒有來嗎？**」

「**她不需要來飛行課，畢竟她也沒辦法載妳。**」

「**說得也是。**」不過如果能看到她應該會很不錯。她在我腦海中的聲音也比較安靜，不像太壬這麼愛管東管西。

「**我聽到囉。現在給我專心。**」

我翻了個白眼，但還是把注意力集中在站在場中央的凱奧里身上。他舉起手，用簡易魔法把聲音放大，讓我們每個人都聽得到。

等雷迪克學會這招的時候，就真的是只能靠老天保佑了。我憋住笑意，想著雷迪克絕對會想辦法惹惱學院裡的每個騎士，而且不是只有他的小隊而已。

「……你們現在只有九十二位騎士，是我們歷年以來人數最少的一屆。」

我的肩膀垂了下來。「**我以為有一百零一隻龍願意締約，再加上你一個？**」

「**願意歸願意，可不代表找得到值得締約的騎士。**」太壬回答。

「**那還有兩隻龍選了我？**」兩隻龍和我締約的狀況下，還有四十一個人沒有締約？這對他們簡直是種侮辱。

「**因為妳值得我們跟妳締約。至少我這麼認為，雖然妳顯然上課都不怎麼專心聽。**」他噴了口熱氣，波及到我的後頸。

「這也代表有四十一個未締約的騎士，會為了能站在你們現在的位置，想盡辦法把你們殺了。」凱奧里繼續說，「而且你們的龍都很清楚，現在你們的締約關係正處於最脆弱的狀態，所以如果你們從龍背上摔下來或者失敗了，讓龍覺得這些還沒締約的騎士會是更好的選擇，他們很有可能不會救你們。」

「真是貼心的叮嚀。」我喃喃自語。

太壬發出一種像是嗤笑的聲音。

「現在，我們要爬上龍背，然後就會開始一連串你們的龍早已習慣的特技動作。今天你們的任務很簡單，就是想辦法待在龍背上。」凱奧里說完最後一句話，就轉身衝刺了好一段距離，奔向龍的前腳，垂直爬了上去。

就像在過臂鎧關的最後一個障礙一樣。

我吞了口口水，暗自後悔今天早餐吃太多，而後轉向太壬。我左右兩邊的騎士都在進行同樣的上龍動作。我絕對不可能正常地完成這個動作，何況我的腳踝還沒好。

太壬稍稍低下肩膀，讓他的腿變成一個斜坡。

害怕失敗的感覺幾乎要把我吞噬。我已經跟學院裡最龐大，也是最暴躁的龍締約，結果還要他為了我調整。

「**這是為了我自己調整的。我看過妳的回憶，我才不想讓妳用匕首插著我的腿爬上來。現在，出發吧！**」

我噗哧一聲笑出來，但還是爬了上去，搖頭晃腦地在他背上的龍棘間尋找我的座位。因為大腿從昨天就在痛了，所以我邊就定位邊皺眉，緊緊抓住由鱗片構成的鞍座。

凱奧里的龍衝上天空。

「**抓緊。**」

我感覺到跟之前同樣的能量束縛住我的雙腿，太壬蹲了一下，隨即把自己拋向高空。飛向天際時，狂風刺激著我的眼角，我的胃彷彿墜到了腳跟，而我也很冒險地用單手調整飛行護目鏡。一瞬間視線變得清晰多了。

「**我們非得第二個出發嗎？**」當我們飛出峽谷，到達跟山稜線差不多的高度時，我問了太壬。現在我終於明白為什麼我從小在巴斯蓋亞長大，卻很少看過這樣的騎龍訓練了，因為訓練時周圍也只有其他騎士。「**所有人都準備看到我從龍背上滑落的畫面了。**」

「**我會答應跟在史茂後面，只因為他的騎士是妳的教官。**」

「**所以你是一個喜歡跑在前頭的傢伙囉。真是謝謝你讓我知道喔。提醒我有空要去廟裡多多祈求鍍殞保庇。**」我專注地盯著凱奧里教授，等待開始特技動作的時機。

「**妳是說戰爭與力量的女神嗎？**」太壬這次明顯是在嘲笑我。

「**怎樣？龍難道沒想過我們需要神明站在自己這邊嗎？**」可惡，這裡好冷。我戴著手套的手抓鞍座抓得更緊了。

「**龍才不在乎你們相信哪些渺小的神明。**」

凱奧里向右轉彎，太壬也跟著轉彎，帶著我們朝山峰的方向急速俯衝。我的雙腿靠緊龍背，但我知道是因為太壬的力量我才能穩穩地坐在位子上。

他的力量讓我能穩定度過另一次的爬坡動作，甚至是一個接近盤旋的轉彎，我也不小心注意到，他不僅完成了凱奧里的每個動作，還加強了動作的難度。

「**你不能全程都用你的力量把我固定在龍背上，我也要練習的。**」

「**妳不懂我這樣的用意。除非妳想跟格林的騎士一樣，墜到下面的冰河全身擦傷。**」

我迅速回頭一看，但只看到太壬的尾巴在擺動，巨大的龍棘擋住了我的視線。

「**別看。**」

「**我們已經少了一個騎士？**」我的喉嚨堵住了。

「**格林很不會選騎士，從來沒有真正建立強大的締約關係。**」

我。的。天。

「**如果你繼續這樣把我固定在座位上，你的能量就會耗在這裡，而不是用在我們需要力量戰鬥時。**」我反駁道。

「**這只是我力量的一小丁點而已。**」

如果我他媽的連太壬的龍背都坐不住，我是要怎麼當騎士？

「**隨便妳吧。**」

束縛之力消失了。

「**謝謝——啊靠！**」他急向左轉彎，我大腿一滑，原本握緊的雙手也滑開了。整個人直接從他身側滑了下去，手指頭盲目地在空中亂抓，想找可以抓的地方卻一無所獲。

呼嘯而過的風聲在耳邊轟轟作響，我直直墜向下方的冰河。真實的恐懼緊緊抓住我的心臟，彷彿鉗子正揪緊我的內心。下方的人影看起來越來越大了。

此時太壬的爪子抓住了我，再次把我拋向高空，就像龍盟日那時一樣控制著我。他先是爬升到高空，再把我拋上去一次，不過至少我已經做好準備，這次他的龍背會接住我下墜的臀部。

一陣我聽不懂的怒吼聲在腦海中迴響。

「**那是什麼意思？**」我趕緊爬回座位，在他平穩飛行時調整好姿勢。

「**對人類來說，最接近的翻譯大概是『他媽的』。好了，妳這次要不要好好待在位子上？**」他慢慢降低高度，回到隊伍中，我也總算是坐穩了。

「**我必須有辦法自己穩住。我們都需要我自己有能力做到。**」我又再次回嘴。

「**真是固執的銀色人類。**」太壬邊叨念，邊跟著凱奧里俯衝。

我又掉下去了。

又一遍。

再一遍。

那天晚上吃完晚餐後，我往練武館前進。從太壬的背上滑下來無數次，讓我全身都好痛，我也很確定他抓住我手臂的地方底下滿是瘀青。

我穿過圓形大廳，才剛要進入教學大樓，就聽見戴恩喊著我的名字，小跑步追了上來。

我內心期待著往常跟他獨處一會應當出現的喜悅，但什麼都沒有，取而代之的是一大片讓我手足無措的尷尬感。

我到底是哪裡出問題了？戴恩長得帥氣，個性又善良，是個真的、**真的**很好的人。他為人正直，也是我最好的朋友。那為什麼我們之間一點火花都沒有？

「瑞安娜說妳要往這邊走。」他追上來的時候，皺起的眉頭可見他對我的擔心。

「我要去訓練啦。」我勉強擠出一個笑容。當我們越過轉角，練武館就在我們前方，寬大的拱形大門敞開著。

「今天的飛行訓練還不夠嗎？」他碰了碰我的肩膀，停了下來，我也跟著停住，在空蕩蕩的走廊上轉身面向他。

「今天肯定摔夠了。」我檢查了手臂上的繃帶，還好縫線沒有斷開。

他的下巴驚訝地向下掉。「我原本是真的以為只要太壬選了妳，妳就會一路順風了。」

「我會的，」我向他保證，聲音不自覺地變高。「我只是需要加強我的肌肉，才能在這些特技動作下坐穩，可是太壬堅持把凱奧里的那套動作都變得更難。」

「我這樣是為妳好。」

「你是不是一直都在旁邊聽？」我忍不住在心中對他發火。

「是。妳就習慣吧。」

我拚命忍住不要對這個愛干涉我又霸道的——

「我還在喔。」

「薇奧蕾？妳還好嗎？」戴恩這一問點醒了我。

「抱歉，我還不太習慣太壬一直在我思考的時候插嘴。」

「這反而是好徵兆，代表你們之間的締約關係正在深化。可是說真的，我不太明白他為什麼要用這麼難的動作來刁難妳。除了獅鷲獸，我們這裡現在也沒什麼空中威脅，而且大家都知道，一口龍息就能把獅鷲獸全部燒死。叫他不要對妳那麼嚴格啦。」

「叫他管好自己的事就好。」

「呃……我會的。」我忍住了笑意。「**對他溫和一點，他可是我最好的朋友。**」

太壬惱怒地用鼻子噴了一口氣。

戴恩則是從嘴巴嘆了一口氣，隨後溫柔地捧住我的臉，視線下移到我嘴唇的剎那間，馬上向後退一步。「聽著。關於昨晚的事……」

「你是說你告訴我如果跟太壬締約，薩登就會把我殺死的事？還是你親我的那件事？」我小心翼翼地把手環抱胸前，尤其是要輕放我的右手。

「接吻的部分，」他壓低聲音承認。「那、那不該發生的。」

一股解脫放鬆的感覺湧上心頭。「對吧？」我擠出微笑。真是感謝上天他能跟我有一樣的想法。「這個吻不會影響到我們的友誼。」

「還是最好的朋友，」他附和著，但眼神卻帶著我無法理解的悲傷。「可是不是我不想要妳——」

「什麼？」我的眉毛揚起。「你在說什麼？」我們兩個是不是有什麼理解錯誤？

「我在跟妳說同一件事。」他眉心之間浮現兩道皺紋。「但我們不允許在同一個指揮體系中跟任何人發生性關係。」

「噢。」對，那跟我要講的完全**不一樣**。

「而且妳也知道我為了要成為小隊長付出了多少努力。我決心明年要成為翼隊長，雖然妳在我心中的地位很重要……」他搖搖頭。

噢，所以這對他來說純粹都是政治考量囉。「好。」我緩慢地點頭。「我明白了。」我不應該在意他選擇不追求我的原因是因為軍階，事實上也沒什麼重要的。但這的確讓我對他失去了一些敬仰之情，這也是我從沒想過的。

「或許明年，如果妳到了跟我不同的翼隊，或是畢業之後……」他開始說，眼中亮起希望。

「索倫蓋爾，走囉。我可不想耗一整晚坐著等妳。」伊莫珍從門口喊，雙手抱胸。「如果我們的**小隊長**跟妳講完了的話。」

戴恩往後一退，視線在我跟伊莫珍之間來回。「她在訓練妳？」

「她主動跟我說的。」我聳聳肩。

「因為小隊精神什麼的，吧啦吧啦。」伊莫珍一臉皮笑肉不笑的樣子。「別擔心。我會好好照顧她的。掰啦，艾托斯。」

我對戴恩笑了笑就離開現場，堅決不回頭看他是否還在那裡。伊莫珍迅速跟上我的腳步，帶領我走到左邊牆角玻璃與石頭交界處，推開了一扇我從未注意過的門。

魔法燈點亮了門內的房間，到處都是各式各樣的木製健身器材，有訓練架、戰繩、滑輪、臥推椅，還有一些鎖在牆上的桿子。

在另一邊，正在訓練墊上做伏地挺身的人叫做緹爾絲，是我那晚在森林裡見過的新生。蓋瑞克在她旁邊，不停地催促著她。

「別緊張，索倫蓋爾。」伊莫珍用甜膩到讓人起雞皮疙瘩的語氣說，「這裡只有我們四個。妳很安全啊。」

蓋瑞克轉身，和我對到眼的同時還繼續為那個新生數著還要做幾下。他輕輕向我點了下頭，然後又轉回去繼續做他的工作。

「我最擔心的就是妳。」我一邊說著，一邊跟著她走向一台有拋光木椅的機器，前面還有兩個高度剛好到膝蓋的軟墊。

她笑了，我聽起來像是她第一次發自內心地笑。「說得也是。既然妳的腳和手臂現在都還在復原中，不能訓練，我們就先從最重要的肌肉開始，這可以讓妳在龍背上待得穩穩的。」她上下打量了我一眼，明顯帶著厭惡的口吻嘆了口氣，「就妳這瘦弱的內側大腿。」

「妳會幫我訓練，純粹是因為薩登叫妳做的，對吧？」我一屁股坐在器材的座位上，兩膝之間夾著有軟墊的木頭，同時她正在調整器材。

她的眼睛和我對上眼，微微瞇起。「第一條規則，對妳這**新生**來說，他是萊爾森學長，還有妳永遠不准問我和他有關的事。懂了嗎？」

「妳剛剛說了兩條規則。」我開始覺得自己一開始的猜測可能是對的。憑她這種近乎瘋狂的忠誠，他們肯定是情侶。

我才不是在吃醋。不可能。那種在胸口蔓延的不適感絕對不是嫉妒。不可能是。

她冷冷哼了一聲，拉下拉桿，那讓我雙腿間的木頭有股推力，瞬間將我的大腿強行分開。

「現在開始訓練。給我用力夾緊。三十下。」

第十八章

「沒有什麼比檔案庫更神聖的了。神廟可以重建，書籍卻無法重寫。」

——《達克斯頓上校的在抄寫士學院脫穎而出的指南》

我推著一台嘎吱作響的木製運書車，經過騎士學院和治療師學院之間的連通橋，再穿過診所大門，深入巴斯蓋亞的核心地帶。

魔法燈照亮了我在地下隧道中前進的路，雖然這條路我已經熟到閉著眼睛也可以走。越往深處走，土地和石頭的氣味就越發濃烈。自從我分到檔案庫值勤以來，這一個月內幾乎每天襲來的思鄉之情，現在已不如昨天那樣深刻，而昨天又比前天稍微緩和些。

我對著檔案庫入口的一年級抄寫士點了點頭，他立即從座位跳起，趕緊打開那扇跟保險庫一樣厚重的門。

「早安，索倫蓋爾學員。」他幫我按著門，讓我能推著推車進去。「昨天妳沒來我很想妳。」

「早安，皮爾森學員。」我邊推著推車邊對他微笑。以學院裡的雜事來說，我已經得到了我最喜歡的工作。「我昨天身體不太舒服。」我整天頭都很暈，大概是因為水喝不夠，不過至少昨天能好好休息。

檔案庫瀰漫著羊皮紙、裝訂膠水和墨水的氣味，聞起來就是家的味道。

一排排六公尺高的書架延伸到寬敞空間的盡頭。我站在靠近入口的桌子旁等待，沉浸在眼前的場景中。這裡曾是過去五年裡我花費最多時間的地方，只有抄寫士可以往更深處走，而我是一名騎士。

這個想法讓我嘴角不自覺上揚。此時一名穿著米色長袍、戴著兜帽的女人向我走近，肩上繡著一個金色長方形徽章，代表她是新生。當她掀起頭上的兜帽，露出一頭褐色長髮，眼神和我對上的瞬間，我立刻露出了大大的笑容，用手語向她打招呼：「潔西妮亞！」

「嗨，索倫蓋爾學員。」她也用手語向我打招呼。她明亮的眼睛透出光芒，卻忍著不露出微笑。

這一瞬間，我恨透抄寫士工作時的繁文縟節了。如果是我，要開心地擁抱我的朋友根本沒什麼問題，但她這麼做就會因為失儀遭到上頭訓斥。畢竟，如果他們露出笑容，我們又要怎麼知道抄寫士對於自身工作的認真和投入呢？

「能看到妳真的太好了，」我用手語比劃，笑容怎麼都收不住。「我就知道妳會通過考試。」

「那是因為去年都跟妳一起準備呀。」她用手語回應我，同時緊緊抿住嘴唇，想辦法不讓嘴角上揚。接著她的表情突然變得憂心忡忡。「聽說妳被迫加入騎士學院，一切都還好嗎？」

「我很好，」我向她保證，隨後停了一下，在記憶中尋找「龍族締約」正確的手語手勢。「我已經和龍締約了，而且……」我的心情很複雜，但想到在太壬背上翱翔的感覺，還有我覺得伊莫珍把我的肌肉訓練到快報銷的時候，安妲娜輕輕推著我的加油打氣，我也想到我和朋友們的感情，我實在無法否認這個事實。「我很快樂。」

她驚訝地睜大眼睛。「妳難道不會一直擔心妳會……」她左顧右盼，剛好附近沒有人可以看到我們。「妳知道……妳可能會死掉。」

「當然。」我點點頭。「但很奇怪的是，我好像已經習慣了。」

「好吧，妳說了算。」她看起來有點半信半疑。「來處理這些吧，這些都是要還的書嗎？」

我點點頭，從褲子口袋裡掏出一小卷羊皮紙遞給她，再用手語告訴她：「還有幾本德薇拉教授調閱的書。」負責我們學院圖書館的騎士每晚都會送來圖書調閱清單和歸還書單，而我通常在早餐前就會把書拿去騎士學院了，這大概就是我肚子現在還咕嚕咕嚕叫個不停的原因。

飛行訓練、瑞安娜的對戰訓練，再加上伊莫珍那種跟虐待沒兩樣的訓練課，讓我燃燒了大量的卡路里，現在我的食量簡直是個無底洞。

她把卷軸收進長袍隱藏的口袋後問：「還有什麼其他的需求嗎？」

可能是因為待在檔案庫的關係，一陣猝不及防的思鄉之情，幾乎要把我擊倒。「你們這裡有《荒原神話》可以借嗎？」米拉說得對，我不該把這本神話故事書帶來，但能花一個晚上的時間窩在房間重溫熟悉的老故事，那該有多好。

潔西妮亞皺起眉頭。「我不太記得有這本書。」

我眨了眨眼說：「這不是學術著作，就是一本民間傳說故事集，是我爸以前常讀給我聽的。說實話，這本書有點黑暗，但我還是超愛。」我思考了一會，因為手語裡沒有對應「雙足飛龍」和「危靈」的詞，所以我乾脆拼出這些字。「雙足飛龍、危靈、魔法、善惡之戰——妳懂的，都是那些精彩的東西。」我開心地露齒笑。如果問我誰能懂我對書籍的熱愛，那肯定是潔西妮亞。

「我沒聽說過這本書，不過我待會幫妳找找看。」

「謝謝妳，非常感謝。」既然我就要成為一個可以施展魔法的人了，多了解一些關於人類濫用力量的傳說也不錯。這些記載下來的故事，無疑是為了警告我們跟龍族締約的危險，但在納瓦爾統一六百年來的歷史中，我從來沒讀過有騎士靈魂遭自己力量吞噬的案例，因為龍族會防止這種情況發生。

潔西妮亞點點頭，推著推車，消失在書架之間。

通常等候調閱完騎士學院教授和學員想要的書，大約需要十五分鐘，但我非常願意等待。在檔案庫裡，抄寫士們來來往往，有些成群結隊地接受訓練，準備成為王國的歷史學家。而我發現自己下意識地盯著每個戴兜帽的人，想要尋找一個我知道再也找不到的面孔——我的父親。

「薇奧蕾？」

我轉向左側，看到馬克漢教授帶著一群抄寫士新生。「教授早。」在他面前保持無表情對我來說很容易，因為我知道他會期待這種反應。

「我不知道妳是負責圖書館雜務的。」他朝潔西妮亞消失的書架方向瞥了一眼。「有人幫妳處理嗎？」

「潔西妮亞——」我突然覺得叫名字有點尷尬。「我是說，內歐沃特學員幫了很大的忙。」

「你們知道嗎，」他轉向圍繞在我周圍的五名新生說，「索倫蓋爾學員曾經是我最引以為傲的學生，直到騎士學院把她搶走。」他在兜帽下的目光與我相接。「我原本希望她能回來，但，唉，她不僅和龍締約了，而且還一次兩隻。」

站在他右側的一個女孩倒抽一口氣，隨即用手摀住嘴，低聲道歉。

「別擔心，其實我也跟妳一樣驚訝。」我告訴那個女孩。

「也許妳可以跟納希亞學員解釋一下，他剛剛才在抱怨這裡一點新鮮空氣都沒有。」馬克漢教授將目光轉向左邊的男孩。「這群人才剛開始在檔案庫輪班。」

納希亞在米色兜帽下的臉頰立刻漲得通紅。

「這是防火系統的一部分，」我向他解釋。「空氣越少，我們的歷史文件燒毀的風險就越低。」

「那戴得頭很悶的兜帽呢？」納希亞挑起眉毛看我。

「是為了讓學生在這些巨著書堆裡不那麼顯眼。」我解釋道，「象徵著沒有什麼東西、沒有誰比這個房間裡的文件和書籍更重要。」我的視線快速掃過了整個房間，一陣思念之情再次襲來。

「說得太對了。」馬克漢教授冷冷地瞪了納希亞一眼。「索倫蓋爾學員，因為我們還有工作要做，可能要先失陪一下。明天戰爭簡論課上見。」

「是的，長官。」我後退一步，給這群人讓出一條通道。

「**妳在難過嗎？**」安妲娜用溫和的聲音問道。

「**只是來檔案庫看看。不用擔心。**」我告訴她。

「**我知道要像愛第一個家一樣愛第二個家，是很難的。**」

我吞了吞口水。「**如果第二個家是正確的選擇，那會比較容易。**」騎士學院對我來說，已經是那個正確的選擇，成為了屬於我的家。對於只有在這裡才能找到平靜和獨處的渴望，現在已經比不上飛行時腎上腺素上升的興奮感。

潔西妮亞推著推車再次出現，運書車上裝滿了要調閱的書籍，還有一些騎士學院教授的郵件。她用手語比劃：「真的很抱歉，我找不到妳說的那本書。我甚至還在目錄中找了『雙足飛龍』，我以為那就是妳說的那本書，但完全找不到。」

我愣了一秒。我們的檔案庫幾乎收藏了納瓦爾所有書籍的原稿和加印的版本。只有極少見的典籍或禁書才沒有。什麼時候民間傳說淪落成了這種級別？雖然回頭想想，我在讀書準備成為抄寫士的時候，也從未在書架上看到過像《荒原神話》這樣的書。關於幻獸奇美拉的書呢？有。海怪克拉肯呢？當然也有。那關於雙足飛龍和創造他們的危靈？一本都沒有，太詭異了。「沒關係，謝謝妳幫我找書。」我用手語回應。

「妳看起來跟以前不太一樣。」她用手語比劃，然後把推車遞給我。

我驚訝地睜大眼睛。

「不是不好的那種不一樣，就是……不一樣。妳的臉頰瘦了，就連姿態也……」她搖搖頭。

「我一直都在訓練。」我停頓了一下，雙手垂在身側，仔細考慮我該如何回答。「這些訓練很辛苦，但也很不錯。我在訓練墊上的速度越來越快了。」

「訓練墊？」她皺起眉頭。

「對戰用的訓練墊。」

「對耶，我忘記你們都要互相練習打鬥。」她的雙眼裡流露出對我的同情。

「我真的沒事啦。」我向她保證，略過了歐倫在我面前握著匕首的那些時刻，以及傑克向我投來的憤怒眼光。「那妳呢？一切都跟想像的一樣嗎？」

「都跟我想要的一樣，甚至比想像的還要好。好很多。我們的職責不是只有記錄歷史，還要加速前線的情報傳遞，這份工作遠遠超出我的想像，而且非常充實。」她再次抿緊嘴唇。

「那就好，我很為妳開心。」而且我是發自內心地這麼覺得。

「但我很擔心妳。」她深吸一口氣。「邊境攻擊事件不斷增加……」憂慮的心情在她雙眉之間刻下了幾道線。

「我知道。我們在戰爭簡論課上都聽說了。」每次都是一樣的事件上演：襲擊薄弱的結界、洗劫山區的村莊，越來越多的騎士陣亡。每次我們接到消息，我的心就會碎一次。每分析一次這樣的攻擊事件，我內心的某部分就會死去一點。

「那戴恩呢？」她陪我走向門口，「妳見到他了嗎？」

我的笑容瞬間消失。「這之後再談了。」

她嘆了口氣。「我會盡量在這個時間來，這樣就能見到妳。」

「好啊，聽起來太棒了。」我忍住不去抱她，穿過她幫我開的門。

等我把推車推回圖書館，排隊領完午餐後，我們的用餐時間已經沒剩多少時間。這代表我正拚命地往嘴裡塞食物，我們原本的小隊隊員現在已經吃完在聊天了。小隊的新成員是第三小隊解散後吸納進來的人，有兩個一年級和兩個二年級。他們坐在和我們隔一張桌子的餐桌上，拒絕跟任何帶有叛軍印痕的人坐在一塊。

但沒差，誰鳥他們。

「這真是酷斃了！」雷迪克繼續說，「上一秒他才在跟那個闊劍技巧跟鬼一樣強的三年級生對戰，下一秒索伊爾就——」

「你可以讓**他**自己講這個故事。」瑞安娜翻了個白眼，同時責備道。

「不用了謝謝。」索伊爾反駁，搖搖頭，滿懷恐懼地盯著自己的叉子看。

雷迪克得意地笑著，全然沉浸在講故事的快感中。「然後那把劍竟然在索伊爾手中扭轉，朝那個三年級學員的方向彎曲。雖然索伊爾原本是完全打不贏的。」他朝索伊爾做了個鬼臉。「抱歉，兄弟，但事實就是這樣。要不是你的劍突然彎曲，直接砍向那傢伙的手臂——」

「原來你是冶金專家啊？」奎茵挑起眉毛。「真的假的？」

天啊，索伊爾竟然能操控金屬。我強迫自己再吞下一些火雞肉，並直盯著他看。據我所知，他是我們之中第一個展現出魔法能力的人，更別說是印記了。

索伊爾點點頭。「卡爾是這麼說的。艾托斯一看到這情況就立刻把我帶到教授那裡。」

「我好羨慕啊！」雷迪克摀住胸口。「我也想讓我的印記力量顯現出來！」

「如果這意味著你還無法控制它，可能會不小心把叉子戳進自己的上顎，你就不會這麼興奮了。」索伊爾把餐盤推開。

「說得有道理。」雷迪克看著自己的餐盤。

「你的印記能力會在龍準備好要信任你、把全部力量交給你的時候顯現出來。」奎茵說了這句話後，便喝完了她的水。「希望你的龍在六個月內就信任你吧，要不然——」她發出了一個像是爆炸的聲音，並用手比劃出爆炸的動作。

「別嚇小孩了啦。」伊莫珍說，「這種事情已經很久——」她停下來思考了一下。「已經幾十年沒發生過了。」當我們所有人都盯著她看時，她翻了個白眼。「聽好了，在龍盟日上，你們的龍轉移給你們的印記，是讓魔法進入身體的管道。如果你們沒有讓印記顯現出來，幾個月後就會有不好的事情發生。」

我們都嚇傻了。

「魔法會吞噬你們喔。」奎茵補充，再次模仿爆炸的聲音。

「放輕鬆啦，幾個月也不是什麼嚴格的死線。就是個平均值而已。」伊莫珍聳聳肩。

「幹，這裡怎麼總是有這麼多**破事**。」雷迪克咕噥道。

「我現在感覺自己好像滿幸運的。」索伊爾盯著自己的叉子說。

「我們會幫你準備木製餐具的。」我對索伊爾說，「你最好也別去武器庫或是跟……任何人對打。」

索伊爾笑了一聲。「是沒錯。至少今天下午飛行課時我還算安全。」

龍盟日結束後，在課表上加入飛行課可是必備。翼隊得輪流進入飛行場，而今天剛好是我們一週中幸運的日子之一。

我的頭皮微微發麻，我也知道如果轉頭，一定會看到薩登正盯著我們。尤其是盯著我。但我不想滿足他可以一直盯著人看的快感。從龍盟日之後，他連一個字都沒跟我說過。這不代表我是自己一個人孤零零的——哦，我也不可能落單了啦。每當我走在走廊或晚上去健身房，總有個高年級生在附近的某處。

而且他們都有叛軍印痕。

「我其實更喜歡早上上課。」瑞安娜臉色瞬間變差。「吃完早餐和午餐後上課真的很糟。」

「我認同。」我一邊咀嚼著說。

「馬上把火雞肉吃完。」伊莫珍命令道，「今晚見。」她和奎茵收拾了托盤，送回洗碗房的窗口。

「她訓練你的時候是不是比較和善？」瑞安娜問。

「沒欸，但她很有效率。」我一邊把火雞肉吃完，一邊看著餐廳逐漸空下來，我們都朝洗碗房的窗口走去。「卡爾教授是什麼樣的人？」我問索伊爾，然後把托盤放在一大疊托盤上。因為我的印記還沒顯現出來，所以這位魔法操控課教授是我少數還沒見過的老師之一。

「卡爾他媽的超可怕。」索伊爾回答。「我迫不及待想讓整年級都開始上魔法操控課，這樣大家就都能體驗他這種特殊的教學風格了。」

我們穿過交誼廳和圓形大廳，進到中庭，大家都把外套的扣子扣上了。十一月的天氣來勢洶洶，早晨狂風肆虐，草地上還結了霜，離第一場雪也不遠了。

「我就知道會成功！」傑克．巴洛在我們前面說，一邊用手臂摟著一個女孩，親暱地拍了拍她的頭。

「那不是卡羅琳．艾許頓嗎？」瑞安娜張大嘴巴，看著卡羅琳跟著傑克往教學大樓走去。

「是啊。」雷迪克緊張起來。「她今天早上跟格林締約了。」

「格林不是已經跟其他人締約了嗎？」瑞安娜看著他們倆，直到他們離開視線範圍，進入教學大樓。

「他原本的騎士在我們第一堂飛行課時就死了。」我的目光聚焦在通往飛行場的大門上。

「所以看來那些還沒有締約的人還是有機會喔。」瑞安娜低聲說道。

「沒錯。」索伊爾點了點頭，臉上的表情逐漸緊繃。「他們確實有。」

「我們那趟飛行，妳大概只摔了十幾次吧。」太壬在我們降落在飛行場時說。

「我不知道這算是稱讚還是批評。」我深呼吸，試著平復狂跳的心臟。

「隨妳怎麼解讀。」

我在心裡翻了個白眼，當他稍微放低肩膀，讓我能從他的前腿滑下去時，我快速離開了座位。這套動作已經如此熟練，讓我甚至沒注意到其他騎士都能優雅地跳下龍背，或以正確的方式下來。「再說，你也可以讓我們的飛行過程輕鬆一點，你明知道的。」

「哦，我知道啊。」

「凱奧里教授示範平直俯衝的時候，又不是我把我們捲進那團螺旋氣流的。」我的腳終於碰到地上，然後我對太壬揚起眉毛。

「我是真的為了訓練妳可以戰鬥，他只不過是在教妳一些花招。」太壬眨了眨他那金色的眼睛，接著移開了視線。

「你覺得安妲娜下週能加入我們的練習嗎？哪怕就只是一起飛行？」我按照凱奧里教的方法幫太壬做檢查，仔細檢查長長的帶爪腳趾或堅硬的鱗片下是否有任何碎屑卡住。

「我又沒笨到察覺不出自己身上卡了東西。而且除非安妲娜自己要求，我也不會叫她加入。她跟不上我們的速度，那只會引來不必要的關注。」

「這樣我根本見不到她。」我公然發著牢騷。「永遠只能聽你這個脾氣很差的傢伙碎碎念。」

「**我一直都在喔。**」安妲娜回應，我卻看不到她的金色光芒閃爍。她很有可能和往常一樣待在谷地，不過至少她在那裡很安全。

「**這脾氣很差的傢伙剛剛可是救了妳十幾次呢，銀色的。**」

「**你可以叫我薇奧蕾。**」我花時間仔細檢查著他的每一排鱗片。對龍來說，最危險的往往是那些刺到鱗片之間卻無法自行移除的小碎片，可能會造成鱗片感染。

「**我知道啊，**」他又重複說了這句。「**我也可以像翼隊長那樣叫妳暴力女。**」

「我不信你敢。」我瞇起眼睛，繼續檢查他胸口隆起的地方。「**你明知道那傢伙讓我內心有多煩躁。**」

「**讓我內心有多煩躁？**」太壬在我頭上笑出聲，聽起來像隻貓咪在喘氣。「**妳都這樣說心跳加速的感覺嗎——**」

「**你最好不要讓我生氣喔。**」

一陣低吼從太壬胸腔中傳出，音波震得我的骨頭都在顫抖。我轉身，手懸在插在鞘裡的匕首旁，此時戴恩正在靠近我們。

「**是戴恩啦。**」當戴恩停在我前方十幾步遠的距離時，我從太壬的前腿間走出來。

「**憤怒真不適合他。**」太壬再次咆哮，一股熱氣撲向我的後頸。

「**放輕鬆啦。**」我安撫著太壬，然後回頭看了戴恩一眼。我的眉毛向上挑起。

太壬瞇起金色的眼睛，不爽地瞪著戴恩看，露出尖銳的牙齒，嘴巴還滴著口水，另一聲低吼響起。

「**欸，你這樣已經是惡霸了吧，停了。**」我說。

「**告訴他如果他敢傷害妳，我會燒了他現在站的地方。**」

「**噢，你到底想幹嘛啊，太壬。**」我翻了個白眼，走到戴恩面前。戴恩的下巴緊鎖，不發一語，但眼神裡充滿憂慮。

「**快跟他講，不然我就去找卡斯。**」

「太壬說如果你傷害我，他就會燒死你。」我說的當下，左右兩邊的龍逕直飛向天際，準備回到谷地，也沒有載著他們的騎士回去。但我說的不是太壬。不是他。他還是站在我身後，像個過度保護小孩的爸爸。

「我怎麼可能傷害你！」戴恩激動地說道。

「**一字不漏告訴他，銀色的。**」

我輕吐了口氣。「抱歉，他其實是說，如果你敢傷害我，他會燒了你現在站的地方。」我回頭看了一下。「有比較好嗎？」

太壬滿意地向我眨眨眼。

戴恩的目光始終停留在我身上，但我看到了戴恩身上那股不斷增強的憤怒，就是先前太壬警告過我的。「妳很清楚，我寧死也不會傷害妳。」

「**聽到這樣的回答你滿意了嗎？**」我問太壬。

「**我餓了。我想我要先去吃一群羊。**」他搧動強而有力的翅膀，一下衝上天空。

「我需要跟妳談談。」戴恩壓低了聲音，眼睛微微瞇起。

「好。陪我走回去。」我示意瑞安娜自己先走，她和其他人一起離開，留下戴恩和我墊後。

我們兩個退到飛行場的邊緣。

「為什麼妳不告訴我妳根本坐不穩？」他對我吼道，抓住我的手肘。

「你說什麼？」我用力甩開他的手。

太壬在我腦海裡低吼。

「**放心，我可以應付的。**」我也在心裡喊回去。

「這段時間，我一直讓凱奧里教授教妳，還以為這一切都在他的掌握中。畢竟，騎士學院裡跟最強的龍締約的騎士如果坐不穩龍背，那大家早就看出來了。」他煩躁地抓著自己的頭髮。「如果我最好的朋友每天飛行的時候都摔下來，我他媽的應該要知道的！」

「我根本沒有隱瞞你啊！」憤怒在我血管中奔騰。「我們翼隊裡誰不知道！你可能沒有一直關注自己的小隊吧，但相信我，戴恩，所有人都知道。我不想站在這裡讓你說教，好像我是小孩一樣。」我憤怒地大步離開，想辦法追上翼隊的隊伍。

「**妳**沒有特別跟我說。」他聲音中的憤怒已經轉變為受傷的語調。他快速追了上來，完全能跟上我的步伐。

「這根本不是什麼問題啊。」我搖搖頭。「太壬需要的話，大可以用魔法把我扣緊。是我要求他放鬆魔力的束縛。而且我勸你最好想清楚再質疑他。他對人可是那種先燒了再說話的類型。」

「這可是個大問題，因為他無法傳輸給妳——」

「他所有的力量？」我們要走出飛行場的時候我問了他，朝著臂鎧關旁邊的階梯走去。「我知道啊。不然你以為我為什麼要要求他放鬆？」挫折感在我腦內翻騰，吞噬了我所有的理性思考。

「妳已經飛了一個月，卻還會從龍背上摔下來。」他的聲音跟著我走下樓梯。

「拜託，戴恩，翼隊一半的人不也是這樣嗎！」

「才沒有摔十幾次那麼誇張，」他立刻反駁我，同時緊跟在我身後。我加快腳步走向通往要塞的小徑，礫石在我靴子下嘎吱作響。「我只是想幫妳，小薇。我可以怎麼幫妳？」

我對著他那聽起來很哀怨的語氣嘆了口氣。我總是忘記他是我最好的朋友，必須每天眼睜睜看我冒好幾次生命危險，心裡一定不好受。如果角色互換，我大概也會這麼擔心。所以我試著緩解氣氛地說：「你應該看看一個月前摔三十幾次的我，現在好很多了。」

「**三十幾次？**」他的聲音隨之提高。

我在隧道入口處停下腳步，對他投以微笑。「相信我，這些都是聽起來很嚴重而已。」

「至少告訴我妳在飛行哪方面遇到困難好嗎？至少讓我能幫妳。」

「你想聽我列自己的缺點清單嗎？」我翻了個白眼。「大腿肌肉太弱了，不過現在還在增肌中。抓住鞍頭的手不夠有力，但已經在慢慢變強。我的二頭肌花了好幾週才復原，所以也還在訓練。可是戴恩，你用不著擔心我，因為現在伊莫珍在訓練我。」

「是因為萊爾森要求她這麼做的，對嗎？」他猜測道，雙臂還抱在胸前。

「可能吧，但這很重要嗎？」

「因為他對妳不安好心。」他搖搖頭，看起來比以往任何時候都像個陌生人。「先是在臂鎧關打破規則，沒錯，安柏為此唸了我整整**一小時**，說妳的行為不光彩。」

不光彩？去死啦。

「然後你就這樣相信她說的話？連問都不問我發生了什麼事？」

「她可是翼隊長欸，薇奧蕾。我哪敢質疑她的誠信！」

「我保證我的行為都沒有違反《法典》規定，萊爾森也接受了。他也是翼隊長。」

「好吧，妳解釋清楚就好。別誤會我要找妳碴，如果妳出了什麼事，我會受不了的，不管妳通過試煉的方式正不正確。我也以為妳在龍盟日存活下來後就安全了，但就算妳和最強的龍締約……」他搖搖頭。

「說啊，繼續說。」我的手緊握成拳，指甲深深陷入掌心。

「我很怕妳撐不到畢業，薇奧蕾。」他的肩膀垂了下來。「妳很清楚我對妳的感覺，所以不管我能不能為妳做什麼，我就是很**害怕**。」

正是最後這句話擊垮了我。笑聲從喉嚨裡竄起，噴湧而出。

他瞪大了眼睛。

「這個地方會去除所有騙人的鬼話和客套話，只顯露出你內心最真實的樣子。」我複述了他夏天時跟我說的話。「這不是你告訴我的嗎？還是這才是你內心最真實的樣貌？一個如此擁護規則，以至於不知道何時該為了自己在乎的人去妥協或打破它的人？一個光想著我只能做到什麼，而無法相信我其實能做到更多的人？」

他棕色眼睛裡的溫暖迅速消逝。

「我們就一次把話講清楚吧，戴恩。」我雖然向他靠近一步，但我們之間的距離反而更遙遠了。「我們之所以永遠不會超越朋友關係的原因，不是因為你很重視規則，是因為你對我毫無信心。即使到現在，我度過各種難關活下來，不只和一隻龍締約，還是**兩隻**龍，你還是覺得我活不過畢業。所以很抱歉，你就要成為**我**在這個地方想要去除的鬼東西了。」我側身繞過他，穿過隧道，強迫自己大口深呼吸。

除了去年他剛進入騎士學院以外，我的生命中似乎從來沒有少過戴恩。

但我真的受不了他對我未來那無止盡的悲觀了。

我走進中庭時，陽光瞬間灑在我身上。下午的課已經結束，我看到薩登和蓋瑞克像神一般倚靠在教學大樓的牆邊，俯瞰著他們的領域。

薩登在我經過的時候，揚起了深色的眉毛。

我對他豎起中指。

今天我也不想再忍他的破事了。

「妳還好嗎？」瑞安娜跟上我和其他人的時候問。

「戴恩是個大混蛋——」

「停下來！」有個人高聲尖叫，從圓形大廳的台階上衝下來，雙手抱頭。他是在戰爭簡論課坐我前面兩排的第三翼隊新生，上課時總是一直掉羽毛筆。「天啊，快讓它停下來！」他驚聲尖叫，踉踉蹌蹌地衝進中庭。

我的手已經在匕首上方就位。

一個身影往左側移動，我瞥一眼就知道薩登已經不經意地站在我前方。

當那個一年級生邊尖叫邊抓著自己的頭時，人群瞬間繞著他圍成一圈。

「傑里邁亞！」有人喊道，並走上前來。

「就是你！」傑里邁亞轉身，用手指著某個三年級的學生。「你以為我失去它了！」他歪著頭，眼睛瞪得大大的。「他怎麼會知道？他不該知道的！」他的語氣變了，好像說出來的話不是自己想說的。

一陣寒意劃過我的背脊，讓我的心沉甸甸的。

「還有你！」他再次轉身，指著第一翼隊的某個二年級生。「他到底發生什麼事了？為什麼在尖叫？」他又轉過來，直盯著戴恩看。「薇奧蕾會恨我一輩子嗎？為什麼她看不出來我只是想讓她活著？他怎麼……？他在讀我內心的想法！」這場面真是詭異、尷尬又可怕。

「喔，天啊。」我低聲說道，心跳有如雷鳴，甚至可以從耳朵裡聽到血液的流動。只能想辦法不管這個尷尬的場面吧。誰在乎別人是否知道戴恩在想著關於我的事情？傑里邁亞的**印記力量**正在顯現。他可以讀人的心，是個讀心師。他擁有這個能力等於被判了死刑。

雷迪克突然出現在我左後方，移動到我身旁，我不用看也知道是誰充滿結實肌肉的手臂現在拂過我了我的肩膀。他身上的薄荷香氣不知為何平復了我躁動的心跳。

傑里邁亞拔出短劍。「快讓它停下來！你們難道都看不到嗎？這些想法不停出現在我腦海中！」他的恐慌明顯寫在臉上，也讓我緊張得說不出話。

「想想辦法吧。」我懇求薩登做點什麼，抬頭望著他。

隨後他堅定且致命的眼神聚焦在傑里邁亞身上，他蓄勢待發，準備出手攻擊，身體卻在我的苦苦哀求下繃緊。「現在開始，在心裡默背在課本上學到的那些破東西。」

「你說什麼？」我生氣地對他說。

「如果妳很重視自己的祕密，就什麼都不要想。現在馬上放空。」薩登命令我。

可惡。

我把腦子放得一片空白，而我們顯然處在緊迫的危險當中。呃我想想……**許多納瓦爾的防禦哨站都在我們結界的保護範圍之外。這類哨站被視為緊急危險地帶，只應由官兵駐守，絕不該由平常隨行的文職人員負責。**

「還有你！」傑里邁亞轉身，目光鎖定蓋瑞克。「該死，他會知道——」有一團黑影瞬間從傑里邁亞腳下竄升，迅速環繞他的胸部，最後用黑色的帶子封住他的嘴。

我吞下了卡在喉嚨的巨石。

一位教授穿過人群，那頭白髮隨著龐大的身軀跳動著。

「他是讀心師！」有人尖叫，彷彿這就是解釋一切的理由。

教授用雙手抓住傑里邁亞的頭，一聲清脆的**碎裂聲**在寧靜的中庭牆壁間迴盪。薩登操控的黑影消散而去，傑里邁亞應聲倒地，頸部以詭異又恐怖的角度曲折，頸椎已經斷了。

教授出乎意料地強壯，彎下腰來輕輕鬆鬆就能把傑里邁亞的屍體抱起，帶進圓形大廳。

薩登在我身邊急促地吸了口氣，隨後與蓋瑞克一起走向教學大樓。**真是高興見到你耶。**

「或許我根本不想有印記力量。」雷迪克喃喃自語。

「如果你的印記沒顯現出來，那死法會比現在慘得多。」戴恩說話的同時，我感覺龍還沒開始把力量傳輸給我，背上的印痕就已經開始發燙。

「那位呢，」索伊爾站在瑞安娜旁邊說，「就是卡爾教授。」

「妳還是要確認妳的消息來源。」爸爸站在檔案庫的桌子旁邊，揉了揉我的頭髮說，「妳要記得一件事，第一手資料總是比較準確，但妳必須看得更深入一點。薇奧蕾，妳得看透是**誰**在說故事。」

「但如果我想成為騎士呢？」我的聲音聽起來就像小時候的我，問著爸爸這個問題。「就像布瑞南和媽媽那樣？」

「**醒醒**。」一個熟悉的聲音在檔案庫裡隆隆作響，穿進我的腦海。那是一個不屬於這裡的聲音。

「妳和他們不一樣，薇奧蕾。那不是妳該走的路。」爸爸給我一個歉疚的微笑，就像媽媽做了他不認同的選擇時，他會給我的那種微笑，表示他很同情，卻也無能為力。「當抄寫士是最好的選擇。妳媽媽從來不明白騎士雖然是王國強大的武器，但抄寫士才有真正掌握這個世界的權力。」

「**在妳死之前給我醒來！**」檔案庫的書晃動著，我的心也隨之顫抖。「**就是現在！**」

我的眼睛飛快地睜開，夢境崩解時讓我一下子喘不過氣來。我不在檔案庫裡面，而是在我的房間裡，在騎士——

「**快起來！**」太壬對我大吼。

「幹！她醒了！」月光映照出一把劍，從我頭頂的空中劃過。

要命。我朝床的另一側翻滾過去，但速度不夠快，劍刃還是大力撞上我的背，即使是我厚厚的冬天被子，也無法化解這股力量。

那把劍因為無法劈開龍鱗片而反彈回去，幸好腎上腺素掩蓋了劍反彈時的疼痛。

我的膝蓋重重地磕在硬木地板上，隨後我把雙手伸到枕頭下面，抽出兩把匕首，從包覆著我的被子中解脫，站了起來。他們到底是怎麼解開我的門鎖的？

我吹開擋在臉上的散髮，和眼前一名未締約的新生對視。他的眼睛因為驚訝而瞪大。然而，不只有他，此時房間裡有七個學員，四個沒和龍締約的男人，還有三個沒和龍締約的女人——不對，應該說是兩個，我驚訝地認出第三個女人，她衝向門口並狠狠地關上門跑了出去。

是她把門打開的。沒有其他解釋了。

其餘的人都有武器，決心要殺了我，站在我和剛解鎖的門之間。我緊握匕首的刀柄，心跳可說是跳得飛快。「我想，請你們乖乖離開應該是沒用的吧？」

我要拚命幫自己殺出一條生路。

「**離牆遠一點！別讓他們困住妳！**」

說的也是，但在這個狹小的房間裡，能逃的地方並不多。

「該死！我早就跟你說她的護甲刺不破！」歐倫在房間的另一側咒罵著，同時擋住我的去路。真他媽混帳一個。

「我應該在龍盟日就把你殺了。」我坦白地說。我的門現在雖然是關著的，但一定有人聽得到我的尖——

一個女人向我撲來，翻越我的床鋪，但我躲開了，貼在冰冷的窗戶上滑行。**窗戶！我怎麼沒想到！**

「**窗戶太高了。妳會掉到峽谷裡去的，然後我也趕不及接到妳！**」

窗戶不行。收到。另一個女人丟出刀子，劃破了我睡衣袖子的布料，插進衣櫃的門板，卻沒刺到我身上的任何一塊肉。我轉身，不理會我被劃破的袖子，在我繞到床尾時輕彈出身上的匕首。匕首落在她的肩膀——我最喜歡瞄準的地方——接著她放聲大叫，緊摀著肩上的傷口。

我其他的武器都收在門的附近。可惡。可惡。**可惡**。

「**不要再丟東西了。拿好武器！**」

對於一個幫不上忙的人來說，太壬只能繼續給意見。

「妳必須瞄準她的喉嚨！」歐倫喊道，「我自己來！」

我把刀移到右手，抵擋住從左邊來的一次攻擊，劃破了一個女人的前臂，然後又擋住了從右邊來的攻擊，把匕首刺進一個男人的大腿。我用腳跟踢了某個人，同時在另一個人攻擊時踢中他的內臟，把他踢倒在我的床上，他的劍也跟著翻滾。

但現在我困在書桌和衣櫃之間。

房間裡實在是太多人了。

還同一時間全部衝過來。

我的匕首輕而易舉地被踹開，歐倫掐住我喉嚨，用力將我拉向他時，我的心一緊。我試圖用腳踹向他的膝蓋，但赤腳根本無法對他造成任何影響。他將我整個人提離地面，扼住我的氣管，我拚命踢蹬想找支撐點。

不。**不**。**不**。

我雙手緊壓住他的手臂，用指甲刺穿他的皮膚，讓他鮮血直流。也許這次之後他會留下我的疤痕，但他掐住我喉嚨的手卻沒有放鬆。

空氣。沒有空氣了。

「**他快到了！**」太壬向我保證，聲音裡滿是恐慌。

誰快到了？我無法呼吸。也無法思考。

「幹掉她！」其中一個人喊道，「只有幹掉她，他才會尊重我們！」

他們的目標是太壬。

太壬的怒吼充斥在我的腦海，歐倫放低我的身體，把我翻轉過來，他的手臂微微彎起，讓我的背抵在他的胸前。至少我的雙腳是在地面上，但我的視線邊緣慢慢變黑了，我的肺部還在為了氧氣硬撐，但氧氣其實早已不存在。

一個流著血的一年級女生貪婪地盯著我。「快殺了她！」她要求歐倫。

「妳的龍是我的。」歐倫在我耳邊說著，手也放了下來，取而代之的是一把刀。

當冰冷的金屬輕撫過我的喉嚨時，空氣湧入我的肺部，氧氣隨著血液流過我的身體，讓我的頭腦變得清醒，足以讓我意識到這就是我的結局了。我就要死了。想到這次心跳可能就是最後一次心跳，一種難以承受的悲傷填滿了我的胸口，我不禁懷疑自己是否能挺過這次生死難關。我有強大到能撐到畢業嗎？我能配得上太壬和安妲娜嗎？我最後能讓母親為我感到驕傲嗎？

刀尖碰到了我的皮膚。

我臥室的門飛快地打開，木頭門板喀啦一聲撞上石牆，但我還沒來得及回頭看是誰站在那裡，就聽見一聲刺耳的尖叫。

「**是我的！**」安妲娜尖叫著。一股刺刺麻麻的能量從脊椎竄下，迅速蔓延到指尖和腳趾，接著我的下一口呼吸即是完全、全然的寂靜。

「**快走！**」安妲娜命令道。

我眨了眨眼睛，發現站在我面前的那個新生已經一動不動。她沒了呼吸，也不再移動了。

也沒有其他人在動了。

房間裡的每個人都像定格似的……只有我例外。

「大戰發生之後，龍族占領了西部的土地，獅鷲獸則占據了中部的土地，拋棄了荒原，也遺忘了在這片土地上差點讓他的軍隊毀滅整片大陸的德拉莫將軍。盟軍飛回家鄉後，我們進入了一個和平且繁榮的時代，納瓦爾各省在結界及首批龍騎士的保護下，第一次達到團結一致。」

——《納瓦爾歷史：未經刪減版》，路易斯・馬克漢上校著

第十九章

搞。什。麼。鬼。

房間裡的每個人彷彿都石化了，但我知道這不可能是真的。歐倫的身體還溫溫熱熱地貼在我身後，我放開抓緊他的手指、輕推他血淋淋的前臂時，他的皮膚還能稍稍延展。我把他持刀的手移開我的脖子。

一滴血從尖銳的刀尖滴落，濺在木地板上，同時我感受到喉嚨有一滴濕潤的觸感滑落。

「**快點！我快撐不住了！**」安妲娜催促道，她的聲音聽起來有氣無力。

原來這是她做的？我用受傷的氣管用力喘息，迅速鑽過歐倫的手臂，掙脫束縛，然後在這片寂靜中快速側身離開。

一片全然、超自然的寂靜。

我桌上的時鐘不再滴答作響，此時我從歐倫的手肘和一個曾隸屬第二翼隊的高大男生之間擠

過，沒有人呼吸，所有目光也都凝結了。左邊我劃傷的女人彎著身子，緊摀著前臂；右邊我刺傷的男人靠在牆邊，用驚恐的目光盯著自己的大腿。

我的心跳聲在寂靜中有如雷鳴般響亮，彷彿能用心跳來計時。當我跌跌撞撞地走到房間裡唯一的空曠處，我卻不確定該怎麼前往正敞開的門口。

薩登站在門口，就像某種暗黑的復仇天使，也像諸神女王的使者。他全副武裝，臉上盡是純粹的怒火，兩側牆壁的黑影彷彿是懸掛在半空中。

從越過石橋以來，這是我第一次看到他會如此的安心，甚至想哭出來。

安妲娜在我腦海中喘著氣——隨後混亂就重新繼續。

噁心感緊緊掐住我的胃。

「**總算來了**。」太壬用他低沉的嗓音說道。

薩登的目光瞬間移向我，他那黑瑪瑙般的眼眸因為震驚閃爍了一瞬，然後就大步向前。他站在我旁邊時，所操控的暗影在他面前流動。他手指一彈，整個房間就亮了起來，魔法燈也在我們頭頂上盤旋。

「你們都他媽的**去死吧**。」薩登的聲音異常平靜，也因此更加可怕。

房間裡的每個人都回過頭來。

「萊爾森！」歐倫的匕首應聲掉在地上。

「你以為投降就能救你的小命嗎？」薩登致命的溫柔語氣讓我的手臂起滿雞皮疙瘩。「在別的騎士睡覺的時候攻擊對方是違反法典規定的。」

「但你也知道太壬不應該跟她締約的！」歐倫把雙手舉起來，手掌朝向我們。「每個人都有理由要了那個弱者的命。我們只是在糾正錯誤而已。」

「龍不會犯錯的。」薩登的暗影掐住除了歐倫以外每個襲擊者的喉嚨，而後捏緊。他們不斷掙扎，但一點用也沒有。每張臉都慢慢發紫，暗影緊緊抓著這些人，直到他們像沒有生命的木偶一樣，在我面前彎身跪倒在地。

我一點也不同情這些人。

薩登好整以暇地來回漫步。隨後他伸出手掌，一道捲曲的黑影把我掉落的匕首從地板上拾起。

「聽我解釋。」歐倫盯著匕首，雙手不停顫抖。

「我已經聽到我需要聽的一切。」薩登的手指緊握匕首的刀柄。「她本該在飛行場上把你殺了，是因為她的仁慈你才能保住一次小命。但這不是我會犯的錯誤。」他迅速向前一擊，快得我幾乎看不清他的動作。歐倫的喉嚨立即裂出一道橫縫，鮮血順著頸部和胸前流淌而出。

他試圖用手抓住喉嚨，但已經沒有用了。幾秒鐘內，他就失血過多而死，倒在自己的血泊之中。

「天殺的，薩登。」蓋瑞克也走進來，把劍收進劍鞘，目光掃過整個房間。「不審問他了嗎？」他的視線轉向我，像是在盤點我的傷勢，最後停在我的喉嚨上。

「不需要了。」薩登回應。博蒂也跟著走進房間，快速地評估著現場情況，就跟蓋瑞克剛才做的一模一樣。博蒂、薩登這對表兄弟間的相似之處依舊令我驚豔：博蒂有著同樣的古銅色肌膚和剛毅的眉型，但他的五官不像薩登那麼銳利，眼睛是更淺的棕色。他看上去像是薩登的溫和版本，也更平易近人了一點。但當他出現時，我的身體不會像看到薩登那樣發燙。又或許是歐倫剛剛把我正常的思維都掐斷了。

一陣不合邏輯的笑聲突然從我唇邊冒出，三個男人都用一種「她是不是撞到頭」的眼神看著我。

「讓我猜猜，」博蒂一邊說，一邊揉著揉著脖子後方。「我們要開始善後？」

「需要的話就叫人來幫忙。」薩登點點頭。

他們在講屍體。

我還活著。我還活著。我還活著。我在腦海中反覆默念這句話，薩登用歐倫的外衣擦拭我匕首上的血跡。

「沒錯，妳還活著。」薩登跨過歐倫的屍體和另外兩具屍體，從倒地的女人肩膀上取回我的匕首，然後走向我的衣櫃。我甚至不認得這個女人是誰，但她竟然試圖殺了我。

蓋瑞克和博蒂開始搬運第一批屍體。

「我沒意識到我剛剛真的說出聲了。」我的膝蓋開始發抖，噁心感隨之襲來。幹，我以為我已經克服了這種腎上腺素爆發後的反應，但此刻我卻像樹葉一樣瑟瑟發抖，而薩登卻像這裡沒死過人一樣，自在地翻著我的衣櫃。

彷彿這種殺戮對他來說已經見怪不怪了。

「這是休克反應，」他說著，從掛鉤上扯下我的斗篷，順手拿起一雙靴子。「妳受傷了嗎？」他的話語簡潔而急促，瞬間打破了暫時擋住身上疼痛的屏障，劇痛如洶湧的潮水般襲來，以我背部為中心擴散。腎上腺素的效果到此為止了。

每一次呼吸都像是用肺部去摩擦碎玻璃，我只能短暫地淺淺吸氣再吐氣。但我還是勉強站起來，一直退到我感覺石牆抵住我沒有受傷的那側身體，用牆面支撐著我身體的重量。

「過來吧，暴力女。」他勸慰的話語和簡潔的語氣形成強烈對比，此時他把我的斗篷對摺放在手臂上，跨過地上那些他留下的屍體，把靴子放到我身旁。「振作點，告訴我妳哪裡受傷了。」他剛才殺了六個人，身上那件和深夜一樣黑的皮衣上卻連一點血跡都沒有。他把我的靴子放在我腳邊，斗篷則輕輕地掛在角落的單人沙發上。

我幾乎無法呼吸，但我能冒險向他承認自己的脆弱嗎？

他溫暖的手指托住我的下巴，將我的頭抬起，我們的目光瞬間相交。等等……他眼中是不是出現了一絲恐慌？「妳的呼吸很不順，我猜這可能是因為——」

「我的肋骨。」我在他猜測之前就先說出來。對他隱瞞我的疼痛是行不通的。「那個在床邊的傢伙用劍擊中了我肋骨的一側，不過我覺得只是瘀傷啦。」至少沒有骨頭斷裂時的那種清脆聲響。

「那一定是把鈍劍。」他挑起了深色的眉毛。「不然就是跟妳為什麼總是穿皮革背心睡覺有關。」

「相信他。」太壬在我腦海中命令著。

「這沒那麼簡單。」

「現在必須要很簡單。」

「這是龍鱗做的背心。」我抬起右手，稍微轉身讓他看到睡裙上的大洞。「是米拉為我做的。這就是我能活到現在的原因。」

他的目光掃過我們之間，繃緊嘴巴，然後點了點頭。「這是一件做工精緻的背心，不過我覺得妳能活到現在還有很多原因。」在我還來得及反駁之前，他的視線上移到我的喉嚨，瞇起眼睛看向我覺得脖子上應該有的紫色手印。「我應該慢慢殺了他的。」

「我沒事啦。」我其實一點也不好。

他的注意力又回到我的眼睛上。「永遠都不許騙我。」他咬牙切齒地說出這句話，語氣非常凶狠，讓我不得不點頭答應他。

「是很痛。」我承認。

「讓我看看。」

我張開又閉上嘴巴兩次。「這是請求還是要求？」

「隨便妳怎麼想，只要讓我看看那個混蛋有沒有弄斷妳的肋骨。」他把手握成拳頭。

另外兩個人從敞開的門走進來，蓋瑞克和博蒂緊跟其後。他們都……全副武裝。我看了一眼時鐘，現在是凌晨兩點，他們還穿戴整齊。

「先把這兩個抬出去，我們再把最後幾個抬出去。」蓋瑞克命令道，其他人開始工作，把最後的屍體從門內搬出去。我不禁注意到他們的手臂上都有帶著光澤感的叛軍印痕，但我沒有說出來。

「謝謝你們，」薩登說，然後手稍稍一揮，我的門輕輕喀嚓一聲關上。「現在讓我看看妳的肋骨。不要再浪費時間了。」

我吞了吞口水，然後點了點頭。最好現在就知道肋骨是不是已經斷了。我轉身背對著他，但我可以從全身鏡中看到他的臉，然後我褪下睡裙的泡泡袖，抓住胸前的布料，我身後的衣服已經從原本的背垂到腰部。「你得——」

「我知道怎麼解開馬甲。」他的下巴抽動一下，一種類似人類本能飢渴的神情一閃而過，他隨即把這份衝動壓制下去。薩登溫柔地把我的頭髮撥到肩膀另一側，令人出乎意料。

他的手指掃過我裸露的肌膚，而我強忍住了身體敏感的顫抖，繃緊肌肉不讓自己因為他的觸碰而亂動。

我到底怎麼了？地板上還都是血，而我卻因為完全不同的原因呼吸變得急促。他熟練地解著馬甲的繫帶，從下往上。他沒騙我，他確實很懂怎麼解開馬甲。

「妳每天早上怎麼擠進這玩意的？」他清了清喉嚨，我的背也隨著他的動作慢慢露出來。

「我的身體非常柔軟。這也算是容易摔斷骨頭、撕裂關節以外的另一面吧。」我回頭看向他。

我們四目相接，一股暖流竄過我的腹部。這一刻稍縱即逝，而他撥開我的護甲，仔細檢查著我的右側身體。溫柔的手指撫過瘀傷的肋骨，小心地按壓。

「雖然妳的瘀傷可能滿嚴重，但我不認為肋骨斷了。」

「我也這麼想，謝謝你幫我檢查。」這本該要很尷尬的，但不知道為什麼卻很自然，即便他正重新幫我繫好馬甲，拉緊尾端的結。

「妳會沒事的。轉過來。」

我照著他的話轉身，把睡裙拉回肩上，而他卻跪在我面前。

我瞪大眼睛。薩登・萊爾森正跪在我面前，他烏黑的頭髮就在我手指可以穿過的完美高度。頭髮可能是他身上唯一柔軟的地方。不知道多少女人曾撫過這些髮絲？

我到底為什麼要在乎？

「妳得忍著痛走出這裡，而且我們必須趕快離開。」他拿起一隻靴子，並輕敲我的腳。「能抬起腳嗎？」

我點頭，抬起一隻腳。接著他做了一件讓我腦袋當機的事：親手幫我穿上靴子，還一隻接著一隻，幫我繫好鞋帶。

這可是幾個月前對我的死活還無所謂的那個男人，我的大腦根本無法理解他不同的面向。

「走吧。」他將斗篷披在我肩上，像是對待珍寶般地幫我扣好領口的釦子。此刻我知道自己還在震驚當中，因為在薩登・萊爾森眼中，我絕對算不上什麼珍寶。他的視線掃過了我的頭髮，眨了眨眼，隨即用兜帽蓋住我漸層色的髮絲。然後握住我的手，把我拉到走廊上。他的手指緊緊扣著我的手指，力道穩定又不會過緊。

走廊上每扇門都緊閉著。這次攻擊沒有發出太大聲響，甚至不夠吵醒我的鄰居。就算我掙脫了歐倫的控制，如果薩登沒有及時出現，現在我早就死了。但這一切究竟是怎麼發生的？

「我們現在要去哪？」藍色的魔法燈微微點亮了走廊，提示著沒有窗戶的人現在還是晚上。

「妳如果講話繼續這麼大聲，讓別人聽到，就會有人攔下我們了。」

「你不能用暗影或是其他東西把我們擋起來嗎？」

「當然可以，一片巨大的烏雲在走廊上移動肯定不會比一對情侶躡手躡腳還要可疑。」他語帶諷刺地說，給了我一個制止我回嘴的眼神。

說得有道理。

但有道理的不是「一對情侶」這件事。

如果在適當的條件下，我肯定會爬到他身上跟他纏綿。當我們走進宿舍的主走廊時，我開始覺得侷促不安。我跟他**永遠不會**有什麼適當的條件，更別說是在他剛處死了六個人後。

不過我也可以幫他辯解，從一種扭曲、病態的角度來看，他的救援行動還真他媽性感，即使他以一種飛快的速度把我拖到走廊上，即使他這樣做只是因為我倆性命相依。我的胸口尖叫著要休息一下，但他帶著我經過通往二年級和三年級宿舍的旋轉樓梯，進入圓頂大廳時，卻找不到任何休息的地方。

我的肋骨應該需要好幾個星期才能完全好起來。

當我們進入教學大樓時，大理石的地板上只有我們靴子與之摩擦的聲音。薩登沒有選擇左轉進到練武館，而是帶我往右轉，下了一個我知道是通往儲藏室的樓梯。

走到一半的時候，他停了一下，我差點撞到他繫在背上的劍。然後，他用右手做了個手勢，左手握著我的手。

喀擦。薩登推開眼前的石頭，一道隱藏門瞬間打開。

「天啊。」我看到眼前看似無止盡的隧道，小聲地說。

「希望妳不會怕黑。」他把我拉進門內，門關上的時候，令人窒息的黑暗將我們包圍。

沒事。這絕對沒問題。

「但還是以防萬一。」薩登大聲說道。一個魔法燈懸浮在我們頭頂，照亮了周圍的環境。

「謝謝。」這隧道由石拱所支撐，地面平滑，比起門口的地板，這裡看起來有更多人經過。聞起來有泥土的氣味，但並不陰冷潮濕，而且這條路似乎永無止境。

他放開我的手開始快步向前走。「跟好。」

「你可以……」我皺緊眉頭。幹，我的胸口好痛。「再體貼一點嗎？」我跟在他後面，並拿下兜帽。

他頭也不回地說：「我不會像艾托斯一樣把妳當小孩寵。因為一旦我們離開巴斯蓋亞，那只會害死妳。」

「他沒有把我當小孩照顧。」

「他有，而且妳心知肚明。妳也不喜歡對吧，如果我感受到的氛圍可以說明妳心情的話。」他走回我旁邊。「還是我有什麼誤解？」

「他覺得這個地方對我這樣的人來說……太危險了，在發生剛剛的事之後，我不確定現在還能不能反駁他。」我那時**睡著**了。睡覺時間應該是我們在這裡唯一能保證安全的時間。「我想我應該也不敢再睡了。」我從側面看了一眼他那令人不爽的俊美輪廓。「如果你敢提議現在開始為了安全起見和我一起睡——」

他嗤之以鼻。「別想了。我不跟一年級學生上床的，甚至在我還是一年級生的時候也不會，更不用說是……妳了。」

「誰說要上床了？」我嗆回去，同時在心裡暗罵髒話，因為我肋骨的疼痛感開始越來越強烈。「我得是個受虐狂才會和你上床，我可以向你保證，我不是。」幻想中的可不算。

「呵，妳說受虐狂嗎？」他的嘴角勾起一抹壞笑。

「你一點都不像隔天醒來還讓人想黏在一起的暖男。」我露出微笑。「除非你擔心我們上床時**我會殺了你。**」我們拐過一個彎，隧道仍繼續延伸下去。

「我一點都不擔心。妳雖然暴力，匕首也用得不錯，但我甚至懷疑妳能不能殺死一隻蒼蠅。別以為我沒注意到，妳劃傷了三個人，卻從未真的痛下殺手。」他用一種不贊同的眼神看著我。

「我沒有殺過任何人。」我小聲地說，好像這是什麼祕密一樣。

「妳之後會克服這點的。畢業後我們每個人都是武器，最好是在離開校門之前就把自己磨練好。」

「那是我們要去的地方嗎？我們要離開校門？」我進到巴斯蓋亞之後就失去了方向感。

「我們現在要先去問太壬這他媽的到底是怎麼回事。」薩登的下巴動了一下。「但我不是在說襲擊的事，是他們到底怎麼打開妳的門鎖的？」

我聳聳肩，但也懶得解釋什麼了。他不可能相信我說的，連我自己都不敢相信了。

「我們最好把事情弄清楚，以免這再度發生。我拒絕像個看門狗一樣睡在妳這該死的地板上。」

「等等，這是通往飛行場的另一條路？」我盡量穩住心情，以抵擋喉嚨和肋骨的疼痛。「**他要帶我去找你。**」我告訴太壬。

「**我知道。**」

「**你要告訴我那裡面有什麼東西嗎？**」

「**如果我知道的話，我會說的。**」

「是的，」薩登才剛說完，我們又走到了道路轉彎處。「這條路不是人人都知道。請把這條小隧道藏進妳替我保管的祕密檔案裡。」

「讓我猜猜，只要我說出去你就會知道？」

「沒錯。」他又露出了笑容，而我在他發現我盯著他看之前，就把視線移開了。

「那你要答應幫我另一個忙嗎？」小路的坡度開始攀升，而上升的過程卻一點也不平緩。每次喘息都讓我想起不到一小時前發生的事。

「在我欠妳一個人情的情況下，我們已經達成了會互相毀滅的平衡，索倫蓋爾。現在，妳撐得住嗎？還是需要我背妳？」

「這聽起來更像是侮辱，而不是好意要幫忙我。」

「妳總算明白了啊。」但他放慢腳步好配合我。

地面彷彿在我腳下搖晃，但我知道那只是錯覺。這是疼痛和壓力造成的頭暈，讓我的腳步開始搖搖晃晃。

薩登的手臂環住我的腰，穩住我的身體。我們繼續向上爬升時，他的撫觸讓我心跳加速，真是太討厭了，但我並沒有抗議。我不想對他有任何感激之情，但天啊，他那薄荷般的氣味真是令人著迷。「你今天晚上到底在做什麼事情？」

「妳為什麼問這個？」他的語氣明顯暗示我不該多問。

慘了。

「因為你在幾分鐘內就到了我的房間，而且明顯不像是要睡覺的打扮。」他甚至還佩著劍呢。

「也許我也習慣穿著護甲睡覺啊。」

「那你應該找些更值得信賴的床伴。」

他嗤笑一聲，一閃而過的微笑在他臉上綻放。那是真心的笑容。不是我常看到那種虛假、硬擠出來的冷笑，也不是驕傲自滿的壞笑，而是一個真誠、會令人心跳漏一拍的笑容，我對這個笑容完全沒有抵抗力。但它來得快，去得也快。

「所以你不打算告訴我？」我問道。如果現在不是痛得要命的狀態，我可能會有點沮喪。我甚至不想去想為什麼非得把我帶到太壬那裡，明明我隨時都能和他交談。

除非是**他**想和太壬講話，那可真是大膽呢。

「我不會告訴妳。就是一些三年級的事。」當我們到達隧道底部的石牆時，他放開了我。幾個手勢和另一聲**喀擦**輕響之後，他推開門。

我們瞬間步入十一月的嚴寒世界。

「這什麼鬼？」我小聲說道。這個門立於飛行場東側的一堆巨石之間。

「這是一種隱藏門。」薩登揮揮手，門隨即關上，與岩石完美融合在一塊。

熟悉且規律的翅膀拍動聲響起，我抬頭看到三隻龍正好降落，龐大的身軀遮蔽整片星空。此時大地顫動，他們降落在我們面前。

「**我猜翼隊長想談談？**」太壬向前一步，斯蓋兒緊隨其後，把翅膀收攏，一雙金色眼眸緊盯著我。

安妲娜從斯蓋兒的利爪間穿梭，奔向我們。她在最後三公尺處開始滑行，接著用爪子緊緊抓住地面，急停在我面前，將鼻子貼近我的肋骨。一股緊張焦慮感瞬間充斥我的腦海，我明白這些情緒其實不是我自己的。

「**沒有骨折，**」我保證，撫摸著她凹凸不平的頭部，「**只是瘀青而已。**」

「**妳確定嗎？**」她擔心得眼睛都瞪大了。

「**我非常確定。**」我勉強擠出一個笑容。半夜跑到這裡，只為了安撫她的焦慮也非常值得。

「沒錯，我想問清楚，你到底給她傳輸了什麼鬼力量？」薩登大膽地盯著太壬質問，彷彿太壬不是……太壬似的。

沒錯，就是這麼大膽。我渾身肌肉頓時緊繃，確信太壬下一秒就要因為薩登如此無禮而把他燒成灰燼。

「**我要不要傳輸什麼力量給我的騎士，輪不到你管。**」太壬低吼著回應。

進展真順利啊。

「他說——」我開始複述。

「我聽到了。」薩登打斷我，連看都不看我一眼。

「你說什麼？」我嚇得眉毛都快飛到髮際線上，安妲娜隨後退到其他龍的身邊。我以為龍只會和自己的騎士說話，這是我一直以來學到的知識。

「當你要我保護她的時候，這絕對是我的事！」薩登反駁道，聲音隨之提高。

「**人類，我已經把訊息好好傳遞給你了。**」太壬以一種會讓我感到警戒的動作轉動著腦袋，就像一條蛇般扭動。他顯然已經非常煩躁了。

「我差點就失敗了。」薩登咬牙切齒地說出這句話。「如果我再晚三十秒，她就死了！」

「**看來老天還給了你另外三十秒的時間嘛。**」太壬的胸口發出隆隆的咆哮聲。

「我想知道那裡面到底發生了什麼事了！」

我猛吸了一口氣。

「**別傷害他，**」我懇求太壬，「**他救了我。**」我從未見過有人敢這樣對另一個騎士的龍講話，更別說是大聲斥責了，尤其還是像太壬這麼強大的龍。

太壬只是發出一聲咕噥。

「我們得知道在那個房間裡發生了什麼事。」薩登銳利的目光如刀鋒般劃過我，轉瞬即逝，隨即又瞪回太壬。

「**別想挑戰我或讀取我的內心，人類，這麼做你會後悔的。**」太壬張開嘴，舌頭捲起的動作我再熟悉不過。

我移動到他們兩個之間，抬起下巴對著太壬說：「他只是有點抓狂。別把他燒成灰。」

「至少我們在某件事上達成共識了。」一個女性的聲音在我腦海中響起。是斯蓋兒。

我震驚地望著眼前藏青色的匕尾龍，眨了眨眼，薩登快步移動到我身邊。「她跟我說話了。」

「我知道。我聽到了。」他雙手抱胸。「這是因為他們是伴侶。這也是為什麼我被綁在妳身邊。」

「你講得好像這很值得開心。」

「不，這一點都不好。」他轉向我，「但妳和我就是這樣，暴力女。我們的命運串在一起。如果妳死了，我也會死。所以我才他媽的應該知道妳怎麼上一秒還在希福特的刀下，下一秒就到了房間另一處的。這是妳和太壬之間覺醒的印記力量嗎？老實招來。快說。」他的眼神直直看進我的內心。

「我不知道發生了什麼事。」我誠實地回答。

「自然喜歡萬物保持平衡，」安妲娜像是默念著課本裡的知識般說道，和我緊張時背誦的方式一模一樣，**「這是我們學到的第一件事。」**

我轉向金色的龍，將她說的話轉述給薩登。

「那是什麼意思？」他問我，而不是問她。

看來他能聽到太壬的話，卻聽不到安妲娜的。

「嗯，也不完全是第一件事。」安妲娜坐下，用羽尾撫過冰霜覆蓋的草地。**「第一件事是我們不該在長大前就和人締約。」**她歪了歪頭，**「還是第一件事是羊在哪？雖然我更喜歡山羊。」**

「這就是羽尾龍不該締約的原因。」太壬無奈地嘆了口氣。

「讓她解釋吧。」斯蓋兒催促道，用爪子在地上劃出喀啦喀啦的聲音。

「羽尾龍不該締約，是因為他們可能會不小心將力量贈予人類，」安妲娜繼續說，**「龍在變大之前無法真正傳遞力量，但我們每隻龍一出生就有些特別的東西。」**

我轉述了安妲娜的訊息。「像是印記嗎？」我大聲問，好讓薩登也能聽到。

「不，」斯蓋兒回答，**「印記是妳們自身能汲取的能力與我們力量的結合。它反映了妳內心最核心的本質。」**

安妲娜坐了起來，驕傲地仰著頭。**「但我直接把我的天賦給了妳，因為我還是羽尾龍。」**

我再次複述了她的話給薩登聽，同時凝視著這隻小小的龍。人們對羽尾龍幾乎一無所知，因為他們從未出現在谷地外面過，而是在谷地裡面受看管。他們……我吞了吞口水。等等，她說什麼？「妳還只是羽尾龍？」

「沒錯！可能還要當個幾年羽尾龍。」她緩緩地眨眨眼，接著打了個哈欠，她分岔的尾巴捲曲起來。

喔，天啊。「妳……妳是隻龍寶寶。」我低語。

「我不是！」安妲娜噴出一股熱氣。**「我已經兩歲了！龍寶寶連飛都飛不起來！」**

「她是什麼？」薩登的目光在安妲娜和我之間來回掃視。

我瞪向太壬。「你讓一隻幼龍締約？讓一隻幼龍訓練作戰？」

「我們成長的速度遠比人類快，」他竟然露出受到冒犯的神情。**「而且我不確定有誰能讓安妲娜聽話。」**

「快多少？」我倒吸一口氣。「她才兩歲！」

「她一兩年內就能發展成熟，不過有些地方的確會比較慢，」斯蓋兒回答。**「如果我早知道她真的會締約，我就會更強硬地反對她使用授恩權了。」**她對安妲娜噴了口熱氣，顯然有所不滿。

「等等。安妲娜是**妳的小孩**嗎？」薩登朝斯蓋兒走近一步，用我從未聽過的語氣說話。他……很受傷。「這兩年妳一直瞞著我妳有一隻幼龍？」

「**別亂講**。」斯蓋兒噴出一陣氣流，吹亂薩登的頭髮，「**你覺得我會讓我的孩子在長羽毛的時候就締約嗎？**」

「**她的父母在她孵化前就去世了**。」太壬回答。

我的心沉了下去。「安妲娜，我為妳感到遺憾。」

「**我還有很多長輩啦**。」她回應，彷彿這就能彌補一切，但我知道失去父親的痛苦絕對無法彌補。

「**這還不足以讓妳離開龍盟日的飛行場**，」太壬咕噥道。「**羽尾龍不該締約的，因為他們的力量太不穩定，不可預測**。」

「不可預測？什麼意思？」薩登追問。

「**就像你不會把你的印記交給一個路都走不穩的小朋友，對吧，翼隊長？**」當安妲娜頹然靠在太壬的前腿上時，太壬說道。

「當然不可能。我自己一年級的時候都差點控制不來了。」薩登搖搖頭。

我很難想像薩登失去控制的樣子。天，我甚至願意花錢看他失控一次。去當那個讓他失控的人。**不行**。我立刻掐斷了這個奇怪的念頭。

「沒錯。**太早締約會讓他們直接獻出自己的天賦，騎士很容易就能把他們的力量利用殆盡**。」

「我絕對不會！」我搖頭。

「**所以我才選擇了妳**。」安妲娜把頭放在太壬的腿上。我怎麼之前沒看出來？她眼睛圓圓的，她的爪子……

「**妳當然不會知道。因為本來就不該有人看到羽尾龍。**」太壬瞥了伴侶一眼。

斯蓋兒甚至懶得對他翻白眼。

「如果領導階層知道騎士可以直接獲取龍的天賦，而不是依靠自己的特殊印記……」薩登盯著安妲娜，她的眼睛越眨越慢。

「她就會遭到獵殺。」我輕聲說完。

「**這就是為什麼你不能讓其他人知道她是什麼龍。**」斯蓋兒說，「**希望她能在妳畢業前就成熟，現在龍族長老們也在對羽尾龍制定更嚴格的保護措施了。**」

「我不會說出去的。」我承諾。「安妲娜，謝謝妳，不管妳做了什麼，都救了我一命。」

「**我讓時間暫停了。**」她張大嘴巴，又再打了一次哈欠。「**但只有暫停一下下。**」

等等，什麼？我的胃一瞬間下沉，望著安妲娜金色的眼睛，瞬間忘記了疼痛，忘記踩在堅實的土地上，甚至忘記呼吸，震驚到無法思考。

沒人能停止時間的流動。什麼都不能停止時間。這真是……前所未聞。

「她說了什麼？」薩登緊抓住我的肩膀，穩住我的身體。

太壬發出低吼，向我們兩個噴出一股蒸氣。

「**我建議你把手從騎士身上拿開。**」斯蓋兒警告。

薩登鬆開手，但仍把手擱在我肩膀上。「告訴我她說了什麼。拜託。」他抿緊嘴巴，我知道這句「拜託」對他來說很不容易。

「她可以暫停時間，」我艱難地擠出話語。「就暫停一下子。」

薩登的臉部線條瞬間垮下來，第一次看起來不像是我在石橋上遇見的那個冷酷致命的翼隊長。他滿臉震驚，目光轉向安妲娜。「妳能停止時間？」

「**現在我們都可以暫停時間了。**」她緩慢地眨著眼睛，我能感覺到她身上飄散著疲憊的氣息。她今晚為了把她的天賦傳輸給我付出了不少精力。幾乎讓她睜不開眼睛。

「一次只能停一下下。」我低聲說。

「一次只能停一下下。」薩登慢吞吞地複述著，就像在吸收資訊一樣。

「如果我一次用得太多，會不小心害妳死掉的。」我輕聲對安妲娜說。

「**是會害死我們。**」她用四爪站立。「**但我知道妳不會。**」

「我會盡我所能好好使用的。」這種天賦、這種非凡的力量帶來的影響，就像給了我致命的一擊，我的胃一下子跌到谷底。「卡爾教授也會殺了我嗎？」

每個目光都投在我身上，薩登的手緊緊握住我的肩膀，拇指輕柔地撫摸著我。「為什麼妳會這麼想？」

「他殺了傑里邁亞。」我努力壓抑內心的恐慌，專心看著薩登那雙黑瑪瑙般的眼睛裡閃爍的金色光點。「你們都看到他在整個學院的人面前，像折斷樹枝一樣扭斷他的脖子。」

「傑里邁亞是一名讀心師。」薩登的聲音變得低沉下來。「讀心術是重罪，你知道的。」

「那如果他們發現我能暫停時間，會怎麼樣？」巨大的恐懼讓我的血液為之凝固。

「他們不會發現的。」薩登向我保證。「沒有人會告訴他們。妳不會，我不會，他們更不會這麼做。」他用一隻手指向在場的三隻龍。「明白了嗎？」

「**薩登說得對。**」太壬說，「**他們不會發現的。而且現在也不能確定什麼時候妳能完全擁有這個能力。多數羽尾龍的天賦會因為要開始傳輸力量給騎士，在成熟後逐漸消失。**」

安妲娜又打了一個哈欠，看起來快要站不住了。

「**去睡覺吧。**」我對她說，「**謝謝妳今晚幫我這麼多。**」

「**走囉，金色的。**」太壬說著，接著他們都微微彎腰，然後展翅而起，一陣狂風撲面而來。

安妲娜拚命拍動著翅膀掙扎，下一秒太壬往她的下方飛去，撐著她的重量，繼續朝谷地飛去。

「答應我，妳不會告訴任何人有關暫停時間的事。」薩登在我們回到隧道時要求我，但這聽起來更像是一種命令。「這不僅是為了妳的安全而已。對於稀有的能力，如果我們保密不讓別人知道，就會是我們最有價值的籌碼。」

我皺起眉頭，注視著薩登那幾道延伸到脖子上的叛軍印痕，猶如一道道顯眼的標記，告訴眾人他就是叛軍的兒子，警告每個人別輕易相信他。或許他叫我保持沉默只是為了他自己的利益，好讓他之後可以利用我。

但至少這代表他會讓我活久一點。

「我們得找出那些未締約的學員是怎麼進到妳房間的。」他說。

「當時那裡還有一個騎士。」我告訴他。「在你到房間之前，她已經逃跑了，應該是她從外面把門打開的。」

「誰？」他停下腳步，輕輕拉住我的手臂，將我轉向他。

我搖搖頭。我講了他應該也不會相信我，連我自己都不敢相信了。

「在某些時刻，你我必須互相信任，索倫蓋爾。我們再來的命運全靠對彼此的信任了。」薩登眼中湧動著怒火。「現在，告訴我**是誰**。」

「譴責翼隊長犯了錯是最危險的指控。因為如果你是對的，我們這個學院在遴選翼隊長時就有很大的問題。但如果你是錯的，你就死定了。」

——《我的學員時光：奧古斯丁・梅爾戈倫將軍回憶錄》

第二十章

「歐倫・希福特。」費茲吉本斯上尉讀完昨晚的死亡名單，闔上卷軸。隔天早晨我們在冰冷的空氣之中，按照所屬隊伍排排站，一吸一吐都凝成雪白的霧氣。「願這些學員的靈魂歸於馬厲克。」

對於今天名單中八個名字的其中六個，我的心中沒有一絲悲傷。我的心力都用在調整自己的姿勢，以舒緩肋骨瘀傷的疼痛，還有想辦法不去在意其他騎士怎麼盯著我脖子上的一圈瘀青。

今天名單上的另外兩個名字都是第二翼隊的三年級生，在吃早餐的時候聽說他們昨天在布雷維克邊境附近的作戰訓練中喪命。我不禁思考，薩登昨晚在前來救我之前，是否也在那裡執行任務。

「我不敢相信他們竟然在妳睡覺的時候殺妳。」早餐時間我告訴全桌昨晚發生的事之後，瑞安娜還是氣到不行。

也許薩登正在努力幫我隱瞞昨晚發生的事情，試圖掩蓋我對他來講多像是個累贅，因為領導階層裡的其他人完全不知道這件事。他在我告訴他是誰開了我的門之後，什麼話也沒說，所以我也不知道他是不是相信我說的話。

「更糟糕的是，我覺得我好像開始習慣了。」也許我天生有很強的自我防衛機制，或者我真的在慢慢適應每天都活得像個標靶一樣。

費茲吉本斯上尉也宣布了一些比較瑣碎的事項，但我完全沒在聽。因為有個人大步走來，穿過我們翼隊中烈焰分隊和龍尾分隊之間的空隙。

如往常一樣，我這顆愚蠢的、由荷爾蒙主宰的心臟，在我看到薩登的第一眼又開始亂跳。最致命的毒藥往往藏在美麗的包裝裡，而薩登就是這樣的一個人，既美麗又致命。他看似很冷靜地向我走來，但我能感受到他身上的緊張感，彷彿是一隻獵豹正悄然逼近他的獵物。突然一陣風吹亂了他的頭髮，他身上那比中庭裡所有男生都還有魅力的優勢，讓我忍不住嘆氣。他甚至不用刻意**耍**性感，他本人**就是**性感的代名詞。

真要命。又是這種感覺，每當他靠近我，我就會喘不過氣，全身肌肉緊繃起來。這就是為什麼我沒帶誰上床，也不像其他超級正常的朋友那樣「慶祝」。這種感覺讓我不想要跟其他人上床……

因為我想要的是**他**。

全世界的髒話都不足以形容我的心情。

他的目光正好跟我對上，才一下子就讓我心跳加速。但他隨即轉向戴恩，完全不管費茲吉本斯上尉在後面宣布事情。「你們小隊的名單有變動。」

「報告翼隊長，我們在第三小隊解散之後，才剛吸收了四名新成員。」戴恩挺直背脊說道。

「我知道。」薩登看向右側立正站好的隊伍，那是第二翼隊的龍尾分隊。「貝登，我們要調整隊伍編制。」

「是的，長官。」小隊長點了點頭。

「艾托斯，沃恩・潘利不再受你指揮，但龍尾分隊的黎恩・馬利會到你們的小隊。」

戴恩立刻閉上嘴巴點點頭。

我們看著這兩個新生騎士交換位置。潘利從龍盟日之後才加入我們，所以原本的第二小隊並沒有什麼感人的告別，但其他三個曾是第三小隊的人還是小聲地抱怨。

薩登對著黎恩點點頭，我的胃頓時一陣翻攪。我再清楚不過為什麼他會被派到戴恩手下了。這傢伙渾身是肌肉，跟索伊爾一樣高，肌肉線條和戴恩一樣結實。淺金色的頭髮，突出的鼻子，藍色的眼睛，那從手腕延伸、一直蔓延到袖子底下的叛軍印痕，立刻洩漏了他的身分。

「我不需要保鑣！」我生氣地對薩登直接噴出這句話。對著翼隊長這樣講話是不是有點逾矩？那當然。我在乎嗎？一點也不！

他完全不理我，反而轉向戴恩。「黎恩是這個學院中最強的新生。他是最快通過臂鎧關的人，從來沒輸過任何一場挑戰賽，還與一隻非常強大的紅色匕尾龍締約。任何小隊能有他都算賺到，現在他歸你管了，艾托斯。等你在春季小隊競賽中獲勝時再謝我吧。」

黎恩走向我身後的隊伍，站到了潘利的位置。

「我。不。需要。保鑣。」我重複道，這次還更大聲了一點。我才不管誰會聽到我說的話。我身後的某個一年級生倒抽一口氣，絕對是因為我的大膽而感到尷尬。

伊莫珍嗤了一聲，說：「敢這麼說我也只能祝妳好運。」

薩登經過戴恩，站在我的正前方，貼近我的身體。「妳需要，經過昨晚的事我們都知道妳需要，而且我也不可能一直都在妳身邊。有黎恩在這邊——」他指向後方一頭金髮的提倫多爾人。「因為他是一年級生，所以他可以每堂課、每個挑戰賽都在妳旁邊，我甚至還讓他去圖書館值班，所以我希望妳能習慣他，索倫蓋爾。」

「你越線了。」我的指甲緊緊掐進手掌。

「妳還沒看到什麼叫越線呢，」他用低沉的聲音警告道，讓我背脊發麻。「任何威脅妳的，就是威脅我，而且我們早就說好了，我有更重要的事要做，可沒空睡在妳房間的地板上。」

一股熱流直衝我的脖子，染紅了我的臉頰。「他**不可以**睡在我房間。」

「當然不會。」他居然還露出嘲諷的壞笑，讓我叛逆的胃又開始翻攪。「我已經把他安排在妳房間隔壁。不會越線的。」他轉身離開，站回隊伍前方翼隊長的位置。

「去他的伴侶龍。」戴恩惡狠狠的眼神筆直地盯著前方。

費茲吉本斯上尉報告完畢，退到司令台後方，這通常代表早會要結束了，但潘切克指揮官卻走上講台。他向來會避免在早會現身，這代表一定發生了什麼大事。

「潘切克要幹嘛？」瑞安娜站在我身邊問。

「不知道。」我深吸一口氣，同時因為肋骨的疼痛微微皺眉。

「他手上拿著《法典》欸，肯定是出大事了。」瑞安娜說。

「安靜。」戴恩命令，這是今天早上他第一次回頭看我們。他的眼神突然定格，瞪大眼睛盯著我的脖子。「小薇？」

我們昨天大吵一架之後就沒再講過話了。天啊，怎麼不到二十四小時的時間，我就感覺自己完全不一樣了？

「我沒事。」我安撫著他的心情，但他還是一直一臉震驚地盯著我的脖子看。「艾托斯小隊長，大家都在看。」潘切克指揮官在講台上發言，告訴我們今天早上還有另一件事要處理時，我們已經引起注目了，但戴恩卻不肯移開視線。「戴恩！」

他眨了眨眼睛，把目光移向我，柔和的棕色眼眸中充滿了歉意，讓我忍不住哽咽。「萊爾森說**昨晚的事**就是這個嗎？」

我點點頭。

「我不知道。妳為什麼不告訴我呢？」

因為就算我說了，你也不會相信。

「我沒事。」我再次重複這句話，並朝台上點點頭。「待會再說。」

他轉過身來，但動作很不情願。

「身為你們的指揮官，我注意到有人做出違反《法典》的行為。」潘切克在中庭裡喊道。

「如各位所知，我們不能容忍有人違反我們最神聖的法律，」潘切克繼續說道，「這件事會在此時此地處理。請控告者站出來。」

「有人要倒大楣了，」瑞安娜小聲說，「我猜終於有人逮到雷迪克在泰凡．瓦倫的床上了是吧？」

「這根本沒有違反《法典》。」雷迪克從我們身後小聲說。

「他可是第二翼隊的副官。」我回頭瞪了他一眼。

「然後呢？」雷迪克聳聳肩，毫無愧意地笑著，「跟長官搞曖昧雖然讓人觀感不好，但又不違法。」

我嘆了口氣，重新面向前方。「我真的好想做愛。」我是認真的，不只是生理需求而已。我很渴望在親密的時候和對方有深入的連結感、暫時擺脫孤獨的感覺。

滿足生理需求這點，我相信如果薩登也對我有慾望的話，他肯定能輕鬆辦到。至於跟對方的連結感呢？他偏偏是我最不該渴望的人。但慾望和理智向來都八竿子打不著。

「如果妳想找點樂子，我很樂意為妳效勞——」雷迪克一邊說著，一邊撩開額頭前蓬鬆的棕髮，還對我眨了眨眼。

「我是說，**真正的**性愛。」我強忍著笑意反駁，同時注意到有人從隊伍前方朝司令台走去，前面那些小隊的隊伍擋住了視線，完全看不清楚是誰。「何況你已經名草有主了。」不得不說，跟朋友互相調侃一些瑣事感覺還真不錯。這是在這麼詭異的環境裡，少數正常的時刻。

「我們又還沒固定下來。」雷迪克反駁。「就像瑞安娜和那個——什麼來著……」

「塔拉。」瑞安娜補充。

「你們都給我閉嘴！」戴恩用他那種像長官的嗓門吼道。

我們立刻閉上了嘴。

當我意識到站上司令台的是薩登時，我的嘴巴又張開了。胃又是一陣翻攪，我緊張地吸了一口氣。「這肯定是關於我的事。」我低語。

戴恩回頭看我，眉頭微皺，露出困惑的表情，隨即又將注意力轉向司令台。薩登此刻站在上頭，彷彿憑藉自身的氣場就能填滿整個舞台。

我記得我在書上讀過，他父親也有同樣的魅力，能夠僅憑言語就牢牢抓住聽眾的注意力……雖然那些是最終導致布瑞南死亡的話語。

「今天早上，」他開始說話，低沉的聲音籠罩所有隊伍。「我翼隊上的某名騎士，在睡夢中遭到殘忍且非法地攻擊，行凶者主要是一群未締約的騎士，這些人蓄意謀殺該名騎士。」

此時現場一陣譁然，許多人也驚訝地倒抽一口氣。戴恩的肩膀瞬間繃緊。

「正如我們所知，這違反了《龍騎士法典》第三條第二節，這種行為不僅不光彩，更是死罪。」

我感受到十幾道目光的重量壓在我身上，但最沉重的是薩登的視線。

他緊抓著講台兩側。「在我的龍提醒我後，我和另外兩名第四翼隊的騎士成功阻止了這次攻擊。」他微微低下頭，看向我們的翼隊，還有兩名騎士。蓋瑞克和博蒂從隊伍中走出，上台站在薩登身後，雙手垂在身側。「因為這是關乎生死的事件，我親自處決了六名意圖謀殺的凶手，烈焰分隊隊長蓋瑞克・特維斯和龍尾分隊副官博蒂・杜倫可以作證。」

「都是提倫多爾人，好個『巧合』。」我們小隊新加入的成員奈汀，在雷迪克和黎恩身後的那排說。

我回頭用惡狠狠的眼神盯著她看。

黎恩依然筆直地看著前方。

「但這次攻擊是由一名在我抵達之前逃走的騎士所策劃，」薩登繼續說，聲音漸漸提高。「這名騎士擁有所有一年級學生宿舍位置的地圖，這個人必須立即接受正義的審判。」完蛋了，這事情會變得很難看。

「妳必須為你對索倫蓋爾學員犯下的罪行負責。」薩登的目光移向隊伍中央。「翼隊長安柏・梅維斯。」

整個學院集體倒吸一口氣，緊接著是一陣騷動。

「搞什麼鬼？」戴恩低聲咒罵。

我的胸口緊縮。我的天，我最討厭戴恩證明了我是對的。

瑞安娜緊緊握住我的手表示支持，同時場內每個騎士的注意力都在薩登、安柏……和我之間來回移動。

「她也是提倫多爾人喔，奈汀。」雷迪克回頭說，「還是妳只是對遺印者有偏見？」

安柏的家族一直都效忠於納瓦爾王國，所以她沒有被迫親眼看著父母遭到處決，身上也沒有叛軍印痕。

「絕對不可能是安柏。」戴恩搖頭。「一個翼隊長**絕對**不會幹這種事。」他轉身面對我，「快上去告訴大家他在說謊，小薇。」

「但他沒有說謊。」我盡可能溫和地說。

「這怎麼可能。」他的臉頰漲得通紅。

「我當時就在現場，戴恩。」他不相信我，這件事比我料想的更痛苦，就像又給我已經瘀青的肋骨重重一擊。

「翼隊長是不可能犯錯的——」

「那為什麼你這麼快就說我們自己的翼隊長是在說謊？」我揚起眉毛，直接挑戰他的說辭，像是在逼他說出一直小心隱瞞著的事情。

在他身後，安柏向前一步，離開了自己的隊伍。「我絕對沒有犯過這種罪！」

「妳看吧？」戴恩揮舞著手臂，指向那個紅髮女子。「薇奧蕾，現在趕快出來阻止這種指控。」

「當時她跟其他人都在我房間裡。」我說得簡單扼要，因為我知道無論喊得多大聲都不可能說服他。沒有什麼可以說服他。

「不可能。」他舉起雙手，彷彿要捧住我的臉。「讓我看看。」

他這麼做的意圖明顯到我嚇得不自覺後退。我怎麼會忘記他的印記能讓他看到別人的記憶？但如果讓他看到安柏參與的記憶，他也會發現我停止了時間，這是我絕對不能讓他知道的。

我搖搖頭，再次往後退了一步。

「給我看妳的記憶。」他命令道。

我憤怒得抬起下巴。「如果沒有經過我的同意碰我，你會後悔一輩子的。」

他的臉龐閃過驚訝的表情。

「各位翼隊長。」薩登的聲音劃破台下的混亂。「我們得舉行翼隊長會議。」

奈拉和塞普頓．艾薩爾，也就是第一和第二翼隊的翼隊長，都登上司令台，經過站在中庭裡備受矚目的安柏。

熟悉的騷動再次充斥全場，我們所有人都看向山脊線，有六隻龍沿著山脈蜿蜒飛行，朝我們而來，其中最大隻的正是太壬。

轉眼間，他們已經抵達堡壘，懸停在中庭的牆上。翅膀拍動時掀起的一陣狂風席捲整個中庭。接著，他們一個個降落在各自的位置上，而太壬位居中央。

太壬渾身散發凶猛的氣息，爪子用力抓住了下方的建築，瞇起的眼睛裡滿是憤怒，直直盯著安柏。

斯蓋兒則站在薩登右側，穩穩地填滿他身後的位置。她依舊像第一次見面時那麼可怕，但那時的我從未想過最終我會跟一隻更令人生畏的龍締約……雖然對所有人來說太壬很可怕，但我一點也不覺得。奈拉的紅色蠍尾龍站在斯蓋兒身後，塞普頓的棕色匕首龍則對稱地站在左側。兩側噴著蒸氣的龍是潘切克指揮官的綠色棒尾龍和安柏的橘色匕尾龍。

「真的要出大事了。」索伊爾擅自離開原本的位置，站到我身邊，而我感覺到雷迪克在我背後。

「妳現在可以阻止這一切，妳必須趕快阻止。」戴恩懇求我，「我不知道妳昨晚看到了什麼，但那絕對不是安柏。她非常在乎規則，是不可能違規的。」

而她認為我在臂鎧鬪的最後一段使用匕首就是違規。

「你是在利用這件事來對我的家族報仇！」安柏對著薩登大喊，「因為我們當初不支持你父親叛變！」

這他媽的真是一記下流的攻擊。

薩登甚至不理會她的指控，轉向其他翼隊長。

他沒有像戴恩那樣一直要求我給證據。他完全相信我，而且只憑我的一句話就準備要處決一名翼隊長。我彷彿實實在在地感受到自己對薩登的戒心正在瓦解。

「**你能看到我的記憶嗎？**」我問太壬。「**能分享嗎？**」

「**可以。**」他稍微左右搖動著自己的頭。「**可是記憶從來沒有分享給伴侶以外過。這算是違規了。**」

「**因為我跟薩登說是安柏，他正在為我發聲，拜託幫幫他吧。**」天啊，我真心崇拜這樣的薩登。我深吸一口氣後說：「**只給他們看需要看到的就好。**」

既想要他**又**崇拜他？我真的搞不清楚我的心情了。

太壬吐了口氣，此時除了斯蓋兒外所有的龍都僵在石牆上，就連安柏的龍也不例外。騎士們也聽取消息，寂靜充斥著整個中庭，我知道他們知道了。

「那個沒骨氣的卑鄙小人。」瑞安娜怒斥道，把我的手捏得更緊了。

戴恩瞬間臉色蒼白。

「現在相信我了嗎？」我用一種像是在譴責他的語氣說道，「你應該是我最老的朋友，戴恩。我**最好的**朋友。但我沒告訴你是有原因的。」

他踉踉蹌蹌地向後退。

「我們已達到翼隊長會議法定人數，彼此之間也達成共識，」薩登宣佈，兩側是奈拉和賽普頓，而指揮官則在後面站著。「我們判定妳有罪，安柏・梅維斯。」

「不！」她喊道，「把學院裡最弱的騎士除掉不是犯罪！我這麼做是為了保護翼隊的完整性！」她驚慌地四處踱步，看看有沒有任何人可以幫她辯解。

整個隊伍向後移了一段距離。

「按照我們的法律，將對妳處以火刑的刑罰。」奈拉說道。

「不！」安柏看著她的龍。「克萊德！」

安柏的橘色匕尾對著其他龍咆哮，並抬起一隻爪子。

太壬扭動他巨大的頭部朝向克萊德，他的咆哮震動了我腳下的土地。太壬接著對體型較小的橘龍齜牙咧嘴，她便向後退，垂著頭再次抓緊牆壁。

這一幕讓我看得心碎，不是為安柏，而是為了克萊德。

「**你一定要這樣嗎？**」我問太壬。

「**這是我們的方法。**」

「拜託不要。」我哀求著他，卻忘了思考怎麼講比較好。懲罰安柏是一回事，但克萊德也會跟著受苦。

也許我可以和安柏談談。也許我們還能解決我們之間的過節。也許我們可以找到共同點，化憤怒為友誼，或是當個陌生人。我搖搖頭，心臟跳得彷彿要蹦出喉嚨。這都是我造成的。我一心只想著會不會有人相信我，卻沒有停下來想一想如果他們相信我，可能會發生什麼事。

我轉頭向薩登再次哀求，直到最後我的聲音都沙啞了。「請給她一個機會。」

他緊緊盯著我，卻沒有流露出半點情緒。

「**我曾經給一個人活路，但他昨晚差點殺了你，銀色的。**」太壬說。接著，彷彿這句話才是最重要的，他說：「**正義並非總是仁慈的。**」

「克萊德。」安柏輕聲說道，因為中庭安靜得令人難以置信，這個聲音也因此傳得很遠。

隊伍從中央分成兩半。

太壬彎下腰，將頭頸伸過司令台，朝向安柏站立的地方。接著他露出牙齒，捲起舌頭，以一團炙熱的火焰將她燒成灰燼，我甚至在這裡都能感受得到那股熱氣。轉瞬間處決就結束了。

駭人的尖叫聲劃破了空氣，震碎了教學大樓的一扇窗戶，每個騎士都用手摀住耳朵，擋住克萊德淒厲的哀悼聲。

「米拉，如果妳不能馬上汲取龍的力量，先不要慌張。是啊，我知道妳什麼都要做到最好，但這不是妳能控制的事。當牠們覺得妳準備好了，就會進行傳輸。一旦牠們準備好了，妳最好也準備好讓印記顯現。在那之前，妳若還沒準備好，就不要勉強自己了。」

——「布瑞南札記」，第六十一頁

第二十一章

「真的沒必要啦。」當我和黎恩走向檔案庫的大門時，我側頭瞥了他一眼。他來值勤的第一天就修好了運書車，終於不再嘎吱作響了。

「妳已經跟我講了一個星期了。」他對我微微一笑，露出一個小酒窩。

「可是你還是一直待在我旁邊啊，每一天都在，甚至一整天都在。」其實我並不是不喜歡他。說實話，他真的是……好到讓人有點煩躁。他彬彬有禮、幽默風趣，又熱心助人。整個人都讓人很難找到討厭的理由，就算他走到哪裡都會留下一小堆木屑。而現在我走到哪他就跟到哪了。他總是拿著那把小刀不停地削著東西，昨天還完成了一個熊的雕像。

「直到新的命令下來我才會離開吧。」他說。

我對著他搖搖頭，這時皮爾森突然在檔案庫門口挺直了腰，整理著他那件米色的長袍。

「早安，皮爾森學員。」

「妳也早安啊，索倫蓋爾學員。」他對我微微一笑，但視線掃到黎恩時，那笑容立刻消失了。「馬利學員。」

「皮爾森學員。」黎恩如常回答，好像那位抄寫士的語調完全沒有因為他而改變一樣。

我的肩膀一緊，當皮爾森匆忙去開門時，我能感受到一股微妙的緊張氣息。也許是因為在進到巴斯蓋亞上學以前，我從未和那些遺印者接觸過，但大家對遺印者那種徹底的敵意，現在卻變得更加明顯，讓我感到十分不安。

我們走進檔案庫，像往常一樣站在桌旁等著。

「你是怎麼做到的？」我低聲問黎恩。「當別人對你那麼沒禮貌，你怎麼都無動於衷？」

「妳一直都對我很沒禮貌啊。」他開玩笑地說，手指輕敲著推車的把手。

「那是因為你是我的保姆，而不是因為……」我一時說不出口。

「因為我爸是那聲名狼藉的馬利上校？」他下巴微微顫動，眉頭也皺了一下，隨即把目光移開。

我點點頭，回想起過去幾個月，內心突然很沉重。「不過，我想我也好不到哪裡去。我第一次看到薩登就討厭他，卻對他一無所知。」我不是說我現在已經知道他是怎樣的人啦，他最擅長裝高冷了，真令人不爽。

黎恩嗤之以鼻，引來後面角落一位抄寫士的怒視。「他對人總是有這種影響力，尤其是對女人。她們不是因為他父親的所作所為而鄙視他，就是因為同樣的理由而想跟他上床，只是看我們站在什麼角度思考而已。」

「你真的**瞭解**他，對吧？」我仰起脖子看著他。「他選你來跟著我，不是因為你是我們年級最棒的學員對吧。」

「妳現在才知道嗎？」他臉上閃過一絲燦笑。「要不是妳一直嚷嚷著不要我跟在妳旁邊，我早在第一天就告訴妳了。」

我對黎恩翻了個白眼，後來潔西妮亞走近我，兜帽遮住了她的頭髮。「嘿，潔西妮亞。」我用手語向她比劃。

「早安。」她回道，嘴角勾起一抹害羞的微笑，視線飄向旁邊的黎恩。

「早安。」他也用手語回覆，眨了眨眼睛，顯然是在向她調情。

第一次知道黎恩會比手語，真的嚇了我一跳。老實說，我一直都對他有點嫌棄，因為我不想要有一個影子跟著我。

「今天的書就這些嗎？」潔西妮亞問，檢查著推車上的書本。

「還有這些。」我在他倆明顯的對視中，拿起調閱清單，並遞給她。

「非常好。」她的臉頰微紅，低頭看了看清單，然後塞進口袋裡。「對了，馬克漢教授因為要去教你們的戰爭簡論課，在每日報告送來之前就先離開了，妳可以拿過去給他嗎？」

「當然可以。」我等她推著推車走開後，才拍了拍黎恩的胸口。小聲地對他說：「別這樣。」

「別怎樣？」他看著潔西妮亞，直到她拐過第一排書架的轉角。

「別對潔西妮亞調情。她是那種想要發展長期關係的人，所以除非你也想要發展這種關係，不然……就不要。」

他的眉毛挑起，幾乎要碰到髮際線。「這裡怎麼可能有人想要發展長期關係？」

「不是每個人都在死亡是必然而不是偶然的學院。」我深吸一口檔案庫的氣味，想辦法吸收一點它能帶給我的平靜。

「所以妳是說，還是有些人會對人生做一些可愛的小計劃？」

「沒錯，**有些人**就是指潔西妮亞這種。相信我，我認識她已經好幾年了。」

「對耶，因為妳之前想當抄寫士。」他說完就環視著檔案庫，專注到我幾乎快笑出來，好像有人會從書架後面跳出來追著我跑似的。

「你怎麼知道的？」我壓低聲音，此時一群二年級的學生走過，臉色沉重地討論兩位歷史學家的優劣。

「我在……妳知道的……被派來這裡後，做了些調查。」他搖了搖頭。「我也看過妳這週練習匕首的樣子，索倫蓋爾。萊爾森說得對，妳如果當抄寫士就太可惜了。」

我的胸口挺了起來，心中湧上一股驕傲感。「那還有待時間考驗。」至少現在挑戰賽的賽期還沒恢復，看來在飛行課中已經死夠多人，所以也暫時不會再讓我們進行肉搏訓練了。「你以前有想說長大後要做什麼？」我為了讓話題延續下去，問了這個問題。

「活著吧。」他聳了聳肩。

嗯，這倒也是……某種程度上的回答。

「那你是怎麼認識薩登的？」我可不傻，才不會覺得來自提倫多爾省的人都互相認識。

「我和萊爾森在叛變發生後，被送到同一個家庭寄養。」他使用了提倫多爾方言中稱呼「叛亂」的詞，這個詞我已經很久沒聽過了。

「你被寄養過？」我驚訝地瞪大了眼睛。寄養貴族子女這樣的傳統，在納瓦爾統一六百多年後就已經消失了。

「嗯，對啊。」他再次聳聳肩。「不然妳覺得那些『叛徒』的孩子——」他在說這個詞時稍稍畏縮了下，「在父母處決後會去哪？」

我環顧那些放滿書架的文獻，思考是否有一本能解答這個問題。「我從沒想過這個問題。」講完最後一個字，我突然覺得有點哽咽。

「我們大多數人的房子，都賜給了那些保持忠誠的貴族。」他清了清喉嚨。「事情本來就是會這樣的。」

我懶得附和這明顯是已經想過的回答。陶利國王對叛亂的反應迅速且殘酷，但當時我只是一個十五歲的女孩，沉浸在自己的悲痛中，無法對那些造成我哥哥死亡的人心存仁慈。不過，燒毀提倫多爾首都阿瑞西亞這件事，始終讓我感到不安。黎恩當時也跟我一樣十五歲，但他母親背叛納瓦爾也不應該是他的錯。「可是你沒有跟你父親一起搬到他的新家？」

他的目光轉向我，眉頭緊鎖。「我很難跟一個和我母親同天被處決的人一起生活吧。」

我的心突然變得沉重。「不，不對。你的父親是艾薩克．馬利，對吧？我研究過每個省份的所有貴族家庭，也包括提倫多爾。」難道我弄錯了什麼？

「是。艾薩克是我父親。」他把頭側一邊，朝潔西妮亞消失的方向看，我明顯感覺到他已經不想再繼續這個話題。

「但他不是叛亂的一份子。」我搖搖頭，試圖理清這件事。「他不在卡爾迪爾的處決名單上。」

「妳讀過卡爾迪爾處決的名單？」他的眼睛突然亮起來。

我鼓起渾身的勇氣和他對視。「因為我想確認某個人在名單上。」

他微微後退。「梵．萊爾森。」

我點頭。「他在阿瑞西亞戰役中殺了我哥哥。」我的思緒亂成一團，想辦法在我讀過的和他所說的之間達到平衡。「但你父親不在那個名單上。」可是黎恩是親眼看著他父親遭到處決的。此時一陣尷尬朝我襲來。我到底在幹什麼？「我很抱歉，好像不應該問這個的。」

「他是在我們家族的宅邸處決的。」他臉上的表情緊繃，「當然是在房子歸給其他貴族之前啦。嗯對，那時我也親眼看見了。就在那時候我身上就有了叛軍的印痕，可是不管是在家還是哪裡處決，我感受到的痛苦都一樣深刻。」他轉過頭，喉嚨微微顫抖。「之後我被送到特維恩，由林德爾公爵收養，就跟萊爾森一樣。我妹妹則被送到了別的地方。」

「他們把你們分開了？」我的下巴幾乎要掉下來。我讀過很多關於叛亂的書籍，從來沒有提過寄養或是把兄妹分開的事。

他點點頭。「她只比我小一歲，所以明年她進入學院時，我就能見到她了。她很強壯，反應速度快，平衡感也很好。一定會成功進來的。」他語氣中帶著一絲驚慌，讓我想起了米拉。

「她其實可以選擇去別的學院。」我輕聲說，希望能讓他安心一些。

他瞪大眼睛看著我。「我們都得是騎士。」

「什麼？」

「我們都得是騎士，這是契約的一部分。我們可以活著，可以有證明自己效忠王國的機會，但唯一的條件就是我們得進到騎士學院。」他困惑地看著我，「妳不知道嗎？」

「我是說……」我搖搖頭。「我知道叛軍首領的孩子們都得徵召入伍，但我也只知道這樣而已。畢竟還有很多追加的條約是機密不公開的。」

「我個人是覺得，規定要進到這個學院是為了給我們最好的晉升機會，但其他人……」他露出痛苦的表情。「其他人認為這是因為騎士的死亡率很高，他們其實想讓我們透過這種方式死掉，這樣就不用親手處決我們。我聽伊莫珍說過，他們一開始認為龍族擁有至高無上的完美品格，根本不會跟遺印者締約，但現在倒是不知道該怎麼處理我們。」

「你們有多少人？」我想到我的母親，不禁心想她對此到底知道多少，當她在布瑞南死後成為巴斯蓋亞的總指揮官時，有多少事是出於她的授意。

「薩登沒說過嗎？」他停頓了一下，接著繼續說。「當時有六十八位軍官有二十歲以下的孩子。而我們這些小孩總共有一百零七個，身上都有叛軍印痕。」

「最年長的就是薩登。」我小聲說道。

他點點頭。「而最年輕的現在快要六歲了。她的名字是茱莉安。」

我覺得我開始有點不開心了。「她也跟你們一樣被標記了嗎？」

「她出生就有了。」

我知道這些印痕都是龍給的，但這他媽的到底是怎樣？

「妳問沒關係啦。這段歷史總是要有人知道，也要有人記得。」他深呼吸時，肩膀抬起又放了下來。「話說，來到這裡會讓妳覺得很難過嗎？還是其實比較自在？」

噢，轉移話題囉。

我注視著一排排的桌子，正慢慢由準備開始工作的抄寫士們填滿，心中不禁浮現父親的身影，彷彿就在那裡跟他們坐在一起。「這種感覺就像是回家一樣，但我知道這已經不是我的家。不是說這裡變了，這個地方也從來沒變過。天啊，我一直都覺得改變是抄寫士的頭號死敵。但我也開始意識到，是**我**變了。我現在不屬於這裡了，以後也不再屬於這裡了。」

「嗯，我懂這種感覺。」他語氣中的某種感覺告訴我他真的能懂。

我差點問他這五年對他來說是怎麼樣的感受，但潔西妮亞又出現了，推著裝滿調閱書籍的運書車。

「我把所有東西都帶來了。」她用手語告訴我，然後指著上面那捲卷軸，「這是給馬克漢教授的。」

「我們一定會讓教授拿到的。」我答應她，並俯身接過推車。我的高領衣襟微微移動，此時潔西妮亞倒抽一口氣，手立刻摀住了嘴巴。

「天啊，薇奧蕾，妳的脖子！」她的手勢急促，眼中充滿同情，讓我的胸口一緊。「同情」這個詞在我們學院裡是找不到的。這裡有氣憤，有暴怒，有憤慨……就是沒有同情。

「沒事的。」我把衣領拉好，遮住那圈發黃的瘀傷，黎恩則是伸手越過我，把推車接過去。

「明天見。」

她點點頭，緊張地捏著雙手。而後我們轉身走向門口，皮爾森在我們經過門口、進到走廊後把門關上。

「萊爾森還在特維恩的那幾年，教了我怎麼打架。」黎恩換了個話題，讓我鬆了一口氣，但他顯然又是故意的。「我從來沒見過有人像他那樣打鬥，是他讓我挺過了第一輪挑戰賽。他或許沒表現出來，但他是會照顧自己人的類型。」

「你是在跟我推銷他一些別人看不見的小優點嗎？」我們開始爬樓梯，我注意到今天腿部感覺格外有力，感覺內心有些滿足。當我的身體願意配合我的時候，我都特別喜歡這種感覺。

「因為妳算是暫時擺脫不掉他了，直到……」黎恩對我做了個鬼臉。「嗯，直到永遠。」

「或者等到我們其中一個人死掉。」我開玩笑地說，但當我們轉過街角，經過治療師學院的時候，這個笑話似乎變得不好笑了。「不過，你到底怎麼辦到的啊？你要保護的那個人，她母親曾經親自指揮翼隊抓捕你們欸。」我已經想問這個問題想了一整個星期。

「妳是在想妳能不能相信我嗎？」他再次露出輕鬆的笑容。

「沒錯。」我的回答簡單乾脆。

他放聲大笑，笑聲在隧道牆壁和診所的玻璃窗上迴盪。「回的好。我只能說，妳的生死對萊爾森來說至關重要，而他對我有天大的恩情。」他直視著我的眼睛說出這句話，此時推車撞到了石子路上一塊隆起的石塊。

推車最上面那捲卷軸掉到了地上，我皺起眉頭，趕緊撿起來，但卷軸還是沿著路上的小斜坡展開了一小段。

「撿到了。」那張厚重的羊皮紙並不願意乖乖地讓我捲回去，而我也看到了一句讓我停下來的話。

「薩莫頓的情況特別讓人擔憂。昨晚一個村莊遭到洗劫，補給部隊也遭劫掠——」

「上面寫什麼？」黎恩問道。

「昨天薩莫頓被攻擊了。」我把卷軸翻過來看看有沒有標記機密文件，但也沒有。

「在南方的邊境嗎？」他看起來跟我一樣困惑。

「是啊。」我點點頭。「如果我沒記錯地理位置的話，那又是一次高海拔的攻擊。上面寫著補給部隊遭劫掠了。」我繼續讀了一段。「還有在附近洞穴裡的倉庫也遭到洗劫了。但這不對啊。我們和波羅密爾王國簽了貿易協議。」

「那就是一支突襲隊伍。」

我聳聳肩。「不清楚，今天在戰爭簡論課上應該會講到吧。」我們南方的邊境越來越常受到攻擊，過程也幾乎一模一樣。結界開始變弱的山區村莊不斷地受到侵襲。

此時一陣龐大的飢餓感襲來，我的胃開始咕嚕作響，肚子空空的感覺需要用血肉來填滿——

「索倫蓋爾？」黎恩看向我，眉頭深鎖，眼神中帶著擔憂。

「太壬醒了。」我勉強擠出一句話，雙手緊抱著肚子，好像我才是那個想吞了一群綿羊、或者山羊，或者不管太壬今早決定要吃什麼的人。「**天啊，拜託吃點東西吧。**」

「**我也會建議妳去吃點東西。**」太壬對我喊道。

「**起得可真早啊。**」那股飢餓感漸漸消散，我知道是因為他在那一刻抑制了我們之間的連結，而這是我做不到的。他的情緒只有在超過他能控制的程度時才會流入我心中。「**謝謝你。你知道安妲娜在哪嗎？**」

「**還在睡覺。她用了那麼多力量，還得再睡個幾天。**」

「這種感覺有辦法慢慢變好嗎？」我問黎恩。「總是被他們的情緒影響的這種感覺。」

他皺了皺眉。「好問題。針對這點，德伊的控制力不錯，但他生氣的時候嘛？」黎恩直搖頭。「這本來是為了在他們開始傳輸的時候，讓我們能抵擋其他不舒服的感受。但妳知道的，卡爾教授在事情發生之前都不會理我們。」

我之前早就料到黎恩還沒顯現他的印記能力，畢竟他每堂課都和我在一起。不過知道他現在還跟我一樣，屬於還沒有印記的騎士群體，讓我頗感安慰。雖然安妲娜已經給了我停止時間的天賦，我很確定我不會常常用到，尤其她每次恢復都需要好幾天的時間。

「所以太壬也還沒傳輸力量給妳，對吧？」黎恩問，臉上掛著一絲不確定和脆弱的表情。

我搖搖頭。「我覺得他有承諾障礙。」我輕聲說。

「**我聽到了。**」

「**那就別進我的腦袋。**」

又是一波令人無力的飢餓感襲來，餓到我差點把馬克漢教授的捲軸捏壞。「**別這麼討厭。**」

我敢賭我聽到他輕輕地笑了一聲。

「我們得快點回去，不然會錯過早餐時間喔。」

「走吧。」我把捲軸捲好，放回推車上。

「我好想跟那些酷酷的學生一樣喔。」瑞安娜低聲抱怨。那天下午，一群來自第二和第三翼隊的一年級生，剛離開通往卡爾教授教室的塔樓，從樓梯口湧出，把我們要去上戰爭簡論課會經過的走廊擠得水洩不通。

「我們會的。」我安撫她，勾起她的手臂。不得不承認，我胸口還是有些嫉妒的情緒湧上心頭，隱隱作痛。

「妳也許會很酷，但絕對不會像我這麼酷！」雷迪克從黎恩身邊擠過，隨即把手臂搭在我肩上。

「她說的是那些已經開始汲取印記能力的人。」我解釋，一邊小心地拿著書，生怕這些書掉下來。「不過至少我們還沒汲取能力，就不需要擔心印記覺醒後的魔法會殺死我們。」我背中央的印痕發出微弱的刺痛，讓我忍不住思考，安妲娜的天賦能力是否已經讓我的能力覺醒進入倒數計時。

「哦，我以為我們在討論我剛才輕鬆通關的物理考試。」他露出笑容，「絕對是班上最高分。」

瑞安娜翻了個白眼。「拜託，我比你高五分欸。」

「我們在幾個月前就不把妳的分數算在排名裡了。」他身體微微前傾。「妳在那門課的分數讓我們其他人感到不公平。」他瞥向我們肩膀中間的那個人。「等等，你考幾分，馬利？」

「我才不參與這場爭論。」黎恩回答。

我們笑著分開，進入擁擠的學員人海中，準備進入教室。

「抱歉，索倫蓋爾。」我們走進階梯教室時，有人拉開他們的朋友讓路並說道。

「沒什麼好抱歉的！」我大聲喊道，但他們已經走往前幾排。「我還是一直沒辦法習慣這個。」

「但這的確讓找位子變得更容易了。」我們沿著巨大塔樓彎曲的樓梯往下走時，瑞安娜調侃道。

「他們是對妳表現出應有的敬重。」太壬咕噥道。

「是對她們認為我會成為的人，而不是現在的我。」我們找到自己座位那排，走進去，按照小隊坐在一群一年級生中間。

「這代表他們非常有遠見。」

騎士們陸續進入教室，現場滿是生氣勃勃的喧鬧聲。我不禁注意到，現在已經不會有人沒座位坐，需要站著聽課了。我們學院的人數在過去四個月內呈指數型的下降，椅子空位的數量也令人擔憂。昨天我們又失去一位一年級的騎士，因為他在飛行場上太靠近另外一個人的紅色蠍尾龍。前一秒還站在那裡，後一秒龍就把他燒成了土壤的一部分。所以在那次飛行課後，我都盡可能跟在太壬身邊。

我的頭皮再度發麻，但我還是強壓住想要轉頭的衝動。

「萊爾森剛到喔。」黎恩在我右邊的座位跟我說，同時放下正在雕刻的小龍雕像，抬頭往三年級的那排看去。

「我想也是。」我對著他豎起中指，繼續盯著前方。我不是不喜歡黎恩，但我還是對薩登指派他給我這件事感到不爽。

黎恩哼了一聲，露出笑容和他的小酒窩。「現在他在盯著妳喔。快告訴我，惹惱學院中最強的騎士是件好玩的事嗎？」

「你自己試試看就知道了。」我建議道，一邊打開筆記本，翻到下一頁空白頁。我不能回頭看，我不也會回頭看。渴望薩登這件事完全沒問題，也必須沒問題的。至於放任這些衝動？那就太傻了。

「這對我來說是不可能的。」

我敗給了自己的自制力，忍不住回頭看。果然，薩登坐在最上面的一排，旁邊是蓋瑞克，一臉百無聊賴。他對黎恩點了點頭，黎恩也回應他。

我翻了個白眼，再次轉過頭，盯著前方。

黎恩繼續專注雕刻著他的小龍，看起來很像他的紅色匕尾龍德伊。

「我敢說，他讓你跟緊我的方式，你會覺得每堂課都有人想暗殺我。」我搖搖頭。

「我得幫他說句話，的確不少人嘗試殺了妳。」瑞安娜邊說，邊擺出她的上課用品。

「才發生過一次！就一次，小瑞！」我調整姿勢，避免壓迫到瘀青的肋骨。它們雖然纏得緊緊的，但靠在椅背上絕對不是一個最好的選項。

「好啊。那妳怎麼解釋泰南的事情？」瑞安娜問。

「就是為了龍盟日而已。」我聳聳肩。

「還有巴洛不斷的挑釁威脅？」她對我揚起眉毛。

「她說得有道理。」索伊爾從瑞安娜旁邊的座位探頭說。

「那些都只是威脅而已。我唯一真正遭到攻擊的時間是在晚上，而且黎恩也沒睡在我房間裡。」

「我倒是不介意——」他開始說，手中的刀停在木頭上。

「好了，不要亂講。」我快速轉向他回道，卻忍不住笑了出來。「你真是個厚臉皮的撩人精。」

「謝謝誇獎。」他對我露出大大的笑容，繼續雕刻。

「這才不是誇獎。」

「別在意她說的，她只是無法釋放自己的性慾，才會變得這麼愛發脾氣。」瑞安娜在空白頁上寫下日期，我也跟著照做，把羽毛筆浸入隨身墨水瓶裡。其他人已經能使用那種不會沾得亂七八糟的筆，這正是我迫不及待想要汲取能力的一個原因。因為之後就不必再用羽毛筆，也不必再帶墨水瓶了。

「這跟性慾**完全無關**好嗎。」天啊，她真的可以再說大聲一點欸。

「我還沒聽妳否認呀。」她對我露出甜甜的笑容。

「抱歉我不夠格，」黎恩也跟著調侃我。「不過我相信萊爾森會樂意讓我篩選幾個候選人，尤其是這樣一來妳就不會在整個翼隊面前對他比中指的話。」

「你到底要怎麼篩選候選人？你會怎麼幫他們打分？」瑞安娜揚起眉毛，臉上掛著燦爛的笑容。「這我一定要聽聽。」

我硬是保持了兩秒板著臉的表情，看到黎恩突然露出震驚的表情，讓我忍不住笑了出來。

「不過還是謝謝你的提議。我保證之後有任何的曖昧對象都會先經過你的審核。」

「我覺得你可以在旁邊看，」瑞安娜繼續說著，一臉無辜地對他眨眨眼。「確保她受到充分保護。你知道，這樣就不會有人……捅她了。」

「哦？我們現在要開始講黃色笑話了嗎？」雷迪克在黎恩身邊問。「我的整個人生就是為了這一刻而來的。」

連索伊爾都笑出聲了。

「我靠。」黎恩小聲嘟囔道，「我只是說，既然妳現在晚上受到保護——」我們笑得更厲害了，然後他深深嘆了一口氣。

「等等。」我止住笑聲。「你說我晚上受到保護是什麼意思？因為你就在隔壁嗎？」我的笑容瞬間消失了。「拜託告訴我他沒讓你睡在走廊或其他危險的地方。」

「沒有，當然沒有。他在襲擊發生後的隔天早上就用魔法保護了妳的門。」他的表情很明顯在說我應該知道這一點的。「我猜他沒告訴你吧？」

「他**什麼**？」

「他用魔法保護了妳的門，」黎恩這次說得更小聲了。「所以只有妳能打開門。」

可惡，我不知道該怎麼看待這件事情。這控制欲有點強，而且有點越線了，但也……很貼心。

「但如果是他設下的魔法結界，那他也能進來，對吧？」

「嗯，對啦。」黎恩聳了聳肩。當馬克漢教授和德薇拉教授走下樓梯，朝教室前方走去時，他輕描淡寫地說，「但萊爾森應該不會殺妳吧。」

「應該吧。你看，我還在適應他對我的心態轉變。」我不小心弄掉了羽毛筆，還沒來得及彎腰撿起來，桌下的黑影卻像是在獻祭一般把筆舉了起來。我從黑影中把筆取回來，又不自覺地回頭看向薩登。

他正和蓋瑞克談得熱烈，根本沒注意我。

但，很顯然，他是有注意到的。

「我們可以開始上課了嗎？」馬克漢教授在教室裡喊道，我們也立刻安靜下來，他把我和黎恩早上交給他的捲軸放在講台上。「很好。」

我把「薩莫頓」寫在筆記的正上方，此時黎恩也把小刀換成了羽毛筆。

「第一個要宣布的事項。」德薇拉教授走上前。「我們決定，今年的小隊競賽不僅會給獲勝者可以炫耀的權利——」她笑得像是要給我們什麼好康的。「而且我們也會派獲勝的小隊去前線參訪，跟現役的翼隊一起實習。」

四周響起熱烈的歡呼聲。

「所以如果我們贏了，就能有機會更快死掉？」瑞安娜低聲問。

「他們可能在操作反向心理學吧。」我掃視了一圈周圍的同學，他們顯然都為這個消息感到高興，讓我有些擔心他們的理智狀況。不過，還在這間教室的多數人，都能穩穩待在自己的龍背上。

「妳也可以。」

「你就不能找點正經事做，而不是聽我自暴自棄嗎？」

「也沒什麼其他特別的事情可以做。現在注意聽課。」

「別再插嘴了，這樣我或許才能集中精神。」我反駁道。

太壬發出一聲低沉的嘶吼。有一天我或許能翻譯那聲音的意思，但不是今天。

「我知道小隊競賽要等到春天才會開始，」德薇拉繼續說道，「不過我想這個消息會給你們所有人帶來十足的動力，讓你們在面對挑戰賽前，各個方面都更努力投入。」

又一陣歡呼聲響起。

「現在注意我們這邊。」馬克漢教授舉起手，教室瞬間安靜下來。「今天前線相對平靜，所以我們可以趁此機會來剖析吉安法爾之戰。」

我的羽毛筆漂浮在筆記本上方。這不可能是他剛才說的吧。

魔法燈飄起，照亮了隔開提倫多爾和其他地區的追落斷崖，這片峭壁使得整個省份高出大陸數百公尺，接著，燈光聚集在位於南方邊境的古老要塞上。「這場戰役對納瓦爾的統一至關重要，儘管距今已有六百多年，但這場戰役為我們上了寶貴的一課，至今仍深刻影響著我們飛行部隊的編制。」

「他是認真的嗎？」我低聲問黎恩。

「嗯。」黎恩握著羽毛筆，指尖幾乎要把筆壓彎。「他看起來是認真的。」

「這場戰役有什麼特別之處？」德薇拉挑起眉毛問，「布萊恩特？」

「這座要塞不僅做好了圍城戰的準備，還裝備了第一款十字弩，這對龍族而言是非常致命的。」

「對，然後呢？」德薇拉繼續追問。

「這是最後一次獅鷲獸和龍族並肩作戰，徹底擊潰荒原軍的戰役。」二年級的布萊恩特繼續說道。

我左右掃視，發現其他騎士已經開始認真做筆記。太不真實了。這一切都……太不真實了。甚至連瑞安娜也在專心寫著筆記。

沒有人知道我們所知道的事情，昨晚邊境的一個納瓦爾村落遭到劫掠，物資也全被洗劫一空。然而，我們竟然還在討論一場發生在室內管道發明之前的戰役。

「現在，請大家好好注意。」馬克漢教授開始講解。「因為你們將在三天後交一份詳細的報告，並將它與過去二十年來的戰役進行比較。」

「那份卷軸有標註機密文件嗎？」黎恩低聲問。

「沒有。」我也小聲回答。「不過也有可能我沒看到？」那張戰鬥地圖上甚至沒有顯示靠近那片山脈的活動。

「好。」他點點頭，開始用羽毛筆在羊皮紙上做筆記。「那一定是妳沒看到。」

我眨了眨眼，強迫自己拿起筆寫下筆記，主題是一場我和父親已經分析過數十次的戰役。黎恩說得對，也只能這樣解釋了。身為學員，我們對於資料蒐集許可的階級還不夠高，或者說，也許他們還沒收集完所有資料，無法做出一份準確的報告。

或者，那份卷軸真的有標註機密文件。只是我沒注意到。

妳絕對不會搞錯力量第一次湧入的感覺。它第一次進入妳體內，籠罩著妳的時候，感覺彷彿無窮無盡。這種亢奮會讓妳上癮，妳能用這股能量完成各種事的可能性會讓妳上癮，自己竟然能掌控的感覺也會讓妳上癮。然而，重點在於：這股能量可能很快就會轉而掌控「妳」。

——「布瑞南札記」，第六十四頁

第二十二章

在十一月剩下的日子裡，沒有人再度提起薩莫頓；到了十二月，等到呼嘯的風帶來落雪時，我已經不再期望高層會公布相關情報了。我和黎恩都無法直接詢問教授這件事，因為那會暴露我們讀了顯然屬於機密的情報——即使那份報告上並沒有機密標記。

這也讓我想知道，還有什麼資訊沒有進入戰爭簡論的課堂，但我沒有把這個想法說出來。除了這件事，以及因無法汲取力量而日益增長的煩躁，我這陣子還把許多想法都埋在心裡。已經有四分之三的一年級生都能辦到了。

「**妳沒有完全把想法埋在心裡。**」太壬咕噥了一聲。

「**我不想聽你的感想，因為你今天差點讓我摔到山壁上。**」一想到他讓我往下掉了多遠，就讓我的胃一陣翻攪。

第三翼隊的那個一年級生就沒和我一樣幸運了。她在做一個新的機動動作時摔了下去，最後在今天早上加入了死亡名單。

瑞安娜揮舞長棍，我迅速往後仰，在千鈞一髮之際躲過了這記攻擊。讓我驚訝萬分的是，我在訓練墊上保持了平衡。

「**那妳下次就坐好。**」

「**如果你開始傳輸力量給我，或許我就能坐好了。**」我回嘴。

「妳今晚心不在焉的。」我找回平衡時，瑞安娜往後退，給了我任何對手都不會在挑戰賽中展現的慈悲。她的目光掠過墊子，看著坐在長凳上的黎恩，他又在雕刻另一隻龍了。接著她轉頭看著我，給了我一個眼神，意思很明顯：等今晚一直跟著我的護衛離開後，我就得立刻告訴她發生了什麼事。「但妳已經比之前快了。不管伊莫珍讓妳做了什麼，都是有用的。」

「**妳還沒有準備好汲取力量，銀色的。**」

「這還用得著妳說嗎。」伊莫珍喊道，她就在隔壁的墊子上，輕輕鬆鬆地用手臂鎖住雷迪克的頭，等著他拍打地面表示投降。

索伊爾和奎茵在我左邊，他們正在繞著彼此轉圈，準備再戰一回合；瑞安娜後面是艾默立和希頓，他們正在盡全力訓練龍盟日後加入我們小隊的一年級生；戴恩則在一旁監督，刻意避開任何和我有關的事。

根據戴恩最近的命令，星期二晚上是小隊的肉搏練習時間。由於我們現在的課程很重，還有飛行課程，再加上部分新生開始學習操控魔法，所以我們幾乎沒時間進行近戰訓練。其他抱持相同想法的騎士占據了遠處的幾塊墊子，傑克．巴洛也是其中一員。

這也是黎恩拒絕和雷迪克打一場的原因。

「妳在放水。」我告訴瑞安娜。汗水順著我的背流下，弄濕了我身上的貼身束腰襯衫，我的龍鱗背心現在正放在黎恩旁邊的長凳上晾乾。

反正他也不需要額外的練習。他已經在訓練墊上打敗戴恩以外的所有人了，而且一部分的我認為，這只是因為戴恩不願意輸給比自己年輕的騎士。

「我們已經打一個小時了。」瑞安娜揮舞長棍，發出咻咻的破空聲。「妳累了，而我最不想做的就是弄傷妳。」

「挑戰賽會在冬至以後重新開始。」我提醒她。「妳故意放水，對我來說沒有任何好處。」

「她說的沒錯。」一個低沉的聲音從我後方傳來。

我用餘光瞥見黎恩站了起來，我低聲咒罵了一句。

「我很清楚這一點。」我轉頭說，這時薩登已經走過我們身旁，蓋瑞克一如往常地陪在他身邊。不過，在他經過時，要我把目光從他身上移開是不可能的。眾神啊，我真的陷得太深了。

「要是你說不出什麼有用的話就走開。」

「動作快一點，這樣妳就更不容易死掉了。這聽起來有用嗎？」他回頭對我喊道，踏上練武館中央附近的一張墊子。

瑞安娜睜大雙眼，黎恩則搖著頭。

「怎麼了？」

「妳和他說話的方式。」瑞安娜喃喃說道。

「他打算怎樣？殺了我嗎？」我往前逼近，揮著長棍，瞄準她的腿。

她跳起來躲開攻擊，接著轉身，我們的棍子敲在一起，發出脆響。

「你們很可能會互相殘殺。」黎恩插話，然後坐下來。「等不及想看你們畢業以後會怎麼互動了。」

畢業以後。

「我連下星期的事都還沒想，更別說畢業了。」因為我還沒準備開口詢問許多非常困難的問題。

「聽著，我知道妳很……惱火太壬需要這麼久的時間才能傳輸。」瑞安娜說，又開始繞著我轉圈。「我的意思是，對妳來說，和我一起在這塊墊子上發洩怒火，比起發洩在那個又高又壯、還能操控暗影的翼隊長身上更安全。」

「我不想要在妳身上發洩什麼怒火。妳是我的朋友。」我稍微指了指薩登。「而他是那個派了一個甩不掉的護衛跟著我的傢伙，因為他覺得我是他的**弱點**。但他有幫到我什麼嗎？」我用長棍使出猛烈的攻擊，但她擋住了我的攻勢。「沒有。那他有訓練我嗎？」我再次往前猛衝，我們的棍子又撞在一起。「也沒有。但他很擅長在我要死掉的時候出現，消除威脅，就只有這樣。」他見鬼的肯定完全能夠把視線從我身上移開，不像我就是沒辦法。

「所以妳的確有點生氣。」瑞安娜慢條斯理地說，同時迅速轉身，輕鬆避開攻擊。

「如果有人奪走妳的自由，妳也會超火大。妳想看看，即使黎恩那麼好，但如果他每天從早到晚都守在妳的門外是什麼感覺。」我躲過了她的一記攻擊。

「感謝妳的稱讚喔。」黎恩插嘴，證明了我的論點。

「嗯。」她贊同道，「我也會生氣，而且我也為妳生氣。好了，現在讓我們把怒氣轉化成有用的東西。」瑞安娜的另一波攻勢如雨點般襲來，我跟上了她的節奏，但這只是因為她就像我之前指控的那樣，還在對我放水。

然後我犯了一個錯：我偷偷朝她身後練武館中間的方向瞥了一眼。

真是。太他媽的。性感了。

薩登和蓋瑞克都脫掉了上衣，他們全力以赴，戰鬥的方式就像在性命相拚，踢擊、拳頭和肌肉的動作快得讓人眼花繚亂。我從沒看過兩個人能移動得那麼迅速。這是一場美麗且同步的舞蹈，但每一步都充滿致命威脅，每次蓋瑞克即將得手，而薩登卻巧妙化解攻擊時，我都不禁屏住呼吸。

過去這幾個月來，我已經看過無數騎士裸著上身對戰了。這並不是什麼新鮮事，我應該要對男體完全免疫了，只是我從來沒看過**他**打赤膊的樣子。

薩登身體的每一處都像武器一樣經過打磨，線條銳利，散發出明顯的力量。如同波紋的叛軍印痕在他的上半身蜿蜒，在他的深古銅色肌膚上格外醒目，突顯出他揮出的每一拳，還有他的小腹……我是說，他到底有幾塊腹肌啊？他的腹肌線條極為分明，要不是其他部位也該死的吸引著我，我應該早就能數出來了。還有，他身上的龍之印痕是我看過最大的。我的印痕只占據了肩胛骨的中間，但斯蓋兒的卻占滿了他整個背部。

而且我完全知道他壓在我身上是什麼感覺，他擁有的力量是多麼——

我的屁股傳來一陣刺痛，把我從幻想中打醒，讓我嚇了一跳。

「**妳活該。**」太壬責備。

「專心點！」瑞安娜喊道，收回她的棍子。「我本來能……噢。」她顯然也看到我在看的景象了，而且幾乎所有女人——還有幾個男人——也都正在開心觀賞。

那兩個人如此迷人的時候，我們怎麼有辦法不去看他們呢？

蓋瑞克的骨架比薩登更寬，肌肉也更加緊實發達。他的叛軍印痕延伸到肩膀，是我目前看過第二大的。只有薩登身上的印痕蔓延到他稜角分明的下顎。

「那實在是……」瑞安娜站在我身邊小聲說。

「真的。」我同意。

「別再物化我們的翼隊長了。」黎恩開玩笑。

「我們是在物化他嗎？」瑞安娜問，視線根本沒離開他們身上。

薩登肌肉發達的背部，和那如同石膏像的屁股，都讓我口水直流。「對，我覺得我們就是在物化他。」

黎恩冷哼一聲。

「我們可能只是在觀察戰鬥技巧。」

「對啊，肯定是這樣。」但我不是。我正無恥地想著他的皮膚在我的指尖下會是什麼感覺，他將每一絲專注力都放在**我**身上時，我的身體又會有什麼反應。熱潮沿著我的血管蔓延，讓我的臉頰微微刺痛。

重複的拍打聲吸引了我的注意力，我看向右邊，發現雷迪克正在激動地拍打地面。伊莫珍放開了他，讓他癱在墊子上大口喘氣。她看著薩登和蓋瑞克時，眼神中是藏不住的純粹渴望，這讓一股不請自來、顯然毫無道理、醜陋又扭曲的忌妒刺穿了我的胸膛。

「如果你們這些傢伙這麼容易分心，那我們在小隊競賽的時候就完了。」戴恩怒吼。「你們可以放棄任何參觀前線的想法了。」

我們都努力振作起來，我甩了甩頭，彷彿這樣就能清除那種讓我頭昏腦脹的需求。這種慾望要求我更進一步，不只是看著薩登，而這真是……荒謬。他之所以容忍我的存在，只是因為我們的龍是伴侶，但我現在卻對著他半裸的身子流口水。

雖然他半裸的身體的確**非常**棒。

「回去練習。我們還有半小時。」戴恩命令我們，我覺得他好像是在直接對我說話，如果真是如此，那這就是我的記憶害死安柏後，他對我說的第一句話。

「**是她違反了《法典》，害死了自己**。」太壬低吼。

果然如此。我瞥向戴恩時，發現他瞇眼看著我，但我一定是誤解了他的表情。他抿著嘴的理由肯定不是背叛。

「我們繼續吧？」瑞安娜問，舉起她的木棍。

「對，我們絕對該繼續。」我轉了轉肩膀，之後我們又開始對打。我用她教我的招式擋下了每一招，但她卻用不同方式揮出下一記攻擊。

「**別再防守了，開始攻擊！**」太壬命令，他的怒氣湧入我的五臟六腑，讓我的步法亂掉了。

瑞安娜的長棍低掃過來，讓我背部著地，我重重撞在墊子上時，身體裡的氧氣全都被撞了出去。

我拚命呼吸，卻吸不到空氣。

「要死了，抱歉，小薇。」瑞安娜在我旁邊單膝跪下。「放輕鬆，等一下。」

「**這就是太壬選的騎士。**」傑克站在訓練墊邊緣，和自己的某個隊友說話，他露出帶著惡意的笑容，嘲諷地說：「我開始覺得他選錯了，不過我又想到自己還沒看妳使用過任何魔法，我打賭妳一定也在想這件事，對吧，索倫蓋爾？妳有兩隻龍，難道妳不會汲取雙倍的能力嗎？」

安妲娜還無法傳輸，但他們不知道這件事。

黎恩站起來，走到我和傑克中間，此時第一絲空氣終於流進我的肺部。

「冷靜點，馬利，我沒有要攻擊你照顧的小寶貝。因為我可以直接在幾個星期後挑戰她，然後不小心在一堆觀眾面前折斷她那皮包骨的脖子。」傑克抱著雙臂，看著我掙扎，臉上滿是純粹的愉悅。「不過我倒是想知道，你差不多已經膩了當保母了吧？還沒嗎？」他那個第一翼隊的朋友正在吃橙子，遞了一片給他，但傑克卻直接推開他的手腕。「把那個有毒的垃圾拿走。你是想要我最後躺進醫務室嗎？」

「他媽的滾開，巴洛。」黎恩警告，已經握住匕首。

我呼吸了一次，在傑克的目光從我身上移開，看著站在我後面的某個人時，又呼吸了第二次。他的表情揉合了忌妒和驚恐，這代表站在我後面的一定是薩登。

「她現在還活著是因為你。」傑克啐道，但他的臉色變得蒼白。

「說的沒錯，因為我就是龍盟日那天在你肩膀上插了一把匕首的人。」

我的呼吸終於正常了一點，我搖搖晃晃地站起來，用雙手抓住長棍支撐自己。

「我們可以現在就了結這件事。」傑克說，往旁邊橫跨一步，以便避開黎恩，直接和我四目相對。「如果妳不再躲在這些高大強壯的男人背後。」

我洩了氣，因為他說的是事實。我不接受他挑戰的唯一理由，就是我不確定自己會不會贏，而他現在還沒有攻擊我的唯一理由，就是黎恩和薩登。如果我現在攻擊傑克，他們會殺了他。蓋瑞克那壯碩的身軀出現在左邊，我勉勉強強也把他加進我的保護者名單裡。見鬼了，就連伊莫珍也挪近了幾公分，但這並不是為了我。

是為了**他**。

「我就知道。」傑克說，故意給了我一個飛吻。

「你當時逃跑了。」我咆哮，暗自希望能衝上前去把他打個半死，但我強迫自己的腳釘在原地。「那天在山谷裡，你**他媽的**逃走了，而且那時還是三對一，我們也都很清楚，要是重來一次，你還是會再逃跑。因為懦夫就是這樣。」

傑克滿臉通紅，狠狠瞪著我，暴凸的雙眼幾乎要從臉上掉下來。

「哦，拜託，薇奧蕾。」戴恩小聲嘟噥。

「她說的沒錯。」薩登懶洋洋地說。

蓋瑞克大笑起來。傑克朝我跳過來時，黎恩用力把傑克推下墊子，傑克的靴子在硬木地板上刮擦，發出刺耳的聲響，他試圖站穩卻沒能成功，最後被黎恩趕出了練武館。

薩登轉轉手腕，就關上巨大的門，把傑克鎖在外面。

「妳剛剛到底天殺的在想什麼？竟然那樣煽動他？」戴恩大步朝我走來，不可置信地揚起眉毛。

「哦，所以你**現在**想跟我說話了嗎？」我揚起下巴，但薩登卻擠進我們中間，填滿了我的視野。他的雙眼明顯燃燒著怒火，但我並沒有退縮。

「給我們一點時間。」他仍然和我四目相對，但我們都知道他不是在和我說話。

我的心臟開始怦怦亂跳。

瑞安娜往後退了一步。

「妳想告訴我，為什麼妳該死的沒穿那件背心嗎？」他指著我晾背心的那張長凳，語氣輕柔又危險。

「我總得洗它。」

「然後妳覺得**練習**期間是洗背心的好時機？」他的胸膛起伏，彷彿在極力控制自己。

我則極力**無視**他的胸膛和他散發出的熱度——他就像個天殺的火爐。「我在練習**之前**就洗了，因為我知道它會在你的看門狗警戒期間晾乾。我反而選擇穿著背心睡覺，因為我們都知道，在這裡，鎖住的房門後面會發生什麼事。」

「妳鎖住的房門後面不會再發生任何事了。」他的下巴抽動了一下。「我已經確保了這一點。」

「因為我應該相信**你**嗎？」

「嗯。」他的脖子爆出一條青筋。

「而且你讓這件事變得好容易喔。」我的聲音滿是嘲諷。

「妳知道我沒辦法殺妳。他媽的，索倫蓋爾，整個**學院**的人都知道。」他彎身侵入我的空間，讓場館裡的其他人事物都黯然失色。

「這不代表你沒辦法傷害我。」

他眨眨眼，微微退後了一些，不到一秒就恢復了冷靜，而我的心還在瘋狂亂跳。「不要再拿長棍訓練了。要把妳手中的棍子打掉太容易了。專心練妳的匕首。」

讓我驚訝的是，他沒有為了證明自己做得到，就抽走我手上的棍子。

「我表現得很好，直到太壬怒氣衝衝地闖進我的腦海，害我分心了。」我反駁，防衛心就像狗脖子上的毛一樣豎了起來。

「那就學會阻隔他。」他說得好像這件事就是這麼簡單。

「什麼，用我現在能夠施展的力量嗎？」我揚起眉毛。「還是你沒發現我還沒開始汲取力量？」我想要掐住他的喉嚨搖晃，讓他那漂亮的腦袋清醒一點。

他往前傾身，我們的鼻尖幾乎碰在一起。「我對妳的**所有事**都一清二楚，這讓我煩得要死。」

這都要歸功於黎恩。

我身體的每一寸都在顫抖——因為怒氣、煩躁和……我們站在這裡，瞪著彼此較勁而激起的一股不明電流。

「萊爾森翼隊長。」戴恩開始說，「她只是還沒習慣締約的感覺。她以後就會學會阻隔精神連結的方法。」

戴恩的話將我打醒了。我倒抽一口氣，從薩登面前往後退了一步。親愛的眾神啊，我們剛剛上演了一場他媽的**狗血劇**。薩登到底有什麼魔力，能讓我完全忽視周遭的一切？

「你選擇在最奇怪的時間點捍衛她，艾托斯。」薩登看著戴恩，幾乎翻了個白眼。「在最該捍衛她的時候卻**毫無行動**。」

戴恩咬牙，垂在身側的雙手都握成拳頭。

他在說安柏。我知道，戴恩也知道，所有在這個尷尬空間內的人都知道。戴恩命令我說薩登說謊時，我們這支小隊都在場。

薩登的視線又回到我身上，眼神難以捉摸。「幫我們兩個一個忙，把那件該死的護甲穿上。」他用這句話作結。

我還來不及回嘴，他就轉身走下墊子，和站在旁邊的蓋瑞克會合。

他的背。

我無法控制地悄悄倒抽一口氣，薩登緊繃了一秒，才從蓋瑞克伸出的手中拿回自己的上衣，套過頭，遮住了從腰部延伸至雙肩的藏青色龍之印痕——還有許多凸起的銀色線條密密麻麻地疊在印痕上，剛剛他在練武館中間時，我並沒有看見。

我立刻意識到那些銀線是疤痕。

「**妳控制住自己，控制住了妳的脾氣**。」太壬說，一股洶湧的驕傲流入我的胸膛。

「**她準備好了**。」安妲娜說，一股讓人頭暈目眩的喜悅震撼了我，讓我頭重腳輕。

「**她準備好了**。」太壬同意了她的話。

幾個小時後，我在自己的房間裡梳著頭髮，但還是全副武裝，穿著靴子**和**護甲。我還是無法相信，我在整個小隊面前表現得像個笨蛋的原因，就只是薩登決定脫掉上衣訓練。

我真的很需要找人滾床單。

一股能量沿著脊椎往下竄，卻又瞬間消散了，這讓我停下梳到一半的頭髮。

呃，那感覺好……怪。

或許這是……**不**。絕對不是。這和安妲娜藉由我暫停時間的感覺完全不一樣。當時是一股洪流，席捲我的全身，延伸到手指和腳趾，然後……就消失了。

另一股比剛剛更強烈的浪潮在我體內泛起漣漪，我丟下梳子，匆匆抓住化妝台的邊角以免自己摔倒，因為我的膝蓋幾乎支撐不住了。這次能量並沒有消散，而是留在我的體內，在肌膚下震動，在耳朵裡嗡嗡作響，壓倒了我所有的感官。

我體內的某種東西正在膨脹，不知怎的太過龐大和寬廣，我的身體無法容納。在我被撕裂時，每條神經都火辣辣地痛著，頭蓋骨內迴盪著的聲音，聽起來就像骨頭粉碎的聲響，彷彿我身體的接縫已經被活活撕扯開來。

我的膝蓋撞在地板上，我抬手按住太陽穴，試圖把自己縮回頭蓋骨裡，強迫自己縮小。能量灌入我的體內——原始而無盡的能量洪流侵蝕著曾經的我，填滿我的每個毛孔、器官和每根骨頭，鍛造出完全不同的嶄新存在。我的頭傳來尖銳的劇痛，感覺就像太壬飛得太高、太快時，讓我耳膜脹痛的感覺。我只能躺在地板上，祈禱壓力能夠平衡。

硬木地板硌著我的臉頰，我瞪著梳子，然後呼吸。

吸氣，吐氣。

吸氣……吐氣……屈服於這場猛攻。

最後，疼痛逐漸退去，但能量——這股力量還在。這股力量就只是……在那裡，在我的血管中徘徊，浸滿我體內的每個細胞。這就是我本身，也是我可以成為的一切。

我慢慢坐起來，翻轉雙手，檢查還在刺痛的手掌。感覺它們應該改變了，長得不一樣了，改變了，但看起來還是一模一樣。還是我的手指，還是我纖細的手腕，但現在又不僅如此。我的手已經足夠強壯，能形塑我體內的急流，塑造成我想要的任何樣子。

「**這是你的力量對吧？**」我問太壬，但他沒有回答。「**安妲娜？**」

一片安靜。

多奇怪啊，他們總是在我身邊，在我需要一點個人空間時擠進我的腦海，但我真的需要他們的時候，卻消失得無影無蹤。剛才我聽見他們說我已經準備好了，但我以為在太壬開始傳輸後，我的心需要一兩天的時間，才能完整打開我們的連結通道，看來不是這樣。

瑞安娜。我得告訴她這件事。她一定會興奮到不行，因為我終於能和她一起去上卡爾教授的課了。而黎恩呢？他就可以不用再假裝自己還沒辦法汲取力量，以免每天得離開我一個小時了。

一股熱潮沖刷著我，讓我的皮膚刺痛，之後盤踞在我的下腹。

很怪，但管他呢。這可能只是力量的副作用。我打開門鎖，猛然拉開門。

我的視線模糊，慾望猛然撞進我的體內，奪走每一絲理性思考，滿腦子都只有要滿足這鋪天蓋地的——

「薇奧蕾？」一個模糊的男人身形站在走廊裡，我眨眨眼，黎恩的輪廓清晰了起來。「妳沒事吧？」

「你睡在走廊上嗎？」我握住門把時，心中浮現一幅墜落的景象，同時感覺到雪花落在自己發燙的皮膚上，發出滋滋聲。景象轉瞬即逝，但那股驅力——那股如同雷霆般沉重的慾望還在。

哦，他媽的。這是……性慾。

「沒有。」黎恩搖頭。「只是在上床睡覺前來這裡晃晃。」

這時我才看著他——十分認真地**注視**著他。他相當英俊，輪廓分明，那雙天藍色的眼睛美得驚人。

「妳怎麼這樣看著我？」他放下小刀和雕刻到一半的龍。

「怎樣？」我咬住嘴唇，在心裡掙扎要不要像發情的貓一樣撲過去蹭他，要求他幫忙緩解這股難以想像的痛苦。

但他不是妳真的想要的那個人。

他不是薩登。

「就像……」他歪著頭。「就像發生了什麼事。妳看起來不像──嗯──不像妳自己。」

哦，完蛋了。

因為我就不是平常的自己。這一切──這種需求，這種慾望，這種對命定之人的渴望……全都是太壬的情感。

太壬的感情不只淹沒了我，還控制了我。

「我沒事！你去睡吧！」我在還剩下足夠的理性時，趕緊退進自己的房間，「碰」一聲關上門。

然後我開始來回踱步，但這並沒有阻止下一波的熱潮，也沒有阻止那難以抑制的慾望，讓我想要──

在我犯下大錯，在黎恩身上發洩太壬的情緒之前，我必須離開這裡。

我一手抓起綴著毛皮的斗篷，一手撩起頭髮，把斗篷蓋在肩膀上，扣好喉嚨下方的夾子。一秒後，我偷偷探頭看向門外，確定走廊已經空無一人後，我就他媽的開始**逃跑**。

我成功抵達了通往河岸的螺旋樓梯入口，但之後我就必須往後靠著石牆，在太壬的情緒迷霧中呼吸。

浪潮消退後，我立刻衝下樓梯，而且一隻手還一直扶著牆壁，以免再度被情緒淹沒。

魔法燈在我接近時閃爍，在我匆促離開後又熄滅，彷彿這股新發現的力量已經開始發揮功效，往外延伸到世界。

離開。我必須離開所有人，直到太壬做完……他和斯蓋兒在幹的任何事。

我跌跌撞撞地跑出樓梯間，來到碉堡的地基牆邊。雪花漫天飛舞，我微微仰頭，享受著雪花輕吻我發燙皮膚的感覺，但這股燥熱卻來自不該有的原因。

空氣很清新涼爽，而且──

空氣中飄散的味道讓我瞬間睜大眼睛，我拔腿狂奔，尋找那股甜蜜又好認的煙味來源，斗篷在我後面不停翻飛。

薩登背靠著牆，曲起一隻腳抵著牆，正在抽菸，他看向我的樣子，彷彿全世界都與他無關。

「那是……忘憂草嗎？」

他吐出了一個煙圈。「妳也想要一點嗎？不過，如果妳是來這裡繼續和我吵架的話，我就不給妳了。」

我的下巴都快掉下來了。「不要！抽那個是違規的！」

「嗯，好吧，制訂這條規定的人顯然沒有和斯蓋兒或太壬締約，不是嗎？」他的嘴角彎起一抹壞笑。

眾神啊，我可以盯著他的嘴唇一輩子。他的嘴唇形狀很完美，但加上他那線條分明的下巴，就完全是引人墮落的景色。

「這能幫助妳……保持距離。」他把捲成一根的忘憂草菸遞給我，對我挑起有傷疤的那邊眉毛。「當然，這是『阻隔』以外的方法。」

我搖頭，穿越剛剛落下的雪，靠著他旁邊的牆，讓牆支撐我的體重，頭往後抵著牆。

「妳開心就好。」他又深深吸了一口菸，然後把菸壓在牆面上熄滅。

「我覺得我他媽的在**燃燒**。」這還算是輕描淡寫了。

「嗯，這種事總是會發生。」他的笑聲帶著一絲狡黠，而我犯了一個完全不可饒恕的大錯：轉頭看他的微笑。

雖然薩登總是喜怒無常、頤指氣使、危險又致命，但每次看到他，總是會讓我蜷起腳指、心跳加速。然而，他仰起頭，嘴角彎起，笑出聲來的樣子，真是漂亮得要命。感覺就像一個拳頭握著我那愚蠢又沒有判斷力的心，還用力擠壓著。

我願意犧牲一切，雙手奉上任何東西，換得這個男人放下戒備，和我相處片刻——這個我餘生都得和他拴在一起的男人。

這一定是因為太壬。非得……是因為他不可。

但是，我也知道這並不是真正的原因。雖然我剛剛在樓上很欣賞黎恩，但我卻是徹頭徹尾地**迷戀**上薩登了。

在月光下，我們四目相接。「哦，暴力女，妳一定得學會該怎麼阻隔太壬，不然他和斯蓋兒的胡鬧會把妳搞瘋——或者把妳搞到某個人的床上。」

我緊緊閉著眼睛，這樣就能逃脫他那英俊無比的臉，此時一陣熱潮又迅速竄過我的身體，讓我的每一寸肌膚都刺痛發燙。我伸出一隻手，讓自己再度穩穩地靠著牆。「哦，我知道。我很怕又看到黎恩。」

「黎恩？為什麼？」他側身面對我，肩膀抵著牆。「妳的保鑣該死的去哪了？」

「我就是自己的保鑣。」我回嘴，把臉頰靠在冰涼的石牆上。「而且他上床睡覺了。」

「上**妳的**床？」他的聲音就像閃電一樣劈啪作響。

我費勁地張開眼睛，迎上他的目光。雪讓所有東西都變得更亮了，凸顯出他緊皺的眉頭和緊抿著的嘴巴。「沒有。但反正這也不關你的事。」

他是在忌妒嗎？這真是……奇怪的讓人覺得安慰。

他吐出一口氣，肩膀垂了下來。「只要你們兩個都同意，這就不關我的事，但相信我，妳現在根本沒能力同不同意的。」

「你根本不知道我有能力同意什麼——」一股無法否認、難以抑制的需求幾乎讓我雙膝跪地。

薩登用手臂圈住我的腰，讓我站穩腳步。「妳為什麼還不阻隔他？」

「講得好像我們每個人都上過課了！他才剛開始傳輸，然後這……就發生了。而且你忘了嗎？只有能操控魔法的學生，才能去上卡爾教授的課。」

「我一直覺得這是很荒謬的規定。」他嘆氣。「好吧，來上個速成班。但這只是因為我經歷過和妳一樣的處境，而且醒來後常常很後悔。」

「你真的要幫我？」

「我已經幫妳**好幾個月**了。」他的手輕輕放在我的腰間，我發誓我能隔著皮衣和斗篷感受到他掌心的熱度。

「你才沒有，你叫黎恩來幫我。**他**才是幫我好幾個月的人。」我皺起眉頭。「好幾個星期，幾乎好幾個月了，隨便啦。」

他竟然有膽子看起來一臉受到冒犯。「我才是那個衝進妳房間，把所有攻擊妳的人都殺掉的人，然後我還用一個非常公開、挑起兩極意見的復仇表演，清除了另一個威脅妳生命的人。這些都是我做的，不是黎恩。」

「大家才沒有意見兩極，他們都贊成。我當時也在場。」

「**妳**當時還在掙扎要怎麼選擇。事實上，妳當時還懇求太壬不要殺了她，明明妳天殺的很清楚她下次還會再盯上妳。」

這一點還是值得商榷。

「好吧。但不要假裝你不是為了自己才做那些事。要是我死了，對你來說也很不方便。」我聳肩，露骨地挑釁他，以此幫助自己無視那些逐漸高漲、如潮水般沖刷我全身的強烈欲望。

他不敢置信地盯著我看。「妳知道嗎？我們今晚不會吵架。要是妳還想學會怎麼阻隔的話。」

「好。我們不要吵架。教我吧。」我抬起下巴。眾神啊，我才到他的鎖骨而已。

「那妳好好求我。」他挨近了一點。

「你一直都那麼高嗎？」我脫口說出心中浮現的第一個想法。

「沒有，我也當過小孩。」

我翻了個白眼。

「好好求我，暴力女。」他低聲說，「不然我就要走了。」

我可以感覺到太壬在我的內心邊緣，他的情緒退潮又高漲，讓我知道下一波慾望會很猛烈。

他們兩個到底要天殺的搞多久啊？「他們有多常這樣？」

「頻繁到妳會需要穩定的阻隔。妳永遠沒辦法完全阻隔他們，有時候他們也會忘記切斷精神聯繫，就像今天這樣。這就是忘憂草的益處。不過，至少阻隔能讓妳感覺像是經過一家妓院，而不是真的親自去做。」

呃……可惡。「很好。好吧。那你要教我怎麼阻隔了嗎？」

他彎起嘴角，露出一抹微笑，我的目光落在他的嘴唇上。「說『請』。」

「你一直都這麼難搞嗎？」

「只有在我知道妳需要我的時候才這樣。怎麼說呢？我就是喜歡看妳焦躁不安的樣子。算是小小回敬一下妳這幾個月以來對我的折磨吧。」他輕輕拂去落在我頭髮上的雪。

「我折磨你什麼了？」真是難以置信。

「我已經幾乎被妳嚇死一兩次了，所以我覺得叫妳說『請』是個合理的要求。」

講得好像他這輩子有一天是個合理的人一樣。我深吸一口氣，用力拍掉落在我鼻子上的雪花。「如你所願。薩登？」我抬頭，對他露出甜美的微笑，朝他靠近了一點點。「拜託，求求你教我該怎麼阻隔吧？以免我不小心把你當成一棵樹爬上去，讓我們兩個在後悔中醒來。」

「哦，我完全能牢牢控制自己的身體。」他又露出微笑，我覺得那就像是個愛撫。

危險。這該死的實在太危險了。熱浪沖過我的皮膚，熱到我開始掙扎要不要把斗篷丟在地上，得到一點鬆緩。值得注意的是，薩登沒有穿斗篷。

「既然妳這麼有禮貌地求我了。」他調整姿勢，舉起雙手托住我的臉頰，之後手往後滑，扶著我的後腦勺。「閉上眼睛。」

「阻隔需要碰我嗎？」我們肌膚相碰的感覺，讓我顫抖著閉起雙眼。

「完全不需要，這只是沒辦法太清楚思考的一個額外福利。妳也太好摸了。」

這句讚美讓我倒抽了一口氣。他真是完全牢牢地控制著自己的身體呢。

「妳必須想像某個地方。任何地方。我喜歡的地方是阿瑞西亞廢墟附近的山頂。不管那個地方在哪裡，都必須讓妳有家的感覺。」

我能想到的唯一一個地方就是檔案庫。

「想像妳的雙腳踩在地上，而且用力踩穩。」

我想像自己的靴子踏在檔案庫那打磨過的大理石地板上，並稍微動了動腳。「好了。」

「這叫做『錨定』，讓妳心裡的自己待在某個地方，這樣就不會被力量沖走。現在，召喚妳的力量，打開妳的感官。」

我的手掌傳來一陣刺痛，接著一陣如洪水般的能量包圍了我，就像我剛剛在房間裡的感覺：全身充盈著力量，只是少了痛苦。那股力量**無所不在**，填滿了檔案庫，還開始推擠牆壁，讓牆面往內彎曲，似乎就要崩裂開來。「太多了。」

「把注意力放在妳內心的雙腳上，保持穩定。妳能看到力量流進來的地方嗎？如果看不到，就選個地方。」

我在心裡轉身。鋪天蓋地傾洩而來的灼熱能力正從門湧入。「我看到了。」

「很好。妳有天分。大多數的人花上一個星期，也只能學會『錨定』。現在，做任何能阻隔妳和那股力量的事。太壬是來源。只要阻隔那股力量，妳就能奪回一點主控權。」

檔案庫的門。我只要關上門，旋轉那巨大的圓形門把，就能完全封閉防火的檔案庫。慾望讓我的心臟怦怦直跳，我抓住薩登的雙臂，在現實中為自己找一個支點。

「妳可以的。」他的聲音聽起來很緊繃。「不管妳在心裡創造出什麼，對妳來說都是真實的。把那道閥門關上，建造一道牆壁，只要是合理的阻隔方法就好。」

「那是一扇門。」我的手指緊緊抓著他柔軟的上衣，心裡的我抵著門，強迫它一寸寸地關起來。

「就是這樣，繼續。」

關上心靈世界的門所耗費的精力，讓現實的我全身發抖，但最後我成功了。「我已經把門關起來了。」

「很好。把門鎖上。」

我想像自己轉動那巨大的門把，聽見鎖轉到鎖定位置時發出「咔噠」一聲。輕鬆感立刻席捲了我，一波涼爽的雪落在我滾燙的皮膚上。力量在脈動，讓門變得透明。「改變了。我現在能看到門外的東西了。」

「嗯，妳永遠無法真的完全阻隔他。門鎖好了嗎？」

我點點頭。

「睜開眼睛，但妳要盡全力讓門鎖住。這代表要讓妳內心自己的一隻腳穩穩踩在地上。要是腳滑了也別驚訝，我們只需要重來一次就好。」

我睜開眼睛，在心中維持鎖好的檔案庫景象，雖然我的身體還是很熱，也因為溫度而泛紅，但那無法逃脫、驅使我的慾求幸好已經……稍微地減弱了一點。「他……」我找不到恰當的詞彙。

薩登專注地打量著我，讓我不禁傾身偎近他。「妳真是讓人驚訝。」他搖了搖頭。「我花了**好幾個星期**都沒辦法做到。」

「我猜這是因為我有一個更好的老師。」在我體內膨脹的情緒不只是開心，而是讓我笑得像個傻子的狂喜。我終於不只是擅長某件事，而是表現得**讓人驚嘆**了。

他的拇指一路下滑，摩娑過我耳下柔軟的皮膚，他的目光落在我的嘴唇上，瞬間變得炙熱。他的兩隻手微微收緊，把我拉近幾寸，之後卻又突然鬆手，往後退了一大步。「該死。碰妳是個糟糕的決定。」

「最糟糕的。」我同意，但我卻舔了下嘴唇。

他**呻吟**了一聲，我整個人都因此而融化。「親妳會是個大錯。」

「毀滅性的錯誤。」要怎樣才能再聽到他那種呻吟聲？

我們之間的距離就像是火種，遇到第一絲熱度就會點燃，而我是一團正在呼吸的火焰。我應該逃離這一切，但我覺得自己完全不可能拒絕這種原始的誘惑。

「我們兩個都會後悔的。」他搖著頭，但仍盯著我的雙唇，眼中不只有飢渴。

「當然。」我輕聲說。然而，即使知道自己將來會後悔，也無法阻止我渴望這個吻——渴望他。後悔是未來的薇奧蕾需要面對的問題。

「去他的。」

一秒前，他還遙不可及，但一秒後，他的嘴就貼著我的唇，灼熱又急切。

眾神啊，**就是這個**。這正是我需要的東西。

我被困在無法撼動的石壁和薩登堅實的身體之間，但我也不想去其他地方。這個想法應該要讓我清醒過來，但我只是靠過去索取更多。

他把一隻手伸進我的頭髮，托住我的後腦勺，調整我的角度，加深了這個吻。我熱切地張開嘴，他接受了邀請，舌頭滑了進來，以精湛的技巧糾纏戲弄著我的舌頭，讓我不得不緊緊握拳抓住他胸前的襯衫，把他拉得更近，慾望沿著我的脊椎上下流竄。

他嚐起來像忘憂草和薄荷的味道，像我不該渴望卻無法自拔地需要的一切。我全心全意地回吻他，吸吮著他的下唇，輕輕用牙齒刮他。

「暴力女。」他呻吟道，他呻吟我暱稱的聲音讓我飢渴難耐。

再近一點。我需要他再**近一點**。

他彷彿聽見了我的想法，加深了這個吻，熱烈而狂野地描摹我嘴唇的輪廓和起伏，讓我陷入快感。他和我一樣飢渴，當他的手抓著我的臀部，把我托起來的時候，我用雙腳纏住他的腰，緊緊攀著他，彷彿親吻結束，我就會死掉。

我的背磕在牆壁上，但我不在乎。我的手終於埋進他的髮間了，他的頭髮就像我想像的一樣柔軟。他不停吻我，讓我覺得自己完全被吞吃入腹，被探索透徹，之後，他吸吮我的舌頭，讓我也能熱烈地回吻他。

這是徹頭徹尾的瘋狂，但我無法停止，完全無法滿足。如果他的嘴能一直緊貼著我的唇，讓我的世界縮小到只剩下他的體溫和那精湛的舌技，我願意一輩子沉溺在這瘋狂的瞬間之中。

他用胯部頂著我，這美妙的摩擦讓我倒抽了一口氣。他離開我的嘴唇，開始吻過我的下巴和脖子，我知道自己願意付出一切，讓他和我一起待在這裡。我想要他舔遍我**全身**。

雪落在我們四周時，我們的舌頭和牙齒都交纏在一起，嘴唇和雙手都在探索彼此的身體，這個吻就像之前的能力那樣吞噬了我，徹底淹沒了我，讓我體內的所有細胞都淪陷於這種感覺。慾求在我的腿根之間搏動，我震驚於一個簡單的認知：我樂於讓他為所欲為。我想要他。

只要他。就在這裡。就是現在。任何地方。任何時間。

我從來沒有因為一個吻就失控到這種地步，我從來沒有像渴望他一樣這麼渴望過一個人。這讓我極度興奮，也讓我非常害怕，因為我知道，他在這一刻擁有粉碎我的力量。

而且我准許他這麼做。

我完全投降了，融化在他身上，身體柔順地緊貼著他，失去了他稱為「錨定」的心靈立足點。一道閃光劃過我閉著的眼睛，之後響起了一聲雷鳴。雪天打雷在這附近並不罕見，但該死的完美詮釋了我的感覺：狂野又失控。

然而，他突然倒抽了一口氣，結束了這個吻，他皺起眉頭，臉上的表情近似恐慌，之後又緊緊閉上眼睛。

他突然從牆邊後退，用手掌托著我的大腿後側，讓我的腳重新落地，我仍在喘息，掙扎著完整吸進一口氣。他確定我已經站穩後，就後退了幾十公分，彷彿這段距離能拯救他的命。

「妳得走了。」他一字一頓地說，和他眼中蘊含的炙熱及他紊亂的呼吸完全矛盾。

「為什麼？」沒了他的體溫，寒冷直接襲擊了我的身體。

「因為我不能這樣做。」他舉起雙手爬梳頭髮，然後把手搭在頭上。「我也不想回應不屬於妳的慾望，所以妳得走上那些樓梯。就是現在。」

我搖頭。「但我想要——」一切。

「想要的人不是**妳**。」他仰頭看著天空。「這就是他媽的問題所在。我也不能放妳自己一個人在這裡，所以就可憐我一下，**離開**這裡吧。」

我強迫自己冷靜下來時，死寂如冰一般覆蓋了我們之間的距離。他在**拒絕**我。

最糟糕的不是他充滿騎士精神的拒絕引發的寒意，而是他說的**沒錯**。這件事的開端，是我不能分辨太壬和自己的情緒。但那些情感不是都消失了嗎？我心中的檔案庫大門大開著，我也沒有感覺到太壬傳來任何東西。

我想辦法點了點頭，之後在今晚第二度逃跑，盡我所能地快速爬上樓梯，回到碉堡內。我的阻隔護盾大開，但太壬現在不再魯莽地硬闖了，所以我沒有費心停下腳步，關上心裡的那扇門。

我抵達底端時，常識占了上風，我的大腿因為過度疲勞而隱隱發燙。薩登阻止了我們犯下一個大錯。

但我並沒有。

我到底他媽的怎麼了？再說，我怎麼會只差一秒就剝光衣服，只為了更靠近一個我不喜歡、甚至更糟的是不能完全信任的人？

此時我唯一想做的事，就是掉頭走下那些該死的愚蠢樓梯，所以繼續往我的房間走比想像中更難。

明天一定會很糟。

對所有教師而言，力量反噬騎士絕對是最讓人擔憂的景象。我一年級時，就有九個新生在初次顯現印記時無法控制力量，因而喪命。
真是可惜。

——《阿凡德拉少校的騎士學院手冊》（未經授權版）

第二十三章

「我甚至**不知道**我那個時候在想什麼。」我盤腿坐在瑞安娜的床上，一邊看著她把下午要用的書都放進側背包裡，一邊告訴她。今天，我背上的龍之印痕一直在發燙，彷彿需要提醒我，現在我可以汲取力量了。我轉動肩膀，試著緩和這股刺激感，但這根本不可能。現在，我顯現印記的時限已經開始倒數了。

「我真不敢相信妳過了這麼久才告訴我。」她把帆布背帶高舉過頭，套在肩膀上，才轉身往後靠著書桌。「而且我不是在指責妳。完全沒有。我完全贊同妳去盡情探索……妳想探索的任何東西。」

「從我今天早上走出房間的那一秒開始，我就一直和黎恩在一起，昨晚我又有點太混亂了，沒辦法把這件事說清楚。」我的兩肩中央有一團糾結的緊繃肌肉，所以我開始轉動脖子，試著得到一些鬆緩。伊莫珍幫我重訓，強化我關節周圍的肌肉，希望能降低關節脫位的頻率，但現在還是只能看運氣，再加上飛行課，我總是渾身痠痛，肌肉僵硬。「太壬終於開始傳輸以後，又發生了一連串的事，而且全都集中在同一晚。」

「說得對。」她嘴角彎起一個笑容，棕色的眼睛閃閃發亮。「感覺好嗎？告訴我那肯定很好。那男人看起來就很清楚自己到底在幹嘛。」

「那只是一個吻。」這個明顯的謊言讓我的臉頰染上一層灼熱。「但是，沒錯，他**完全**知道自己在幹嘛。」我皺起眉頭，我的想像力又在描繪昨晚那場相遇可能走向的上千種結局了，整個早上都一直這樣。

「冷靜下來以後，有第二個感想嗎？」她歪頭打量著我。「妳看起來甚至好像有第三個感想呢。」

「沒有。」我搖搖頭。「不對，也許有？但只是在想這會不會讓我們的關係變得很怪。」

「沒錯。因為妳之後的經歷都會和他綁在一起了，當然妳的命也是。你們有討論過他畢業之後的事嗎？」她揚起眉毛。「哦，我打賭妳一定能選駐守的地點。翼隊長總是有選擇權。」

「他有得選。」我嘟囔著，玩弄著自己側背包上的線頭。「我就只能跟著他。太壬和斯蓋兒已經**很多年**都沒有分開過了。斯蓋兒的上個騎士死了將近五十年了。而且據我所知，在太壬的上個騎士涅歐林死在提倫多爾以前，每當斯蓋兒想要待在太壬身邊，她就會隨時從自己所在的地方飛過去找他。至少要兩天才能飛到邊境，具體時間取決於他駐紮的地點，那我們明年和後年該怎麼辦？」

她抿起嘴。「不知道。菲爾格說伴侶無法分離數天以上，這是不是代表你們兩個裡面，有一個人必須一直跟在另一個人後面？」

「不知道。我覺得這就是大多數有伴侶的龍都會和同屆學員締約的原因，這樣就不用擔心這些問題了。要是我明年一直和太壬飛去前線，我該怎麼保持競爭力？要是薩登必須一直飛回來這裡，他該怎麼好好工作？」我的臉皺成一團。「他是我們這一代最強大的騎士，他需要在前線，而不是這裡。」

「目前而已啦。」瑞安娜意有所指地看著我，揚起眉毛。「他**目前**是我們這個世代最強大的騎士。」

「什麼——」

傳來三聲敲門聲，我們都看向她的房門。

「小瑞？」黎恩叫著，他的聲音明顯充滿了恐慌。「索倫蓋爾和妳在裡面嗎？因為——」

瑞安娜打開門，黎恩踉踉蹌蹌地走了進來，他穩住重心後就掃視房間，和我四目相對。

「妳在這！我才去個廁所，回來妳就不見了！」

「沒有人會試圖在我房間暗殺她，馬利。」瑞安娜翻了個白眼。「你不用每一天每一秒都他媽的和她黏在一起。現在，給我們五分鐘，然後我們就會去教室。」她推了他的胸膛一把，黎恩往後退，張開嘴卻又閉了起來，彷彿他試圖想反駁但最後失敗了。這時瑞安娜已經把他趕到走廊上，還當著他的面關上房門。

「他很……」我嘆了一口氣。「認真負責。」

「這是一種說法。」她嘟噥。「他就像膠水一樣緊緊黏著妳，讓人覺得那傢伙是不是欠了萊爾森一條命還是怎樣。」

他的確透露過類似的意思，但我並沒有說出這句心裡話。薩登的聚會、暫停時間的能力和安妲娜的真實年齡——我保守的祕密越來越多了。

「噢！」她的眼睛迸出光芒，坐到我旁邊的床沿。「我昨晚也發生了一點事。」

「怎麼了？」我側身面對她。「快點繼續說。」

「好吧。」她深吸了一口氣。「我只做過三次。昨晚試了兩次，今天早上又試了一次，所以妳要有耐心，等我一下。」

「當然了。」我點頭。

「看著我桌上的那本書。」

「好。」我的目光緊緊鎖定在桌子左半邊那本歷史課本上。一分鐘過去了，但我還是沒有移開視線。

然後那本書就**消失**了。

「什麼鬼？小瑞？」我立刻跳起來，猛地扭過頭看她。「剛剛是——」我的下巴掉了下來。

那本書就在她手上，她抬頭看我，露出大大的笑容。

「那是同一本書嗎？」我彎身湊近，以便看得更仔細。對，是同一本。

「我猜我可以召喚東西。」她的笑容更燦爛了。

「見鬼了！」我興奮地抓住她的肩膀。「那真是太讚了！那真是……不可思議！我甚至都找不到詞來形容了！」移動物體和鎖上門都是小魔法，是施展力量的最低標準——龍開始傳輸後，我們和龍會建立持續連結，而力量就會通過我們身上的龍之印痕傳過來。但是讓某個東西消失，來到自己的手上，是我從未在過去一百年的記載中讀到的印記。這個印記真是太屌了。

「對吧！」她把書緊緊抱在胸前。「我只能召喚幾公尺內的東西，而且中間不能有牆壁之類的阻礙。」

「只是目前還不能。」我修正她的話，喜悅在我的心中沸騰冒泡。「妳只是**還不能**隔著牆召喚。這個稀有的印記會讓妳成就非凡！」

「希望真的是這樣。」她也站起來，把書放回桌上。「我只需要發展這個能力。」

「妳會的。」我的語氣和我的感受一樣篤定。

幾分鐘後，我們三個人往教學大樓走去，索伊爾和雷迪克剛從圖書館出來，在走出交誼廳時也加入了我們。

「我為妳做了這個。」我們爬上寬大的旋轉樓梯前往三樓時，黎恩說著，把一個小木雕遞給我。

那是太壬。他甚至還原了他張嘴咆哮的樣子。「這真是……太驚人了。謝謝你。」

「謝謝稱讚啦。」黎恩對我笑了一下，他的酒窩一閃即逝。「我本來想先雕安妲娜，但妳也知道，我不常看到她。」

「她很內向。」我們脫離了往四樓走的人群，我把那隻木雕小龍藏進包包，才伸手抱了他一下。「我真的很喜歡，謝謝你。」原本擠滿學生的走廊，在我們越走越遠，越來越接近卡爾教授的教室時，變得越來越空蕩。

「不客氣。」他轉頭看向瑞安娜。「我下一個要雕刻菲爾格。」

瑞安娜和黎恩開玩笑，說她希望黎恩能精準完整地捕捉到她的強大剽悍，但我沒聽到剩下的對話，因為我瞥了一眼面向教學塔入口的那扇落地窗，然後呼吸一窒。

薩登抱著雙臂，和其他翼隊長站在那裡，他們似乎正在激烈爭論。安柏被處決以後，指揮官只花了五分鐘，就指派拉瑪尼．索哈當第三翼隊的翼隊長。由於她本來就是第三翼隊的副官，所以這是相當合理的決定。

我永遠都無法習慣這裡的人有多快就能往前看，也無法習慣他們是多麼無情地刻意掩埋死亡，甚至在幾分鐘後就踐踏其上。

眾神啊，薩登今天也很好看，他微微蹙著眉頭，認真聽著拉瑪尼說的話，之後點了點頭。真的很難相信昨晚他的嘴吻著我的唇，他的那雙手就抱著我。別說什麼冷靜下來後想改變主意了。我只想要更多。

薩登似乎感覺到我盯著他的視線，轉過頭，目光跨越距離撞進我的眼睛，感覺就像一道愛撫。我的心臟怦怦亂跳，雙唇微微分開。

「我們要遲到了。」小瑞提醒我，轉頭看我一眼。

薩登看向我後方，嘴巴抿了起來。

「小薇，我們可以聊聊嗎？」戴恩問，呼吸有點急促，彷彿他剛剛為了追上我而一路奔跑。

「現在嗎？」我強迫自己移開視線，轉身面對這個男人——我曾**認為**他是我最好的朋友。

戴恩露出苦悶的表情，搔搔後頸，然後點點頭。「我本來想在列隊集合後叫住妳，但妳很快就不見了，而且昨晚又發生了那種事，所以我覺得盡快談談會比較好。」

「你已經連續好幾個星期都無視我了，或許現在談談對你來說是很方便，但我現在有課。」我緊握住側背包的背帶。

「我們還有幾分鐘的時間。」他雙眼中的懇求是如此沉重，以至於我感覺到它壓在自己的胸口上。「拜託。」

我瞥了瑞安娜一眼，她正在瞪視戴恩。這一次，她流露出真實的感情，並沒有因為戴恩是我們的小隊長，而給予他應得的尊敬。「我會馬上進去。」

她瞥了我一眼，之後點點頭，和其他小隊成員一起走進卡爾的教室。

我跟著戴恩離開走廊，來到某段牆邊，以免擋到其他人走路。

「妳讓太壬和**所有人**分享妳的記憶，而不是直接把記憶展現給我看。」他脫口而出，雙手垂在身體兩側。

「你說什麼？」他到底他媽的在說什麼啊？

「安柏的處境越來越糟糕的時候，我要妳讓我看看發生了什麼事，然後妳拒絕了。」他轉移重心，這代表他在緊張，也消除了我的一些怒氣。

就算在這種情況下，就算他表現得像個混蛋，他還是我相處最久的朋友。

「我當時不相信妳，這的確是我的錯。」他舉起手按住心口。「我當時應該要相信妳的，但我沒辦法把我認識的那個女人和妳說的事聯繫在一起，而且妳在夜襲後也沒有來找我。」他的聲音聽起來很受傷。「而是讓我在集合列隊時才知道這個消息，小薇。即使我們在飛行場吵了一架，妳對我來說還是……**妳**。我最好的朋友剛剛經歷了一場殘暴的攻擊，還差點死掉，但妳卻連一個字都沒對我提。」

「你又沒有問。」我輕聲說，「你直接說了你不相信我，然後就立刻伸手要碰我的頭，好像你有窺看我記憶的權利一樣，而且你當時還用命令的語氣。」我竭盡全力讓聲音維持平穩。

他皺起眉毛，眉頭出現兩條直線。「我沒有問妳？」

「你沒有問。」我搖頭。「而且，你已經告訴我無數次，我不夠堅強，無法在這裡活下去，還有我不夠強壯……老實說，在飛行場發生的那件事注定會發生，這只是時間早晚的問題。最糟糕的是，我知道你不會相信我。我也確定薩登不會相信我，所以我差點沒告訴薩登那個人的身分。」

「但他相信了。」戴恩沉聲說，下巴抽動了一下。「而且他就是那個在妳的臥室裡殺掉他們的人。」

「因為太壬告訴斯蓋兒了。」我抱著雙臂。「不是因為他已經在我的臥室裡之類的。我知道你很討厭他——」

「妳也有**充分的**理由討厭他。」他提醒我，伸手想碰我，但又把手縮回去。

「我**知道**。」我反駁。「根據戰場報告，他父親一箭射中布瑞南的胸口。我每天都帶著這個認知活著。但你不覺得他看到我的時候，也會想起我的母親處死了他的父親嗎？這實在……」很難找到正確的字眼。「我們的關係很複雜。」昨晚的情景突然湧入了我的腦海——從薩登的第一個微笑，到他最後一次擦過我的嘴唇——然後我把這場景揮去。

戴恩一僵。「比起我，妳更信任他。」這不是一個指控，但還是刺痛了我。

「不是這樣。」我的胃揪成一團。等一下。這是真的嗎？「我只是……我必須相信他，戴恩。但當然，我沒有全盤相信他。」該死的，我太小心了，所以現在才會自掘墳墓。「我們都沒辦法撼動斯蓋兒和太壬是伴侶的事實，相信我，我們也都不喜歡這種狀況，但我們必須找出一個解決的方法。我們沒有選擇。」

戴恩低聲飆了一句髒話，但他並沒有駁斥我。

「我知道你只是想保證我的安全，戴恩。」我輕聲說，「但是保證我的安全，也是在剝奪我成長的機會。」他眨眼看著我，我們之間有某種東西改變了。也許，也許有一絲可能，他終於準備好聽我說的話了。「你之前告訴我，這個地方會剝除你的一切，揭露你的本質，當時我很害怕。要是藏在容易折斷的骨頭和容易損壞的韌帶下的東西，只是更多的弱點該怎麼辦？而且這一次，我沒辦法再責怪我的身體了。」

「我從來沒有覺得妳很脆弱，小薇——」戴恩開口，但我搖了搖頭。

「你還不明白嗎？」我打斷他的話。「這和你怎麼想沒關係——重點是**我**怎麼想。而且你說對了。騎士學院剝除了我的恐懼，甚至也剝除了我被丟進這裡而產生的怒氣，揭露了真實的我。戴恩，我的本質是個騎士。太壬知道，安妲娜也知道，所以他們才會選我。不管我們有幾年的友誼，在你放棄尋找把我放進玻璃罩的方法以前，我們都沒辦法跨過這個坎。」

他越過我的肩膀看了一眼。「所以呢？萊爾森的控制傾向就沒關係嗎？因為就我所知，黎恩被調來我們的小隊，完全就是為了盯著妳。」

這是一個非常好的論點。「黎恩被調來這裡，是因為就算是**最強大**的騎士，也沒辦法隨時警惕三十多個沒有締約、時不時挑釁找碴的學員。而且，要是我死了，薩登也會死。你的理由呢？」

戴恩僵硬得如同雕像，只有下巴的肌肉在微微抽動。最後他彎身，用氣音說：「聽著，妳還不夠了解薩登，所以沒辦法知道他究竟是怎樣的人，小薇。我的印記讓我獲得更高等級的安全許可。妳要小心。薩登有祕密，也有永遠不原諒妳母親的理由，我不希望他利用妳完成他的復仇。」

我脖子上的毛豎了起來。他說的話有一絲真實性，但我現在沒有時間關心薩登這個難以理解的人。一次處理一段爛爆的關係就夠了。

戴恩又轉移了腳的重心，我瞇眼看著他，一顆懷疑的種子逐漸在我的心中生根發芽。「等一下，你一直求我離開巴斯蓋亞，是因為你覺得我沒辦法在這裡活下去，還是因為你想讓我和薩登保持距離？」

他還來不及回答，我就搖搖頭。「你知道嗎？這不重要。」我是認真的。「你只是想保證我的安全，我很感謝這一點。但現在你得收手了，戴恩。斯蓋兒讓薩登和我綁在一起了，就只是這樣而已。我不需要保護，就算我需要，也已經有**兩隻**可怕的龍在保護我了。你能尊重這一點嗎？」

他抬手捧住我的臉，我和他四目相對，下定決心要讓他明白，要麼他開始尊重我的選擇，要麼我們永遠無法修復友誼。「好吧，小薇。」他的眼角皺了起來，揚起一個淡淡的微笑。「我怎麼能和一個跟**兩隻可怕的龍**締約的人爭執呢？」

我感覺到壓在胸口的大石被移開了，我突然又能呼吸了。我給了他一個厚臉皮的笑容。「就是這樣。」

「我很抱歉沒有問妳可不可以給我看記憶。」他的手落在我的肩頭。「妳最好去上課了。」然後他溫柔地捏捏我的肩膀，才自己離去。

我顫抖地吐出一口氣，轉身走向通往卡爾教授課堂的門。走廊空無一人。

我走進卡爾的教室。這個房間非常長，牆壁全都鋪著牆墊，雖然沒有窗戶，但魔法燈的亮度堪比陽光。光線照耀著教室裡第三翼隊和第四翼隊的學生，人數超過三十六個，大家都坐在地上，排成好幾列，和左右兩方的人都隔著平均的距離，給彼此最大的空間。

瑞安娜和黎恩在門邊等我，我們經過卡爾教授面前時，教授對我揚起濃密的白色眉毛。他站在教室前頭，光是站在那裡，就掌控了全場。這個男人不只充滿氣勢，還可怕得要命。

我吞了口口水，又想起他扭斷傑里邁亞脖子的場景。

「終於準備好加入我們了嗎，索倫蓋爾學員？」他的眼中毫無善意，只有精明無情的打量。

「是的，長官。」我點頭。

他打量我的樣子，讓我覺得自己像是一隻釘在生物教室牆上的蟲。「印記力量是什麼？」

「還沒有。」我搖頭，聽從薩登的建議，隱瞞了暫停時間的事。**比起我，妳更信任他**。從這件事來看，戴恩說的沒錯，罪惡感讓我的胃一陣翻騰。

「我明白了。」他咂了咂嘴，瞥了我一眼。「妳知道，妳的哥哥和姊姊都擁有非凡的印記力量。米拉能夠建構包裹自己和隊友的結界，讓她成為她翼隊的珍貴人才，而她深入敵方陣線的英勇行動也得到許多嘉獎表彰。」

「是的，米拉是個激勵人心的榜樣。」我擠出一個微笑，非常清楚自己的姊姊在戰場上有多傑出。

「至於布瑞南……」他移開視線。「修復者非常稀有，失去這麼年輕的修復者相當不幸。」

「我認為失去布瑞南相當不幸。」我調整了書包的重量，把背帶移到肩膀內側。「但是失去他的印記，無疑是翼隊的一大打擊。」

「嗯。」他眨了兩次眼，才把冰冷的眼神移回我身上。「總之，看來索倫蓋爾家的血脈是受到祝福的，就算是……嗯，像妳一樣脆弱的騎士也是。既然太壬已經選了妳，我們期待妳會顯現出極其強大的印記。找個位子坐下吧。妳至少能開始透過龍之印痕施展簡易魔法。」他揮手讓我退下。

「真是一點壓力都沒有啊。」我們走到其他隊友坐的那一列明顯空位時，我小聲嘟噥。

「別緊張啦。」我們在鋪著軟墊的地板坐下時，瑞安娜說，「這就是我之前想提醒妳的事。妳是太壬的騎士。」

「什麼意思？」我把背包拿下來，放在旁邊。

「妳一直擔心萊爾森可能會為了讓他的龍高興而回來找妳，損害翼隊的完整性。但是，薇奧蕾，他不是我們這一代最強大的騎士，**妳**才是。」她盯著我良久，久到我明白她是認真的。

我的心突然跳到了嗓子眼。

「好了，我們開始吧！」卡爾大聲說。

十二月變成了一月。

錨定。阻隔。想像自己關上心裡的那扇門。在心裡建造一道牆。感知附近和妳建立連結的東西和生物。追溯和龍的聯繫。以我的狀況來說，是追溯和**兩隻龍**的聯繫。在內心存放力量的檔案庫，打造第二個入口——一扇窗戶，讓安妲娜傳輸的金色能量進來。盡可能阻隔這些連結。

想像出實際的場景。

想像妳前面有一個力量打成的結——不要太複雜，因為還沒有人準備好處理複雜的結——然後把結解開。打開門的鎖。

想像出實際的場景。

永遠確保妳內心有一隻腳穩穩踏在地面。如果妳無法和自己的力量連結，那妳就毫無用處；

如果妳無法把力量容納在體內，那妳就很危險。處在這兩種狀態之間，才是成為優秀騎士的關鍵。

想像妳的力量化為一隻手，握住那支鉛筆，準備把筆拿到妳面前。把筆撿起來。不。不是這樣。再試一次。不對，再一次。

想像出實際的場景。

我為考試讀書，為飛行做準備，和伊莫珍一起進行重訓。我想知道薩登要讓我和瑞安娜在訓練墊上練習到什麼時候。我贏了第一場挑戰賽，從第二翼隊的一個女孩那裡贏來一把匕首。但最讓我疲憊的作業，是花費無數時間待在我內心的檔案庫，學習辨別哪扇門屬於太壬，哪扇門又屬於安妲娜，然後努力把這兩扇門分開。

事實證明，雖然我的力量可能來自兩隻龍，但控制這股力量的技能卻要靠我自己努力，有許多夜晚，我倒在床上，甚至來不及脫掉靴子，就墜入睡夢之中。

一月的第二個星期結束時，薩登看來根本懶得和我討論那個吻，這讓我很惱火，除此之外，我還覺得**精疲力盡**，我現在都沒有顯現出印記力量，但控制能量就已經讓我費盡體力。

雷迪克可以操控冰，雖然這是比較常見的印記，但親眼目睹還是很讓人驚豔。

索伊爾對金屬的操控能力日益增強。

黎恩可以看見**好幾公里**外的一棵樹。

我猜自己可以暫停時間，但我不想只是為了再試一次，就吸乾安妲娜的精力，她可是得睡至少一個星期才能恢復。沒有印記的我，只能施展簡易魔法。我終於能用墨水筆、鎖上門和打開門了，這是我喜歡施展的小把戲。

一月的第三個星期，我在挑戰賽中打贏了一個第三翼隊的傢伙，獲得另一把匕首——這是我不靠下毒削弱對手就贏來的第二把。這場比賽讓我手腕痠痛，但我的關節都沒有脫位。

第四個星期，是我在巴斯蓋亞經歷過最嚴酷的寒冬。我半夜偷偷溜出去看挑戰賽的名單。傑克終於得到機會，能在明天的挑戰賽殺掉我了。

「他會殺了我。」第二天早上，我一邊換衣服，一邊把所有匕首收在最有利的位置時，這是我唯一能想到的事。

「**他會試著這麼做。**」太壬起的真早。

「**你有什麼建議嗎？**」我知道黎恩在等我，我們要先去抄寫士學院的圖書館跑腿，再回來吃早餐。

「**別讓他得逞。**」

我冷哼一聲。他講得可真容易。

我終於擠出足夠的勇氣和黎恩說這件事的時候，我們已經在從抄寫士學院的圖書館回來的路上了。「如果我和你說一件事，你會把這件事告訴薩登嗎？」

黎恩正把手推車推上連接學院的橋，他猛然轉頭看我。「妳怎麼會有這種——」

「哦，拜託。」我翻了個白眼。「我們都知道，你幾乎會把我做的每件事都告訴他。我又不是無知的笨蛋。」雪又急又快地打在窗戶上，發出一連串沉悶的聲響。

「他會擔心，而我減輕他的擔心。」他又瞥了我一眼，才把視線移回前方。「我知道這不公平，我知道這是在侵犯妳的隱私，但這和我欠他的比起來不值一提。」

「嗯，我知道。」我急忙走到前頭，打開通往碉堡的厚重大門，讓他通過。「也許我應該換個問法。如果我和你說一件事，而且特別**要求**你不要把這件事告訴第三個人，你會答應我嗎？我們是朋友嗎？還是我只是你的任務目標？」

我關上門時，他停了下來，用手指輕點著手推車的握把，我看得出他在思考。「如果我隱瞞這件事，會對妳的安全造成任何影響嗎？」

「不會。」我趕上他，走在他旁邊，我們開始沿著斜坡走——這條斜坡最後會分成兩條隧道，一條通往宿舍，另一條通往交誼廳。「你什麼都沒辦法做，這就是重點。」

「我們是朋友。告訴我吧。」他痛苦地皺了皺臉。「我不會說出去的。」

「傑克．巴洛今天會獲准挑戰我。」

他停下了腳步，所以我也跟著停了下來。「妳怎麼知道？」

「這就是我要你保守祕密的原因。」我尷尬地說，「我就是知道，就……試著相信我就對了。」

「老師們不會讓這種事發生的。」他搖頭，雙眼逐漸盈滿恐慌。

「他們就是允許了。」我聳肩，露出一個緊繃的微笑。「打從第一天開始，他就一直吵著要和我單挑了，所以這其實也算是預料之中。重點是，傑克今天會和我戰鬥，在他和我戰鬥的時候，不管發生什麼事，你都不能插手。」

他的藍色眼睛睜得大大的。「小薇，如果我們告訴萊爾森，他就可以阻止這件事。」

「不。」我伸手碰他的手，用手覆著他的手背。「他不能阻止這件事。」我的胃一陣翻攪，但至少我沒有像昨晚發現這件事時吐出來。「不管是在這裡，還是我們上前線後，薩登對我的保護都有限。我們兩個都知道，發生安柏的事以後，如果他又阻止這件事，學院一定會議論紛紛的。」

「所以妳期待我站在那裡，不管發生什麼事，都……眼睜睜地看著？」他不可置信地問。

「就像你前兩場挑戰賽也必須在旁邊看一樣。」我強迫自己露出另一個微笑。「別擔心，我會把我擁有的一切都化為戰鬥優勢。」而我擁有的「一切」，就是現在裝在我腰間小口袋內的一個小瓶子。

「我不喜歡這樣。」他搖頭。

「嗯，那麼，不喜歡這件事的人就有兩個了。」

上個星期，龍群就認為現在的天氣對飛行來說太過寒冷，所以今天不用去飛行場——這也代表所有人都會在列隊集合後前往練武館。我沒有費心吃早餐，但我仔細觀察了傑克餐盤上的所有食物，記住他拿的東西和沒有拿的東西。

倖存下來的一年級生總共有八十一人，我們都聚在練武館內，我的心臟瘋狂亂跳，讓我不舒服到想吐。

埃梅特里歐教授輪流點名參加挑戰賽的人，指派他們去不同的墊子。至少我們會同時開始戰鬥，所以不是所有騎士都會在旁邊觀戰。

至少薩登不在這裡，代表黎恩遵守了諾言。

「十七號墊子，第一翼隊的傑克．巴洛和……」他揚起眉毛，深深吸了一口氣。「薇奧蕾．索倫蓋爾。」

感謝眾神，瑞安娜早就已經走到另一邊，準備和第三翼隊的一個女人對戰，所以她就不用看到黎恩的臉血色盡失。她根本不應該目睹和這件事相關的任何場景。索伊爾也已經離開，到第九號墊子去了。

「他媽的搞錯了吧。」雷迪克小聲說，搖著頭。

「終於！」傑克高舉雙臂，彷彿他已經贏了。

「來吧。」我轉動肩膀，朝墊子走去。黎恩和雷迪克今天都沒有被叫上墊子，所以他們一左一右走在我身旁。

「告訴我，我可以不要遵守承諾。」黎恩請求著，他的眼神充滿了懇求，讓我清楚意識到自己到底害他陷入了多麼糟糕的境地。

「三年級生都去做三年級的事了，他們不在。」我的腳趾碰到墊子時，我這樣對他說，「你沒辦法讓他及時趕來這裡，但我知道遵守諾言對你來說有什麼意義。尤其是遵守和他的約定。你就去吧。」

他的視線離開我，轉而看著雷迪克。「像我一樣保護好她。」

「你是說，就像我突然長高了十五公分，而且還壯得像頭牛嗎？」雷迪克對他豎起大拇指。「當然，我會盡力的。還有，你最好用**跑**的。」

黎恩和我對上視線。「不要死掉。」

「我會努力，而且不只是為了我自己。」我給了他一個微笑。「謝謝你一直陪在我身邊，當我的好夥伴。」

他的眼睛睜大了一秒，之後才衝出練武館。

「巴洛和索倫蓋爾。」埃梅特里歐站在墊子另一邊喊著。「武器呢？」

傑克跳上墊子的樣子，就像剛剛得到一份禮物的小孩。「她能用她那雙虛弱的小手握住的任何東西。」他的眼神激起一陣恐懼，讓我不由得打了個寒顫。

我踏上墊子，傑克也是，我們都一直往前走，直到我們站在墊子中央面對面。

「不准用魔法。」埃梅特里歐提醒我們。「讓對手拍打墊子或是擊倒對手就獲勝。」

我很確定，站在我們這塊墊子周圍的人都知道，這兩個選擇都不是傑克的目標。如果他的手移到我的脖子附近，我就死定了。

「**那個『我死了薩登也會死』的理論只是個假設，對吧？**」我一邊問，一邊抽出收在靴子裡的兩把匕首——這是戰鬥中最難拿到的地方。

「**一個我不想驗證的假設。**」太壬咆哮。

我站著，握住兩把匕首的握柄，此時傑克只拿著一把小刀面對我。「你是在開玩笑吧？只拿一把刀？」

「我只需要一把。」他的笑容興奮，讓我一陣反胃。

「**攻擊他的咽喉。**」太壬提議。

「**我現在沒有多餘的精力阻隔你，所以我需要你至少安靜個幾分鐘。**」

我唯一得到的回應，就是另一聲咆哮。

「記得遵守規則。」埃梅特里歐警告。「開始。」

我們開始面對彼此繞圈的時候，我的心跳聲如同雷鳴，在我的耳朵裡迴盪。

「**攻擊。現在。先出手。**」太壬厲聲說。

「**別添亂了！**」

傑克一個箭步逼了過來，揮舞著小刀，我用匕首劃過他的手背，讓他見了血，奪下第一分。

「可惡！」他往後一跳，臉頰漲得通紅。

這就是我想要的東西，就是我贏得這場戰鬥所需要的東西——讓他憤怒到不經思考，魯莽行動，然後犯錯。

他又欺身上前，瞄準我的腰部踢來一腳，我踉蹌後退，堪堪避過這一擊。「我敢打賭，妳一定很希望自己能把那把匕首丟出去，不是嗎？」他挑釁著，非常清楚我會避免誤傷附近的比試學員，所以不會犯規。

「我敢打賭，你一定很希望自己不知道從身上拔出我的匕首是什麼感覺，不是嗎？」我回嗆。

他的嘴緊緊抿成一條細線，之後衝過來連續給我好幾拳，還不停揮舞匕首。他對我來說太強壯了，所以我無法偏轉他的攻擊——他輕鬆打掉我手中的匕首就證明了這一點——所以我利用自己的速度，彎腰閃避，之後迅速往前衝，沿著他的上臂劃了一刀，在他身上留下第二個傷口。

「該死的！」他陷入狂怒，在我繞到他背後時，立刻轉身跟上我。他趁我不備抓住我，箝制我的手臂，直接把我過肩摔在墊子上。

我的肩膀承受了這次衝擊，雖然我痛到面容扭曲，但沒有聽到撕裂或折斷的聲音。要是我能成功度過這一劫，我第一件要做的事就是感謝伊莫珍。

傑克仍然壓制著我的手臂，刀子直接刺向我的心口，但被我的龍鱗背心彈開了，刀子沿著我的肋骨滑到旁邊，插進墊子裡。

「他在下殺手！」雷迪克大喊。「這是違規！」

「巴洛，退後！」埃梅特里歐怒吼。

「索倫蓋爾，妳說呢？」傑克在我耳邊輕聲問，把我的雙臂扭到背後，讓我無法動彈。「承認吧。妳和我都知道我們終究會走到這一步。真快。容易到讓我都覺得有點尷尬了。這就是妳的命。妳那個寶貝翼隊長不在這裡，他救不了妳。」

他的確不在，但如果傑克真的完成了自己的目標，薩登就會承受痛苦……甚至因此死去。這個想法激勵我採取行動。我無視痛楚，整個人滾了一圈，雖然肩膀輕微脫臼了，但我用雙腿絞住他，逃離他的掌控。

然後我直接踢了他的蛋蛋一腳。

我在他雙膝跪地時站了起來，他緊緊抓著自己，大張著嘴，發出無聲的痛呼。

「拍墊子投降。」我一邊命令他，一邊撿起我掉在墊子上的那把匕首。「我隨時都能把你開腸剖肚。我倆都知道，如果這是實際作戰，你早就已經死了。」

「如果這是實際作戰，在妳走上墊子的那一秒，我早就幹掉妳了。」他從緊咬的牙關擠出這句話。

「拍墊子。投降。」

「去妳的！」他朝我扔刀子。

我抬起雙手格擋，但那把小刀他媽的插進了我的左前臂。鮮血流淌而下，疼痛灼燒著整條手臂，伴隨著難以承受的尖銳痛苦，但我知道不能把刀拔出來。因為目前這把匕首正盡其所能地堵住我的傷口。

「不准扔飛刀！」站在場邊的埃梅特里歐大吼，但傑克已經開始行動，用一陣我來不及應對的拳打腳踢招呼我。他的拳頭深陷進我的臉頰，我感覺到自己的皮膚都撕裂開來。

他的膝蓋狠狠撞進我的肚子，把我體內的空氣都頂了出去。

但在他用雙手死死抓住我的臉之前，我都還穩穩站著。狂暴震顫的能量迅速而凶猛地鑽進我的身體，將劇痛灌入我全身上下的所有細胞，感覺就像他正在從我的骨頭上割下韌帶，從肌腱上剔下肌肉。

一股我不明白的內在力量撼動著我，讓我尖叫起來，感覺就像他強行把自己的力量注入我體內，用無數震動的能量之刺螫著我。

就是現在。如果我現在不動手，他就會殺了我。我的視野周圍已經開始變黑了。

我顫抖的手伸進皮衣的口袋，用拇指推開那個小瓶子的塞子。

他強行將越來越多的力量注入我的體內，他嗜虐的笑容和泛紅的眼眶映滿了我的眼簾，但他的雙手都很忙，而且滿腦子想著自己的勝利，所以他沒有發現我已經停止尖叫，也沒有看見我開始行動。

「他在用魔法力量！」雷迪克怒吼，我用逐漸縮減的眼角餘光，看見兩邊都有動靜。

我用力把瓶子推進傑克微笑的嘴裡，力道大到我感覺到他的一顆牙齒斷掉了。

幾隻手伸向我們兩個，我聽到雷迪克和埃梅特里歐都叫出聲，立刻縮回了手。不管傑克在對我做什麼，都透過碰觸轉移到他們身上了。

疼痛吞噬著我，讓我的牙關打顫，我的身體想要切斷意識，以便逃脫這無法忍受的折磨，但我拒絕在傑克開始喘嗚之前屈服於黑暗。

他的雙眼睜大到不可思議的地步，然後放開了我，用雙手死死抓著自己的脖子，他的氣管正在收縮。

我的膝蓋撐不住了，我倒在墊子上時，身體還在發抖，但傑克也是，他喘著粗氣，緊抓著自己的脖子，臉漲成了紫色。

雷迪克的臉立刻占滿我的視線。「呼吸，索倫蓋爾。呼吸。」

「他到底他媽的怎麼了？」傑克抽搐扭動的時候，某個人問。

「是柳橙。」我用氣音告訴雷迪克，我的身體終於撐不住了。「他對柳橙過敏。」然後我就墜入一片虛無。

我醒來時，已經不在訓練墊上，而是在治療師學院的醫務室中，從窗外的景象來看，已經入夜了。我昏迷了好幾個小時。

而且，慵懶地坐在我床邊的椅子上休息的人，不是雷迪克，而是一個怒瞪著我，好像想親手把我殺掉的人。

薩登。他的頭髮亂蓬蓬的，彷彿他剛剛一直在拉扯自己的頭髮。現在他正在拋接一把匕首，匕首轉了一圈掉下來時，他漫不經心地抓住刀尖，收回刀鞘。「柳橙？」

我知道妳不想聽到這種事，但有時候妳得知道什麼時候該給人致命一擊，米拉。所以妳必須確保薇奧蕾進入抄寫士學院。她永遠沒辦法殺人。

——「布瑞南札記」，第七十頁

第二十四章

我挪動身體往床頭靠，以便坐起身來，但手臂上傳來的疼痛提醒著我，幾個小時前，那裡還插著一把匕首。現在我的手臂已經包紮好了。「縫了幾針？」

「一邊縫了十一針，另一邊縫了十九針。」他彎起一道黑色眉毛，往前傾身，手肘支在兩個膝蓋上。「暴力女，妳把**柳橙**拿來當武器？」

我扭動著坐了起來，然後聳聳肩。「我用我有的東西。」

「既然這讓妳活了下來——讓**我們**都活了下來，我也不能真的和妳吵這個，而且我也不會問妳，為什麼妳總能知道自己挑戰賽的對手是誰。」他的凝視帶著一股明顯的怒氣，但也含有一絲安心。「妳告訴雷迪克的事，讓埃梅特里歐能及時把傑克送來這裡。不幸的是，他就在和妳隔五張床的地方，而且他會活下來，不像那個在另一排床位的二年級生。妳本來可以殺了他，這樣我們就不用再面對一堆狗屁倒灶的事了。」

「我不想殺他。」我試著轉了轉肩膀。很痠痛，但沒有脫臼。我的臉頰也是碰到就會痛。
「我只希望他不要再試著殺掉**我**了。」
「妳應該把這件事告訴我。」指控從他的雙唇溜了出來，變成一聲低吼。
「除了讓我看起來很脆弱以外，你根本沒辦法做什麼。」我瞇眼看著他。「而且你已經不在我身邊好幾個星期了，我根本沒辦法和你說**任何事**。要不是我了解你，我還以為那個吻把你嚇跑了呢。」——**可惡**。我沒打算講出這句話的。
「那不是可以討論的話題。」他的眼中閃過某種東西，但很快就被冰冷的面具掩蓋了。
「你認真的嗎？」想想，他都已經迴避這個話題這麼久了，我早該知道的。
「那是個錯誤。妳和我以後必須駐守在同一個地方，永遠沒辦法逃離彼此。彼此有所牽扯——就算只是肉體關係，也是巨大的錯誤。談論這件事沒有意義。」
我差點抬手死死抓住胸口，確認所有內臟是不是都還在原位，因為我感覺他只用幾句話就把我開腸剖肚了。但他當時明明和我一樣耽溺其中。我就在那裡，而且我絕對不會認錯他的那種……熱情。**但或許那只是忘憂草菸的效果**。「要是我想提起這件事呢？」
「隨妳高興，但這不代表我必須參與相關的討論。我們都有權利劃定自己的界限，而這是我的其中一條底線。」他的語氣毫無商量的餘地，讓我的胃一陣翻騰。「我同意，和妳保持距離的結果不太理想。要是今天這場小鬧劇是為了博得我的注意力，那恭喜妳，妳成功了。」
「我不知道你在說什麼。」我把腳晃到床邊。我需要我的靴子，也需要在讓自己更丟臉以前他媽的離開這裡。
「顯然我不能相信黎恩會回報攸關妳性命的狀況，也不能信任瑞安娜在墊子上給妳的訓練，看看巴洛多輕易就把妳壓制住了，所以從現在開始，我要接手了。」
「接手什麼？」我瞇起眼睛。

「和妳有關的一切。」

第二天，由於外頭呼嘯著零度以下的寒風，所以薩登在我們飛行課的時段把我拖到訓練墊上。幸運的是，他今天穿著上衣，這樣我就不會因為他衣服下面的東西而分心了。不，他不只穿著戰鬥皮衣和靴子，還全副武裝，帶著十二把不同的匕首，全都收在十二個不同的刀鞘裡。

深受他這種樣子吸引，是不是真的很不健康？應該是。但只要看他一眼，我的體溫就會升高。

「把妳的匕首都放在墊子外面。」他指示我，大概有十二個在其他墊子上的騎士都看了過來。

至少黎恩得到訓練的機會了，他正在好幾塊墊子以外的地方和戴恩對練——這是第一次。大多數的小隊都在這裡利用這段額外的空閒時間，這真是謝天謝地：每個人都忙著訓練，就沒時間看我們了。

「但你有武器。」我刻意盯著他的刀鞘看。

「妳可以相信我，也可以不要。」他微微偏頭，露出更多纏繞著他脖子的叛軍印痕。就是一個多月前，他把我抵在牆上時，我曾用手愛撫過的那個。

不。不要想那個。

但我的身體卻還是自顧自地陷入了回憶。

我長嘆一聲，走到墊子邊緣，把我帶來的匕首和贏來的所有匕首都抽出刀鞘，放在地上。

「我已經手無寸鐵了，開心了嗎？」我轉身面對他，朝他張開雙臂。衣服的長袖遮住了我手臂上的繃帶，但我的手臂仍然一抽一抽地痛著。「但我們本來可以再等幾天，讓我的手臂先痊癒再做這種事。」我感覺到縫線緬緊了，但我經歷過更糟的狀況。

「不。」他搖頭，抽出一把匕首，走了過來。「敵人才不會管妳有沒有受傷。他們會把妳的傷勢化為他們的優勢。如果妳不知道該怎麼在疼痛中戰鬥，那妳就會讓我們兩個都被殺掉。」

「好吧。」我煩躁地轉移身體的重心。他不知道我幾乎**隨時**都在承受疼痛，這幾乎可以說是我的舒適圈。「確實是個好論點，所以我承認你說的對。」

「謝謝妳這麼體貼。」他嘲弄一笑，我無視了立刻在腹部湧起的那股熱流。他把手掌往上翻，展示他手上的匕首，刀刃短得很奇怪。「妳的戰鬥風格沒有問題。妳的速度很快，而且從八月以來，妳已經變得相當厲害了。問題是，妳用的匕首都太容易被敵人拔走了。妳需要為妳的體質量身打造的武器。」

至少他沒有用「虛弱」這個詞。

我研究著他手中的那把小刀。很漂亮，堅硬的黑色握柄上刻著提倫多爾的節結紋，以及古老而神祕的盧恩符文，看起來像複雜而精緻的波浪。刀刃打磨得非常銳利，完美得足以致命。「這把刀真棒。」

「這是妳的了。」

我猛然抬頭，但他黑瑪瑙般的眼瞳中並沒有一絲謊言。

「我讓人為妳做的。」他微微勾起唇角。

「什麼？」我嘴巴大張，胸口一緊。他還花時間讓人做了這把匕首？要命。這讓我湧起我不想要有的感覺了。溫柔又讓人困惑的感覺。

「妳聽到我說的話了。拿走。」

一團毫無邏輯的情緒堵在我的喉嚨，我把它吞進肚子裡，從他手中拿過匕首。握起來感覺很堅實，但絕對比我其他的匕首都輕得多。我的手腕不需要用力，手指握住刀柄的感覺很舒服，比起我留在地上的匕首，這把在我手中更穩固。「是誰做的？」

「我認識的人。」

「在這個學院裡？」我高高揚起眉毛。

「在這裡待三年以後，妳就會很驚訝自己能得到多少資源。」他彎起一邊嘴角，露出一抹得意的笑，我毫不避諱地直直盯著看，直到想起來我們在哪。

「這把匕首真的很棒。」我搖搖頭，把匕首遞還給他。「但你也知道我不能收。我們只能擁有自己贏來的武器。」我們的武器只能從決鬥中贏來，或是從武器資格認證中取得。我看上了一把十字弓，但我還沒有完全掌握弓術。

「沒錯。」他的微笑一閃即逝，隨後以我從未想過的速度移動。他甚至比伊莫珍還快，一個掃腿就讓我倒在墊子上。

他輕輕鬆鬆就把我掀倒在地，這既讓我震驚不已，又……荒謬地性感，尤其他的腿根還壓在我的大腿之間。我耗盡所有意志力，才沒有抬手梳理他垂在額頭上的那綹頭髮。**那是個錯誤**。

好吧，這段記憶立刻熄滅了我的慾火。

「你想用這個小動作表達什麼？」我問，非常清楚意識到他已經打敗了我，卻沒有讓我喘不過氣。

「我身上綁著十二把這樣的匕首，所以開始解下我所有的武器。」他嘲諷地挑起一邊眉毛。「除非妳不知道該怎麼對付壓在妳身上的敵人，如果真是這樣，那就是另一個完全不同的問題了。」

「我知道該怎麼對付壓在我身上的**你**。」我小聲挑釁他。

他彎身，嘴唇靠在我的耳畔。「妳不會喜歡激我的後果。」

「也許我會喜歡呢。」我稍微偏轉身子，角度剛好能讓嘴唇擦過他的耳廓。

他猛然拉開距離，目光炙熱，讓我過分意識到我們身體相貼的所有地方。「在我當著所有練武館裡的人測試這個理論之前，拿走我的武器。」

「真有趣。我不知道原來你喜歡被看。」

「繼續激我，然後妳就能親自找出答案。」他的目光落在我的嘴唇上。

「我以為你說吻我是個錯誤。」要是他會再吻我一次，我才不在乎整個學院的人有沒有在看呢。

「的確是個錯誤。」他露出一抹壞笑。「我只是在教妳，刀具不是解除敵人武裝的唯一手段。告訴我，暴力女，妳是不是已經手無寸鐵了？」

自大的混蛋。

我冷哼一聲，開始從他身上的刀鞘裡抽出匕首，扔到墊子對面，而他他盯著我動作的目光煩躁中又帶著一絲興味。然後我用雙腿勾住他的髖部，帶著我們往左邊翻滾，讓他背部著地。當然，他是自願的——要是他不願意，我根本沒辦法跪在他身上。總之，我用上臂壓住他的鎖骨，看起來就像制住了他，之後繼續偷走他綁在身側的匕首。

「最後一把。」我帶著微笑開口，彎身向前。從他手中抽出匕首時，我們滾燙的身體幾乎貼合在一起。「謝謝你。」

我拿走最後一把匕首後，薩登就用兩隻手掌按著墊子，用超乎常理的力量頂起身體，讓我們的身體畫出一個半圓形，我的背又撞在墊子上。

「那實在是。」我倒吸了一口氣，這個動作讓我從頭到腳都驚呆了，也讓他緊緊卡在我的大腿間。我耗盡所有意志力，才沒有拱身貼著他，看看他是不是真的覺得那個吻是個錯誤。「在墊子上用你的力量不公平。」魔法方面的。性感方面的。隨便。反正都不公平。

「這就是另一件事。」他跳起來，直接站穩了，然後對我伸出手。我抓住了，站起來的時候頭暈腦脹。**不是現在。現在不要頭暈**。「為了讓所有人公平競爭，埃梅特里歐不允許我們在挑戰賽中使用力量。但是出了學院以後呢？戰場永遠都不公平，妳必須學會利用妳擁有的一切。」

「除了『錨定』、阻隔和移動一張羊皮紙以外，我也沒辦法做什麼別的。」我將這把新匕首收進刀鞘，然後開始收集其他新匕首，也把它們收好。這些武器真的都很美妙，每一把都刻著不同的盧恩符文。可惜的是，在幾百年前的統一過程中，許多提倫多爾的文化都佚失了，其中就包含絕大多數的盧恩符文。我甚至不知道它們的意思。

「嗯，看來我們也得處理那個問題了。」他嘆了一口氣，擺出戰鬥姿勢。「現在，努力表現得像妳的綽號，盡全力試著殺掉我。」

二月在精疲力竭中飛逝。薩登占據了我每天的所有空檔。每當這個翼隊長有更重要的事情要吩咐我，將我從小隊訓練中拉走時，戴恩不只一次咬牙切齒。

而這些事通常以我一次又一次在墊子上慘敗結束。

但我也必須承認，他不像戴恩那樣把我當成嬰兒過分呵護，也不像瑞安娜那樣對我放水。每一次訓練，他都會把我逼到體能極限，但從來不會讓我無法負荷，我通常會癱軟在練武館的地板上，滿身大汗，大口喘氣。

而伊莫珍常常會在這種時候提醒我該去重訓室了。

我討厭他們兩個。

有點啦。

我嘗試打敗學院中最強大的騎士時，從中學到的東西多到我無法抗議。雖然我還沒有贏過他，但完全沒關係。這代表他沒有讓我贏。

就算我激他，他也沒有再吻我了。

三月和無盡的落雪一起抵達，每天早上列隊集合前，都必須先剷雪。每當龍之印痕在我背上發燙時，我都會覺得，如果累積在體內的力量沒有釋放出來，我可能就會被撕裂。這種灼燙也提醒了我，我還沒有顯現印記。已經幾乎要三個月了。

每個早晨醒來時，我都會思考自己會不會在今天受到反噬並自燃。

「夏拉．古特。」費茲吉本斯上尉唸著死亡名單上的名字，他戴著手套的手在凍脆的羊皮紙上滑動。這個星期有回暖一點，但也只有一點。「還有木辛．維第。我們將他們的靈魂託付給馬厲克。」

「維第？」列隊解散時，我抬起眉毛，詢問瑞安娜。他是第二翼隊的學員，因此我和他不熟，但聽說他是新生中的佼佼者，所以聽到他的名字還是讓人很震驚。

「妳沒聽說嗎？」她拉緊綴著毛皮的斗篷領口。「昨天他在卡爾的課上顯現了印記，然後他就燒成一團了。」

「他……把自己燒死了？」

她點頭。「塔拉說卡爾覺得維第的能力應該是操控火焰，但第一波力量就淹沒了他，然後……」

「他就變成了一根人形火把。」雷迪克補充。「這讓妳有點高興妳的印記還隱藏著，對吧？」

「**隱藏**是一種說法啦。」撇開那個我甚至不該小聲說出的能力不說，我正在成為母親討厭的那種人——平庸的人。而且我也沒辦法找太壬和安妲娜幫忙。印記完全取決於**我自己**，而且，就像我背上刺痛的龍之印痕不停提醒我的一樣，我顯然沒在努力。我暗自懷抱著一絲期待，希望我的印記之所以還沒有顯現，是因為它和其他人的印記有所不同，不只是很有用，還……很有意義，就像布瑞南一樣。

「這絕對讓我想翹掉今天的課了。」瑞安娜嘀咕，往手掌呵氣，讓掌心保持溫暖。

「不准翹課。」戴恩責備道，瞪視著我們。「再過幾個星期就是小隊競賽了，你們都得保持最佳狀態，我們才有勝利的可能。」

伊莫珍哼了一聲。「拜託，艾托斯，我以為我們都知道，第二翼隊龍尾分隊的那支小隊會把所有人遠遠甩在後頭。你看過他們衝刺到臂鎧關終點的樣子嗎？我敢說，就算冰封住了那條路，他們現在也還在那裡練習。」

「我們會贏的。」我們的小隊副隊長席安娜不容質疑地點了點頭，說：「索倫蓋爾可能會拖累我們在臂鎧關的秒數。」她的鷹勾鼻皺了起來。「從她的進步速度來看，很可能也會在施展魔法的項目拖累我們——」

「天啊，真是謝了。」我抱住雙臂。我敢打賭，我的阻隔護盾比他們所有人的盾加起來都要堅固。

「但是瑞安娜的技巧補足她還綽綽有餘。」席安娜接著說，「而且，我們都知道，在格鬥比賽中，黎恩和希頓都會在訓練墊上打敗一堆對手。這樣就只剩下飛行動作和翼隊長今年決定用來評分的任務了。」

「哦？就這樣嗎？天啊，我還以為這會有多難呢。」雷迪克聲音中的嘲諷太過明顯，讓他得到戴恩的一個怒瞪。

「全隊只剩下你們十個隊員。」戴恩說，掃視著我們。「加上我們兩個，總共是十二人，雖然這會讓我們在面對好幾支小隊時略微不利，但我想我們可以應付。」

我們在上星期失去了兩個新加入的騎士，身形較小的那個人突然在戰爭簡論課上顯現印記，讓他們兩個在數秒內凍死了。這場意外也差點帶走了雷迪克，他接受了凍瘡的治療，但沒有留下什麼永久性傷害。現在，龍盟日以來加入我們的新隊員，就只剩下奈汀和黎恩兩個了。

「但你們都需要去上課，才能應付其他小隊。」他對我揚起眉毛。「尤其是妳。妳知道，有個印記會**很棒**。如果妳能顯現出印記的話。」他最近好像不知道該怎麼對待我，不知道該把我當成還在這裡掙扎的一年級生，還是和他一起長大的女孩。

我討厭我們之間那種不安定的感覺，所有事都糾結成一團，感覺就像在洗完澡後，穿上來不及晾乾的幾件濕衣服，但他還是戴恩。至少他終於開始支持我了。

「她今天不會去上卡爾的課。」薩登插話，出現在索伊爾後面，索伊爾趕緊為他讓路。

「不，我會去上課。」我搖頭，忽略一看到他就突然加速的心跳。

「她得去上課。」戴恩爭論，然後咬牙。「我的意思是，除非翼隊有更急迫的任務要交付給索倫蓋爾學員，否則她最好花時間磨練施展魔法的技術。」

「我想我們兩個都知道，她不會在那房間裡顯現印記。如果上課真的是關鍵，那她的印記早就出現了。」即使是我的死敵，我也不希望他們遭受薩登看向戴恩的那種眼神。那既不是憤怒，甚至也不是憤慨。不，他看起來……很厭煩，彷彿戴恩的投訴對他來說根本不值一提，不過，根據我們的指揮鏈，事實就是如此。「還有，沒錯，翼隊有更急迫的任務要給她做。」

「長官，我只是希望她每天都能練習魔法技巧，身為她的小隊長——」

他不知道薩登在我們對戰時，也一直在訓練我的魔法能力。

「看在鍍殞的份上。」薩登嘆了一口氣，呼喚戰爭女神的名諱。他探進斗篷口袋，掏出一個懷錶，放在張開的手掌上。「撿起來，索倫蓋爾。」

我看著這兩個男人，希望他們可以自己解決他們之間的破事，但這種事發生的機率幾乎是零。為了速戰速決，我進入內心，讓雙腳踏在檔案庫的地板上。白熱的力量在我身周湧動，讓我的手臂泛起雞皮疙瘩，也讓我脖子後的寒毛豎了起來。

我舉起右手，想像那股力量纏繞在我的指尖，我開始形塑這股能量，讓它變成一隻手的形狀，並要求它往前伸，跨越橫在我和薩登中間的距離，在此期間，我的皮膚不停微微顫動。

純粹魔力形成的卷鬚似乎撞上了一堵牆，突然停了下來，但之後阻力又消退了，我往前推進，牢牢控制著那隻熾熱的手。我的力量之手輕撫到薩登的手時，我的腦袋裡突然「劈啪」一聲，聽起來像是正在熄滅的火焰餘燼，但我握緊了內心的拳頭，包裹住那塊懷錶，然後一拉。

那錶真是他媽的**重**。

「妳可以的。」瑞安娜激勵我。

「讓她專心。」索伊爾責備道。

懷錶直直往地板墜落，但我立刻收回手，猛然拽回我的力量，彷彿那是一條繩子，接著懷錶就向我飛了過來。在懷錶直接撞上我的臉之前，我用左手抓住了。

瑞安娜和雷迪克都為我拍手。

薩登走過來，從我手中扯過那塊錶，丟回斗篷口袋。「看到了？她練習過了。現在我們還有事。」他把手放在我的尾椎處，帶著我離開人群。

「我們要去哪？」我厭惡自己的身體希望靠近他的撫摸，但在他放開我的那一秒，我就開始想念他的觸碰了。

「我猜妳斗篷下沒有穿飛行皮衣。」他為我打開通往宿舍的門，我走了進去。他的動作太輕鬆自然，讓我知道這不只是練習過的動作，而是習慣成自然，這完全……和我對他的所有認識矛盾。

我停下腳步，定定看著他，彷彿這是我們第一次見面。

「怎麼了？」他問，關上我們身後的門，也擋住了那狂暴的寒風。

「你幫我開門了。」

「很難改掉老習慣。」他聳肩。「我父親教過我——」他猛然止住話頭，移開目光，每一條肌肉都繃緊了，感覺就像是準備發動攻擊。

掠過他臉上的表情讓我的心一痛，那是我很熟悉的神色。哀悼。

「你不覺得現在對飛行來說有點冷嗎？」我問，試圖用轉移話題來幫助他。他眼中的痛苦是永遠不會熄滅的那種，會如同無法預測的潮汐那樣湧起，隨後毫無憐憫地沖刷過海岸線。

他眨眨眼，痛苦消失了。「我會在這裡等。」

我點點頭，匆忙回房，換上我們分到的冬季飛行皮衣，這些衣服都有毛皮襯裡。我回來的時候，他又戴上了讓人難以讀懂的面具，我知道他今天不會再為我開門了。

我們走進庭院，學員們都急匆匆地要趕去上課，所以院子逐漸空蕩。「你還沒回答我。」

「回答什麼？」他大步向前，視線仍然落在通往飛行場道路的大門上，我幾乎得拚命小跑起來才能跟上他。

「現在對飛行來說太冷了。」

「三年級的今天下午要去飛行場。凱奧里和其他教授只是對你們比較寬容，他們知道你們必須為了即將舉行的小隊競賽練習魔法。」他推開大門，我急忙跟上。

「那我不需要練習魔法嗎？」我的聲音在隧道中迴盪。

「贏得小隊競賽對確保妳活下來的計畫毫無助益。和他們其他人比起來，妳明年就會在前線了。」魔法燈凸顯了他堅毅的臉部稜角，我們經過每一盞燈時，燈光都在他臉上落下不祥的暗影。

「這就是明年會發生的事嗎？」我們從隧道另一邊出來時，我這樣問。雪暫時讓我的視線變得一片白。道路兩邊都疊起高高的雪，這是今年冬天大量落雪的結果。「我要去前線了？」

「這是不可避免的。沒人知道斯蓋兒和太壬能忍受分離多久。我猜我們兩個都必須為了他們的快樂犧牲。」這個想法顯然也讓他不太高興，但我也不能怪他。待在這個學院三年後，我也會超級想出去。我畢業時也會陷入和他一樣的困境——我們的龍之間的連結會決定我未來的駐地，而我毫無置喙的餘地，意識到這件事，就讓我的心沉了下去。我點頭，不知道還能說什麼，我們就在友善的沉默中走向臂鎧關。

「那是第二翼隊。」我觀察著龍尾分隊的那支小隊又跑又滑地攀爬臂鎧關。「你確定你不希望自己率領的小隊都來這裡練習嗎？」

他彎起一邊嘴角，打破了無情到不像人類的假面。「我一年級的時候，也覺得勝利就是成功的顛峰。但升上三年級後，親眼看見我們所做的那些事以後……」他咬緊下頜。「這些比賽可比妳想的要致命得多。」

我們朝著通往飛行場的樓梯走去，但有一群人正要走下來，所以我就往後退，讓他們先通過。

他們靠近時，我的心提到了嗓子眼，我立刻立正，挺直背脊。是潘切克指揮官和艾托斯上校。

戴恩的父親先走下來，他給了我一個微笑。「稍息。妳看起來不錯，薇奧蕾。護目鏡的曬痕看起來也很棒。」他說，比劃著飛行護目鏡在他顴骨上留下的痕跡。「妳一定花很多時間飛行。」

「謝謝您，長官，的確如此。」我放鬆姿勢，忍不住也回以微笑，只是緊緊抿著嘴唇。「戴恩也很好。他是我今年的小隊長。」

「他和我說了。」他露出笑容，棕色的眼睛就和戴恩一樣溫暖。「上個月我們去巡視南翼部隊，米拉問起妳的事。別擔心，妳會在升上二年級後得到寄信的權利，之後妳們就能更頻繁地交換近況。我知道妳一定很想她。」

「每天都想。」我點頭，按下被勾起的強烈情緒。假裝學院牆外一無所有，比沉溺於我對姊姊的想念簡單太多了。

媽走出樓梯時，我旁邊的薩登僵住了。**哦，完蛋了。**

「媽。」我脫口叫她，她轉過頭，和我對上視線。我上次看到她，已經是五個多月前的事了，就算我想要和她一樣冷靜，想要清楚切割自己的每個角色，我還是做不到。我和她不一樣，和米拉不一樣。我是我父親的女兒。

她用評估的目光上下審視我，這是總指揮官和巴斯蓋亞學員的互動模式，她完成目測後，臉上連一絲溫暖都沒有。「我聽說妳在施展魔法方面遇到了麻煩。」

我眨眨眼，退後一步，彷彿實際的距離能保護我免受這冰冷的指責。「我的阻隔護盾是全一年級最穩固的。」這是我第一次真的很高興自己還沒顯現出印記，沒有給她任何自誇的機會。

「既然妳和太壬那樣的龍締約了，這完全是理所當然的。」她挑起一邊眉毛。「不然的話，那些讓人驚嘆又忌妒的能力，就會……」她的嘆息讓空氣中飄出一團白霧。「浪費了。」

我盡力吞下喉嚨中逐漸膨脹的結。「是的，將軍。」

「不過，妳最近的確成為了某些討論的主題。」她的目光掠過我的頭頂，我知道她在看辮子的銀色髮尾，她認為這是我被詛咒的標誌，之前也說過我最好剪掉這些頭髮。

「哦？」她真的會提起我？

「我們都在思考，如果那條金龍真的賦予妳力量，那會是什麼？」她的嘴唇彎成一個微笑，我知道她自以為這種笑容很溫柔，但我太了解她，不會上當。

「不。」太壬說出的這個字在我的整個身體內隆隆作響。「**不要談這件事。**」

「我還沒有得到。」我舔過乾裂的下嘴唇。冬天飛行對皮膚很傷。「安妲娜說，大家都知道羽尾龍無法傳輸力量給自己的騎士。」牠們只能直接贈予，但我不會說出這一句。「所以牠們不常締約。」

「或者說，真的和騎士締約。」戴恩的爸爸插話。「其實，我們希望妳能問問妳的龍，是否允許我們研究她。當然，這純粹是為了學術目的。」

我的胃一陣翻攪。天知道他們要花多久的時間仔細檢查安妲娜，才能滿足他們的學術好奇心，再說了，他們還有可能意外發現幼龍未開發的力量。不了，真是謝了。「很遺憾的，我認為她會感到不舒服。她很內向，就連對我也是。」

「真可惜。」艾托斯上校說，「龍盟日之後，我們就要抄寫士調查羽尾龍的能力，但他們在檔案庫中找到的唯一參考資料，已經是數百年前的記載了。這實在很有趣，因為我記得妳父親曾經對第二次克洛弗拉叛亂做了一點研究，也提到了一些和羽尾龍相關的東西，但我們似乎找不到那本大部頭。」他搔搔額頭。

媽期望地看著我，彷彿是在沉默地詢問我。

「我認為他還沒完成那個歷史研究就去世了，艾托斯上校。我甚至不知道他的筆記在哪裡。」我盡力讓這句話聽起來很真實。我很清楚他的筆記在哪裡——就在他大部分下班時間都待著的地方。但太壬的警告蘊含著某種道理，讓我無法告訴他們這件事。

「真是太糟糕了。」媽擠出另一個微笑。「很高興看到妳還活著，索倫蓋爾學員。」她的目光轉到旁邊時，立刻變得像鋼鐵一樣冷酷。「就算妳不得不和不像樣的人成為夥伴。」

可惡。可惡。可惡。

我不能站到薩登前面，讓他看起來很脆弱。我甚至不能瞥他一眼，不然母親就會知道我站在哪一邊……也會讓**我**不得不正視自己的內心。

「我一直認為我們在好幾年前就解決這些**問題**了。」薩登說，他的聲音很低，但身體就像弓弦一樣繃得很緊。

「嗯。」媽轉而看向碉堡，清楚表明她毫不在乎。「努力顯現出任何印記，索倫蓋爾學員，妳有家族榮光要繼承。」

「是的，將軍。」這句隨意的話對我造成的打擊，比我願意承認的還要大。這句話和龍牙一樣尖銳，精準撕裂了我花了將近八個月才建立的信心。

「很高興看到妳，薇奧蕾。」戴恩的爸爸給了我一個同情的微笑，潘切克則完全無視我們，跑著追上媽。

爬上樓梯之前，我沒有和薩登說一句話，而每一步都只讓我更加憤怒，抵達懸崖頂端的時候，我已經成為一股狂怒的風暴。

「妳剛剛沒有告訴她，妳是怎麼逃過發生在自己寢室內的攻擊的。」他說。這是敘述，不是問題。「我不是指我出現的那部分。」

我很清楚他在說什麼。

「我甚至都沒見到她，而且你叫我不要告訴任何人。」

「我不知道妳們的關係是這樣。」薩登說，語氣溫柔得讓人驚訝，此時我們開始往下進入箱形峽谷，前往飛行場。

「哦，這不算什麼。」我丟出這句話，故意盡可能讓語氣聽起來很輕浮。「我爸去世以後，她幾乎整整一年都把我當成空氣。」一聲自貶的笑從我的唇邊流出來。「這幾乎和她多年來勉強忍受我的存在一樣健康，因為我不像布瑞南那麼完美，也不像米拉是個戰士。」我不應該講這些的。這些都是家族關起門來才會出現的想法，這樣家庭成員才能在現身於公共場合時，把打磨過的完美名聲當成盔甲穿在身上。

「那她一定不太了解妳。」薩登說，跟上我憤怒的大步伐。

我冷哼一聲。「或者她已經看透我了。問題是，我永遠都不確定到底是哪一種。她設下的標準根本不可能達到，但我還是忙著努力嘗試，沒時間問自己到底是不是真他媽的在乎那些標準。」我瞇起眼，目光突然轉到他身上。「你剛剛說的是什麼意思？你說你們已經在好幾年前解決那些問題了？」

「只是在提醒她，我已經為忠誠付出了代價。」他皺起眉頭，視線仍然落在我們前方。

「付出什麼代價？」我還來不及阻止愚蠢的舌頭，這個問題就滑了出來。我不禁想起戴恩說過的話，他說薩登有永遠不原諒我母親的理由。

「個人界線，暴力女。」他低下頭，過了一秒，他重新抬起頭時，已經戴上了「我他媽的根本不在乎」的面具，這個面具已經打磨得無懈可擊，他也戴得輕而易舉。

幸運的是，太壬和斯蓋兒此時降落在飛行場前方，打破了這一刻的緊繃感，而且某隻閃閃發亮的小龍也跟來了，讓我立刻露出微笑。

「我們今天都要飛嗎？」我問，跟著他走向那三隻龍。

「我們今天都要學習。妳得學會怎麼坐在龍的背上，我得搞清楚這對妳來說到底天殺的為什麼這麼難。」他回答。「安妲娜得學會怎麼跟上隊伍。太壬得學會該怎麼在更緊密的隊伍中分享空間。除了斯蓋兒，其他的龍都害怕到不敢靠近他。」

我們走近時，太壬發出同意的叫聲。

「那斯蓋兒要學什麼？」我問，瞟著這隻巨大的藍龍。

薩登露出笑容。「她已經領頭將近三年了。現在她得學會怎麼跟隨，或者至少練習一下。」

太壬的叫聲聽起來可疑地像是笑聲，斯蓋兒露出尖牙，猛地朝他咬去，距離他的脖子只有幾公分。

「龍的戀愛關係真的讓人完全搞不懂。」我低聲說。

「是嗎？那妳有空得試試看人類的戀愛。就像龍一樣凶殘，只是少了一點火焰。」他輕輕鬆鬆就騎上了龍，這讓我好忌妒。「好了，走吧。」

小隊競賽遠比翼隊長表面透露出來的更重要。他們喜歡開玩笑，說這只不過是一場遊戲，只不過是小隊長和獲勝小隊自誇的談資，但這不是事實。他們都在看。學院司令官、教授、指揮官——他們都在看誰會脫穎而出。他們也都等不及看看誰會失敗。

——「布瑞南札記」，第七十七頁

第二十五章

「拍墊子投降！」瑞安娜喊道，第二翼隊的那個騎士正拚命往墊子前方爬去，他大張著兩隻手掌，指甲深深摳進墊子，而黎恩正用腿鎖住他，讓他的背彎成不可思議的角度。

今天的比賽進入了狂熱的高潮，我的心跳也跟著加速。

這是小隊競賽項目的最後一場挑戰賽，後面的人群一直在推擠我們的背，讓我必須努力站穩，才不會摔到墊子上。總共有二十四支小隊，經過兩場比賽後，我們現在排行第七，但要是黎恩贏了，我們就能一舉跳到第三名。

在飛越臂鎧關上方天空的飛行賽中，我花費的秒數是全小隊最多的，但這是因為我一直強迫太壬解開固定我的魔法——然後他就不得不俯衝抓住我，再把我丟回他背上，讓珍貴的秒數不停增加。而且這種事一直一直一直反覆發生。我們是最後一名，太壬在我們飛越終點線時發出嗤笑，說我侮辱了他的整個家系。我可以發誓，和這相比，屁股重重摔在他的堅硬鱗片上產生的瘀青還比較不痛。

米克爾的痛呼尖銳到幾乎要刮破我的耳膜，這也把我的注意力拉回眼前的場景。黎恩緊緊壓制著他，繼續利用他的優勢。

「我靠，那看起來好痛。」我在其他一年級生的歡呼聲中小聲嘟噥。

「對啊，他有好一陣子都沒辦法走路了。」雷迪克同意道，他看到米克爾的背彎到脊椎看似幾乎斷掉時，瑟縮了一下。

米克爾又痛苦地叫了一聲，用手掌重重拍了墊子三下，大家頓時高喊起來。

「就是這樣！幹得好，黎恩！」站在我後面的索伊爾高聲叫著，黎恩把米克爾扔在墊子上，倒在墊子上的米克爾精疲力盡，看起來就像一灘爛泥。

「我們贏了！」黎恩衝向我們，隊友都興奮地抱在一起，讓我淹沒在好幾隻手臂和歡呼之中。

我很確定，我甚至看到伊莫珍也加入了這場混亂。

但我沒看到戴恩。戴恩到底去哪了？他不可能錯過這個。

「勝利者是——」埃梅特里歐教授大吼，聲音在練武館內迴盪，平息了狂熱的能量，黎恩也掙脫了我們的緊抱。「第四翼隊烈焰分隊下第二小隊的黎恩·馬利！」

黎恩高舉雙臂，擺出勝利姿勢，轉了一小圈面對群眾，歡呼聲震動著我的耳膜，但感覺棒極了。

黎恩回到我們旁邊，不停冒著汗。潘切克指揮官走上了墊子。「我知道你們都認為，明天才會開始小隊競賽的最後一個項目，但訓練官和我要給你們一個驚喜。」

現在他吸引了所有騎士的注意。

「我不是要告訴你們最後一個未知的任務是什麼，給你們整個晚上的時間制定計畫，而是要告訴你們：最後的任務會從現在開始！」他露出笑容，像黎恩一樣高舉雙手轉了一圈。

「今晚？」雷迪克輕聲說。

我的心一沉。「戴恩不在這裡，席安娜也不在。」

「哦，該死的。」伊莫珍小聲說，也開始環顧人群，尋找他們的身影。

「你們可能已經發現了，你們的小隊長和副隊長都……就說是被你們的翼隊長和分隊長扣押住好了，在你們提問之前，答案是『不』。你們的任務不是找到他們。」他繼續在墊子上繞著小圈行走，對四周的學員說話。「你們必須以小隊為單位行動，在沒有小隊長領導和指示的情況下，在今晚完成一個特別的任務。」

「這不是和設立小隊長的目的矛盾了嗎？」某個站在墊子對面的人問。

「設立小隊長的目的是建立一個緊密團結的單位，能在他們死後繼續完成任務。就假裝你們的小隊長都……死了吧。」潘切克帶著開心的笑容聳肩。「你們現在只能靠自己了，騎士們。你們的任務很簡單：不惜一切手段，找到並獲取對我們的敵人來說最有戰略價值的東西。高層將會擔任公正的裁判，勝利的小隊可以得到六十分。」

「這樣我們就能變成第一名了！」瑞安娜勾著我的手臂小聲說，「我們就能贏得去前線的榮耀了！」

「範圍呢？」右邊的某個人問。

「在巴斯蓋亞城牆內的任何東西。」潘切克回答。「但絕對不要讓我看到你們試圖把一條龍拖來這裡。你們會讓龍怒不可遏，然後被燒成灰燼。」

我們左邊的那支小隊發出一陣失望的聲音。

「你們有——」潘切克掏出他的懷錶。「三個小時。然後你們會在戰爭簡論課的教室展示你們偷來的寶物。」

我們都默默地看著他。我曾經想像過第三個任務的各種可能性，但這個任務，嗯……完全不在我的預期之內。

「你們還在等什麼？」潘切克揮手驅趕我們。「開始啊！」

場面頓時陷入一陣混亂。

這就是奪走我們的領導者之後會發生的事。我們真的毫無秩序又亂七八糟。

「第二小隊！」伊莫珍喊著，高舉雙手。「跟著我！」

伊莫珍領著我們穿越練武館進入重訓室，索伊爾和希頓則確保我們都像小鴨子一樣跟在她的屁股後面。

「你的表現太精彩了。」我對旁邊的黎恩說，他還在大口喘氣。

「那太屌了。」雷迪克遞給黎恩一個水袋，他立刻喝得一滴不剩。

「快點進來，快點。」伊莫珍說，引著我們穿過打開的門。她迅速點完人頭後就關上門，還用魔法鎖住。

我找了一張長椅坐下來，瑞安娜和黎恩分別坐在我的兩側。

「第一件事。誰想當隊長？」伊莫珍問，看著我們九個人。

雷迪克舉起手。

瑞安娜轉身按下他的手。「不行。」她搖頭。「你會把任務變成某種惡作劇。」

「有道理。」他聳肩。

「黎恩？」奎茵挑眉問。

「不要。」他搖搖頭，但他匆匆瞥了我一眼，洩漏了他的理由。

「今晚我們出去的時候，不會有人想試圖幹掉我的。」我反駁。

他轉回去面對伊莫珍，又搖了搖頭。

而她當然點頭接受了這個答案，他們都是薩登那一夥的。

「妳就繼續指揮我們吧。」瑞安娜看著伊莫珍提議。「妳已經帶我們到現在了。」房間裡出現一片同意聲。

「艾默立？希頓？」伊莫珍詢問。「你們是三年級的，這是你們的權利。」

「不了，感謝。」希頓往後靠著牆。

「不用了。我們兩個都有不想當領導者的理由。」艾默立補了一句，之後他又問坐在隔壁的奈汀，「奈汀，妳可以在幾小時內聽從伊莫珍的指揮嗎？」

我們全都轉頭看向那個一年級生，她一直都對帶有叛軍印痕的人抱持明顯的厭惡。我知道她來自德肯夏爾和提倫多爾邊境的一個北方村落後，理解了她討厭他們的理由，只是我仍無法贊同，所以我並沒有真的想和她交好。

她明顯吞了一口口水，緊張地環視所有人一圈。「我沒關係。」

「很好。」伊莫珍雙手抱胸，她紋著叛軍印痕的手腕從襯衫下微微露出來。「我們只有將近三個小時。你們有什麼想法嗎？」

「武器怎麼樣？」雷迪克提議。「如果敵人有巨弩，就有可能殺死任何一條龍。」

「太大了。」奎茵以不容反駁的語氣說，「巨弩只有博物館裡的那一架，而且老實說，致命的不是巨弩本身，而是發射系統。」

「還有嗎？」伊莫珍掃視每個人。

「我們可以偷潘切克的內──」雷迪克說，瑞安娜立刻用手摀住他的嘴。

「這就是我們不讓你當隊長的原因。」她對雷迪克挑眉。

「大家，拜託！思考！對我們的敵人來說，最有用的東西是什麼？」伊莫珍那雙淡綠色眸子上方的眉毛擰了起來。

「情報。」黎恩回答，目光突然轉到我身上。「薇奧蕾，我們能去檔案庫偷戰情公函嗎？偷走那些從前線寄來的信？」

我搖頭。「現在已經過七點了，檔案庫已經鎖起來了，而且連魔法都無法染指那座保險庫。為了預防火災，整個房間都是密封不透氣的。」

「該死。」伊莫珍嘆氣。「那是個好主意。」

房間內充斥著討論的聲音，每個人的聲音都比前一個人更大，自由地拋出各種提案。

情報。一個想法逐漸成形，我的胃也跟著翻騰起來。這會是今晚最精彩的展示品，會讓其他東西都黯然失色。但是……我搖了搖頭。風險太大了。

「索倫蓋爾，妳在想什麼？」伊莫珍問，整個房間隨即安靜了下來。「我看得到妳腦袋裡的小齒輪在轉動。」

「可能沒什麼用。」我瞥了隊友們一眼。但是，這真的是沒用的想法嗎？

「過來，用妳的腦袋好好想清楚。」伊莫珍命令。

「認真說，這是個瘋狂的主意。幾乎可以說根本不可能做到。要是我們被抓到，一定會被關禁閉。」在我說出更多話以前，我就緊緊閉上嘴。

但已經來不及了，伊莫珍的雙眼因為興趣而閃閃發亮。

「過來。然後。說出來。」她的語氣讓我知道這不是提議，而是命令。

「我們可以施展魔法對吧？」我站起來，雙手沿著身側一路往下摸到側腹，那裡有六把收在刀鞘內的匕首。

「『不惜一切手段』。」希頓點頭，重複了潘切克的話。

「好吧。」我用腳後跟支撐著體重，讓思考自由馳騁，想出計畫。「我知道雷迪克可以操控冰，瑞安娜可以隔空取物，索伊爾可以操控金屬，伊莫珍可以抹除近期的記憶——」

「而且我速度很快。」她補充。

這是她和薩登的共同之處。

「希頓，那你呢？」我問。

「我可以在水裡呼吸。」他回答。

我眨眨眼。「真棒，但如果我們真的要這樣做，這個能力可能派不上用場。艾默立你呢？」

「我可以控制氣流。」他露出笑容。「很多氣流。」

好吧，這能力在防守的時候應該會很有用，但不太符合我的需求。

我轉身面對奎茵時，靴子在地板上發出尖銳的摩擦聲。「奎茵？」

「我的能力是靈魂投射。我可以把身體留在一個地方，但靈魂卻出竅去別的地方。」

我大張著嘴，幾乎有一半的小隊員也和我露出一樣的表情。

「我知道，這超讚的。」她拋了個媚眼，把捲髮綁成包包頭。

「對。我們可以用上**這個能力**。」我一邊思考完成這件事最簡單的方法，一邊點著頭。

「索倫蓋爾，妳在想什麼？」伊莫珍催促著，把她剃短的那側頭髮順到耳後。

「妳會說我發瘋了，但如果我們成功了，我們肯定會贏。」我可能不夠像我母親，沒辦法贏得她的認可，但我知道她把最有價值的情報收在哪裡。

「所以？」

「我們要闖進我母親的辦公室。」

「妳真是太他媽的嚇人了。」兩個小時後，雷迪克一邊說，一邊不安地扭動身體，傾身遠離奎茵——好吧，遠離奎茵的靈魂。她的身體在重訓室裡，希頓正在守護她。

除了他們兩個，剩下的人正悄悄溜過治療師學院的走廊。我們已經碰上第二翼隊的一支小隊和第三翼隊的一支小隊，但沒人有空詢問或阻礙對方。

以這種任務時限而言，我們的成敗只取決於自己的特質。此外，為了執行這場行動，我們已經浪費了兩個小時等待天黑。

「我從來沒有走到這麼遠的地方過。」我們經過通往診所的最後一扇門時，艾默立這樣說。

「你從來沒去過檔案庫嗎？」伊莫珍問。

「我不惜一切避開那個勤務。」艾默立回答。「抄寫士讓我嚇得要死。他們體型小、很安靜，卻什麼都知道，表現得一副能靠寫東西來成就或毀掉某個人的樣子。」

我露出笑容。這句話蘊含的真相遠超出大多數人的認知。

「步兵還在外面紮營。」瑞安娜指著窗戶外，數十堆營火照亮了下方的田野。

「能休息一下一定很棒。」奈汀發表感想，但她的語氣並不像我預期的一樣高高在上，而是充滿疲憊——「我覺得所有人都有這種感覺。」「所有抄寫士都能在夏天回家，治療師可以把周末花在身心靈療癒上，雖然步兵可能得在冬天練習怎麼在雪地紮營和收營，但至少他們能在營火邊度過這幾個月。」

「我們以後也能回家。」伊莫珍反駁。

「等到畢業以後。」瑞安娜回嘴。「為了什麼？就為了回家待幾天嗎？」

我們抵達了岔路口，可以從這裡沿著地道走到檔案庫，或是爬上巴斯蓋亞戰爭學校的堡壘。

「從這裡開始就不能回頭了。」我對大家說，抬頭看著那道旋轉樓梯。我已經爬上去無數次了，每一個台階都已經爛熟於心。

「帶路吧！」奎茵發出命令，讓我們全都嚇得跳起來離地好幾公分。

「噓！」伊莫珍嘶聲說，「妳得知道，我們不像妳，可是會被抓住的。」

「說的對，抱歉。」奎茵難為情地說。

「大家都要記好計畫。」我用氣音說，「所有人都得照計畫行動，**所有人**。」

他們都點點頭，我們開始安靜地爬上漆黑的樓梯，躲進暗影，穿過巴斯蓋亞的石頭庭院。

「**如果現在能利用薩登就好了**。」

「**目前為止妳都做得超級棒**。」安妲娜以最開心的語氣向我保證。我發誓，這世上一定沒有能困擾她的東西。她是我見過最無所畏懼的孩子，而我可是和米拉一起長大的。

「接下來是連續六段樓梯，中間沒有平台。」我們抵達下一段台階時，我輕聲告訴他們，之後我們盡量不發出聲響，以最快速度往上爬。。焦慮像尖刺一樣戳著我，我的力量也湧動著回應。背上的龍之印痕燙到讓我很不舒服。最近印痕一直在皮膚下面灼燒，提醒我施展簡易魔法無法排出這些能量，我必須快點顯現出印記。

我們終於來到最後一級台階，黎恩探出上半身，觀察走廊末端的情況。我一直覺得這是世界上最長的走廊。「有固定在壁式燭台裡的魔法燈。」他小聲說，「而且妳說的沒錯。」他退回樓梯間的掩護內。「門口只有一個守衛。」

「門下面有透出光線嗎？」我小聲問。我的心跳聲非常大，感覺整個學院的人都能聽到，就連睡在我們下面幾十公尺處的步兵學員也能聽到。

「沒有。」他轉向奎茵。「那個守衛大概有一百八十公分，但看起來很敏捷。另一個樓梯間在走廊盡頭左邊的地方，所以妳得吸引他的注意，然後快速逃跑。」

奎茵點點頭。「沒問題。」

「其他人都知道自己該做什麼嗎？」我問。

八個人都點了頭。

「那我們就開始吧。奎茵，妳先上。其他人都先退回台階上，這樣就算他往這邊看，也不會看見我們。」我不敢相信我們真的要做這件事了。要是她抓住我們，一定不會手下留情。這不是她的本性。

我們往後退，奎茵則衝上樓梯。我們無法隔著石牆聽清楚她說了什麼，但守衛大步跑過樓梯間發出的沉重腳步聲卻很清晰。

「給我回來！妳不能跑來這裡！」

「就是現在！」伊莫珍一聲令下。

瑞安娜和艾默立留在樓梯間裡，其他人都開始衝刺，飛速跑進走廊。索伊爾衝向另一個樓梯間，關上門，用印記扭轉金屬零件，我們則往走廊盡頭衝刺。

我這輩子從沒跑這麼快過，而奈汀已經抵達門邊，正在試著解開我母親設下的結界。

黎恩站在守衛剛剛站的地方，揚起下巴，擺出一樣的姿勢。「妳還好嗎？」

「嗯。」我回答，胸口不停起伏。此時伊莫珍也靠過去幫忙奈汀。奈汀的印記能力是解開結界，我從沒想過這會這麼有用。在外面的騎士總是會設立結界，維持襲罩納瓦爾的護盾。但話又說回來，也沒有多少騎士會試圖闖進總指揮官的辦公室。「我進去以後也會沒事的。」我對他保證，嘴角勾起一個微笑。「這很有趣，因為我上一次站在這裡的時候，並沒有這樣想。」

「好了！」奈汀用氣音說，輕輕推開門。

「如果你們聽到我吹口哨——」黎恩開口說，憂慮讓他的額頭出現皺紋。

「我們就會跳窗之類的。」我承諾，此時雷迪克和索伊爾衝過我們身旁。「放輕鬆。」黎恩在外頭把風，我和其他人則進入了老媽的辦公室。

「不要碰那些魔法燈，不然她會發現。」我警告他們。「你們得做出自己的燈。」我轉動手腕，把體內的力量轉化成一團明亮的藍色火焰，讓它漂浮在頭上。這是我的拿手好戲之一。

「這多棒啊。」雷迪克直接倒在那張紅色沙發上。

「我們沒有時間讓你……做自己了。」索伊爾責備他，自己走到書櫃旁邊。「過來幫我找一些有用的東西。」

「我們會負責這張桌子。」伊莫珍和奈汀開始挑揀放在六人座會議桌上的文件。

「這樣我就只能看書桌了。」我小聲念叨，繞著那張讓人望而生畏的桌子走，希望自己沒有觸發她設下的任何結界。桌子中間放著三封摺起來的信，我拿起第一封信時，發現下面有一把銳利的匕首。這柄小刀是合金刀柄，握柄處還有一個看起來像提倫多爾盧恩符文的圖案，她一定是把這把刀拿來當拆信刀之類的。我盡可能小心地拆開那封信。

索倫蓋爾將軍：

發生在阿夫賓周邊的襲擊已經讓南翼部隊的兵力太過分散，防線因此變得薄弱。駐紮在結界的守護之外相當危險，儘管我不願意請求增援，卻不得不這樣做。如果我們不增強這個崗哨的守衛，可能就得放棄這個哨站。我們正在用性命、四肢和翅膀保護納瓦爾的民眾，但我無法充分傳達出這裡的局勢有多麼危急。我知道您會收到我們翼隊抄寫士部門寄送的每日彙報，但要是我不親自寫信給您，就是在怠忽自己身為南翼副官的職責。請為我們尋求增援。

您誠摯的

克麗斯塔．尼瑪少校

她信中的請求讓我的胸口湧起一陣痛楚，我努力按下這股情緒。我們幾乎每天都會在戰爭簡論的課堂上討論襲擊，但從沒聽說過這種規模的攻擊。

或許是因為他們不想嚇到我們。

但是，如果外頭的情況這麼可怕，我們完全有權利知道——我們都有可能在畢業前就被徵召服役。甚至可能就在今年。

「這些都是……數字。」伊莫珍一邊說，一邊翻揀著會議桌上的文件。「現在是四月。」我說著，伸手拿第二封信。「她在規劃明年的預算。」

所有人都停下動作轉身看我，全都帶著程度不一的震驚表情。

「怎樣啦？」我聳肩。「你們以為這個地方會自己運作嗎？」

「繼續找。」伊莫珍命令。

我打開第二封信。

索倫蓋爾將軍：

提倫多爾省內針對徵兵法的抗議活動越演越烈。由於提倫多爾幅員廣大，大多數補充到前線的義務兵都出身於此，因此我們無法再度失去當地民眾的支持。或許增加該省哨站的防禦預算，不僅能支持該省的經濟，提醒提倫多爾人民他們對防衛國境的重要性，還能同時緩和動亂。請您考慮以上述方案作為武力鎮壓的替代方案。

您誠摯的

阿麗莎．楚凡特中校

什麼鬼？我把那封信折好，放回媽媽的書桌上，然後轉身面對牆上的巨幅地圖，就掛在我的上方。

提倫多爾發生騷亂或反對徵兵制都不是什麼新鮮事，但我們顯然從未在戰爭簡論課上聽到任何對政局的不滿。除去鎮壓抗議民眾，根本沒有增加該地防禦支出的理由——提倫多爾有追落斷崖這個天然屏障，獅鷲根本無法攀越，所以那裡的哨站本來就最少。提倫多爾應該早就是大陸上最安全的省份之一了。嗯，除了阿瑞西亞以外的地方。地圖上提倫多爾首府的位置，只是個燒焦的記號，彷彿那座城市被焚燒一事，也在地圖上留下了焦痕。

我花了珍貴的幾秒鐘研究地圖，注意到沿著農村散落的標記，那些標記代表防衛牆。理論上，戰況更激烈的邊境區域會設置更多哨站，而根據這張地圖，邊境區域駐紮的軍隊也更多。

地圖涵蓋了整個納瓦爾，還有南邊的克洛弗拉，東南方的布雷維克和西格尼斯，甚至還畫出了荒原的邊界——那是大陸南端的荒廢之地。這張地圖也展示了納瓦爾境內所有哨站和補給路線。

我慢慢綻開一個笑容。

「嘿，第二小隊，我知道我們要偷什麼了。」

我們花了幾分鐘把這張地圖拿下來，從邊框中裁下，又花了幾分鐘捲起地圖，用伊莫珍從背包裡拿出來的皮繩綁好。

黎恩吹了一聲口哨，我的心臟幾乎從胸膛跳了出來。

「可惡！」雷迪克衝到門邊，打開一條縫，所有人都準備好要逃走了。「外面發生什麼事了？」

「他在用力拍走廊的門！隨時都可能會衝進來，我們現在該走了。」黎恩用氣音大聲說，為我們打開門，讓大家都衝進走廊。地圖太大張了，一個人搬不動，正當索伊爾和伊莫珍努力穿過走廊時，那個守衛一腳踢開了走廊盡頭的門。

我的心一沉，恐慌幾乎淹沒了我的理智。

「我們完了。」奈汀說。

「你們他媽的在幹嘛？」守衛大吼，大步朝我們衝來。

「要是他發現我們拿著地圖，我們就死定了。」雷迪克在原地踮腳尖跳著，就像在準備戰鬥。無論何時，我都會說騎士是更優秀的戰士——我們必須是——但那個巴斯蓋亞的守衛也許有能力和我們一較高下。

「我們不能傷害他。」我反對。

守衛迅速衝過第一個樓梯間後，瑞安娜就走到長廊中間，張開雙臂。

「拜託成功，拜託要成功，一定要成功。」伊莫珍不停念著。

地圖從伊莫珍手上消失，出現在走廊另一端的瑞安娜手上。

那個守衛雖然踉蹌了一下，但還是繼續朝我們跑來，所以我幾乎沒意識到我們成功了。再靠近一點，他就會看到我的臉了。

「這不在我們的計畫裡面。」黎恩站到我旁邊。

「該你了！艾默立！」伊莫珍嘶聲說，這個三年級生站到我們這支突擊小隊的前面。

「抱歉了，老兄。」他舉起雙手往前一推，一股強大的氣流衝過走廊，把牆上的掛毯都捲了下來，也讓守衛飛起來撞在石牆上。「快跑！」

我們衝過走廊，跑向那個癱軟在地的守衛。「把他搬來這裡。」我嘶聲說，打開旁邊的門，這是我母親麾下一個次官的房間。

黎恩和雷迪克把守衛拖了進去，我則用手指壓著他的脖子探脈搏。「他的脈搏很強也很穩定。艾默立只是把他弄昏了。把他的嘴打開。」我抓出藏在皮衣口袋的小瓶子，拔掉瓶塞，把藥水倒進他嘴裡。「他今晚不會醒來了。」

我和張大眼睛的黎恩對上視線。「妳真的有點可怕欸。」

「謝囉。」我露出笑容，之後我們盡全力快速逃跑。

十五分鐘後，我們壓線滑進戰爭簡論課的教室，每個人的胸口都還在激烈起伏。

我們是最後抵達的，戴恩和其他領導階層一起坐在第一排，他微微抽動的下巴告訴我，之後他會狠狠唸我們一頓。

我移開目光，小隊開始上台展示時，我們找到了位置。由於上台順序和編隊相同，所以我們有足夠的時間在上台前從衝刺中恢復過來。

第一翼隊的一支小隊偷了凱奧里的手寫筆記，這本小冊子記錄了所有現役龍的習慣和缺點。這真的很讓人驚豔。

第二翼隊的一支小隊展示了一位步兵學院教授的制服，引發一陣讚賞的低吟聲，這件制服完整無缺，還有著騎士永遠不會佩戴的名牌。那件制服上的肩章能讓敵人在我們的哨站通行無阻。

在第三翼隊展示的所有東西裡，最棒的是一個驚愕無比、瞪大眼睛的抄寫士，他們直接把他從床上綁過來，而且他的嘴巴沒在動……嗯，某個人的印記力量一定是讓人保持緘默。他們終於放他離開時，這個可憐的傢伙一定會充滿創傷。

輪到我們上台了，小隊裡最高的索伊爾和黎恩負責拿著地圖頂端的兩個角，這樣在地圖全部打開時，大家就都能看到。

我站在地圖後面，伊莫珍在我身旁，我在領導階層中尋找某雙如同黑瑪瑙的眼睛。**他在那裡。**

薩登和其他翼隊長在一起，背靠在牆上，看著我的眼神混合了好奇和期待，讓我心跳加速。

「這是妳的主意。」伊莫珍小聲說，輕輕把我往前推。「說吧。」

馬克漢強迫自己站起來的時候，雙眼瞪得像茶碟那麼大，德薇拉也隨即站起身，她的嘴巴張得好大，看起來幾乎有點滑稽。

我清清喉嚨，比著地圖。「我們帶來了對敵人來說最強大的武器：一張記載即時資訊的地圖，標示出納瓦爾翼隊目前駐紮的所有哨站，以及步兵的軍力。」我指著沿著西格尼斯邊境設立的堡壘。「還有過去三十天內所有小規模戰鬥的發生地點，包含昨天晚上的戰役。」

教室內響起一陣低語。

「我們怎麼能確定，這張地圖的確記載了現在的情況？」凱奧里問，他用一隻手臂夾著剛拿回來的筆記。

我沒辦法壓下微笑。「因為我們從索倫蓋爾將軍的辦公室偷出了這張地圖。」

現場陷入一陣混亂，某些騎士往講台衝來，教授們則努力走向我們，但我完全無視了這一切，因為薩登彎起一邊嘴角，做出脫帽致意的動作，他低頭一秒後，又再度和我四目相對。我抬臉對他微笑的時候，滿足感充盈了我的全身。

投票的結果已經不重要了。

我已經贏了。

結為伴侶的龍之間的連結，是世上最強大的束縛。這種連結超越了人類的愛情和戀慕，是一種無法忽視的基本需求，迫使龍必須靠近彼此。這兩條龍無法獨活。

——《凱奧里上校的龍類指南》

第二十六章

我可以應付短距離飛行。

如果是排成戰鬥隊形時的下滑和俯衝，除非太壬把我固定在背上，否則我就會在空中旋轉。

但是，為了我們的獎品——為期一週的前哨站之旅——連續飛行六個小時，可能會要了我的命。

「我確定我要死了。」奈汀彎著腰，用手撐著膝蓋。

「我也有同樣的感覺。」我伸展著身體，每一節脊椎都爆出尖銳的疼痛，在幾分鐘前還凍僵的雙手，現在卻開始在皮手套內流汗。

戴恩幾乎沒受到影響，這也是理所當然的。他和德薇拉教授一起問候一個穿著騎士黑色制服的高大男子時，姿態看起來只是稍微僵硬了一點。我猜那個男人是這個哨站的指揮官。

「各位學員，歡迎。」指揮官給了我們一個職業微笑，雙手抱在胸前。他穿著輕便的皮衣，頭髮黑白交雜，所以很難看出他的年齡。他看起來飽經風霜又憔悴不堪，不過，所有在邊境駐守太久的騎士都會變成這樣。「我相信你們都想安頓下來，換上更適合這裡溫度的衣服。之後我們會帶你們參觀蒙瑟拉特。」

瑞安娜倒抽了一口氣，目光在群山間來回游移。

「妳沒事吧？」

她點點頭。「等會再說。」

十二分鐘後，滿身大汗的我們被帶到兩人一間的營房時，她說的「等會」終於來了。這些房間都很簡陋，裡頭只有兩張床、兩個衣櫃和放在一扇寬廣窗戶下面的一張書桌。

我們走去淋浴間，洗去飛行的髒污時，她沒有說話；我們穿上夏天的皮衣時，她的沉默已經讓我開始緊張了。雖然現在只是四月，但蒙瑟拉特的氣候感覺就像巴斯蓋亞的六月。

「妳要跟我說妳怎麼了嗎？」我一邊問，一邊把行李放進床底下，然後確認所有的匕首都在刀鞘內。收在我大腿處刀鞘的匕首柄相當不顯眼，不過我也不認為在這麼遙遠的東方，會有很多人認出提倫多爾的符文。

瑞安娜把劍綁在背後時，手都在顫抖，看起來好像很緊張。「妳知道我們在哪裡嗎？」

我在心裡攤開一張地圖。「我們現在大約距離海岸三百二十公里——」

「從這裡走到我的村莊，連一個小時都不用。」她迎上我的目光，眼裡充滿無聲的懇求，深咖啡色的瞳孔中有太多情緒在旋轉，堵住了我的喉嚨，讓我的話語哽在喉間。

我握住她的手，捏了捏，又點點頭。我完全知道她在懇求什麼事，也很清楚我們被抓到的後果。

「別告訴任何人。」就算這個小房間內只有我們，我還是用氣音回答。「我們有六天的時間可以想辦法，而且我們一定會想出來的。」我們都知道這是個承諾。

有人重重敲著房門。「走了，第二小隊的！」

戴恩。九個月以前的我，會很享受和他一起出來的時光。但現在我卻發現自己在逃避他對我持續不斷的期望——或者，我只是在逃避他這個人。這麼短的時間內有這麼多事改變了，還真是有趣。

我們和其他人會合，奎德少校帶領我們參觀哨站。我的肚子因為飢餓而咕嚕叫，但我無視了，全心沉浸在基地忙碌的氛圍之中。

這座碉堡基本上就是四面巨大的牆，四個角落都有角樓，入口是一座寬廣的拱門，滿是門釘的吊閘看起來隨時都能立刻放下。碉堡內部有許多營房和各種用途的房間。庭院的一角有一個馬廄，裡面有鐵匠鋪和兵器庫，這些都是為了駐紮在這裡的步兵連隊準備的。另一個角落是食堂。

「就像你們看到的。」我們站在泥濘的庭院中央時，奎德少校說：「這座碉堡是為了應對圍城而建造的，受到攻擊時，我們可以容納並餵飽所有人，撐過足夠的時間。」

足夠？雷迪克用嘴型無聲唸出這個詞，揚起眉毛。

我抿著嘴，以防自己笑出聲，站在我旁邊的戴恩瞥了他一眼，無聲地承諾會給他嚴厲的懲罰。我的微笑消失了。

「因為這裡是東邊的前哨基地，所以總共有十二名騎士駐紮在這裡。現在三名騎士正在外巡邏，三名騎士待命，以防隨時需要行動，剩下六名騎士則或多或少在休息。」奎德繼續說。

「為什麼要露出那種表情？」戴恩輕聲問。

「什麼表情？」我反問時，龍獨特的咆哮聲在石牆之間迴盪。

「應該是出去巡邏的某位騎士回來了。」奎德說，他勉強露出微笑，但似乎找不到足夠的力氣，所以看起來相當無力。

「有人剛把妳世界中的快樂吸乾的表情。」戴恩回答，微微低下頭，聲音小得只有我能聽見。

我可以對他說謊，但只會讓我們現在這種半休戰的狀態更尷尬。「我剛剛只是想到了那個以前常常和我一起爬樹的人，就只是這樣而已。」

他驚訝的樣子好像我甩了他一個耳光。

「我們會讓你們這些騎士填飽肚子，上床睡覺，之後我們會看看你們在這裡的時候，要跟著哪個騎士見習。」奎德繼續說。

「我們會參與任何戰鬥嗎？」希頓問，渾身散發著興奮的氣息。

「絕對不會！」德薇拉厲聲回答。

「要是你們看見戰鬥，那我就失職了。這是邊境最安全的地方，也是派你們來這裡的理由。」奎德回答。「但你的熱忱很加分。我猜你是三年級的吧？」

希頓點頭。

奎德微微轉過身，對那三個騎士微笑，他們都穿著黑色的騎士服，又走在吊閘下方，所以身型很模糊。「他們已經到了，你們三個何不過來認識——」

「薇奧蕾？」

我猛然轉頭看向大門，一陣心悸讓我覺得心臟好似在燃燒，美妙的驚喜讓我緊緊抓住胸口。**不可能**。怎麼可能。我跌跌撞撞的往大門走去，忘了要表現堅忍，忘了要表現得情感疏離，而她已經開始朝我跑來，在我們撞上的前一秒張開雙臂。

她迅速抱起我，把我緊緊按在她胸前，用力擁著我。她聞起來就像泥土、龍和血的強烈鐵鏽味，但我不在乎。我也用同樣的力道緊緊回抱她。

「米拉。」我把臉埋進她的肩膀，她的手摸著我的辮子，這種綁法還是她教我的。我的眼眶發熱，感覺就像過去九個月發生的事都轟然倒塌，用巨弩般的力道直接擊中了我。

石橋上的風。

薩登發現我是索倫蓋爾家的人以後露出的眼神。

傑克發誓會殺了我的聲音。

入學第一天，人肉燃燒的氣味。

歐若莉掉下臂鎧關的表情。

普萊爾、露卡、崔娜和……泰南。歐倫和安柏．梅維斯。

太壬和安妲娜選了我。

薩登吻了我。

我們的母親無視我。

米拉稍微把我拉開，上下檢視我，彷彿在檢查我有沒有哪裡受了傷。「妳沒事。」她點點頭，咬著下嘴唇。「妳沒事吧？是不是？」

我也點頭，但她在我盈滿淚水的視線中變得模糊。雖然我還活著，甚至可以說正在茁壯成長，但我已經不是她留在角樓底部的那個人了，從她凝重的眼神來看，她也明白了這一點。

「嗯。」她輕聲說，又緊緊抱住我。「妳沒事，薇奧蕾。妳沒事。」

如果她重複足夠多次，我可能會開始相信她。

「那妳呢？」我往後一彈，拉開距離打量她。她的耳垂到鎖骨有一條新的疤。「眾神啊，米拉。」

「我很好。」她安撫我，然後露出笑容。「看看妳！妳沒有死！」

一陣毫無理性且荒謬愚蠢的笑聲不停湧出來。「我沒有死！妳不會變成獨生女了！」

我們都大笑起來，淚水從我的臉頰滑落。

「索倫蓋爾家的人都好怪。」我聽到伊莫珍說。

「妳才知道。」戴恩回答她，但我轉頭看向他時，發現他彎著嘴唇，露出我這幾個月來看到的第一個真心微笑。

「閉嘴，艾托斯。」米拉怒斥，伸手攬住我的肩膀。「把妳發生的所有事都告訴我，薇奧蕾。」

或許我們現在距離巴斯蓋亞好幾百公里，但我從來沒有像現在這麼舒服安心過。

兩天後的傍晚，才吃完晚餐不久，我和瑞安娜就從位在一樓的房間窗戶爬出去，跳到地上。米拉出去巡邏了，雖然和她在一起很棒，但這是我們唯一的機會。

「**我們出發了**。」

「**別被發現了**。」太壬警告。

「**我們會努力的**。」瑞安娜和我沿著城垛偷偷前進，在轉角轉彎，前往田野——

我猛然撞上米拉，力道大到害我還往後彈。

「要命！」瑞安娜抓住我，驚叫了一聲。

「妳們至少也得檢查一下轉角吧？」米拉責備道，雙臂抱在胸前，死死盯著我的眼睛，這可能是我應得的。好吧，我就是活該被她這樣盯著。

「我又不知道妳會在這裡。」我慢慢地說，「因為妳應該在巡邏。」

「妳在晚餐的時候表現得超怪。」她偏頭打量我，就和小時候一樣，她看出太多線索了。

「所以我就換班了。妳們想告訴我，妳們在城牆外面做什麼嗎？」

我瞥了瑞安娜一眼，她轉開視線。

「兩個都不說？真的嗎？」她嘆了一口氣，搓揉著鼻梁。「妳們之所以必須偷偷溜出一個重兵把守的防衛碉堡，是為了……？」

我抬頭看向瑞安娜。「反正她最後還是會自己搞清楚的，相信我，她對這種事的敏銳度就像尋血獵犬一樣。」我的胃一緊。

瑞安娜抬起下巴。「我們要飛去我家。」

米拉臉色發白。「妳們要**做什麼**？」

「我們要飛去她的村莊。大概五分鐘就到了，太壬說的，而且──」我開始說。

「絕對不行。」米拉搖著頭。「不，妳們不能像是在放假一樣飛走。要是妳們發生什麼事該怎麼辦？」

「在她爸媽家？」我的語速很慢。「因為有人擔心我們會突然想要順路拜訪，所以計劃了一場大規模突襲？」

米拉瞇起眼睛。

可惡，出師不利。從瑞安娜現在死死握住我手臂的力道來看，她也有一樣的感覺。

「我們去拜訪她的父母會遇到的危險，比我們在巴斯蓋亞面臨的更小。」我反駁。

米拉抿著嘴。「有道理。」

「和我們一起去。」我脫口而出。「我是認真的。米拉，和我們一起去吧。她只是想去看看她妹妹。」

米拉的肩膀垮了下來。她正在軟化，我無情地繼續乘勝追擊。

「瑞安娜離開的時候，瑞根已經懷孕了。妳能想像嗎？要是我有了孩子，妳卻不在我身邊？難道妳不會想盡一切辦法去抱抱自己的外甥或外甥女嗎？就算要從重兵把守的防禦碉堡逃出去？」我皺著鼻子等待她的回答。「再說，如果史崔摩爾的英雄就在我們身邊，怎麼可能出什麼問題呢？」

「妳敢繼續說下去就試試看。」她盯著我，然後看向瑞安娜，最後把視線轉回我身上，發出一聲煩悶的呻吟。「哦，真該死，**好吧**。」我們兩個都笑了，而她用食指指著我們。「要是妳們敢告訴任何人，我會讓妳們後悔一輩子。」

「她是認真的。」我輕聲說。

「我相信。」瑞安娜回答。

「妳們才在這裡待兩天，就已經違反規定了。」米拉嘟噥。「過來，從這條路抄捷徑更快。」

一個小時後，我們抵達了瑞根的家。我和米拉待在餐桌旁，各自在餐桌兩邊鋪著墊子的長凳上，放鬆地伸展四肢，目光落在火爐邊的瑞安娜身上。她把外甥抱在懷裡，輕柔地搖晃著，沉浸在和妹妹的對話中，她們的父母和妹夫則在附近的沙發上看著。

看到他們團聚就值得了。

「謝謝妳幫我們。」我看著坐在桌子對面的米拉。

「不管有沒有我，妳們都會成功的。」她帶著溫柔的微笑注視這家人，握著裝酒的白鑞杯——這是瑞安娜的媽媽剛剛好心端來的。「我只是想，至少這樣我就能確定妳的安全。妳還違反了什麼規定，小妹？」她啜著酒，瞥了我一眼。

我聳起一邊肩膀，露出得意的笑容。「可能違反好幾條了喔。我已經很擅長在挑戰賽前對我的對手下毒了。」

米拉差點把酒噴出來，她立刻用手摀住嘴。

我大笑起來，兩隻腳踝疊在一起。「這不是妳預期的答案嗎？」

她的雙眼中閃爍著敬佩。「老實說，我不知道自己該期待什麼。我只是非常希望妳能活下去，結果妳不僅活了下來，還和目前最強大的其中一條龍締約，甚至也和一隻羽尾龍締約了。」

她搖著頭。「我的寶貝妹妹真厲害。」

「我不覺得媽會同意妳這句話。」我用拇指摩娑著杯子的握把。「我還沒有真的顯現出什麼印記。我很會錨定，也可以維持非常堅固的阻隔護盾，但是……」我不能把剩下的事──安妲娜的天賦告訴她，至少我覺得現在還不行。「如果我不快點顯現出印記……」

我們都知道會發生什麼事。

她靜靜地用她習慣的方式打量我，然後說：「重點是，如果妳想要顯現印記，那就別再認為妳的印記和媽有任何關係了，這種想法只是個阻礙。妳的力量是妳的東西，而且只屬於妳，小薇。」

她審視的目光讓我不自在地扭了扭身體，換了個話題，我的目光停留在她的脖子上。「怎麼會那樣？」

「獅鷲。」她一邊點頭一邊回答。「大概七個月前在克蘭斯頓村附近弄的。他們正在掠奪村莊，突然那東西就憑空衝了出來，當時結界變弱了。通常我的印記能讓我稍微抵抗敵軍的魔法，但我對那些操蛋的鳥可沒有抗性。治療師花了好幾個小時縫合我的傷口。但這給我留下一個挺酷的疤。」她抬起下巴炫耀著。

「克蘭斯頓？」我回想戰爭簡論課提到的一切。「我們從來沒有學到那場戰爭，我……」常識告訴我應該閉嘴。

「妳怎樣？」她又喝了一口酒。

「我覺得和他們告訴我們的事比起來，邊境發生的事遠遠更多。」我悄聲說。

米拉揚起眉毛。「啊，當然啦。妳不會以為戰爭簡論會公開傳遞機密情報吧？妳沒有傻成這樣。而且老實說，以邊境遭受攻擊的速度來看，他們得把一整天都花在戰爭簡論上，才能仔細分析每一場襲擊。」

「聽起來很有道理。那你們都能拿到所有情報嗎？」

「只有我們需要的情報。就像，我可以發誓，我在這場攻擊中看到一群龍飛越邊境。」她聳聳肩。「但詢問和祕密行動相關的事超過我的職等。這樣想好了——如果妳是個治療師，妳需要知道其他治療師的病人的詳細資訊嗎？」

我搖頭。「不需要。」

「就是這樣。現在告訴我，妳和戴恩到底他媽的發生了什麼事？你們比十字弓還緊繃，而且我說的不是強烈的性吸引力那種。」她給了我一個「不准找藉口」的眼神。

「我需要改變才能生存下去，但他不讓我這樣做。」這是對過去九個月最簡單的解釋。「我害他的朋友安柏被殺了。安柏是翼隊長。而且老實說，和薩登有關的所有事都讓我們的距離越來越遠，遠到我不知道該怎麼修補我們的友情了。至少沒辦法修補到以前的樣子。」

「大家都知道那個翼隊長被處決的事了。妳沒有害她被殺，是她自己違反了學院規章，才會害死自己。」米拉靜靜地看著我好一會兒。「萊爾森真的在那晚救了妳嗎？」

我點頭。「薩登是個很複雜的人。」複雜到我無法把自己的感情梳理清楚。想到他，就讓我混亂又糾結。我想要他，但我又無法信任他——至少不能以我希望的方式信任他。但是在別的方面，他又是我最信任的人。

「我希望妳知道自己在做什麼。」她更用力握住自己的杯子。「因為我記得非常清楚，我曾經警告過妳，要妳離那個叛徒的兒子越遠越好。」

米拉對薩登的形容讓我的胃一陣翻騰。「太壬顯然沒有聽從這個警告。」

她冷哼一聲。

「但說真的，要是薩登那晚沒有出現，或是我沒有穿著背心睡覺……」我停頓一會兒，傾身摸她的手。「我數不清妳到底救了我多少次，就算妳根本不在那裡。」

米拉露出微笑。「我很高興這件背心真的派上用場了。我可是花了整個蛻皮季節收集那些鱗片。」

「妳有想過告訴媽這件事嗎？讓所有騎士都有這種背心穿？」

「我告訴我的上級了。」她往後靠，又喝了一口酒。「他們說他們正在研究。」

我們看著瑞安娜親吻外甥那可愛的肉嘟嘟臉頰。「我從沒看過這麼幸福快樂的家庭。」我老實說。「布瑞南和爸還在的時候，我們也沒有……這樣。」

「嗯，我們沒有這樣。」她看著我，嘴角彎成一個悲傷的微笑。「但我記得有好幾個夜晚，我們都和爸一起窩在火爐邊，讀妳喜歡的那本書。」

「嗯，妳叫我留在我舊房間的那本書。」我揚起一道眉毛。

「妳說的是我怕媽心血來潮，決定趁妳待在學院時清掉妳的所有東西，才拿走的那本書嗎？」她的微笑變成了一個大大的笑容。「我把書拿來蒙瑟拉特了。我覺得，要是妳在畢業後發現書不見了，一定會很生氣。我的意思是，英勇的騎士打敗了雙足飛龍大軍，以及吸乾土地魔力的危靈，要是妳忘了那場戰役的一個小細節，妳該怎麼辦呢？」

我眨眨眼。「可惡，我想不起來了。但我猜我很快就能再讀一次了！」我的胸口湧起一陣喜悅。「妳最棒了。」

「回到前哨以後我就拿給妳。」她往後靠，若有所思地看著我。「我知道那些只是故事，但我以前一直不明白那些壞人決定腐化靈魂，變成危靈的理由，然而現在……」她皺起眉頭。

「現在妳開始同情那些壞人了嗎？」我揶揄她。

「不是。」她搖頭。「但人們會為了獲得我們擁有的力量付出一切，薇奧蕾。龍和獅鷲都是把關者，而我很肯定，如果某人擁有強烈的忌妒心和野心，那麼用靈魂交換這種力量，也是很合理的代價。」她聳肩時，肩膀拱了起來。「我只是很高興我們的龍很有眼光，還有我們的結界能阻擋獅鷲騎士進入。誰知道那些毛茸茸的生物會選怎樣的人？」

我們又待了一個小時，直到我們知道再多留一分鐘都有暴露的風險。我和米拉給了瑞安娜一點隱私，讓她和家人告別，自己走出屋子，進入潮濕的夜晚。過去這幾個小時，太壬異常地安靜。

「妳曾和彼此的龍是伴侶的騎士一起駐守過嗎？」我一邊問米拉，一邊關上身後的門。

「有一個。」她回答，瞇眼看著屋子前面昏暗的小路。「怎麼了？」

「我只是想知道龍能和伴侶分開多久。」

「事實證明，大概三天就是極限了。」薩登從暗影中走了出來。

在史崔摩爾之役中，米拉．索倫蓋爾表現出超乎職責的英勇，不只摧毀了敵軍戰線後方的炮兵連隊，也拯救了整整一個步兵連隊的性命，因此我推薦她成為「納瓦爾之星」勳章的受勳人。

我向您保證，她的功績絕對符合授勛標準，但若您認為不恰當，降級頒授「龍爪勳章」雖然可惜，但也足夠了。

——帕茲坦少校致索倫蓋爾將軍的授勳推薦

第二十七章

「所以，我們就只能等著事情發生嗎？」第二天下午，我們待在簡報室裡時，雷迪克這樣問。他往後靠著椅背，靴子支在木桌邊緣。這張桌子的長度橫跨了這個房間。

「沒錯。」坐在桌首的米拉說，手腕一轉，就讓雷迪克往後飛了出去。「把腳從桌子上拿下來。」

這個圓形房間位於哨站中最高的角樓，三面都有窗戶，能將圍繞我們的埃斯本山脈那壯麗的景色盡收眼底。唯一沒有窗戶的石牆掛著一張巨大的地圖，完整覆蓋了牆面，一名蒙瑟拉特的騎士正在改動地圖上的標記，並因為這個插曲笑了出來。

我們今天分成兩組。瑞安娜、索伊爾、席安娜、奈汀和希頓一組，他們整個早上都和德薇拉待在這裡，研究哨站之前發生過的戰爭，現在正出外巡邏。

我和戴恩、雷迪克、黎恩、艾默立、奎茵和薩登這個額外的跟班一組，早上在附近飛了兩個小時。薩登從昨晚抵達這裡以後，就成了最讓人分心的人。

戴恩一直怒瞪他，也一直諷刺挖苦他。

米拉一直在密切注意他，但從昨晚開始就安靜得很可疑。

至於我呢？我似乎無法控制自己的視線。不管他走進哪個房間，空氣中都會立刻充斥著一股強烈到彷彿有實體的能量，每當我們視線交會，這股能量就會如愛撫般輕輕掠過我的肌膚。就連現在，我坐在桌子中間，他坐在我身旁，我都能清楚感知到他的每一次呼吸。

「把這當成你們的戰爭簡論課。」米拉繼續說，瞥了一眼匆忙坐回位置的雷迪克。「今天早上的飛行距離大約只有我們平常巡邏的四分之一，所以，按照平常的狀況，我們應該現在才回來，向指揮官報告發現。不過，我們整個下午都得在這裡待命，為了打發時間，就讓我們假設，我們在境內發現了一座新的敵方前哨，而且防守非常森嚴——」她轉向地圖，在距離西格尼斯邊境約三公里的一座山峰旁，釘下一根大頭釘，釘子末端還有一面血紅色的小旗。「——就在這裡。」

「我們該假設這座哨站是在一夜之間突然出現的嗎？」艾默立問，語氣明顯充滿懷疑。

「這是為了討論，三年級的。」米拉瞇眼看著他，他坐得更直了一點。

「我喜歡這個遊戲。」另一個蒙瑟拉特的騎士說，他坐在桌尾，雙手交扣，托著後頸。

「我們的目標會是什麼？」米拉掃視整張桌子，目光明顯跳過了薩登。她昨晚看了一眼他脖子上的叛軍印痕，然後就不發一語地走開了。「艾托斯？」

戴恩正在怒瞪坐在對面的薩登，米拉一喊讓他嚇了一跳，轉身看著地圖。「防禦工事是哪種？我們是在討論一個隨便搭建的木頭建築嗎？還是更堅固的堡壘？」

「講的好像他們能在一個晚上蓋出堡壘一樣。」雷迪克小聲嘟噥。「一定是木頭的吧？不是嗎？」

「你們全都他媽的太拘泥於字面了。」米拉嘆了一口氣，用拇指搓揉額頭。「好吧，就假設他們占領的是一座現存的城堡好了，是一座完整的石造堡壘。」

「但平民沒有求救嗎？」奎茵開口詢問，搔著她的尖下巴。「協議規定，人們在這麼遙遠的深山內遇到危險時，必須發出求救信號，警告巡邏的騎士。這樣一來，當時在巡邏的龍就會把這個消息轉達給區域內所有可出動的龍，在這個房間內待命的騎士也會變成快速應變小組，率先騎上龍，在休息的其他騎士也會被叫醒，讓騎士在一開始就阻止敵軍奪取那座城堡。」

米拉冷哼一聲，雙手撐著桌緣，上下掃視我們。「你們在巴斯蓋亞學到的東西都是理論。你們分析過去的攻擊，學習那些非常……理論上的戰術。但外面發生的事不會一直照著計畫走。所以，我們為什麼不談談事情出了差錯時會產生哪些情況，讓你們知道該如何應對這些意外狀況，而不是爭辯那個城堡應不應該落入敵軍之手？」

奎茵不安地在座位上扭動。

「三年級的，你們有幾個人受過徵召？」米拉直挺挺地站著，雙手交叉抱在身前，壓著她的黑色皮衣和把劍固定在背上的綁帶。

艾默立和薩登都舉起手，雖然薩登的手舉得很低。

戴恩看起來就像大腦超載了。「這不對。我們不會在畢業前被叫去服役。」

薩登緊緊抿著嘴，點了點頭，嘲諷地對他豎起大拇指。

「唉，你說的對。」艾默立大笑起來。「明年你就知道了。中部堡壘的騎士因為緊急狀況被召到前線，讓我們得坐在中部哨站簡報室裡的次數，多到我都數不清了。」

戴恩的臉唰地白了。

「就這樣決定了。」米拉伸手探到桌下，拿出一套模型，把一個十五公分的石頭堡壘放在桌子正中間。「拿好。」她輪流丟給我們一人一隻彩繪的木龍模型，自己也留了一隻。「假裝梅席娜和艾索不在這裡，而且我們是唯一有空奪回那座城堡的小隊。想想這房間裡的人有什麼能力，想想每個騎士能提供什麼力量，還有該怎麼統合這些力量完成目標。」

「但他們沒有教一年級生這個。」坐在我另一邊的黎恩緩慢地說。

米拉瞥了一眼他手腕上如波紋般的叛軍印痕，但黎恩沒有拉下袖子，這真是值得讚揚。有時候很難意識到三年級生會是第一批和提倫多爾暴動領導者的後代一起服役的騎士——這場暴動最終有可能讓我們的邊境失去防禦能力，造成納瓦爾的無辜民眾死傷。在房間內的學生都已經習慣了黎恩和伊莫珍……甚至薩登的存在，但現役騎士從未和任何帶著叛軍印痕的人一起飛行過。

在暴動期間仍忠誠於納瓦爾的提倫多爾騎士不但沒有受到處罰，還獲得升職；背叛國王和國家的騎士，則遭到殺害或處決。第一天踏上石橋時，我直接把失去布瑞南的悲痛撒在薩登身上，一定有更多騎士會像我一樣，把怒氣撒在帶著叛軍印痕的騎士身上。

我清清喉嚨。

米拉和我四目相對，我朝她揚起眉毛，清楚地警告她。

不要惹我的朋友。

她的眼睛稍微睜大了一點，之後才將注意力放回黎恩身上。「他們可能不會教一年級這種戰略，因為你們都忙著讓自己待在龍背上。小隊競賽是你們第一次嘗試制定策略，現在快要五月了，代表最後的戰爭演習應該快開始了，對吧？」

「兩個星期後。」戴恩回答。

「那現在時機正好。如果你們沒有做好準備，有些人可能活不過戰爭演習。」她和我目光交會了一秒。「這種思考能讓你們的小隊——讓你們的整個翼隊——獲得優勢，因為，我可以保證，你們的翼隊長已經在評價每個騎士的能力了。」

薩登在指關節上轉動自己的木龍，沒有回答。自從他抵達這裡，他就沒有和米拉說過一句話。

「我們開始吧。」米拉往後退。「誰要當指揮官？」她瞥了奎茵一眼。「先讓我們假設，我沒有比你們之中最高階的學員多了三年資歷。」

「我來。」戴恩坐直身子，下巴抬高了整整兩公分。

「我們的**翼隊長**就在這裡。」黎恩反駁，指向薩登。「我覺得這代表他會是指揮官。」

「為了練習，我們可以假裝我不在這裡。」薩登把他的木龍放在桌上，往後靠著椅背，手搭在我的椅背上，這個動作讓戴恩咬牙切齒。「就把指揮官的位子給艾托斯吧，我們都知道他很渴望這個位子。」

「別表現得像個混蛋。」我用氣音說。

「**我根本還沒開始當個混蛋呢。**」

我轉頭的速度快到讓我頭暈，我張著嘴，直直盯著薩登的側臉。他的聲音……他媽的在我腦海裡。

他轉過來，眼瞳中的金色斑點反映著燈光。我發誓，雖然他閉著嘴，露出一抹讓我心跳加速的壞笑，我還是在腦海裡聽見了他的笑聲。

「**妳在盯著我看。如果妳繼續看下去，再過三十秒就會變得很尷尬。**」

「你怎麼做到的？」我斷聲問。

「**用妳和斯蓋兒說話的方式啊。我們全都建立了連結，真是美妙又讓人煩躁。這只是建立精神聯繫的其中一個好處。不過，我開始希望自己能早一點嘗試這樣做了，妳的表情真是無價。**」他眨了眨眼，轉回去面向桌子。

他。他媽的。眨了眨眼。而且那是一絲微笑嗎？

「你。才是。翼隊長。」戴恩說的每一個字，都是從咬緊的牙關擠出來的。

「理論上我根本不該在這裡。」薩登聳肩。「不過，這或許能讓你覺得好過一點：在這次戰爭演習中，你會從你的分隊長蓋瑞克・特維斯那裡接到命令，而他會從我這裡接到命令。你將為了整體翼隊的利益，以小隊為單位執行戰術。就假裝我只是你小隊中的一個隊員，隨心所欲地命令我吧，艾托斯。」薩登抱著胸口。

我瞥了米拉一眼，發現她正挑眉看著這一幕。

「所以你到底為什麼在這裡？」戴恩質問。「無意冒犯，**長官**，但我們並沒有預料到會有更高階的領導者陪同。」

「你很清楚斯蓋兒和太壬是伴侶。」

「三天？」戴恩往前傾身，回嗆：「你連三天都撐不過去？」

「這和他沒關係。」我插嘴，有點用力地把自己的龍放到桌面上。「這取決於太壬和斯蓋兒。」

「**妳從來沒想過，是我沒辦法離開妳嗎？**」

我彎起右臂，用手肘撞薩登的二頭肌。他不是認真的。他還堅持吻我是個錯誤，所以他不可能是認真的。而且，就算他是認真的……我也不願意想這件事。

「**好了，好了，妳會讓別人發現我們這個溝通的小祕密的，除非妳不再表現得這麼……暴力。**」他幾乎沒有壓抑臉上的微笑，顯然對自己說的最後一個字沾沾自喜。

我必須搞懂他到底怎麼做到的，這樣我才能在腦海裡反駁他。

「妳當然會急著幫他說話。」戴恩狠狠瞪了我一眼，眼神充滿受傷。「雖然我搞不懂妳怎麼能忘記這傢伙六個月前還想殺了妳。」

我對他眨了眨眼。「我真不敢相信你竟然會扯到這件事。」

「你表現得真專業啊，艾托斯。」薩登搔了搔脖子上的印痕，我非常肯定他不是真的覺得癢。「真的完美展示了領導者的特質。」

坐在桌尾的一名騎士低低地吹了聲口哨。「你們兩個小子就直接掏出來比個大小吧，這樣比較快。」

黎恩忍住了笑聲，但肩膀在抖動。

「夠了！」米拉的雙手重重拍在桌面。

「哦，拜託，索倫蓋爾。」那個騎士掛著燦爛的笑容哀聲抱怨。

我和米拉都看向他。

「我是在叫……比較大的那個索倫蓋爾。我們好久沒有這麼棒的娛樂了。」

我搖搖頭，環顧桌子。「如果結界衰弱了，米拉可以擴展護盾，所以我要做的第一件事，就是派她和泰恩出去當斥候。我們必須知道敵人是步兵還是獅鷲騎士。」

「很好。」米拉把她的龍放得離城堡近了一點。「我們假設那裡有獅鷲。」

「你想好好做你的工作了嗎？」我揚起甜美的微笑，詢問戴恩。「我是說，我搞不懂你怎麼能忘了你是小隊長。」

他強迫自己移開和我對視的目光，握緊了自己的龍。「奎茵，妳可以在龍的背上進行靈魂投射嗎？」

「可以。」她回答。

「那我要妳把靈魂投射到堡壘裡，尋找堡壘的弱點。」戴恩下令。「然後妳要進行彙報。我也會讓黎恩做一樣的事，我們要試著用你的千里眼定位獅鷲騎士的位置，並確認有沒有任何陷阱。」

「很好。堡壘的弱點是木頭城門。」米拉說，奎茵和黎恩也把手上的龍移到適當的位置。

「還有他們關押在地牢的納瓦爾平民。」

「炸掉整個堡壘的計畫泡湯了。」雷迪克說。

「你是氣流使對吧？」戴恩問艾默立。「所以你能形塑你的龍吐出的火焰，引導火焰流經被占領的城堡區域，而不會傷及居民。」

「可以。」艾默立回答。「但我人必須在城堡裡才行。」

「那你就必須闖進堡壘。」米拉聳肩說道。

艾默立睜大雙眼。「妳要我離開自己的龍，徒步走進去？」

「不然你覺得我們為什麼要接受近戰訓練？還是你要讓那些無辜的人民全都死掉？」米拉轉動手腕，艾默立的龍從他的掌心飛進米拉手裡，她把那隻龍放在城堡中央。「真正的問題是：我們該怎麼讓你足夠靠近，同時確保你的安全？」她環顧眾人。「我想，一旦升起硝煙，其他人都會忙著和升空的獅鷲戰鬥。」

「艾托斯，你的印記力量是什麼？」奎茵問。

「這超過妳的職等了。」戴恩回答，環視除了薩登以外的人，之後再度掃視了一圈，才嘆了一口氣。「有什麼想法嗎？」

學院真的要求戴恩隱瞞他讀取記憶的能力嗎？在安柏被燒死那天，他想要伸手摸我的額頭，真的只是一時失控嗎？他究竟是怎麼一路隱瞞他的印記走到現在的？我搖了搖頭。

「當然有。」我拿起薩登的龍，往城堡一推，同時讓內心自我的一隻腳穩穩踏在收納力量的檔案庫中，用魔法讓木雕的龍飄在城堡上方。「只要你別再忽略自己可以命令一個超強暗影使的事實，叫他把整個區域弄暗，就不會有人看到你著陸了。」

「她說的沒錯。」米拉語氣生硬地附和。

「你做得到嗎？」戴恩很不情願地看著薩登。

「你這問題是認真的嗎？」薩登回嗆。

「我只是不知道你是不是真的能覆蓋一片區域，那可是——」

薩登把一隻手抬離桌面幾公分，影子從我們的座位下方湧出，填滿整個房間，讓房間在轉瞬之間變得像午夜般漆黑。在我的視野陷入一片黑暗時，我的心臟狂跳起來。

「**放輕鬆，只是我而已。**」幾乎難以察覺的輕撫滑過我的臉頰。

「只是他」這件事有一點……可怕。我把這個想法射向他，但沒有回應。也許我們在腦海裡的這場對話是單向的，因為我不覺得我能用他那種方法和他說話。

斯蓋兒講到印記時說了什麼？印記會反映妳內心最核心的本質。這很有道理。米拉的保護欲很強，戴恩必須掌握每件事，而薩登……有祕密。

「我靠。」某個人說。

「我可以用影子包圍整個哨站，但我認為這樣做可能會嚇到某些人。」薩登說，影子開始迅速衝回桌子底下。

我深深吸了一口氣，發現所有人的臉色都有點發青，只有艾默立神色如常，他之前一定看過薩登的這種把戲了。

就連米拉也盯著薩登，彷彿他是個必須評估的威脅。

我有點反胃。

「**希望我們剛剛陷入黑暗時，妳沒有萌生任何大膽的想法。**」薩登調笑著，讓我對這混蛋的同情瞬間蒸發得一乾二淨。我根本沒轉過去面對他，只是對他豎起那根手指。

他輕笑起來，我狠狠咬著牙。

「**把他從我的腦海趕出去。**」我在心裡對太壬喊話。

「**妳會習慣的。**」太壬回答。

「所有結為伴侶的龍和他們的騎士都會這樣嗎？」

「有一些會。在戰鬥時，這是很大的優勢。」

「嗯，但現在我快煩死了。」我想念安妲娜。我們距離這麼遠，我幾乎感受不到她。

「那就用妳阻隔我的方式阻隔他，或是開始回嘴。」太壬抱怨。**「相信我，妳也能煩死人。」**

「所以我到底該怎麼在腦海裡回他啊？」我忿忿地瞥了薩登一眼，但他全神貫注於我們對那座假想城堡發起的戰鬥之中。

「找出他通往妳腦海的路是哪一條。」

哦，真是太棒了。這一定很簡單。

我們完成了這次的假想行動，每個人都讓自己的能力發揮了最大效益……除了我以外。不過，在殺掉空中的獅鷲這方面，太壬贏過了所有的龍。

「做得好。」米拉說，瞥了一眼自己的懷表。「艾托斯、萊爾森和索倫蓋爾，我要在走廊見到你們。其他人可以解散了。」

我們三個別無選擇，所以都跟著米拉走到旋轉樓梯間。

她關上我們身後的門，射出一道藍色的能量蓋住入口。

「聲音護盾。」戴恩帶著微笑說，「真棒。」

「閉嘴。」米拉站在最高的那級台階上，猛然轉身，手指幾乎戳進戴恩的臉。「我不知道你為什麼一直像是吃了炸藥一樣，戴恩．艾托斯，但你是忘了自己是個小隊長了嗎？忘了你明年有很大的機率當上翼隊長嗎？」

哦，完蛋，她生氣了，我完全不想被她的怒氣波及。我又往後退了一步，但薩登就站在下一級台階，所以我無法撤退。

「米拉——」戴恩開口。

「是索倫蓋爾中尉。」米拉回道，「你在讓機會白白溜走，戴恩。我知道你有多想要在明年坐上他的位置。」她用一根手指指著薩登。「別忘了我們從小一起長大，住處距離不過三公尺。但你卻在**讓機會溜走**，為什麼？因為薇奧蕾締約的龍和他的龍是伴侶，所以你很生氣？」

我的臉頰因為熱度而刺痛。她講話從來不會拐彎抹角，但還是……該死。

「他是薇奧蕾最不該接近的人！」戴恩回擊。

「哦，我沒有要反駁這一點。」她傾身逼近他。「但沒有人能左右龍的選擇。他們根本不在乎卑微的人類怎麼想，不是嗎？不管你們兩個到底發生了什麼事——」她的手指來回指著我和戴恩。「——這都在拖累你們的小隊。要是我和你們相處四天以後能看出這一點，那他們絕對他媽的都看得出來。如果我當初知道你會是這種固執又不懂變通的混蛋，完全無法忍受她控制不了的事情，我絕對不會叫她在通過石橋後去找你。」她瞥了我一眼，接著又繼續看著他。「你們兩個從五歲開始就是最好的朋友，把你們這些破事處理好。」

戴恩繃緊身子，看起來好像要崩潰了，但他瞄了我一眼，點點頭。

我也和他一樣點點頭。

「很好，現在回去吧。」她用下巴轉向門示意，戴恩穿透護盾離開了。「至於你。」她走下兩級台階，用瞪視將薩登釘在原地。「這就是她明年可能要面對的事嗎？」

「妳是說艾托斯繼續這麼混蛋嗎？」薩登問，雙手鬆鬆地垂在身側。「應該吧。」

米拉瞇眼。「結為伴侶的龍通常都會和同年級的騎士締約，這是有原因的。你不能指望你分派到的翼隊或她的老師會讓你們每三天就飛走一次。」

「這不是我選的。」他聳肩。

「那我們該怎麼辦？和那兩隻又大又會噴火的龍說該怎麼做嗎？」我問姊姊。

「對！」她大聲說，然後轉過來面對我。「因為妳不能這樣下去，薇奧蕾。現在他是你們兩個之中更強的那一個，所以最後妳必須妥協，妳會錯失妳需要的訓練。但如果妳沒辦法專心訓練，那妳以後就不會有所長進。妳永遠都不會成為太壬能鞭策妳成為的那個人。這就是你的目的嗎？萊爾森？」

「米拉。」我輕聲叫她，搖搖頭。「妳誤會他了。」

「聽我說。」她緊緊抓住我的肩膀。「薇奧蕾，也許他能操控暗影，但如果讓他隨心所欲，妳最後也會變成一抹影子。」

「不會發生這種事的。」我對她保證。

「如果他有辦法插手，就是會發生這種事。」她的目光落在我後方。「想要毀掉一個人，不只有殺害他這一種方法。不讓妳發揮潛力，會是他誓言報復我們母親的理想手段。妳要想清楚再下定論。妳到底有多了解他？」

我倒抽了一口氣。我相信薩登，至少我覺得自己相信他。但米拉說的也沒錯，有無數方法能毀掉一個人，同時又不殺了他。

「和我想的一樣。」她眼中的怒火轉變成更糟糕的東西了。那是憐憫。「而且，妳真的知道他為什麼那麼恨我們的母親嗎？為什麼像他一樣的孩子會被放到石——」

「我就在這裡。」薩登打斷她，走到我這一級台階，站在我旁邊。「怕妳沒注意到。」

「很難無視你。」米拉回嘴。

「妳沒在聽我說話。」他的聲音低沉下來。「我。在。這。裡。太壬沒有拖著她回去巴斯蓋亞。他沒有打破她的護盾，把自己的情緒都倒進她體內。他沒有命令她飛越整個該死的國家。妳妹妹還在這裡，我才是那個離開**自己的**崗位、**自己的**職位，把**自己的**翼隊留給副官照看的人，而她該死的**什麼**都沒錯過。」

「那明年呢？你成為新上任的中尉以後呢？那時候她會錯過**什麼**？」米拉問。

「我們會想出辦法的。」我握住她的手捏了捏。「米拉，他把自己所有的空閒時間都花在我身上，他在墊子上訓練我，讓我應付挑戰賽，也會帶我去飛行，希望我最後能搞懂該怎麼把屁股留在他媽的座位上，不再需要太壬把我固定住。他——」

米拉猛然一顫。「妳沒辦法待在龍的背上？」

「沒辦法。」我的聲音小到幾乎聽不見，尷尬灼燒著我的肌膚。

「妳天殺的怎麼會**沒辦法**？」她大張著嘴。

「因為我不是妳！」我大吼。

她往後縮，彷彿我打了她一耳光，我們的手也分開了。「但妳……妳現在看起來已經強壯很多了。」

「伊莫珍幫我重訓，讓我舉超重的重量，所以我的關節變堅固了，肌肉也變強壯了，但這也沒辦法……修好我。」

米拉白了臉。「不，我不是那個意思，小薇。妳不是需要修理的東西。我只是不知道妳沒辦法穩穩坐在龍背上。為什麼妳不告訴我這件事？」

「因為妳什麼也做不了。」我強迫自己露出一個苦笑。「**沒有人**可以改變我的身體狀況。」

我們陷入一陣不斷延長的尷尬沉默。儘管我們這麼親密，也有許多不會和彼此分享的事情。

「她在進步了。」薩登說，聲音冷靜又平穩。「一開始的幾個星期都很……災難。」

「拜託，他在我撞到地面之前就抓住我了。」我反駁。

「就只差一點。」薩登發著牢騷，將視線轉回米拉身上。「妳不需要信任我——」

「很好，因為我就是不信任你。」她說，「你這種人掌握了那種力量已經夠糟了，更別說你們的龍羈絆深厚到你和薇奧蕾無法分離超過三天，這是我完全無法接受的——」她突然一動不動，眼神渙散。

「**有一群獅鷲往這裡飛過來了！**」太壬大吼。

「幹！結界消失了。」米拉小聲咒罵，泰恩顯然也給了她一樣的警告。她緊緊抓住我的肩膀，猛然把我拉進懷裡。「妳得走了。」

「我們可以幫忙！」我反駁，但她緊緊抱著我，讓我動彈不得。

「你們幫不上忙。而且，如果太壬必須用自己的力量把妳固定在背上，那他的力量也會減弱。妳必須走了。離開這裡。薇奧蕾，如果妳愛我，那妳就離開這裡，這樣我就不用擔心妳了。」她放開我，看著薩登，此時其他小隊員都從上方的門蜂湧而出，跑下樓梯時發出雷鳴般的腳步聲。「帶她離開這裡。」

「走了！」戴恩大喊。「現在！」

「就算妳不信任我，我也是妳手上最好的武器。」薩登對米拉咆哮。

「如果你說的是真的，那你就是**她**手上最好的武器。另一半的小隊員很快就會抵達這裡，泰恩覺得在獅鷲抵達之前，我們大概還有二十分鐘。」米拉迎上我的視線。「妳得待在安全的地方，薇奧蕾。我愛妳，別死了。我不想變成我們家唯一的小孩。」徵召日那天，我們在巴斯蓋亞分別時，她臉上帶著自負的笑容，但現在她臉上毫無笑意。

米拉跑上樓梯前往屋頂，薩登把我拉到他身邊。

這不是真的。我沒辦法把姊姊留在這裡，自己逃到安全的地方，完全不知道她是死是活。現在這個情況感覺就像是我們不會在戰爭簡論聽到的情報。

他媽的絕對不可能。我身體裡的每個細胞都在牴觸這個想法。

「不要！」我掙扎著，但這毫無意義。他太強壯了。「米拉！要是妳受傷了怎麼辦？太壬的速度可能是唯一能拯救妳的，至少讓我們留在這裡。」

她在門口回頭，但她的表情很堅毅。「萊爾森，你希望我信任你嗎？那就他媽的把她帶走，想出讓她留在龍背上的辦法。我們都知道，要是她坐不穩，她就死定了。」

「米拉！」我尖叫起來，用指甲抓撓薩登的手臂，但他已經用一隻手臂環著我的腰，開始半扛半拖地把我帶下樓梯，好像我比他背上的劍還輕。「我愛妳！」我往角樓頂端大喊，不知道她有沒有聽到我的聲音。

「妳會自己乖乖去拿行李嗎？我能相信妳嗎？」薩登一邊大步穿越營房的走廊，一邊問我。「還是我得直接把妳扛走，不去拿妳帶來的任何東西？」

「我會自己去拿。」我推了他一把，他放開了我。

我和瑞安娜的行李都收得很整齊，就連斗篷也都摺好放進去了，所以我只花了幾分鐘就抓起我們兩個的行李。我回到走廊上時，薩登已經在等我了，他的行囊掛在肩膀上，看起來比他剛抵達的時候小了很多，我甚至都不想思考，他為了讓我更快離開這裡，究竟扔下了什麼東西。

我根本沒有看他一眼，自己大步走向門，但他抓住了我的手肘，拉著我轉身面對他。「不行，從城牆離開太危險了，我們要往上走。」他環著我的腰，把我一路拖到最近的角樓。「爬上去。」

「這真是荒唐！」我對他大叫，毫不在乎其他也在爬這座角樓的隊友會不會聽見。「太壬可以幫他們！」

「妳姊姊是對的。妳必須活下去，所以我們要離開這裡。現在他媽的開始**往上爬**。」

「戴恩。」我叫了他，發現他就在我們前面。

他轉身面對我們，拿走瑞安娜的行李，甩到自己肩膀上。「就這一次，我和萊爾森意見一樣。我們要帶走的不只是妳，薇奧蕾。想想其他所有一年級生。」他眼神中的懇求讓我閉上了嘴。「妳想讓**沒受訓練**的整支小隊都去送死嗎？因為我會活下來。席安娜、艾默立和希頓也會，我們也都天殺的知道萊爾森會。但瑞安娜呢？雷迪克？還有索伊爾？妳想把他們的死都算在自己頭上嗎？」我們一路朝著頂端那扇打開的門猛衝時，他斷斷續續地問。

這不只是我的事。

我們跑到樓頂時，艾默立已經騎上龍了——那條龍停在牆上，城牆比學院的牆壁還要薄，看起來很危險。

哦，眾神啊，我永遠沒辦法以這種角度爬上太壬的背。

「雷迪克和奎茵已經起飛了。」艾默立往天空飛去時，黎恩告訴我們。卡斯和德伊也在上方盤旋，拍打著雙翅。

「該你了！」薩登對黎恩吼道，戴恩也點了點頭。

德伊著陸的力道弄碎了石牆，黎恩在狹窄的走道上奔馳，往那隻巨大的紅色匕尾龍衝去。

「艾托斯，你是下一個。」薩登厲聲說。

「小薇——」戴恩開口反駁。

「這是命令。」薩登的語氣不容質疑，我們都聽得出來，而且卡斯已經降落在德伊剛剛的位置了。「我會保護她。去吧。」

「去吧。」我催促他。要是我害戴恩發生什麼事，那我永遠都無法原諒自己。雖然他在過去這幾個月來就像個混蛋，但這也不能抹消他身為我摯友的那些年。

戴恩看起來似乎想要爭論，但最後點了點頭，轉身面對薩登。「我相信你會把她帶出去。」

「你不是今天突然信任我的第一個人。」薩登回他。「現在爬上你的龍，這樣我才能讓她爬上她的龍。」

戴恩認真地看了我一會兒，之後才轉身開始奔跑，攀上卡斯的前腳。他的動作讓我想到臂鎧關的最後一個障礙，以至於我能在腦海中看見那個場景。

「你在哪？」我一邊問太壬，一邊仰望天空，上方空無一物。

「快到了。我剛剛在做我能做的事。」

「我沒辦法這麼做。」我對薩登說，轉身面對他，他的手仍然放在我的腰上。「其他人都走了。就當是你還我人情吧，我不在乎。我們可以留下來。我不能就這樣把她丟在這裡。這樣不對，她永遠不會這樣對我。我必須為了她留下來，我真的得留在這裡。」

他的眼神充滿了同情和理解，因此當他放開我的腰時，我以為他會讓我留下來。他用雙手捧住我的臉頰，之後掌心往後滑，托著我的頸根，傾身吻了上來。

這個吻又魯莽又霸道，我很清楚這可能是我們的最後一個吻，所以我也全力回吻他。他的舌頭迫切地探進我的嘴裡，我也著急地和他糾纏，調整角度，讓他吻得更深。

眾神啊，我一直都在幻想和回憶那一晚，但和我的想像比起來，這遠遠更加美妙。他把我抵在牆上的時候很小心，但他占有我的嘴時卻毫不猶豫，明顯的痛楚聚積在我的下腹，一抽一抽地痛著。直到我們都喘不過氣時，他才結束了這個吻，用額頭輕輕抵住我的額頭。「為了**我**離開吧，薇奧蕾。」

「快到了。」太壬說。

薩登只是在拖延我，給太壬和斯蓋兒抵達的時間。我的心像石頭一樣沉了下去，將我定在原地。「我會為此恨你的。」

「嗯。」他點點頭，抽身時，臉上閃過一抹純粹的後悔。「我能接受這一點。」他的手離開了我的臉頰，轉而握住我的手臂，把我的雙臂舉起來，讓我呈現T字型。「把手舉著，要抓好。」

「去。你。的。」

太壬巨大的身影出現在他身後。太壬從我們頭頂飛過時，薩登跳到石地上。太壬的影子籠罩了我一秒鐘，之後他用前爪將我撈了起來——在我無數次從半空中墜落時，他就是這樣做的。

「**你得帶我回去！**」

「**我已經做完我能做的了，我不會讓妳冒著生命危險。**」他迅速爬升，熟練地把我拋到背上。「**現在抓緊我，這樣我們才能飛得比牠們快。**」

我轉頭，看到薩登騎在斯蓋兒背上，快速接近我們。在他們身後，幾十公尺下方，十二隻獅鷲包圍了前哨。

實力不是贏得戰爭演習的重點。狡詐才是。如果妳想知道該怎麼發動攻擊，就必須了解妳的敵人和朋友最大的弱點。沒有永遠的朋友，米拉。到了最後，只會有兩種結果：我們最親近的人終將在某種程度上成為敵人——不管是出於善意的愛，還是出於冷漠；要不然，就是我們會活得夠久，最終成為他們的敵人。

——「布瑞南札記」，第八十頁

第二十八章

馬克漢教授在騎士學院的辦公室門還關著，我倚著門旁的牆，石牆硌得我背上的龍之印痕隱隱作痛。我覺得自己快要發瘋了——不只是因為焦慮，也因為那股累積到讓人難以承受、隨時可能爆發的力量。

我們離開蒙瑟拉特後，已經過了兩天。一天用來飛回巴斯蓋亞，另一天則是痛苦、漫長又難以忍受的寂靜。

太陽才剛從地平線升起。回到這裡以後，我都還沒做圖書館勤務，而且我不知為何成功在黎恩發現之前就離開了房間。早餐一點都不重要。我根本不在乎自己錯過列隊集合。這是我唯一能待著的地方。

左側的環形樓梯傳來一陣腳步聲，我的心揪了起來，目光掠向樓梯間的門口，尋找奶白襯衫的蹤影，心臟急速跳動。

但走進來的是薩登，他拿著兩個冒著熱氣的白鐵馬克杯，直直朝我走了過來。「還在恨我嗎？」

「當然。」這並不是百分百的真話，但把折磨我整整兩天的罪惡感都歸咎在他身上，是很容易的事。

「就知道妳現在會在這裡等。」他示好地將一個杯子遞給我。「這是咖啡。斯蓋兒說妳都沒睡。」

「我有沒有睡都不關斯蓋兒的事。」我暴躁地回答。「但還是謝了。」我拿過杯子。他看起來就像從昨天開始放假，而且睡了整整八小時。「我打賭你一定睡得和嬰兒一樣。」

「**別再把我的睡眠習慣告訴斯蓋兒了。**」我對太壬發牢騷。

「**那種要求不值得我回應。**」

「**安妲娜是我的最愛。**」

太壬冷哼一聲。

薩登站在我對面，靠著牆，啜飲著咖啡。「自從我父親離開阿瑞西亞，宣布提倫多爾脫離的那一晚，我就再也沒睡好過了。」

我微微張著嘴。「那已經是六年多前的事了。」

他盯著自己的咖啡。

「你當時——」我止住話頭。「我甚至不知道你現在幾歲了。」米拉說的對，我幾乎對他一無所知。但是……我又覺得自己了解他的本質。我對他的感情還能更分化和矛盾嗎？

「二十三。」他回答。「我的生日在三月。」

我甚至不知道這件事。「我的生日在——」

「七月。」他回答的時候，帶著一抹若有似無的微笑。「我知道。自從我在石橋上看到妳的那一秒，我就特地去瞭解和妳有關的一切。」

「那可真是一點都不讓人害怕呢。」我讓咖啡溫暖凍僵的雙手。

「妳得先了解一個人，才會知道該怎麼毀掉他們。」他靜靜地說。

我抬起目光，發現他正在盯著我。「你還是打算這麼做嗎？」這兩天來，米拉的話一直糾纏著我。

他往後一縮。「沒有。」

「是什麼改變了？」煩悶讓我把馬克杯握得更緊了一點。「你到底是在什麼時候決定**不要毀掉我的**？」

「或許是在我看到歐倫用匕首抵住妳喉嚨的時候。」他說，「或許是在我意識到妳喉嚨上的瘀青是指印，想再殺了他們一次，而且這次要好好折磨他們的時候。或許是在我第一次衝動地吻妳的時候，也或許是在我發現自己老是想對妳做比親吻**更進一步**的事，覺得自己完蛋了的時候。」他的坦白讓我忘了呼吸，但他只是嘆了一口氣，後腦勺往後靠在牆上。「**如果這改變了我們的關係，改變的時間點真的重要嗎？**」

「不要這樣。」我輕聲說，因此他又把頭前傾，和我對視。

「**不要怎樣？不要告訴妳我沒辦法不想著妳嗎？還是不要直接在妳腦海裡說話？**」

「都不要。」

「**妳也可以學會。**」天殺的到底為什麼把視線從他身上移開會這麼難？塔樓上的那個吻對他來說只是一個遊戲，還有**這一切**對他來說可能都只是個遊戲，記得這些為什麼會這麼難？每次想到他，我的腹部就會升起一股難以忍受的痛楚，平息這種痛苦為什麼會這麼難？「**來嘛，試試看。**」

我直直盯著他那雙散落著金色斑點的眼睛，覺得他說的對。至少我可以妥協，試一次看看。我讓內心自我的一隻腳踩進檔案庫，感受力量沿著血管波動。劈啪作響的明亮橘色能量從我後面的門奔湧而入，一道金色的光也從我專門為安妲娜創造的窗戶投射進來。我深吸一口氣，緩緩轉身。

在那裡，一抹閃爍的夜影正在沿著屋頂線條邊緣旋轉。**薩登**。

樓梯間響起腳步聲，我們都往那邊看去。

「看來你們都有一樣的想法。」戴恩看見我們時就這樣說，走到我旁邊站著。「你們等多久了？」

「沒多久。」薩登回答。

「好幾個小時了。」我同時說。

「該死的，薇奧蕾。」戴恩舉起一隻手梳理自己微濕的頭髮。「妳會不會餓？妳想吃早餐嗎？」

「**不，笨蛋，她一看就不餓**。」薩登譏笑的評論出現在我的腦海中。

「**他媽的別再這樣做了**。」我扔給他一句話。「不了，謝謝。」

「**看哪，有人搞懂該怎麼做了**。」薩登的嘴角上揚了一瞬。

另一陣腳步聲在樓梯間迴盪，我屏住呼吸，雙眼牢牢盯著樓梯口。

馬克漢教授看到我們三個站在他的辦公室外面時，頓了一會兒，才繼續朝我們走來。「你們有什麼事嗎？」

「她死了嗎？告訴我這件事就好。」我走到走廊中間。

馬克漢用非常不滿的目光盯著我。「妳知道我不能洩露機密情報。如果有可以討論的資訊，我們會在戰爭簡論的課堂上公佈。」

「我們當時就在那裡，就算這是機密，我們也已經知道這件事了。」我反駁，握住白鑞杯的力道越來越大，雙手開始顫抖。

薩登拿過我的杯子。

「我的立場不太適合——」

「她是我姊姊。」我懇求道，「我有權知道她是不是還活著，我也**不該**在滿是騎士的房間內聽到這個答案。」

他縮緊下巴。「那個哨站遭受了嚴重的損害，但我們並沒有失去蒙瑟拉特的任何一名騎士。」

感謝眾神。我的膝蓋一軟，戴恩抓住了我，把我攬進熟悉的懷抱之中，放鬆感沖刷過我的全身。

「她沒事，小薇。」戴恩在我的髮間低喃。「米拉沒事。」

我點頭，努力控制住各種洶湧的情緒。我不會崩潰。我不會流淚。我不會展現出脆弱的一面。不是在這裡。

我只能去一個地方，只有一個人不會因為我崩潰而斥責我。

我一控制住自己，就立刻離開了戴恩的臂彎。

薩登已經走了。

我沒吃早餐，沒去列隊集合，逕自往飛行場走去。我強忍住情緒，直到抵達草地中間，才跪倒在地。

「她沒事。」我哭喊出聲，將臉埋進兩隻掌心。「我沒有拋下她自生自滅。她還活著。」周圍的空氣微微振動起來，然後，我的手背抵在堅硬的鱗片上。我往前靠著安妲娜的肩膀，把重量壓在她身上。「她還活著，她還活著，她還活著。」

我不停重複這句話，直到我真的相信了。

「你有兄弟姊妹嗎？」下一次我們站上訓練墊時，我問薩登。之所以問他這個問題，或許是因為米拉說我不夠了解他，也或許是因為我自相矛盾的感情，但和他對我的了解相比，我對他的認識實在太少了，我必須在這方面取得平衡。

「沒有。」他驚訝地頓了一下。「怎麼了？」

「只是問問。」我擺出戰鬥姿勢。「來吧。」

第二天，我在戰爭簡論的課堂上，用精神連結問他最喜歡吃什麼。在他回答之前，我很確定聽見他在教室後面弄掉了什麼東西。

「巧克力蛋糕。別再表現得這麼奇怪了。」

我露出笑容。

第三天，太壬帶著我做了一整套進階飛行技巧，讓我精疲力盡——其實，就連絕大多數的三年級生也無法全程穩穩坐在龍背上。之後，太壬和斯蓋兒降落在一座山頂上，這時我問他怎麼會認識黎恩，只是為了知道他會不會和我說實話。

「我們被同一個人領養，一起長大。為什麼妳最近問題這麼多？」

「我幾乎不知道你的事。」

「妳已經夠了解我了。」他給我一個眼神，意味著這個話題到此為止。

「完全沒有。**告訴我一些有意義的事。」**

「像什麼？」他轉過上半身面對我。

「像你背上那些銀色的疤是怎麼來的。」我屏住呼吸，等著答覆，等著他說出任何可能會拉近我們距離的話。

就算我們中間隔了六公尺，我還是能看到他繃緊了身體。**「妳為什麼想知道？」**

我更用力握住「鞍橋」。直覺告訴我，那些傷疤是私事，但從他的反應來看，那些傷疤不只是一段痛苦的回憶。「你為什麼不想告訴我？」

斯蓋兒嚇了一跳，之後飛上天空，把我和太壬扔在原地。

「妳這樣逼迫他，有什麼理由嗎？」太壬問。

「你能給我一個不要逼他的理由嗎？」

「他在乎妳。這對他來說已經很難了。」

我冷哼一聲。**「他在乎的是讓我活下去，這兩件事不一樣。」**

「對他來說是一樣的。」

五月中旬，巴斯蓋亞午後的天空萬里無雲，如同水晶般澄澈。戰爭演習的第一場戰鬥就要開始了，這也代表畢業典禮即將到來。我幾乎要撐過進入騎士學院的第一年了，即使我很想因此感到興奮，我的胃仍因焦慮而絞緊。

戰爭簡論課的情報刪減得越來越多。幾乎所有一年級學員都已經顯現了印記，但我還沒有，這讓卡爾教授越來越焦慮。戴恩他媽的表現得超怪——上一秒還很友善，下一秒就很冷漠。薩登變得越來越神祕兮兮——如果他真的還能更神祕的話——他取消了幾次訓練，但沒有告訴我原因。就連太壬都讓我覺得他在隱瞞某些事。

「妳覺得我們會得到什麼任務？」我們和其他第四翼隊的成員都列隊站在庭院中間時，我右邊的黎恩問。「德伊覺得我們會是攻方。他一直碎碎念，說要狠狠教訓格林——」他突然止住話頭，似乎在聽他的龍說話。「我猜龍也是有恩怨的。」最後他輕聲說。

隊長都聚在前面，從薩登那裡領取任務。

「我們絕對是攻方。」站在我左邊的瑞安娜回答。「不然我們早就在戰場上了。自從午餐以後，我就再也沒看到任何第一翼隊的騎士了。」

我如墜冰窟。第一翼隊。我們竟然最先和他們交手。在戰爭演習中，**什麼事**都會發生，傑克·巴洛也還沒忘記我害他待在醫療室整整四天的事。薩登處決歐倫和其他攻擊我的人以後，他好幾個星期都繞著我走；而在發生安柏·梅維斯的事以後，當然沒有人再搞我了。然而，每當我們在走廊或食堂擦身而過，我還是會注意到他投來的眼神——那雙冰藍色眼瞳的深處，燃燒著純粹的憎恨。

「我覺得她說的沒錯。」我對黎恩說，陽光烘烤著我的飛行皮衣，我努力不扭動身體。我最後一次忌妒抄寫士和他們的奶白色制服，已經是好一陣子之前的事了，但今天的天氣讓我覺得我們的制服實在更糟。更慘的是，我一定是睡姿有問題，因為我的膝蓋**痛得要死**，而且支撐帶燙到感覺有一百萬度。「話說，你們覺得為什麼騎士要穿黑色的衣服？」

「因為這樣看起來很屌。」雷迪克的聲音從我身後傳來。

「因為這樣更難看出我們在流血。」伊莫珍插話。

「當我沒問。」我嘟噥一聲，尋找著任何領導會議即將結束的跡象。我今天最不想做的事就是流血。「**我們是攻方還是守方？**」我問薩登。

「**現在有點忙。**」

「**哦，不會吧？我害你分心了嗎？**」我勾起一個微笑。

他媽的，我是在調情嗎？也許吧。

我在乎嗎？奇怪的是……不在乎。

「嗯。」他的語氣超級不友善，我必須抿緊嘴巴才不會笑出來。

「**拜託。你們已經在那裡搞好久了。就給這個女孩一個提示嘛。**」

「**兩個同時**。」他低吼。但他沒有用護盾阻隔我——我知道他做得到——所以我就稍微可憐了他和他得主持的會議，不再吵他了。

攻守**同時**？今天下午一定會很有趣。

「妳有收到米拉的消息嗎？」瑞安娜輕聲問，快速瞥了我一眼。

我搖頭。

「這實在是……太無情了。」

「妳真的以為他們會打破禁止通信的規定嗎？就算他們真的做了，我媽也會立刻阻止的。」

瑞安娜嘆了一口氣，我不怪她。這個話題已經沒有什麼好說的了。

會議結束了，戴恩和席安娜一起走向我們。戴恩滿臉笑容，雙手因為緊張而不停握拳又放鬆。

「是哪邊？」希頓問，「攻擊還是防守？」

「兩個同時。」他說，此時其他小隊長也將會議結果告訴自己的隊員。

我假裝驚訝了一下，往他後面看去，但薩登和分隊長們早就不見了。

「第一翼隊已經駐守在群山間的某座練習堡壘裡了，他們在守衛一顆水晶蛋。」戴恩說，小隊裡的高年級騎士都興奮地竊竊私語著。

選擇蛋很有道理。納瓦爾統一時，不同種類的龍將蛋帶到了巴斯蓋亞，這可能是在象徵性地榮耀那段歷史。

「我們錯過了什麼？」雷迪克問，「你們好像都因為一顆蛋而興奮得要死。」

「根據過去幾年的紀錄來看，蛋的分數更高。」席安娜興奮地笑著。「以數據來看，旗子的分數最低，俘虜教授的分數大概落在兩者之間。」

「但他們喜歡更動分數。」戴恩補充。「就像我們可能會為了某個目標身陷危機，結果發現它不像我們想像的那麼有價值。」

「所以我們為什麼同時是攻方和守方？」瑞安娜問，「要是蛋已經在他們手上了，那我們顯然就該去拿那顆蛋。」

「因為我們也有一面必須守護的旗子，但我們沒有分到哨站，沒辦法在堡壘內守衛旗幟。」他露出笑容。「而且我們就是必須帶著旗子的小隊。」

「**你把防守第四翼隊旗子的任務交給戴恩？**」

「**在蒙瑟拉特時，妳姊姊教訓了他，我希望他從中學到了一點東西。**」薩登回答，但他的聲音更小了，我開始明白這代表我們的距離更遠了。我不禁想知道，幾個月後，我們距離更加遙遠時，是否還能這樣溝通。

一想到他不會在這裡，就讓我胸口一疼。他會在前線冒著生命危險。

「那誰要帶著旗子？」伊莫珍問。

不知怎的，戴恩的笑容竟然還能更燦爛。「這就是有趣的地方了。」

在接下來的二十分鐘內，我們一邊走向飛行場，一邊牢牢記住策略。從這個計畫聽起來，戴恩的確聽進了米拉說的話。

計畫很簡單：我們要活用各自的力量，常常把旗子傳給其他隊友，永遠不讓第一翼隊發現旗手是誰。

我們抵達飛行場時，已經有一大群龍擠在泥濘的土地上了，從龍群的站位看起來，他們似乎已經按照小隊排好了。太壬的頭比其他龍都還要高，所以一下子就能看見他。

我們經過其他小隊時，可以感覺到空氣中瀰漫著一股濃濃的期待。小隊長和分隊長下達最後一個命令後，所有人都開始爬上龍背。

「我們會贏的。」我們走向我們這一隊的龍時，瑞安娜攬著我的手臂，自信地說。

「妳怎麼這麼肯定？」

「我們有妳、太壬、萊爾森和斯蓋兒。當然了，還有我。」她露出笑容。「我們不可能會輸。」

「妳完全是——」我看見太壬的身體後，就忘了接下來要說什麼。

他昂首挺胸，高傲地站在我們小隊的龍群最前面，絲毫沒有因為卡斯是戴恩的龍而給他一點尊敬。但讓我驚訝到忘了呼吸的，並不是太壬的位置，而是他背上綁著的鞍。

「**我聽說這很受歡迎。**」太壬對我誇耀。

「這真是……」我甚至不知道該說什麼。黑色的金屬帶分別環住他的兩隻前腳，最後在他的胸前精巧地連接在一起，形成一個三角形護板，並往上延伸到他的肩膀，和一個鞍座相連，鞍上不僅掛著腳蹬，甚至還有固定的皮帶。「那是一個鞍。」

「那很酷，就是這樣。」瑞安娜重重拍了我的背。「而且，我告訴妳，那看起來比菲爾格皮包骨的脊椎舒服多了。在上面見。」她經過太壬，朝自己的龍走去。

「**我不能用這個。**」我搖頭。「**他們不准。**」

「**我才是決定什麼東西能得到准許的那個。**」太壬咆哮，頭低到和我齊平的高度，對我噴出一口蒸氣。「**沒有一條規定禁止龍為了自己的騎士調整座位。妳和這個學院裡的所有騎士一樣努力——甚至比他們更努力。妳的身體和別人不一樣，不代表妳不值得留在位置上。騎士的定義不只是幾條皮革和『鞍橋』。**」

「妳知道他說的沒錯。」薩登一邊走過來，一邊出聲同意，我花了一瞬間思考他剛剛去了哪裡，才能這麼快回來。

「沒人問你。」一看到他，我的心就怦怦亂跳，皮膚也泛紅發燙。我們的制服能讓每個騎士都看起來很棒，但薩登的制服還勾勒出他的肌肉線條，讓效果更好。

「如果妳不用這個鞍，我會覺得受到冒犯。」他抱著雙臂，打量那個座位。「因為這是我特別為妳做的，而且在我努力把鞍裝到他背上的時候，還差點被活活燒死。」他對太壬挑眉。「不過我得補充一點：他也參與了設計。」

「一開始的那些模型根本不行，而且你今天早上組裝的時候，還有膽子捏我胸前的鱗片。」太壬瞇起金色的雙眼盯著薩登。

「我怎麼知道試作品的皮革會這麼容易燒起來？而且又沒有幾本手冊會教人怎麼把鞍綁在龍身上。」薩登懶洋洋地說。

「這些都不重要，因為我不能用。」我轉身面對薩登。「這很美，是工程學的奇蹟之作……」

「然後呢？」他的下巴緊縮。

「然後，學院裡的所有人都會知道我需要鞍，才能好好坐在龍的背上。」我的臉頰因為熱度而刺痛。

「我不想打破妳的幻想，暴力女，但每個人都知道這件事了。」他指了指那個鞍。「那個東西就是讓妳騎龍最實際的方法。那個鞍座上有綁帶，妳飛上去的時候扣上帶子，就能固定住妳的大腿。而且，我們也做了一個安全腰帶，所以理論上，妳在長途飛行時應該能不解開扣環就改變姿勢。」

「理論上？」

「牠不肯好心地讓我試飛一次。」

「等我的肉腐爛到從骨頭上掉下來，你就能騎我了，翼隊長。」

呃，真是詳細的描述。

「聽好，沒有規定禁止這件事，我已經檢查過了。而且真要說起來，這等於是在幫太壬的忙，因為這樣他就能使出全力，也能減輕他的擔憂。也減輕我的擔憂，要是這麼說對現在的情況有幫助的話。」

我的指甲刺入掌心，思索著另一個理由，另一個藉口，但我找不到。或許我不希望自己和其他在飛行場上的騎士表現的不一樣，但我本來就和他們不一樣。

「**操，妳那種固執又想吵架的表情總是讓我想吻妳。**」薩登仍然一臉淡漠，甚至可以說看起來很無聊，但他的目光落在我嘴唇上時，立刻變得炙熱。

「**你現在竟然說這種話。如果你真的這樣做，其他人都會看到。**」我呼吸一滯。

「**妳哪來的錯覺，以為我會在乎別人怎麼想？**」他彎起一邊嘴角，奪走了我全部的注意力，去他的。「**我只在乎他們怎麼看妳。**」

因為他是個翼隊長。

沒什麼比學員八卦妳是靠睡上級來保命更糟了。在我走上石橋前，米拉就是這樣警告我的。

「騎上去，索倫蓋爾。我們還有一場勝仗要打。」

我強迫自己不再和他四目相對，轉而研究那個鞍座精美複雜的結構。「這真的很棒。謝謝你，薩登。」

「別客氣。」他轉過來，傾身擠進我的個人空間，唇瓣擦過我的耳朵，讓我一陣戰慄。「就當我還了人情了。」

「那是鞍嗎？」

我往後一跳，但薩登絲毫沒有因為戴恩的話而移動哪怕一公分。戴恩睜大眼睛盯著太壬，手裡拿著一面巨大的黃旗，旗桿大概有一百二十公分。

「**不，這是一個項圈。**」太壬暴躁地回答，猛地咬起牙。

戴恩往後退了幾步。

「沒錯。」薩登回答。「有什麼問題嗎？」

「沒有。」戴恩看著薩登的樣子，就像他超級荒唐。「為什麼我會有問題？你還沒發現嗎？只要是能確保薇奧蕾安全的東西，我都沒意見。」

「很好。」薩登點了點頭，轉過來面對我。「**要是我現在吻妳，一定會更尷尬吧，嗯？**」

是的，拜託吻我。

「**我們下一次接吻，最好不要只是為了激怒戴恩。**」最好只是因為我們都想要。

「**下一次？嗯？**」他的目光又往下游移，落在我的嘴巴上。

當然了，現在我滿腦子就只能想著這件事——我們嘴唇相貼的感覺，他總是用雙手托著我後頸的方式，還有他舌頭伸進來的方式。我阻止自己靠向他。幾乎成功了。「去領導你的翼隊，或者去做任何你該做的事吧。」

「我會去偷一顆蛋。」他笑了笑，之後轉身面對戴恩。「別讓第一翼隊碰到我們的旗子。」

戴恩點頭，薩登離開了，穿過飛行場，前往斯蓋兒等待的地方。

「這是一個很棒的鞍。」戴恩說。

「真的。」我同意，戴恩給了我一個微笑，之後才走向卡斯。

我走到太壬的前腿前面，他為我低下肩膀的時候，我忍不住笑出聲。「怎麼會這樣？沒有梯子嗎？」

「**我們討論過了，但覺得這樣會讓妳看起來太脆弱。**」

「你們當然想過這種——」這時，一抹金色以高速朝我衝來，因此我停下攀爬的動作。「安妲娜？」

「我也想要參加戰鬥。」她急煞，猛然停在我面前。

我張開嘴，又閉了起來。安妲娜一直和我們一起飛行，她可以在短時間內跟上太壬，但她的鱗片在陽光下閃耀無比，對所有人來說，這都是個……活靶。

但要是我能坐在鞍上，那——

「好。」我掃視著飛行場。自從群峰的積雪融化，進入汛期以來，這是最泥濘的時候。「去滾一滾。」我指著泥巴。「除非這會影響到妳的翅膀。我最擔心其他人能輕易看到妳肚子的鱗片。」

「沒問題！」她衝了過去，我則騎上太壬，發現鞍座蓋住了他脖子根部的座位和「鞍橋」。

「我以為你說過皮革不好？」這個鞍座是用奢華的黑色皮革製成的，有兩個凸起的鞍橋供我抓握，我坐好後，發現尺寸完全相合。我彎身，用皮帶上的扣環調整腳蹬的長度。

「如果我們受到火焰攻擊，我胸前的皮革會讓妳陷入危險，因為妳的鞍座會直接滑落。但如果妳坐在我背上的時候，一道火焰直接命中妳，那妳坐在金屬上也沒用。」

獅鷲只會用嘴喙和利爪攻擊，唯一會對我們噴火的就只有龍，所以這個問題根本就不存在。但我沒有費心指出這一點，只是找到固定大腿的帶子並扣好。

「**這真的很天才。**」我對薩登說。

「**等我們今天贏了以後，告訴我有沒有哪裡需要改進。**」

自大的混蛋。

我們過了一會兒就飛上天空，安妲娜也跟著起飛，就像我們之前練習過的那樣，緊緊跟在太壬身邊。

我們的任務是不讓旗子落入敵人之手，所以我們沿著綿延一百六十公里的戰場邊緣飛行，這個戰場幾乎包含了大部分的中央山脈地區。其他小隊則負責偵查和奪走水晶蛋。

大約過了一個小時後，我開始思考這個任務會不會其實是對戴恩的懲罰，而不是榮譽。我們總共有十二人，分成六個人一隊的兩支隊伍，隊型相當緊密，如果把安妲娜也算進去，我們這邊就有七隻龍。戴恩拿著旗子，他和他的隊伍在我們前方。我們經過山脈的另一個山頂時，他帶著隊伍往右邊飛去。

太壬往左邊轉彎，順著山坡往下俯衝，讓我的胃一陣翻攪。寬大的皮帶咬進我的大腿，把我牢牢固定在座位上，我們不停往下俯衝、俯衝再俯衝時，狂風呼嘯著拍打我的臉和護目鏡，純然的興奮襲捲了我，連帶讓我的心怦怦直跳。

這是第一次，我不害怕自己會從他的背上墜落。我慢慢鬆開握住鞍橋的雙手，一秒後，我就高舉雙手，往下方的山谷急速俯衝。

我已經活了二十年，但從沒像這一刻這麼鮮明地感受到自己活著。我甚至沒有用「錨定」將內心的自己固定在檔案庫中，力量就已經在血管裡奔騰，迸發著劈啪作響的生命力，震盪著所有的感官，讓我幾乎感到疼痛。

太壬大張雙翼，乘著氣流，停止俯衝。

「**妳得鍛鍊妳肩膀的肌肉，銀色的。我們這週會練習。**」

我盡可能把身子探出鞍外，看到太壬用爪子緊緊抓著安妲娜，現在我們已經恢復水平，沿著谷地滑翔。

「**謝謝！我現在好了。**」安妲娜說道，太壬放開了她。

力量震動著我的骨頭，發出咯咯聲，彷彿在尋找出口，我強迫自己挺直背脊。這和平常的感覺不一樣……感覺就像力量不再準備讓我的雙手形塑，而是想要形塑**我**。

一陣恐懼沿著我的脊椎竄升。我還沒有顯現出印記，要是累積的力量決定在**今天**釋放、反噬我，那該怎麼辦？我搖了搖頭。我沒有時間擔心**可能**會發生什麼事——至少在戰爭演習中不行。

我的力量之所以自由流淌，只是因為我不再那麼擔心自己會摔下座位而已。就只是這樣。

我挺直腰桿坐在鞍上，太壬又開始爬升，風景躍入我不停變換的視線，讓我的心跳漏了一拍。西邊的山脊高處矗立著一座灰色的高塔，幾乎和懸崖融成一體。我一定會錯過的，要不是——

「**那是我想的那個東西嗎？**」恐懼只會助長那些不受我控制、刺痛我皮膚的能量。

太壬已經轉頭望向那邊了。「**是龍。**」

我轉頭瞥了黎恩和瑞安娜一眼，發現太壬一定已經告訴其他龍這個消息了，因為三隻龍從我們上方的懸崖起飛，從不同方向俯衝而來時，我們也解散隊型，各自散開。

我們剛剛給了他們很多攻擊目標，但現在我們會一對一迎戰。

一陣小冰珠打在我的皮膚上，雖然太壬的鱗片彈開了這些冰，但他也不得不緊緊收起翅膀，避免損傷。

我們自由落體時，我的心直接跳到了嗓子眼，我們逼近谷地的速度讓我恐慌。灼熱和能量威脅著要吞噬我身體的每一寸，就連我的雙眼都感覺像是在灼燒。哦，操他媽的，我的印記要在這場遊戲裡反噬我了。

「**現在，『錨定』！**」太壬咆哮。

我立刻緊緊閉上眼，在心中想像自己的兩隻腳都踩在檔案庫的大理石地板上，在四周築起牆壁，只留下幾個入口，讓太壬的力量洪流、安妲娜和薩登的連結通行，我立刻感覺到自己的控制有所提升。

我睜開雙眼時，我們正在爬升，太壬拍打雙翼的力道之大，讓我在他每次拍翅時都在鞍座上往後滑。

太壬把那個能操控冰的第一翼隊學員甩在後面，那隻往下俯衝的龍幾乎沒辦法控制下墜，但最後仍轉往我們前進的反方向，這讓我瑟縮了一下。

「**那就是他們保護蛋的地方。**」一定是這樣，因為又有三隻龍占據了那三隻龍剛剛在懸崖上的位置，準備起飛。

「**沒錯。抓緊了。**」太壬剛說完，一隻龍就從我們右方的山谷飛了出來，對我們噴了一口火。

「太壬！」我一邊尖叫，一邊恐懼地看著火焰朝我們猛衝而來。

太壬轉了彎，直接用腹部阻擋火焰，完全護住了我，只有熱度的餘波衝到我周圍，把空氣燒得滋滋作響。

他媽的到底是怎麼回事？

「**安妲娜？**」要是因為第一翼隊這麼噬血，害她出了什麼事……

「**防火的，還記得嗎？**」

我顫抖著吐出一口氣。才剛因為這件事鬆了一口氣，另一隻龍就出現在我們身後，張開嘴，捲起舌頭。

太壬猛然移動，甩動尾巴，擊中那條龍某隻翅膀的下方，讓他吼了一聲，以可怕的速度側身墜落。

但我沒有把注意力放在那條龍上，而是利用這段時間掃視山腰，尋找剛剛看到的那個哨站。當我看到從一座山脊後方微露出來的塔頂時，不禁心跳加速，只剩一隻龍在守衛塔了。

「**薩登！蛋在這裡！**」我把這個消息傳給他。

「**在路上了。我們還有三十二公里。**」他的語氣帶著一絲恐慌，讓我的喉嚨因為恐懼而發緊，而當我看到德伊和黎恩在我們上方和一條熟悉的橘色蠍尾龍——貝德——纏鬥時，我更害怕了。

傑克。

「**我們得去幫黎恩。**」

「**交給我。**」太壬往上飛，安妲娜則往下遠去。一看到她躲到安全的山腰後，我就俯身貼近太壬的脖子，以便降低風阻，我們從沒以這麼快的速度爬升過。我的辮子繞頭盤成一圈，風猛力吹打著我的頭髮，鬆散的髮絲拍打著我的臉，但我仍緊緊盯著德伊和黎恩。

貝德的尾巴朝德伊甩去，含毒的球狀尾和德伊的喉嚨距離極近，看起來相當危險。

「**他的鱗片比妳想得更厚。黎恩才是有危險的那個。**」太壬警告，飛得更高。

那兩條龍在塔樓旁纏鬥，我們以幾乎要折斷脖子的急速衝過去，幾乎趕上時，傑克抽出長劍，從貝德身上跳到德伊背上，讓黎恩措手不及。

黎恩根本沒時間站起來，傑克的劍就刺進了他的側腹。

傑克踢了黎恩的肚子一腳，讓劍刃從他體內滑脫，也讓他掉下德伊的背，我爆出一聲尖叫。

「黎恩！」

不。不。不。

黎恩胡亂揮舞著手臂，以高速往下墜落。

「**接住他！**」我堅決要求，深怕我們會來不及。

德伊和貝德撞上了塔樓，我瞥到傑克滾到最高的角樓上，安然無恙，臉上掛著大大的暴虐笑容，連這裡都看得到。此時太壬突然改變了飛行路線，往右翻轉。

我們追趕翻滾下墜的黎恩時，唯一讓我穩穩坐在鞍上的東西，就只有綁住我大腿的皮帶。太壬緊緊收著雙翅，但露頭就在眼前，而我們還在太高的地方。

不。我的喉嚨一緊。我不要失去他。他花了這麼多個月確保我能活下去。我不能失敗。就是……不行

「**安妲娜？**」我喊著，已經推開了心中的那扇窗戶，她閃閃發亮的天賦就在那裡等著我。

「**做吧。**」她回答。「**專注想著妳和太壬以外的一切！**」

她說得沒錯。如果太壬也不動了，那我追上黎恩也毫無意義。

「**動手！**」

我朝那股金色的力量伸出手，力量沿著脊椎往下奔湧，沖刷過手指和腳趾，包裹住我體內的所有細胞，讓我拱起背。之後這股力量往外爆發，化為一陣繞過太壬的衝擊波。

突然間，我們成了唯二在移動的生物，在無風的天空中，我們猛然下衝，朝著黎恩靜止的身體飛去，和下方崎嶇的岩石露頭只距離幾公尺。

我們只有幾秒鐘的時間。暫停時間付出的精力，讓我整個人都在發抖，從安妲娜身上流過來的力量也在枯竭。太壬張開雙翼，伸出爪子，在半空中抓住黎恩，尾巴撞上岩石，震得石塊四散噴濺——我們自己也差點沒逃過死亡的魔爪。

「**抓到他了。**」

時間突然再度開始流轉，我們爬升時，風狠狠拍打著我的臉，太壬緊貼著山脊轉彎，以免撞上山脊。

「**安妲娜？**」

「**我沒事。**」她在我腦海中的聲音幾乎是氣音。

我的目光鎖定在那座塔樓頂端的人影時，血液因為狂躁的怒火而沸騰。這會是這個王八蛋最後一次對我或我的朋友動手。

菲爾格出現在我們下方，朝我們飛來，瑞安娜張開雙臂。太壬稍微放慢速度，以便把黎恩交給她。他還活著——他必須活著。這是我唯一能接受的結果。

我用眼角瞥到卡斯和其他龍從北方飛了過來，此時另一支小隊也從上方的懸崖起飛。

貝德在我們後方，正在加速往她那個混蛋騎士飛去，而傑克還站在他媽的塔頂沾沾自喜。

「爬升！」我命令道，抽出收在肋骨處刀鞘的一把匕首，空著另一隻手，以便在時機到來時解開扣環。

「**不准自己跳下座位！**」我們往前疾飛，把那隻較小的橘龍甩在後頭時，太壬對我大吼。他猛然往左轉頭，往第一翼隊的那排龍噴出一道火浪，警告他們保持距離，在我們迅速經過時，這的確奏效了。

我死死盯著傑克，不停膨脹的力量在胸腔內滋滋作響。我們更靠近後，我看見他臉上那讓人作嘔的喜悅，還有他劍上滴落的血。黎恩的血。

一隻巨大的龍出現在遠方的地平線上。我不需要看，甚至也不需要延伸感官，就知道那是薩登，但我沒辦法撥時間給他。太壬正在以前所未有的速度爬升，力量也沿著我的皮膚奔馳，燒灼著我的血。

如果我的力量真的在反噬我，如果這就是結局，那我要是沒有帶著那個王八蛋一起去死，我就該下地獄了。太壬不會被火灼傷，但傑克可不是這樣。

「再快一點！」我大喊，我的聲音滿是絕望，擔憂我們沒辦法及時抵達。

太壬朝塔樓衝去，雙翼越拍越快，我本能地將雙手伸向前方，彷彿我能把在體內激烈湧動的所有力量投射到敵人身上。他剛剛才試圖殺害我的朋友，也把握每個殺死我的機會。

滋滋作響的魔力化為一股致命的能量漩渦，雖然我內心的雙腳仍穩穩踩在檔案庫內，但力量已經溢出了臨界點，讓檔案庫的屋頂開始崩塌。力量在我上方發出劈啪聲，在我周圍打轉，從下往上包裹住我的腳掌。

我就是天空，我就是從古到今每一場風暴的力量。

我是無盡的。

我的喉嚨迸出一聲尖叫，同時一道閃電劈開天空，傳來震耳欲聾的轟鳴。

那道帶藍光的銀色死亡閃電擊中了塔樓，塔樓應聲炸成四散的石塊，迸出火光。太壬轉彎避開爆炸，我則坐著轉身看去。

傑克和一堆崩解的石塊一起從山坡上掉落，我知道他活不了了。

貝德在我們下方，從她的哭嚎看來，她也明白了這一點。

我把乾淨的匕首插回刀鞘時，手還在抖。唯一的血跡只會出現在下面的岩石上，但我還是盯著雙手，好似上頭有血。

太壬發出一聲明顯帶著驕傲的咆哮。

「**雷電使**。」

學員的死亡是一場無可避免卻又可以接受的悲劇。這個過程將篩選出最強壯的騎士，只要死亡原因不違反《法典》，任何涉及終結另一個人生命的騎士都不會受到懲罰。

——《阿凡德拉少校的騎士學院手冊》（未經授權版）

第二十九章

距離我們降落在飛行場的時間，彷彿只過了幾分鐘，又好像已經過了一輩子。我不確定到底過了多久。

飛行場的地面因為龍群陸續降落在飛行場的兩側而顫動，整個場地很快就占滿了人，其中第四翼隊的騎士正慶祝著，第一翼隊的騎士則表現得憤恨不平。龍群在騎士們落地之後立即起飛，只有安妲娜是個例外，還在太壬的前腿之間等待，而我則笨手笨腳地解著帶扣。

傑克死了。

還是我殺的。

我就是他父母會收到訃聞的原因，是他名字會刻在石碑上的元凶。

在飛行場的另外一邊，蓋瑞克高舉著水晶蛋，戴恩則揮舞著旗幟，第四翼隊的學員們就像看見神明一樣高聲歡呼，並衝向他們兩人。

當最後一個帶扣從我指尖滑落時，太壬沉重的身軀在我腿下微微移動，讓我隨即從鞍座上滑了下來。我的頭暈暈的，無疑是因為壓力的關係。當我爬到他肩上、準備著地的時候，頭暈目眩的感覺讓我很難保持平衡。

我搖搖晃晃地走進一灘泥濘裡，到達安妲娜所在的地方時還撞到了膝蓋。此時安妲娜正躺在太壬前腿之間，明顯已經精疲力盡。

「快告訴我黎恩還活著。告訴我這樣做沒有白費。」

「**德伊說他還活著。劍只有劃過他身側而已。**」太壬說。

「那就好，那就好，太好了。謝謝妳，安妲娜。我知道那讓妳付出了不少精力。」我抬起頭看向她金色的眼眸，她也慢慢對我眨了眨眼睛。

「**妳的努力沒有白費。**」

從那之後我就一直有想吐的感覺，嘴裡不斷分泌著口水。**傑克死了。是我殺的。**

「靠，索倫蓋爾！」索伊爾對我喊道，「閃電？妳一直瞞著我們妳有這個能力！」

我用閃電奪取了一個人的性命。

我的胃翻江倒海。此時一片黑影籠罩著我，但那不是薩登做的，而是太壬的翅膀覆蓋在我們身上。在我持續乾嘔、彷彿要把今天吃的東西都吐出來的時候，他的翅膀幫我阻隔了外面的聲音。

「**妳做了必要的事。**」太壬這麼對我說，但這也沒有阻止我的胃一次又一次的縮緊，就算空了還是有想把東西吐出來的感覺。

「**妳救了妳的朋友。**」安妲娜也這麼鼓勵我。

後來我的胃終於冷靜下來，我也強迫自己站起身，用手背擋著嘴巴。「妳該去休息一下了，對吧？」

「**有妳做我的騎士，讓我覺得很驕傲。**」安妲娜的聲音漸漸模糊，眨眼的速度也越來越慢。

「**雖然我好像應該先去洗個澡。**」

此時太壬把翅膀收回去，安妲娜向前走了幾步，就穩定地拍著翅膀，朝谷地的方向展翅高飛。

我抬頭直盯著鞍座看，雖然知道得趕快把鞍座從太壬身上解開，他才能好好休息，但我滿腦子只有一個想法：我終於有印記了，是貨真價實的印記，而我用這力量做的第一件事，就是殺了一個人。

「薇奧蕾？」戴恩突然出現在我的左側。「剛才那道閃電是**妳**做的嗎？把塔樓擊垮的那道閃電？」

就是殺死傑克的那道閃電。

我點點頭，回想起之前有多少次我都特別瞄準肩膀而不是心臟，用毒讓人失去行動能力而非殺害對方。龍盟日時，我只是把歐倫打暈在地上，甚至在他闖入我房間時，我也沒有對他痛下殺手。

全都因為我不想成為殺人凶手。

「我從來沒看過這種景象。我想超過一世紀都沒出現過雷電使了——」戴恩停頓了一下。「薇奧蕾？」

「是我殺了他。」我默默地說了一句，端詳著鞍座中央的護胸板。那一定是連接所有東西的地方，對吧？他總得想辦法從這東西裡解脫出來。

媽如果知道我現在跟其他人一樣了，肯定會為我感到驕傲。因為我終於變得跟她一樣了。我空蕩蕩的腹部再次翻攪，讓我再次乾嘔，就好像身體正試圖排出內心的罪惡感。

「天啊。」他用手撫摸著我的背。「沒事的，小薇。」

這次想吐的感覺比較快消失了，而後戴恩把我拉入懷中，輕輕搖晃著，手在我的背上來回拍撫，想辦法讓我舒服一點。

「我殺了他。」為什麼我還是只能說出這句話？我就像個壞掉的音樂盒，不斷重複著同一段旋律，而現在所有人都能把我看透，每個人都知道我無法承受自己的印記帶來的後果。

「我知道，我知道。」他吻了我的頭頂。「如果妳不想再使用這種力量，妳也可以不用——」

「少他媽在這邊胡扯。」薩登用力推開戴恩，把我從戴恩的懷中拉出來，然後緊緊抓住我的肩膀，讓我轉身面向他。「妳殺了巴洛。」

我點點頭。

「閃電。妳的印記是閃電，對吧？」他很認真地看著我，好似我的答案是他所需要的一切。

「對。」

他的嘴巴稍稍張開，隨後輕點了一下頭。「跟我想的一樣，但在妳把那棟塔樓擊毀之前，我還不太確定。」

跟他想的一樣？這到底是什麼意思啊？

「聽我說，索倫蓋爾。」他舉起手撫著我耳後鬆散的髮絲，動作出乎意料地溫柔。「我們都知道這世界沒有巴洛一定會更好。如果問我，我是不是希望可以親手了結他可悲的生命，我肯定會說是。妳所做的這件事反而可以拯救無數人的生命，因為傑克只不過是個惡霸，他的能力越強大，只會讓他成為更壞的人。他的龍在準備好之後就會選擇跟其他騎士締約的。我很高興他終於死了，也很高興妳殺了他。」

「我不是故意的。」我的聲音小得像是在講悄悄話。「我只是太生氣了，而且我們也才剛接住黎恩而已。我那時還覺得我的印痕終究要反噬我了。」我瞪大眼睛。「就差一點，薩登，就差那麼**一點點**，我得做些什麼。」

「無論妳做了什麼，都讓他活了下來。」他用拇指輕撫著我的臉頰，這個動作和他的語氣完全不配。薩登瞪大的眼睛也足以讓我明白，他是知道我做了什麼事的。

「我不想要這個能力。」我脫口而出。「瑞安娜可以憑空移動物品，戴恩可以讀取記憶——」

「嘿，別說出來。」戴恩激動地說。

「你以為我不知道嗎？」薩登回頭叫道。

「凱奧里可以把想像化為現實，索伊爾可以折彎金屬，米拉可以延展魔法結界。大家都有不只是用來戰鬥的印記，可以為世界帶來更多好處。那我呢？薩登？我就是個他媽的**武器**而已。」

「小薇，妳不一定要用妳的力量的。」戴恩的聲音溫柔又讓人安心。

「別。溺。愛。她。」薩登對著戴恩一個一個字地叫道。「她不是小孩子了，她已經是個成年女人，也是一個能獨當一面的騎士了。現在開始把她當成一個成年的騎士來對待，至少要有讓她知道真相的誠意。你以為梅爾戈倫或其他將軍，包括她的母親，會一直讓她隱瞞這樣的力量嗎？何況她不可能掩蓋這個事實，她才剛**擊毀**了一個練習堡壘。」

「你只是希望她可以跟你一樣。」戴恩隨即回嘴。「一個冷血無情的殺人機器。你之後很快就會開始告訴她要習慣殺人的模式，這一切都很正常。」

我震驚地深吸一口氣。

薩登用眼神死死箝制著戴恩。「我血管裡的血液跟你的一樣溫暖，艾托斯，如果我現在的工作是你明年想做的，那你最好明白你**永遠都不會**習慣殺人的，但你會知道適時殺戮還是必要的。」他回頭看向我，陰沉的目光看進我的靈魂之窗。「現實世界已經不是小學時期的把戲了，而是真真實實的戰爭。在這世界醜陋不堪的事實，就是戰爭中**總是**會有運屍袋。妳之前聽我說過一次，可惜那些不在前線的人往往選擇忘記這個真相。」

我開始搖起頭，而他的目光卻鎖定在我身上。「妳可能不喜歡我這麼說，甚至可能討厭這樣的說法，但正是妳這樣的力量才救了這麼多生命。」

「靠殺人嗎？」我崩潰地大喊。如果斯蓋兒說的是真的，印記反映著我們內心最核心的本質，那我就真的跟薩登幫我取的暱稱一樣……暴力了。

「靠先打敗敵軍，在他們還沒傷害平民之前。妳想讓瑞安娜的外甥可以繼續生活在那個小小的邊境村莊對吧？那就這樣做。妳想讓米拉深入敵營時還能活著回來對吧？那。就。這。樣。做。索倫蓋爾，妳不只是武器，妳就是**那個**可以拯救大家的武器。只要妳好好訓練妳的能力，想辦法掌握好，妳就會擁有保衛整個**王國**的力量。」他輕輕把我被風吹亂的頭髮撥到耳後，讓我能看清楚他的眼神，沒有任何藉口不去理解他眼中的誠意。當他確定我不會再反駁時，他轉向一旁。「瑞安娜，妳能把她送回要塞嗎？」

「當然。」瑞安娜匆忙過來。

戴恩不屑地哼了一聲，轉身走向其他小隊長，把我們留在這裡。

「那個鞍座——」我突然開口說。

「太壬可以自己解開的，這是當初在設計鞍座時的要求之一。」薩登轉身準備離開，卻停了下來。「謝謝妳救了黎恩，他對我很重要。」

「你不用跟我說謝謝……」我對著他的背影嘆了口氣。「話沒講完人就走了。」

「你們倆的關係真奇怪。」瑞安娜邊說邊挽著我的手臂。

「我們才沒有什麼關係。」我抬頭看著太壬，他剛才竟然沒有插嘴，在薩登和戴恩對話時保持了沉默。

「**快去吧**。」太壬催促道，「**但別沉溺於內疚中，銀色的。無論妳現在感覺到什麼心情，都是很正常的。讓自己感受一下這些情緒，但之後就要放下了。翼隊長說的有道理，妳有那樣的**

印記，就是王國對抗那些邪惡大軍的最大希望。休息一下，我們明天再見。我會自己解開我的鞍。」

「你們絕對是在談戀愛。」瑞安娜繼續說，一邊拉著我離開飛行場。「我只是搞不清楚，你們之間是那種異性相吸的夥伴關係，才讓你們針鋒相對，還是你們對彼此那種慢慢醞釀的致命吸引力，讓你們劍拔弩張。」她瞄了我一眼。「現在告訴我，你們兩個到底是怎麼那麼快就到了的？」

「妳什麼意思？」

「黎恩掉下去的時候，我和菲爾格想盡辦法全速飛行，可我知道以我們的方向和速度肯定來不及趕上，我還以為妳……」她搖了搖頭。「妳看起來前一秒還在他上方，後一秒就把他接住了。我從沒見過有龍飛得那麼快。才眨個眼就錯過了。」

現在，罪惡感又因為另一個原因啃食著我的內心。瑞安娜是我的朋友，是我在這裡最親近的人，如果我要坦白我和戴恩之間變成了什麼關係的話，她最應該要知道的——

「**不要因為不能告訴她而感到內疚。**」太壬警告道，「**這個祕密屬於龍族，而不是妳。沒人有權利讓我們的小龍受到威脅。就連妳也沒有，銀色的。**」

「太壬飛得真的很快。」我解釋道。這不是謊話，但也不完全是事實。

「還好他飛得快，謝天謝地。幸運之神茲納爾可能特別眷顧黎恩吧，一天就讓他逃過兩次死劫。」

但其實，逃過死劫的不是黎恩。

是我。

而我不禁好奇，在某個地方，可能是某個存在的界層上，死神馬厲克是否坐在祂的寶座，因為我從祂手中偷走一個靈魂而生氣。

但是，我也給了祂傑克的靈魂作為交換。

當然，這可能也永遠讓我的靈魂破碎了。

我房間的木製標靶隨著我丟出的匕首插入木頭而晃動，新的匕首正好插在上一把匕首旁邊。我或許對這個世界感到憤恨不平，但至少我的準度還在線。如果考慮到標靶的位置，我一旦沒丟準，匕首很可能會直接飛出窗外。

我又快速地連續丟出三把匕首，每一把都精準命中人形標靶的喉嚨。

既然我已經可以用閃電擊倒敵人了，再瞄準肩膀還有什麼意義？我之前控制方向又是為了什麼？我隨手一甩，匕首飛出，精準地穿透人形標靶的額頭。就在這時，門口傳來了敲門聲。

要不是瑞安娜第十次問我想不想講今天發生的事情，就是黎恩——

我停頓了一下。不可能是黎恩來檢查我是否已經上床睡覺，因為他現在還在醫務室，正在治療他側腹的劍傷。

「進來。」現在還有誰在乎我只穿睡袍睡覺？反正我隨時可以用匕首或閃電擊倒闖入我房間的人。

門在我旁邊打開，但我懶得轉頭看是誰來了，只是又丟出一把匕首。那個身高？眼角餘光瞥見的那縷深色頭髮？那令人著迷的氣息？我甚至不需要完全轉頭看，我的身體就已經告訴我，這是薩登。

我的身體立刻回憶起他的嘴唇碰到我嘴唇的感覺，心裡突然小鹿亂撞。可惡，我現在緊張到無法應付他，也無法處理他今晚帶給我的感受。

「妳把那玩意想成我嗎？」他關上門，靠在門板上，雙臂環抱胸前。然後他再仔細看了我一眼，炙熱的目光掃過我的身體。

突然間，一陣春風吹進窗戶，但似乎也不足以讓我的身體降溫，尤其是在他用那種眼神看我的時候。

我從梳妝台上再拿起一把匕首時，長長的辮子隨著動作甩到背後。「沒有，但二十分鐘前我的確把那玩意想成你。」

「現在是誰？」他挑起眉毛，把腳踝交叉。

「你不認識的人。」我手腕一甩，匕首隨即穿透人形靶子的胸骨。「你來這裡幹嘛？」我只是匆匆瞥了他一眼，就注意到他已經洗完澡、換好衣服了。他換上了我們正規的制服，而不是飛行皮衣。當然我沒有多看他一眼，免得注意到他有多帥。希望總有一天可以看到他衣衫不整或是慌慌張張的樣子，打破他那層如盔甲般的冷靜自持。「我猜，是因為黎恩暫時沒辦法做他的工作，就換你來唸我睡覺時不能只穿純棉睡衣。」

「我不是來唸妳的。」他輕聲說道，我能感受到他溫熱的目光像是在撫摸般，掃過我黑色細肩帶的睡袍。「但我確實也注意到，妳現在沒穿著護甲。」

「現在不會有人笨到來攻擊我了。」我從梳妝台上再拿起一把匕首，桌上的武器已經所剩無幾。「畢竟我現在可以在五十公尺外殺死一個人。」我輕輕敲了下匕首的刀尖，隨後微微轉身，剛好能面對他。「你覺得這能力在室內也會有效嗎？我的意思是，如果沒有天空，又怎麼能操控閃電？」我直視著他的眼睛，把匕首擲出。劈裂木頭的聲音告訴我，我又命中了標靶，真是令人高興。

「媽的，這也太性感了吧。」他深深吸了一口氣。「我想這是妳必須自己摸索的事。」他的目光落在我的嘴唇上，手臂瞬間繃緊。

「你沒有打算跳出來說要訓練我？說你可以拯救我？」我發出一聲咂嘴聲，頓時莫名有種衝動，想把舌頭伸到他脖子的印痕上，描繪著那複雜的圖案。「這可一點都不像薩登的作風。」

「我完全不知道該如何訓練一個雷電使，而且從我今天看到的情況來看，妳根本不需要誰來拯救。」他的目光從我赤裸的腳尖掃描到剛好遮住大腿的裙襬，越過胸部到頸部，最終與我的眼睛四目相接，眼裡盡是純然的渴望。

「只怕我需要拯救我自己。」我低聲說道。當他用這種眼神看我時，我腦中那些想對他做的事絕對會毀了我。而今晚，我甚至不確定我在不在乎了。真是危險的想法呢。「薩登，你今天為什麼會來這裡啊？」

「因為我似乎無法離妳太遠。」他說這話時聽起來一點也不高興，但我的呼吸還是忍不住停了一下。

「你不是應該在外面慶祝嗎？」其他人都在外面慶祝。

「我們只是贏了一次戰鬥，不是一場戰爭。」他推開門，向我邁出一步，拉近了我們之間的距離。他把我的辮子從肩上撩起來，用拇指慢慢地搓著我的辮子。「而且我想妳可能還在難過。」

「你不是叫我自己趕快振作起來嗎？應該還記得吧？所以你為什麼還會在乎我是不是還在難過？」我把雙手交叉放在胸前，選擇表現出憤怒，而不是跟隨自己的慾望。

「我是告訴妳必須培養面對殺戮的心理。我從沒說過要妳趕快釋懷。」薩登輕輕放下我的辮子。

「但我應該也要釋懷，對吧？」我搖搖頭，退到房間中央。「我們在這裡花了三年時間學習如何殺人，還會表揚和推崇那些做得最好的人。」

他絲毫不為所動，只是用那種令人煩躁的冷靜眼神觀察著我。

「我不是因為傑克死了才在憤世嫉俗。我們都知道從石橋試煉開始，傑克就想殺了我，而且早晚都會下手。我不爽的是，他的死改變了**我**。」我用手指輕敲胸口心臟的位置。「戴恩曾經跟我說，這個地方會去除了所有表面的客套，讓人展露出真實的樣子。」

「我沒有打算反駁這點。」他看著我開始來回踱步。

「我一直在想，小時候我曾經問過我爸，如果我想成為像母親或布瑞南那樣的騎士會怎樣。他告訴我，我和他們不一樣，我該走的道路也截然不同。只是這個地方帶走了我的禮儀和客套，結果最後我的力量也比誰都還有破壞力。」我停在他面前，舉起雙手。「而且我得到這種力量也不能怪到太壬頭上，我當然也不會這麼做，因為印記是隨騎士而定的，只是由龍來提供力量，這代表著這股力量一直藏在我的內心深處，等待著解放出來的一天。想到——」我突然講到哽咽。「一直以來，我都有一個渺小卻強烈的願望，希望自己可以跟布瑞南一樣，那就會成為我渺小人生故事中的轉折點。如果我有修復的印記，就能把所有破碎的事物重新拼湊修補起來。但事實上，我的印記卻是把一切劈開。我到底會因此殺害多少人呢？」

他的眼神變得柔和。「那要看妳的選擇了。現在得到力量不代表妳失去了選擇的權利。」

「我到底怎麼了？」我搖搖頭，把手緊握成拳。「如果是其他騎士應該會興奮得不得了吧。」即使是現在，我依然能感覺到那股力量在皮膚下翻湧著。

「妳本來就不是一般的騎士。」他向我走近一些，卻沒有碰我。「可能是因為妳從一開始就不想來這裡。」

天啊，我好想讓他碰我，讓他把今天所有的醜陋和險惡都抹除，讓我感覺到些什麼，任何東西都好，只要不是這種快要溢出來的羞愧感。

「**你們**也沒人想來這裡。」我特別瞥了一眼他脖子上的叛軍印痕。「你們不都做得很好嗎？」

他看著我，認真在**看**我，好像能看穿我的一切。「我們大多數人如果有得選，都會想放把火燒了這個地方。但每個遺印者都想留在這裡，因為這是我們活命的唯一途徑。可是對妳來說就不一樣了。妳想要的是一個平靜的人生，沉浸在書籍和事實之中；妳想記錄發生的戰役，而不是親身參與其中。妳完全沒有任何問題。妳可以因為妳今天殺了一個人而憤怒，也可以因為妳殺死的那個人試圖殺掉妳的朋友感到憤怒。在這座牆內，妳可以感受任何情緒。」

他靠我靠得更近了，近到我能透過薄薄的棉質睡袍感受到他的體溫。

「但在這牆外就不行了。」這顯然不是個質問。

「我們是騎士。」他簡短地回覆我，彷彿這幾個字就能解釋一切問題。他握住我的手，並把我雙手放到他的胸口。「所以妳怎麼樣可以發洩情緒，就怎麼做。妳想大叫嗎？對著我叫吧。妳想揍什麼東西嗎？就揍我吧。我都可以承受。」

揍他是我最不想做的事情，而此刻我也突然覺得自己已經不想再壓抑了。

「來吧。」他輕聲對我說，「讓我看看妳的能耐。」

我踮起腳尖，親吻了他。

「雖然沒有明文禁止，但為了小隊的工作效率，我們強烈建議學員在學期間不要發展濃烈的感情關係。」

——《龍騎士法典》第五條第七節

第三十章

他的身體突然變得僵硬，過了一拍、兩拍，轉眼間就互換了我們倆的位置，把我按在門板上，撞得門框都在晃動。**哇嗚**。他用一隻手抓住我兩隻手的手腕，牢牢壓在我頭頂上方。「薇奧蕾。」薩登在我嘴邊低聲呻吟著，語氣中的渴求讓我血管裡充滿了完全不一樣的力量。知道他和我一樣，都受我們之間的吸引力影響，讓我覺得非常興奮。「妳不是真的想要這樣，對吧。」

「這就是我想要的。」我隨即反駁，想讓慾望取代先前的憤怒，讓心跳證明自己還活著，驅散一天的死氣沉沉。而我知道，我想要的他都能給我，甚至給更多。「是你說要做什麼就做什麼的。」我拱起背，把胸前柔軟的曲線貼向他的胸膛。

他的呼吸變得混亂，從眼裡可以看見他內心的掙扎拉扯，而我決心要贏得這場慾望的爭鬥。該打破這種令人難以忍受的緊張感了。

他稍稍低下頭，我們的嘴唇只剩幾公分的距離。「我是妳最不需要的東西。」他的聲音帶著一絲幾乎無法壓抑住的低吼，從胸腔傳出，點燃了我身體的每一條神經。

「你是在暗示我要去找別人嗎？」我心跳加速，大膽試探他是不是在虛張聲勢。

「幹，當然不是。」薩登眼中閃過一絲嫉妒的怒火，讓他的眼神一瞬間變得銳利。他把臀部壓向我的身體，讓我從頭到腳都貼在門板上。那種純然的慾望吞噬了聽到他答案時的安心感。我可以看出他那無人不知的自制力正搖搖欲墜，像是懸在刀尖上一樣，隨時都可能失去平衡。他只需要再多點**鼓勵**。而我準備不要臉地將他推向情慾的深淵。

「那就好。」我抬起頭，將雙唇靠近他的嘴巴，輕輕含住他的下唇。先是吸吮，接著用牙齒溫柔地咬了一下。「因為我只想要你，薩登。」

我的話像是擊破了他內心的某道防線，而他也徹底放開了自己。

終於啊。

我們的嘴唇猛烈碰撞，吻得炙熱且激烈，完全失去了控制。一股狂熱的慾望順著脊椎向下蔓延，他的手緊抓著我的雙臀，把我抬起貼著他的髖部。我的背就這樣擦過門板上的突起，我順勢再向他靠近一點，感受他控制著我的力量。

我用雙腿纏住他的腰，腳踝緊緊扣住他的身體。這個動作讓我的睡裙掀了上去，但我絲毫不在意，因為他的吻完全占據了我的思緒。他的嘴唇在我的嘴唇上遊走，那頑皮的舌頭也在我的口腔裡撩動著，奪走了我所有的理智。我的世界此時彷彿縮小到只有這個吻、這一刻、這個男人。

他屬於我。此時此刻，薩登・萊爾森**屬於我**。

也或許是我屬於他，但只要他繼續吻我，誰他媽的還管那麼多呢？

當他的嘴唇向下滑到我脖子的時候，一股熱流在我身體裡奔騰，讓我的每一寸肌膚都燃燒了起來，感官的刺激也讓我忍不住發出呻吟。

「眾神啊。」他在我脖子邊輕語，接著繼續下個動作。

書桌的木頭桌腳刮過地板發出刺耳的聲音，隨後猛烈撞擊地面，此時我的臀部已經落在桌上。當他俯身貼近我的時候，我鬆開了扣在他背上的腳踝。他把手指伸入我的髮絲之間，輕輕托住我的後頸，再次吻上了我的嘴。我也用熱吻回應著他的慾望，那是一種只有在他身上才感受得到的飢渴。

我飛快地把手撐在身後，試著支撐自己的重量，卻不小心把桌上所有東西都弄倒，任其掉落到地板上。此刻時間彷彿暫停了，連時鐘也不再滴答作響。

「明天早上妳會討厭我的。妳。不是。真的。想要。這樣。」他一邊說，一邊沿著我的下巴印下一個個吻，一路親到我的耳際。他輕咬著我的耳垂，而我整個人都發燙得像是熔化成了液體。

「別再告訴我我想要什麼了。」我氣喘吁吁地說，手指穿過他短短的髮絲，稍稍偏過頭，讓他能好好觸碰到我的肌膚。他毫不猶豫地接受了我的邀請，沿著我的脖子一路向下親吻，直至肩膀的弧線處。

他媽的，這感覺真好。他的嘴唇一碰到我發燙的肌膚，就像火焰點燃火種那樣勾起我的慾火。當他停留在我的敏感帶、慢慢舔弄時，我倒抽了一口氣。後來他再次停了下來，濕熱的喘息就在我脖子旁。

我腦子裡突然出現一個討厭的想法，皺起眉頭。「該不會**你**其實不想要**我**。」

「這樣像是我不想要妳嗎？」他抓起我的手滑進我們身體之間的縫隙，我的手指隔著他的皮褲握住他的堅挺，感受到他因為我而變得有多硬，我忍不住因純粹的渴望而低聲喘息。

「我一直都想要妳，想得要命。」薩登在我手指輕捏時發出悶哼聲。隨即抬起頭目不轉睛地看著我，閃爍著金色光芒的雙眼中透露出狂野的渴望，映照出我自己對他的慾望。「妳只要一走進房間，我的眼睛就沒辦法從妳身上移開。我只要靠近妳，我的身體就會變成這樣，瞬間就硬了。真的太扯了，每次妳在旁邊的時候，我腦子幾乎都**一片空白**。」他的身體再次貼近我的手，而我抓得更緊了，我的胃也跟著緊繃起來。「想要妳根本不是問題。」

「那什麼才是？」

「我只是想要當個正人君子，不想在妳過了這麼糟糕的一天後占妳便宜。」他咬緊牙關。

我笑了笑，親了一下他的嘴角。「在這裡的每一天都很糟糕，而且這不叫占便宜啊，是我要你——」我用牙齒輕咬了他的嘴唇。「更正，**求你**讓我的這一天變得更好過時，就不是占便宜了。」

「薇奧蕾。」他把我的名字說得像個警告。**薇奧蕾**。他只在我們獨處時會這樣叫我，因為這個時候他會卸下所有的戒備和偽裝，而天知道我有多想聽他一次又一次這樣叫著我的名字。

「我不想再思考什麼了，薩登，我只想感受。」我鬆開了他，手輕輕一拉綁著頭髮的緞帶，讓長長的辮子散了開來，然後用指尖梳過一束束髮絲。

他的眼神變得深沉，我知道我贏了。

「該死，這頭髮——」他把嘴唇懸在我的上方。「還有**這張嘴**。我只想親妳，就算是妳惹我生氣的時候也一樣。」

「那就親我吧。」我拱起身體向他靠近，奪走他的嘴唇，深情地吻著他，好似這是唯一可以親他的機會。這種渴求一點都不自然，就像場野火，如果放任它繼續延燒，可能就會把我們兩個都燒成灰燼。

這個吻明顯充滿了讓人無法抗拒的情慾，我整個人融化在他懷裡，舌尖配合著他每一次深入的交纏。他嚐起來有薄荷的香氣，還有薩登獨特的味道，讓我只想要更多。

他就像是最糟糕的那種毒癮，既危險又讓人無法滿足。

「快阻止我。」他低聲輕語，拇指輕撫著我大腿內側那敏感到不行的肌膚。

「不要停下來。」如果他就這樣停下來我會死掉。

「他媽的，薇奧蕾。」他邊呻吟，邊把手滑進我的大腿之間。

沒事。從現在開始我就是想要他邊這樣邊喊著我的名字。就像剛才那樣。

他手隔著我內褲的布料滑過我的陰蒂，我的背因為一陣陣的快感而拱起，這種刺激傳遍全身，如此愉悅，彷彿能嚐到它的滋味。

他再次霸道地占領我的嘴唇，飢渴的舌頭伸入口腔，與我的舌頭不斷交纏。他的指尖繼續隔著布料撫弄著我的敏感帶，熟練地用摩擦帶來更多快感。我試著擺動臀部配合他的動作，想要得到更多刺激，但我的雙腳懸空在書桌邊緣，讓我無法支撐我的身體，只能接受他要給我的一切。

「摸我。」我要求薩登這麼做，同時手指頭已經深深嵌入他結實的脖頸，慾望如同鼓聲在我身體裡規律地轟鳴。

他低啞的聲音在我嘴邊說著：「如果我碰了妳，真的開始撫摸妳，我不知道自己還能不能停下來。」

他一定可以克制的。我由衷相信這點，這就是為什麼我願意把身體交給他。

至於我的心呢？這可不在今天的考量範圍內。

「別再他媽的假裝**正人君子**了，快點進來吧，薩登。」

他的眼神瞬間火熱起來，開始吻我，好像我是他失去已久的氧氣，好像這是他性命所繫，而我也覺得這是我性命所繫。他把手指滑進我的內褲，撫摸著濕潤的陰核。我的嘴裡不自覺發出呻吟，他的撫觸有如電擊。

「天啊，好柔軟。」他深深吻著我，指尖時而撫摸時而挑逗，讓那股歡愉在我的體內不斷縮緊。我的指甲抓進他的肩膀，背部因為刺激而拱起，他則是在我腫脹的陰蒂上畫著越來越密的圈。「我敢打賭，妳嚐起來的滋味肯定跟觸感一樣迷人。」

快感化作活生生的火焰在我的皮膚底下燃燒，讓我不斷顫抖著。

「我還要更多。」這是我現在唯一說得出口的話，也是唯一的渴求。我的肌膚開始發紅，心跳急速攀升，彷彿下一秒就要爆炸，化作炙熱的火焰。我現在也只能在他嘴邊低聲喘息，當他將一根手指滑入我體內時，我的身體不自覺收緊，包覆住他的手指，而他隨即放入第二根手指。

「妳好性感。」他的聲音突然變得格外低沉，恍如遭炭火吞噬過。「雖然這麼做可能會讓我們一起墮落，但我等不及感受妳身體包覆著我陰莖的感覺了。」

「喔，眾神啊。」他的雙唇和說出來的話語都是如此迷人。我隨即把雙手向後撐在牆上，無意間撞掉了一些東西。當我隨著他深探的手指擺動時，左側傳出有什麼東西碎裂在地的聲音。他彎起在我體內的手指，觸碰到內壁的敏感帶，我立刻倒抽了一口氣，大腿緊緊夾住他穿著皮褲的臀側。而當他用拇指輕揉我的陰蒂時，手指的摩擦和壓力正如潮水般將我推向極樂的邊緣，讓思緒完全沉溺其中。

我不自覺地叫出聲，而他卻用嘴巴封住我的叫喊，繼續親吻著我，用狡猾的舌頭和在我體內的手指同時撩動著我的感官。有股力量如浪潮般湧上，骨頭深處都感受得到這股波動。我抓住薩登的手掐得更緊了，很驚訝能在此感受到這種突如其來、像是電流竄動劈啪作響的能量。

「**看看妳自己。真是美得令人窒息。薇奧蕾，就為了我放縱自己吧。**」他的話語在我心頭蕩漾，嘴唇和我的嘴唇交織在一起。我們之間的親密將我推向歡愉的極限，並徹底超越了快感的邊緣。

當我的背拱起，迎來第一波高潮的時候，他吞下了我的喘息。那緊繃的張力隨即釋放，如火花般在我視野邊緣閃耀，把我撕裂成無數閃亮的星辰。窗外雷電交加，閃電的光芒一次又一次地照進房間，而他熟練地操控著我的感受，將第一波高潮推向第二波高潮。

「薩登。」當快感再度洶湧而來，我不禁呻吟一聲。

他露出了微笑，慢慢抽回手指，我伸手抓向他的襯衫，只剩下急促的喘息和無盡的渴望。我只想讓衣服**馬上**消失。他迎合著我的急切，猛然扯開衣服，然後我們再度親吻，任由舌頭交纏打轉，雙手肆意在彼此身上遊走。我的指尖滑過他的肌膚，硬實的肌肉上出乎意料地覆蓋著柔軟的皮膚，這種感覺是如此的神聖美好。我沿著他背部的線條撫觸，將肌理的起伏和凹陷都深深烙印在腦海裡，他的每個動作都能讓那肌肉如同海浪般波動。

「我想要你，**現在**就要。」我邊喘息邊伸手解開他皮褲的扣子。

「妳確定妳知道自己在說什麼嗎？」他在我拉開包覆著他臀部的布料時問道。我也順勢拉下了任何在皮褲底下的布料，解放他那粗長的陰莖。握在手中的感覺又熱又硬，從他嘴裡發出的呻吟也讓我覺得自己無人能敵。

「我在求你跟我做愛啊。」我撐起我的身體，親吻了他。

他低吼一聲，把我的臀部拽向桌子的邊緣，然後把我的內褲拉到我的小腿，讓我一絲不掛。

我的心跳急遽飆升。「我吃避孕藥了。」當然，我們兩個都有做好保護措施。沒人希望有小孩子在學院裡跑來跑去，但說清楚總比事後後悔要好。

「我也有。」他抓著我的臀部，把我抬到更合適的角度。他的龜頭磨蹭著我的陰蒂，讓我忍不住深吸一口氣。下一秒他和我四目相接，從他身上每條緊繃的線條中看到的飢渴，讓我按捺不住我的慾火。但我一點也不在乎這麼做會不會毀了我們，我現在就是想要他。

別再退縮了。再也不要了。

我把手伸到我們兩個之間，帶領他的龜頭進到我的入口，但這個姿勢太難做了。他明顯比桌子高出許多，如果我沒有這麼渴望他的話，大概會笑出來吧，但我只想要他。我再次拱起身子，但也沒什麼用。我們調整姿勢時簡直是度秒如年。

「爛桌子。」他罵道。

我也這麼覺得。

他從我的大腿後側把我抬起來時，二頭肌繃緊了一下，而我把雙臂環繞在他的脖子上，雙腿勾住他的腰，睡裙在他舉起我的時候夾在我們身體之間。當我的背不小心撞上衣櫃時，我們的嘴唇也在狂熱的激吻中相遇，但我幾乎沒有眨眼，因為我太沉迷於他舌頭的攪弄，以及他身體在我大腿之間的感覺。

「靠，妳還好嗎？」他問。

「我很好，你不會弄壞我的啦。」

他把自己推進我那緊緻的入口，我因為那肉體上的契合感和撐滿我的感覺而不自覺倒抽一口氣。

「**更多。**」我只顧著吻他，甚至無法完整說出一句話。「**我要你的全部。**」

「**薇奧蕾，妳會要了我的命。**」他僅剩的自制力徹底崩塌，隨後大力撞進我的身體，完全占有了我。

我在熱吻中呻吟著。**好深**。他是如此深入我的身體，**到處**都能感覺得到他。

「**不舒服的話跟我說。**」他開始動了，天啊。

「**我好極了。**」這種感覺絕對比好極了要更好。力量再次在我皮膚下延燒，無聲又瘋狂地催促著我。

「**妳感覺太銷魂了。**」他一次又一次地撞入我的身體，節奏穩定又猛烈。嘴唇向下滑到我的脖子，手則向上包覆住我的胸部。

這瘋狂的快感讓我完全無法思考，他的每次插入都讓我的背撞擊著衣櫃的門板，整個房間都充滿了我們身體交纏的聲響，還有木頭嘎吱作響的聲音。每次抽送都比前一次更令人陶醉。我的呼吸開始變得混亂。

「**他媽的，我永遠都無法滿足對妳的渴望，是吧？**」他把頭埋在我的頸邊說道，而我則拱起身體迎向他。

「**閉嘴，萊爾森，快點給我**。」要後悔的話明天再後悔吧。

我伸手抓住衣櫃的頂部，更賣力地前後搖動身體，配合他臀部發力的撞擊，讓他能更激烈地進出我的身體，到達更深入的地方。他拉下了我睡裙的一邊肩帶，涼爽的晚風輕拂了我堅挺的乳頭，而他性感的嘴唇也緊接著覆蓋其上。那種感覺在我體內深處不斷攀升，盤旋纏繞，積累成一個密集的歡愉感，緊密得讓人幾乎難以忍受。

衣櫃的門板也發出低響，接著在鉸鏈處裂開，薩登的暗影瞬間迅速護住我的身體。衣櫃的框架應聲斷裂，木頭四散一地。我緊抓住他的肩膀，嘴唇再次貼上他的雙唇，體內的力量隨之迸發，回應著他的慾望，在皮膚底下刺激著我的每個感官。

停不下來。我們根本**沒法**停下來。

「幹。」他低聲咒罵著，一次又一次地占有我，把我們倆轉向，讓柔軟的布料貼上我的背。但這個地方不在床上，而是推到窗戶一旁的窗簾。

當我們的嘴唇碰在一起時，這股能量再度爆發，他依然不停地衝刺，每次的抽送都把我體內的歡愉快感越纏越緊，讓我痛苦得難以承受。

而那股力量實在是……太強烈了，就像烈焰在燃燒我的肉體，把我的血液燒得滾燙，急需釋放的渴求在我體內翻湧。「薩登！」我忍不住叫出他的名字，一邊扭動身體，卻又死死抓著他，彷彿他是我唯一的支柱，能把我牢牢釘在原地。

「薇奧蕾，我一直在這裡。」他貼近我的雙唇，氣喘吁吁地回應我，像是在承諾一般低喃著。「就放開自己吧。」

一道閃電劈過我的身體，亮得讓我馬上閉上眼睛，隨後上方出現了火光，雷聲緊跟著轟然響起。

我聞到了一股燒焦味。

「真要命。」薩登的力量瞬間填滿整個房間，壓過了僅存的微光，窗簾瞬間燒毀落下，但在焦黑的布料碰到我皮膚之前，他就抱著我移開了原本的位置。

他把我壓在地上的時候，快感在體內累積到了極致，**終於**，在他深深衝撞我身體時，我感受到了他全身的重量。暗影逐漸散開，看見他在我上方，目光緊鎖著我的專注神情，是我見過最美的畫面。

「**真**。**的**。**好**。**美**。」我每說一個字，就親吻他一下。

他微微向後退開一下，視線在我臉上掃視了幾秒，才再次以熱吻淹沒了我，讓我忍不住想得到更多，扭動著臀部迎向他的節奏。

這個男人全心投入親吻，他的臀部隨著舌頭進出的節奏前後擺動，手支撐著他壯碩的身體，好讓我可以呼吸，同時用他的胸膛摩擦著我敏感的乳頭。他讓我與他一同逗留在高潮的邊緣，而我真的不知道自己還能撐多久，感覺下一秒就會把整個房間燒成灰燼。

「我需要……我要……」我焦急地看著他的眼睛，怎麼會連話都說不好了？

「我知道。」他再次吻上我，同時把手伸到我們之間，用幾根技術高超的手指，就把我撫摸到另一次高潮。閃電再次劈下，雷聲緊跟其後，房間瞬間變暗，而我卻在他身下徹底瓦解。

歡愉與快感一波接著一波地向我湧來，我只能緊抓著薩登的肩膀，任由這感覺帶領我向極樂屈服。

「真美。」他低聲喃喃道。

就在我從高潮中回過神的瞬間，他原先的節奏也改變了。他把我的膝蓋推向我胸口，更深入地探索我的身體。我抬起臀部配合他的動作，汗珠慢慢從我們的皮膚滲出。我目不轉睛地看著他因為這種興奮感逐漸失控的樣子，就好像是沉醉於這種歡愉一樣。我既愛他失控的模樣，又害怕自己會失去控制。而當我微微轉動臀部時，他低聲呻吟，脖子向後仰，接著用力撞進我的身體，一下、兩下。

第三下，他對空喊出聲，隨即在我體內顫抖。他的力量釋放出好幾道暗影，直接擊碎了放在窗戶另一端的木製靶子。

碎片四處飛濺，而薩登立刻釋放出另一波暗影，正好護住我們免受殘骸的傷害。然後暗影迅速消散，幾把匕首哐啷掉落在我身後的地板上。

我們躺在原地，胸膛因喘息而劇烈起伏，接著互相凝視，像是陷入了徹底的瘋狂。我能看出他和我一樣既震驚又著迷。

「我從來沒有這麼失控過。」他用一隻手支撐著身體，另一隻手輕輕撥開我臉上的頭髮。他的動作無比溫柔，與剛才那種狂熱的動作完全相反，讓我忍不住眨了眨眼，然後露出滿足的微笑。

「我也是。」我的微笑逐漸擴大成燦爛的笑容。「不過，我以前也沒什麼力量可以失控就是了。」

他笑著把我們翻到側躺的姿勢，緊緊抱著我，用自己的手臂墊著我的頭。

我聞了聞空氣中的燒焦味。「我是不是……」

「把窗簾燒了？」他挑起眉毛，回答得一臉正經，「是的。」

「哦。」我竟然一點也沒有尷尬丟臉的情緒，只是用手指輕輕撫過他下巴的鬍碴。「然後你幫我滅了火。」

「沒錯，就在我弄壞妳的投擲標靶之前。」他露出了無奈的表情。「我會幫妳換一個新的。」

我瞄了一眼衣櫃。「還有我們……」

「嗯對。」他揚起了眉毛。「而且我敢說妳可能也得換張新椅子了。」

「剛剛真是……」我話還沒說完，突然意識到他甚至連褲子都沒完全脫下來，而我的睡裙也還隨意掛在一邊的肩膀上。

「美好到讓人覺得害怕呢。」他捧住我的臉。「應該先讓妳洗個澡然後睡覺。至於……妳的房間，就明天再說吧。想不到妳的床是我們唯一沒有弄壞的東西。」

我坐起身確認床真的還在，薩登也跟著坐起來，身體微微前傾。我的目光瞬間被他的背所吸引，肌肉線條分明，還有一片斯蓋兒轉印在他背上的深藍色印痕。

我忍不住伸出手，輕輕描摹他背上的龍形印痕，手指在銀色的凸疤上停留，而他的身體頓時變得僵硬。短而細的疤痕排列得太過工整，不像是鞭傷，也沒有交錯的痕跡，看起來毫無規律可言。「你的背怎麼了？」我壓低聲音，屏住呼吸問道。

「妳還是別知道的好。」他的身體緊繃，但也沒有離開我的撫觸。

「我想知道。」那些疤痕看起來不像是意外，而是有人刻意為之，帶著惡意傷害薩登。這讓我恨不得找到那個人，讓他也嚐嚐同樣的痛苦。

他的下顎微微收緊，回過頭來與我對視。那雙眼睛裡的情緒讓我忍不住咬緊下唇，我知道這一刻可以朝任何方向發展：他可能像往常一樣把我拒之門外，也可能真正向我敞開心扉。

「看起來很多道疤痕。」我輕聲說著，手指沿著他的脊椎往下滑。

「一百零七條。」他移開了視線。

這個數字讓我的胃翻攪了一下，撫摸著他的手也停了下來。**一百零七**。是黎恩提到的那個數字。「是還沒成年就擁有叛軍印痕的孩子們。」

「嗯。」

我稍稍移動了位置，讓自己可以看清楚他的臉。「之前發生了什麼事，薩登？」

他輕輕撥開我的頭髮，那一瞬間，他的臉上幾乎只帶著溫柔的神情，讓我的心跳漏了一拍。

「我看到了一個交換條件的機會，然後我就抓住了。」他淡淡地回覆。

「要交換什麼條件才會讓你留下這樣的傷痕？」

他的眼神裡充滿掙扎，最後還是嘆了口氣，把真相都告訴我。「條件就是，我會對叛軍領袖們留下的一百零七個孩子負起責任，確保他們效忠納瓦爾，我們也因此可以在騎士學院裡為了活下來而努力，而不是像我們的父母那樣直接遭到處決。」他移開了目光。「我選擇背負可能會死亡的機率，而不是無庸置疑的死路。」

那個殘酷的交換條件，還有他為了救其他人所作出的犧牲，有如一記重拳襲來。我輕捧著他的臉頰，把他的臉轉向我。「所以如果他們有任何人背叛了納瓦爾……」我揚起雙眉。

「那我的命就沒了。這些傷痕就是在提醒我這個約定。」

原來這就是為什麼黎恩說薩登對他有天大的恩情。「很遺憾你經歷了這些事情，聽到這些我覺得非常抱歉。」尤其他也不是發動叛亂的人。

他像是看透了我的靈魂般凝視著我。「妳沒有什麼好道歉的。」

當他準備站起身時，我抓住了他的手。「留下來。」

「我不該這樣。」他皺起眉頭，注視著我的眼睛。「其他人會閒言閒語。」

「你哪來的錯覺，以為我會在乎別人怎麼想？」我用他之前對我說過的話來反駁他，並坐起身，把手輕輕攬住他脖子上刻著叛軍印痕的地方。「薩登，留下來吧，別讓我求你。」

「我們都知道這是個餿主意。」

「那這至少是**我們**的餿主意。」

他終究是妥協了，我也知道我贏了。今晚的他只屬於我。我們輪流溜出去簡單清洗一下身體，然後他鑽進床裡，從背後抱住我。「我們的事就留在這個房間裡。」他悄悄地說，我也立刻明白他的意思。

「只留在這個房間裡。」我答應他，畢竟我們也不是在交往或是什麼關係。如果考慮上下軍階的話簡直就是……一團亂。「我們可是騎士啊。」

「我只是怕有人說了什麼，我的壞脾氣就會讓我……」

我吻上他的嘴，讓他沒辦法繼續講完話。「我明白你的意思。你……很貼心。」

他輕咬了一下我的肌膚，低聲說道：「我可不貼心。拜託別把我的任何行為誤認為是溫柔或善良。因為那只會讓妳受傷。還有，無論如何……」他把臉埋向我的脖子，深吸了一口氣。「別愛上我。」

我撫摸著他那帶著印痕的手臂，希望自己不是真的愛上他了。胸口那股讓人按捺不住的渴望和滿足感，應該只是因為我剛才經歷了三次高潮的後遺症對吧？這種交織的複雜情緒不能再多了。

「暴力女？」

我望向窗外無盡的黑夜，並轉移話題。眼皮隨時間流逝，越來越沉重。「你為什麼會猜到我能操控閃電？」

他微微移動身體，把我的頭塞到他的下巴底下。「太壬第一次傳輸力量給妳的那晚，我就覺得是妳做的，但我不確定，所以什麼都沒說。」

「真的嗎？」我眨了眨眼，試著回想那時的畫面，但腦海裡只有一種愉悅又模糊的嗡嗡聲，睡意也開始侵襲我的意識。「什麼時候？」我的眼睛慢慢闔上。

他抱著我的手臂收得更緊，也拉得我離他更近了，讓我的大腿後側緊貼著他的褲子，直到我逐漸進入夢鄉。

「妳第一次吻我的時候。」

我醒來的時候，薩登已經不在旁邊了，但這也不奇怪。如果他一開始就留下來過夜，那才令人震驚。

我在床頭櫃上發現了一個罐子，裡面有一束春天才會盛開的紫羅蘭。看到的當下我的心漲得滿滿的，我也知道我根本就是陷進去了。

他甚至把所有家具的殘骸都堆到角落了，這肯定是趁我睡著的時候用他的暗影能力做的，因為我完全沒聽到任何聲音。

雖然覺得很累，我還是快速換了衣服並把頭髮盤起來，也發現太陽原來已經升起來了呢。因為黎恩還在醫務室裡養傷，今天我只能自己一個人去檔案庫了，不過回來的時候應該可以偷偷溜進醫務室探望一下他。

我在綁鞋帶的時候，突然有人敲門。

「別鬧了。」我故意講得很大聲，讓外面的人可以聽到我說的話。「黎恩在養傷，不代表我就需要另一個……」我猛然拉開門，最後一個詞就這樣卡在喉嚨。「……保鑣。」

卡爾教授頂著一頭亂髮，站在我門前的走廊上。他用做研究的眼光打量著我，接著視線看向我房間裡一片狼藉的慘況，疑惑地挑起眉毛。「我們有工作要做。」

「可是我正要去檔案庫值班。」我反駁道。

「在我們確定妳不會把那裡燒成灰之前，妳暫時不用去值班了，畢竟閃電和紙不太適合放在一起。相信我，索倫蓋爾，那些抄寫士也不會想讓妳靠近他們珍貴的藏書的。而且看看這情況，妳連睡覺的時候都控制不住妳的力量。」他不耐煩地說。

我試著不去理會他話中的刺，因為他已經走遠了，但我還是忍不住跟著他走到大廳。「我們要去哪裡？」

「去一個不會讓妳引起森林大火的地方。」他頭也不回地回答。

二十分鐘後，我們來到了飛行場，讓我驚訝的是，太壬竟然已經裝上鞍座。

「**你到底怎麼做到的？**」

太壬不滿地哼了一聲。「**說得好像我會讓他們設計什麼我自己搞不定的東西。記好妳的力量是從哪來的，銀色的。**」

「**安妲娜還好嗎？**」我在心中問著太壬，此時卡爾教授把一個書包遞到我手上。「這個包包是拿來做什麼用的？」

「**在睡覺，但她沒事。**」太壬信誓旦旦地說。

「帶早餐用的。」卡爾回答。「以妳之後要施展的操控能力來說，妳肯定會需要這個的。」

他爬上他的橘色匕尾龍，而我也爬到太壬的背上，繫好皮帶後，我們便飛上了天空。

當我們飛進深山時，春風劃過我的臉頰，刺痛得像是風叮咬了我的臉龐。還好我今天早上穿了飛行皮衣，畢竟原本以為午餐前還會有一堂課要上。

差不多半小時後，我們在林線以上的高處降落。

我一邊顫抖著，一邊摩擦我的手臂，試圖抵抗高海拔帶來的低溫。

「別擔心，妳很快就不會覺得冷了。」卡爾教授試圖讓我放心，同時從龍身上下來，從口袋裡掏出一本小冊子。「根據我昨晚讀到的內容，這種特殊能力會讓妳的身體系統過熱，所以——」他指了指我們周圍的環境。

「而且這裡其實也沒什麼東西可以燒，對吧？」如果他想要扭斷我的脖子，這裡也沒有任何人會目擊到。我迅速瞄了他一眼又別過視線，解開鞍座的帶扣，然後順著太壬的前腿滑下來。

「**不要離開我。**」

「絕對不會。如果他敢朝妳踏出一步，我就把他活活燒成灰燼。」

「嗯，沒錯。」他仔細打量著我，而我檢查著膝蓋上的繃帶有沒有在皮衣下滑開，想辦法不要跟他對到眼。「自然界如何找到平衡，總是讓我感到很有趣。」

「教授，我不太明白你的意思。」

「這種力量竟然出現在這麼……」他嘆了口氣。「妳不覺得自己是個很脆弱的人嗎？」

「不管怎樣，我就是我啊。」我不爽地回嘴。我在這位教授面前的表現，沒理由讓他覺得我跟其他人不一樣啊。

「索倫蓋爾學員，我這麼說不是在侮辱妳。」他聳聳肩，並看向鞍座。「這是一種平衡的狀態。在我工作的過程中，我發現印記力量會有一定的相互制衡關係。制衡妳力量的似乎就是妳的身體。」

太壬的胸腔發出一聲低吼，把卡爾比較小的那隻龍往外推去。

「妳的龍不信任我。」卡爾說這句話的語氣，就像在討論一個學術問題。「因為他現在是學院裡最強大的龍——」

「但不是整片大陸上最強的龍。」太壬自己承認道。

「這也代表妳不信任我，索倫蓋爾學員。」他直視著我的眼睛，從山頂吹來的風讓他的白髮如羽毛般飄動。「為什麼妳不相信我呢？」

「直接說吧，沒什麼好隱瞞的。」

「除了你說我脆弱之外的原因嗎？」我待在太壬的前腿旁邊，隨時準備爬上去。「因為你殺死傑里邁亞那天我在場，他的印記才剛顯現，你就當著我們所有人的面，像折斷樹枝一樣扭斷了他的脖子。」

卡爾教授若有所思地歪著頭。「嗯，他當時太過驚慌失措了，而且大家都知道讀心師不該活著，我在他看到自己的結局之前就解決了他的痛苦。」

「我還是無法理解為什麼有讀心術就該判死刑。」我把手放在太壬的腿上，彷彿這樣就能吸收他的力量，即使我已經感受到他的力量在我體內流動了。

「因為知識就是力量。妳身為將軍的女兒，應該明白這個道理。我們不能讓一個能隨意得知機密資訊的人到處遊蕩，因為他們會對整個王國的安全帶來威脅。」

可是戴恩也還活著。

「因為只要高層能控制艾托斯，他就還有利用價值。」太壬朝我頭頂噴出一團蒸氣，那隻橘色匕尾龍也因此退得更遠了。**「而且他需要透過接觸才能使用他的能力，比讀心術好控制多了。」**

「聽著，妳不必信任我，如果妳願意的話甚至可以坐在龍背上施展能力。但，索倫蓋爾學員，我希望妳相信我沒打算殺了妳。失去妳這樣的資產對戰事來說是一大損失。」

他說我是資產。

「還有，妳跟太壬締約，使得妳跟萊爾森成為納瓦爾王國這麼久以來最令人嫉妒的騎士組合。我能給妳一個建議嗎？」他瞇起了眼睛。

「請說。」至少他夠坦白，讓我知道自己在他心中的地位。

「我建議妳可以表現出自己的忠誠。妳跟萊爾森都有其他騎士羨慕的致命力量，還格外強大。如果你們兩個合在一起呢？」他濃密的眉頭皺了起來。「你們會變成指揮部無法容忍的存在，是他們會害怕的敵人。妳明白我的意思嗎？」他的語氣變得特別溫和。

「教授，納瓦爾是我的家。就跟之前每個索倫蓋爾家的騎士一樣，我願意為了保護納瓦爾犧牲我的生命。」

「很好。」他點點頭。「現在開始訓練吧。妳越早能控制閃電，我們就能越早回去，免得在這裡吹冷風。」

「說得也是。」我望向四周。「所以你要我……」我指著周圍的山脈。

「對，最好別打在我們站的地方。」

我凝視著遠方的山脈。「我其實不太確定之前是怎麼召喚閃電的。畢竟那是一種……情緒反應。」至於昨晚發生了什麼事，絕對不能提。

「有意思。」他用一塊木炭在筆記本上寫著什麼。「除了昨天的戰爭演習，妳之前曾讓閃電出現過嗎？」

我猶豫要不要如實回答，但現在保持沉默也對訓練沒有幫助。「用過幾次吧。」

「所以兩次都是情緒反應造成的嗎？」

太壬戲謔地噴出鼻息，而我用手背猛力拍了一下他的前腿。「都是。」

「好，就從那裡開始吧。想辦法專注在妳的力量上，試著細細體會妳所感受到的一切。」他又開始寫著筆記本。

「需要我去叫翼隊長來嗎？」太壬直接在我腦海裡大笑。

「閉嘴喔。」我雙腳站在我腦中檔案庫的位置，感受各種力量環繞著我、流過我的身體。那裡也有安妲娜的金色亮光，但因為昨天消耗她太多能量已經變得柔和。漆黑的暗影在我頭上旋轉，我知道那代表我和薩登的關係。

「有什麼問題嗎？」薩登問道，好像可以感覺我在詢問似的。**「而且妳在那麼遠的地方做什麼？」**

「我在跟卡爾教授訓練。」聽到他低沉的聲音，我的臉頰瞬間發燙。**「而且你怎麼知道我離很遠？」**

「等妳操控魔法的能力變強就能做到了。不管妳去到世界的哪個角落，我都能找到妳，暴

力女。」這話本該是威脅的，但聽起來卻特別讓人安心。

「**現在我只想召喚出閃電就好。卡爾教授一直盯著我看，如果我搞不清楚該怎麼做的話，場面就要變得超尷尬了——**」

此時一連串的畫面湧現腦海，那是……我昨晚的樣子，只是這次是從薩登的視角看到的我，可以看到一股難以抑制的慾火在燃燒。我的自制力隨之下滑——不，是薩登控制不住自己的樣子，因為我在他身下呻吟，臀部在他的手上動著。我隨著他的動作扭動時，指甲嵌進他皮膚的痛覺恍如一種快感。天啊，我需要——不——是他需要我。他對我的慾望已經超越了飢渴的程度，迫不及待想知道我的撫觸、我的滋味，還有那種感受——

閃電的力量湧過我全身，在皮膚上劈啪作響，亮光在我闔上的眼睛後方閃爍著。

那些畫面一停，我感受到的又變回我自己的情緒。

昨晚的畫面挑起我的慾望，他媽的害我不得不調整重心來緩解雙腿間的渴望。

「做得很好！」卡爾教授點點頭，在筆記本上又記下了一些東西。

「**我真不敢相信你剛剛做了那種事。**」

「**不客氣。**」

我把手背輕貼在臉頰上，感覺臉燙得要命。

「看吧，就跟妳說妳可以了。」卡爾舉起筆記本。「上一個雷電使也說這會讓他身體過熱。現在再試一次吧。」

太壬又在竊笑。

「**你最好給我閉嘴喔。**」我警告他。

這一次，我專注在力量在我身體湧動的感覺，而不是引發這種力量的原因，打開了每個感官，讓炙熱的能量在我體內流竄，凝聚到一個臨界值再釋放出來，閃電隨即劈在一千公尺外的地方。哇喔，看看這個，我真是太厲害了。

「這次也許可以練習瞄準了？」卡爾教授從筆記本的上緣偷偷看向我。「記得別耗光妳用來控制力量的體力。沒人希望看到妳燃燒殆盡。像太壬這樣的力量，如果妳無法好好控制，就會把妳給吞噬了。」

在我精疲力盡前又劈了五道閃電，但全都沒打中目標。

看來這會比我想像的還要難。

「七月一日，為阿瑞西亞戰役的週年紀念日，特此明訂此日為『回歸紀念日』，並於每年此日於納瓦爾全境慶祝阿瑞西亞回歸，以紀念為了保衛我國免受分裂勢力侵害而在戰爭中犧牲的烈士們，以及因阿瑞西亞條約而得救的民眾。」

——智慧之王陶利的詔書

第三十一章

我正從只剩骨架的衣櫃裡拖出一堆衣服，就聽到有人在敲門的聲音。

「進來吧。」我對門外喊道，並把衣服丟到床上。

薩登打開我的房門，走了進來。外頭的風吹得他的頭髮凌亂不堪，好像剛從飛行場回來一樣，一看到他，我的心就怦怦狂跳。

「我只是想——」他才剛開口，話說到一半就停下來環顧昨晚弄得一片狼藉的房間。「不知道為什麼，今天我還想辦法說服自己昨晚我們沒弄得那麼亂，可是……」

「嗯，這……」

他看著我，我們倆不約而同地笑了出來。

「不是，這也沒什麼好尷尬的。」我聳聳肩，試著化解緊張的氣氛。「我們都成年了嘛。」

他挑了挑他那帶有傷疤的眉毛。「好，因為我也沒打算讓這件事變得尷尬，不過我至少可以幫妳收拾一下。」他的注意力轉移到衣櫃上，然後皺起眉頭。「我敢保證今天早上離開時，這衣櫃在黑漆漆的房間裡看起來沒這麼慘，結果妳昨晚不只點燃了好幾棵樹，還燒壞了一些家具啊。這還得靠兩個水流使才把火熄滅。」

我的臉瞬間發燙。「你滿早離開的。」我盡量讓我的語氣聽起來不像是很在乎的樣子，然後走向書桌。神奇的是，我的書桌竟然毫髮無傷。我彎下腰撿起幾本昨晚被我們弄到地上的書。

「我今天早上有隊長會議要開，一大早就要去準備了。」他也彎下腰，手臂輕輕擦過我的手臂，撿起了那本我最喜歡的神話故事集，就是米拉那晚在我們回到蒙瑟拉特後，偷偷塞進我背包的那本。

「哦。」我心裡輕鬆了些。「那提早離開確實很合理。」我站起來，把書放到桌上。「所以不是因為我打呼嚇到你之類的。」

「不是。」他嘴角微微揚起。「卡爾的訓練怎麼樣？」

話題轉得不錯。

「我可以施展力量，但完全瞄不準，而且這超累的。」我噘起嘴，回想自己第一次發動攻擊時的情景。「說真的，你昨天在飛行場上還真是有點白目。」

他緊握著手中的書本。「是啊。我說了我認為能讓妳撐過去的話。我知道妳不喜歡讓別人看到脆弱的一面，但妳……」

「我確實很脆弱。」我把他的話接了下去。

他點點頭。「如果我這麼說可以讓妳好受一點的話，我想跟妳分享我第一次殺人後，其實什麼也吃不下。我不會因為妳有這樣的反應就看輕妳，因為這代表妳還保有人性。」

「你也是。」我輕聲回覆，接過他手中的書。

「這可不好說。」

說這句話的人背上有一百零七道傷疤。「明明就是，至少對我來講是這樣。」

他快速移開了視線，我知道他隨時都可能對我豎起防衛。

「跟我說些真話吧。」我急切地說，想把他留在我身邊。

「像是什麼？」他詢問的語氣和之前我們飛行時一模一樣，那時我鼓起勇氣問起他傷疤的事，他卻把我一個人丟在山上。

「像是……」我腦中飛快地翻找著該問些什麼。「像是，那晚我發現你在中庭之前，你去了哪裡？」

他皺起眉頭。「妳得說得更具體點，畢竟三年級生常被派去出任務。」

「你當時和博蒂在一起，就在要過臂鎧關之前而已。」我緊張地用舌頭舔了舔下唇。

「哦。」他撿起另一本書，放到桌上，顯然是在拖延時間，猶豫要不要對我敞開心扉。

「你告訴我的任何事情，我絕不會告訴別人。」我答應他。「希望你能明白這一點。」

「我知道。妳從來沒跟任何人說過去年秋天在那棵樹下看到的事。」他揉了揉後頸。「阿夫賓。我只能告訴妳我們去了那裡，妳不能問為什麼，也不能再問其他細節。」

「哦。」這答案的確出乎我意料。但對於學員來說，跑腿送個東西到前哨站也不算稀奇。

「謝謝你願意告訴我。」我拿起書準備放回去，卻發現這本古老巨著的書脊因為昨晚被我們弄到桌下，明顯更加破舊了。「糟糕。」我翻開書的封底，發現書脊已經裂了開來。

有什麼東西露了出來。

「那是什麼？」薩登問，從我肩膀上方探過來看。

「不太確定。」我一隻手穩住沉重的書，另一隻手從書脊後面抽出一張看起來硬挺的羊皮紙。當我認出那是爸爸的字跡時，我的內心世界一陣翻天覆地，而日期顯示這是在他去世前幾個月寫下的。

親愛的薇奧蕾，

等妳發現這封信的時候，妳應該已經在抄寫士學院了。妳要記住，民間傳說之所以代代相傳，就是為了教導我們過去發生了什麼事。如果我們失去了這些故事，就等於是失去了與過去的連結。只需要一個絕望的世代就能改變歷史，甚至是抹除一切過往。

我相信在時機到來時，妳會做出正確的選擇。妳身上有我和妳母親的各種優點，一直都是讓我們感到驕傲的孩子。

愛妳的
爸爸

我皺起眉頭，把信遞給薩登，然後翻動著書頁。這些故事對我來說都好熟悉，彷彿還能聽到爸爸逐字念著的聲音，彷彿我還是小孩子，窩在他的大腿間聽他講故事一整天。

「這封信很有意思。」薩登評論道。

「布瑞南死後，他就變得有點愛說一些晦澀難懂的話。」我輕聲承認。「失去哥哥後我爸的個性變得更孤僻了。我後來之所以還有跟他相處的時候，是因為我一直在檔案庫裡準備抄寫士考試。」

我翻閱著紙頁，讀到一個古老王國版圖橫跨兩片海洋的故事，還有三兄弟為了得到某種魔法以控制這片神祕的大陸而展開的大戰。一些神話講述了最早那些騎士的故事，包括他們是如何學會與龍締約，以及如果騎士試圖吸收過多力量時，這種締約關係可能會反噬他們的故事。還有一些講述人類因黑魔法終究走向腐化，變成危靈族席捲大陸的故事。屬於黑暗勢力的危靈族創造了長著翅膀的雙足飛龍，為獲取更多力量而掠奪大地的魔法。另一則故事講述從地面而非天空施展力量的危險，因為人一旦開始從大地汲取魔法，最終會陷入瘋狂。

這些神話的目的之一，是想要教導孩子們擁有太多力量的危險。沒有人想要變成危靈；他們是我們做惡夢時，躲在床底下想趁虛而入的怪物。而且我們也絕對不會想在沒有龍的庇護下操控魔法。但這些只不過是小朋友的床邊故事而已，為什麼爸爸要留下這個難懂的紙條，還要藏在書裡呢？

「妳覺得他想告訴妳什麼？」薩登問道。

「我不知道。這本書裡的每個神話都在說太多力量會導致腐化，也許他覺得高層有人已經腐化了。」我抬頭看向薩登，開玩笑地說，「如果梅爾戈倫將軍哪天撕下面具，透露他自己其實是可怕的危靈，我一點也不會意外，因為那個人總是讓我毛骨悚然。」

薩登輕輕一笑。「希望不要發生這種事情。我爸以前常說危靈族會花時間在荒原等待，如果我們不吃蔬菜，他們就會來抓我們。」他望向左邊的窗戶，我知道他正在懷念他的父親。「他說如果我們不小心，總有一天王國的魔法就會消失。」

「我很遺憾——」我才剛開口，就看到他突然緊繃起來，所以決定換個話題。「那麼，我們該先收拾哪堆東西？」

「今晚要做什麼我有更好的計畫。」他一邊說，一邊把另一堆衣服放在我的床上。

「喔？」我看過去，發現他盯著我的嘴唇，眼神變得深邃。我的心跳立刻加快，光是想到觸碰他，就有一股能量在體內湧動。

別愛上我……

他昨晚說的話，和現在看我的眼神，形成了鮮明的對比。

我向後退一步。「你明明說要我別愛上你的，難道你改變想法了？」

「絕對沒有。」他的下顎隨之繃緊。

「好吧。」沒想到這句話實際聽起來會這麼傷人，這正是問題所在，我在感情上面已經太過投入，讓我無法把性愛跟感情分開，不管跟他上床本身有多棒都一樣。「我有個問題是，對你我沒辦法把性愛和情感分開。」可惡，好吧，我還是說出口了。「我們已經太親密了，如果再上床一次，我最後會愛上你的。」說完這倉促的告白後，我的心怦怦狂跳，等待著他的回應。

「妳不會的。」他眼中閃過類似驚慌的情緒，然後交叉雙臂抱胸。我看得**一清二楚**，這個男人正築起心牆來抗拒自己的情感。「妳並不是真的了解我，不了解真正的我。」

這是誰的錯啊？

「好了，我知道了。」我輕聲反擊。「如果你能不要像個戀愛白痴一樣，就承認繼續這樣下去你也會愛上我，我們有的是時間慢慢了解彼此。」他不可能為了我花時間設計鞍座，訓練我怎麼戰鬥或飛行，卻對我**一點感覺**都沒有。他也必須為我們這段關係奮鬥，不然永遠無法開花結果。

「我完全**不打算**愛上妳，索倫蓋爾。」他微微瞇起眼睛，一字一句地說，生怕我會誤會他的意思。

去他的。是他讓我走進他的內心，還告訴我那些傷疤的故事。他為我打造了一整套武器裝備，也很在乎我的感受。他明明就跟我一樣深陷這段感情，只是他不太擅長表達他的心意而已。

「哎。」我皺起眉頭。「好吧，顯然你還沒準備好承認這段關係會有的發展，所以，嗯，也許最好的方式就是我們同意這只是一個偶然的意外而已。」我故意聳了聳肩。「我們都只是需要發洩一下，也這麼做了，對吧？」

「對。」他雖然口頭上同意，眉頭卻浮現了一絲焦慮。

「那下次我看到你，我就會跟現在的你一樣冷靜，假裝不記得你在我身體裡的那種感覺。」

溫熱又硬挺。他確實有令人驚嘆的肉體，但他也無權決定我的心要怎麼想。

他勾起嘴角靠近我，目光使我全身發燙。「而我會假裝我不記得妳柔軟的大腿夾住我臀部的感覺，或是妳要高潮前的喘氣聲。」他咬著下唇，我得用盡所有意志力才克制住親他的衝動。

「我也會想辦法忽略你用手抓緊我的屁股，把我壓在衣櫃上才能插得更深，還有你吻著我脖子的回憶。對我來講輕輕鬆鬆。」我後退時嘴唇微張，當他跟上來把我抵在牆上時，我的心跳瘋狂加速。

他的手撐在我的頭旁，整個人靠近我的身體，半邊嘴角勾起笑容。「那麼，我想我只能忘記妳包覆著我炙熱又濕潤的感覺，忘記妳哭喊著想要更多，直到我只剩下一個念頭，就是如何超越身體極限，成為最能滿足妳的人。」

可惡，他比我還更擅長這種撩人的把戲。我突然感到全身發燙，想要他靠得近一點。我想要昨晚的一切，甚至還想要**更多**。他急促的呼吸拂過我的嘴唇，而我的狀況也好不到哪裡去。

管他的，我可以占有他，對吧？我可以享受他給我的一切，沉浸在每分每秒的歡愉之中。我們可以把這個房間的家具全毀了，再搬到他的房間裡，但一到早上我們又會變成什麼關係？

就像現在一樣。兩個人都渴望著對方，卻只有一個人敢於跨出那步。而我值得一段更好的關係，不是只得按著他的條件來走。

「你想要我。」我把手放在他胸口，感受著他劇烈跳動的心臟。「我知道這嚇到你了，雖然我也同樣非常想要你。」

他僵住了。

「但問題是，」我直視著他的眼睛，知道他隨時都可能逃開。「你沒辦法控制我會怎麼想。你可能可以在外面發號施令，但在這裡不行。你不能說我們可以上床但不能愛上你，這樣太不公平了。你只能尊重我的選擇。所以在我**願意**賭上我的心之前，我不會再跟你做那檔事了。如果我還是愛上你了，也是我的問題，不是你的問題。你不用對我的選擇負責。」

他的下巴繃緊了一下，兩下，而後退開牆壁給我空間。「我覺得這樣是最好的方式了，因為我很快就要畢業了，也沒人知道我最後會去哪。而且，我和妳是因為斯蓋兒和太壬才被綁在一塊。這讓一切都變得……更複雜了。」他一步步向後退，退的距離不只是物理上的距離。「再說，**假裝**久了，我們終究會真的忘記昨晚發生過的事。」

我倆凝視著對方的樣子告訴我，我們誰也不會忘記昨晚的回憶。他可以盡量逃避這話題，但我們最後還是會回到這一刻，直到他願意承認跟我的關係。因為我非常確定一件事情，就是我要愛上這個男人了，如果我還沒愛上他的話啦。而他自己也差不多了，不管他有沒有意識到這點。

我轉身走向劈成兩半的投擲靶子，把散落的兩塊撿起來後走回房間。「薩登，我從來不覺得你是騙子。」我把那兩塊碎片壓向他的胸口。「等你想開的時候，再幫我買個新的靶子吧，到時候我們再來發洩那種慾望。」我把這惱人的男人趕了出去。

「你聽說陶利國王要來這裡慶祝回歸紀念日了嗎？」吃午餐時索伊爾一邊問著，一邊把腿跨到我旁邊的長椅上。

「真的嗎？」我全力進攻著盤中的烤雞。自從每天跟著卡爾訓練以來，我的食慾都像個無底洞。好在他每天只讓我在那座山頂待一個小時，但即便如此，每到早餐時間我都餓得不得了。

一個月過去了，我的閃電還是瞄不準任何東西。但好歹我現在每小時可以擊出二十道閃電了，也算是有進步。我的視線掃過餐桌，正好捕捉到薩登和領導階層坐在司令台上用餐的樣子。

他今天早上看起來真是秀色可餐。連他翻著蓋瑞克白眼時，那一片跟著他到處跑的小小烏雲，也帶著一種特別的魅力。

「**別那樣看我。**」

「**哪樣？**」我揚起了一側的眉毛。

他的目光和我短暫交會。「**像妳還在回想昨晚在練武館發生的事那樣。**」

「這還用說嗎，」對面的瑞安娜接著說，「那就是為什麼德薇拉教授現在在交誼廳準備了大約五百套黑色軍禮服。因為國王去哪，派對就該到哪。」

「**嗯，現在你又提起了這件事。**」我舔了舔下唇，回味著昨晚大家離開後，他的臀部將我壓在地墊上時的感覺。我們差一點就讓彼此之間那股衝動的慾望吞噬了。

他下頷的肌肉一緊，手中的叉子也握得更用力。「**拜託，妳這樣看我，我根本無法思考。**」

「真假？我還以為那些軍禮服是為畢業典禮準備的？」雷迪克插話問道。

伊莫珍冷笑一聲：「講得好像有人會為了畢業典禮特地打扮似的。這根本只是一場大規模集合，然後潘切克就會說：『看，你們活下來了。做得好。來搞清楚你們分配到的任務，收拾收拾行李就滾吧。』」

大家都因為伊莫珍的神模仿哄堂大笑。

「**是你自己定的荒唐規則，說不能愛上對方的。**」我提醒他。

「**但妳還是盯著我看啊。**」他強迫自己將注意力轉回盤子上。

「**你讓我很難移開視線啊。**」我想念他的嘴唇親在我的肌膚上，懷念他的身體壓在我身上的感覺。我也想念他看著我釋放慾望時的神情。但我更懷念的是他睡覺時將我攬在懷裡的那份溫暖。

「**我在這邊把雙手和回憶都收得好好的，因為妳要求我不要繼續跟妳有接觸，而妳現在卻用眼神在折磨我，這根本不公平。**」

我不小心弄掉了叉子，而現在整桌的人都轉頭盯著我看。

「妳沒事吧？」瑞安娜挑起眉毛問道。

「沒事。」我點點頭，努力無視從脖子蔓延上來的燥熱。「我很好。」

黎恩放下手中的杯子，在我和薩登之間來回瞥看，忍住笑意搖了搖頭。他當然知道我跟薩登發生了什麼。不知道才怪，畢竟他可是幫薩登和蓋瑞克一起把新衣櫥搬進我房間的人。

「就叫妳別再盯著我看了。」他語氣中帶著笑意，但臉上還是那副冷淡的表情。

我氣得用叉子敲了敲盤子。你知道嗎？我真是受夠了。既然如此我也要來以牙還牙。**「如果你能有點擔當，承認我們的關係不只這樣，我早就脫掉衣服讓你看光光了。然後等你向我求饒的時候，我會跪下來，解開你那身飛行皮衣，然後用嘴唇含——」**

薩登聽到這話瞬間嗆到。

餐廳裡的每個人都回過頭來看他，蓋瑞克隨即重重拍了他的背，直到薩登喝下另一口水，揮手示意讓他停下。

我露出大大的笑容，換來了同桌其他六個人困惑的眼神，還有黎恩的白眼。

「妳真的會害死我。」

⚜

距離畢業典禮還有十天，而我數著剩下來的每一天。到時候就知道薩登會派駐到離巴斯蓋亞多遠的地方。大多數新晉中尉都會分配到內陸的前哨站，駐守在通往邊境哨站要道上的堡壘，但有薩登這樣力量的人呢？我都不敢想他會被派到多遠的地方。

或者這是他始終不承認我們之間有什麼的原因，甚至暗示了他至少不後悔那晚跟我纏綿。如果是這樣的話我也就滿足了。

別愛上我……

我的頭皮突然感到一陣熟悉的刺痛，於是知道薩登已經和其他學員和長官一起進到戰爭簡論的教室了。

德薇拉教授直接開始報告今天的戰事，但我很難集中精神。

今天是布瑞南逝世六週年。如果他還在的話，以他的職涯發展，現在應該已經是上尉了，也許還能當個少校。搞不好他已經結婚，我也當上姑姑了。或許爸爸不會因為失去他而第一次心臟病發，也不會在兩年前的春天最後一次發作離開人世。

「**帶我上床。**」我在腦海裡不小心蹦出這句話，然後癱坐在自己的座位上。不過我其實不後悔說出來，因為在今天這樣的日子裡，我的確需要分散注意力。

「**在這麼多人面前可能會有點尷尬。**」

我雖然看不到他坐在戰爭簡論教室上方哪個位置，但他的話語溫柔地撫過我的後頸。「**也許值得一試。**」

「如果是你們，你們會怎麼做？」德薇拉掃視著人群問道。

「我如果知道那區的結界在變弱，就會請求增援。」瑞安娜回答。

「**我還是沒有改變主意，暴力女。我們之間沒有未來。**」

「如果沒有足夠的軍隊可以支援呢？」德薇拉挑挑眉。「你們應該注意到了，騎士學院的畢業生一年比一年少，而攻擊事件逐漸增多，今年我們又失去了七名騎士**以及**他們的龍。要彌補一名騎士的損失，至少需要一整個步兵連。」

「**離畢業只剩十天了。**」即將到來的期限讓我坐立不安。

「我會暫時從內陸哨站調動騎士來幫忙重建結界。」瑞安娜回答。

「**別提醒我這件事。**」

「很好。」德薇拉點頭。

「**你是真的要離開巴斯蓋亞而不——**」而不什麼？宣告他永恆的……慾望？

「**是的。**」

他當然會這麼做。薩登擅長克制自己的情感，這大概就是為什麼他也如此執著於壓抑我對他的感情。還是說我其實沒考慮到他可能有其他原因？我跟他的性愛非常完美。而我們之間的化學反應呢？火熱到爆炸。我們甚至……算是朋友，雖然胸口持續的隱隱作痛告訴我，我跟他絕對不只有這樣而已。如果他能表現得像個渣男，那我就能把那晚當作只是一次性愛，一場印象深刻得荒謬的性愛，然後繼續前進。但他沒有像個渣男，至少通常不是啦，現在我終於明白為什麼他對工作那麼認真了，因為他肩負著管理這裡每個遺印者的責任。

「**不管妳在想什麼，先等我們之間沒有一屋子人的時候再說。**」他說。

「你們還有什麼想法？」德薇拉繼續問道，並點了一個二年級生回答。

我和薩登上次一起毀了我房間後，已經過了一個半月了，而且我們也成功克制住不把手放在對方身上了，雖然以我們在訓練墊上那些充滿張力的夜晚來看，那一夜顯然不能滿足任何一方。當然，我們都知道更多親密的互動只會讓已經很複雜的情況變得更複雜。

但他想必不會跟別人發洩我們之間的性張力。肯定不會的吧。這個危險的想法以一種令人作嘔的速度蔓延開來。

想到這個太過真實的可能性，我的胃就揪了起來，課程也完全聽不進去了。「**你有別人了嗎？**」

「**現在不是討論這個的時候。專心聽課。**」

我用盡全力才忍住不轉身朝他大吼。如果我每晚都獨自在床上輾轉難眠，而他卻——

「這想法也不錯，艾托斯。」德薇拉對他微笑。「要我說的話，我覺得這個答案很有翼隊長的風範。」

眾神啊，如果德薇拉再繼續誇獎他，戴恩今天練習的時候肯定會自我膨脹到讓人受不了的。

說到打鬥練習……回想起那晚伊莫珍看著薩登的眼神，我不小心把筆握得太緊了。可惡。這好像說得通。伊莫珍身上也有叛軍印痕，而且絕對不是殺父仇人的女兒，所以也滿有可能的。

「**是伊莫珍嗎？**」

我要吐了。

「**拜託噢！暴力女。**」

「**是她嗎？我知道我們約好不會再講這種話了，可是……**」我現在很後悔告訴他我想要更多了，也覺得我應該專心聽課而不是還在跟薩登吵架。「**至少告訴我是不是嘛。**」

「索倫蓋爾。」薩登厲聲說道。

我僵住了，也感覺得到所有人的目光。

「萊爾森？」德薇拉示意他繼續講下去。

他清了清喉嚨。「如果沒辦法請求增援，我會請米拉・索倫蓋爾暫時調來這裡。蒙瑟拉特的結界本身就很強大，有她的印記，就可以加強結界脆弱的地方，直到其他騎士前來強化結界。」

「好主意。」德薇拉點頭。「那麼在這個山道，哪些騎士是重建結界最合理的人選？」

「三年級生。」我回答。

「繼續說。」德薇拉歪頭看向我。

「三年級生學過怎麼建立結界，而且這個時候他們反正也要離開了。」我聳聳肩。「不如讓他們提早出發，這樣還能派上用場。」

「**妳他媽的說到重點了。**」

我立刻切斷跟他的心靈對話，把他的聲音擋在外面。

「這是個合理的選擇。」德薇拉說道，「今天課就上到這裡，別忘了你們該準備畢業前最後一場戰爭演習了喔。還有，今晚九點我們希望所有人都能到巴斯蓋亞前的廣場觀看慶祝回歸紀念日的煙火。現場只能穿軍禮服。」她挑眉看向雷迪克。

他聳聳肩。「我還能穿什麼？」

「誰知道你會想出什麼花樣。」德薇拉說完就讓我們離開了。

「妳和……他之間，有什麼我需要知道的事嗎？」黎恩在我們收拾東西時朝我挑挑眉問。

「我們之間什麼都沒有。一點事也沒有。」我堅持這麼說。如果薩登不想看看我們之間是否還有更多可能，那我也接收到他的訊息了。我轉而去找瑞安娜說話：「十天後終於能寫信給妳妹妹了，妳有沒有很期待？」

她笑了。「自從來到這裡，我每個月都寫信給她。現在終於可以把信寄出去了。」畢業至少還有一個好處，就是我們終於能和我們愛的人聯繫了。

那天晚上，我調整了一下黑色軍禮服胸前的飾帶，把一縷散髮塞回先前奎茵幫我精心梳好的造型，然後在走廊上和瑞安娜碰面。

她解開了平常綁來保護頭髮的辮子，緊密的捲髮在她臉旁形成美麗的光環，臉上還撲了些金色腮紅。她選了一件整齊的修身長褲，以及斜切過身體的短上衣，這套服裝在她修長的身材上看起來無比出眾。當她拉了拉身上的飾帶時，我點頭稱讚她：「這樣穿很辣喔。」

我則是選了一件無袖高領的款式來遮住護甲，配上開衩到大腿的及地長裙。德薇拉說這套服裝是為了在遇襲時方便行動，不過我個人並不反感走動時大腿會若隱若現，尤其是跟伊莫珍訓練後，我的腿部變得很結實。我的飾帶和其他人一樣是簡單的黑色絲緞，肩下繡著我的名字和代表一年級的星星。

「我聽說會有一大群步兵在那裡。」奈汀加入了我們的聊天。

「妳不是比較喜歡聰明又有身材的嗎？」雷迪克立刻插嘴，而索伊爾就在他身旁。

「不會吧！你們想丟下我！」黎恩穿過人群向我們跑來，我們才正要走向通往巴斯蓋亞主校區的樓梯。

「我還以為你今晚會放假呢。」我在他走近我身邊時說道，「你看起來很帥啊。」

「我知道。」他假裝自戀地整理著深黑短上衣上的飾帶。「聽說治療師學員對騎士都很有好感。」

「才怪。」瑞安娜笑道，「他們常常要把我們拼湊回原本的樣子，我賭他們一定更喜歡抄寫士。」

「那抄寫士會喜歡誰？」我們在一片黑壓壓的人群中下樓時，黎恩問了我。我們走的是每天早上去檔案庫的必經之路。「畢竟妳也差點成為抄寫士的一員了？」

「通常是其他抄寫士吧。」我回答。「但以我爸的喜好來看，可能是騎士喔。」

「我只是很期待能看到一些不是騎士的人，」雷迪克說著，替我們推開行經隧道的門。「不然這地方感覺快要變成近親繁殖了。」

「就是啊。」瑞安娜點頭附和。

「拜託，妳和塔拉整年都這樣分分合合的。」奈汀笑著說，但臉色瞬間一白。「可惡，妳們是不是又分了？」

「我們在石橋試煉之前都會是暫時分開的狀態。」瑞安娜回答，而我們一行人踏入了治療師學院。

「真不敢相信，再過兩個多星期我們就要升上二年級了。」索伊爾感慨道。

「更不敢相信的是，我們居然活下來了。」我補了一句。這週的死亡名單上只有一個名字，是一個三年級學生，沒能從一場半夜的任務中平安歸來。

當我們抵達中庭時，宴會已經熱鬧開場。代表各學院的制服色彩斑斕，有治療師的淺藍色、抄寫士的奶油色，以及步兵的海軍藍制服，而零星的騎士黑色制服顯得有些稀疏。這個地方大概有上千人。

我們頭上掛著魔法燈聚成的幾盞吊燈，厚重的天鵝絨布料覆蓋住巴斯蓋亞的石牆，讓這片實用的戶外空間搖身一變成為舞廳的模樣。角落甚至有一支弦樂四重奏樂團在演奏。

「**你在哪裡？**」我問了薩登，但他沒有回應。

我們一進到會場便各自散開，只有黎恩仍然守在我身邊，像弓弦一樣緊繃神經。「妳應該穿著護甲吧？」

「你覺得有人會在我母親面前捅我一刀嗎？」我指向遠處的露台，母親像個女王般站在那裡，環視著她的疆域。我們的目光相接，然後她對身旁的一名男子低語幾句後便消失在視線中。

我也很高興見到妳喔。

「我認為如果有人要刺殺妳，現在就是最好的時機，特別是知道殺了妳就能了結梵・萊爾森之子。」他的聲音突然變得緊繃。

就在此時，我注意到周圍軍官和學員的目光。他們沒有盯著我的頭髮或我飾帶上的名字看，視線反而落在黎恩的手腕上，注視著叛軍印痕明顯的漩渦紋路。

我挽住他的手臂並抬起下巴對黎恩說：「真抱歉。」

「妳完全不需要道歉的。」他輕拍我的手，試圖安慰我。

「當然要。」我低聲說道。天啊，大家聚在這裡是為了慶祝黎恩和其他遺印者所說「叛變」結束的日子。他們正在慶祝他母親的死。「你可以回去了。你應該離開這裡的。這真的太……」

我搖了搖頭。

「妳去哪裡，我就去哪裡。」他的手緊握著我的手。

我喉嚨如同卡了塊巨石，然後我掃視著人群，直覺告訴我他不會在這裡。這裡沒有蓋瑞克、沒有博蒂、也沒有伊莫珍，更不可能有薩登。難怪他今天心情感覺這麼爛。

「這樣對你不公平。」我瞪著一名步兵軍官，那人竟然還有臉在看到黎恩手腕的印痕後感到震驚。

「我懷疑妳也不會喜歡慶祝妳哥哥的忌日。」黎恩表現出一種我意想不到的莊重態度。

「布瑞南一定會討厭這個的。」我舉手指向人群。「他比較在乎工作完成了沒，而不是慶祝完成後的成果。」

「是啊，聽起來就像——」他的話戛然而止，我注意到我們前方的人群開始分成兩半，便把他的手臂握得更緊。

陶利國王與我母親並肩前來，從他那抹露出整排牙齒的微笑來看，他正朝我們的方向走來。一條紫色飾帶斜掛在他的短上衣上，別著一枚枚他從未親自贏得的勳章，全來自他從未踏足的戰場。

母親的勳章則全是自己贏得的，像珠寶般裝飾著她的黑色飾帶，垂掛在她的高領長袖軍禮服上。

「快走。」我低聲對黎恩說道，然後看在母親的面子上，在梅爾戈倫將軍加入他們的隊伍時勉強擠出一個微笑。梅爾戈倫或許是個很精明的人，但他在旁邊時，總讓人覺得可怕到不行。

「因為妳覺得最危險的人來了嗎？我才不會走。」黎恩挺直腰桿說道。

我之後一定要找機會好好修理薩登，因為他強迫黎恩要承受這些。

「陛下。」我輕聲向國王致意，依照米拉教過我的動作，後退一步並低下頭行禮，同時注意到黎恩彎下腰來行禮。

「妳母親告訴我，妳不只跟一隻龍，而是跟**兩隻**非凡的龍締約啊。」陶利國王說，鬍鬚下藏著笑容。

「沒錯，而且她對妳的力量非常有信心。」梅爾戈倫補充道，笑容冰冷，毫不掩飾地打量著我。

「我目前還不敢這麼說。」我回以一個禮貌的微笑。我在這些自負的將軍、政治人物和王室成員身邊待得夠久，知道什麼時候該謙虛一點。「我還在學習如何駕馭自己的力量。」

「別太謙虛了，薇奧蕾。」母親責備道，「她的教授們還說，他們這十年來只見過幾個人有這樣強大的天賦，例如布瑞南和那個萊爾森家的男孩。」

那個**男孩**已經是個二十三歲的男人了，但我不會糾正母親，以免讓薩登惹上更大的麻煩。

「那你的天賦是什麼？」陶利國王問了黎恩。

「陛下，是千里眼。」黎恩回答。

梅爾戈倫的眼神在黎恩暴露在外的叛軍印痕上停留片刻，然後移向他的飾帶。「馬利，你是馬利上校的兒子？」

我緊緊地挽住他的手臂，默默給予支持，而媽也注意到了這一點。

「是的，將軍。不過我主要是由特維恩的林德爾公爵撫養長大的。」他的下巴繃緊了，但那是他唯一顯露出不適的地方。

「哦哦。」陶利國王點著頭。「是的，林德爾公爵是個好人，是個忠誠的人。」他那高高在上的模樣，讓我想把他胸前的勳章一把扯下來。

「我得好好感謝他培養出我的堅毅，陛下。」黎恩輕鬆應對著這場權力的遊戲。

「是的，你的確應該感謝他。」梅爾戈倫再次點頭，目光掃視著人群。「現在告訴我，那個萊爾森男孩在哪裡？我每年都喜歡親眼看看他，確保他沒有惹出什麼麻煩。」

「不會有任何麻煩的。」我回答道，同時立刻收到媽銳利的目光。「他其實是我們的翼隊長，在蒙瑟拉特前線救了我的命。」當時他讓我離開，而不是留下來幫忙，但即便如此，他也是拯救我的大功臣，因為他這麼做，我才沒讓米拉分心，免得害她、害我自己和太壬喪命。薩登做的不單單只是救我而已。當我告訴他安柏把那些未能締約的人引到我房間時，他不只相信我，還為我打造了一整套匕首。他也設計了太壬的鞍具，讓我能和同伴們一起上戰場。他在我需要時保護了我，還教會我如何自保，讓我最終可以不再依賴別人的保護。

當其他人急於站在我前面時，薩登總是站在我身旁，相信我能自己成功應付萬難。

但薩登為我做的那些事，我什麼都沒說出來。為什麼呢？因為薩登一點都不在乎這些人對他的看法，所以我才不會在乎。相反的，我繼續保持一個迎合長官們的微笑，表現出似乎對眼前這些權勢人物充滿敬畏的樣子。

「他們的龍是伴侶，」媽插話說道，笑容透著寒意。「所以她才有必要跟他走近。」

我可能是因為慾望和需求，還有我胸口那股讓我很怕去定義的痛楚才會跟他走近。但當然，用「必要」來說也合理。

「那真是太好了。」陶利國王露出燦爛的笑容。「索倫蓋爾家有人替我們監視他真是不錯。妳會告訴我們吧？如果他決定……哦，我不知道。」他大笑起來。「再發動一場戰爭？」

梅爾戈倫完全有能力預見這種荒謬的事會不會發生，但他仍然以令人不適的專注眼神盯著我和黎恩看。

我全身都因為他的話緊繃了起來。「我可以保證，他是忠誠的。」

「那他在哪裡？」陶利國王掃視著廣場。「我明明就要求他們全都集合在這裡，所有遺印者都要到場。」

「我剛剛還看到他了。」我面帶微笑說著一個不完全算是謊言的謊言。早些時候我們在戰爭簡論課的確見過。「我建議可以去角落找找？畢竟他對派對不太有興趣。」

「哦，你們看！那是戴恩．艾托斯！」媽朝著我背後的某處點了點頭，說道，「如果您跟他打聲招呼，他一定會受寵若驚的。」她引導著國王。

「當然了。」他們三位離開了現場，留下我和黎恩站在全然的沉默中。我們轉身看著他們離開，以免不小心背對國王。我感覺自己才剛從死亡邊緣撿回一條命，或至少逃過了某種天災。

「我真的要殺了薩登，因為他強迫你來參加這個。」我小聲叨念著，看著戴恩以完美的禮儀向國王行禮。

「薩登沒有強迫我來。」

「什麼？」我的目光猛然轉向他。

「他絕對不會要求我這麼做，也不會要求任何人這麼做。但我答應過他我會保護妳的安全，我現在做的事就是保護妳的安全。」他露出了一個調皮的笑容。

「你真是個好朋友，黎恩．馬利。」我將頭靠在他的手臂上。

「你救了我的命，薇奧蕾。我能回饋給妳的就是陪妳忍受這糟糕的派對。」

「我不確定我能笑著忍受。」特別是在那些人一直盯著黎恩手腕看的情況下，那種目光就好像是黎恩親自領軍去邊境的。

戴恩微笑目送國王離開，然後回過頭來，和我對到眼後就朝我們走來。

他露出了大大的笑容，而我也不禁回想起這些年來我們一起參加了多少像這樣的活動。當他捧著我的臉頰時，依然是如此溫柔。「今晚妳看起來真美，小薇。」

「謝謝。」我回以一個微笑。「你今晚也很帥。」

他的手放了下來，轉向黎恩。「這人還沒試著逃跑嗎？她一向討厭這種場合。」

「還沒，但夜晚才剛開始。」黎恩回應。

戴恩似乎看出了黎恩臉上緊繃的神情，因為他臉上的笑容瞬間消失，隨即轉而看向我。「樓梯就在我們右手邊大約一點五公尺的地方，我來分散注意力，你們可以趁機溜走。」

「謝謝你。」我點頭表示感激，並給了他一個溫和的笑容。「我們趕快出去吧。」我對黎恩說道。

我們一離開派對回到騎士學院，就徑直走進中庭，讓各種力量在我周圍和體內流轉。我感受到安妲娜金色的能量，還有太壬那炙熱的力量，把我連接到斯蓋兒那頭，最後則是薩登那微微晃動的暗影。

我睜開眼睛，追隨著那微光暗影的流動，而我確信他就在我前方某處。

「黎恩，你知道我喜歡你吧？」

「嗯，這聽起來還不錯——」

「走開啦。」我繼續穿越中庭筆直走去。

「妳說什麼？」黎恩追了上來。「我不能就這樣把妳丟在這裡。」

「別介意，但如果我想的話，我大可以用閃電把這裡整個炸掉，我現在要去見薩登，所以趕快走吧。」我輕拍了他的手臂，繼續朝著我的感覺走去，利用這股能量來引導我薩登的方向。

「我說啊，照妳自己說的，妳的瞄準技術爛透了，但其他意思我懂啦！」他在後面喊道。

在我經過我們通常會整隊的地方時，我完全不管有沒有魔法燈，繼續朝這道天殺的牆壁唯一的開口走去，有人影倚在那兒。薩登只會在那個地方。

「告訴我他不在那裡。」我對著在月光下幾乎無法辨認的蓋瑞克和博蒂說道。

「我可以這麼說，但這樣我就說謊了。」博蒂一邊揉著脖子一邊回應。

「妳不會想見他的，至少不是今晚，索倫蓋爾。」蓋瑞克一臉凝重地警告我。「學會自我保護是一件很重要的事。請注意我們現在不在他身邊，而我們也是他最好的朋友。」

「是啦，我是他的……」我張嘴又閉上了幾次，因為……我真他媽不知道我對他來說是什麼。但那股俘虜我心的渴望，這股因為知道他在痛苦而驅使我奔向他的動力，讓我即便可能投身於不確定的未來……還是無法否認他對我來說有多重要。我脫下了搭配軍禮服的皮革便鞋，這雙鞋只會為我帶來危險，尤其是在這股風中。就讓我們拭目以待吧。「我只是……屬於他的人。」

自從去年那次之後，我重新再踏上了石橋。

「至於那一百零七位無辜的孩子，也就是這些遭處決軍官的子女，現在身上所謂的叛軍印痕，是由龍執行國王的審判所刻下的。為了顯示我們偉大國王的寬宏大度，他們將全數受徵召進入巴斯蓋亞最有名的騎士學院，以便透過服役或是死亡，來證明他們對納瓦爾王國的忠誠。」

——《阿瑞西亞條約》附錄4.2

第三十二章

徵召日時在石橋上走路顯然就是在冒險。

穿著軍禮服赤腳走在夜晚的石橋上呢？那肯定是瘋了。

前三公尺還在牆內，那段是最容易的，當我到達城牆邊緣時，狂風把我的裙子吹得有如船帆，我開始懷疑起我的計畫。如果我就這麼摔死了，就很難去找薩登了。

但我看到他坐在狹窄石橋上大約三分之一處，望著月亮，好似那能減輕他肩上的重擔，我就心痛得要命。他把那一百零七名遺印者的性命都刻在自己的背上，為他們負起責任。但誰來負責**照顧**他呢？

當峽谷另一頭的人們在慶祝著他父親的死，他卻在這裡獨自哀悼。當布瑞南離開的時候，我還有米拉和爸爸陪著，但薩登誰都沒有。

妳並不是真的了解我，不了解真正的我。這句話不就是我告訴他我會愛上他時，他給我的回覆嗎？他以為我越了解他，就會讓我越不想要他，但所有我對他的了解，都只讓我陷得更快更深。

眾神啊。我知道這種感覺。否認我愛上他不會讓這件事變得更不真實。我的感覺就是這麼真實。自從一年前成功跨越這座橋後，我就再也沒有逃避過任何挑戰，現在當然也不會。

上一次站在這裡的時候，我還非常害怕，但現在會讓我心跳加速的，已經不是這裡到地面的距離。要摔死的方法太多了，不只一種。**可惡**。那種在胸口的疼痛，比在血管裡奔流的力量還要明顯多了。

我愛上了薩登。

無論他是不是很快就要離開了，還是他可能沒跟我有同樣的感覺，都不重要。甚至是他曾經警告過我不要愛上他，也一點都不重要。讓我想盡辦法去接近這個男人的，不是一時的迷戀，也不是我們肉體上的化學反應，更不是因為龍之間的羈絆，而是我那顆不顧一切的心。

我一直沒有再上他的床，沒有進到他的懷抱，因為他堅持說我不能愛上他，但我跟他之間的感情已經發展到這種程度，還有什麼理由繼續保持距離呢？我不是應該趁他還在這裡的時候，把握還能在一起的時光嗎？

我邁出第一步，踏上狹窄的石橋，伸出雙臂保持平衡。這種感覺就像走在太壬的背脊上，而我也已經走過了數百次。

只是這次我是穿著軍禮服。

太壬也不會在我摔下去的時候把我接住。

如果他知道我做了這件事情肯定會氣到不行——

「**我已經氣炸了**。」

薩登突然轉過頭來看我。「暴力女？」

我走了一步，再向前走了一步，用我去年沒有的肌肉記憶讓自己的身體站直，開始跨越石橋。

薩登猛然抬起雙腿**跳起來**。「馬上轉過去！」他對我大喊道。

「跟我來吧。」我在風中大喊，一陣強風吹得我的裙子整件貼在腿上。「早知道就穿褲子了。」我喃喃自語著，繼續往前走。

他開始朝我的方向走來，步伐堅定而自信，如履平地，快速縮短我們之間的距離，而我卻只能慢慢前進，直到我們終於碰在一起。

「妳他媽的在這裡幹嘛？」他雙手緊扣住我的腰，身穿飛行皮衣而不是那套軍禮服，說真的，他看起來沒這麼帥過。

我在這裡幹嘛？我正冒著天大的危險接近他啊。如果他拒絕我的話……不行，在石橋上可沒機會讓人慢慢害怕了。

「我也想問你同樣的問題。」

他瞪大眼睛。「妳這樣會摔死的！」

「我也想說一樣的話。」我勉強擠出一絲笑容。他眼裡的神情很瘋狂，彷彿已經被逼到極限，無法繼續戴著平常在公開場合那種冷漠疏離的面具。

但我一點也不怕，反而更喜歡他對我展現真實的一面。

「那妳有沒有想過，如果妳摔死了，我也會跟著死？」他湊近我時，我的心跳瞬間加速。

「又來了。」我輕聲說道，雙手放在他結實的胸膛上，就在他心口上的位置。「我也想說一樣的話。」就算薩登死掉不會害死斯蓋兒，我也不確定我能不能活下來。

比夜色更深的暗影升起。「妳忘了我可以操控暗影嗎，暴力女。我在這裡跟在中庭裡一樣安全。難不成妳要用閃電讓自己能安全落地？」

好吧，這話說得對。

「我……或許沒有像你那樣想得那麼透徹。」我承認。因為想靠近他，就靠近了，石橋什麼的都不重要了。

「妳真的會害死我。」他的手指在我腰間微微用力。「快回去。」

但這不是拒絕的表現，從他看著我的眼神就知道不是。我們這一個月以來，甚至更長的時間，都在情感上互相角力，而總得有一個人先露出弱點。我現在終於足夠相信他，知道他不會趁機痛下殺手。

「除非你先走，不然我就是想要待在你身邊。」我說的是真心話。其他人、其他事，哪怕全都從世界上消失，我也不在乎，只要我能和他在一起。

「暴力女……」

「我知道你為什麼說我們不可能有未來了。」我脫口而出這句話時，心跳快得像要飛起來似的。

「真的嗎？」他當然不會讓這件事變簡單。我懷疑這個男人根本不懂什麼叫**簡單**。

「你明明就想要我。」我直視他的眼睛說，「我不只是說床上的那種。你。想。要。我。薩登．萊爾森。你或許不說出口，但你用**行動**證明了一切。每次你選擇信任我，每次你的目光停留在我身上，你都在告訴我。每當你明明沒時間親自幫我訓練的對打課，每次你犧牲自己的讀書時間來教我怎麼飛行，你都在告訴我。當你拒絕碰我，因為擔心我不是真的想要你；當你在開會前特地去找了紫羅蘭，讓我醒來時不會感到孤單——這些細節裡全都藏著你的答案。你用千千萬萬種方式表達了你的心意。所以，拜託，不要否認了。」

他咬緊牙關，但他並沒有否認。

「你覺得我們沒有未來，是因為你害怕我不會喜歡那些你隱藏起來的模樣。而我承認我也跟你一樣害怕，我害怕你就要畢業了，而我還沒畢業。我們可能只剩幾週的時間，到時候你就會離開，或許我們這樣只會讓自己心碎。但如果我們因為害怕而扼殺了這段關係，那我們根本不配擁有愛情。」我把手輕輕放在他的後頸上。「我之前說過，是我來決定什麼時候準備好冒這個險，而現在我已經準備好了。」

他看著我的眼神，與我在內心翻湧的期待和忐忑如出一轍，讓我感覺自己充滿了生命力。

「妳不是真的這麼想的。」他搖搖頭說。

然後，他又把我的希望一口氣抽走了。

「我是認真的。」

「如果這是因為伊莫珍的事——」

「不是。」我搖搖頭，一陣風把奎茵費心幫我整理的捲髮吹得微微飛揚。「我知道你沒有其他對象。如果我覺得你在耍我，我才不會半夜跑來走石橋呢。」

他皺起眉頭，把我拉得更近，讓我貼著他溫暖的身體。「那是什麼讓妳會有這種想法？老實說，這真的讓我很生氣。我根本沒理由讓妳覺得我會出現在別人的床上。」

也就是說，他只會在我的床上。

「是我自己的不安全感作祟，還有她看著你和蓋瑞克對練時的眼神。或許你對她沒什麼意思，但她對你肯定有。我認得那種眼神，因為我看著你的時候也是這樣的。」害羞讓我的臉頰直發燙。我雖然可以轉移話題或是敷衍過去，但這樣對我們的關係一點好處都沒有，如果這真的算是一段關係的話。我不能隱藏自己的感受，即使這些不理性的情緒讓我看起來很軟弱。

「妳在吃醋。」他努力忍住笑意。

「可能吧。」我承認，但覺得這個回答有點敷衍。「好吧，對，我就是在吃醋。她很強、很勇猛，而且和你一樣有那種狠勁。我一直覺得她才是更適合你的人。」

「我很懂那種感覺。」他搖搖頭。「妳也很強、很勇猛，而且也有那股狠勁。更不用說妳是我遇過最聰明的人。妳那顆腦袋性感得要命。伊莫珍和我只是朋友。相信我，她根本沒在看我，就算她真的有……」他停了下來，手滑到我的後腦勺輕輕托著，即使風呼嘯而過，他依然穩穩地抱著我。「眾神幫幫我吧，我的眼裡只有妳。」

「希望」比派對上提供的任何東西都還要讓人陶醉。

「她真的沒在看你？」

「沒有。重新想想妳剛剛說的話，但把我排除在外。」他挑起眉，等著我想通。

「但在訓練墊上……」我的眼睛瞬間瞪大。「她喜歡的是蓋瑞克？」

「妳反應很快嘛。」

「我是啊，但你能不能不要再推開我了？」

他微微往後退，在月光下仔細看著我的眼睛，然後往我肩膀後方瞥了一眼。「妳是不是可以別再拿自己的安危來證明什麼了？」

「大概不會了。」

他嘆了口氣。「我只要妳，暴力女。這就是妳想聽的嗎？」

我點點頭。

「就算我不在妳身邊，我也只要妳。下次直接問就好了。妳明明從來就不怕對我直話直說。」就算風在我們旁邊呼嘯而過，他也穩如石橋。「我記得妳甚至還對我丟過匕首，比起看妳在自己的思緒中內耗，我還比較喜歡這樣的妳。如果我們要繼續發展下去，那就必須彼此信任。」

「你真的想要這麼做嗎？」我屏住呼吸問。

他大力長嘆了一口氣，然後承認：「想。」他的手緩緩滑上來，用拇指輕撫我的臉頰。「我不能給妳任何承諾，暴力女，但我真的不想再抗拒了，好累。」

「好。」這個字從沒像現在這樣對我意義重大。我眨了眨眼，突然想起他之前提到吃醋的事。「你說你懂吃醋的感覺，是什麼意思？」

他的手摟緊我的腰，視線卻移開了。

「哦不行，如果我要信任你、把我的想法都告訴你的話，那我也希望你可以做到。我才不想成為這裡唯一坦誠的人。」

他發出了抱怨的哼聲，接著視線又拉回到我身上。「龍盟日結束之後，我看到艾托斯親了妳，那天差點氣瘋了。」

如果我還沒愛上他，那這件事恐怕會讓我直接淪陷。「那時候你就想要我了？」

「從我見到妳第一眼開始，我就想要妳了，薇奧蕾。」他向我坦承。「如果今天我對妳態度冷淡……嗯，只會是因為我過得太糟了而已。」

「我懂。你也知道我和戴恩只是朋友，對吧？」

「我知道妳是這麼覺得，但那時候我還不太確定。」他的拇指輕輕劃過我的雙唇。「現在趕快回到安全的地面上。」

他看起來還想待在這裡，多花些時間沉浸在自己的情緒中。

「跟我一起走吧。」我抓住他飛行皮衣的布料，準備在必要時拖著他走。

他搖搖頭，視線又移開了。「今晚我狀態不對，沒辦法照顧任何人的心情。對，我知道這樣講很不好，畢竟今天是布瑞南的忌日。」

「我知道。」我的手順著他的手臂滑下。「跟我走吧，薩登。」

「薇……」他的肩膀微微垂下，彷彿整個人都籠罩在悲傷中，讓我的喉嚨瞬間哽住。

「相信我。」我從他懷裡退開一步，握住他的手。「跟我走吧。」

令人緊張的沉默持續了一會兒，然後他點了點頭，向前走來扶著我，好讓我轉過身。「比起去年七月，我現在穩多了啦。」

「看得出來穩很多了。」他靠近我的身體，一隻手扶著我的腰，陪我走完石橋的最後一段路。「畢竟還穿著這種連身裙。」

「其實是裙子啦。」我回頭向他說道，離城牆只剩幾步路。

「眼睛看前面！」他突然對我說道，聲音裡只有滿滿的擔憂，讓我打消了跳過最後幾步的自負念頭。

一到城牆裡面，他立刻把我拉進懷裡，此時我的背貼著他的胸膛。「以後不准再為了跟我講話這種小事，拿自己的命開玩笑。」他在我耳邊低聲說，嗓音低沉得像在咆哮，讓我不禁打了個冷顫。

「明年應該會變得很好玩喔！」我故意逗著他玩，向前走了幾步，順便牽起他的手，讓他可以跟著我走。

「明年有黎恩在，他會盯著妳不讓妳幹些蠢事。」他低聲嘟囔著。

「你一定會**很喜歡**收到他的信的。」我向他保證，從石橋的最後一小段跳到中庭。「咦？」我一邊穿上便鞋一邊看著空蕩蕩的中庭。「蓋瑞克跟博蒂剛剛明明還在這裡的。」

「大概是知道我會找他們算帳吧，居然放妳跑出去。而且還是穿著裙子？索倫蓋爾，妳認真的嗎？」

我牽起他的手，往中庭另一端走去。

「我們要去哪？」他的語氣跟我第一次見到他時一樣壞。

「帶我去你房間。」我轉頭對他說，我們已經走到宿舍門口了。

「什麼？」

我推開門，慶幸那些魔法燈讓我能清楚看見他臉上的不以為然。「帶我去你房間啊。」我轉向左邊，帶著他經過通往我房間的走廊，然後開始爬上寬大的旋轉樓梯。

「會被人看到的。」他反對道，「我倒不是在擔心我自己的名聲，索倫蓋爾。妳還是一年級生，而我是妳的翼隊長……」

「大家應該都知道了吧，畢竟那天晚上我們可是燒掉了半片森林呢。」我在經過二年級宿舍的走廊時提醒了他。「你知道嗎？我第一次跟戴恩爬這些樓梯的時候，還因為沒有扶手快嚇壞了。」

「那妳知道，在妳帶我去**我的**房間時，我不愛聽妳提起他的名字嗎？」他跟在我後面爬著樓梯，牆上的影子似乎感應得到他的心情，紛紛往外延伸。不過他的影子對我來說已經不可怕了。這個人身上沒有任何能嚇到我的地方了，除了我對他的感情有多深這件事。

「重點是，你看看現在的我。」到了三年級宿舍的樓層，我笑著推開拱形的門。「都能穿著裙子在石橋上走來走去了。」

「現在可能不是提醒我這件事的好時機。」他跟著我進入走廊。這裡看起來跟二年級的樓層長得差不多，只是房間比較少，天花板也比較高。

「哪間是你的？」

「應該讓妳猜猜看的。」他這麼說，但還是牽著我的手走到這條長廊的盡頭。果然是最後一間。

「第四翼，」我輕笑一聲。「就是喜歡選最遠的。」

他解除了自己設下的魔法結界，打開門後，先退後了一步，好讓我能先進去。「在離開之前，我要不是幫妳的新房門設結界，要不就是在這十天內教妳怎麼設。」

我第一次走進他房間時，沒有想到他還有多久要離開。這房間比我的大兩倍，床也比我的大兩倍。看來升上三年級真的有不少好處。或許是因為他的軍階比較高吧，誰知道呢。

他的房間非常整潔，床邊有張大扶手椅，地上鋪著深灰色的地毯，還有個寬大的木製衣櫃、整齊的書桌，還有一個讓我羨慕不已的書架。門邊有個放劍的架子，上面掛了多到數不清的匕首，而在房間另一端，書桌旁邊有個跟我房間一模一樣的投擲靶。角落擺著一張桌子和幾把椅子，窗戶正對著巴斯蓋亞，兩側掛著黑色厚窗簾，下緣繡著第四翼的徽章。

「有時候我們會在這裡開分隊的領導會議。」他站在門口說。

當我轉過身，正好發現他用充滿好奇的目光看著我，好像在等我對他的房間做出什麼評價似的。我走過放著劍的架子，手指輕輕滑過那些不同的匕首。「你到底贏過幾次挑戰賽啊？」

「你應該問我輸過幾次才對。」他走進來，順手關上了門。

「這才是我認識的那個自大鬼嘛。」我低聲說著，走向他的床鋪，跟我房間一樣是黑色的。

「我有沒有告訴過妳今晚妳有多美？」他的聲音變得低沉。「如果還沒說的話，那我真是個白痴，因為妳美得太驚人了。」

我的臉頰有些發熱，嘴角勾起了微笑。「謝謝。現在坐下來吧。」我拍了拍他的床邊。

「什麼？」他挑起眉毛。

「坐下。」我命令他，並直視著他的眼睛。

「我不想談這個。」

「我從沒說過你得談。」不用問也知道**這個**是什麼，但我不會讓將近六年前發生的事讓我們產生隔閡，哪怕只有一晚也不行。

讓我非常意外的是，他真的照我說的做了，乖乖在床邊坐下。他修長的雙腿在前方伸展開來，雙手微微往後撐著身體。「然後呢？」

我站在他的雙腿之間，手指溫柔地梳過他的頭髮。接著他閉上眼睛，靠向我的手，這一瞬間，我感覺自己的心完全敞開了。「現在換我來照顧你。」

聽到這句話的同時，他睜開了眼睛。天啊，那雙眼睛真美。我已經把那對黑瑪瑙眼眸中的每一點金色光芒牢牢記在心裡了。這樣很好，因為我不知道他畢業後會派駐到哪裡。每隔幾天見一次面，跟隨時能觸碰他的感覺一定完全不一樣。

我把手移開他的頭髮，在他面前跪下。

「薇奧蕾——」

「我只是要幫你脫靴子。」我嘴角帶著笑意，幫他解開了鞋帶，一隻接著一隻地脫下。我站起身，把靴子拿到衣櫃那邊。

「放在那裡就好了。」他急忙說道。

我把靴子放在衣櫃旁邊的地板上後走回原處。「我又不會去翻你的衣服，而且這些我也都看過了。」

他的視線落在我的裙子上，每當開衩讓我的大腿又露出一寸的時候，他的眼神就會變得更加火熱。「妳一整晚都穿著這件裙子？」

「這就是你一直走在我後面的下場。」我挑逗著他，再次站在他雙腿之間。

「後面的風景我倒也沒什麼好抱怨的。」他抬起下巴看著我。

「安靜，讓我幫你把這個脫掉。」我解開他胸前一排斜向的扣子，他也順勢脫下皮衣。「你今晚去飛行了嗎？」

「飛行通常可以幫我排遣心情。」當我把皮衣放到扶手椅上時，他點了點頭。「這一天總是……」

「對不起。」我看著他的眼睛說，希望他能明白我有多麼真誠。同時我走了回去，伸手要脫他的上衣。

「我也很抱歉。」他舉起手臂，讓我幫他脫下上衣。我把脫下來的上衣和飛行外套放在一起。

「你不需要跟我道歉的。」我看著他的眼睛，捧著他輪廓分明的臉，然後輕撫那道劃過眉毛的疤痕。「挑戰賽留下的？」

「是斯蓋兒。」他聳聳肩。「龍盟日時留下來的。」

「大部分的龍都會在騎士身上留下疤痕，但太壬和安妲娜從來沒有傷害過我。」我心不在焉地說著，手滑向他的頸間。

「或許他們知道妳身上已經有傷痕了。」他的手指沿著我手臂上那道泰南留下的銀色疤痕拂去。「當時我真他媽的想殺了他們。但我只能站在那裡，看著他們三打一圍攻妳。我差點就忍不住要出手了，直到太壬降落我才放心。」

「在傑克逃跑之後就只剩二打一了。」我提醒他。「而且你本來就不能插手。記得嗎？這是規定。」但他確實往前了一步，單單那一步就能讓我知道他願意為我打破規則。

他的嘴角勾起一個性感的笑容。「最後妳可是帶走了兩頭龍呢。」但他的表情隨即又沉了下來。「兩個星期後，我連妳打挑戰賽的樣子都看不到了，更不用說幫妳做些什麼。」

「我會沒事的。」我向他保證。「只要是我打不贏的對手，我就下毒。」

他沒有笑。

「來吧，該睡了。」我靠過去親吻他眉毛上的疤痕。「等你醒來就是新的一天了。」

「我不配擁有妳。」他摟著我的腰，輕輕把我拉得更近。「但我還是要把妳留在我身邊。」

「很好。」我向他湊近，輕輕用嘴唇碰了碰他的嘴唇。「因為我覺得我愛上你了。」我的心臟狂跳，恐慌感像利爪一樣抓緊我的胸口。我好像不該說出來的。

他的眼睛驟然瞪大，雙臂把我抱得更緊。「妳覺得？還是妳確定？」

勇敢一點。

即使他可能跟我的想法不同，至少我說出了我的真心話。「我確定。我真的很愛你，愛到無法想像沒有你的生活會是什麼樣子。或許我不該說出口，但既然我們選擇這樣在一起，那就從對彼此完全坦誠開始吧。」

他狠狠的吻我，把我完全拉進他懷裡，讓我跨坐在他身上。他吻得那麼深情，讓我沉溺其中，迷失在他之中。沒有任何言語，他解下我的飾帶、脫掉我的上衣，解開我的裙子，完全沒有中斷這炙熱的吻。「站起來。」他的嘴唇輕輕貼在我的嘴唇上說。

「薩登。」我的心跳快得像要炸裂。

「我他媽真的好**需要**妳，薇奧蕾。現在就要。我從不需要其他人，所以我真的不知道該怎麼面對這種感覺，但我正在努力。如果妳今晚不想要這樣也沒關係，但妳現在就得走出那扇門。因為如果妳不走，接下來兩分鐘內，我就會讓妳脫光，躺在我面前。」

他眼中強烈的情感和話語中的激情本該讓我害怕，結果沒有。因為就算這個男人完全失去控制，我也知道他不會傷害我。

至少，他的身體不會傷害到我。

「要麼離開，要麼留下。不管怎樣，妳現在得站起來。」他的語氣幾乎像是在懇求我。

「我覺得兩分鐘可能高估了你解開馬甲的技巧。」我低頭看了眼我的護甲。

他露出一抹壞笑，將我從他的腿上抱起來。

我的腳才剛著地，我就說：「我開始計時了哦。」

「那個是——」

「一、二。」我舉起手指。「三。」

他瞬間站起身，隨即吻上我的唇，我立刻停止計時，全部心神都忙著追逐他舌尖的掠奪，感受指尖滑過他肌肉的起伏，根本不在乎我的衣服丟到哪去了。

當我的裙子滑到地上時，一陣涼風吹過雙腿。我幫了他一把，踢掉腳上的便鞋，同時吸吮著他的舌頭。

他低吟了一聲，雙手飛快撫過我的背。繫帶以破紀錄的速度解開，馬甲也隨之掉到了地上，我只剩一件內褲，畢竟這身軍禮服底下沒辦法穿太多東西。

我倆的匕首紛紛落地，他解開了我腿上的刀鞘，也解下自己的。那是一場金屬碰撞聲嘈雜的交響樂，直到我們都脫得一絲不掛，他吻得我幾乎喘不過氣。

後來他把手伸進我的髮間，髮夾一個個飛出，長髮如瀑布般垂下。他稍稍退開一下，飢渴的目光迅速掃過我的身體。「妳真他媽的好美。」

「我想這可能不只兩分——」我才剛開口，他就抓住我的大腿後側，將我整個人抱起來，讓我雙腳瞬間離地。我的背隨即輕輕撞上床面，還彈了一下。老實說，我應該早就猜到他會這麼做，畢竟將近一年來，他一直有讓我「躺下」的本事。

「妳還在數嗎？」他跪在床邊問，把我拖到柔軟的床邊。

「要幫你記分嗎？」我調侃道，直到我的臀部滑到了床沿。

「隨妳便。」他嘴角一勾，還沒等我再開口，嘴巴已經落在了我的大腿間。

我猛吸一口氣，頭向後仰，純粹的快感席捲全身。他的舌頭舔著、繞著我的陰蒂轉動。

「噢！眾神啊……」

「妳在叫哪個神？」他貼著我的肌膚問道，「這房間裡只有我和妳，小薇，我可不會跟別人分享。」

「是你。」我的手指糾纏進他的頭髮裡。「我是在叫你。」

「很感謝妳把我提升到神的地位，但叫我的名字就夠了。」他從我的入口舔到陰蒂，最後用舌尖輕輕挑逗了一下我敏感的花苞，我忍不住呻吟出聲。「幹，妳好可口。」他把我的大腿架到他的肩膀上，然後俯身而下，彷彿今晚除了這裡，哪裡都不想去。

接著他徹底用舌頭和牙齒把我吞沒。

熱烈而持久的快感在我的腹部盤旋，我徹底迷失在感官的饗宴之中。我的臀部不由自主地起伏，追隨著他舌頭每次熟練又精準的挑逗帶來的高潮。

當他抓到舌頭壓在我陰蒂上的節奏，同時插入兩根手指時，我的大腿開始顫抖。他的舌尖與手指配合得天衣無縫，讓我的雙腿不由自主地緊繃。此刻，我什麼都無法思考，只剩下渾然忘我的感受。

一股力量像洪流般湧上，與快感融為一體。當他將我推向忘我的邊緣時，我喊出他的名字，隨著每一波高潮，這股力量漸漸向外擴散。

雷聲轟然響起，震動著薩登房間的玻璃窗。

「一道閃電。」他一邊說，一邊親吻著我的身體，一直吻到我的唇邊。「不過，我覺得我們得想辦法控制這場煙火表演，不然大家都會知道我們在做什麼了。」

「你的嘴巴真是……」我搖搖頭，感受他的雙手滑到我身下，將我們一起移到床的中央。「我真的找不到詞來形容。」

「可口。」他輕聲說，嘴唇滑過我的小腹。「妳真的很可口。我根本不該等這麼久才用嘴巴品嚐妳。」

當他含住我胸部的尖端，用舌頭舔弄、輕撩我的乳頭，同時用拇指和食指挑逗另一側時，我倒吸一口氣，一股全新的烈火從上一次殘留的餘燼中燃起。

等到他吻到我的頸部時，我已經在他身下化作一團燃燒的火焰，雙手摸索著觸手可及的每一處，從手臂到背部，再到胸膛。天啊，這男人實在完美得不得了，每個線條都像是為了戰鬥而雕刻，為了打鬥和劍術而鍛造出來的。

我們的嘴唇再次交纏，一個深吻讓我嚐到彼此的味道。接著我抬起膝蓋，讓他的臀部正好落在該去的地方——我的大腿之間。

「薇奧蕾。」他低聲呻吟，我能感覺到他的頭已經抵在了我的入口處。

「我就不能有機會玩一玩嗎？」我挑逗道，拱起臀部讓他在我身上滑動，這個動作讓我自己都忍不住屏住呼吸。

他輕咬著我的下唇。「如果我現在能擁有妳，待會妳想怎麼玩就怎麼玩。」

嗯，我完全同意這個計劃。「你早就擁有我了。」

薩登的目光此時與我相接，他撐著身體懸在我上方，讓重量不會壓在我身上。「妳也已經擁有我能給的一切。」

這樣就足夠了……至少現在是。我點點頭，再次拱起臀部。

他的眼神緊鎖著我的雙眼，緩慢而深入地挺進，將每一寸占據殆盡，然後直到完全埋入到最深處。

每一寸的擠壓與擴張都完美契合，根本無法用言語形容。

「你讓我感覺棒得要命。」我忍不住擺動著臀部。

「我也想說一樣的話。」他笑著，用我之前說過的話來回覆我。他用一個深沉、緩慢卻強而有力的節奏，讓我在每一次衝刺中都拱起身體。我們一次又一次地達到高潮。

他把我們推向床頭，我用手撐住床頭板，藉此迎接他每一次深入的挺動。眾神啊，每一下都比前一次更讓人銷魂。當我催促他加快速度時，他露出一抹狡猾的笑容，卻依然保持那種令人心跳失控的節奏。「我想讓這一刻維持久一點。我**需要**它維持久一點。」

「但我快……」我肉體深處的那團慾火已經緊繃到了極限，隨時準備釋放出來，彷彿都能品嚐到即將來臨的甜美滋味。

「我知道。」他再次向前推進，我忍不住低聲呻吟，因為這感覺實在太美好了。「留在我身邊。」他稍微調整了角度，所以每一次深入都能碰到我的敏感帶，還將我的膝蓋往前壓，進到更深的地方。

我撐不住了，真的要死在這張床上了。

「那我就陪妳一起死。」他低聲回應，並用力吻住我。

我已經徹底失去理智，甚至沒發現剛才那些話是我自己說出來的，直到我想起，其實我根本不需要開口。「**更多，我還要更多。**」我感覺力量在皮膚下翻滾，雙腿不由自主地緊鎖住他。

「**妳快高潮了。要命，妳包覆著我的感覺太美妙了。我永遠都無法滿足，永遠不會厭倦妳的身體。**」

「我愛你。」這三個字就這麼脫口而出了，不過就算他沒有回應，我也無所謂。

他的眼神火熱，用力撞擊著我的時候完全克制不住自己。當那股緊繃的愉悅感爆發出來的時候，我的力量再次釋放出來，猶如玻璃破裂般在房間裡炸開。他把身體側向一邊，用力衝刺帶著我一起到達高潮，嘴唇貼在我頸邊低聲呻吟，而隨著我最後一波高潮過去，我的身體還在他身上顫抖。

過了好幾分鐘，我們的呼吸才逐漸變回平穩，此時一陣輕風吹過我跨在他腿上的大腿。「妳還好嗎？」他問我，輕輕撥開我臉上的頭髮。

「我很好，你也很好，剛才那樣……」

「很棒嗎？」他接了我的話。

「對，沒錯。」

「我本來想用『太爆炸了』來形容，但我覺得『很棒』這個詞就夠了。」他的手指穿進了我的頭髮裡。「我真的好喜歡妳的頭髮，如果妳想讓我跪下求饒或吵贏我，就把頭髮放下來。我會識相一點的。」

我露出大大的笑容，微風拂過棕色的髮絲，直到銀色的那段。

等等，室內怎麼會有風。

我的心瞬間一沉，於是撐著手肘坐了起來，從薩登的肩膀旁看過去。「喔不，不，不。」一瞥見窗戶破掉的情景，我忍不住用手摀住嘴巴。「我很確定我把你的窗戶炸壞了。」

「除非還有其他人在亂放閃電，不然的話，沒錯，那就是妳炸的。妳看這個詞有多貼切？真的太爆炸了。」他笑了出聲。

我倒抽了一口氣，這才明白他為什麼剛剛要側過身來，因為他想保護我不受自己弄壞的殘骸波及。「我真的很抱歉。」我掃視著我破壞掉的那塊，但床上只有一些沙子。「我真的得學會控制這些。」

「我剛剛弄了一個護盾，不用擔心。」他把我拉回身邊，給了我一個吻。

「那我們現在要做什麼？」修理窗戶可不是跟換個衣櫃一樣簡單的事啊。

「現在嗎？」他再次撥開我臉上的頭髮。「這已經是第二次了，如果要繼續數下去的話，我建議先清理一下，把床上的沙子弄乾淨，然後再幫妳衝到第三次，假如妳還醒著的話或許還有第四次。」

我聽得下巴直接掉下來。「我剛剛才把你窗戶震碎欸？」

他笑著聳聳肩。「我已經做好準備，就算妳下一次想弄壞衣櫃也沒關係。」

我的目光落在他身上，那股對他的渴望又重新燃起。面對一個長得受到神明偏袒的人，還讓我感覺神明也特別眷顧**我**，我怎麼可能拒絕？「好吧，那我們就來試第三次吧。」

當我慢慢騎在他身上的時候，我們已經挑戰到第五次了。他的手緊抓著我的臀部，而我的手指沿著他脖子上的黑色漩渦印痕滑下。我完全不知道我們怎麼還有力氣繼續，但今晚我們根本停不下來，一直覺得還不夠。「這種感覺真的很好。」我告訴他，然後起身再次往下坐，讓他進到我身體深處。

他深邃的眼眸瞪大，雙手微微用力。「我曾經覺得這是個詛咒，但我現在明白了這反而是個禮物。」他抬起臀部，用最完美的角度撞擊著我的身體。

「禮物？」天啊，他讓我腦袋空白到什麼都想不了。

有人大力敲著門。

「他媽的滾開！」薩登對門口怒吼，一邊伸手扣住我的肩膀，把我往下一壓，迎接他的下次衝刺。

我整個人向前撲倒，在他的脖子邊小聲呻吟。

「我真希望我可以啊。」門外的聲音聽起來滿是遺憾，讓我竟然有點相信。

「如果要我下床，最好是真的有人死了，蓋瑞克。」薩登往門外回嗆。

「現在可能是有**很多人**死掉了喔，所以才會叫整個學院出來集合，你這白痴！」蓋瑞克大吼。

我和薩登都嚇壞了，眼裡滿是震驚。我趕緊從他身上下來，薩登也用毯子把我蓋住，然後穿好他的皮褲，大步走向門口。

「他他媽的到底在講什麼？」他透過門縫問道。

「換上你的飛行皮衣，最好也把索倫蓋爾帶上。」蓋瑞克說，「我們遭到襲擊了。」

「一個騎士如果無法控制強大的印記，對於騎士自己以及他周圍的人來說，與完全無法顯現印記一樣危險。」

——《阿凡德拉少校的騎士學院手冊》（未經授權版）

第三十三章

我**這輩子**從來沒有這麼快穿上衣服，甚至連大腿上的刀鞘都顧不上了。「現在幾點啊？」我一邊問薩登，一邊套上軍禮服和便鞋，把擋住視線的頭髮吹開。

強制整個學院都要緊急集合，代表**現在**狀況很嚴重了。

結界正在失效，到底會有多少納瓦爾人因此喪命？

「四點十五分。」他已經全副武裝，正綁著靴子的鞋帶，而我還在找刀鞘，我很確定好像少了一個。「妳這樣出去會冷死的。」

「沒關係啦。」我跪在地上找到了那把不見的匕首，抓著刀鞘的束帶把它拉出來，然後站起身。

「給妳。」薩登把他的一件飛行外套披在我身上，把我的頭髮都壓住了。「如果蓋瑞克說的是對的，我們真的遭到攻擊的話，他們應該會派高年級的駐守中央崗哨。妳應該不用在外面站太久。我可不想看妳受寒。」

這也代表他**即將**離開了。

我笨手笨腳地把雙手套進外套的袖子，心情七上八下的。他會沒事的，對吧？反正就只是去中央地帶巡邏而已，而且他可是整個學院最厲害的騎士呢。

我因為手抓滿了武器，因此沒阻止他幫我扣上飛行外套的扣子。

「我們該去集合了。」他用雙手捧著我的臉。「如果我真的得走，妳也不用擔心。我相信斯蓋兒幾天後就會把我拖回來了。」他很快地狠狠吻了我一下。「對妳的渴望會要了我的命。走吧。」

戰爭學校陷入一片混亂的好處是什麼？就是沒有人會注意到我從翼隊長的房間溜出來，混進一群正換著衣服趕去集合的騎士之中。大家都被腎上腺素沖昏了頭，忙著整理自己的裝備，根本沒空注意我在幹嘛，或是看見薩登在往中庭司令台旁的領導階層集合處走去前，還偷偷碰了一下我的手。

而且也不是只有我一個人還穿著軍禮服呢。

趕到集合地點時，有陣寒風吹得刺骨，不過至少有薩登的飛行外套可以幫我把頭髮固定住。

「這樣集合最好要有個合理的理由喔，因為我剛才好不容易對那個迷人的棕髮治療師採取行動了。」雷迪克一邊抱怨，一邊走到我身後的隊伍中站好。

黎恩站在我的右側，還在扣著制服的領口。

「昨晚過得還不錯吧？」我問他。

「還行啦。」他嘟囔了一句，臉頰在月光下泛起淡淡的紅色。

「有人看到戴恩了嗎？」奈汀走到我前面的行列時，我問她。

「所有小隊長現在都在跟領導階層開會。」她轉頭回答我，此時瑞安娜跑了過來。

小瑞打了個大哈欠，接著看向我的時候愣了一下。「薇奧蕾・索倫蓋爾。」她悄悄說道，也往我靠近了一步。「妳穿的是萊爾森的飛行外套嗎？」

黎恩猛然回頭看向我，該死，他的聽力真的太好了！

「妳怎麼會這麼說？」我勉強裝出驚訝的樣子，手忙腳亂地把刀鞘塞進這件外套能找到的每個口袋裡。全部三個口袋都比我自己的外套要深得多。

「哦，不知道欸，可能是因為這件外套在妳身上看起來太大了，而且這裡還有三顆星星？」她指了指她制服上的唯一一顆星。

可惡，好吧。事實證明我們倆昨晚都沒用腦袋。

「可能是某個三年級學生的外套吧。」我聳聳肩。

「肩膀上還縫著第四翼的隊徽？」她挑了挑眉。

「這的確是縮小了一些範圍。」我承認。

「還有星星底下的**翼隊長**徽章？」她繼續調侃我。

「好吧，對啦，是他的。」我快速小聲回應道，這時潘切克指揮官已經登上司令台，戴恩的父親和其他翼隊長緊隨其後。薩登非常擅長不盯著我看，但我可沒辦法跟他一樣，尤其是在他確定即將被派往遠方，而我還能清楚地感覺到他的嘴唇曾經留在我肌膚上時。

「我就知道！」小瑞笑嘻嘻地說，「快告訴我，很讚對吧？」

「我把他的窗戶弄破了。」我眉頭一皺，臉頰發燙。

「是……妳丟東西打破的？」她皺起眉頭。

「不是啦，是因為閃電打下來……打了很多次，所以我把他的窗戶震碎了。」我瞄了一眼司令台。「你看他現在的樣子，多冷靜自在啊。」我胸口突然一緊，不知道哪個才是真實的他？是站在那邊、完全掌控全場、準備指揮部隊的那個他？還是半小時前在我身體裡、說他配不上我但還是要留住我的那個他？

薩登看起來一點都不開心，然後他的目光一瞬間和我相接。「**該死的戰爭演習**。」

聽到薩登這麼說，我既放鬆又覺得被耍了。

「**在開玩笑吧**。」把我們從床上叫起來就為了戰爭演習？

「**不是喔**。」

「討厭啦。」瑞安娜露出了大大的笑容。「我希望也有人能讓我弄破窗戶。」

我轉向瑞安娜翻了個白眼。「拜託，妳的經驗可多了呢——」

「嘿，艾托斯。」瑞安娜一邊靠在我肩膀上，一邊迅速用手蓋住我鎖骨上薩登的徽章和軍銜。「早安啊，你還好嗎？」

戴恩走向我們小隊，看著瑞安娜的表情像是覺得她喝太多蜂蜜酒了。「不怎麼好吧。」他的眼神掃過我們其他人。「我知道現在還很早……或者太晚了，取決於你們昨晚的狀況，但我們花了一整年的時間訓練就是為了這個，所以都給我打起精神。」他轉身面向司令台，此時潘切克已經站上了講台。

「謝了。」當她再次站回我身邊時，我低聲向瑞安娜說道。今晚真的沒心情聽戴恩對我的選擇指指點點。

「騎士學院！」潘切克的聲音響徹整個中庭。「歡迎來到本年度戰爭演習的最後一項活動。」

此時隊伍的人群開始竊竊私語。

「剛剛響起的警報，跟實際襲擊發生時會響起的警報聲相似。目的就是要測試你們的集合速度，接下來我們會把這場演習當作實際的襲擊來應對。如果邊境同時遭到攻擊，而防護結界也開始崩潰，你們將全體回到部隊，增援各翼隊的需求。艾托斯上校，你是否能上台為我們宣讀本次的情境設定呢？」

戴恩的父親拿著卷軸走上前，開始宣讀：「我們最擔心的時刻終於到來了。我們終其一生致力維護的防護結界正在崩潰，邊境遭遇了前所未有的多重攻擊，而獅鷲騎士團正圍攻各個村莊。目前已接收到大量平民和步兵傷亡的回報，甚至還有多名騎士陣亡。」

他的語氣濃重得像在上演一場狗血大戲。

「就當你們已經準備好投入戰場了，我們會將翼隊派往四面八方。」他繼續說，逐一看向每個翼隊，直到目光落在我們身上。「第四翼，前往東南方。各小隊將自行選擇該地區內需要增援的前哨站。」他舉起一根手指。「原則上先搶先贏，但為了確定這次演習的指揮總部，翼隊長會直接分配到翼隊選擇的地方。」

接著，他轉向各翼隊長，一一分配任務給他們。但當他看向我們這邊時，一開始無疑是在找戴恩，後來才轉向了薩登。他的笑容瞬間消失，那細微的變化讓我脖子後面的汗毛都豎了起來。

「萊爾森，你要在阿夫賓設立第四翼的指揮部。各翼隊長可以按照自己的判斷，組建指揮部小隊，從翼隊內的騎士中挑選成員。你們要把這視為領導能力的測試，因為在實際情境中是沒有任何限制的。一旦你們抵達選定的前哨站，就會馬上收到新的命令，這次演習將持續五天。」他說完便退回到一旁。

阿夫賓？那是在結界之外的地方……那是薩登執行祕密任務的地方。我的目光不禁尋找著他，但他仍緊盯著上校，沒有看我。

「整整五天？這一定會超有趣！」希頓興奮地叫道，手指梳過染成紫色火焰的頭髮。「我們要來場模擬戰爭了。」

「嗯。」伊莫珍安靜地補充道，「看起來的確是這樣。」

「就像現實人生一樣，你們這些小隊長需要迅速做好決定，然後在三十分鐘內到飛行場報到。」潘切克下令：「現在解散！」

「**太壬**。」

「**我已經出發了**。」

「我們待會要搶下艾圖瓦的前哨站，這是我們分配的區域內最北邊的前哨站。」戴恩說道，轉身面向我們，而瑞安娜再次靠過來擋住薩登的徽章。「我可不想困在什麼沿海的前哨站，因為我們都知道波羅密爾不會選擇那裡發起攻擊。有人有意見嗎？」

我們全都搖頭表示沒意見。

「很好，那你們也聽到指揮官的話了。你們有三十分鐘的時間可以換裝、打包五天的行李，然後馬上滾到飛行場集合。」

隊伍解散後，我們立刻衝回宿舍房間收拾。

「妳覺得我們到那邊之後會收到的命令是什麼？」瑞安娜問道，我們正擠進那些試圖進到寢室的學員群裡。「又是什麼找蛋任務嗎？」

「我想我們很快就會知道了。」

我花了十分鐘纏好我的膝蓋，順便用繃帶固定肩膀，準備應對漫長的飛行，接著穿上自己的飛行皮衣。另外再花了五分鐘梳理被薩登揉亂的頭髮，編成辮子，這樣我剛好還有五分鐘可以打包行李。我把薩登的外套塞進背包，以防有人在我不在時翻我的房間。

「**把妳所有的匕首全都帶在身上**。」薩登命令的聲音突然響起，嚇了我一跳。

「**我已經帶了十二把了**。」我繼續往包包裡塞東西。

「**很好**。」

「**你會在飛行場吧？**」如果他敢不和我說再見就走，我一定會追上去，然後親手宰了他。

「**會**。」他的回答簡短而果斷。我收拾完行李後就出發了，和瑞安娜和黎恩在走廊上碰面。

一股興奮的氣氛伴隨著人群發散，我們也一路趕往飛行場，路過交誼廳時還順手接過廚房人員發放的口糧。看來我們的早餐也得在飛行途中解決。

到達飛行場時，我花了幾秒鐘才完全消化眼前的景象。整個學院的所有龍填滿了場地，排列成我們在中庭裡訓練時的陣型，上方漂浮著數百個魔法燈，像懸浮的星辰般照亮整個空間，讓這裡看起來既夢幻又莊嚴，彷彿置身於一個巨大的殿堂，而不是飛行場。這一切既美麗又充滿威懾力。

場地上充滿著緊張和期待的氣息，此時也越來越多騎士湧入現場，還有人把昨晚喝的東西全吐了出來。

「我們一定會贏的。」瑞安娜在我們穿過翼隊時說道，周圍滿滿都是焦躁的龍和牠們露出來的牙齒。看來今晚焦慮的不只我們而已。「我們是最棒的，一定會贏的。」她的臉上滿是堅定的神情。「我幾乎能感受到明年當上小隊長的滋味了。」

「妳會當上小隊長的。」我跟她說，同時在接近我們分隊的時候轉向黎恩。「那你呢？你想不想脫穎而出，因此升上小隊長呢？」以他的肉搏技巧和課堂上的優異成績來看，他絕對是最佳人選。

「再說吧。」我們繼續走著，但他看起來卻異常緊繃。

我們走到龍群那裡的時候，發現太壬居然站在本該是卡斯的位置上，把戴恩的龍都擠到一側去了。這時戴恩正在清點人數，我這隻自大的龍已經裝好鞍了，還把安姮娜護在翅膀下面。

糟了，他們是想強迫安姮娜跟上我們的速度。

「**如果遇到敵方攻擊，妳就跟上次演習一樣，找到掩護立刻躲起來。妳太閃亮了，對自己一點好處都沒有。**」太壬對著安姮娜說。

「**好喔。**」

「妳穿的是什麼啊？」我問了安姮娜。她剛從太壬的翅膀下面走出來，驕傲地昂著頭，身上裝著一個看起來像是馬鞍、但又不太一樣的裝置。

「**是翼隊長幫我做的喔。妳看，跟太壬的可以扣在一起呢。**」

看到安妲娜背上的三角形裝置，我忍不住笑出來了，那個形狀一定能完美扣進太壬胸前的凹槽。「這個好棒喔。」

「**這樣就不用擔心我跟不上啦！現在我也可以一起去了！**」

又多了一個讓我愛上薩登的理由。

「我超喜歡這個設計。」我轉向太壬，而他正忙著對卡斯大吼，要他讓出更多空間。「需要我幫忙裝什麼嗎？」

「**我自己搞得定。**」

「我也相信你可以啦。」我突然想到什麼，五天耶，**該死**。「如果你們分開的話，你會不會——」

「第二小隊！」戴恩喊道，「作好心理準備，待會第一段飛行有四小時，在各小隊解散的前十五分鐘內，我們必須保持緊密的隊形。」他看了我一眼，然後望向我身後的人。「翼隊長？」

我轉身看見薩登大步走來，背上綁著兩把劍，劍柄高過肩膀，而我的喉嚨一緊，說不出話來。在這麼多人面前，該怎麼跟他說再見啊？更慘的是，我們的龍要怎麼辦？

「**別擔心，銀色的**。」太壬插嘴道，語氣聽起來很堅定。「**一切都在預料中。**」

「有什麼事嗎？」戴恩緊繃著肩膀，咬牙切齒地問。

「我需要妳。」薩登對我說。

「不好意思？你說什麼？」在我還沒來得及點頭之前，戴恩就回嘴了。

「放輕鬆啦，他只是想跟我說再見。」我解釋道。

「如果要說再見的話，其實是跟他說。」薩登指了指戴恩。「我正在組建我的指揮小隊，妳要跟我一起走。黎恩和伊莫珍也是。」

我下巴都掉下來了。我要**怎樣？**

「你他媽的休想亂搞。」戴恩向前一步吼道，「她才一年級，而且阿夫賓在防護結界外面耶。」

薩登眨了眨眼。「我怎麼沒聽到你對馬利提出同樣的意見？」

我回頭一看，果然看到黎恩挺著下巴站在德伊面前。好像早就料到了似的。

「**到底是怎麼回事？**」我問薩登。

「黎恩是一年級裡最優秀的學員，就算你派他去保護薇奧蕾也一樣。」戴恩抱著胸說。

「而索倫蓋爾能掌控閃電。」薩登往前一步，手臂輕輕擦過我的肩膀。「而且我根本不需要向你這個**二年級**解釋，但是斯蓋兒和太壬不能分開超過幾天——」

啊，當然了。現在終於理解為什麼他要這樣了。

「這還不一定呢！」戴恩大叫，「你能老實告訴我，你到蒙瑟拉特的時候斯蓋兒已經快瘋了嗎？你根本沒有真正測試過他們能分開多久。」

「要不要親自問問她？」薩登挑眉說道。

斯蓋兒發出低沉的咆哮聲，帶著威脅的目光慢慢走上前來。看到這個場面我的心都提到嗓子眼，為戴恩捏了把冷汗了。不管我跟她相處多久，在我心裡總有一部分把她當成索命的使者。

「別這樣。騎士在戰爭演習中死掉很常見，她跟著我會比較安全。」戴恩爭辯道，「離開巴斯蓋亞之後什麼事都可能發生，更何況你還要帶她去結界外面。」

「我懶得回應這種話。這是命令。」

戴恩瞇起眼睛。「還是說這一直都是你的計畫？把她和小隊分開，這樣你就能利用她來報復她媽媽？」

「戴恩！」我對他搖搖頭。「你明知道不會發生這種事的。」

「我怎麼會知道？」戴恩反駁道，「他一直在強調什麼『如果她死了我也會死』的事情，但妳確定這是真的嗎？太壬真的會因為妳死掉而活不了嗎？還是這一切都只是個圈套，為了要贏得妳的信任，薇奧蕾？」

「你現在最好別再說了。」我倒抽一口氣說。

「艾托斯，你最好適可而止。」薩登咬牙切齒地說，「你想知道真相嗎？她跟著我去結界外面反而比跟你待在裡面安全得多。我們都心知肚明。」他眼中的神情跟斯蓋兒如出一轍，我這才明白為什麼斯蓋兒會選擇他。他們都一樣無情，都願意摧毀任何擋在他們和目標之間的東西。

而戴恩正好擋在薩登的路上。

「別吵了。」我把手放在薩登手臂上，「薩登，別吵了。如果你要我跟你走，我就跟你走。就這麼簡單。」

他的目光轉向我，立刻變得柔和起來。

「不可能！」戴恩低聲說，但這話像閃電一樣劈下，在我骨子裡迴盪。

我轉身放下抓著薩登的手，看著戴恩的表情就知道，他已經察覺到我和薩登之間有些什麼，而且他的內心也受傷了。「戴恩……」

「他？」戴恩瞪大眼睛，臉漲得通紅。「妳和……**他**？」他搖搖頭。「大家都在說，我以為那只是謠言，可是妳……」他失望得垂下肩膀。「拜託不要去，薇奧蕾，求妳了。他會害死妳的。」

「我知道你覺得薩登另有圖謀，但我信任他。他有的是機會傷害我，但他**從來沒有**。」我朝戴恩走近。「你總得放下這事。」

戴恩的表情瞬間閃過一絲驚恐，但他很快掩蓋住了。「如果他是妳的選擇……」他嘆了一口氣。「那我也只能接受，不是嗎？」

「是的。」我點頭。謝天謝地，這些麻煩總算要過去了。

他深吸了一口氣，低聲在我耳邊說道：「我會想妳的，薇奧蕾。」然後轉身朝著卡斯走去。

「謝謝妳信任我。」當我走到太壬的前腿旁，薩登說道。

「我永遠都會信任你的。」

「我們得出發了。」

他停了一下，似乎想多說什麼，最後還是轉身走向斯蓋兒。而當我看著我生命中這兩個重要的男人背向我，各自走向不同的方向時，我無法不去在意這種感受。因為我選擇跟隨的那條路，將從此徹底改變我的人生。

「已知首次獅鷲的攻擊發生在統一紀元一年，地點是在現今的雷森貿易站附近。雷森因位處龍族守護的邊界地帶，這個貿易站始終都容易遭受攻擊。在過去六個世紀中，這片區域至少易手了十一次，為了保衛邊界免受那些渴望權力的敵人侵害，我們展開了無止盡的戰爭。」

——《納瓦爾歷史：未經刪減版》，路易斯．馬克漢上校著

第三十四章

我們一路從早晨飛到了下午。等到安妲娜真的跟不上的時候，她在空中勾住太壬的鞍具，直接掛在上面跟著飛。當薩登選擇繞過提倫多爾的追落斷崖，改道朝阿夫賓北方的山脈飛去時，她已經睡著了。追落斷崖那片高達三百多公尺的峭壁賦予了提倫多爾極佳的地理優勢，勝過納瓦爾的每個省分，甚至是整片大陸上的每個省分，都是不易攻破的地形條件。

當我們穿越防護結界的屏障時，我胸口突然感到一陣拉扯，隨後像是打破某種束縛似的，「啪」一聲就穿過去了。

「這裡的感覺不太一樣。」我對太壬說。

「沒有結界的地方，魔法會更不受控。結界內的魔法比較穩定，讓龍族之間的通訊更容易。但翼隊長在這個前哨站指揮整個翼隊時，需要事先考慮到這點，因為難度會更高。」

「我相信他早就想到這些了。」

大約下午一點，我們終於抵達阿夫賓附近，依照龍族的指令先停在前哨站最近的一個湖邊，讓牠們可以喝水。湖面如同鏡子般光滑，清晰地倒映出我們前方崎嶇的山峰。直到一群龍降落在湖岸邊，牠們掀起的微小震波才打破了平靜。湖的一邊是茂密的樹林和沉重的岩石，靠近湖邊的草地則被踩得凌亂不堪，顯然我們不是第一批在這裡停歇的龍群。

總共有十隻龍與我們同行，雖然我不一定能認出每一隻龍，但我知道在這群人裡，只有黎恩和我是一年級的。德伊降落在太壬旁邊後，黎恩非常有精神地跳下了鞍座，彷彿我們剛剛其實沒有在天上飛了七個小時一樣。

「**你們兩個需要喝一下水，或許還該吃點東西。**」我邊解開鞍座邊對他們說道，大腿因為長時間騎乘而痠痛抽筋，但總算沒有在蒙瑟拉特那次那麼慘。這一個月下來，逐漸增加的飛行時間確實讓身體有所適應。

太壬伸出一隻爪子輕輕撥開一個鎖扣，安妲娜一下子便滑落地面，接著甩了甩頭、抖了抖身體和尾巴。

「**而妳需要去睡覺。**」太壬回覆。「**妳已經熬了一整夜了。**」

「**等你睡了，我再睡。**」我小心地繞過他鋒利的背棘，順著他的前腿滑到覆滿青苔的湖岸邊。

「**我可以好幾天不睡。我可不想讓妳因為睡眠不足而亂下閃電。**」

我差點脫口反駁，說要控制閃電需要耗費心力，但在昨晚震碎薩登的窗戶之後，我也不確定自己是否能稱得上掌控自如。或許只是薩登讓我失控而已，無論如何，在我周圍的東西隨時都可能有危險。卡爾還沒放棄我，真是讓我太驚訝了。

「**離開結界範圍內的感覺真的很奇怪。**」我換了一個話題說道。

黎恩走近時，太壬的爪子深深嵌進土壤，他伸長脖子，高高越過了肩膀。從整個龍群顯得躁動不安的狀態來看，我懷疑他們是否都感受到了空氣中的某種**異樣**——那種讓我後頸汗毛豎立的不對勁感。

「距離阿夫賓還有二十分鐘，先補充水分！我們不知道待會的情況如何！」薩登的聲音在小隊中迴盪。

「妳還好嗎？」黎恩走到我身邊問道，而太壬和安妲娜則各自走幾步去喝水。

「**跟著太壬**。」我對安妲娜說道。離谷地的保護這麼遠，她一定是個明顯又閃亮的目標。

「**我會的**。」

天啊，我應該讓她留在巴斯蓋亞才對。我到底在想什麼，居然帶她來這裡？她還只是個孩子，而這趟飛行對她來說已經是巨大的挑戰。

「**妳本來就別無選擇**。」太壬冷靜地說，「**人類——就算是締結了契約的，也無法決定龍的飛行地點。即使是像安妲娜這樣年輕的龍，也有自己的主見**。」他的話沒能帶來多少安慰。歸根究柢，保護她的安全，是我的責任。

「薇奧蕾？」黎恩的眉頭緊鎖，眼中滿是關切。

「如果我說我不確定，你會瞧不起我嗎？」我問道。這問題可以有很多答案。在身體方面，雖然全身痠痛但還能忍受，但在心理層面……則是對戰爭演習的期待和焦慮。早就有人警告過我們，學院在最後的測試中往往會失去十分之一的畢業生。但不只有這些，還有一些說不上來的不安在壓迫著我。

「我會覺得妳很誠實。」

我瞥向左邊，看見薩登正在和蓋瑞克講話。蓋瑞克這個分隊長想當然也會進入薩登的個人小隊。

薩登朝我這邊看過來，我們的目光對上了一秒鐘，這短短一瞬就足以讓我想起幾小時前他赤裸的身體，還有那些緊貼著我肌膚的完美肌肉線條。我真的太愛這個男人了。我該怎麼樣才能不在臉上顯現這份感情呢？

專業一點就是。這是我唯一要做的事。雖然從離開他房間到現在，我對他說的每句話、做的每件事都敏感得要命。我完全就是一個活生生的例子，證明了為什麼一年級生不該和自己的翼隊長上床，更不該愛上他們。還好他只會再當我的隊長一個禮拜左右而已。

「**再用那種眼神看我，我們就會在這邊停留超過半個小時囉**。」他頭也不回地警告我。

「**這是承諾嗎？**」

他猛然轉頭看我，我敢說我看到他對我微笑了一下，然後又轉回去跟蓋瑞克說話。

「妳和他之間還好嗎？」黎恩突然問道，嚇了我一跳。

「如果我說我不確定呢？」我勾起嘴角，給了他同樣的回答。

「我會說妳陷得太深了。」他臉上一點調侃的意思都沒有。

「對於一個說他虧欠薩登太多的人來說，你這話聽起來可不太好啊。」我把包包放在地上，活動著緊繃的肩膀。「別變成另一個戴恩。」

「**妳還好嗎？**」薩登問道。

「**沒事，就是有點痠**。」我最不想要的就是成為他的負擔。

「不是這個問題。」黎恩皺著臉說，「只是我很清楚他的優先順序。」

「把你拖下水我真的很抱歉。」我壓低聲音說，不想讓其他人聽見。「你應該跟戴恩一起駐守在中央地區的哨站，不該被我拖來結界外面的。艾托斯上校雖然是個注重公平的人，但這個任務肯定是要『給那個有叛軍印痕的翼隊長一個教訓』。」我模仿著戴恩爸爸的語氣，黎恩翻了個白眼。

「我才不怕，也沒有人『拖』我。而且不管妳信不信，薇奧蕾，有時候我接到的命令真的不是只圍繞著妳轉的。妳知道，我還是有其他本事的。」他笑著調侃道，露出酒窩，臀部輕輕撞了我一下。

「我從來沒有忘記你有多優秀，黎恩。」這是我的真心話。他咳了一聲，我揮揮手示意他離開。「現在，我需要一點私人空間。」

他向我揮手鞠躬，動作誇張到好像在向我介紹身後的樹林似的，於是我走進那片陰影中。

當我回到湖邊時，薩登正從蓋瑞克身邊走過來，朝我伸出了手。

我挑起眉毛。他是要……？不可能，應該不會吧。他不會在其他八個學員面前這樣做的。

他的手指與我十指相扣。**看來他真的會**。我心跳加速，不只是因為他的觸碰，更是因為他打破了自己的規矩。

我意有所指地看向其他人聚集的地方，他們都悠閒地待在岸邊，但我們的手還是緊緊地握著對方。

「他們不會說任何關於妳……或者關於我們的事。在這裡的每個人，我都願意託付性命。」他說著，帶我走向湖的另一端，那裡有一堆比他還要高兩倍的巨石。

「別人要說，就讓他們說吧。」我才不會因為愛他而感到羞恥，什麼惡意的流言我都受得了。

「妳現在是這麼說沒錯。」他的下巴微微繃緊了。「妳有喝足夠的水嗎？有吃東西嗎？」

「我包包裡都帶了需要的東西，不用擔心我。」

「我百分之九十九的時間幾乎都在顧慮妳。」他的拇指輕撫著我的手背。「等到了前哨站，我希望妳在我們完成演習目標後好好休息。黎恩會留下來陪妳，而我大概會帶著三年級的去巡邏。」

「我想幫點忙。」我立刻抗議。他帶我來不就是為了我的閃電能力嗎？雖然我大概贏不了準確度的比賽，但我還是想幫上忙。

「妳是可以幫忙，但還是要先休息。妳必須保持最佳狀態才能使用妳的印記，不然妳會累壞的。太壬太強大了。」

他說得有道理，但我還是不太喜歡這樣。

我們一離開其他人的視線，他就把我抵在最大的那塊巨石上，然後在我面前蹲了下來。

「你在幹嘛？」我順著他的頭髮撫摸，只是因為現在可以這麼做。能夠觸碰這個男人簡直讓我興奮得暈頭轉向，我打算好好把握這個特權。

「妳的腿很緊繃。」他從我的小腿開始，用他強壯的手揉開那些僵硬的地方。

「反正在龍準備好之前我們也不能走，對吧？」他的觸碰簡直是種奢侈的享受。

「對，我們大概還有十分鐘。」他對我露出一個邪魅的笑容。

十分鐘。考慮到我們根本不知道今天剩下的時間會發生什麼事，我非常樂意把握現在擁有的每一刻。

「喔……這樣按雖然痛但痛得好舒服。謝謝你。」我的肌肉逐漸放鬆下來，也把頭靠在大石頭上，讓我舒服得不小心發出呻吟的聲音。

「放心，我的動機可不單純，暴力女。只要有機會碰妳，我都會把握住。」他笑著說，手向上移到我緊繃的大腿肌肉。

我的手滑過他臉頰上的鬍碴，捧住他的後頸。「我也是這麼想的。」

當他按摩到我大腿上方時，呼吸突然改變，手指把我的肌肉揉到徹底放鬆下來。「今早的事情我很抱歉。」

「什麼？」

他抬頭看我，陽光照亮了他眼中的金色斑點，他也挑起了那道有疤的眉毛。「如果妳還記得的話，我們當時正在做某件事。」

一抹笑容緩慢地在我的臉上綻放。「噢，我記得。」他身上那件飛行外套最上面幾排的鈕扣已經解開，而我抓住了外套的布料，把他拉向我。到底要到什麼時候，我對他這種停不下來的渴望才能得到滿足？過去二十四小時內，我已經跟他做了好幾次，但我仍然可以再來一次……甚至三次。「希望我們能有時間做完那件事，是不是很不好？」

「我不確定是否會有『做完』的一天。」他站起身，身體每個線條都輕撫過我的身體。「遇到跟妳有關的事，我一直都他媽的太貪心了。」

他微微側頭覆上我的唇，以一個緩慢又極致纏綿的吻，讓我倆以外的世界逐漸變得模糊。他的舌頭滑進我微張的唇間，與我的舌頭交互纏繞，彷彿今天他唯一的計畫，就是將我嘴裡的每個角落都牢牢記住。

我瞬間慾火焚身，隨後又在他吻上我的喉嚨時開始沸騰。他的手掌按在我的腰上，將我的曲線緊貼他堅實的軀體，我此刻只剩下火熱與渴求。心跳劇烈得彷彿耳邊有翅膀拍動的聲音。眾神啊，我永遠無法滿足於此。

他低聲呻吟，一隻手滑到我的臀部。「告訴我妳在想什麼。」

我將雙臂繞上他的脖子。「我在想，你就跟我們第一次在我房間過夜時，我所料想的那樣。」

「哦，是嗎？」他稍稍拉開距離，眼中閃過一抹好奇。「那到底是什麼呢？」

「是一種非常危險的癮頭。」我的目光掃過他身上的銀色傷痕，經過那讓無數女人嫉妒的濃密睫毛，再滑過鼻梁上的微微凸起，最終停在那完美雕刻的嘴唇上。我已經對他說過我愛他了，所以我並沒有什麼祕密好藏。天啊，與他相比，我簡直像一本敞開的書。「永遠無法滿足。」

他的眼神瞬間暗了下來。「我要留住妳。」他承諾著，就像昨晚一樣，或者應該說今天早上？「妳是我的，薇奧蕾。」

我微微抬起下巴。「只有你是我的，我才會是你的喔。」

「我早就屬於妳了，時間比妳能想像的還要久。」他的話彷彿解開了某種束縛，於是他抓住我的後頸，狠狠地吻住我，那個吻長而深，掠奪了我所有的呼吸，所有的思緒，只剩下他舌尖掃過的感覺，還有逐漸升起的渴望，讓我的肌膚一直發燙。

薩登猛然抽開嘴巴，停止了剛才的熱吻，邊喘著氣邊偏過頭來似乎在聽著什麼。

「怎麼了？」我問。他的身體在我的手臂下變得僵硬。

「該死。」薩登的眼睛睜大，匆忙將視線轉回到我的臉上。「薇奧蕾，我很抱歉——」

「這就是你們騎士消磨時間的方式嗎？」一個女人的聲音從薩登身後傳來，像絲絨劃過礫石般粗糙又柔滑。

薩登轉過身，快得像一道模糊的影子。陰影瞬間籠罩住我，濃密得像頭頂上有一場雷暴雲。我什麼也看不見。

「薩登！」某人喊道，接著幾雙腳踩踏著灌木叢跑了過來。是博蒂嗎？

「欲蓋彌彰也太蠢了，」那女人冷冷地說，「如果傳言屬實，你們的死亡工廠學院裡，只有一名銀髮的騎士，那也代表她就是索倫蓋爾將軍的小女兒。」

「幹。」薩登咒罵著。「**暴力女，我現在希望妳能保持冷靜。**」

冷靜？暗影逐漸散去，我的雙手垂放在身側，保持鬆弛，以便需要時能迅速抓住匕首或操控力量。我繞過薩登，讓自己能清楚看見情況。

距我們大約十公尺的草地上，有兩名獅鷲騎士站在那裡，而他們的獅鷲獸靜靜地停在後方，安靜得詭異。他們的體型僅有我們龍的一小部分，但那些喙和爪子看起來足以撕裂皮膚甚至是龍鱗。

「太壬！」

「來了。」

「先和斯蓋兒待在一起。」我命令安妲娜。

「那些獅鷲從這裡看起來很美味。」她回應道。

「他們體型跟妳一樣大。不要亂想。」

「好個索倫蓋爾家的人。」那女人看起來只比我年長個幾歲，但臉上的表情和神態明顯是個老練的騎士。她挑起一道濃黑的眉毛，像在看一堆需要從馬廄裡清理掉的垃圾。空氣中響起了翅膀拍擊的聲音，一群龍騎士衝進我們周圍的空地。伊莫珍、博蒂，還有我認識的某名嘴唇帶疤的三年級生，當然還有黎恩。但奇怪的是，沒有人拔出武器。

至少現在我們算是有明顯的人數優勢。力量在我體內甦醒，我打開了那座檔案館的門，讓能量像滾燙的熱流般湧過我的身體。天空隱隱作響，電光乍現。

「不行！」薩登迅速轉身，將我拉進他的懷裡，雙臂牢牢環住我，把我的手臂緊壓在身側。

「你在做什麼？」我想用力掙脫薩登的控制，但完全沒有用，他已經緊緊抱住我了。

隨著太壬的降落，一陣強風從右側襲來。

「天啊，那隻龍真是**巨大**。」那女人說道。我從薩登難以撼動的手臂邊緣看到，獅鷲騎士們迅速後退幾步，眼睛瞪得大大地望向上方。

薩登抬起一隻手，捧住我的後頸。我抬頭看著他，心中充滿疑惑：他到底在幹什麼？準備在死前吻我，至少能留下一個浪漫瞬間嗎？「如果妳曾經信任過我，薇奧蕾，我現在就需要妳這樣做。」他的眼神中滿是懇求，讓我真的愣住了。敵人明明就在幾步之遙，而他竟然還想和我纏綿？

「妳留在這裡，保持冷靜。」他的目光在我的眼中搜尋著某種答案，但那是一個我未曾被問及的問題。隨後，他將我遞給了黎恩。

用遞的，好像我是個該死的背包一樣。

黎恩用小心但堅決的力氣將我的雙臂壓在身側。「抱歉，薇奧蕾。」

為什麼每個人都在道歉？

「放。開。我。」我咬牙說道，看著薩登大步走向那兩個獅鷲騎士，蓋瑞克則在他身旁緊跟著。他以為自己能單挑兩隻獅鷲和他們的騎士嗎？恐懼瞬間揑緊了我的心臟。

「我不能。」黎恩低聲說，語氣中充滿歉意。「我真希望我能。」

太壬從右側發出一聲震耳欲聾的怒吼，唾沫飛濺，打在黎恩的臉上，讓我的耳朵嗡嗡作響。

黎恩立刻放開手，慢慢後退，雙手舉起。「明白了。別碰她，明白了。」

擺脫他的束縛後，我轉向空地，看著薩登已經走到騎士們面前。

「你們來得太**早**了」他說。

我的心臟瞬間停了下來。

在梵・萊爾森接受審訊的最後幾天裡，他已失去現實感，猛烈抨擊納瓦爾。他指控陶利國王及歷代國王都是一場宏大陰謀的共犯，其言語實在不堪入耳，以至於本歷史學家無法在此重述。以一個造成無數死傷的瘋子來說，他的處決迅速而仁慈。

——《納瓦爾歷史：未經刪減版》，路易斯・馬克漢上校著

第三十五章

不知怎的，我竟然還能繼續呼吸，考慮到我的心臟感覺好像就要碎成無數碎片了，這實在挺了不起的。我瞇起眼睛，盯著眼前的敵人。

我從來沒親眼見過任何獅鷲騎士。龍通常會把他們燒成灰燼，連同他們半鷹半獅的騎獸一起。

「不是說好明天再見面嗎？我們的貨物還沒到齊。」薩登對那個獅鷲騎士說，他的聲音冷靜而平穩。

「貨物不是重點。」那個女人回答，搖了搖頭。獅鷲騎士的皮衣和我們不一樣，是棕色的，和他們坐騎的深色羽毛相配……而那些獅鷲正直直盯著我，彷彿我是牠們的晚餐。

「**要是牠們敢做什麼，就會變成點心**。」太壬說。

貨物。那個騎士的話讓我陷入震驚，幾乎聽不懂太壬說了什麼。而且薩登認識他們。他在和獅鷲騎士**合作**，他在幫助我們的敵人。我試著吞嚥口水，但遭受背叛的感覺就像玻璃一樣割傷了我的喉嚨。這就是他一直偷偷溜出學院的原因。

「所以你們就懷著一線希望，期待我們可能會提早整整一天抵達這裡，一直在附近等我們？」薩登問。

「我們昨天從追特斯開始巡邏。追特斯在這裡的東南方，大概要飛一個小時——」

「我知道追特斯在哪裡。」薩登打斷了她。

「誰想得到呢，你們這些納瓦爾人總是一副國境外頭什麼都沒有的樣子。」那個男獅鷲騎士挖苦地說。「我都不知道為什麼我們要特別來警告他們。」

「警告我們？」薩登偏著頭。

「兩天前，一群危靈毀滅了附近的一個村莊。他們把村莊夷為平地，殺死了所有生物。」

我嚇了一跳，瞪大雙眼。她剛剛說了**什麼**？

「危靈從來沒有來過這麼西邊的地方。」在我左側的伊莫珍說。

危靈。對，他們兩個都說了這個詞。到底他媽的發生了什麼事？要不是那兩隻巨大的獅鷲就聳立在兩個獅鷲騎士後面，看起來威脅性十足，我會以為這一切都是某個人的玩笑。但沒有人在笑。

「那是之前。」那女人回答，目光轉回薩登身上。「他們絕對是危靈，而且其中一個——」

「別再說了。」薩登打斷她的話。「妳也知道，我們都不能知道細節，不然我們就會讓一切暴露在風險之中。只要有**一個人**被訊問，一切就都完了。」

「**你聽到了嗎？**」我問太壬，來回看著其他人，想知道有沒有人也發現那女人在胡言亂語，但所有人看起來都……很驚恐，好像真的相信神話生物毀滅了某個村莊。

「**很不幸我聽到了。**」

「細節不重要，重要的是那群危靈似乎在往北走。」那男人說，「直奔我們邊境的貿易站，就是你們阿夫賓駐地對面的那個。你們帶武器了嗎？」

「所有人都帶了。」薩登承認。

「那我們已經完成任務了，你們已經得到警告了。」那男人說，「現在我們必須去守護我們的國民。其實，特別繞路來這裡，讓我們只剩下大約一個小時，能及時趕到他們身邊。」

氣氛瞬間改變了，變得更加緊繃，我周圍的騎士似乎都做好了某種準備。

薩登回頭看我，他滿臉陰鬱，並沒有因為他們正在討論荒謬至極的事而大笑出聲。

「要是你覺得你能說服索倫蓋爾家的人為了其他國家的人拚命，那你就是個傻瓜。」那男人一邊說，一邊對我的方向嗤了一聲。

力量在我的皮膚下滋滋作響，讓我疼痛不已，迫切尋求釋放的出口。

那男人微微側身，明目張膽地上下打量著我。「我想知道你們的國王會願意拿出什麼財寶，來贖回他最傑出將軍的女兒。我敢打賭，妳的贖金可以買到能保衛追特斯整整十年的武器。」

贖金？哦，我不覺得會有這種東西。

太壬發出咆哮。

「幹。」博蒂嘟噥了一句，往我靠近了一點。

「你試試看啊，看你敢不敢。」我對他們勾勾手指，釋放出一些力量，閃電在我們上方的雲層中一閃而過。

薩登舉起身側的兩隻手，影子從草地邊緣的松樹後方迅速湧了過來，在兩個獅鷲騎士腳邊幾寸的地方停下，赤裸裸的威脅讓他們繃緊了身體。「要是你敢靠近**索倫蓋爾**，我會在你踏出第一步之前殺了你。」薩登以低沉的聲音說，語氣危險而致命。「別拿她說事。」

那女人瞥了一眼影子，接著嘆了一口氣。「我們會和其他同伴一起待在那裡。如果你們能擺脫那些拒絕相信的人，就發出信號。」然後她往回走，領著那男人回到獅鷲旁邊。

他們只花了幾秒就騎上獅鷲，往天空飛去。

每個人都轉頭看向我，他們神色各異，有的人滿臉期待，有的人一臉恐懼，而我的心沉了下去。沒有人因為獅鷲騎士表現出的熟稔而感到驚訝，也沒有人對他們隨意說出「危靈」之類的字眼而感到意外，而且他們都知道薩登在幫助敵軍。

我是這裡唯一的局外人。

「祝你好運，萊爾森。」伊莫珍把一綹粉紅色的頭髮繞到耳後，為了給我們一點隱私而轉身離開，她手臂上的叛軍印痕從飛行皮衣的袖子中稍微露了出來。

我的心猛然一跳，腦袋瘋狂運轉，冒出無數思緒，卻抓不住那個再明顯不過的可怕真相。此時其他人也都開始跟著伊莫珍回到湖邊。

一個三年級生從我前面走過，他的前臂纏繞著叛軍印痕。

蓋瑞克在這裡。他是分隊長，但他卻在……這裡，沒有和任何烈焰分隊下屬的小隊在一起。博蒂和伊莫珍也在這裡。那個戴著鼻環、一頭深色頭髮的女人好像叫索蕾，她左上臂的那個圖案絕對是叛軍印痕。那個猛爪分隊的二年級生也有。

還有黎恩……黎恩在我旁邊。

「太壬。」薩登面無表情地盯著我，擺出他那喜怒不形於色的翼隊長姿態，我盡力保持平穩的呼吸。

「銀色的？」太壬的巨大頭顱轉向我。

「他們都有叛軍印痕。」我說，「除了我以外，這支小隊的所有人都是分裂主義者的後代。」在飛行場的那片混亂中，薩登組建了一支成員都是叛軍後代的小隊。

而且他們全都是**他媽的叛徒**。

而我還相信了他。

還愛上了他。

「**是啊，沒錯。**」太壬以無奈的語氣同意。

真相確實擊中我的時候，我感覺胸口好像要塌陷了。這比薩登背叛我和我們的國家還要糟糕一百倍。我的兩隻龍在面對敵人時表現得這麼溫馴，只有一個原因。

「**你和安妲娜也騙了我。**」背叛感太過沉重，壓得我肩膀下垂。「**你一直都知道他在做什麼。**」

「我們兩個都選了妳。」安妲娜說，好像這句話有什麼幫助一樣。

「**但你們都知情。**」我的視線越過黎恩，落在太壬身上，他殺氣騰騰地直直盯著前方，彷彿還沒決定要不要把薩登燒死。而黎恩竟然還敢用悲傷的眼神看著我。

「**龍受到連結約束。**」薩登走過來時，他這樣解釋。「**只有一種結合比龍和騎士的締約更神聖。**」

結為伴侶的龍。

除了我以外的所有人都知道。就連我的兩條龍都知道。哦，眾神啊，難道戴恩是對的嗎？薩登所做的一切都只是為了贏得我的信任嗎？

在幾分鐘以前，幸福、愛情、信任和戀慕，還在我的心中燃燒得燦爛無比，散發出甜蜜的光輝，現在這道火焰卻「劈啪」一聲熄滅了，只留下痛苦的餘韻。它就像是失去用處的篝火，被一桶水澆熄以後，還掙扎著吸取氧氣，但我唯一能做的，就是看著餘燼被打濕，最後熄滅。

薩登每靠近我一分，眼神中的憂慮就多一分，好似我是某種被逼到絕境的動物，準備用尖齒和利爪殺出一條血路。

我怎麼會蠢到信任他？我怎麼會**愛上**他？我的肺痛苦不已，我的心在尖叫。這不是真的。我不會這麼天真。但我想我就是這麼好騙，因為我們現在就站在這裡。他的身體明明就是明顯的警告，尤其是脖子上的那個深色叛軍印痕，此刻顯得格外刺眼。也許他父親是大叛徒，也許他父親讓哥哥失去了性命，但薩登的背叛也同樣深深傷了我。

我瞇眼怒瞪著他，讓他往後縮了一下。

「我們真的曾經是朋友嗎？」我輕聲問黎恩，同時尋找著讓我能大喊大叫的力氣。

「我們是朋友，薇奧蕾，但他對我有天大的恩情。」黎恩回答，我抬眼看他時，他回望我的目光飽含痛苦，幾乎讓我開始同情他。幾乎。「我們都虧欠他。只要妳給他一個解釋的機會——」

找到了。我的心頭湧起滔滔怒火，壓過了痛苦。

「你看著我和他一起訓練！」我推了黎恩的胸膛一把，他踉踉蹌蹌地往草地後方退去。「你就這樣看著我愛上他！」

「哦，真要命。」博蒂雙手交叉，托著粗壯的後頸。

「暴力女，讓我解釋。」薩登說。他一直都知道我的本性，而且老實說，我早就應該從影子看出他的本質。他是保密的行家。

我轉身背對黎恩，面對薩登，未釋放的力量在我體內湧動。「要是你敢碰我，我發誓我他媽的會殺了你。」我的力量隨著怒氣一同爆發，閃電劃破天空，在雲層之間彈跳。

「我覺得她是認真的。」黎恩警告道。

「我知道。」我們四目相對時，薩登的下巴微微抽動。「所有人立刻回到岸邊。」

他靠近的時候，看著我的眼神中滿是擔憂。

「我知道妳在想什麼。」薩登用他那種虛偽的溫柔語氣說，黑瑪瑙般的眼瞳深處閃過一抹恐懼。

「你根本不知道我在想什麼。」**他媽的叛徒**。

「妳在想我背叛了我們的國家。」

「符合邏輯的猜測，你真棒。」另一道閃電劃過天際，在雲間跳躍。「你在和獅鷲騎士合作？」我的雙臂自然垂在身側，以便在需要時能自由移動雙手，施展力量。雖然我知道自己不是他的對手——至少現在還不是。「眾神啊，你真的一點新意都沒有，薩登。你根本就表裡不一。」

他蹙起眉頭。「其實他們是『騎手』。」薩登輕聲說，迎著我的目光。「雖然我可能是某些人眼中的壞人，但對妳來說並不是。」

「是我聽錯了嗎？我們是認真在爭論該用什麼措辭來說明你的叛國罪嗎？」

「龍有騎士，獅鷲有**騎手**。」

「因為你和他們勾結，所以才知道這件事。」我往後退了幾步，這樣才不會忍不住直接揍他的臉。「你在和我們的敵人合作。」

「妳以前從來沒有想過嗎？有時候，戰爭開始時，妳可能站在正確的一方，但到了最後，妳卻變成錯誤的那一方？」

「你是指兩國交戰這件事嗎？沒有。」我指著海岸。「我是受過抄寫士訓練的，還記得嗎？我們唯一做的事，就是守衛自己的國境六百年。他們才是不接受和平這個解決方案的人。你給他們什麼貨物？」

「武器。」

我如墜冰窟。「他們用來殺死龍騎士的武器？」

「不是。」他斷然搖頭。「那些武器是專門用來和危靈戰鬥的。」

我的下巴掉了下來。「危靈只是神話生物，就像那本我父親——」我眨了眨眼。**那封信**。爸爸寫了什麼？民間傳說之所以代代相傳，就是為了教導我們過去發生了什麼事。

他是想要告訴我……不。不可能。

「他們是真實存在的。」薩登的語氣溫柔，彷彿試著以此減緩打擊的力道。

「你是說，真的有不需要透過龍或獅鷲，就能直接從魔法本源汲取魔力，並且讓力量腐化到無可救藥的人類嗎？」我一字一句地說，避免產生任何誤解。「他們不只是創世神話的一部分。」

「對。」他皺起眉頭。「他們搾乾了荒原的所有魔法，之後就像害蟲一樣到處蔓延橫行。」

「嗯，至少這部分還符合民間傳說的描述。」我抱起雙臂。「那個神話是怎麼說的來著？一個兄長和獅鷲締約，一個兄長和龍締約，最小的弟弟心懷忌妒，直接從魔法源頭汲取魔力，失去了靈魂，並對兩個兄弟發動戰爭。」

「沒錯。」他嘆了一口氣。「我不想在這樣的情況下告訴妳的。」

「前提是你真的想過要告訴我！」我瞥了一眼太壬，他低頭看著我們，彷彿隨時都有必須把薩登燒死的可能。「你想加入討論嗎？」

「**還不想。我更期望妳能得出自己的結論。我選擇妳，是因為妳的聰明和勇氣，銀色的。別讓我失望。**」

我幾乎沒辦法壓下對自己的龍比中指的慾望。

「好吧。要是我相信危靈真的存在，而且還一邊在這片大陸上漫遊，一邊使用黑暗魔法，那我也必須相信，他們之所以從沒攻擊過納瓦爾，是因為……」一個符合邏輯的解釋讓我睜大了雙眼。「因為我們的結界會讓所有來自龍以外的魔法失效。」

「沒錯。」他轉移了重心。「他們跨越納瓦爾邊境的瞬間，就會失去力量。」

該死的，這很合理，但我迫切希望這不是事實。

「這代表我也必須相信我們完全不知道國境

以外的波羅密爾王國，一直承受著黑暗術士無休止的殘暴攻擊。」我皺起眉頭。

他暫時移開目光，深吸一口氣，才重新和我對上眼。「或者，妳必須相信的是，我們知道這件事，但選擇袖手旁觀。」

憤怒讓我抬起下巴。「為什麼我們會天殺的決定**什麼都不做**，眼睜睜看著人民被屠殺？這完全違背了我們堅守的一切。」

「因為唯一能殺死危靈的東西，就是鞏固我們結界的東西。」

之後他就不再言語，我們靜靜佇立著，耳邊唯有水流沖刷湖岸的聲響，和他的話在我心中激起的漣漪相互呼應。

「這就是我們的邊境一直遭受襲擊的原因嗎？他們在找我們加固結界的材料？」我問。但這不是因為我相信了他——我還不相信，只是因為他沒有試圖說服我。爸以前常說，**真相往往不須要刻意去證明**。

他點點頭。「和危靈戰鬥的武器就是用那種材料鍛造的。喏，拿著。」

薩登舉起右手，從身側的刀鞘中抽出一把黑色握柄的匕首。我清楚地意識到他的每一個動作，也非常明白只要他有意，就能隨時殺掉我，這一刻也不例外。不過，要是他直接用他背上的其中一把劍，我會死得更快。他放慢速度，把匕首當成禮物遞給我。

我拿起匕首，發現刀鋒相當鋒利，但當我看見刻著盧恩符文的合金劍柄時，才倒抽了一口氣。「你從我母親的書桌上拿來的？」我猛然抬眼，撞進他的目光。

「不是。妳母親很可能也有一把相同的匕首，就和妳應該擁有這把匕首的理由一樣：抵禦危靈。」薩登的眼中飽含憐憫，讓我的胸口一緊。

那把匕首。那些襲擊。線索都在那裡。

「但你之前說我們根本無法和那種東西戰鬥。」我輕聲說，緊緊抓著最後一絲希望，祈禱這一切都只是可怕的玩笑。

「我沒說。」他靠近了一點，朝我伸出手，但考慮了一會兒，又收了回去。「我之前說的是，要是這種威脅真的存在，我希望上級會告訴我們。」

「你為了自己的需要而扭曲事實。」我握住匕首的刀柄，感覺到它因蘊含的力量而微微振動著。危靈是真實存在的。危靈。是。真實存在的。

「沒錯，而且我可以騙妳，暴力女，但我沒有。不管妳現在怎麼想，我**從來沒有**騙過妳。」

當然了。說得對。「我怎麼知道這是真相？」

「因為想到我們的國家會做出這種事，令人痛苦；顛覆自己一直以來的認知，令人痛苦。謊言讓人心安，真相則讓人心痛。」

我感受著匕首的輕微震動，然後怒瞪薩登。「你隨時都能告訴我，但你卻對我隱瞞了**一切**。」

他往後一縮。「說得沒錯。我好幾個月前就應該告訴妳，但我做不到。我現在把這些事告訴妳，等於是賭上**一切**——」

「因為你必須告訴我，而不是因為你想要告訴我——」

「因為要是妳**最好的朋友**看到這段記憶，那就全都完了。」他打斷我的話，我倒抽了一口氣。

「你不知道他——」

「戴恩不會為了**救妳**而違反規定，薇奧蕾。妳覺得要是他知道了這件事，他會做什麼？」

戴恩**會**做什麼？「我必須相信，他不會認為《龍騎士法典》比國境外受苦的百姓更重要。或者我可以架設護盾阻止戴恩窺視，也或者他會繼續尊重我的界限，打從一開始就不會偷窺。」

我瞇起眼睛。「但我們永遠都不會知道了，不是嗎？因為你根本就不相信我知道該怎麼做，不是嗎，薩登？」

他張開雙臂。「這件事不只和妳我有關，暴力女。而且上級會無所不用其極地躲在結界後面，隱瞞危靈的祕密。」他懇求著，聲音因為飽含情緒而嘶啞。「我親眼看著自己的父親因為試圖幫助那些人而被處決，我不能讓妳也陷入危險。」他每說一個字，就向我靠近一點，讓我的心跳加速，但我不會再讓自己的心凌駕於理智之上了。「妳愛我，而且——」

「愛過你。」我一邊糾正他的話，一邊往旁邊跨了一步，得到一些他媽的**空間**，並且繼續和他拉開距離。

「妳還愛著我！」他大吼，讓我停下腳步，也讓所有聽到的騎士都看了我們一眼。「妳**愛**我。」

我胸中有一撮想要復燃的死灰，但在它獲得燃燒的機會以前，我就把它掐熄了。

我慢慢轉身面對他。「我對你所有的感情——」我吞了一口口水，努力抓住這股憤怒，以免自己崩潰。「我**曾經**對你產生的所有感情，都建立在祕密和欺瞞之上。」我當初竟然會天真到愛上他——這個事實引發的羞恥灼燒著我的臉頰。

「我們之間的一切都是真的，暴力女。」他的激動語氣讓我的心更痛了。「至於剩下的東西，只要給我足夠的時間，我就能解釋清楚。但在我們前往分派的前哨基地之前，我必須知道妳相不相信我。」

我瞥了一眼匕首，耳畔響起我父親寫在信中的話，彷彿他曾經親口說出那些句子。**我知道在時機到來時，妳會做出正確的選擇**。他透過書籍，以自己唯一能做到的方法警告我。

「嗯。」我說，把匕首還給薩登。「我相信你，但這不代表我還信任你。」

「妳留著。」他鬆了一口氣，身體也隨之放鬆。

我把匕首收進大腿處的刀鞘。「你上一秒才告訴我，你已經騙了我好幾個月，結果下一秒就立刻給了我一把武器，萊爾森？」

「沒錯。我還有一把。如果那些獅鷲騎手說的是真的，危靈真的在往北方前進，那妳可能就會需要它。之前我說我沒有妳活不下去時，是真心的，暴力女。」他慢慢往後退，嘴角彎成一抹悲傷的微笑。「而且我一直都不喜歡沒有自保能力的女人，還記得嗎？」

我根本還沒準備好和他開玩笑。「我們就直接去阿夫賓吧。」

他點點頭，幾分鐘後，我們就在飛行了。

「**我們沒有騙妳，只是沒有把一切都告訴妳。**」我們前往哨站時，安妲娜這樣說。她飛在太壬後方，那裡風阻最小。

「那就等於用隱瞞來說謊。」我反駁。今天已經發生太多一樣的事了。

「**她說的沒錯，金色的。**」太壬身體的每條曲線和每一次拍翅都散發出緊繃感。「**妳完全有權利生氣。**」他傾斜身體轉了個彎，沿著邊境的山脈飛行。鞍座上的綁帶陷進我的大腿。「**我們選擇保護妳，但沒有先得到妳的同意。我不會再犯同樣的錯。**」他的愧疚壓倒了我的情緒，融化了我最炙熱的怒火，讓我開始思考。

真的、認真的思考。

要是危靈真的存在，我們就會有紀錄。但是，檔案庫裡面沒有任何《荒原神話》的複本——那可是應該保存納瓦爾這四百年來每一本著作或抄本之複本的地方，這代表爸給我的書不只是一本珍本……還是一本禁書。

四百年的藏書，但沒有一本——

四百年。但我們的歷史超過六百年。所有書都是更早期書籍的複本。我們大約是在四百多年前和波羅密爾王國開戰，而檔案庫內超過四百年歷史的唯一文本，就是六百多年前大統一時期的原始卷軸。

只需要一個絕望的世代就能改變歷史，甚至是抹除一切過往。

眾神啊，爸已經清楚對我說明這一切了。他一直告訴我，抄寫士掌握著所有的力量。

「沒錯。」我們貼著最後一座山峰飛行時，太壬說道。夏天的炎熱融化了峰頂的雪，露出崎嶇的頂峰，山腰的阿夫賓哨站和追落斷崖一同躍入眼簾。「**一個世代的人改變文本，一個世代的人教授這些文本，等下一代開始成長，謊言就會變成歷史。**」

他往左轉，沿著山的起伏飛行，在我們接近哨站的飛行場時放慢速度。

哨站就坐落在這段山脈最後一座山峰的山腰上，我們降落在高聳的建築物面前時，我的手緊緊抓住鞍橋。這裡的設計和蒙瑟拉特的哨站一模一樣，是一座構造簡單的四方形堡壘，四個角落都有塔樓，城牆的寬度勉強足夠讓龍起飛。軍隊的一切都極其統一。

我解開鞍座的扣環，從他的前腿滑下來。「不知為何我們竟然還在專心進行戰爭演習。」我嘟噥著，一邊調整背包，一邊想著那個可能即將遭受神話生物攻擊的貿易站。

其他人也攀下自己的龍，我回頭，發現安妲娜已經在太壬的腿間縮成一團了。

薩登和蓋瑞克走在一起，他看著我的方向，眼神中蘊含著像是渴望的感情。我對他付出了所有，但他從未真正讓我走進他的心。心碎彷彿一把銳利的鋸齒刀，以痛楚撕裂了我的胸口。我想這就是被一把生鏽的鈍刀劈開的感覺：這把刀不夠鋒利，沒辦法快速割開肉體，而且傷口腐爛化膿的機率是百分之百。要是我不能信任他，我們就沒有未來。

我們十個人走過升起的吊閘進入哨站時，氣氛非常緊張。哨站**空無一人**。

「搞什麼？」蓋瑞克大步橫越中央庭院，逐一掃視城堡內部的集會空間。這裡的格局應該和蒙瑟拉特的堡壘一樣。

「站住。」薩登命令他，環視著我們四周高聳的城牆。「這裡沒有人。分頭搜索。」他瞥了我一眼。「妳不要離開我身邊。我不覺得這是戰爭演習。」

我剛要反駁說，他不可能知道這種事，但從大開的城門吹進的風讓我閉上了嘴，開始思考。這座堡壘裡應該要有兩百多個人，但現在唯一的聲響，就是我們踩在石地上的腳步聲——他說得沒錯。一切都**不對勁**。

「太好了。」我用充滿諷刺的語氣回答，此時所有人都已經分成兩人或三人小組，爬上不同的樓梯——黎恩除外，因為他現在又是我的影子了。

「走這裡。」薩登說，直接快步往西南方的塔樓走去。我們爬啊爬的，終於抵達四樓的頂端，穿過門，走到露天觀測台上。可以從這裡俯瞰下方的山谷和那個波羅密爾的貿易站。

「這是我們最有戰略優勢的駐地之一。」我一邊說，一邊尋找應該駐守於此的步兵和騎士的蹤跡。「他們不可能會為了戰爭演習拋棄這裡。」

「這就是我害怕的事。」薩登眺望山谷，然後瞇眼望著三百公尺下方的那個貿易站。「黎恩。」

「來了。」黎恩往前走，靠在石垛上，專心看著那個遙遠的建築物。如果以這座前哨站為起點，沿著門口蜿蜒而下的碎石大路走，也許只需要二十分鐘就能抵達貿易站。幾棟建築的屋頂微微從貿易站的圓形防禦城牆上露了出來，一群獅鷲騎手正從南方趕往那裡。

薩登轉向我，眼神非常冰冷。「我們離開之前，戴恩和妳說了什麼？他湊到妳耳邊小聲說了什麼。」

我眨眨眼，試著回想。「他說……」我搜索著記憶。「我會想念妳的，薇奧蕾。」

薩登繃緊了身體。「他還說我會害妳被殺。」

「對，但他總是這樣說。」我聳聳肩。「戴恩和清空整個前哨基地有什麼關係？」

「我找到東西了！」蓋瑞克的聲音從東南方的塔樓傳來，他拿著像是信封的東西，和伊莫珍一起沿著寬厚的城牆朝我們走來。

「妳跟他說過我之前來這裡的事嗎？」薩登質問，眼神變得冷硬。

「沒有！」我搖頭。「我不像某些人，我從來沒有對你隱瞞過**任何事**。」

他往後退了一步，思考時目光左右游移，之後他睜大雙眼看著我。「暴力女。」他用輕柔的語氣問，「我把阿夫賓的事情告訴妳以後，艾托斯有碰過妳嗎？」

「什麼？」我皺起眉頭，此時一陣風吹過我們身邊，我撥開臉上的一綹頭髮。

「就像這樣。」他抬起手摸我的臉頰。「他必須碰別人的臉才能使用能力。他有這樣碰妳嗎？」

我張開嘴。「有，但他一直都這樣碰我，他永、永遠不會……」我結結巴巴地說，「要是他讀了我的記憶，那我會知道的。」

薩登的臉沉了下來，他的手往下滑，托住我的後頸。「不，暴力女。相信我，妳不會發現的。」他的語氣中沒有指控，只有讓我心中剩餘部分感到心痛的無奈。

「他不會的。」我搖著頭。戴恩是個很複雜的人，但他永遠不會這樣侵犯我，永遠不會拿走我沒有給他的東西。**不過他曾經嘗試過一次**。

「這是寫給你的。」蓋瑞克說著，把信封交給薩登。

薩登的手離開了我的臉頰，拆開信封。他打開信的時候，我看見了那道字跡。

給第四翼隊翼隊長薩登．萊爾森的戰爭演習。

我認出了那個筆跡——我從小就一直看到他寫的字，怎麼可能認不出來。「這是艾托斯上校寫的。」

「信裡面寫了什麼？」蓋瑞克問，雙手抱在胸前。「我們的任務是什麼？」

「各位，我看到貿易站後面有某種東西。」黎恩站在城垛上說，「哦，可惡。」

薩登的臉失去血色，拿著信紙的手捏成拳頭，讓信皺成一團。他抬頭看著我。「上面寫說我們的任務是盡力活下來。」

哦，**眾神啊**。戴恩沒有得到我的允許就讀了我的記憶。他一定把他們偷溜去的地方告訴了自己的父親。我在不知情的狀況下背叛了薩登……背叛了他們所有人。

「那不是……」蓋瑞克搖了搖頭。

「各位，情況很糟糕。」黎恩大吼，伊莫珍跑到他身邊。

「這不是妳的錯。」薩登對我說，然後移開視線，看向他的朋友們，他們正從城牆上跑過來和我們會合。「我們被派到這裡送死。」

因為，在陰影之外的土地上，有潛伏在夜色之中的怪物，以遊蕩到森林邊緣的孩童靈魂為食。

——《荒原神話》〈雙足飛龍的嚎叫〉

第三十六章

薩登把那封信遞給蓋瑞克，我和其他人則衝上城垛，看看我們要和什麼戰鬥。但不管是下方的山谷，還是綿延好幾里直至追落斷崖的平原，我都沒看到任何威脅。

「**有什麼東西不對勁。**」太壬說，「**我在湖邊就察覺到了，但這裡的感覺變得更強烈了。**」

「**你能辨認出是什麼東西嗎？**」我問他，恐懼湧上我的喉嚨。要是戴恩的爸爸知道薩登和其他人一直在提供獅鷲騎手武器，這很可能是一場處決。

「**是從下面的山谷傳來的。**」

「我在下面什麼玩意兒都沒看到。」博蒂說，整個上半身都探出了石製城垛。

「但我看得到。」黎恩回答。「要是那些是我認為的東西，我們就死定了。」

「不要告訴我你認為那是什麼——說你確定的東西。」薩登命令他。

「信上說這是對你指揮能力的考驗。」分隊長在我們身後讀著信。「你可以選擇放棄敵人的村莊，或是放棄你翼隊的指揮權。」

「那到底天殺的是什麼意思？」博蒂手往後伸，拿走蓋瑞克手上的信。

「他們在測試我們的忠誠，但沒有明講。」薩登站在我身邊，雙手抱著胸。「根據信件內容，要是我們現在離開，就能及時抵達第四翼隊在艾爾圖瓦的新指揮部，繼續執行我們被指派的戰爭演習任務，但要是我們離開這裡，雷森的貿易站會遭到摧毀，居民都會死。」

「被什麼催毀？」伊莫珍問。

「危靈。」黎恩回答。

我的心一沉。

「你確定嗎？」薩登問。

黎恩點點頭。「雖然我沒親眼見過他們，但我很確定。總共四個人。穿紫色的長袍，瞳孔是鮮豔的紅色，眼睛周圍佈滿像蜘蛛網的紅色腫脹血管，可怕得要命。」

「聽起來的確是。」薩登轉移了一下重心。

「我更喜歡我們只是來這裡送武器。」博蒂嘟噥了一句。

「哦，還有一個傢伙拿著一根超長的長杖。」黎恩繼續說，「我可以對鍍殞發誓，上一秒平原完全沒有東西，下一秒他們就……出現在那裡，往大門走過去。」他睜大雙眼，用印記仔細觀測山谷最低處時，瞳孔也因而放大。

「紅色的血管？」伊莫珍問。

「因為他們失去靈魂的時候，魔法也腐化了他們的血。」我嘟噥著，抬眼看向薩登，想知道他還記不記得我們從隧道走去飛行場那晚，安妲娜所說的話。「自然喜歡萬物保持平衡。」

除了黎恩以外的所有人都轉頭看著我。

「如果神話是真的。」一部分的我希望神話是真的，不然我對下方的敵人就幾乎一無所知了。當然，如果神話是真的……

「**七隻獅鷲降落在我們旁邊。**」太壬告訴我。

其他人都僵住了，無疑也從自己的龍那裡收到了一樣的訊息。

「**安妲娜，和太壬待在一起。**」我說。薩登可能信任那些騎手，但安妲娜連一點該死的戰鬥能力都沒有。

「**好吧。**」她回答。

「那個拿著長杖的人剛剛——」黎恩開口說道。

一陣爆炸聲在樹木稀疏的山谷中迴盪，緊接著升起一團藍色的煙霧。我的心臟因為這一幕而怦怦亂跳。

「那是城門。」黎恩說。

「雷森有多少人？」博蒂問。

「超過三百人。」伊莫珍回答的時候，另一陣爆炸聲在山谷中迴響。「那是兩國每年進行貿易的地方。」

「那我們下去吧。」博蒂轉身，薩登退了幾步，伸手擋住他。「你是在開玩笑吧？」

「我們不知道自己會面對什麼。」薩登的語氣讓我想起第一天通過石橋後的場景。他完全進入了指揮官模式。

「所以我們就應該在平民死掉的時候呆站在這裡嗎？」博蒂質問，我僵住了。其他人也都僵硬地看著薩登。

「我不是這個意思。」薩登搖搖頭。他必須做出選擇，戰爭演習的信就是這樣說的。他可以拋棄那座村莊，或是正在艾爾圖瓦等待他的屬下。「這不是他媽的訓練任務，博蒂。要是我們下去那裡，我們之中的某些人就會死——或者所有人都會死。如果我們被指派到正在執行任務的翼隊，就會有更年長、更有經驗的領導者來做決定，但現在沒有這種人。如果我們沒有被烙下叛軍印痕，如果我們沒有一直援助敵軍——」他的目光短暫和我交會了一瞬。「——我們甚至就不會來這裡，面對這種選擇。所以，先把領導階級拋在一邊，我想知道你們的看法。」

「我們有人數優勢。」索蕾一邊說，一邊瞇起棕色的眼睛看著平原，她塗成亮綠色的指甲有節奏地敲打著石製的垛口。「還有空中優勢。」

「至少現在還沒有看到雙足飛龍。」我掃視天空，確認這一點。

「呃，妳說什麼？」博蒂揚起眉毛。

「雙足飛龍。神話說危靈創造雙足飛龍來對抗龍，而且他們不是從雙足飛龍身上**汲取**能量，而是將自己的力量**注入**雙足飛龍體內。」希望那本書有一些記載是捏造的。

「嗯，我們就別杞人憂天了。」薩登用眼角瞥了我一眼，然後審視著天空。

「只有四個危靈，但我們有十個人。」蓋瑞克一邊說，一邊離開城垛邊。

「我們有可以殺死他們的武器。」黎恩說，轉身背對山谷。「而且德伊說有七名獅鷲騎手——」

「我們在這裡。」之前在湖邊遇到的那個較年長的深髮女子說著，大步從東南角的城垛走過來。「我們一發現你們的哨站好像被……拋棄了以後，我就把剩下的同伴留在外頭了。」她的視線越過城牆，望著下方山谷升起的團團煙霧，露出無奈的神色，肩膀垂了下來。「我不會要求你們和我們一起戰鬥。」

「妳不打算這樣做？」蓋瑞克揚起眉毛。

「不。」她對他露出哀傷的笑容。「四個危靈就等於死刑。我的其他同伴正在向我們的神祈禱，做好面對死亡的準備。」她轉身面對薩登。「我是來叫你離開的。你根本不知道他們擁有什麼力量。上個月，兩個危靈摧毀了**一整座**城市。**兩**。**個**。我們在試圖阻止他們的過程中，失去了兩支小隊。要是那裡有四個危靈……」她搖搖頭。「他們在找某種東西，而且會為了得到那個東西而殺死雷森的所有人。趁你還有機會離開的時候，帶著你的人回去吧。」

恐懼揪住我的心口，但一想到要放任他們去死，就讓我的心臟一痛。就算他們不是納瓦爾的居民，這也違背了我們堅守的一切。

「我們有龍。」伊莫珍說，音量逐漸拔高。「龍肯定很有用。我們不怕戰鬥。」

「那妳怕死嗎？你們有誰親眼看過戰鬥嗎？」那個女子掃視了我們一圈，在我們以沉默回答她的問題時，我突然覺得自己……好稚嫩。「我想也是。你們的龍確實很有用。牠們能載著你們，飛得又快又遠。龍焰沒辦法殺死危靈，只有你們帶來的匕首能殺死他們，而我們每個人都有。」她看著薩登。「謝謝你做的一切。你讓我們在過去幾年裡活了下來，還給了我們戰鬥的機會。」

「妳下去那裡是送死。」薩登實事求是地說。

「沒錯。」她點頭的時候，傳來了另一陣爆炸聲。「帶著你的人離開這裡。動作快。」她原地轉身，高揚著頭，大步走下城垛，消失在對面的塔樓中。

薩登縮緊下巴，我可以看到他眼中的掙扎。

難以承受的重擔死死壓著我的肚子。

要是我們走了，他們全都會死。每個居民。每個騎手。我們沒有真的動手殺害他們，但我們還是導致他們死亡的共犯。

要是我們戰鬥，那我們很可能會和他們一起死。

我們可以像懦夫一樣苟活，或是像騎士一樣戰死。

薩登挺起肩膀，那股壓迫感化為一陣噁心。他已經做出決定了。我能從他的神色和姿勢展露的決心看出來。「斯蓋兒說她從來沒有逃離過任何戰鬥，今天也不會破例。我也不會在無辜民眾死去時冷眼旁觀。」他搖搖頭。「但我不會命令你們任何人加入我。我要對你們**所有人**負責。

你們沒有一個人是**自願**跨過石橋的。一個也沒有。你們之所以跨過石橋，是因為我做了一個交易。我是強迫你們進入騎士學院的人，所以我不會瞧不起任何想飛去艾爾圖瓦的人。你們自己選吧。」他用手把頭髮往後梳。「**我不希望妳留在危險的地方。**」

在一個完美的夢想世界裡，這就是我想聽到的。「**要是其他人能做選擇，那我也可以。**」

他繃緊下顎。

「我們是騎士。」伊莫珍在另一陣爆炸聲中說，「我們會捍衛沒有自保能力的人，這就是我們的職責。」

「你救了這裡所有人的命，表哥。」博蒂說，「我們也很感激你。現在，我想做我們被訓練去做的事，要是這代表我沒辦法回家，那我想我的靈魂會被託付給馬厲克。反正我也不介意再見到母親。」

「我們還是一年級生時，我們度過龍盟日，決定開始偷運武器出去的那天，我對你說過一段話，現在我要再說一次。」蓋瑞克說，「你讓我們活過了這些年。我們可以決定自己的死法。我和你一起。」

「沒錯！」索蕾說著，用指尖輕敲匕首握柄上方的大腿肌膚。「我要加入。」

黎恩往前走，站到我的旁邊。「我們親眼看著父母因為有勇氣做正確的事而被處決。我希望我能死得和他們一樣光榮。」

我的胸口一陣悶痛。他們的父母為了揭露真相而死，而我的母親卻犧牲我哥哥的性命，保守這可恥的祕密。

「同意。」伊莫珍點頭。

所有人都點了頭。

大家一個接一個地同意加入，最後只剩下我。

我定定凝視著薩登。

要是你覺得你能說服索倫蓋爾家的人為了其他國家的人拚命，那你就是個傻瓜。那個騎手不是在湖邊這樣說嗎？

去他的。

「**太壬**？」要加入戰爭的不只是我。

「**我們會把他們啃得連骨頭都不剩，銀色的。**」

很生動的描述，我明白了。

不管他們住在國境的哪一邊，我都不會放任無辜民眾死去。就算我在薩登眼中看到懇求，我也不會在隊友冒著生命危險的時候自己逃跑。

至少瑞安娜、索伊爾和雷迪克不在這裡。他們會活著升上二年級。

米拉會理解我的。我完全相信她也會做出同樣的選擇。

至於媽……她書桌上的匕首代表她知情，但沒有採取任何行動阻止。我想，我會變成她為了保守危靈存在的祕密而犧牲的第二個孩子。

「我之前沒有自保能力。」我告訴薩登，抬起下巴。「現在我是個騎士了。騎士會戰鬥。」

其他人都發出贊同的叫喊。

薩登臉上閃過無數情緒，但他只是點點頭，走向城垛。「黎恩，報告目前的情況。」

他的兄弟走到他旁邊，集中注意力。「騎手參戰了，全部七個——不，六個。看來他們想把炮火從市民身上引開，但說真的，我從來沒看過任何騎士施展出那些危靈發射的火焰。三個危靈包圍了城市，第四個直接往中間的建築物前進。那是一座鐘樓。」

薩登點點頭，根據行動目標把我們分成小組。蓋瑞克和索蕾會沿著城鎮周圍偵查，其他人則要從不同方向接近雷森周圍的危靈，在我們穿越城鎮、接近鐘樓的時候，還要注意那個朝鐘樓前進的危靈的動向。「只有匕首才能殺死他們。」

「意思是，一讓居民撤離到我們找到的任何避難所以後，我們就要攀下龍背戰鬥。」蓋瑞克補充，神色非常嚴峻。「除非你們很肯定自己能射中目標，否則不要把自己唯一的武器丟出去。」

薩登點點頭。「盡力拯救更多人。我們走吧。」

薩登領著我們走下樓梯，穿過安靜的庭院。我們走出前哨基地時，龍都在山脊邊等我們了，他們正在觀察下方的貿易站，躁動不安地轉移著重心。

我直接走到太壬和斯蓋兒中間。

「**我就知道妳會做出正確的選擇。**」斯蓋兒說，瞥了一眼和黎恩一起走過來的薩登，兩人的腳步聲非常靠近我左邊的懸崖，感覺相當危險。「**他也做了正確的選擇。就算他不喜歡妳讓自己陷入危險，他也知道妳會這樣做。**」

「**嗯，和我對他的了解比起來，他實在非常了解我。**」我對她揚起眉毛。

她眨了眨眼。「**和當初那個走過石橋後，站在庭院內渾身發抖、試圖掩蓋恐懼的女孩相比，妳已經大有長進了。我認可妳了。**」

「**我沒有尋求妳的認可。**」如果我就要死了，那我可以在生命最後的幾小時內盡情做自己。

她叫了一聲，用頭輕輕頂著太壬的頭，但太壬只是專心盯著那個貿易站。

我走到太壬的身體下方，來到站在他前腳之間的安妲娜面前，崎嶇的石地在我的靴子底下發出碎裂聲。安妲娜正在觀看下方展開的攻擊。我直接站在她的正前方，擋住她的視線——那一定是一場大屠殺。「**待在這裡躲好。**」我不會帶著一個孩子去戰鬥，就是這樣。

「**待在這裡。**」她諷刺地咕噥著。

我壓下一個悲傷的微笑。我沒辦法看見她經歷叛逆的青春期，這真是太糟糕了。

「**同意。**」太壬為我垂下一邊肩膀。「**妳是個目標，小傢伙。**」

「**我是認真的。**」我命令安妲娜，用手摸著她覆著鱗片的鼻子。「**要是我們早上還沒有回來，或是妳覺得危靈正在接近這裡，那妳就飛回谷地。不管怎樣，妳都要回到結界後面。**」

她大張著鼻孔。「**我不會離開妳。**」

我的胸膛疼痛不已，我極力壓抑搓揉心臟上方的慾望，挺直了肩膀。我必須說出這句話才行。「我已經不在的時候，妳會感覺到的。也許妳會因此而心碎，但當妳感覺到的時候，妳就要起飛。答應我，妳會起飛。」

過了半晌，安妲娜終於點了點頭。

「去吧。」我輕聲說，最後一次摸了摸她美麗的下巴。她會沒事的，她會回到谷地的。我不能讓自己相信會有別種可能。

她轉身朝哨站飛去，我收拾好心情，走到太壬的兩隻前腳中間，快速看了山谷最後一眼。薩登和黎恩站在我的右邊，也看著下方。

一聲尖嘯劃破長空，南邊兩座山脊以外的山谷裡，出現了一隻巨大的灰龍……那已經是波羅密爾境內了。牠從我們上方飛過時，兩隻腿收在巨大的身體下方，直接朝雷森飛去。

「附近有其他軍隊嗎？」黎恩問。

「沒有。」薩登回答。

我突然覺得一陣天旋地轉。

我可以發誓，我在這場攻擊中看到一群龍飛越邊境。在蒙瑟拉特時，米拉不是這樣說嗎？

那隻龍又尖嘯一聲，吐出一道藍色火焰，沿著山坡往下掃去，點燃了幾棵較小的樹，才抵達雷森坐落的平原。藍色的。火焰。

不。不。**不。**「雙足飛龍。」我的心跳到了嗓子眼。「薩登，那隻龍只有兩隻腳，那不是龍，是雙足飛龍。」也許要是我再多說幾遍，我就能相信自己看見的景象。

天殺的。這就是高層一直在**刪改**的內容嗎？

牠們應該是神話生物，而不是有血有肉的真實動物。但話說回來，危靈也應該如此。

「好吧，我們沒有空中優勢了。」站在我們對面的伊莫珍說完，聳了聳肩。「去牠們的，牠們也可以一起去死。」

「**他們創造了可恨的東西**。」太壬說，胸膛發出低沉的隆隆咆哮。

「**你知道這件事？**」

「**我懷疑過。不然妳覺得我在練習飛行動作時，為什麼要對妳這麼嚴苛？**」

「**我們必須好好提升溝通技巧**。」

「我想我們現在已經知道所有細節了。」黎恩說。

「有人想改變主意嗎？」薩登問著排成一排的我們。沒有人回答。

「沒有？那就騎上去吧。」

我走向太壬的肩膀時，薩登大步朝我走來。

「轉過來，暴力女。」他命令我，我原地轉身，抬頭看著他。他抽出一把匕首，插進我背心上的空刀鞘。「現在妳有兩把了。」

「你沒有要教訓我，要我待在哨站內以策安全嗎？」我問。他靠得這麼近，讓我的情緒翻湧起來。他對我隱瞞了這一切，但光是看著他，就讓我的胸口作痛。

「如果我要妳留在這裡，妳會照做嗎？」他目不轉睛地盯著我。

「不會。」

「就是這樣。我會避免挑起我知道自己贏不了的戰爭。」

我睜大雙眼。「說到知道自己能不能贏得戰爭，梅爾戈倫將軍會知道這裡發生的事。他甚至現在就能看到這場戰鬥的結果。」

他緩緩搖了搖頭，指著自己脖子上那蜿蜒纏繞的叛軍印痕。「妳還記得我曾經告訴妳，我發現這是個禮物，而不是詛咒嗎？」

「記得。」那時我在他的床上。

「相信我，就因為這個，所以梅爾戈倫他媽的什麼都看不到。」

我張開嘴，想起梅爾戈倫說他希望能每年看到薩登一次。「你還瞞著我其他事情嗎？」

「對。」他托著我的脖子，傾身靠近我。「活下去，我保證會把妳想知道的一切都告訴妳。」

這個簡單的告白讓我的心揪緊了。就算我這麼生氣，也無法想像出他不在的世界是什麼樣子。

「就算我討厭自己還愛著你，我也需要你活下來。」

「我可以接受這一點。」他彎起一邊嘴角，放開我，轉身走向斯蓋兒。

太壬再度垂下他的肩膀，我爬上去，在鞍座上坐好，把行李固定在座位後方，才扣好大腿的綁帶。時候到了。「**找個安全的地方躲起來，安妲娜。我無法忍受妳受傷。**」

「**攻擊他們的喉嚨。**」她說，走進被拋棄的哨站。

我右邊的斯蓋兒起飛了，太壬也用力拍打巨大的雙翼，帶著我們飛向天空，我緊緊握著鞍橋。

「**我們都感覺到貿易站裡有某種東西。**」太壬說著，和斯蓋兒一起轉彎，從山脊陡然俯衝而下，讓我覺得胃都要飛走了。綁帶陷進了我的大腿，但它們發揮了功用，在我拉下飛行護目鏡保護眼睛不受風吹襲時，讓我穩穩坐在鞍上。我們飛進陰影，太陽沒入追落斷崖的後方，讓午後陷入一片陰暗。

另一陣爆炸聲傳來，這次被破壞的是貿易站部分的高聳石牆。太壬往上飛，驚險避過一個獅鷲騎手，讓我們水平飛越貿易站。我們的速度快到只能聽見街道上的居民奔跑著逃往哨站城門時發出的尖叫。

「**那隻雙足飛龍去哪裡了？**」我問太壬。

「**撤回山谷裡了。別擔心，牠會回來的。**」

哦，太棒了。

我掃視著這個小貿易站的各個屋頂，直到我看到那人——或那男人——隨便啦。一個身穿紫色及地長袍的人站在木製鐘樓的頂端，袍子隨風飄揚，他則一直對下方的民眾扔藍色火球，就像在扔匕首。

他比任何畫家描繪出的樣子都還要可怕，紅色的血管以他失去靈魂、被魔法吞噬的雙眼為起點，如同河流一般往四面八方擴散，呈現扇形。他的臉瘦骨嶙峋，有著高聳的顴骨和薄薄的嘴唇，扭曲粗糙的手握著一根由畸形木頭做成的紅色長杖。

「**太壬！**」

「**嗯，動手吧。**」太壬傾斜身體飛離斯蓋兒，讓我們陡然轉進村莊。他拍動幾下翅膀，噴出一道火焰，在經過鐘樓時點燃了那棟建築物。

「**拿下他了！**」我轉身，看著那棟木造建築在火焰中坍塌。但過了幾秒，那個危靈就從火焰中走了出來，完全毫髮無傷。「**哦，該死，他還活著。**」我喊道。這時我們已經赫然轉彎，穿越貿易站，朝被指派的區域前進了。我暗自咒罵自己把事情想得這麼簡單。這些生物構成了絕大多數的納瓦爾恐怖故事是有原因的——而且不是因為他們很容易被殺死。我們必須靠得夠近，用匕首刺中他。

我轉過來面對前方時，正好看見一雙巨大的雙翼和牙齒擋在我們面前。那隻雙足飛龍發出刺耳的尖嘯，太壬躲開牠的時候，尾巴撞上我後方的石牆，讓牆面四分五裂。我們堪堪躲過雙足飛龍那嘶嘶作響的藍色火焰，但附近的一棵樹燒了起來。

「那隻雙足飛龍回來了！」

「這是另一隻。」太壬怒吼，**「我正在對其他龍下命令。」**

他當然已經在做了。薩登或許是這個戰場上所有騎士的指揮官，但太壬顯然是所有龍的領導者。

雙足飛龍迅速轉向，朝城鎮中心飛去，牠收著腿，拍動有著蛛網般花紋的雙翼。一個女騎士在牠背上，她穿著和我們相似的紅褐色飛行服，眼睛和那個在鐘樓上的危靈一樣，也是怪誕可怕的紅色。

「薩登，不只一隻雙足飛龍。」

他沉默片刻，但我可以感覺到他的震驚和隨後燃起的怒火。**「要是妳和太壬分開了就叫我，然後繼續戰鬥到我趕去妳身邊。」**

「不可能發生那種事。我不會讓她離開我的背，翼隊長。」太壬咆哮著，這時我才第一次認真看著城市上方的空域，那裡充滿了龍、獅鷲和雙足飛龍，就像創世神話的場景。

「索蕾發現了一個密封的入口，看起來像是礦坑。」薩登說，**「我需要——」**

太壬猛然轉彎，突然朝群山飛去。

「——妳看看能不能掩護蓋瑞克和博蒂，讓他們疏散城鎮居民。」他把話說完。**「黎恩在路上了。」**

「交給我。」我的心臟狂跳不已。**「太壬，我沒辦法瞄準目標。」**

「妳會成功的。」他的語氣篤定，彷彿這是必定會發生的事。**「現在獅鷲群內部正在傳達命令。」**

「龍可以和獅鷲說話？」我猛然揚起眉毛。

「**當然。妳覺得人類還沒參與的時候，我們是怎麼溝通的？**」

我蹲坐在他的脖子上，飛速掠過城市上方。我們經過了一家診所，一所看起來像學校的建築，還有一列又一列正在燃燒的露天市場。我們飛越躺在城鎮中心附近的乾癟獅鷲和牠騎手的屍體時，一開始看見的那個紫袍危靈已經不見了。我有點反胃，尤其這時我還看見一隻雙足飛龍掉頭朝那兩具屍體飛去——而且斯蓋兒還擋在牠的飛行路徑上。

「**她可以照顧好自己。**」太壬提醒我。「**他也可以。我們有命令在身。專心。**」

專心。說的對。

我們飛越許多從毀壞的房屋倉皇逃出的家庭，之後跨越城牆，朝山側的洞口飛去，索蕾的棕色棒尾龍正在用尾巴撞擊蓋住廢棄隧道的厚木板。道路兩旁有幾棟附屬建築，但除此之外就沒有什麼東西了。

我們接近目的地時，太壬朝左方急轉彎，我隨之在鞍座上滑動，綁帶也深深陷進腿裡。然後，太壬大張雙翼，懸停在索蕾前方，面對雷森和尖叫的群眾——他們跟在兩個獅鷲騎手後方，從九十公尺外的城門一路奔跑過來。那兩名騎手不停回頭，也不停掃視天空。

但他們沒有看到那個從城門北方大步朝我們走來的危靈，她瞇著紅色的眼睛，看著群眾移動。她雙眼兩側的血管比之前那個危靈騎士更加明顯，她的藍色長袍則讓我想起那個拿著長杖、在鐘塔爆炸中生還的危靈。

「**我已經告訴芙爾了，她會保護索蕾。**」太壬說，轉而朝那個威脅飛去。

「**我們要遠離人群。**」力量已經在我的皮膚底下滋滋作響了。

一個小孩在泥土路上跌倒了，她的父親一把將她抱在懷裡，繼續往前急奔，讓我的心猛然揪緊。

德伊飛過我們身邊，我舉起雙臂，讓力量自由流淌而出，專注在那個危靈身上時，用眼角餘光看見他已經著陸了。

閃電落下。一段城牆化為碎片。

幹。

「繼續。德伊說他們需要更多時間！」太壬敦促我。

我不應該轉身往後看的。我發現黎恩和索蕾都站在地上，引領鎮民進入礦坑，德伊和芙爾則守衛著撤離路徑的兩側。要是發生任何事——要是其中一隻在城鎮上方盤旋的雙足飛龍注意到他們——他們就很容易遭受攻擊。但他們保護的居民也是。

三隻獅鷲飛了過來，牠們用爪子抓著居民，把他們丟在礦坑的入口，之後又飛回去抓其他民眾。

我瞄準那個危靈，落下一道雷電時，能量在我體內奔湧而過。這道閃電粉碎了我們右邊山坡上的一座附屬建築。屋子坍塌下來，板子裂開，木頭飛濺。

那個危靈猛然將注意力轉向上方，她發現我的時候，我的胃一陣翻攪。她把左手往前伸，轉動手掌，握住空氣，紅色的雙眼中滿是純粹的嗜虐慾望。

石頭從山坡滾落而下。

索蕾舉起雙手，在石頭碾碎下面跑進礦坑的民眾之前阻止了石流。她的雙臂在顫抖，但巨石都落在道路兩側，讓撤離路線維持暢通。

我立刻轉頭看向危靈，倒抽了一口氣。

那個危靈站著，掌心朝向地面，空氣中翻湧著純粹的力量，讓我手臂上的寒毛都豎了起來。她周圍的草地變得枯黃，之後整片野生三葉草的花全都枯萎凋零，葉子也都蜷曲起來，失去綠色。

「太壬，她是在……」

「**汲取力量。**」他咆哮。

枯敗以危靈為圓心往外擴展，彷彿她正在榨乾這片土地的精華，我用力扔出另一道閃電，但落下的地點離道路及那個正在路上拚死逃命的落單民眾太近了，讓我感到不安。

「**小心。德伊說路對面的那棟屋子裡有個木箱，上面有黎恩的家徽。**」我又射出一道閃電時，太壬告訴我，雷落在和危靈距離非常遠的地方。「**他說那裡面的東西……非常不穩定。**」他轉述的時候，稍微停頓了一下。

「**我不擔心那棟建築。**」我回答，這時死亡圈已經擴大到太壬下方，我從他身上汲取更多力量，準備再度發動攻擊。

剩下的鎮民都進入地道後，索蕾便握住匕首，朝那個危靈衝了過去，芙爾也緊跟在後。只要民眾能活下來，這一切就都值得了。

死亡的波動以危靈為中心，往前方翻湧，不停往外擴散，追上了那個在路中間逃命的居民。他撲倒在地，發出無聲的尖叫，在他的身體只剩下外殼時蜷縮成一團。

我停止呼吸，心跳漏了幾拍。那個危靈剛剛……

「索蕾！」我大喊，但已經太遲了。那個三年級生往前踉蹌幾步，已經踩進了死亡圈，她的龍想要抓住她，但他們的身體都皺了起來，摔在地上，芙爾的重量揚起了一片塵土。

幾秒內，他們的身體就失去水分，枯皺變形。我的胸口彷彿被老虎鉗緊緊夾住，好一會兒都無法呼吸。那個危靈現在擁有更強大的力量了。

「**告訴德伊！**」我轉頭看到黎恩正在朝德伊狂奔。他需要時間。

「**已經說了。**」一顆火球朝我們飛來，太壬往左邊翻滾，隨後是一陣火球雨，我們被迫撤到道路對面。

「**我們失去索蕾了。**」我告訴薩登。

我得到的唯一回應是一陣悲傷，我知道這是他的情緒。

獅鷲們都起飛了，牠們的騎手對那個危靈施展了像是簡易魔法的法術，此時兩隻沒有騎士的雙足飛龍靠了過來。

「**叫牠們改變策略。要是沒辦法靠近那個危靈，根本就沒有機會。**」我告訴太壬。

獅鷲們改變了飛行路線，我再度釋放力量，這次閃電落在更靠近危靈的地方了。她抬起頭，怒瞪了我一眼，然後轉頭看著撲翅聲傳來的方向。

蓋瑞克和其他三年級的叛軍後代正在趕來這裡。她寡不敵眾，該死的，我希望她知道這一點。

獅鷲們合力對其中一隻靠近的雙足飛龍展開猛攻，此時黎恩已經騎上德伊，德伊也立刻起飛，避開了正在擴大的死亡圈，但另一隻雙足飛龍降低高度，往那個危靈飛去。

牠正好會經過那棟附屬建築。

「**你剛剛說那棟房子裡有不穩定的東西，對吧？**」我問。

「**對。**」

我不確定自己能不能擊中，但是——

「**好主意。**」

太壬讓我們就預備位置，在離地大約六公尺的地方盤旋，此時黎恩飛向我們上方的獅鷲群，射出冰矛，刺中那隻負傷雙足飛龍的喉嚨。雙足飛龍從天空掉下來時，發出穿透耳膜的哀嚎，鮮血也噴湧而出。

殺掉一隻了。

那個危靈走到了路上，另一隻雙足飛龍滑行著降落在泥土小徑上，讓她爬上去。

「**就是現在！**」我大吼。

那隻雙足飛龍起飛時，太壬深吸一口氣，吐出一道猛烈的火焰，點燃那棟建築物和裡面的所有東西。那棟建築物爆炸了，吞噬了周圍的一切，熱浪衝到我的臉上，讓我的臉頰灼燙不已。

我們幾乎被火焰風暴捲了進去，但太壬往左轉，驚險避過了爆炸。

我們拐回來時，我高舉拳頭大聲歡呼，風緩和了我臉頰的刺痛。我們已經殺死了一隻雙足飛龍，大部分的居民也已經撤離，而且不可能有任何東西能從那陣爆炸中倖存下來。

太壬低垂右翼，我們陡然轉彎，準備再度穿過城鎮。我往右瞥了一眼，倒抽了一口氣。那陣爆炸不但**沒有**殺掉雙足飛龍，危靈也還活得好好的，而且他們還朝著——

可惡。可惡。**可惡**。

比龍更多的雙足飛龍從南邊的山谷中飛了出來，炙熱的藍色火焰從我們旁邊噴湧而過，我努力壓下驚恐，轉過身去，看見一隻雙足飛龍緊追著我們。我們在貿易站的城牆上盤旋時，牠接近的速度快得嚇人。

「你知道要怎麼殺死那麼多雙足飛龍嗎？」我問太壬，恐慌就像錨一樣壓在我的胸口上，讓我思緒亂成一團。

我目前看到至少六隻雙足飛龍，全都擁有驚人的翼展和鋒利的牙齒，而且都直直往我們飛來。

「用殺死我們的方法。」太壬一邊說，一邊引著雙足飛龍遠離貿易站的中心，蓋瑞克和博蒂正舉著匕首徒步追趕那個原本在鐘樓上的危靈。

「我現在又沒有巨弩！」

「妳沒有巨弩，但妳有閃電。一道閃電就能讓一條龍的心跳停止。」

「你已經和其他龍說了索蕾和芙爾的死因了吧。」接觸到土地的人和龍都很脆弱。

「他們都知道自己冒著什麼風險。」

眾神啊，下面還有孩子，有些孩子正在尖叫，有些孩子已經陷入讓人心碎的沉默，他們的母親將他們的屍體拽離街道。

沒有言語可以形容這個場景。

「**我們必須把牠們引出城鎮。**」我一邊告訴薩登，一邊在大腿綁帶允許的範圍內往後轉，以便把空域的狀況看得更清楚，幾隻雙足飛龍似乎放慢了速度，繞著鐘樓的殘跡盤旋。

「**他們想要的東西一定在那裡。**」太壬說。

「**你們說的我都同意。盡力而為吧，給剩下的人撤離的時間。**」薩登回答。「**我們正在清理城鎮外圍。**」他頓了一下，一陣擔憂如同漣漪般穿透了我們的情緒屏障。「**努力活下去。**」

「**在努力了。**」

一隻雙足飛龍俯衝而下，再度爬升時，牙齒間掛著一隻人腿。

我們迴轉，穿越貿易站上方往南飛，離開市中心，讓博蒂和蓋瑞克繼續完成任務。「**牠們沒有跟來。**」太壬咕噥著。「**我們必須把牠們引出來。**」

「**我剛剛落下閃電的時候，那個危靈看起來不太開心。**」

「**妳是個威脅。**」

「**那我們就來吸引牠們的注意力，讓牠們覺得受到威脅。**」

太壬發出贊同的咆哮。

我打開心中的閘門，讓太壬的力量湧入身體，在皮膚底下翻湧。

一到城牆之外，我就立刻舉高雙手，讓力量自由流洩而出。

閃電劃破天空，贏得了那群雙足飛龍的注意，其中一隻飛龍偏離了飛行軌跡，陡然竄高，朝我們飛來，還輕甩著帶有倒鉤的有毒尾巴。

也許這不是最好的主意。

「我們已經沒有退路了。」太壬提醒我。說的沒錯。

牠們終於飛到城牆外了。

我汲取更多力量來施展，控制如洪水般的能量相當費力，讓我的雙臂顫抖起來。閃電再度落下，和那隻雙足飛龍之間的距離大到讓我羞於承認。我的嘴裡滿是恐慌，嚐起來就像灰燼一樣苦澀。我還沒準備好面對這種事。

「再試一次。」

「我沒有足夠的控制——」

「再試一次！」太壬命令。

我又施展了一次，拆毀了橫在我和太壬中間的牆，他傳來更多能量，席捲了我的身體。閃電劃破暮色天際，爆發出刺眼的光芒，讓我眨了眨眼。

「再一次！」

我讓力量一次又一次地凌駕於自己之上，專心瞄準雙足飛龍的方向，太壬則不停躲閃一陣又一陣的藍色火焰。終於，一道閃電擊中了我們身後的雙足飛龍，讓牠從天空中墜落，重重撞在山坡上，發出讓人滿意的巨響。

「那個和牠締約的危靈怎麼樣了？」我竭力控制這股力量，並且努力抗衡避免遭其吞噬，因而顫抖起來。汗水沿著我臉頰滑落。

「希望牠們和我們一樣，只要殺死雙足飛龍，牠的騎士也會死。但現在有太多沒有騎士的雙足飛龍了，實在很難說。」

「目前『希望』這個詞可不太適合……」我坐著轉身，驚恐地發現又有兩隻沒有騎士的雙足飛龍從山谷裡飛了出來。「居民需要更多時間才能抵達礦坑，讓我們為他們爭取時間。」

太壬同意地咆哮了一聲，我們又急速穿過貿易站飛回去。

薩登用影子勒死了一隻雙足飛龍，另一個三年級生用冰射向牠的騎士，其他四個人則各自盡其所能，用龍焰和魔法逼退新來的飛龍。

我召喚的閃電比之前的練習都還要多，一波又一波的灼熱力量沖刷過我的全身。我揮動手臂，瞄準一隻在前門——或者說是前門殘骸——附近飛行的雙足飛龍。雖然我沒打中牠，但擊中了一座空塔，石塊往四面八方飛散，一塊大石擊中了某條雙足飛龍的尾巴，讓牠在半空中轉了一圈。

太壬又陡然轉彎，讓我們迴轉。我深吸一口氣，又召喚了一道閃電——這次直接擊中了一隻雙足飛龍的上背，發出讓人滿足的滋滋聲。那隻巨獸發出尖嘯，墜落在附近的山坡上，發出雷鳴般的重擊聲。

我們再次轉彎，準備再來一次，剛才的擊殺讓我興奮不已，我又連續快速降下三道閃電。不幸的是，更快的速度不等於更高的命中率，腎上腺素也對我的準頭沒有幫助。即便如此，我還是成功製造出三場驚人的爆炸——其中一場爆炸讓一直緊追博蒂的一條巨大雙足飛龍分了心，給了博蒂片刻的優勢——他的龍抓住機會，陡然左轉，飛到那條雙足飛龍後方，利齒深深陷入牠的灰色脖子，發出可怕的斷裂聲，博蒂的龍放開了雙足飛龍的屍體，讓牠掉到下方十五公尺的地面。

「**左邊！**」另外兩隻雙足飛龍進入我們後方的視線範圍時，我大吼。

那些雙足飛龍加速衝向我們時，我讓太壬負責迴避，專心盡可能降下更多閃電。我努力控制每一道閃電，避免擊中我方的騎士，而我的手臂也隨著每一次攻擊越發顫抖無力。

斯蓋兒在貿易站西邊，她低空飛行時，薩登以讓人驚豔的方式助跑跳下她的背，翻滾著陸在下方的街道，讓我的心提到了嗓子眼。影子幾乎是在他落地的瞬間朝四面八方展開，蓋住正在尖叫的群眾，他們正在努力逃離一隻飢餓雙足飛龍的大嘴，朝掩護跑去。

其中一隻緊跟著我們的雙足飛龍，一定注意到薩登離開龍背了，因為牠暫時收起雙翼，朝地面俯衝，在最後一刻才展開雙翼提升高度，滑翔時和地面那絲綢般的暗影只有幾尺的距離。真要命，牠完全是奔著薩登去的。牠張開大嘴，好像打算直接把薩登當成點心吞下肚。

「**薩登！**」我大聲尖叫，但他已經注意到了那隻雙足飛龍，把暗影凝成一條繩索，往上拋到比建築物還高的地方，精準套住斯蓋兒的頭，她把薩登拽離地面，脫離那隻雙足飛龍的飛行路線。薩登上一秒還吊在暗影繩索上，下一秒就回到了斯蓋兒的背上，她轉了個彎，低飛穿越城鎮。

我的注意力都放在了薩登身上，完全忘了我們後方的雙足飛龍。不過太壬並沒有忘記，他開始越爬越高，領著雙足飛龍遠離貿易站，爬升的速度快到讓我反胃。

「**暴力女！**」薩登高聲大喊。「**在妳下面！**」

我往下看，倒抽了一口氣。一道藍色火焰從下方朝我們奔湧而來。「**轉彎！**」

太壬往左翻滾，以頭下腳上的姿勢驚險避開了火焰，我的屁股完全離開了鞍座，只靠綁帶把我固定在座位上。但在太壬恢復水平飛行時，那隻雙足飛龍還跟著我們。牠張大嘴巴，露出銳利且沾滿鮮血的牙齒，朝著太壬的側腹撲來，我的心臟幾乎要跳出來。

「不要！」我舉起雙臂，朝牠的方向丟出一道閃電，準備迎接撞擊。

一道藍色的身影飛速衝到我們中間，斯蓋兒用她那藏青色的身軀撞開了雙足飛龍。她快速而凶殘地撕咬了幾下雙足飛龍的側腹，讓血肉飛散噴濺，這是我見過最殘暴的空中獵食。然後她迅速轉身，匕尾插進被啃噬的雙足飛龍的頭顱，讓屍體飛出幾百公尺，才轟然落在地面。

斯蓋兒加速，轉彎飛到我們身邊，她的翅膀深情地擦過太壬的雙翼——這和她朝我射來的威脅怒瞪真是天差地別，而且雙足飛龍的血還不停從她的下顎滴落下來。明白了。守護薩登是她的職責，我則是必須留心太壬。

我迅速轉過上半身，檢查四周是否還有雙足飛龍，之後才和太壬說：「**我們再爬高一點，這樣就能把敵人看得更清楚了。**」

我們才剛飛到城鎮上方約三十公尺的地方，就看到德伊和黎恩正拚命朝反方向疾飛，一個騎著雙足飛龍的危靈緊追著他們。

「**黎恩需要幫忙！**」我著急地解釋。

「**我來處理。**」太壬說，在空中調轉方向。我們在空中停留了一秒，之後他巨大的雙翼拍打著空氣，轉了個方向，直接朝黎恩飛去。

那個危靈舉起像法杖的某種長棍，用藍色火球攻擊德伊，但德伊成功閃過了所有火焰，此時黎恩站了起來，沿著德伊的脊椎跑到他的匕尾。德伊在最後一秒用尾巴把黎恩甩入高空，朝著雙足飛龍飛去。我還來不及尖叫，黎恩就已經屈膝落在雙足飛龍的後臀，抽出刻著盧恩符文的匕首——就像薩登給我的兩把匕首一樣。

危靈立刻轉身，高舉法杖，但黎恩快得驚人，用可怕的精準度割開了危靈的喉嚨。那隻雙足飛龍在幾秒內就不再撲翅，龐大的身軀直直往地面墜落而去。黎恩從牠的背跳下來時，德伊已經飛到下方，輕鬆接住了他。

一隻雙足飛龍從左邊朝我們飛來，用力拍打雙翅逼近我們。

「**太壬！**」力量充滿了我的血管，我舉起雙手，但太壬翻了一圈，讓我的世界上下顛倒，此時牠的爪子和晨星尾都插進了雙足飛龍的體內，從喉嚨一路劃到尾巴，在半空中將牠開腸剖肚，之後才恢復水平飛行，那隻雙足飛龍往地面墜落，劃出一道血紅的軌跡。

我突然一陣暈眩，但這不只是因為太壬的特技飛行。

自從我們同意保護這個貿易站的居民，聽說有四個危靈，而且完全沒有取勝可能性以來，壓在我心口的恐慌第一次消散了一些。也許我們真的能活過今天。也許。

就在這時，另一隻雙足飛龍從我們上方的雲層中出現，朝太壬俯衝而來，牠收攏雙翼，加快速度，化為一把以利齒為矛尖的長矛。

已經沒有時間迴避了。再過幾秒，牠就會撞上了——但紅色填滿了我的視野，德伊突然出現在我們面前，撞進那隻灰色巨獸的側腹。

但我根本無法放鬆，因為碰撞的力道讓黎恩從德伊背上高速飛了出去，經過太壬的頸根。

「薇奧蕾！」

「黎恩！」他飛越我身邊時，我抓住了他胡亂揮舞的雙手，之後用力握緊，他的體重讓我的肩膀發出輕微的喀啦聲，稍微脫臼了，我忍不住爆出一聲哭喊。此時太壬急速轉彎，跟上德伊。

「抓好！」

黎恩的表情扭曲，雖然他的姿勢幾乎根本動不了，但他還是以手肘為支點往前攀爬，抓住我鞍座的鞍橋。我撲到他身上，護住他的頭，竭盡全力緊抓著他。此時太壬不停翻滾和轉彎，保持在足夠靠近，又不會被捲入德伊和巨大的灰色雙足飛龍戰鬥的距離。

牠們就在幾尺開外的地方激戰著，用爪子撕裂彼此的鱗片，用牙齒互相啃咬——德伊因為疼痛而發出可怕的咆哮。我們的距離太近了，所以我無法採取任何行動，而且我也無法保證閃電會命中雙足飛龍，而不是德伊。

除了保障黎恩的安全，我沒有其他能做的事。

我抓過從沒用過的安全腰帶，繞過黎恩的身體扣起來。「這應該能讓你在回到德伊背上以前好好待著，但我沒辦法在不傷害他的狀況下施展印記！」我在風的呼嘯之中大吼。

他眼中的痛苦讓我忘了呼吸。

「你為什麼要那樣做？」我喊著，手指在他的皮衣上尋找可以抓握的地方，以便把他拉得更近一點。最後我選了他的後領，使勁一拉。「你為什麼要冒險？」眾神啊，要是他們倆發生了什麼事……

他迎上我的目光。「那東西就要咬太壬一口了。妳之前救了我一命，現在換我了。不管妳因為我保守了祕密而怎麼看我，我們都是朋友，薇奧蕾。」

這時太壬又翻滾了一圈，黎恩整個人都飛到空中，皮帶也滑到他的手臂下方，因此我根本沒辦法回答他。我雙手握拳，緊緊抓住他背部的衣料，但實在沒有什麼可抓的地方。時間一分一秒地流逝，在太壬重新恢復水平飛行之前，我無法呼吸，無法思考，滿腦子只想保護黎恩。太壬盡量靠近德伊，同時又小心不讓我們在過程中受傷。

但在德伊和雙足飛龍糾纏著往下俯衝時，他的尖叫聲撕裂了我的心。

「**你不能做點什麼嗎？**」我懇求太壬。

「**我在努力了！**」他往右傾，之後俯衝而下，待在那兩隻旋轉落下的龍附近，以便發動攻擊。該為自己的性命奮鬥的是我們，而不是黎恩和德伊。

而且，眾神啊，德伊處於頹勢，這代表黎恩——

我的喉嚨縮緊了。**不**。不會發生這種事的。

「**過來這裡！**」我對薩登大吼。能量在我的雙手中劈啪作響，但牠們移動得太快了，我沒辦法瞄準。

「**我在獵殺城牆上的危靈！**」他回答。

「**德伊在為自己的命搏鬥！**」

瞬間的恐懼像老虎鉗一樣揪緊我的胸口，但這不是我的情緒，是薩登的。「**要是我離開這裡，這些居民都會死！**」

我們只能靠自己了。我快速瞥了一眼戰場，發現每條龍都在各自奮戰。

太壬甩動尾巴，狠狠砸中雙足飛龍的後腿，才把沾滿鮮血的尾巴收回來，但那該死的怪物沒有放開德伊。牠彎起爪子，往紅龍的鱗片下方插得更深。

「德伊！」黎恩高聲叫著，嘶啞的聲音飽含情緒，最後還破音了。

太壬猛衝過去，咬住雙足飛龍的肩膀，讓鮮血噴湧而出，但這還不夠。他迅速轉向，尋找更好的攻擊角度，旋轉的力道幾乎讓黎恩的手鬆開了鞍橋，幸好安全腰帶把他固定住了。

另一條沒有騎士的雙足飛龍從右方飛來。「**右邊！**」

太壬以我從未體驗過的高速移動，直接撕裂了那條飛龍的喉嚨，像破布娃娃一樣甩了幾下才鬆開嘴，讓牠墜落到幾十公尺下的山坡。

這時，德伊和雙足飛龍疾速往地面衝去，太壬也俯衝追趕。

不祥又沉重的恐懼壓著我的胸口。

「**我們過去了！**」薩登說。

但他來不及了。

「薇奧蕾！」我們盤旋往下時，黎恩在風中大吼，讓我的注意力從身邊那場可怕的戰鬥轉移到他身上。「我們必須殺死那些騎士。」

「我知道！」我回答，「我們會的！」他只要堅持下去就好。他們兩個都要堅持下去。

「不，我是說——」

太壬再度猛撲過去，用牙齒在雙足飛龍的雙翼上咬出另一個洞，用利爪劃過牠的尾巴，我們也隨著他的動作滑到一邊，但那條雙足飛龍仍然死死纏住德伊。牠的雙翼現在已經破破爛爛了，但牠似乎毫不在意，繼續用爪子刺進德伊的下腹，彷彿牠為了殺死德伊願意不顧一切的送死。

「會沒事的。」我對黎恩保證，風吹得我的臉頰刺痛起來。一定要沒事。就算我們每一秒都離地面越來越近，就是要……沒事。

德伊又尖叫了一聲，聲音比之前更虛弱，音調也更高。那是哭喊。

「**我們得往上飛！**」太壬警告。

「他要死了！」黎恩突然撲到另外一邊，朝他的龍伸出手，彷彿這樣就能再撫摸那條紅色匕尾龍最後一次。

「你要抓——」我開口，但德伊那痛苦的哀鳴讓我的喉嚨縮緊，扼住了我的話。牠正在被活生生地開腸剖肚，我們卻什麼都做不了。

那條雙足飛龍發出勝利的咆哮，下一秒牠們就重重摔在山坡上，發出可怕的巨響。雙足飛龍用後腿和雙翼頂端的爪子蹣跚爬開。

德伊不動了。

黎恩撕心裂肺的吼叫震碎了我的心，太壬張開雙翼，陡然轉彎，讓我們免於走上同樣可怕的命運。

「**德伊**。」太壬對撤退的雙足飛龍的後背噴出一道火焰，他的悲痛在我的體內爆開，安妲娜的哭喊充斥著我的腦海。

不。如果德伊……

「**他是不是**——」我沒辦法說完整句話。

「**他走了**。」太壬掉頭，迅速飛往城牆外的山坡，德伊就墜落在那裡。

不。不。**不**。這代表……

「黎恩！」我們高速著陸時，太壬的爪子陷入土中，讓我們停在靠近德伊屍體的地方，我則伸手抓住我的朋友。

「**你只剩下幾分鐘**。」太壬警告。

「德伊。」黎恩輕聲說，無力地倒在太壬的背上。

「我會把你帶到他身邊。」我對他保證，已經開始笨拙地打開綁帶的扣環。「**德伊死了**。」

我哭著告訴薩登，聲音顫抖又含糊。「**黎恩也要死了。**」

「不。」我感覺到他的恐懼，他的悲傷和強烈的怒氣包裹住我的心，和我自己的情緒混雜在一起，讓我痛得無法呼吸。

幾分鐘。我們只有幾分鐘的時間。

「你要撐住。」我強忍著眼淚，輕聲告訴黎恩。他抬頭看著我，天藍色的雙眼睜得大大的，滿是震驚和痛苦。黎恩為我付出了一切，我至少能為他做這件事。我可以把他帶到德伊身邊，就像我知道要是角色調轉，他也會帶我到太壬或安妲娜的身邊。在我解開大腿的綁帶時，太壬完全趴了下來，盡可能攤平自己巨大的身軀。之後，我用雙臂環住黎恩壯碩的身體，一起從太壬的側邊滑下去，雙腳落在佈滿碎石的山坡上。這裡和貿易站的距離已經很遠了。

德伊就躺在差不多十公尺外的地方，身體扭曲成不正常的角度。

這不公平。這不對。不應該是德伊。不應該是……黎恩。他們是我們這一屆最強大的，是我們這一屆最優秀的。

「我不行了。」黎恩說，跌跌撞撞地往前走了幾步，之後就往前倒去。

他跌倒時，我衝過去抓住他，但他對我來說太重了，讓我們都跪倒在地。「我們可以的。」我從發緊的喉嚨中擠出這句話，試圖將他的手臂架到肩膀上。我們都已經這麼近了。

要是有危靈過來，我會處理的。

「我們不行了。」他靠在我身上，身體順著我的側身往下滑。我把重心放在後腳跟上，跪坐著，他的頭枕在我的大腿上，他的身體變得無力。「沒事的，薇奧蕾。」他說，抬眼看著我，我把飛行護目鏡推到頭頂，以便更清楚地看著他。

他很努力地呼吸。

「哪裡沒事了。」我想要因為這種不公而尖叫，但這一點幫助也沒有。我用顫抖的手把他的飛行護目鏡抬到額頭上，然後撥開他落在額頭上的金髮。「根本就不該這樣。拜託活下來。」我懇求他，眼淚不受控制地順著臉頰滾落而下。「努力活下來，拜託你，黎恩。努力活下來。」

「在石橋——」他的臉因為痛苦而扭曲。「妳要照顧好我妹妹。」

「黎恩，不要這樣。」淚水堵住我的喉嚨，讓我的話變得斷斷續續。「你會在那裡的。」我順著他的頭髮。他明明沒事。他的身體這麼健康，一點事都沒有，但他的生命卻逐漸熄滅。「你必須在那裡。」他必須對他思念多年的妹妹微笑，露出他的酒窩。他必須把自己寫好的那疊信交給她。在他經歷了這一切後，這是他**應得的**。

他不能為了我而死。

「**太壬**。」我哭著。「**告訴我該怎麼辦**。」

「**妳什麼也做不了，銀色的**。」

「我們都知道我不會在那裡了。就答應我，妳會照顧絲隆。」他哀求道，呼吸變得斷斷續續，直直看著我的眼睛。「答應我。」

「我答應你。」我輕聲說，握住他的手捏了捏，完全不在乎一直落下來的眼淚。「我會照顧絲隆。」他要死了，而我什麼都做不了。**沒有人**能做什麼。為什麼我擁有的所有力量都這麼**沒用**？

我拇指下方的脈搏變慢了。

「好，這樣很好。」他勉強擠出一絲微笑，酒窩若隱若現，然後笑容消失了。「我知道妳覺得自己被背叛了，但薩登需要妳。我不是指他需要妳活著才能活下去，薇奧蕾。他需要**妳**，拜託聽他說。」

「好吧。」我點頭，努力強迫自己露出一個充滿淚水的微笑。現在他可以要求任何東西，而且我都會給他。「謝謝你，黎恩。謝謝你跟著我。謝謝你當我的朋友。」我的眼淚掉得更凶更快了，讓他在我的視線中變得模糊。

「這是。我的榮幸。」他掙扎著呼吸時，胸口發出咻咻聲。

突然颳起一陣強風，吹開了我臉上散落的髮絲。幾秒鐘後，我感覺到薩登朝我們急奔過來，他的情緒如同湍急的洪流，淹沒了我自己的情緒。

「不要，黎恩。」薩登聲音哽咽，在我們前面蹲下來。他的臉頰抽動著，控制著表情，但他的絕望卻毫不掩飾地透過我們的精神連結洶湧而來。

「德伊。」黎恩用氣音懇求，轉頭看著薩登。

「我知道，兄弟。」薩登的下巴一緊，我們的目光在黎恩上方交會，此時淚水不停從我的眼中流下。「我知道。」他往前彎身，把黎恩抱進懷裡，抱著他站了起來。「我會帶你去。」

我跪坐在原地，石頭透過皮衣壓進膝蓋，我看著薩登慢慢走過滿是碎石的地面，抵達德伊身旁，和黎恩告別，但我聽不見他說了什麼。

薩登把黎恩放下來，讓他坐在地上，靠著德伊完好的肩膀，然後跪在他身邊，聽著黎恩說話，緩緩點頭。

雙足飛龍的叫聲劃破了我們上方的天空，我本能地抬頭望去。

一大群灰色飛龍從山谷的高處朝我們飛來。雙足飛龍。很多**很多**雙足飛龍。

「**看山谷上面！**」

他們一起往上看，黎恩的頭緩緩轉動。

薩登低下頭，有一瞬間，影子從他周圍猛然竄出，既像威脅，也像爆發的悲傷，讓我的呼吸一窒。

幾秒鐘後，他無聲的、撕心裂肺的尖叫在我的腦海中爆開，其力道之大，讓我的心就像摔在石地上的玻璃般四分五裂。

我不需要問。黎恩走了。

黎恩從沒抱怨過要當我的護衛，從沒遲疑過要不要伸出援手，從沒自誇過自己是我們這一屆最優秀的。他為了保護我而死。哦，眾神啊，而且我還在一個小時前問他，我們是否曾經真的是朋友。

一隻怪物就殺了我的朋友，**這麼多隻**怪物又會帶來什麼災難？

一隻渾身鮮血的雙足飛龍朝我們俯衝而來，太壬用翅膀蓋住我。我聽見了咬合聲和尖厲的嚎叫，之後他才收回翅膀。

「**我們在地上會變成攻擊目標。**」那條雙足飛龍飛走時，太壬說。

「那就讓我們當獵人吧。」我踉蹌起身，剛好看到薩登朝我跑來。

「暴力女！」薩登抓住我的肩膀，他的臉上充滿了決心。「黎恩要我告訴妳，那群飛龍裡有兩個騎士。」

「為什麼他要告訴我而不是——」我的胸口壓著一塊沉甸甸的大石。

「因為他知道，我必須盡可能拖住這些雙足飛龍。」他細細凝視著我的臉，彷彿這會是他最後一次看見我。

「而我是能殺死所有飛龍的人。」施展那麼多次力量會要了我的命，但我是我們最大的勝算了，也是**他**活下來的最大機會。

「妳能殺死牠們的。」他突然把我拉進懷裡，吻了我的額頭。「沒有妳，就沒有我。」他抵著我的額頭說。

在我反應過來之前，他就轉向山谷，舉起雙臂——一道暗影之牆升了起來，吞噬了山谷。

「**快走！我會盡可能給妳時間！**」

每一秒都彌足珍貴，而且這些時間注定是我——是**我們**最後的時光。

第一秒，我轉頭看向太壬後方，看見貿易站已經成了熊熊燃燒的殘骸。鎮民從城牆內跑出來，逃離在上方盤旋的雙足飛龍。我們沒有成功撤離所有居民——這個失敗讓我的心沉了下去。

第二秒，我在煙霧瀰漫的空氣中顫抖地吸進一口氣，一隻孤獨的獅鷲從霧氣中飛過，後面是騎著龍的蓋瑞克和伊莫珍，我只能希望其他人還活著。

第三秒，我轉回來，看著黎恩和德伊了無生氣的身體，滔天怒火以快於閃電的速度湧入我的血管。被薩登那道暗影之壁阻擋的雙足飛龍，會像撕裂德伊一樣，撕裂太壬和斯蓋兒。

薩登……不管他有多強大，也不可能永遠拖住牠們。他的雙臂已經因為控制如此龐大的力量而顫抖了。幾個月前，他在那棵樹下為我取了一個暱稱，要是我無法表現得和那個暱稱一樣，他就是第一個死的。**暴力女**。

有那麼多雙足飛龍，但我只有一個人。

我必須像布瑞南一樣有計謀，像米拉一樣自信勇敢。

過去這一年來，我一直試圖向自己證明我和母親完全不一樣。我不冷酷，也沒有麻木不仁。不過，也許某部分的我**真的**和她很像，雖然我不想承認這一點。

因為，現在站在朋友和他的龍附近的我，只想讓這些混蛋看清楚我能變得多暴力。

我轉身邁向太壬的肩膀，戴好護目鏡，快速爬上他的背。因為我們抱持著完全相同的心情，所以甚至不需要特意叫他起飛。我們想要的東西都一樣：復仇。

太壬猛然躍起，用力拍打巨大的雙翼飛入天空，我扣上橫跨大腿的綁帶。那條滿身鮮血的雙足飛龍已經繞了回來，太壬徑直朝牠飛去。我甚至不在乎牠是不是剛剛殺死我們朋友的那一條。牠們全都得死。

我們一靠得夠近，我就伸出雙手，一邊咆哮，一邊釋放出全部的力量。第一道閃電就擊中了那條雙足飛龍，讓牠直接墜落到城牆附近的地面。

但我沒有看到從左邊飛來的那條飛龍。
直到我聽見太壬痛苦的咆哮。

不過，正是三弟命令天空奉上最強大的力量，付出巨大而慘烈的代價以後，終於擊敗了他忌妒的兩個兄長。

——《荒原神話》〈起源〉

第三十七章

我猛然轉身往後看，發現殺了索蕾的那個危靈。她握著一把長劍，劍刃沒入太壬翅膀後方的鱗片縫隙，樹枝狀的血管以她紅色的雙眼為中心往外擴散。

「**你背上有一個危靈！**」她朝我的頭射來一個火球時，我對太壬大吼。火球和我的距離近到我覺得臉頰好像微微烤焦了。

太壬翻了一圈，緊接著迅速爬升，讓我頭暈目眩，身體也往鞍座後方滑去，但那個危靈沒有被甩出去，雖然雙腳猛然懸空，但仍然緊緊握著插入太壬體內的劍。太壬一恢復水平飛行，她就直直盯著我，彷彿我是她的下一頓大餐。她的眼神充滿決心，握著兩把刃尖呈現綠色的鋸齒匕首，大步朝我走來。

「**有三隻沒有騎士的雙足飛龍緊跟在我後面！**」太壬大吼。

幹。我漏掉了某種東西。它盤踞在我的腦海邊緣，嘲諷著我，就像我明明準備過的試卷答案。

「以龍騎士來說，妳是不是有點太瘦小了？」危靈嘶聲說。

「已經強壯到足夠殺掉妳了。」要是我不做點什麼，太壬和我都會死。

「**我需要你保持水平。**」我一邊告訴太壬，一邊解開大腿的綁帶。

「**不准離開座位！**」太壬咆哮。

「**我不會讓她殺掉你！**」我站起身，抽出薩登今天給我的兩把匕首。每一場挑戰賽，每一個障礙，和伊莫珍在重訓室內度過的每一個小時，和薩登在墊子上的每一場訓練，這全都應該有什麼意義，不是嗎？

這只是……和一個太過真實的黑暗術士……在石橋上的一場挑戰賽。

一道會移動的、正在飛行的石橋。

「**回妳的位置去！**」太壬命令我。

「**你甩不掉她的，她會再捅你一刀。我必須殺了她。**」我把恐懼甩到旁邊。現在沒有位置可以容納恐懼了。

在逐漸消逝的暮色，以及下方熊熊燃燒的城市散發出的詭祕火光中，我躲過她的第一次攻擊，之後壓低身體，抬起前臂擋下第二道攻擊，阻止了那把往下揮砍、直指我臉部的匕首。碰撞的力道引出「啪」的一聲，我知道我的某根骨頭斷了。

劇烈的疼痛讓我暫時停止動作，匕首也從我的手中飛了出去，現在我只剩下一把匕首了。我的心臟怦怦直跳，還踩到太壬身上的一根尖刺，因此踉蹌了一下。

她步步進逼，每當她揮舞刀尖泛綠的匕首，或是發動攻擊時，我們之間的距離都越來越短，而我甚至無法托住陣陣作痛的受傷手臂。她好像能預判我的下一步行動，用更快的反擊承接住我的每次攻勢，彷彿她才和我交手片刻，就適應了我的戰鬥風格。她的速度快得不正常，我從來沒看過薩登或伊莫珍的動作有這麼快。

我設法擋下了她的所有攻擊，但我無疑落入被動防禦。她甚至沒有穿著皮衣，身上的長袍隨風飄動，但還是——

我的側腹傳來火燒般的劇痛，看見一把匕首插進背心下緣的側腹時，我不可置信地倉皇後退。

太壬發出咆哮，安妲娜也尖叫起來。

「**薇奧蕾！**」薩登嘶吼著。

「**她太快了！**」從匕首的位置來看，應該沒有傷害到任何重要部位。我的嘴巴開始分泌唾液，但我強忍著反胃感，握住用來對付危靈的最後一把匕首，在手中調整平衡，之後用力把側腹的匕首拔出來。但有什麼地方不對勁。傷口開始傳來**灼燒感**，毒液在我的血管中迅速流竄，我努力保持著平衡。那把匕首從我的手指間掉落時，刀尖已經不再是綠色。

「如此尚未開發的力量。難怪我們會被叫來這裡。妳可以命令天空，要它奉上所有的力量，但我打賭妳不知道該怎麼利用，對吧？龍騎士從沒搞懂過。我要把妳剖成兩半，看看那些讓人驚嘆的閃電是從哪裡來的。」她對我揮舞另一把匕首，這時我意識到她只是在**玩弄**我。「或者我會讓**他**來做這件事。要是我把妳交給我的賢者，妳會希望自己死掉。」

她有**老師**？

她和我一樣是個他媽的學生，但我卻輸得一敗塗地。我幾乎沒辦法分辨出她現在用哪隻手握著匕首。我的手臂一抽一抽地痛著，我的側腹傳來劇痛。

「**讓遊戲變得公平一點**。」薩登說。他把一部分的力量分了過來，影子從我左方的懸崖竄過來，像一朵雲那樣罩住我周圍的世界，讓四周陷入完全的黑暗之中，包含那個危靈。

而我擁有光的力量。

現在主控權落到我手上了，而且我對太壬的背部瞭若指掌。我往右移動，感覺到他肩膀的坡度，之後擺出戰鬥架式，用完好的手握住匕首，讓我的力量衝破黑暗，隨著劈啪聲響照亮天空，這是寶貴的瞬間。

危靈喪失了方向感，轉過身去背對著我。我把刻著盧恩符文的匕首用力插進她的肋骨之間——就是幾個月前薩登教我的地方——然後猛然拔出刀刃，才不會失去武器。她踉蹌後退，臉色變得像灰燼那樣死白，然後從太壬的背上跌落。

我的步履蹣跚，身體搖晃著，現在血管中的灼熱感變得更強烈、更劇烈了，從裡到外焚燒著我。

「**她死了**。」我努力把這句話甩到太壬、薩登、安妲娜和斯蓋兒那裡……把這個訊息告訴任何可能在聽的人。

影子消失了，我按住側腹，止住從傷口湧出的血，往鞍座踉踉蹌蹌地走去時，逐漸暗沉的暮色露了出來。

「**妳受傷了**。」太壬譴責我。

「**我沒事**。」我說謊，低頭看見深黑色的血從我的指縫滴落，不禁睜大了雙眼。這很不妙。真的很不妙。

側腹的傷讓我無法再和另一個危靈近戰，而且我很快就會虛弱到無法施展力量。我的力氣正在和血液一起流失。我把匕首插回刀鞘內。現在我最好的武器就是我的大腦。

我深吸一口氣，努力平復心跳，開始**思考**。

「**牠們在墜落**。」太壬說，我的視線猛然從側腹移開，看見那三隻雙足飛龍赫然從空中墜落，撞向地面。

沒有騎士的雙足飛龍。

由危靈創造出來的雙足飛龍。

因為我殺了一個危靈，所以牠們都死了。

這就是黎恩試圖告訴我的事。一隻龍死掉的時候，騎士也會一起死去。但顯然一個危靈死掉的時候，他們創造的雙足飛龍也會一起死去。所有的雙足飛龍。這就是我們拯救戰場上所有人的方法。

薩登擋住的那群雙足飛龍裡有兩個危靈。

「**我們必須殺掉那兩個危靈。**」我輕聲說。

「嗯。」太壬同意，跟著我的思緒。「**很棒的主意。**」

「**你願意用自己的命賭一把嗎？**」要是我猜錯了，那我們都會死，薩登和斯蓋兒也會死。

「**我會把自己的命押在妳身上。打從第一天我就這樣做了。**」他回答，轉了個彎飛回河谷，其他載著騎士的龍也急忙跟上我們，無疑都在遵從太壬的命令。只有蓋瑞克和他的棕色蠍尾龍飛在我們前頭，快速往薩登低飛而去。「**已經死了三個危靈，但還有一個——**」

我驚恐地看著一個危靈從黑暗中大步走出來，他拿著和自己身高相當的長杖，以威脅的眼神死死盯著薩登。

「**左邊！**」我對薩登尖叫。

斯蓋兒轉彎，對那個危靈噴火，但他根本沒有停下。

蓋瑞克坐在龍的背上，壓低身子射出一把匕首，但在匕首擊中危靈之前，那個穿著長袍的危靈就用長杖用力敲擊地面，接著就憑空消失了，彷彿他從未出現在那裡。

他移動了。但他去哪了？

「什麼鬼？」我對著風大吼。

「**將軍能認出另一個將軍，那就是他們的領導者。**」太壬說。

他就是「賢者」？

「**我快要拖不住牠們了！**」薩登喊道，我們朝谷口疾衝時，他的雙臂都在劇烈顫抖，彷彿身體就要自己裂成兩半。

「**新計畫。**」太壬加速到極限的時候，我對薩登說。「**我需要你把影子收回來。**」

「**什麼？**」他的身體已經在搖晃了，從暗影緊繃的形狀就能看出雙足飛龍迫切地想擠出來。

「**這麼多的苦難。**」安妲娜聲音中的傷痛讓我登時緊張起來。

我立刻轉頭看向貿易站，瞥見了一抹金色，讓我的心猛然一緊。「**不行！妳在這裡不安全！**」

「**妳需要我！**」她喊道。

「**拜託躲起來，我們之中至少要有一個人活下來。**」在太壬飛過薩登和斯蓋兒身邊時，我這樣告訴她。

「**薩登，你必須把影子收起來，這是唯一的辦法。**」

「**太壬！**」斯蓋兒喊著，聲音中滿是恐懼，我從沒聽過她這樣說話。

「**不要叫我做這種事。**」薩登連聲音都在顫抖。不管他想不想，那些影子都會掉下來。他快要枯竭了。

「**薩登，如果你曾經信任過我，我現在就需要你這樣做。**」我用了他之前說過的話，側腹的痛楚越來越強，讓我幾乎無法呼吸。要是他不相信我，他就會因為耗盡力量而死。

「**幹！**」影子之牆瞬間倒塌，雙足飛龍以可怕的速度朝我們飛來。要是我失敗了，沒有人能倖存下來。太多雙足飛龍了。

「**找出更強大的那個騎士，太壬。**」這是最可靠的辦法。唯一的辦法。再過一分鐘，我們就會撞上那群飛龍。

「**等我殺掉那個危靈，就只剩下一個了，薩登。只要殺死剩下那個危靈，其餘雙足飛龍就**

會全部墜落。」

「我來了。」

但我會先抵達那裡。太壬比斯蓋兒更快。**「你困住牠們這麼久，救了我們。」**

他正要回答時，我就架起護盾，將他阻隔在外，以便全神貫注。

太壬左右轉著頭，尋找著危靈，我則打掉心中檔案庫剩下的牆壁，讓自己的一隻腳穩穩踩在大理石地板上。

「在那裡。」太壬說著，頭轉向右邊。**「就是那個。」**

在那群雙足飛龍的外緣，有一個騎著雙足飛龍的危靈，鮮紅的血管從他的太陽穴一路蔓延到兩頰。

「你確定嗎？」我問。

「確定。」

那群雙足飛龍吐出一股藍色火浪，但下一瞬間，一陣巨浪般的暗影就從山谷邊緣翻湧而來，熄滅了火焰。

力量在我的四肢百骸內流動，我強迫身體容納的能量太多了，讓我的整個身體都在顫動。

「告訴我，妳的計畫不是試著跳到那隻雙足飛龍的背上。」太壬說話的時候，我的呼吸也變得困難。再過幾秒，我們就足夠靠近了。

「我不需要那樣做。」我告訴他。**「你沒聽到那個危靈說的話嗎？我可以命令天空，要它奉上所有的力量，但我需要你的所有力量才能做到。」**我釋放印記，發出第一道閃電，但沒有命中那隻雙足飛龍，第二道也沒打中。

我不停降下閃電，把自己逼到極限，此時雙足飛龍幾乎已經飛到我們面前，在那些藍色的火焰有機會把我活活燒死之前，薩登就掐滅了那些火焰。

我沒辦法瞄準。我還沒準備好。也許，要是我還有一、兩年的練習時間，我就能成功瞄準，但現在我真的做不到。「**我需要更多力量，太壬！**」

「**妳會燃燒殆盡的，銀色的！**」他咆哮著，躲過一團薩登沒接住的火焰。「**妳已經瀕臨極限了。**」

我再度舉起雙臂時，雙臂都在顫抖。「**這是我能拯救他們的唯一方法。我可以救斯蓋兒。你只需要決定活下去，太壬。就算我沒有活下來。**」

「**我不會看著另一個騎士因為不知道自己的極限而死去。下一道閃電可能就是妳的最後一擊了。我能感覺到妳的力氣在消退。**」

「**我很清楚自己的能力。**」我向他保證，此時能量再度盈滿我的身體，我的心臟怦怦亂跳，掙扎著想要找到正確的節奏。好熱。我熱得要死，感覺好像要化為一團火焰了。我汲取太多力量了。「**我不是涅歐林。**」

危靈朝我們飛來，距離近到我可以看到他咬牙切齒的樣子，此時恐懼幾乎吞噬了我，但這份恐懼並不是我的。是太壬的。

「**讓我幫妳！**」安妲娜大喊，即使我正因為流淌在血管內的能量而心悸，心臟仍然重重跳了一下。我沒有時間去看她在哪裡了——我只希望她還在哨站裡。

「**只給我需要的就好。**」我對她說。

我們飛向雙足飛龍築成的牆時，我用力吞了一口口水，用完好的手緊緊抓住刀尖被血染紅的匕首。我伸手抓住安妲娜的金色力量，能量沿著我的脊椎往下流動，在我體內爆炸。我們周圍的時間暫停了。

太壬大張雙翼，讓我們懸浮在空中，雙足飛龍則用自己的魔法抵抗著安妲娜的魔法，一寸寸朝我們逼近。

我必須**真的想要**殺掉那個危靈，眾神啊，我真的想。

「**就是現在！**」我舉起手臂，朝危靈的方向一推，命令閃電劃破天空。落下的閃電將天空一分為二，樹枝般的分支往四面八方延伸，但我只需要控制其中一條銀藍色的分支就好。我專注在最靠近危靈的那條分支，以無視時間的緩慢速度引著它往下。我用盡最後的力量，用力把那條分支一寸寸往旁邊拽，讓它落在危靈上方時，我的雙臂都在顫抖，也能感覺到太壬的力量在推擠我身體的極限。「**太壬，還要！**」

他咆哮一聲，閃電直接撕裂了我，讓我的肺滋滋作響，每次呼吸都帶著焦味，此時安妲娜贈予的力量也開始消逝了。我不需要靠近她，就能感覺到她的疲憊，也知道她的力量正在衰弱。但我只拿了我需要的。就算安妲娜可能是唯一的倖存者，她也會活過今天。

我只剩下幾秒鐘的時間，不然這麼多的力量會讓我因為耗盡精力而死。

薩登的尖叫穿透了我心中的護盾，我幾乎無法承受他的痛呼和恐懼。但是我現在沒有時間注意他，也沒有時間思考失敗的後果了，因為現在的我完全專注於復仇，這份冷酷甚至會讓母親心懷驕傲。

在我的肌膚滋滋作響、開始燃燒時，我終於把閃電拉到適當的位置。之後我讓時間再度流轉，強迫自己挺直身體，直到我看見雷電確實命中目標，在碰到危靈的瞬間就殺了他。他的身體以非常緩慢的速度從雙足飛龍的背上滑落，彷彿時間仍未開始流逝。

下一秒，超過一半的雙足飛龍都從空中墜落，好似牠們也被閃電擊中了。然後，彷彿一直在等著我完成目標似的，我的側腹現在灼熱無比，彷彿要把我活活燒死。

「**在左邊！**」太壬咆哮一聲，調轉身體，面對最後一個雙足飛龍騎士——他的眼神滿是殺意，正朝我們猛衝而來。

一條影子凝成的繩子飛了上來，纏住那個危靈的脖子，這時太壬也往左轉彎，避開攻擊，我幾乎從鞍座上摔了下來。

薩登把那個危靈從雙足飛龍的背上扯下來，一邊用力往下拉，一邊伸出握著匕首的那隻手，讓他直接落在刀刃上。

該死，有時候我都忘了他有多麼致命而美麗。

知道他們都能活下來以後，我讓重力接管了我的身體，從太壬的背上滑下去。

「**薇奧蕾！**」我墜落的時候，聽見薩登大喊著我的名字。

遇到不認識的毒素時，你最好把每一種解毒劑都用上。不論如何，這個患者都會死，但這樣做至少能讓你學到一點東西。

——《費德里克少校的新版治療師手冊》

第三十八章

我覺得今天我可能會死。

風呼嘯而過，我覺得自己的胃好像懸在頭頂上方。

因為我在墜落。

無止境的墜落。

太壬發出一聲咆哮，聲音高亢，滿是恐慌，迫使我勉強睜開眼睛，剛好看見他為了我俯衝而下，但我沒辦法感覺到他在我的腦海裡，沒辦法感覺到雙腳踩在我內心檔案庫的地板上，也沒辦法觸及我的力量。我的連結被切斷了，我不再維持「錨定」了。

我的背重重撞上了某種東西，把我肺裡的空氣都擠了出去，雖然這減緩了我的墜落速度，但我還是繼續下墜，此時，閃耀的金色在我周圍升起又消失。風靜止了，嘈雜的喧囂和哭喊也暫停了，但是我體內的火焰還在蔓延，要用灼熱的利齒吞噬我。**時間**。

安妲娜用她僅剩的力量暫停了時間。

我落在她的背上，還在繼續墜落……因為她不夠強壯，沒辦法載著我，但她勇敢到飛進這場戰鬥。現在我的雙眼也出現灼燒感了。她不該在這裡的。她應該躲在前哨基地裡，不受那些比她大三倍的雙足飛龍威脅。

還有雙足飛龍嗎？我們擊落所有的雙足飛龍了嗎？

時間再度開始流逝時，風鞭笞著我裸露的肌膚。我從安妲娜的背上滑落，被一雙強壯的人類手臂緊緊抱住。

「薇奧蕾。」我認得那個低沉又恐慌的聲音。**薩登**。但是我動不了，甚至沒辦法在他為我的傷口加壓時，強迫嘴巴張開，把疼痛都用尖叫發洩出來。「該死，這一定是毒。妳得撐住。」

毒。那把匕首的刀尖是綠色的。

但到底是什麼樣的毒，才能不只癱瘓我的身體，連魔法也無法施展？

「我會照顧妳的，妳就……就只要活著。拜託妳活著。」

他當然會希望我活下來。我和他生死相依。

我費盡所有力氣，終於成功張開眼睛一秒鐘，他眼中露骨的恐懼讓我的心猛然一震，之後我就失去了意識。

「也許那不是毒。」某個人低聲說。雖然我醒了，但沒辦法張開眼睛。也許是蓋瑞克？眾神啊，每個地方都**好痛**。「也許那是魔法。」

「你有看到她怎麼用那道閃電直接擊中那個危靈的頭嗎？」某個人問。

「現在別說這個。」博蒂的語氣幾乎算得上低吼。「她天殺的救了你的命。她救了我們**所有人**的命。」

但我沒有。索蕾和……黎恩都死了。

「她的血是他媽的**黑色**。」薩登怒氣沖沖地厲聲說，收緊手臂，把我抱在胸前。

「這一定是毒。」伊莫珍哭著說——我從來沒有聽過她用這種聲音說話。「看她的血！我們得把她帶回巴斯蓋亞。諾隆**可能**會有辦法。」

對。諾隆。他們得帶我去找諾隆。但我沒辦法說出這句話，我沒辦法張開嘴巴，甚至沒辦法用精神連結溝通——明明這對我來說早已像呼吸一樣自然了。被切斷和太壬、安妲娜還有薩登的聯繫……這本身就是一種折磨。

「飛回去要十二個小時。」薩登的聲音拔高。「而且我很肯定她的手臂斷了。」

我會在十二個小時內死掉。那甜美的虛無已經懸浮在我的意識邊緣，如果我同意就這樣放下一切，它就會賜予我安寧。

「有一個地方更近。」薩登輕聲說，我感覺到他用手指撫過我的臉頰。他的動作溫柔到讓人不安。

另一波火焰吞噬著我，灼燒著我的每一條神經，但我唯一能做的，就是躺在這裡默默承受。

讓它停下來。眾神啊，讓它停下來。

「你不是認真的吧。」某個人壓低聲音嘶聲說。

「這樣做是拿所有事情在冒險。」蓋瑞克警告，此時睡意猛然拽了我一下——睡眠是逃離這股劇痛的唯一途徑。

太壬的怒吼聲好大，讓我的胸腔都在震動。至少他在附近。

「要是我就不會再說那種話。」伊莫珍小聲說，「不然他可能會吃掉你。而且別忘了，要是她死了，薩登很可能也會死。」

「我不是說他不應該這樣做，只是在提醒他這樣做的風險。」蓋瑞克回答。

太壬能感受到我們的連結斷開了嗎？他也承受著和我一樣的痛苦嗎？那把劍是不是也有毒？安妲娜能飛嗎？還是她必須睡覺了？

睡覺。這是我想要的。涼爽、美妙、空無的睡眠。

「我操他媽的才不在乎我會怎樣！」薩登對某個人大吼。「我們要去那裡，這是命令。」

「你不需要下令，老兄。我們會救她的。」我想這應該是博蒂。

「妳得和妳的暱稱一樣，盡力奮戰，暴力女。」薩登在我耳畔輕聲說。然後他用更大的音量對更遠處的某個人說：「我們得把她帶去他那裡。我們飛過去。」他開始走路的時候，我感覺到重心的轉移，但傷口因移動而拉扯，所引發的痛苦太過強烈，讓我陷入黑暗之中。

我再度醒來時，已經過了好幾個小時，或者只是幾秒，或者是好幾天，也或者是永恆——也許死神馬厲克已經裁定，我該因為這全然的魯莽行動而永遠受到這種折磨，但我不後悔拯救了他們。

或許我死了還比較好。但這樣一來，薩登可能也會死。

不管現在我們的關係出現了什麼裂痕，我都不希望他死掉。我永遠都不會希望他死掉。

穩定的風拍打著我的臉，有節奏的撲翅聲讓我知道我們正在飛行，我耗盡所有精力，才勉強睜開一隻眼睛，發現我們正在飛越追落斷崖。我絕對不可能認錯那三百多公尺高的峭壁。那就是提倫多爾能夠掀起叛亂，甚至幾乎成功的原因。

毒素在我體內肆虐，灼燒著我的每一條血管，讓我的心跳變慢。我對毒藥的認識遠勝過其他人，但我卻要因為中毒而死了——就連這諷刺的結局都沒辦法讓我提起說話的能量，讓我提供任何關於解藥的想法。我甚至連自己被下了什麼毒都不知道，又怎麼可能會有任何想法？在幾個小時以前，我甚至都不知道危靈不只是神話生物，但現在我只剩下疼痛和死亡。

這只是時間的問題了，而我的時間所剩無幾。

比起在變得像火葬柴堆一樣的身體裡再多活一秒，死亡更加美好，但顯然我不能獲得這種慈悲，因為我被搖晃弄醒了。

空氣。空氣不夠。我的肺掙扎著吸入空氣。

「你確定要這樣做嗎？」伊莫珍問。

薩登每走一步，就帶來一波新的痛苦——痛楚以我的側腹為起點，蔓延到全身。

「他媽的別再問他了。」蓋瑞克厲聲說，「他已經決定了。要不支持他，要不就滾開，伊莫珍。」

「那是個糟糕的決定。」另一個男人反駁。

「等你背上有一百零七道傷疤以後，你才有天殺的資格做決定，奇倫。」博蒂低吼。

太壬的咆哮嚇了我一跳，讓我抽搐了一下，放大了已經變得難以形容的痛楚。

「那是什麼意思？」蓋瑞克的聲音從左邊某個方向傳來。

「他基本上是在說，要是我失敗了，他就會活活把我燒死。」薩登回答，把我抱得更緊了。

我想那代表他們的精神連結還好好的。我的臉頰靠著他的肩膀，我發誓我感覺到他輕吻了我的額頭一下，但那不可能是真的。

你不會對你在乎的人隱瞞祕密，更別說是隨時都可能讓我付出生命的祕密了——我狂亂的心跳就是最好的證明。

我的心臟正在艱難跳動，打出血液，但血液又灼燒著我的血管，幾乎就像是液態的火焰。

眾神啊，我希望他能放任我死掉。

這是我應得的。黎恩是因為我才死掉的。因為我太優柔寡斷、太愚蠢了，所以我甚至沒有意識到戴恩偷看了我的記憶，還用我的記憶對付我——對付黎恩。

「妳必須奮戰，小薇。」我們移動的時候，薩登貼著我的額頭輕聲說。「等妳醒來的時候，妳想怎麼討厭我都沒關係。妳可以尖叫，可以打我，也可以用妳那些該死的匕首丟我，我都無所謂，但妳必須活下去。妳不能讓我愛上妳以後又自己死掉。要是沒有妳，這一切都毫無意義。」

他聽起來那麼誠懇，我幾乎都要相信他了。

而這正是我一開始會陷入這個境地的原因。

「薩登？」這個聲音聽起來很熟悉，但我沒辦法認出是誰。也許是博蒂？還是某個二年級生？太多陌生人了。一個朋友也沒有。

黎恩死了。

「你得救救她。」

你們都是懦夫。

——梵・萊爾森的遺言（刪改版）

第三十九章

薩登

「她會沒事的。」斯蓋兒的聲音比她願意屈尊對我用的任何聲音都溫柔。但話又說回來，她之所以選擇我，也不是因為我需要被寵愛。她之所以選擇我，是因為我背上的傷疤，和一個簡單的事實：我是她第二個騎士的孫子——雖然他沒有成功活到畢業。

「妳不知道她是不是真的會沒事。沒有人知道。」已經他媽的過了三天了，薇奧蕾還是沒有醒來。這三天感覺就像永恆。我一直坐在這把扶手椅裡，走在理智與瘋狂之間的鋼索上，專注觀察著她胸口的每一個起伏，只為確認她還在呼吸。

只有在她的肺也充滿空氣時，我才能呼吸，而填滿我心跳間空隙的，是尖銳到吞噬一切的恐懼。

我從來不覺得她看起來很脆弱，但現在的她看起來就是如此。她躺在我的床中央，嘴唇乾裂而蒼白，平時散發著如刀鋒般冷冽銀光的髮尾，如今也黯淡許多。這三天以來，她的樣子就像被抽乾了生命，軀殼下只剩靈魂的一抹陰影。

但是，至少今天的晨光映在她臉上時，她護目鏡曬痕以下的雙頰比昨天多了幾分血色。

我是個他媽的笨蛋，我應該把她留在巴斯蓋亞的。或者，就算這會讓斯蓋兒和太壬焦慮不安，我也應該讓她和艾托斯一起離開。她從來就不該承受艾托斯上校的懲罰。她不僅不知道我在犯的罪，甚至從沒懷疑過。

我用手梳過頭髮。她不是唯一受到折磨的人。

黎恩本來應該還活著。

黎恩。自責和吞噬靈魂的悲痛一起湧了上來，讓我的胸口痛到幾乎沒辦法呼吸。我命令自己的兄弟保護她，這個命令卻害死了他。他的死要算在我頭上。

我應該要知道在阿夫賓等待我們的會是什麼——

「**你應該把危靈的事告訴她。我一直在等你透露情報，然而現在她在受苦。**」太壬咆哮。這條會噴火的龍就是我羞恥的活生生化身。雖然他現在無法和她交談，但至少把我們四個聯繫在一起的連結還在——這代表薇奧蕾還活著。

只要她的心臟還在跳動，他想怎樣吼我都可以。

「**我應該要用不同的方式做很多事情。**」我不該壓抑我對她的感情。我應該要在我們初次接吻後，就用我想要的方式抓住她，把她留在我身邊，我應該要直接和她分享一切。

每次眨眼，我的眼皮都像被砂紙刮過一樣，但我用每一絲力氣抵抗睡意。在睡夢裡，我會聽到她那讓人心碎的尖叫，聽到她哭著說黎恩死掉了，還會聽到她一遍又一遍地說我是個他媽的叛徒。

她不能死，不只是因為我可能也會因此死去，而是因為我**知道**就算我倖存了，也無法在失去她的情況下獨活。從我們在那座角樓上受到彼此吸引而震驚，到我意識到她在第一天跨越石橋前，冒著生命危險和別人交換了一只靴子，再到她在橡樹下對我的頭丟出一把匕首——在這些事情的某一個瞬間，我的內心開始動搖了。當我第一次把她推倒在墊子上，為她展示她能多麼輕易殺掉我的時候（這是我從未對他人展現的脆弱），我就應該要意識到離她太近會有危險，但我並未多想，只當成一個有獨特美麗的女人令人無法抗拒的魅力。當我看到她征服了臂鎧關，之後又在龍盟日保護安妲娜的時候，我的心開始陷落，為她的機靈和榮譽感驚嘆不已。當我衝進她的房間，發現歐倫那個叛徒勒住她的脖子時，怒火讓我毫不猶豫地殺了那六個人，那時我就應該意識到自己正在走向懸崖。而當她在短短幾分鐘內就完全掌握了阻隔護盾，並且對我微笑的時候，雪落在我們周圍，她的臉龐亮了起來，那時我就他媽的徹底淪陷了。

我們甚至都還沒親吻，我就已經愛上她了。

或者是在她對巴洛丟匕首的時候，也或者是在我看到艾托斯親吻我夢想過無數次的嘴唇，讓我因忌妒而痛苦難當的時候。現在回想起來，有無數無足輕重的瞬間，都讓我為睡在這張床上的這個女人瘋狂，而且我也一直想像她睡在這張床上的樣子。

我從未告訴她這件事。直到她因為中毒而神智不清。為什麼？因為她明明早就完全掌控了我的心，我卻害怕給她掌控我的能力？因為她是莉莉絲．索倫蓋爾的女兒？因為她一直不停給艾托斯機會？

不。因為我不能在有所隱瞞的情況下，把這些話告訴她。而她在湖邊看著我的眼神，滿溢著遭到背叛的痛楚，在這之後——

床單發出的沙沙聲讓我瞬間看向她的臉，自從她從太壬背上掉下來以後，這是我第一次好好呼吸。她睜開了雙眼。

「妳醒了。」我的聲音聽起來就像是被拖過石礫一樣粗啞，我還以為受到這種折磨的只有我的心。

我搖搖晃晃地起身，往前走兩步，站在床邊。她醒了。她還活著。她……在笑？這一定是光線造成的錯覺。這個女人很可能想要燒了我。

「我可以看看妳的側腹嗎？」我在她的腿根旁坐下，床墊微微凹陷下去。

她點點頭，像剛剛在太陽下打盹的貓那樣伸展雙臂，才伸手抓住毯子。

我拉開毯子，解開她的袍子，露出我第一晚幫她換上的短睡裙，然後我慢慢撩起裙襬，露出她腰側那絲綢般的肌膚，準備看見變成黑色的血管——雖然自從我們抵達這裡以後，顏色就一直在緩緩消退。但那裡什麼都沒有，只有一條細微的銀線，橫在她髖骨上面幾公分的地方。我如釋重負地吐出一口氣。「真不可思議。」

「什麼東西不可思議？」她用乾啞的聲音問，低頭看著她的新傷疤。

可惡。我一定會是個很糟糕的治療師。「水。」我拿起床頭櫃上的水瓶，把水倒入玻璃杯的時候，手在發抖——可能是因為疲憊，也可能是因為鬆了一口氣，但我根本不在乎原因。「妳一定很渴。」

她撐著身體坐起來，拿過杯子，將水一飲而盡。「謝謝。」

「妳——」我把空杯放在床頭櫃上，才轉身面對她，直直注視著那雙榛果色的眼瞳——打從徵召日以來，這雙眼睛就讓我魂牽夢縈。「妳很不可思議。」我輕聲說完整句話。「我嚇壞了，薇奧蕾。我找不到確切的詞語來形容。」

「我沒事，薩登。」她溫柔地說，抬起手，按在我怦怦跳動的心臟上。

「我以為我要失去妳了。」我哽咽地坦承。在我讓她經歷這一切後，做出這種舉動或許可說是愚蠢的冒險，但我還是無法控制地彎身輕吻她的額頭，又親吻她的太陽穴。天啊，要是我認為這樣做就能推遲即將到來的爭吵，就能讓我們停留在這純潔的一刻，讓我能夠真的相信我們可能會沒事，相信我還能挽回我人生中最美好的事物，那我會親吻她一輩子。

「你不會失去我的。」她困惑地看了我一眼，對我露出微笑，彷彿我說了什麼奇怪的話。然後她靠了過來，親了我。

她仍然想要我。這個美妙的驚喜讓我**欣喜若狂**。我加深了這個吻，舔過她柔軟的下唇，又溫柔地吸吮那嬌嫩的唇瓣。光是這樣，炙熱又強烈的慾望就淹沒了我的身體。我們一直都是這樣——最微小的火花會燃燒成燎原大火，吞噬一切思緒，讓我滿腦子都只想著能用多少種方法讓她呻吟。我們以後還會有無數這樣的時刻，我可以褪去她所有的衣物，讓她不著寸縷，膜拜她身體的每條曲線和凹陷，但現在不行，因為她才剛甦醒五分鐘。我慢慢往後退，離開她的嘴唇。

「我會補償妳的。」我保證，用粗糙的雙手包覆住她纖細嬌嫩的手。「我不是說我們以後不會再吵架，或者我以後又表現得像個混蛋時，妳不會想對我丟匕首。但我發誓，我會一直努力做得更好。」

「你要補償我什麼？」她揚起一抹好奇的微笑，拉開了距離。

我眨眨眼，眉頭皺了起來。她失憶了嗎？「妳還記得多少？我們把妳帶到這裡的時候，毒素已經進入妳的大腦，然後——」

她張大眼睛，然後抽回雙手，有什麼改變了——而這就像石頭一樣沉甸甸地壓著我的心口。她短暫移開視線，雙眼變得呆滯，這代表她在聯繫自己的兩隻龍。

「妳不用驚慌，一切都很好。安妲娜變得不太一樣了，但她還是……她。」她現在變得超級大隻，但我不打算把這件事告訴薇奧蕾。根據太壬的說法，安妲娜的天賦也消失了，但還有很多時間可以告訴她這個消息。所以我只是說：「那個治療師說他從沒見過這種毒，所以不確定會有什麼後遺症，而且要是真的有後遺症，也沒人知道妳需要多久的時間才能恢復記憶，但我會告訴妳——」

她抬起一隻手，四處張望，好像第一次注意到我們在哪裡。然後她慌忙往後退，從另一邊下床，同時拉緊長袍。她以蹣跚的腳步走到我臥室的那排巨大窗戶旁，她的眼神讓我的胸口一緊，感覺就像被老虎鉗擠壓著。

從那些窗戶看出去，可以看見這座城堡依山而建的山脈，下方的山谷，以及沿著谷地生長的那排林木——那是阿瑞西亞的標界，現在已然燒得焦黑。曾經的市鎮被焚燒到只剩石頭，現在則是寧靜的小鎮。

我們拚命從一堆灰燼和廢墟中重建的城鎮。

「薇奧蕾？」我一邊走到她身旁，一邊架起護盾，試著尊重她的隱私，但眾神啊，我需要知道她在想什麼。

她掃視著那座城鎮時，眼睛睜得大大的。每棟建築物都有相同的綠色屋頂，然後她的視線停在阿瑪莉的神殿，那是僅次於我們圖書館的著名地標。

「我們在哪？你別想騙我。」她說，「不要再騙我了。」

不要再騙我了。「妳想起來了。」

「我想起來了。」

「感謝眾神。」我低喃，用手梳過頭髮。這是一件好事，證明她真的痊癒了，但是……該死。

「**我們在哪？**」她一字一頓地說，瞇著眼睛盯著我。「說。」

「妳看著我的樣子，說明妳已經知道答案了。」這個聰明的女人不可能認不出那座神殿。

「這裡看起來像阿瑞西亞。」她指向窗戶。「只有一座神殿有那種柱子。我看過圖畫。」

「嗯。」**聰明得要命的女人**。

「阿瑞西亞被燒成灰燼了。我也看過**那些**畫，那是抄寫士帶回來準備用在公告的。我母親還告訴我，她親眼看到了那些餘燼，所以我們在哪？」她提高了音量。

「阿瑞西亞。」把真相告訴她，讓我如釋重負。

「是重建了，還是從來沒有被燒毀過？」她轉過身背對我。

「正在重建。」

「為什麼我從來沒讀過相關記載？」

我正要開口回答，但她舉起一隻手，所以我等著。她只花一分鐘就想出答案了。

她指著我的叛軍印痕說：「只要超過三個反叛軍後代聚在一起，梅爾戈倫就看不到結果，所以他們禁止你們聚會。」

我忍不住露出微笑。這個聰明得要命的女人是我的，或者曾經屬於我。要是我有話語權，她將再度屬於我，但我很可能沒有置喙的餘地。我嘆了一口氣，微笑立刻消失了。幹。

不，在她親口說出來以前，我是不會放棄的。

事情可能很複雜，但我們兩個也都很複雜。

「除此以外，也因為我們沒有強大到足以引起抄寫士的關注。我們沒有躲藏，我們只是沒有……昭告我們的存在。」這也是這裡實際上仍然屬於我的原因。過去，貴族們並不想把錢花在一座被燒毀的城市上，或是為無法使用的土地繳納稅金。但他們最後仍然會注意到這裡。最後我會失去這裡，然後失去我的項上人頭。「妳想知道什麼都可以，儘管問吧。」

她身子一僵。「現在告訴我一件事。」

「什麼都可以。」

「黎……」她吸氣的時候，肩膀顫了一下。「黎恩真的死了嗎？」

黎恩。一股嶄新的悲傷就像匕首一樣插進我的肋骨。在沉默中只能聽見心跳聲，我試圖找到合適的詞彙，但失敗了，所以我從口袋拿出那個手掌大的安妲娜木雕。黎恩一直在做這個，才剛完成不久。

她轉過來面對我，目光立刻落在那個小雕像上，眼睛盈滿淚水。「都是我的錯。」

「不，是我的錯。要是我早點告訴妳一切，妳就會做好準備。妳可能還會教我們所有人該怎麼殺掉他們。」她用雙手的手背抹掉兩行眼淚時，我的靈魂又碎裂了一次。我把那個木雕放進她手裡。「我知道我應該燒掉它，但我做不到。我們昨天安葬了他，呃，是其他人安葬的。自從我們抵達這裡，我就沒有離開過房間。」我們四目相對，我竭盡全力才沒有伸手碰她，但我知道自己是她尋求慰藉的最後選擇。「我一直都沒離開過妳一步。」

「嗯，保證我的存活的確符合你的既得利益。」她嘲諷著，揚起一個充滿淚意的諷刺微笑。

「給我一點換衣服的時間，然後我們要談談。」

「把我趕出我的房間。」我試圖用以前能輕鬆對她使用的諷刺挑逗語氣說道，一邊往後退了幾步。「這可是新招數。」

「馬上出去，萊爾森。」

我忍不住往後縮了一下。她從來沒有叫過我的姓氏。或許這是因為她不喜歡想起我是梵・萊爾森的兒子，以及我的父親讓她失去的一切，但她一直都叫我薩登。失去這個稱呼的感覺，就像落入無盡的深淵，也像是一記致命傷。「浴室就在那邊。」我指著遠方的牆，之後大步走向房門，我的劍一路在背上搖晃。

我的表弟靠著牆和蓋瑞克聊天，蓋瑞克正在誇耀他的新傷疤，那道疤痕足足有十五公分，從太陽穴一路劃到下巴。但在我關上身後的房門時，他們都閉上了嘴。兩人都繃緊身體，蓋瑞克也站直了。「她醒了。」

「感謝眾神女王阿瑪莉。」博蒂說，肩膀放鬆地垂落下來。某個危靈讓他的手骨折了四處，現在仍在恢復，得用吊帶固定。

「她必須做出選擇。」我看向蓋瑞克，注意到他眼中的憂慮。他之前已經告訴我，他認為她會守住我們的祕密。他擔心的是，如果她因為我沒有早點告知而不原諒我，我的心裡會受傷。

「她要麼為我們保守祕密，要麼說出去。」

「這是你必須弄清楚的事。」他回答。「還有，要是她決定保守祕密，你得教她怎麼對艾托斯隱瞞這件事。」

「騎手有傳來什麼消息嗎？」

「賽芮娜活下來了，如果你是在問這個。」博蒂回答。「她的姊妹也是。但剩下的人……」他搖搖頭。

至少她們成功逃脫了，現在薇奧蕾也醒了，我終於能好好呼吸了。「你們知道雷森那個吸引崔德的盒子裡裝了什麼了嗎？」我問。蓋瑞克的龍對盧恩符文非常敏感，這也是他們能在鐘樓的斷垣殘壁下找回那個小鐵盒的原因。

「他們正在研究，希望我們能在幾個小時內知道答案。我很高興她沒事，薩登。我會把這件事告訴其他人。」他點點頭，往走廊走去。他幾乎和我一樣熟悉這座城堡的構造，因為他在父親發動叛亂（也就是納瓦爾人所謂的叛變或**脫離**）之前，每個夏天都待在這裡。

人們總是會重新命名讓他們感到不舒服的事物，這還真是有趣。我們已經不相信自己的國王會做正確的事，他們卻說**我們**是叛徒。

博蒂皺了皺鼻子。

「怎樣？」

「你聞起來像龍的屁股。」

「滾開。」我小心地聞了聞自己，沒辦法反駁。「我要用你的房間。」

「算你欠我一次。」

我對他比了一個中指，才朝他的房間走去。

一個小時後，我已經洗好澡，換了一套新皮衣，不耐煩地在我的房間外頭等著。博蒂陪著我，像往常一樣盡力提振我的心情，然後門打開了，薇奧蕾就站在那裡。

她沒有把頭髮綁起來，微濕的頭髮垂在胸口，髮尾微微捲曲，看到這幅景象，就讓我幾乎無法呼吸。我甚至無法清楚說明她的頭髮到底有什麼魔力，讓我直接陷入「現在就必須操她」的境地，但光是要讓雙手放在身側，就耗盡了我全部的精力，根本沒辦法探究原因。

她光是站在那裡，就讓我慾火焚身。我已經在去年接受了這個事實。

博蒂咧嘴一笑，那一閃而過的微笑和我姑姑以前的笑容一模一樣。「看到妳精神好到能下床真好，索倫蓋爾。」然後他拍了拍我的肩膀，離開時還轉頭看了我一眼。「我去拿後備計畫。祝你好運。」

眾神啊，我想把她拉進懷裡好好疼愛，直到她忘記一切，只記得我們在一起的時候有多美妙，但我很肯定這是她最不想要的東西。

「進來吧。」她輕聲說，讓我的心猛然一跳。

「既然妳都邀請我了。」我走進房間，憎恨著她眼中的不信任。

不管薇奧蕾相不相信，我從來都沒有對她說過謊。一次也沒有。

只是我也從來沒有對她坦誠相待。

「這整棟城堡都是原來的嗎？」她問，掃視著我的臥室。

「這座堡壘大部分都是石造的。」我說，此時她正在研究那精美的拱型天花板，日光從占據西牆的大片窗戶透了進來。「石頭燒不起來。」

「沒錯。」

我用力吞了一口口水。「在妳看到這些之後，我想我必須在全盤托出之前，先問妳一個簡單的問題：妳要加入嗎？妳願意和我們一同作戰嗎？」她也可以毫不猶豫就決定要告發我們所有人。要定我們的罪，以前她知道的事還不夠，但現在她掌握的資訊已經夠多了。

「我要加入。」她點點頭。

輕鬆感突然湧入我的全身，比我從斯蓋兒身上抽取過的力量都還要強大。我伸手要碰她。

「我真的很抱歉以前必須保……」她往後退躲開我的時候，我的話噎住了。

「這不會再發生了。」一抹受傷劃過那雙榛果色的雙眼，而我該死的**被擊垮了**。「我相信你，而且願意和你一起戰鬥，但不代表我會再次把自己的心交給你。而且，我沒辦法和我不信任的人在一起。」

我心中有某種東西坍塌了。「我從來沒有騙過妳，薇奧蕾。一次都沒有，以後也不會。」

她走到窗邊往下看，之後才慢慢轉身面對我。「這甚至和你對我隱瞞這裡的事沒關係，因為我可以理解。問題是你隱瞞得這麼輕而易舉。我對你敞開心房，你卻沒有用相同的態度回報我，還心安理得。」她搖搖頭，因為我的愚蠢，她不得不築起一道防禦的高牆，但我也看見了高牆後的愛意。

我愛她。我**當然**愛她。不過要是我現在把這句話告訴她，她會以為我說出這句話的動機是不正當的，而且老實說，她這樣想是對的。

我不會就這樣放棄，失去我唯一愛上的女人。「妳說的對，我的確保守了祕密。」我承認，又往前逼近，一步一步地靠近她，直到我們之間的距離不到三十公分。我用兩隻手掌撐著她頭兩側的玻璃，鬆鬆地圈住她，不過我們都知道，她隨時都能走開。但她並沒有動。「我花了很長的時間才信任妳，花了很長的時間才意識到我愛上了妳。」

有人敲門。我沒理會。

「不要說這種話。」她揚起下巴，但我注意到她瞥向我嘴巴的眼神。

「我愛上妳了。」我低下頭，直接看著她那雙美麗的眼睛。她生氣可能是理所當然的，但她肯定不像死神馬厲克那樣反覆無常。「而且妳知道嗎？或許妳的確不再信任我了，但妳還是愛著我。」

她張開嘴，但沒有否認。「我曾經無條件信任你，但你已經沒有下一次機會了。」她用快速的眨眼掩飾受傷。

再也不會了。那雙眼睛再也不會反映出我對她造成的傷害了。

「我沒有早點告訴妳，所以我搞砸了。我甚至不會試著讓我的理由聽起來很正當。但現在我把自己的性命——把**所有人**的命都託付給妳了。」光是把她帶來這裡，而不是帶著她的屍體回到巴斯蓋亞，我就賭上了一切。「我會把妳想知道的事，和妳不想知道的事都告訴妳。我會用餘生的每一天贏回妳的信任。」

我已經忘記被愛是什麼感覺了——被純粹的愛深深愛著的感覺——父親已經去世這麼多年了。還有母親……**不要想起她**。但是薇奧蕾對我說了那些話，把她的信任和心都交給了我，所以我想起來了。要是我不努力留住她給我的東西，我就該死。

「萬一這是不可能的事呢？」

「妳還愛著我，所以這是可能的。」眾神啊，我迫切地想要吻她，想要提醒她，我們在一起是什麼感覺，但除非她主動開口，否則我不會這樣做。「我不怕辛苦，尤其現在我已經知道獎賞有多麼甜美了。我寧願輸掉這整場戰爭，也不願在失去妳的狀況下獨活。要是這代表我必須一遍又一遍地證明自己，那我就會這樣做。妳曾經把自己的心交給了我，我要好好抓住。」她已經得到我的心了，即使她還沒發現這一點。

她睜大雙眼，彷彿終於看見了我眼神中蘊藏的決心。

是時候讓她知道了。我了解薇奧蕾，知道她不願意藏在遠方，安全地躲在巴斯蓋亞的城牆後面，尤其現在她已經知道了那座城堡有多麼腐敗。她會在我身邊，和我一起打響這場戰爭。

那個人又開始一直敲門了。

「該死的，他也太沒耐性了。」我小聲嘟噥。「我了解他，妳大概還有二十秒的時間問一個問題。」

她眨眨眼。「我還是希望阿夫賓的那封信真的和戰爭演習有關。你覺得我們有沒有可能只是剛好碰上雙足飛龍襲擊那個哨站？」

「那絕對不可能是意外，小妹。」他站在門口回答。

我嘆了一口氣，走到旁邊，注意到薇奧蕾看見他站在門口時瞪大了雙眼。「我說過我認識更厲害的毒藥專家。」我溫柔地告訴她。「妳不是被治好，而是被修復了。」

「布瑞南？」她驚訝無比地盯著自己的哥哥，嘴巴張得大大的。

布瑞南只是露出笑容，張開雙臂。「歡迎加入革命，薇奧蕾。」

致謝

首先，我要感謝天父賜予我超乎我所想像的恩典。

感謝我的丈夫傑森，你是一位作者最好的靈感來源，書中完美男主角的原型，也是我追逐夢想路上不斷支持我的力量。感謝你在世界變得混亂時緊握住我的手，每次都陪我去看醫生，並幫我安排好那讓人眼花繚亂的行事曆，照顧好四個兒子和一個患有結締組織疾病妻子的生活。無論是手術還是專科治療，你始終是我們的支柱。感謝我的六個孩子，你們教會我的，遠遠超過我能教給你們的。你們是我生命的意義，永遠不要懷疑自己對我而言是多麼重要。謝謝我的妹妹凱特，我愛妳，真的。謝謝我的父母總是在我需要的時候出現在身邊。感謝我最好的朋友艾蜜莉·拜爾（Emily Byer），感謝你在我埋首寫作好幾個月時，總是能找到我並揪我出門。

感謝紅塔（Red Tower）團隊的支持。我無法用言語表達對我的編輯莉茲·佩勒蒂爾（Liz Pelletier）的感激之情，感謝妳給了我展翅高飛、書寫奇幻故事的機會，還有讓我在那二十一天的編輯馬拉松中，不僅吃得飽，還笑得很開心。這本書的誕生過程中沒有任何筆電受到傷害。但認真說，這本書是我的夢想，感謝妳提供許多建議與想法，很有耐心地支持著我，才促成了這本書的誕生，沒有妳這一切根本不可能實現。感謝史黛西（Stacy）在無數個不眠不休的夜晚為我校稿。感謝海瑟（Heather）、柯蒂斯（Curtis）、莫莉（Molly）、潔西卡（Jessica）、利奇（Riki），以及在Entangled和麥克米倫出版公司（Macmillan）的每一位，感謝你們不厭其煩地回覆我無數封電子郵件，並讓這本書順利進入市場。感謝麥迪遜（Madison）和妮可（Nicole）幫這本書下了那些精彩的註解，並陪我熬夜最後從頭到尾把書讀過一次。伊莉莎白（Elizabeth），感謝妳設計了這個精美的封面；布蕾（Bree）和艾咪（Amy），謝謝妳們創作出如此精緻的藝術作品。最後，感謝我優秀的經紀人路易絲．芙瑞（Louise Fury），當我說我想寫一本奇幻小說時，妳毫不猶豫地支持我，光是在我身後支持著我，就讓我的生活輕鬆許多。

感謝我的姊妹們，我們這個不可思議的三人組——吉娜．麥克斯威爾（Gina Maxwell）和辛蒂．馬德森（Cindi Madsen）。若當初沒有妳們，我可能會繼續迷惘。感謝凱拉（Kyla），這本書能誕生都是因為有妳。感謝雪兒比（Shelby）和凱西（Cassie），謝謝妳們幫我規劃所有繁瑣事務，做我的頭號粉絲。謝謝坎蒂（Candi），總是以優雅的態度和笑容應對我們面臨到的一切挑戰。感謝史蒂芬妮．卡德（Stephanie Carder）抽空閱讀我的作品。感謝每位在這些年願意給我機會的部落客和讀者，你們的支持對我來說意義非凡。感謝我的讀者群「魅力女孩」（Flygirls），你們每天都為我帶來無限的喜悅。

最後，因為你是我的起點與終點，再次感謝我的丈夫傑森。我筆下的每位英雄，都有一部分的你。

主要名詞對照表

A

Academic Building　教學大樓
Academic Tower　教學塔
Aimsir　艾希爾
Air Manipulation　氣流操控
Air Wielder　氣流使
Amari　阿瑪莉
Amber Mavis　安柏・梅維斯
Andarna　安妲娜
Aotrom　艾歐拓姆
Archives　檔案庫
Arctile Ocean　阿克泰爾海
Aretia　阿瑞西亞
Astral Project　靈魂投射
Athebyne outpost　阿夫賓前哨站
Aura Beinhaven　歐拉・拜恩黑文斯
Aurelie Donans　歐若莉・多南斯

B

Baide　貝德
Basgiath Mountain　巴斯蓋亞山
Basgiath War College　巴斯蓋亞戰爭學校
Basgiath War College Code of Conduct　《巴斯蓋亞戰爭學校行為準則》
Battle Brief　戰爭簡論
Battle of Aretia　阿瑞西亞戰役
Battle of Gianfar　吉安法爾之戰

Bodhi Durran 博蒂・杜倫
Bond 締約
Braevick 布雷維克
Brennan 布瑞南

C

Calldyr 卡爾迪爾
Captain Fitzgibbons 費茲吉本斯上尉
Captain Lawrence Medina 勞倫斯・麥地納上尉
Carmine Tree 洋紅樹
Caroline Ashton 卡羅琳・艾許頓
Cath 卡斯
Chimera 奇美拉
Chradh 崔德（應為蓋爾語的「cràdh」，意思是疼痛。）
Churam 忘憂草
Cianna 席安娜
Ciaran 奇倫
Claidh 克萊德
Cliffs of Dralor 追落斷崖
Codagh 寇達
Colonel Daxton's Guide to Excelling in the Scribe Quadrant 《達克斯頓上校的在抄寫士學院脫穎而出的指南》
Colonel Kaori's Field Guide to Dragonkind 《凱奧里上校的龍類指南》
Colonel Lewis Markham 路易斯・馬克漢上校
Commandant Panchek 潘切克指揮官
Conscription Day 徵召日
Continent 大陸
Cranston 克蘭斯頓
Cross-bolt 巨弩

Cygnis　西格尼斯

Cygnisen　西格尼森

D

Dain Aetos　戴恩・艾托斯

Deaconshire　德肯夏爾

Deigh　德伊

Dougal Luperco　加爾・盧佩科

Draithus　追特斯

Dubhmadinn　杜馬丁（應來自蓋爾語「dubh」（黑色）和「madainn」（早晨）的組合字。）

Duke Lindell　林德爾公爵

Dunne　鍍殞

Dylan　狄倫

E

Effective Uses of Wild and Cultivated Herbs　《如何有效使用野生與培育藥草》

Eltuval　艾爾圖瓦

Emerald Sea　翡翠海

Emery　艾默立

Empyrean　至高天

Esben Mountains　埃斯本山脈

Exal　艾索

F

Farsight　千里眼

Feirge　菲爾格

Fen Riorson　梵・萊爾森

Fhaicorain　費可芮（應來自蓋爾語「faic」（看見）與「orains」（橘色）的組合

字。）

Fiaclanfuil　菲亞克蘭弗（應來自蓋爾語「fiaclan」（牙齒）和「fuil」（鮮血）的組合字。）

Fire wielding　火焰操控

Flight Field　飛行場

Fonilee Berries　法諾里漿果

Fuil　芙爾（應為蓋爾語，意思是「鮮血」。）

G

Garrick Tavis　蓋瑞克・特維斯

Gauntlet　臂鎧關

General Augustine Melgren　奧古斯丁・梅爾戈倫將軍

General Daramor　德拉莫將軍

Ghrian　格里安（應來自蓋爾語中的「grian」，意為太陽。）

Gleann　格林

Gormfaileas　戈爾姆菲利亞斯

Great War　大戰

Grounding　錨定

Gryphon Flier　獅鷲騎手

H

Healer Quadrant　治療師學院

Heaton　希頓

I

Iakobos River　亞可波斯河

Ice Wielding　冰霜操控

Illusionist　幻術師

Imogen　伊莫珍

Infantry Quadrant　步兵學院

Inntinnsic　讀心師

Isaac Mairi　艾薩克・馬利

J

Jace Sutherland　傑斯・薩瑟蘭

Jack Barlowe　傑克・巴洛

Jeremiah　傑里邁亞

Jesinia Neilwart　潔西妮亞・內歐沃特

K

King Reginald　瑞吉諾國王

King Tauri　陶利國王

Kraken　克拉肯

Krovla　克洛弗拉

L

Lamani Zohar　拉瑪尼・索哈

Leighorrel Mushroom　雷戈爾蘑菇

Liam Mairi　黎恩・馬利

Lieutenant Colonel Alyssa Travonte　阿麗莎・楚凡特中校

Lightning Wielder　雷電使

Lilith Sorrengail　莉莉絲・索倫蓋爾

Luca　露卡

M

Mage Light　魔法燈

Major Afendra's Guide to the Riders Quadrant (Unauthorized Edition)　《阿凡德拉少校的騎士學院手冊》（未經授權版）

Major Frederick's Modern Guide for Healers　《費德里克少校的新版治療師手冊》

Major Gillstead　吉爾斯德少校

Major Kallista Neema 克麗斯塔・尼瑪少校

Major Potsdam 帕茲坦少校

Major Quade 奎德少校

Major Rorilee's Guide to Appeasing the Gods 《洛里少校的敬神指南》

Malek 馬厲克

Marked Ones 遺印者

Mending 修復

Mender 修復師

Messina 梅席娜

Mind-wipes 記憶抹消

Mira 米拉

Montserrat 蒙瑟拉特

Morraine 摩瑞因

Murtcuideam 米爾科迪恩（應來自蓋爾語「murt」（謀殺）和「cuideam」（重要；重量）的組合字。）

My Time as a Cadet: A Memoir by General Augustine Melgren 《我的學員時光：奧古斯丁・梅爾戈倫將軍回憶錄》

N

Nadine 奈汀

Naolin 涅歐林

Nasya 納希亞

Navarre 納瓦爾

Navarre, An Unedited History 《納瓦爾歷史：未經刪減版》

Nolon 諾隆

Nyra 奈拉

O

Oren Seifert 歐倫・希福特

P

Parapet　石橋

Pierson　皮爾森

Poromiel　波羅密爾王國

Presentation　龍鑑式

Professor Carr　卡爾教授

Professor Devera　德薇拉教授

Professor Emetterio　埃梅特里歐教授

Professor Markham　馬克漢教授

Pryor　普萊爾

Q

Quadrant　學院

Quinn　奎茵

R

Rayma Corrie　瑞瑪・科里

Reagan　瑞根

Rebellion Relic　叛軍印痕

Retrieve　隔空取物

Reunification Day　回歸紀念日

Retrocognition　記憶讀取

Rhiannon Matthias　瑞安娜・瑪提亞斯

Riders Quadrant　騎士學院

Ridoc　雷迪克

Right of Benefaction　授恩權

S

Sage　賢者

Sawyer 索伊爾
Scribe Quadrant 抄寫士學院
Septon Izar 塞普頓・艾薩爾
Sgaeyl 斯蓋兒
Shadow Wielder 暗影使
Signet 印記
Signet Power 印記力量
Siphoning 源力抽取
Sliseag 史利格
Sloane 絲隆
Smachd 史茂
Soleil 索蕾
Sound Shield 聲音護盾
Sparring Gym 練武館
Sparring Ring 練武場
Storm Wielding 風暴操控
Strythmore 史崔摩爾
Sumerton 薩莫頓
Syrena 賽芮娜

T

Tairneanach 太壬納赫（應來自蓋爾語單字，意為「閃電」。）
Tara 塔拉
Tarsilla Leaves 塔希拉葉
Teine 泰恩
The Barrens 荒原
The Book of Brennan 「布瑞南札記」

The Dragon Rider's Codex　《龍騎士法典》
The Fables Of The Barren　《荒原神話》
The Trade Agreement of Resson　《雷森貿易協定》
The Vale　谷地
Threshing　龍盟日
Tirvainne　特維恩
Treaty of Aretia　阿瑞西亞條約
Treaty of Arif　《阿利夫條約》
Trina　崔娜
Tynan　泰南
Tyrrendor　提倫多爾
Tyrrish rebellion　提倫多爾叛亂
Tyvon Varen　泰凡・瓦倫

U

Uaineloidsig　威洛伊席格（應來自蓋爾語中「uaine」（綠色）及「loidig」（邏輯）的組合字。）

V

Vaughn Penley　沃恩・潘利
Venin　危靈
village of Chakir　夏基爾村
Violence　暴力女
Violet　薇奧蕾

W

Walwyn Fruit　瓦倫果
War Games　戰爭演習
Water Wielder　水流使

Water Wielding　水流操控

Wingleader　翼隊長

Winifred　溫妮佛

X

Xaden Riorson　薩登・萊爾森

Z

Zihna Root　茲諾根

Zihnal　茲納爾

第四翼

作　　者　瑞貝卡・亞羅斯
譯　　者　趙以柔、林芸懋
封面設計　吳郁婷
內頁排版　高巧怡
行銷企劃　蕭浩仰、江紫涓
行銷統籌　駱漢琦
業務發行　邱紹溢
營運顧問　郭其彬
責任編輯　吳佳珍
總 編 輯　李亞南
出　　版　漫遊者文化事業股份有限公司
地　　址　台北市103大同區重慶北路二段88號2樓之6
電　　話　(02) 2715-2022
傳　　真　(02) 2715-2021
服務信箱　service@azothbooks.com
網路書店　www.azothbooks.com
臉　　書　www.facebook.com/azothbooks.read

發　　行　大雁出版基地
地　　址　新北市231新店區北新路三段207-3號5樓
電　　話　(02) 8913-1005
訂單傳真　(02) 8913-1056
初　　版　2025年4月
定　　價　台幣750元

ISBN　9978-626-409-085-8

Cover art and design by Bree Archer and Elizabeth Turner Stokes
Stock art by Peratek/Shutterstock
Interior map art by Amy Acosta and Elizabeth Turner Stokes
Interior endpaper map art by Melanie Korte
Interior design by Toni Kerr

國家圖書館出版品預行編目 (CIP) 資料

第四翼/ 瑞貝卡. 亞羅斯(Rebecca Yarros) 著 ; 趙以柔, 林芸懋譯. -- 初版. -- 臺北市 : 漫遊者文化事業股份有限公司出版 : 大雁出版基地發行, 2025.04
面 ;　公分
譯自 : Fourth wing
ISBN 978-626-409-085-8(平裝)

874.57　　114002453

Fly...or Die!